ÖTEKI RENKLER
by Orhan Pamuk

Grateful acknowledgment is made to Ángel Gurría-Quintana for permission to reprint his interview with Orhan Pamuk from The Paris Review (Fall/Winter 2005, Issue 175), copyright © 2005 by Ángel Gurría-Quintana. Reprinted by permission of Ángel Gurría-Quintana.

Korean translation edition is published by arrangement with
Orhan Pamuk c/o The Wylie Agency (UK) Ltd.

ART CREDITS: 442 (Şirin looking at the portrait of Khusraw): © British Library Board. All Rights Reserved; 443 (Khusraw sees Şirin bathing): courtesy of the Topkapı Palace Library; 450 (waiting groom with horse in wooded grove): courtesy of the Freer Gallery of Art, Smithsonian Institution, Washington, D.C.; 478 (Sultan Mehmet II): Gentile Bellini, Layard Bequest 1916 © The National Gallery, London; 483 (seated Turkish scribe or artist), 1479/80 (pen & ink, gouache & gilt on paper) by Gentile Bellini (c. 1429-1507) (attr. to) © Isabella Stewart Gardner Museum, Boston, MA, USA/The Bridgeman Art Library; 491 (three men and a donkey): courtesy of the Topkapı Palace Library; 496 (a demon carries off a man): courtesy of the Topkapı Palace Library

다른 색들

오르한 파묵

Öteki Renkler

다른 색들

오르한 파묵의
시간과 공간,
문학과 사람들

오르한 파묵 | 이난아 옮김

민음사

차례

1부

삶과

근심

1. 내포 작가

나는 30년 동안 글을 써 왔습니다. 그리고 아주 오랜 세월 이 말을 반복해 왔습니다. 하도 반복하고 반복한 끝에 이 말도 사실이 아니게 되었습니다. 그사이 31년이 되었으니까요. 그래도 30년 동안 소설을 써 왔습니다, 하고 말하는 것이 좋습니다. 그런데 사실은 이 말도 옳지 않습니다. 가끔 다른 것도 쓰니까요. 수필, 비평, 이스탄불이나 정치에 관한 글, 혹은 이런저런 모임에서의 연설 등……. 하지만 내 진짜 일, 나를 삶에 묶어 두는 일은 소설을 쓰는 것입니다……. 나보다 더 오랜 세월 동안, 반세기 동안 글을 써 오고 있지만 그다지 관심을 끌지 않는 아주 훌륭한 작가들도 있습니다……. 내가 무척 좋아하고, 여전히 감탄하며 거듭해서 읽고 있는 톨스토이, 도스토예프스키, 토마스 만 같은 작가들도 활발하게 글을 쓰며 산 시간이 30년이 아니라 50년도 더 넘는다고 합니다……. 그렇다면 나는 왜 30년 동안 글을 쓰고 있다는 걸 언급하는 걸까요? 그것은 작가라는 직업에 대해 소설가라는 직업, 어떤 습관처럼 말해 보고 싶기 때문입니다.

행복해지기 위해 나는 매일 일정량의 문학에 관심을 가져야 합니다. 그러니까 매일 약을 한 수저씩 복용해야 하는 환자들 있잖습니까……. 어렸을 때, 당뇨병 환자들이 다른 사람들처럼 삶을 계속 유지하기 위해서는 매일 한차례씩 주사를 맞아야 한다는 걸 알고 연민을 느꼈는데, 그건 그들이 반쯤 죽은 사람이라는 생각이 들었기 때문이었죠. 문학에 대한 내 의존성도 이런 의미에서 나를 '반쯤 죽은' 상태로 만듭니다. 내가 젊은 작가였을 때, 나를 두고 '삶에서 단절된' 사람이라고 말한 이들도 이 '반쯤 죽은' 상태를 의미했을 거라고 생각합니다. 반쯤 유령이라고도 할 수 있겠군요. 가끔은 내가 죽었는데, 내 안에 있는 주검을 문학으로 소생시키려 애썼다고도 생각한 적이 있습니다. 내게 문학은 약처럼 필요한 존재입니다. 수저나 주사로 투여하는 약처럼 매일 '복용'해야 하는 문학은, 마약 중독자처럼 어떤 특성과 의미 있는 일정한 농도가 있습니다.

먼저 '약'이 좋아야 합니다. 여기에서 좋다는 건 진정성과 힘이라는 의미입니다. 내가 믿을 수 있는 촘촘하고 밀도 있고 심오한 소설은 무엇보다 나를 행복하게 하고, 삶에 매이게 합니다. 또한 작가가 이미 이 세상 사람이 아닌 편이 더 좋습니다. 작은 질투의 그림자가, 진심에서 우러나오는 선망의 마음을 방해받지 않도록 말이지요. 나이가 들어 갈수록, 가장 좋은 작품은 이미 사망한 작가가 쓴 것이라는 사실을 알게 됩니다. 사망하지 않았다 하더라도, 우리 사이에 있는 놀라운 작가의 존재는 유령과 비슷합니다. 그렇기 때문에 그들을 거리에서 보면 마치 유령이라도 본 듯 흥분하고, 눈을 의심하고, 멀리서 그저 호기심에 가득 차 쳐다만 봅니다. 아주 소수의 용감한 사람들만이 달려가서 유령에게 사인을 해 달라고 합니다. 때로는 언젠가 그 작가도 죽을 것이며, 그래서 그의 작품들이 우리 마음속에서 더 높은 자리를 차지할 거라고 생각합니다. 물론 항상 그렇지는 못하지만…….

내가 매일 섭취해야 하는 '문학'의 '복용량'은 완전히 다릅니다. 나 같은 사람들에게 가장 좋은 치료법, 가장 커다란 행복은 매일 반 페이지씩 만족스러운 글을 쓰는 것이기 때문입니다. 나는 30년 동안 매일 약 열 시간 이상 방에서, 책상 앞에 앉아 글을 썼습니다. 써서 출판할 수 있었던 분량은, 30년 동안 반 페이지씩 매일 쓴 양보다 적습니다. 게다가 내가 '만족스럽다.'라고 했던 것보다도 약간 부족합니다. 이게 바로 불행으로 가는 두 가지 커다란 이유입니다.

하지만 오해는 없기를 바랍니다. 나같이 문학에 의존적인 사람들은, 자기가 쓴 책의 아름다움이나 성공 혹은 권수를 가지고 행복해할 정도로 피상적이지 않습니다. 나는 삶을 구원하기 위해서만이 아니라, 살아가는 힘든 날을 구원하기 위해서 문학을 원합니다. 그런 나날은 항상 힘듭니다. 쓰지 않기 때문에 삶이 힘든 것입니다. 쓰지 못하기 때문에 힘든 것입니다. 그리고 쓰기 때문에 힘든 것이기도 합니다. 쓴다는 건 아주 힘든 일이니까요. 이런 어려움 속에서 하루를 보낼 희망을 찾고 새로운 세계로 데려다주는 책이나 어떤 페이지가 마음에 든다면 그날은 기분이 좋고 행복합니다.

제대로 글을 쓰지 못한 날이나 위로가 될 만한 좋은 책 속으로 나 자신을 몰입할 수 없었다면 내 느낌이 어떠한지를 설명해 보겠습니다. 얼마 지나지 않아 세상은 견딜 수 없는 끔찍한 곳으로 변해 버립니다. 나를 아는 사람들은 나 역시 그 세상과 닮았다는 걸 곧 알게 됩니다. 예를 들면 내 딸은 그날 내가 잘 쓰지 못했다는 것을 그날 저녁 내 얼굴에 나타난 절망의 표정에서 즉시 알아챕니다. 나는 아이에게 그런 상황을 감추고 싶지만 잘 해내지 못합니다. 이런 끔찍한 순간에는 '사는 것과 살지 않는 것은 같아.'라고 생각하곤 합니다. 누구와도 얘기조차 하고 싶지 않습니다. 내 이런 상태를 본 그 누구도 나와 말하고 싶어 하지 않습니다. 이와 비슷한 내 영혼의 상태는 사실 매일 오후 1시와 3시 사이에 나의 영혼을 약간 잠식합니다. 하지만 나는 글을 그리고 책을 약처럼 잘 사용하는 법을 잘 배웠기 때문에, 나의 주검 속으로 완전히 돌아가기 전에 이 상황에서 벗어납니다. 여행이나 과거의 군복무, 가스 요금 납부, 그리고 지금처럼 정치적 고민, 그 밖의 장애물 때문에 잉크와 종이 냄새 나는 약을 한동안 복용하지 못하면, 나는 자신이 불행 때문에 콘크리트로 된 사람처럼 변했다고 느낍니다. 몸의 좌우가 잘 움직이지 않고, 관절은 잘 돌아가지 않고, 머리는 화석화되고, 땀 냄새도 다르게 나는 것 같습니다. 이런 불행은 더 이어질 수도 있지요. 어차피 삶에는 사람들을 문학의 위로에서 멀어지게 만드는 벌이 가득하니까요. 사람 많은 정치 모임에 참석하는 것, 학교 복도에서 친구들과 수다 떠는 것, 친척들과 명절날 모여서 식사하는 것, 아주 다른 세계나 텔레비전에 나오는 잘 알 수 없는 무언가로 머릿속이 가득 찬 훌륭한 사람들과 억지로 나누는 대화, 미리 정해진 '직업적인 만남', 평범한 쇼핑, 공증 사무소에 가는 것, 비자를 받기 위해 사진을 찍는 것 같은 일들을 하다 보면 갑자기 눈이 무거워지고 한낮에 잠이 옵니다. 내 방으로 돌아가 혼자 있는 게 불가능하기 때문에 생소한 장소에서 얻는 유일한 위안은 한낮에 깜빡 잠이 드는 것입니다.

그렇습니다, 진짜 필요한 것은 어쩌면 문학이 아니라, 방에서 홀로 상상을 하는 것일지도 모릅니다. 그런 생각이 들면 그런 혼잡한 장소들, 가족과 학교 모임 혹은 명절 식사, 거기 있는 사람들에 대해 아주 멋진 상상을 합니다. 이 사람들을, 더욱더 시끌벅적한 명절 식사 속에서 더 자세히 상상하고, 더욱더 재미있게 변화시킵니다. 상상 속에서 모든 것은 흥미롭고 매력적이며 현실적으로 변합니다. 익히 알고 있는 이 세계에서 새로운 세계를 상상하기 시작하는 거죠. 이렇게 해서 주제의 중심부에 도달합니다. 잘 쓰기 위해서는 제대로 지루해져야 하며, 제대로 지루해지기 위해서는 삶 속으로 들어가야 하는 것입니다. 바로 그런 왁자지껄함, 회사, 전화벨, 사랑, 우정, 햇빛 가득한 해안 그리고 비 오는 날 장례식에 참석했을 때, 그러니까 일상에서 일어나는 일들의 심장부로 들어가기 직전에 갑자기 자신이 주변부에 있다고 느끼곤 합니다. 그러면 상상이 시작되지요. 당신이 비관론자라면 지루해한다고 생각할 수도 있을 겁니다. 이런 경우에도 마음속에서는 '네 방으로 가, 책상 앞에 앉아.'라는 목소리가 존재하는 겁니다. 다른 사람들이 어떻게 하는지 그 방법은 모르겠지만, 나와 같은 사람들은 이렇게 작가가 됩니다. 이것이 시가 아니라, 산문이나 단편, 장편 소설의 방식이라는 것도 압니다. 이는 매일 복용해야 하는 약의 특성에 대해서도 어느 정도 정보를 줍니다. 약의 힘, 삶과 상상력에서 많은 영양분을 섭취해야 한다는 것을 알게 되지요.

고백하는 희열과 자신에 대해 말하는 두려움을 동시에 품고 써 내려간 이 논리에는 중요하고 진지한 결과가 있는데, 이제 그 문제로 들어가 보겠습니다. 글쓰기의 '약'과 위안에 대해 검토해 본 짧은 소설 이론은 이렇습니다. 나 같은 소설가들은 소설의 주제와 형태를 이렇게 하루하루 필요한 만큼의 상상에 의거해 선택합니다. 한 편의 소설은 많은 생각과 흥분, 분노 그리고 바람으로 쓰인다는 건 우리 모두가 알고 있습니다. 애인이 좋아할 거라는 생각, 화가 나서 누군가를 무시하는 것, 아주 좋아하는 것에 대해 언급하는 것, 전혀 모르는 것에 대해 아는 척하는 희열, 추억을 떠올리는 것이나 떠올리지 못하는 것, 사랑받는 것, 자신이 쓴 책이 읽히는 것, 정치적 야망, 사적인 호기심, 개인적인 강박 관념, 그리고 이런 것들처럼 이해될 수 없고 터무니없는 많은 이유들이 비밀리에 혹은 공공연하게 우리를 이끌어 갑니다……. 이러한 충동들 때문에 언급하고 싶은 상상들이 항상 있기 마련이지요. 우리를 움직이게 만드는 충동과 상상이 정확히 무엇인지는 모르지만, 마치 어디서 오는지 확실치 않은 바람처럼, 글을 쓸 때 우리에게 활기를 불어넣어 주기를 바라게 됩니다. 게다가 이 어두운 충동에, 마치 어디로 가는지 모르는 선원처럼 어느 정도 항복하게 됩니다……. 하지만 이성 한 켠에서는 내가 지도 위 어느 곳에 있는지 그리고 어디에 도착하고 싶은지 알고 있습니다. 자신을 바람이 이끄는 대로 내버려 둔 때조차, 내가 경탄해 마지않는 다른 작가들에 비해 보면 어디를 향해 가는지 대략 짐작할 수 있습니다. 미리 계획을 세우고, 설명하고 싶은 이야기를 장으로 나누고, 내가 탄 배가 어떤 항구로 가서 어떤 짐을 싣고 어떤 짐을 내려야 할지, 이 여행이 어느 정도 걸릴지, 길을 나서기 전에 각각의 장으로 계산하고 지도에 표시하는 거지요. 그래도 돛이 예기치 못한 곳에서 불어오는 바람으로 부풀어 오르면, 이야기의 방향을 바꾸는 걸 저항할 수는 없습니다. 사실 부푼 돛으로 전진하는 배가 찾는 것은 충만함과 완전성입니다. 모든 것이 서로 닿고 연관이 있고, 모든 것이 서로에 대해 아는 특별한 장소와 때를 찾고 있는 것이지요. 그러다 바람이 서서히 잦아들고, 다시 완전히 잠잠해지고, 결국 움직임 없는 곳에 있는 자신을 발견합니다. 안개 낀 잠잠한 그 물에 내 소설이 서서히 진행되게 할 무언가가 있다는 것을 느끼게 됩니다. 시적인 영감에 대해서는 내가 쓴 소설 『눈』에서 설명했던 것들이 내게도 일어나길 항상 바라곤 합니다. 이는 콜리지가 『쿠빌라이 칸』이라는 시를 쓸 때 경험했다고 했던 유의 영감이기도 합니다. 극적인 상태로, 어떤 소설의 장면과 상황이 (콜리지나 『눈』의 주인공 카에게 시가 왔던 것처럼) 나에게도 영감과 함께 오기를 바랍니다. 인내심을 갖고 주의 깊게 기다리면 이것도 실현됩니다. 소설을 쓴다는 것은, 내가 언급한 이런 충동, 바람, 영감의 순간, 이성의 어두운 곳 그리고 안개 낀 잠잠한 시기에 열려 있어야 한다는 것을 의미합니다.

소설도 이런 모든 바람을 맞고, 다양한 영감의 형태에 답하고, 구상하고, 시간을 보내고자 하는 상상 모두를 의미 있는 형태로 결합시키는 하나의 이야기입니다. 하지만 더 중요한 것은 이런 것입니다. 소설은 늘 생생하고 준비된 상상의 세계를 담고 있는 일종의 바구니이기도 하다는 것이지요. 소설은 그 안으로 들어가 한시라도 빨리 지루한 세계를 잊는 데 도움이 될 상상의 조각들을 결합시킵니다. '쓰고 또 쓰며' 이 상상들을 확장하고, 이 두 번째 세계를 더 넓고 더 온전하고 더 세세하게 장식된 상태로 만듭니다. 이 새로운 세계는 쓸수록 알게 되고, 알수록 머리에 담아 두기 쉽습니다. 소설의 중간쯤에 있다면, 그리고 잘 쓰고 있다면, 이 두 번째 세계의 상상 속으로 아주 쉽게 들어갈 수 있습니다. 소설은 읽힐 때, 나아가 직접 쓰일 때 행복하게 들어가게 되는 새로운 세계입니다. 소설가들이 원하는 상상을 쉽게 담을 수 있도록 형태를 갖춘 것입니다. 마치 좋은 독자에게 준 행복처럼, 하루 중 어느 때고 그 안으로 도망쳐 행복해할 수 있고, 신뢰할 수 있으며, 견고하고, 새로운 세계를 좋은 작가에게 선사합니다. 이런 멋진 세계를 약간이나마 구축할 수 있다면, 책상 앞으로, 글이 쓰여 있는 종이 앞으로 다가가자마자 행복을 느끼게 됩니다. 우리가 아는 익숙하고, 평범한 세계에서 나가 넓고 자유로운 세계로 이동하는 것은 시간문제이고, 심정적으로는 되돌아가고 싶지도, 갈수록 확장되는 이 두 번째 세계를 끝내고 소설의 결말 부분에 이르고 싶지도 않습니다. 이런 느낌은, 내가 새로운 소설을 쓰고 있다는 걸 알게 된 좋은 독자들의 느낌과 형제입니다. '이번 소설은 아주 길게 써 주세요!' 출판사 사장들은 끊임없이 '짧게 써 주세요!'라고 요구하지만 나는 길게 써 달라는 말을 수천 번은 더 듣는 걸 매우 자랑스럽게 생각합니다.

사적인 희열과 행복을 향하는 습관의 산물이 어떻게 그렇게 많은 사람들의 관심을 끌 수 있을까요? 『내 이름은 빨강』을 읽은 사람들은, 소설 말미에 셰큐레가 모든 것을 설명하려고 하는 것이 일종의 바보짓이라는 식의 말을 기억할 겁니다. 이 문제에 관한 내 견해는, 그녀가 약간 무시하는 나와 동명의 어린 등장인물 오르한보다, 셰큐레와 가깝습니다. 하지만 내가 또 바보짓을 해서, 오르한처럼 행동하여, 작가의 약인 상상이 왜 다른 사람들의 약도 될 수 있는지 밝혀 보겠습니다. 내가 전적으로 소설 속에 있다면, 그리고 잘 쓰고 있다면, 그러니까 전화벨 소리, 질문, 요구 그리고 일상생활의 지루함에서 벗어났다면, 내 소설을 통해 다다른 자유와 무중력의 천국의 규칙들, 어린 시절 놀이들을 떠올립니다. 모든 것이 단순해져서, 이 단순함 속에서, 유리로 만들어져 안에 있는 것들을 드러내 주는 집들, 자동차들, 배들, 건물들처럼 비밀을 말해 주기 시작합니다. 감각으로 이 규칙들을 듣고 적는 게 나의 일입니다. 기쁜 마음으로 집 안을 둘러보는 것, 주인공들과 함께 버스나 자동차를 타고 이스탄불을 돌아다니는 것, 지루했던 장소에서 본 것들을 감각적으로 바꾸는 것, 무책임하게 즐기는 것, 아이들에 대해 흔히 말하듯 즐길 때도 무언가를 배우는 것입니다. 글쓰기의 가장 멋진 부분은, 아이처럼 세상을 잊는 것, 마음껏 놀고 즐기면서 자신을 무책임하게 느끼는 것, 익숙한 세계의 규칙들을 장난감처럼 가지고 노는 것, 그리고 이런 것들을 할 때도 이성 한구석으로는 이 순진하고 자유로운 축제 뒤에서, 나중에 독자들을 전적으로 매이게 할 심오한 책임의 존재를 느끼는 것입니다. 당신은 하루 종일 놀이를 하겠지만, 마음 깊숙한 곳에서는 다른 이들보다 진지하다는 것을 느낄 겁니다. 삶의 정수를, 그것과 맞부딪칠 힘을 오로지 아이들만이 가질 수 있는 진심 어린 마음으로 진지하게 여길 겁니다. 자유롭게 만들어 놀았던 놀이의 규칙을 용기 있게 넣는다면,

독자들도 그 규칙, 언어, 문장, 이야기의 매력에 이끌려 당신을 따라오리라 느낄 겁니다. 글쓰기는 독자로 하여금 이건 내가 말할 참이었는데. 하지만 난 그렇게 순수하지 못했어, 하고 말하게 만드는 재주입니다.

상상에 상상을 거듭해, 예기치 않았던 바람에 돛을 펼치고, 지도를 보고 또 보며 발견하고, 구축하고, 확장시킨 이 세계의 아이 같은 순진함으로 돌아가지 못하는 경우도 있습니다. 모든 작가에게 일어날 수 있는 일입니다. 때로 어떤 곳에서 막히거나 공백기 이후에 멈췄던 곳에서 계속 소설을 써 내려갈 수가 없는 것입니다. 익히 잘 알려진 이러한 상황에서 어쩌면 나는 다른 작가들보다 덜 답답해하는 것 같습니다. 내 이야기로 멈췄던 곳이 아니라 다른 구멍을 통해 되돌아갈 수 있고, 지도를 아주 잘 봤기 때문에 다른 장에서 소설을 계속 써 내려갈 수가 있기 때문입니다. 이건 그리 중요하지 않습니다. 하지만 올해 내게 일어났던 정치적 문제로 고심을 하고 있을 때 이런 어려움에 봉착했고, 이때 소설 쓰기와 관련된 무언가를 발견했다고 느꼈습니다. 이걸 설명해 보려 합니다.

나에 관한 소송, 내가 처한 정치적 상황은 나를 실제보다 훨씬 더 '정치적'이고 '진지하며' '책임 있는' 사람으로 만들어 버렸습니다. 나는 그저 미소나 지으며, 안타까운 상황, 안타까운 정신적 상태라고 말하겠습니다. 이러한 이유로 소설을 쓰기 위해 필요한 아이 같은 순진함을 찾을 수 없었습니다. 있을 수 있는 일임과 동시에 놀랄 일도 아니었습니다. 사건이 서서히 수면 아래로 가라앉고 나서 일시적으로 잃었던 '무책임', 순진한 놀이, 장난기로 되돌아갈 거라고, 3년 동안 써 오던 소설을 끝낼 수 있을 거라고 생각했습니다. 매일 아침, 이스탄불 천만의 인구가 깨어나기 훨씬 전에 책상 앞에 앉아 밤의 마지막 정적 속에서 쓰다 만 소설로 한시라도 빨리 되돌아가기 위해 노력했습니다. 그러기 위해 기를 쓰며, 내가 좋아하는 그 두 번째 세계로 들어가기 위해 노력했습니다. 이렇게 피땀 어린 노력을 한 끝에 나는 눈앞으로 쓰고 싶은 소설의 일부가 지나가는 걸 보았습니다……. 하지만 그건 당시 쓰고 있던 소설의 일부가 아니라 완전히 다른 소설의 장면들이었습니다. 답답하고 우울했던 그 시기에, 3년 동안 써 왔던 소설이 아니라, 매일 아침 완전히 다른 소설의 장면들, 문장들, 인물들, 이상한 세부 사항들이 갈수록 확장되어 나에게로 왔습니다……. 얼마 지나 완전히 다른 소설의 부분들을 공책에 썼고, 전혀 머릿속에 없었던 세부적인 것들을 메모하기 시작했습니다. 이미 사망한 현대 화가의 그림들에 관한 소설이었습니다……. 죽은 화가만큼이나 그가 그린 그림에 관한 생각이 내 안에 떠올랐습니다. 얼마 지나자, 그 답답한 시기에는 어린아이 같은 무책임 속으로 되돌아갈 수 없다는 것을 깨닫게 되었습니다. 순진함이 아니라, 오로지 내 어린 시절로, 화가가 되고자 꿈꾸었던, 계속해서 그림을 그렸던(『이스탄불』이라는 책에서 설명했던 것처럼) 어린 시절로만 돌아갈 수 있었던 것입니다.

이후 나에 관한 정치적 소송이 기각되었고, 당시 쓰고 있던 『순수 박물관』이라는 소설로 돌아갔습니다. 어린아이 같은 정신 상태가 아니라, 단지 내 어린 시절의 충동으로 되돌아갈 수 있었던 그 시기에 머릿속으로 장면장면 떠올랐던 그 소설을 언젠가는 쓰겠다고 마음먹고 있습니다. 하지만 이런 경험을 통해 내게는 소설 쓰기의 정신적 차원에 관한 한 가지 지식이 남았습니다.

가장 훌륭한 문학 평론가이자 이론가인 볼프강 이저[1]의 '내포 독자' 개념을 나 자신의 차원에서 악용하고 변화시켜 이를 설명할 수 있을 듯합니다. 이저는 독자에 관한 탁월한 문학 개념을 발전시킨 사람입니다. 우리가 읽는 소설의 의미는 전적으로 텍스트 안에도 작품이 쓰인 환경에도 존재하지 않으며, 둘 사이 어딘가에 있다고 그는 말했습니다. 이저에 의하면 어떤 책의 의미는 읽혔을 때 드러나며 '책의 내포 독자'는 독자의 이 특별한 기능을 의미한다고 합니다.

내가 쓰고자 했던 책 대신 완전히 다른 책의 장면들, 문장들, 세부적인 것들을 상상하고 있을 때, 바로 이 개념을 떠올렸고, 쓰이지 않았지만 상상했고 계획한 모든 책(그러니까 내가 쓰다 만 책)에는 내포 작가가 있다고 생각했습니다. 모든 책은 오로지 그 책의 내포 작가가 될 수 있을 때에만 끝낼 수 있습니다! 하지

1 1926~2007. 독서 과정의 현상학적 분석을 발전시킨 독일의 비평가.

만 정치적 고뇌 사이에서, 혹은 대부분 그러한 것처럼, 일상생활 속에서, 전화벨, 교통 체증, 가족 모임 사이에서, 내가 상상한 책의 내포 작가가 되는 건 어렵습니다. 답답하고 바빴던 그 시기에도, 쓰고 싶었던 멋진 책의 내포 작가가 될 수 없었습니다. 그 시절이 지나가고 내가 바라던 대로 쓰고 있던 소설로 돌아왔으며, 그 책을 곧 끝낼 거라는 생각에 만족스럽기도 했지요.(배경은 1975년부터 현재이며, 이스탄불 부유층, 신문에 나오는 표현을 빌리자면 이스탄불 상류 사회를 배경으로 하는 사랑 이야기…….) 하지만 이런 일을 겪은 후에, 나는 사실 30년 동안 모든 힘을 내가 쓰고 싶었던 책들의 내포 인물이 되려고 하면서 소비했다는 것을 깨달았습니다. 늘 위대하고 두껍고 야심 찬 책들을 쓰고 싶었던 내게, 그리고 천천히 썼던 내게 이것은 중요한 사실입니다. 어떤 책을 상상하는 일이 어려운 일이 아닙니다. 나는 다른 사람이 되는 걸 상상하는 것만큼 그런 상상을 자주 합니다. 어려운 건 당신이 상상한 책의 내포 작가가 되는 것입니다.

하지만 불평하지 않아야겠지요. 지금까지 일곱 편의 소설을 써서 출간했으니, 나 자신을 힘들게 하면서도 상상했던 소설을 쓸 수 있는 작가가 되었으니까요. 내가 써서 뒤로한 책들처럼, 내 뒤에 이 책들을 쓴 작가 유령들을 남겨 놓았다는 것도 이제는 압니다. 나와 비슷한 그 일곱 명의 각각 다른 '내포 작가'들은, 30년 동안 세계와 삶이, 이스탄불에서, 내가 사는 곳과 비슷한 어떤 곳에서 어떻게 보이는지를, 아는 대로, 믿는 대로, 놀이를 하는 아이들처럼 진지함하고 책임감 있게 설명했습니다.

앞으로 30년을 더 소설을 쓸 수 있기를, 이를 핑계로 다른 정체들로 분하여 살 수 있기를 간절히 바랍니다.

2006년 4월, 오클라호마에서

2. 나의 아버지

나는 밤늦게 집으로 돌아왔다. 사람들이 아버지가 돌아가셨다고 했다. 어린 시절부터 남아 있던 그의 모습이, 집에서 반바지를 입고 있던 모습이, 얇은 다리가 고통스럽게 내 가슴을 관통하며 사로잡았다.

새벽 2시에 마지막으로 아버지를 한 번 더 보기 위해 아버지 집으로 갔다. 사람들이 "방에 있어."라고 말해 그곳으로 갔다. 아침 무렵 돌아오는데, 내가 50년 동안 살았던 니샨타시[2] 거리는 텅 비고 추웠으며, 진열장 불빛들은 멀고 생소하게만 느껴졌다.

잠을 못 잔 채, 아침에 마치 꿈속에 있는 듯한 정신으로 전화 통화를 하고, 방문객들과 얘기를 나누고, 행정 절차에 열중했

2 이스탄불의 중상류층이 사는 지역.

다. 부고를 쓰면서 다양한 메모, 부탁, 바람, 사소한 논쟁에 빠져들자, 왜 장례식이 죽음 그 자체보다 더 중요하게 되어 버리는지 이해할 것도 같았다.

저녁 무렵 절차를 밟고, 묘를 준비하기 위해 에디르네카프 묘지로 갔다. 형과 사촌이 묘지의 작은 관리실로 들어가고, 나는 택시 앞 좌석에 앉아 기사와 단둘이 남게 되었다. 그러자 기사는 나를 알아봤다고 했다.

“아버지가 돌아가셨어요.” 나는 이렇게 말을 꺼냈다. 그러고는 전혀 예기치도 계획하지도 않았는데 그에게 아버지에 대해 말하기 시작했다. 아버지는 아주 좋은 사람이었고, 나는 그를 아주 좋아했다고. 해가 지기 직전이었다. 텅 빈 묘지는 고요했다. 도시의 콘크리트 건물들은 보기 흉했고, 익숙했던 모습과는 아주 다른 빛과 분위기에 싸여 있었다. 내가 설명을 할 때 전혀 소리를 내지 않던 바람이 묘지의 사이프러스 나무와 플라타너스 나무 들을 살랑살랑 흔들었고, 이 모습도 마치 아버지의 가녀린 다리처럼 내 기억에 각인되었다.

한동안 기다려야 한다는 것을 알게 된 택시 기사는, 자신의 이름이 내 이름과 같다면서 이해심 가득하고, 솔직한 마음을 담아 내 등을 두 번 두드리고 갔다. 그에게 했던 말은 다른 누구에게도 한 적 없는 말이었다. 하지만 일주일이 지나자 내 마음속에 있던 것들은 추억 그리고 슬픔과 뒤섞였다. 글을 쓰지 않는다면 어쩌면 더욱더 커져서 나를 무척 슬프게 할 것만 같았다.

"아버지는 한 번도 제게 화를 내지 않았답니다. 꾸중 한번 하지 않으셨고, 가볍게라도 친 적 한번 없었지요." 나와 이름이 같다는 택시 기사에게 나는 아무 생각도 하지 않고 이렇게 말했다. 하지만 가장 중요한 건 그게 아니었다. 아버지는 어린 내가 그린 그림에 감탄했다. 칭찬을 받으려고 보여 주었던 스케치들을 마치 걸작이라도 되는 듯 꼼꼼히 살펴보았고, 아무리 싱겁고 시시한 농담을 해도 진심으로 미소를 지어 보였다. 아버지가 보여 준 믿음이 없었더라면, 작가가 되고, 이를 내 삶으로 선택하기가 훨씬 어려웠을 것이다. 아버지가 나와 형에게 가졌던 이런 믿음, 유일무이한 이 감정의 반짝임 뒤에는, 그가 자신에 대해 진심으로 느꼈던 숭배와 자신감이 있었다. 우리가 자신의 아들이니, 우리도 자신만큼 뛰어나고 재능 있고 명석하리라고, 아이처럼 순진하게 진심으로 믿었던 것이다.

그렇다, 아버지는 명석했다. 즉석에서 제납 샤하베틴[3]의 시를 암송할 수 있었고, 파이의 열다섯 자리를 기억해 말할 수 있었으며, 함께 보던 영화의 결말을 추측하여 사리에 맞게 말할 줄도 알았다. 자신의 명석함에 대해 이야기하는 것도 좋아했다. 반바지를 입은 중학생 시절, 한 교사가 3학년 수학 수업에 그를 불러, 자기보다 세 살 많은 형들이 풀지 못했던 문제를 어린 귄뒤즈[4]에게 칠판에서 풀게 한 후, 그에게는 "아주 잘했다!", 다른 학

3 1870~1934. 터키 시인.

4 오르한 파묵의 아버지 이름.

생들에게는 "으이그!"라고 했던 일을 즐겁게 들려주곤 했다. 그 명석함은 내게 아버지처럼 되고 싶다는 열망과 질투심 사이의 어떤 초조함을 불러일으켰다.

아버지의 잘생긴 외모에 대해서도 같은 말을 할 수 있다. 모두들 말했던 대로 아버지는 나와 아주 많이 닮았지만, 나보다 훨씬 미남이었다. 아버지의 아버지(나의 할아버지)가 남겨 준, 수 없이 날려 먹고도 다 쓰지 못한 재산처럼, 수려한 외모도 아버지의 삶을 아주 쉽고 즐겁게 만들어 주었다. 가장 최악의 날에도 잃지 않았던 낙관론, 독보적인 자신감 그리고 호의로 이루어진 순수함은 그를 누구보다 특별한 사람으로 만들어 영혼에서 절대 나가지 않을 듯 자리 잡고 있었다. 아버지에게 삶은 일하며 이루어 가야 하는 것이 아니라 희열을 느껴야 하는 것이었다. 세상을 전쟁터가 아닌 놀이터나 유희의 장으로 보았고, 나이가 들수록 젊었을 때 만끽했던 재력, 명석함, 수려한 외모에, 원하는 만큼의 유명세와 권력을 더하지 못하는 것을 약간 힘들어했다. 하지만 어떤 것에 대해서도 마찬가지였듯이 이것도 별로 신경 쓰지 않았다. 자신에게 고민거리를 주는 것은 사람이든 재산이든 문제든 던져 버리고 벗어나는 아이 같은 편안함으로, 자신의 문제도 한구석에 던져 버릴 수 있었던 것이다. 이런 면에서 서른 살 이후의 삶은 반복 혹은 하강이었음에도 불구하고, 그다지 불평하는 걸 들은 적이 없다. 노년에 우리와 함께 식사를 했던 한 유명한 비평가는, 나를 향해 희미한 분노를 표출하며 "네 아버지는 콤플렉스라고는 전혀 없는 사람이야!"라고 말하기도 했다.

피터 팬 같은 낙관주의와 행복은 그를 야망이나 집착과 거리를 두게 했다. 독서를 많이 했고, 시인이 되고 싶었고, 프랑스 시인 발레리의 많은 작품을 터키어로 번역했음에도 불구하고, 문학가로서의 정체성을 갖지 못한 것 역시, 집착적인 사람이 되지 못할 정도로 낙관적이고 편한 사람이었기 때문이라고 생각한다. 아버지에게는 훌륭한 서재가 있었고, 덕분에 나는 청소년기에 그곳에서 닥치는 대로 책을 꺼내 읽을 수 있었다. 아버지는 나처럼 탐욕적으로, 현기증이 일 만큼 읽는 것이 아니라, 즐겁게, 그것들을 매개로 다른 것을 생각하면서 읽었고, 대부분 도중에 그만두곤 했다. 다른 아버지들이 위대한 종교인이나 파샤[5]에 대해 말한다면, 아버지는 파리에서 보았던 사르트르나 알베르 카뮈(아버지와 더 어울리는 작가이다.)에 대해 말해서 나는 감명을 받곤 했다. 많은 세월이 흐른 후 내가 어떤 전시회에서 우연히 만났던 에르달 이뇌뉘[6](아버지의 어린 시절 그리고 공과 대학 친구)는 과거 찬카야 쾨스퀴[7]에서 먹었던 가족 저녁 식사에서, 아버지 이스메트 파샤[8]가 대화 주제를 문학으로 끌고 가자, 손님으로 초

5 고위 문무 관리에게 주어지던 공식적인 직위.

6 1926~2007. 터키 정치인, 학자. 터키 공화국 제2대 대통령 이스메트 이뇌뉘의 아들.

7 터키 대통령궁.

8 1884~1973. 군인 출신으로 터키 공화국 초대 총리(임기 1924~1937), 제2대 대통령.(임기 1938~1950)

대된 아버지가 "우리 나라에는 왜 세계적으로 유명한 작가가 없지요?"라는 질문을 던졌다고 미소를 지으며 말했다. 내 책이 처음 출간된 지 10년이 지난 어느 날, 아버지는 약간 부끄러워하며 내게 작은 여행 가방을 주었다. 그 안에서 나온 회고록, 시, 문학 관련 글과 메모가 왜 나를 초조하게 했는지 나는 잘 안다. 아버지가 자기 자신이 되는 것이 아니라, 우리가 원하는 아버지가 되길 원했던 것이다.

아버지가 나를 극장에 데려가고, 우리가 본 영화를 다른 사람에게 얘기하고, 바보들이나 악인들, 영혼이 없는 사람들에 대해 농담하고, 새로운 과일이나 방문했던 도시, 어떤 소식, 어떤 책에 대해 말하는 것을 나는 아주 좋아했고, 나를 더 많이 사랑하고 쓰다듬어 주기를 바랐다. 아버지가 나를 태우고 드라이브하는 것도 좋았다. 함께 차에 타면 최소한 한동안은 아버지가 순식간에 사라지지 않을 것이기 때문이었다. 아버지가 이스탄불 거리에서 운전을 하면 눈을 마주치지 않은 채 가장 예민하고 힘들고 섬세한 주제에 대해 친구처럼 말할 수 있었다. 그가 많은 것을 설명해 준 후 농담을 하며 라디오 채널을 이리저리 돌려 우리 귀에 들어오는 음악에 대해 얘기했던 자동차 나들이를 나는 아주 좋아했다.

하지만 내가 훨씬 좋아한 것은 아버지와 가까이 있는 것, 아버지의 몸을 만지는 것, 아버지의 옆에 있는 것이었다. 고등학교 다닐 때 그리고 대학 생활 초기에, 내 인생에서 가장 침울하고 '우울한' 시기를 보내고 있을 때, 집에 와서 아버지에게 뭔가를 말해 달라고, 어머니와 나를 즐겁게 해 달라고 나도 모르게 말하곤 했다. 어린아이였을 때는 아버지의 품에 안기는 것, 곁에서 자는 것, 독특한 그의 냄새를 맡는 것, 그를 만지는 것을 좋아했다. 내가 아주 어렸을 때 아버지가 헤이벨리 섬에서 수영을 가르쳐 준 기억이 난다. 물 밑으로 허둥거리며 두려움 속에서 가라앉을 때, 아버지가 나를 갑자기 붙잡았는데, 그 순간 나는 숨을 쉴 수 있어서가 아니라 그의 몸을 꼭 껴안을 수 있어서 행복했으며, 또다시 가라앉지 않기 위해 "아빠, 놓지 마세요!"라고 소리쳤다.

하지만 아버지는 우리를 두고 가곤 했다. 먼 곳으로, 다른 나라로, 다른 곳으로, 우리가 모르는 곳으로 가곤 했다. 긴 의자에 누워 책을 읽다가 문득 책에서 눈을 떼고는, 무언가를 생각하거나 상상하기 시작했다. 그럴 때면 아버지라고 알고 있는 사람 속에 내가 다다르지 못할 아주 다른 세계가 더 있다는 느낌이 들었고, 그가 다른 삶을 꿈꾸고 있다는 생각이 들어 불안해지곤 했다. "나 자신이 오발탄처럼 느껴지곤 해." 아버지는 이런 말도 했다. 이 말을 들으면 어째서인지는 모르겠지만 화가 치밀었다. 다른 것에도 화를 내는 사람이 되었다. 누가 옳았는지는 모르겠다. 어쩌면 이제 나도 다른 곳으로 도망치고 싶은지도 모른다. 그래도 나는 아버지가 카세트에 브람스의 제1심포니 테이프를 넣고 상상 속 오케스트라를 상상 속 지휘봉으로 열정적으로 지휘하는 게 아주 좋았다. 아버지는 온 생애를 행복하게, 어떤 때는 어린아이처럼 순진하게, 어떤 때는 아주 영리하게 즐기며 고민 없이 살았다. 이 모든 유희에서 유희 자체 말고는 별 의미가 없었다는 점을 탓할 사람을 찾는 것이 나를 짜증 나게 하기도 했다. 20대에는 '절대 아버지처럼 되지 말아야지.'라고 생각한 적도 있었다. 내가 그처럼 행복하고 편하고 고민 없고 잘생기지 못해서 불안했던 적도 있었다.

나중에는 이 모든 것을 뒤로했다. 한 번도 내 사기를 꺾지 않았고, 한 번도 내 마음을 다치게 하지 않았던, 어디로 튈지 모르는 아버지에게 느끼는 질투심과 분노는 서서히 우리 사이에 존재하는 필연적인 공통점에 굴복하여 사그라졌다. 이제는, 어떤 바보를 나 혼자 무시할 때, 식당에서 웨이터에게 불만을 표시할 때, 윗입술의 표피를 뜯을 때, 어떤 책들을 다 읽지도 않고 구석에 던질 때, 딸에게 입맞춤을 할 때, 호주머니에서 돈을 꺼낼 때, 장난기 섞인 행복한 태도로 누군가와 인사를 나눌 때, 나 자신이 아버지를 모방하고 있는 걸 발견하곤 한다. 나의 손, 팔, 손목 혹은 등에 있는 점이 그와 닮았기 때문이 아니다. 나를 두렵게 하고 소름 끼치게 하는 것은, 내가 어렸을 적 아버지를 닮고 싶어 했다는 게 자꾸만 생각난다는 점이다. 모든 남자의 죽음은 아버지의 죽음으로부터 시작된다.

3. 봄날 오후

나는 봄날 오후를 좋아하지 않는다. 도시의 풍경, 햇빛이 비치는 모습, 인파, 진열장, 더위. 더위와 밝음에서 도망치고 싶다. 석조와 콘크리트 아파트들의 높은 문에서 밖으로 서늘함이 삐져나온다. 아파트 안은 바깥보다 서늘하고, 물론 어둡다. 겨울, 추위 그리고 어둠이 내부 어딘가에 남아 있는 듯하다.

그런 아파트 한군데에 들어가, 다시 겨울로 돌아갈 수 있다면 얼마나 좋을까. 호주머니에 열쇠 하나가 있다면, 익히 알고 있는 문을 열고, 서늘하고 반쯤 어두운 어떤 집의 냄새를 맡고, 햇빛과 지루한 인파로부터 벗어난 기쁨에 젖어 뒷방으로 간다면 얼마나 좋을까.

뒷방에 침대 하나, 침대 옆 탁자, 그 위에 뒤적일 신문들, 책들, 좋아하는 잡지 그리고 텔레비전이 있다면 얼마나 좋을까. 옷을 입은 채 침대 위로 몸을 던진다면, 그리고 나의 가련한 삶, 불행, 초라함과 홀로 남게 된 것에 기뻐할 수 있다면 얼마나 좋을까. 가장 큰 행복은 엉망인 나 자신 그리고 가련함과 홀로 남는 것. 그 누구의 눈에 띄지 않는 것도 가장 큰 행복이다.

그렇다, 그리고 이런 여자가 있었으면 좋겠다. 어머니처럼 다정다감하고, 부드러우며, 비즈니스 우먼처럼 똑똑한 여자. 내가 무엇을 할지 아주 잘 알고, 나 역시 그녀를 믿는.

그녀가 "고민이 뭔데?"라고 묻는다면 "알잖아. 이 봄날 오후……."라고 대답한다. "답답해……." "답답함을 넘어 사라지고 싶어. 살아도 살지 않아도 상관없어. 세상이 사라진다 해도 상관없고. 게다가 한시라도 빨리 죽는 게 나아. 난 이 서늘한 방에서 몇 년이라도 더 살 수 있어, 그럴 수 있을 거야. 담배를 피울 수 있고. 오랜 세월 동안 담배를 피울 수 있어, 다른 건 아무것도 하지 않고."

잠시 후 내 마음속의 이 목소리를 듣지 못하게 된다. 가장 끔찍한 순간이다. 복잡한 거리에 홀로 남게 되었다.

다른 사람들에게도 일어나는 일인지 모르겠다. 봄날 오후에는 때로 세상이 더욱더 무거워지는 것 같다. 모든 것이 콘크리트가 되고, 콘크리트처럼 무의미해지고, 나는 끈적끈적한 땀을 흘리고 있는데, 사람들은 여느 때처럼 삶을 계속 살아간다는 사실에 놀란다.

그들은 진열장을 들여다보고, 게으르게 걷고, 버스 창 너머로 나를 구경한다. 버스는 내 얼굴에 매연을 뿜어 댄다. 그것 역시 후덥지근하다. 나는 뛴다.

상가로 들어갔다. 내부의 서늘함과 약간의 어두움이 나를 편하게 했다. 이곳에 있는 사람들은 좀 더 해 될 게 없고, 좀 더 이해하기 쉬운 사람들 같다. 하지만 그래도 그들이 무슨 잘못된 행동을 할까 봐 두렵다. 극장을 향해 걸어가며 상점들을 들여다 봤다.

옛날에는 소시지 샌드위치 안에, 그러니까 소시지 안에 개고기를 넣곤 했다. 지금도 그런지 모르겠다.

신문에는 발을 씻는 양동이에 사이다를 만들다가 적발된 사람들에 대한 기사가 실리곤 했다.

사람들은 이곳에서 살고, 서로를 보고, 사랑하고, 형편없는 노란색으로 머리카락을 염색한 여자들과 결혼한다.

호주머니에는 습기 때문에 젖은 지폐들.

지금 이런 미국 영화를 보면 좋을 것 같다. 여자와 남자가 계속해서 도망치고 있다. 그들은 다른 나라로 갈 참이다. 서로를 아주 사랑하지만 계속 다투기도 한다. 하지만 이 다툼은 그들을 서로에게 더욱 매이게 한다. 나는 극장에서 앞자리에 앉는다. 영화 상태가 얼마나 좋은지 여자 피부의 모공까지 보이고, 이 여자, 이 영화, 영화 속 자동차 등 모든 것을 더 사실적으로 만든다. 그런 후 수많은 사람들을 죽인다, 나도 그곳에 있다.

4. 저녁마다 피곤에 지쳐

저녁마다 피곤에 지쳐서 집으로 돌아온다. 길, 인도에서 앞만 똑바로 바라보며 걷는다. 무엇인가에 화가 나고, 기분이 상하고, 분노에 사로잡힌 채. 상상했던 아름다운 것들도 내 이성의 극장에서 빠르게 지나가 버린다. 시간이 흘러가고 있다. 아무것도 없다. 이미 밤이 시작되었다. 우리는 패배했다. 저녁 식사 메뉴가 뭘까?

식탁 위 천장에 켜져 있는 전등. 샐러드, 여느 때와 같은 바구니에 담겨 있는 빵, 네모난 줄무늬 식탁보. 다른 건……? 접시! 다른 건……? 접시와 콩 요리……. 나는 콩 요리를 상상한다. 충분하지 않다. 식탁 위 천장에는 똑같은 전등이 켜져 있다. 어쩌면 요구르트, 어쩌면 삶…….

텔레비전에 뭐가 나와? 하지만 난 안 볼 테다, 나는 모든 것에 화가 나니까. 나는 화가 많이 나 있다. 쾨프테[7]는 좋아한다.

쾨프테는 어딨어? 모든 삶은 여기에, 식탁 앞에 있다.

천사들이 심문을 한다.

오늘 뭐 했어, 자기?

나는 평생 동안…… 일했다. 저녁마다 집에 온다. 텔레비전에는…… 하지만 보지 않을 테다. 그런 후 전화를 받았다, 누군가에게 화를 냈다, 일했다, 글을 썼다……. 난 쓸모 있는 사람이 되었다……. 약간은? 동물이고.

오늘 뭐 했어, 자기?

몰라서 물어? 입안에 샐러드가 있잖아. 턱 사이로 이가 빠지고 있다. 불행해서 뇌가 목으로 흘러간다. 소금 어딨어, 소금 어딨어, 소금? 우리는 우리의 삶을 먹고 있다. 약간은 요구르트. 하야트 상표.

잠시 후 천천히 손을 뻗어 커튼을 들췄고, 어두운 밤하늘에서 달을 보았다. 가장 좋은 위안은 다른 세계에 있나 보다. 사람들은 달에서 텔레비전을 보고 있다. 식후에 오렌지를 먹었다. 아주 달았다. 기분이 좋아졌다.

그러면 모든 세상이 내 것이 된다. 이해되지요, 그렇지요? 저녁때 귀가했다. 그럭저럭 모든 전쟁에서 살아남았고, 따스한 집 안으로 들어왔다. 식탁에 마련된 음식으로 배를 채웠다. 불이 켜져 있었다. 과일도 먹었다. 이렇게 모든 게 잘될 거라고 생각

9 다진 고기에 각종 양념과 채소를 넣어 완자로 굽거나 튀긴 터키 전통 음식.

하기 시작했다.

잠시 후 텔레비전을 켰다. 이제야 아주 편안하다.

5. 침대에서 일어나 밤의 정적 속에서

테이블 위에 작고 못생긴 물고기가 있다. 입을 커다랗게 벌리고, 눈썹을 추켜올리고, 눈은 고통 때문에 커져 있다. 물고기 모양의 작은 재떨이. 당신은 물고기의 커다란 입안에 재를 턴다. 어쩌면 물고기는 입안에 담배가 자주 들어가기 때문에 그렇게 몸부림치는 것일 수 있다. 그러다 뚝, 담뱃재가 물고기 입안으로 떨어진다. 하지만 담배를 피우는 사람은 신경조차 쓰지 않을 것이다. 누군가 물고기 모양의 도자기 재떨이를 만들었고, 가련한 물고기는 오랫동안 담배와 함께 활활 탈 것이다. 더러운 재로 가득 찰 입을 커다랗게 벌리고 있는데, 성냥이나 다른 쓰레기도 쉽게 들어가도록 하기 위해서다.

물고기는 지금 테이블 위에 있고 방에는 조금 전에 아무도 없었다. 나는 방 안으로 들어가 물고기 입을 보았고, 밤의 정적 속에서 물고기 재떨이가 몇 시간 동안 고통스럽게 기다리고 있었다는 것을 알았다. 나는 담배를 피우지 않고, 그것을 만지지 않을 것이다. 게다가 지금, 잠시 후에, 맨발로, 밤 안에서, 반쯤 어두운 집에서 조용히 걸으며, 잠시 후면 가련한 물고기를 잊으리라는 것을 안다.

카펫 위에 어린이용 세발자전거가 있다. 바퀴와 안장은 푸른색이고, 짐바구니와 흙받기는 빨간색이다. 물론 흙받기는 장식용이다. 집의 발코니 같은 진흙 없는 곳에서 어린아이들이 천천히 몰도록 만들어진 것이다. 하지만 그래도 흙받기는 자전거에 충만함과 완성감을 부여해 준다. 자전거의 부족한 부분을 감추어 성숙하게 보이도록 하고, 크고, 우리가 익히 알고 있는 일반적인 자전거라는 느낌에 근접시키며 근엄하게 만든다. 하지만 정적과 미동 속에서 자전거를 좀 더 관찰하자, 나를 사로잡고,

우리가 그것과 유대 관계를 맺게 만드는 건 다른 자전거들처럼 핸들이라는 사실을 금세 깨달았다. 나는 핸들 때문에 자전거가 어떤 생물, 어떤 창조물이라고 생각한다. 핸들은 자전거의 머리, 이마, 목이다. 사람을 볼 때, 얼굴을 먼저 보는 것처럼, 자전거를 볼 때는 먼저 핸들을 보며 자전거에 대한 인상을 갖게 된다. 통통하고 작은 이 자전거는 슬픈 자전거처럼 고개를 숙이고 있으며, 핸들은 앞이 아니라 약간 옆을 향하고 있다. 미래에 관한 그것의 기대는, 다른 슬픈 것들처럼 한정되어 있다. 그래도 자전거의 플라스틱에는, 카펫 위에서 자유 의지로 그렇게 서 있는 모습에는, 슬픔을 잊게 하는 어떤 편안함이 있다.

반쯤 어두운 곳에서 조용히 부엌으로 들어갔다. 냉장고 안은 먼, 행복한 도시들의 가로수처럼 휘황찬란하고 복잡하다.

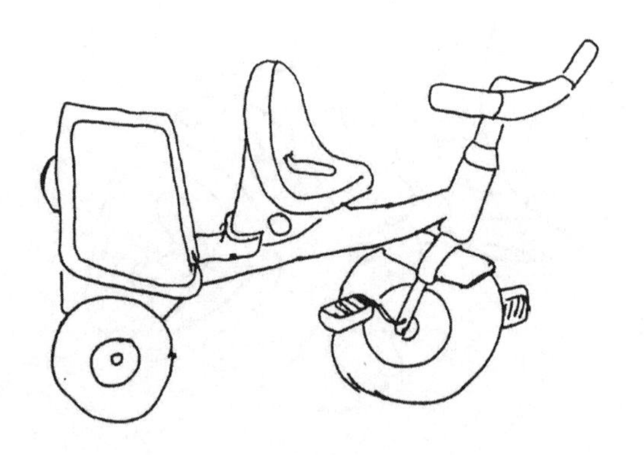

맥주를 집어 들었다. 빈 식탁에 앉아 진지하게 마셨다. 투명한 플라스틱 후추 분쇄기가 밤의 정적 속에서 나를 바라보고 있었다.

6. 물건들이 말을 하는데, 당신은 어떻게 잠을 잘 수 있나요?

밤에 침대에서 일어났을 때 바닥에 깔린 리놀륨이 왜 그렇게 생겼는지 도무지 이해되지 않는 경우가 있다. 네모 위에 죄다 줄이 그어져 있다. 왜 저렇지? 네모 모양도 서로 다르다.

라디에이터 파이프도 그렇다. 마치 자기가 원해서 그렇게 굽어 있는데, 이제는 지루해서 파이프가 아니라 라디에이터가 좀 돼 볼까 하는 것 같다.

전등도 그렇게 이상하다. 전구를 완전히 무시한다면 이렇게 보이기도 한다. 즉, 전등의 빛이 아연 손잡이에서, 덮고 있는 새틴 천에서 밖으로 나온다. 그러니까 사람의 얼굴 피부에서 밖으로 빛을 뿜어내는 것과 같다. 당신들도 이런 생각을 할 때가 있다는 걸 난 안다. 혹시 내 두개골 안에 전구가 켜져 있다면, 예를 들면 내 눈과 입 사이 깊은 곳에, 피부 모공에서 밖으로 너무나 달콤한 형태로 빛이 삐져나올 거야, 하고 생각할 수도 있을 것이다. 특히 우리의 뺨과 이마에서. 저녁 무렵 갑자기 전기가 나갔을 때…….

하지만 당신은 자신이 이런 생각을 한다는 걸 절대 입 밖으로 말하지 않는다.

나도 그렇다. 아무에게도 말하지 않는다.

문 앞에 있는 빈 병이 서로 그리고 세계와 전혀 어울리지 않는다는 것을. 문들이 완전히 열려 있지도, 완전히 닫혀 있지도 않다는 것이 어떤 희망의 원천이라는 것을.

안락의자 커버에 있는 달팽이 같은 무늬가 아침까지 "우리는 이렇게 끊임없이 비틀고 있지만 아무도 알아채지 못한다."라고 말하는 것을.

가까운 어느 곳에서, 내 발 7센티미터 아래 혹은 천장 안에 있는 이상한 벌레들이 콘크리트와 철을, 마치 나무에 있는 좀처럼 서서히 갉아먹는다는 것을.

테이블 위에 있는 가위가 갑자기 움직여 원하는 대로 아무거나 자르기 시작할 거라는 것을, 하지만 유혈의 재앙은 15분 이상 지속되지 않는다는 것을.

전화가 저절로 다른 전화와 통화하기 때문에 말이 없다는 것을.

이런 모든 것들을 나 역시 아무에게도 말하지 않는다. 처음에는 이 명확한 사실들을 누군가와 공유하지 않는 것이 나를 약간은 불안하고 초조하게 했다. 아무도 이런 것들을 언급하지 않왔고, 아무도 언급하지 않는다면, 어쩌면 이 사실들을 나한테만 말하고 있는 것일 게다. 이것의 책임은 단지 어떤 부담만은 아니다. 이 커다란 삶의 중요한 비밀이 왜 자신에게만 드러나는지도 생각하게 된다. 저 재떨이는 왜 내게 자신이 참담하며, 절망스럽다고 말하는 걸까? 문 걸쇠는 왜 슬프지? 냉장고 문을 열면 20년 전으로 나가는 문턱에 서게 될 거라고 왜 나만 생각하지? 이 시간, 가까운 곳에 있는 갈매기들이나 벽 바닥의 작은 생물들이 덜그럭거리는 소리를 왜 나만 들어야 하지?

카펫의 술들을 본 적 있는가?

아니면 그 안에 있는 무늬들에 감춰진 신호들을?

세상이 기이함과 신호로 들끓고 있는데 어떻게 다들 잠을 잘 수 있을까? 그렇게나 많은 사람들이 신호들에 무관심할 수는 없을 거라고 생각하며 마음을 편히 가지려고 한다. 잠시 후 꿈속에서는 나도 어떤 이야기의 일부가 될 것이다.

7. 담배를 끊은 지

담배를 끊은 지 272일이 되었다. 이제는 익숙해진 것 같다. 옛날처럼 괴롭지도 않다. 내 몸의 모든 부분을 내게서 떼어 내는 느낌도 들지 않는다. 아니다, 어떤 결핍감, 총체에서 떨어진 어떤 느낌은 사라지지 않았다. 그저 상황에 익숙해졌을 뿐이다. 더 정확히 말하자면, 이제 슬픈 사실을 받아들인 것이다.

이제는 죽을 때까지 담배를 피우지 않을 것이다.

이렇게 생각하지만, 나중에 다시 담배를 피우는 나 자신을 상상한다. 그러니까 우리가 자기 자신에게조차 감췄던 가장 비밀스럽고 가장 형편없는 상상들 있지 않은가……. 바로 그 상상의 한가운데에, 뭘 하느라 바쁜지는 몰라도, 상상이라고 하는 영화에서 슬로 모션으로 찍은 가장 점잔 빼는 장면에서, 나는 담배를 피우며 행복을 만끽하고 있었다.

바로 이것이었다. 내 인생에서 가장 기본적인 담배의 기능은. 희열과 고통을, 바람과 패배를, 행복과 흥분을, 지금과 미래를 슬로 모션으로 찍는 것. 슬로 모션 속 하나하나 지나가는 네모난 장면들 사이에서 새로운 길과 지름길을 찾는 것. 이 가능성이 사라지면 사람은 약간 자신이 벌거벗고 있다는 생각을 하게 된다. 무기도 없이, 속수무책으로.

한번은 택시에 탔더니 기사가 담배를 피우고 있었고, 차 안은 맛있는 연기로 가득했다. 나는 속으로 들이마시기 시작했다.

기사가 "미안합니다." 하고 말하며 창문을 열려고 했다.

나는 대꾸했다.

"아닙니다, 열지 마세요. 난 담배를 끊었습니다."

요즈음에는 이처럼 결핍을 느끼는 순간이 전보다 뜸하지만, 그것은 더욱 깊은 어딘가에서 나온다.

때로 약이나 거짓말 그리고 죽음에 대한 위협들로 성공적으로 담배를 잊게 한 또 다른 나의 정체성이 있음을 기억해 낸다. 나는 그 사람이 되고 싶다. 그 옛날 오르한은, 담배를 피우는 남자는, 악마와 더 쉽게 싸우곤 했다.

이 옛 정체를 기억해 냈을 때 문제가 되는 것은 한시라도 빨리 담배를 피우는 것이 아니다. 나는 처음처럼 그렇게 담배에 대해 화학적 끌림을 느끼지 않았다. 아주 사랑하는 친구나 어떤 얼굴을 그리워하듯, 나의 옛 모습이 그리웠고, 옛 정체로 돌아가고 싶었다. 마치 원하지 않는 옷을 입혀 억지로 다른 사람으로 만든 것 같았다. 담배를 피우면 나의 옛 정체와 밤의 격렬함으로 되돌아갈 것이다.

옛 정체로 되돌아가고 싶을 때는 그 당시 내가 불멸의 사람이었다고 희미하게 기억하기도 한다. 그 당시는 시간도 흐르지 않았다. 담배를 피울 때는 얼마나 행복하든, 불행이 얼마나 진하든, 모든 것이 항상 그대로일 거라고 생각했다. 내가 즐겁게 담배를 피울 때는 세상이 전혀 변하지 않았다.

그러다 죽음에 대한 공포에 휩싸였다. 담배를 피우는 그 남자가 갑자기 죽을 수도 있다, 신문은 이렇게 신빙성 있는 글을 썼다. 죽지 않기 위해서는 그 정체에서 벗어나 다른 사람이 되어야만 했다. 그리고 나는 성공적으로 해냈다. 이제 뒤에 남겨 놓은 나의 정체는, 시간이 흐르지 않았던 그 불멸의 나날로 악마와 함께 나를 다시 부르고 있다.

이 부름은 두렵지 않다.

왜냐하면, 당신도 보시다시피, 만약 만족스럽기만 하다면 글은 모든 고민을 해결해 준다.

8. 빗속의 갈매기

갈매기가 비 오는 지붕 위에서 아무 일 없다는 듯 꿈쩍 않고 있다. 비가 오지 않는다는 듯, 여느 때처럼 꿈쩍 않고 있다. 아주 위대한 철학자인 양 신경도 쓰지 않는 것 같다. 가만히 그렇게 앉아 있다. 지붕 위에. 비가 온다. 그렇게 꿈쩍 않고 앉아 갈매기는 이렇게 생각하는 것 같다. "알아, 알아. 비가 와. 하지만 내가 달리 할 수 있는 게 없잖아." 혹은 "그래, 비가 와. 근데 그게 뭐 그리 중요해?" 혹은 이런 말. "이제 비에 익숙해졌어. 별로 달라질 건 없어."

이 갈매기들이 아주 강인하다고는 하지 않겠다. 창밖을 볼 때나 글을 쓰기 위해 서성거릴 때 보니, 갈매기들도 자신들의 삶 밖에 있는 것들에 다급해하기도 했다.

갈매기가 새끼를 낳았다. 잿빛이며, 털 뭉치 같고, 가냘프고, 약간은 다급해 보이고, 우스꽝스러워 보이는 아주 작은 새끼

두 마리. 자신들과 엄마 갈매기의 똥에 있는 석회 성분들로 하얗게 된 기와 위에서 잠시 좌우로 오가더니, 나중에는 한 곳에 멈춰 쉰다. 사실 쉰다고도 할 수 없다. 그렇게 있을 뿐. 그저 존재만 하는 것이다. 많은 사람들 그리고 생물처럼 갈매기들도 대부분의 시간을 아무것도 하지 않고 가만히 보낸다. 일종의 기다림이라고도 할 수 있다. 이후의 식사, 죽음, 잠을 기다리며 이 세상에서 있는 것. 나는 갈매기들이 어떻게 죽는지 모른다.

새끼들은 똑바로 서지도 못한다. 바람이 불면 깃털이 흔들린다, 자신들도. 그런 후 또 가만히 있고, 가만히 있는다. 그들 뒤에서는 도시가 움직이고, 아래에서는 배, 자동차 그리고 나무가 흔들린다.

내가 다급하다고 한 것은, 엄마 갈매기가 가끔씩 어딘가에서 무언가를 찾아 새끼들에게 먹으라고 가져오는 모습 때문이다. 그러면 움직임이 인다, 활달한 움직임, 어떤 일, 어떤 다급함. 죽은 물고기의 스파게티 같은 내장들. 잡아당겨, 잡아당겨, 네가 잡아당겨 봐. 나눠 먹는다. 다 먹은 후에는 정적. 갈매기들은 지붕에서 아무것도 하지 않고 서 있다. 우리는 모두 함께 기다린다. 하늘에는 회색빛 구름.

하지만 그래도 내가 간과하고 있는 것이 있다. 창문 앞에서 서성거리다 순간 느꼈던 것. 갈매기들의 삶도 단순하지 않다. 많기도 많다! 모든 지붕 위에서 위협적인 갈매기들이 내가 모르는 뭔가를 조용히 생각하고 있다. 음흉하게. 난 그렇게 생각한다.

내가 어떻게 아느냐고? 한번은 이들 모두가 지평선에 있는 노르스름한 빛을 보고 있다는 것을 알게 되었다. 그 희미한 노란 빛은, 처음에는 바람이 되었고, 나중에는 노란 비가 되었다. 그 노란 비가 멈추지 않고 천천히 내릴 때 갈매기 수백 마리가 내게 엉덩이를 돌린 채 자기들끼리 깍깍 뭐라고 말하며 무언가를 기다렸다. 아래에 있는, 도시에서, 사람들이 어떤 차를 타고, 어떤 집으로 들어가려고 달려갈 때, 위에서 갈매기들은 꼿꼿이, 꿈쩍하지 않고 기다렸다. 나는 그들을 이해한다고 생각했다.

때로 갈매기들은 모두 한꺼번에 서서히 하늘로 비상한다. 그러면 날갯짓하는 소리가 빗소리와 비슷하게 들린다.

9. 갈매기는 해안에서 죽는다

— 여기에 있는 다른 갈매기

갈매기가 해안에서 죽어 간다. 혼자. 부리가 자갈밭으로 떨어진 것 같다. 눈은 슬프고, 아파 보인다. 그 옆에는 바위에 부딪히는 파도. 바람이 이미 죽은 깃털들을 흔들고 있다. 갈매기의 눈이 순간 나를 바라본다. 아침 이른 시간, 바람이 서늘하다. 공중에는 모든 것이 살아 있다. 하늘에는 다른 갈매기들. 죽어 가는 것은 새끼 갈매기.

갈매기는 나를 보더니 순간, 일어나려고 한다. 다리가 몸 밑에서 절망적으로 움직인다. 배가 위로 올라오지만, 부리는 자갈에서 일어나지 못한다. 이렇게 안간힘을 쓰는 와중에도 눈에는 어떤 의미가 나타난다. 그러다 몸이 자갈들 위로 갈수록 축 늘어지며 치명적인 형태로 변한다. 눈빛의 의미는 구름과 멍함 사이에서 사라진다. 갈매기는 확실히 죽어 가고 있다.

왜 죽는지 나는 모르겠다. 회색 깃털은 헝클어져 있다. 이 계절에도 다른 모든 계절처럼, 태어나고 자라고 나는 연습을 하는 새끼 갈매기들이 많이 보였다. 어제는 한 마리가 바람과 파도를 헤치고 바다 수면 두 뼘 정도 위에서 신나게 날았다. 나는 것을 배우는 갈매기들은 공중에 연속적이고 무모한 곡선을 그린다. 그런데 이 새끼의, 나중에야 알아챘지만, 날개는 부러져 있었다. 날개뿐만 아니라, 마치 온몸이 부러진 것 같았다.

여름날 아침, 서늘함 속에서, 머리 위에서는 다른 갈매기들이 즐겁고 야심차게 울고 있는데, 죽어 간다는 것은 어려운 일일 것이다. 하지만 새끼 갈매기는 죽는 것이 아니라 생명을 구한 것 같았다. 어쩌면 무언가를 감지했을 것이다, 어쩌면 무언가를 원했는데, 그게 아주 조금 이루어졌거나, 전혀 이루어지지 않았던 것일 게다. 갈매기는 무엇을 생각하고 무엇을 느낄까? 눈 주위에는 죽음에 익숙한 노인들처럼 슬픔이 어려 있다. 죽는다는 것은 어떤 이불 속으로 들어가 버리는 것이다. 놔, 놔, 갈 거야, 하고 말하는 것 같다.

그래도 나는 공중에 있는 뻔뻔한 갈매기들보다 그와 더 가까이 있다는 것이 기분 좋다. 나는 이곳에, 이 한적한 해안에, 바다에 들어가려고 왔다, 급히, 생각에 잠겨, 손에 수건 하나를 들고. 지금은 멈춰 서서 갈매기를 보고 있다. 조용히, 존경을 다해. 나의 맨발 아래는 자갈들, 거대한 세계. 갈매기의 죽음을 감지하게 해 주는 것은 부러진 날개보다는 눈.

한때는 많은 것을 보았을 것이다. 많은 것에 주의를 기울였을 것이다. 지금은 이 계절에 노인들처럼 지쳤고, 지쳤기 때문인지 더 고뇌하는 듯 보인다. 천천히 모든 것을 내려놓는다. 공중에 있는 다른 갈매기들이 그를 위해 소리치고 있는지 나는 알 수가 없다. 바닷소리가 그의 죽음을 쉽게 만들고 있는 것 같다.

그 후 한참이 지나, 여섯 시간 후에 자갈이 깔린 해안으로 다시 돌아왔을 때 갈매기는 죽어 있었다. 한쪽 날개는 날듯이 펼쳐져 있었고, 몸은 옆으로 누워 있었다, 마지막까지 떠 있던 한쪽 눈은 멍하니 태양을 바라보고 있었다. 이제 공중에는 날아다니는 갈매기가 없었다.

나는 아무 일도 없었던 것처럼 시원한 바닷속으로 뛰어들었다.

10. 행복한 것

행복한 것은 부끄러운 것인가? 나는 이렇게 생각한 적이 많다. 지금도 자주 그렇게 생각한다. 게다가 행복할 수 있는 사람들은 나쁘고 바보라고도 한다. 하지만 가끔은 이렇게 생각하기도 한다, 아냐, 행복한 건 부끄러운 게 아니라 영리한 거야.

어린 딸 뤼야와 함께 바다에 갈 때 나는 세상에서 가장 행복한 사람이 된다. 세상에서 가장 행복한 사람은 인생에서 무엇을 가장 원할까? 물론 계속해서 세상에서 가장 행복한 사람이기를 원한다. 그러기 위해서는 매번, 늘 같은 일을 해야 한다. 우리도 항상 같은 일을 한다.

1. 나는 먼저 뤼야에게 "오늘 이런이런 시간에 바다에 가자."라고 한다. 그러면 뤼야는 그 시간을 손꼽아 기다린다. 하지만 아이의 시간관념은 약간 혼란스럽다. 예를 들면, 갑자기 내 곁에 와서 이렇게 말한다.

"아직 시간 안 됐어?"

"응."

"5분 후야?"

"아니 두 시간 반 후."

5분 후에 와서는 천진하게 묻는다.

"아빠, 지금 바다에 가는 거야?"

혹은 잠시 후에, 갑자기 은밀하고 설득하는 듯한 목소리로 뤼야는 이렇게 말한다.

"이제 갈까?"

2. 절대 오지 않을 것 같던, 바다에 가는 시간이 온다. 뤼야는 수영복을 입고, 바퀴가 네 개 달린 사파 상표의 어린이용 차에 편안히 앉는다. 나는 안에 수건, 수영복, 자질구레한 것들이 들어 있는 밀짚 가방을 뤼야의 품에 놓고는, 익숙하게 차를 민다.

3. 네모난 돌로 덮여 있는 비탈길을 내려갈 때 뤼야는 "아—" 하는 소리를 내기 시작한다. 어린이용 차가 네모난 돌 위에서 달려갈수록 입에서 나오는 소리가 "아—아—아—" 하고 변한다. 돌 덕분에 뤼야의 입에서 음악이 흘러나온다. 우리 둘 다 이 소리를 듣고 웃는다.

4. 작고 한적한 해변은 길 아래에 있다. 어린이용 차를 길가에, 해변으로 내려가는 계단에 놓으면서 뤼야는 매번 이렇게 말한다. "여기는 도둑이 없어."

5. 바로 가져온 물건들을 돌 위에 펼치고, 옷을 갈아입고 물이 무릎까지 오는 바다에 들어간다. 그러면 나는 이렇게 말한다. "넌 여기서 더 들어가지 마. 난 가서 수영하고 올게. 나중에 놀자, 알았지?"

"알았어."

6. 내 생각은 온통 뒤에 있는 남겨 둔 뤼야에게 있지만, 헤엄쳐 갔다. 잠시 후 멈춰 서 해변에 있는, 빨간색 수영복이 얼룩으로 보이는 뤼야를 얼마나 사랑하는지 생각한다. 바닷속에서 웃고 싶은 생각이 든다. 뤼야는 해안에 서서 몸을 조금 꼼지락거린다.

7. 나는 되돌아간다. 해변에서 ① 발차기. ② 물 튕기기. ③ 아빠, 입으로 물 뿜어! ④ 수영하는 척하기. ⑤ 바다에 돌 던지기. ⑥ 메아리 놀이. ⑦ 자, 두려워하지 말고 수영해. 이런 익히 알고 있는 놀이와 의식을 하며 놀고, 반복하고, 다시 논다.

8. "입술이 파래졌어. 춥구나, 너." "아냐, 안 추워." "추워, 나가자." 같은 대화와 논쟁이 있은 후 바다에서 나가, 뤼야의 몸을 닦아 주고 수영복을 갈아입힐 때…….

9. 갑자기 뤼야가 내 품에서 뛰쳐나가 텅 빈 해변에서 벌거벗고 달리며, 폭소를 터뜨리기 시작한다. 나는 신발을 안 신은 탓에 자갈 위를 달려가다 비틀거리고, 벌거벗은 뤼야는 이런 내 모습을 보고 웃는다. 나는 "신발을 신으면 널 잡을 거야!"라고 한다. 나는 뤼야의 고함 소리 속에서 신발을 신는다.

10. 뤼야의 차를 밀며 돌아오는 길은, 우리 둘 다 지쳤지만, 흐뭇하다. 삶을, 우리 뒤에 남겨 둔 바다를 생각하고, 아무 말도 하지 않는다.

11. 나의 손목시계

나는 첫 손목시계를 1965년, 열두 살 때 차기 시작했다. 1970년까지 이 시계를 아주 낡도록 찼다. 알려진 상표는 아니었고 평범한 시계였다. 1970년에 오메가를 사서 1983년까지 사용했다. 지금 차고 있는 이 세 번째 시계도 오메가다. 많이 낡지는 않았다. 1983년 말에 소설 『고요한 집』이 출간된 지 몇 달 후에 아내가 샀으니.

시계는 몸의 일부와 같다. 글을 쓰기 전에 손목에서 풀어 책상 위 내 앞에 놓으면, 마치 축구를 하기 전에 셔츠를 벗는 사람 같은 기분이 든다. 시계를 책상 위에 놓는 것은(특히 외출하고 들어와) 권투 경기에 나가는 사람이 준비를 하는 것 같다. 내게는 투쟁을 준비하는 제스처다. 집에서 나갈 때, 대여섯 시간 글을 쓴 후 글이 잘 쓰였을 때, 손목에 시계를 차는 건 아주 흡족하다. 그 제스처, 시계를 차는 제스처는 내게 무언가를 해낸, 일을 끝낸 즐거움을 준다. 책상에서 벌떡 일어나, 열쇠와 돈을 호주머니에 넣고 곧장 걸어 나간다, 시계는 차지 않은 상태로 손에 들려 있다. 거리에서, 인도를 걸으면서 시계를 찬다. 내게는 아주 커다란 즐거움이다. 이는 어떤 투쟁을 끝냈다는 느낌과 함께 온다.

나는 시간관념이 정확한 사람이다. 아침 10시 반에 전화를 해서 "몇 시에 일어나시지요?"라고 묻지 않는다면, 주로 아침 11시 반에 기상한다.

나는 시간과 항상 사이가 좋았다. 한 번도 '시간이 정말 빨리도 지나갔군.' 하는 느낌에 휩싸인 적이 없다.

시계는 장난감 같고, 시각적인 것이다. 시계 문자판을 본다. 마치 작은 바늘과 큰 바늘이 와야 하는 곳이 있는데 그곳에 온 것 같다. 하지만 나는 이를 관념적으로, 시간의 조각으로 생각하지 않는다. 그래서 한 번도 디지털시계를 사고 싶은 생각이 들지 않았고, 사지도 않을 것이다. 디지털시계는 시간의 조각을 숫자로 보여 주기 때문이다. 하지만 일반 손목시계에서는 그림 한 점을 보게 된다. 시간 그 자체. 어떤 형태로든 형이상학적인 것과 관련된 그림이 떠오른다.

한 번도 시계를 지위의 상징으로 삼은 적은 없다. 나에게 가장 멋진 시계는 오래되어 익숙해진 시계이다.

나는 분(分)을 측정하는 것이 좋다.

시간이라는 형이상학이 측정되는 마법적인 느낌을 나는 시계를 맨 처음 찼던 중학교 시절에 경험했다. 그래서 내게 시계는 오랜 세월 동안 수업 종이 울리는 것과 관련돼 있었다.

시간에 관한 한 나는 항상 낙관적이다. 대체로 12분에 한 일을 9분에 할 수 있다고 생각한다. 23분에 할 일을 17분에 마칠 수 있다고도 생각한다. 하지만 그렇게 하지 못해도 속상해하지 않는다.

잠을 잘 때는 손목시계를 풀어 가까운 곳에 둔다. 잠에서 깨어났을 때 처음 하는 일은 누운 채 시계를 보는 것이다. 시계는 아주 친한 친구 같은 존재다. 낡은 가죽 시곗줄조차 교체하고 싶지 않다. 내 살 냄새가 시곗줄에 배어 있으니.

나는 정오쯤 글을 쓰기 시작해 저녁때까지 쓴다. 하지만 내가 글을 쓰는 진짜 시간은 밤 11시에서 새벽 4시 사이이다. 나는 새벽 4시에 잠자리에 든다.

12. 학교에 안 갈 거야

난 학교에 안 갈 거야. 아주 졸리거든. 추워. 학교에서는 아무도 날 좋아하지 않아.

난 학교에 안 갈 거야. 학교에는 나보다 크고 나보다 힘도 센 애가 둘 있어. 내가 걔들 옆을 지나가면 팔을 벌리고 내 앞길을 막아. 난 무서워.

난 무서워, 학교에 안 갈 거야. 학교에서는 도무지 시간이 가지 않아. 모든 것이 밖에 있어. 교문 밖에.

예를 들면 집에 있는 내 방. 그리고 엄마, 아빠, 내 장난감들, 발코니에 있는 새들. 학교에서 이런 걸 생각하면 울고 싶어. 그러면 창밖을 보지. 하늘에는 구름이 떠 있어.

난 학교에 안 갈 거야. 거기 있는 건 다 싫어.

얼마 전에 나무 그림을 그렸는데, 선생님이 "나무가 많구나, 잘했어요."라고 해서 나는 한 그루 더 그렸어. 그 나무에는 잎사귀들이 없어.

나중에 그 애들 중 하나가 와서 날 놀렸어.

난 학교에 안 갈 거야. 밤에 잠을 잘 때 다음 날 학교에 간다는 생각을 하면 짜증이 나. 난, 학교에 안 갈 거야, 하고 말했지. 그러면 식구들은, 그게 말이 되니! 다들 학교에 가는 거다, 하고 말해.

다들이라고요? 그럼 다들 가라고 해요, 뭐. 난 집에 있으면 어때? 어차피 어제 갔어요. 내일은 안 가고 모레 갈게요.

집에 있는 내 침대에 있다면 얼마나 좋을까. 아니면 방에. 혼자. 학교가 아니라면 다른 어디라도 괜찮아.

학교에 안 갈 거야. 아파. 보면 몰라? 학교 생각만 하면 속이 울렁거리고, 배가 아프고, 우유도 못 마시겠어.

우유 안 마실래, 아무것도 안 먹을래, 학교도 안 갈 거야. 나는 속상해. 아무도 날 좋아하지 않아. 학교에 그 두 애가 있는데, 팔을 벌리고 내 앞을 막아.

선생님한테 갔어. 선생님은 "왜 내 뒤를 따라오니?" 하고 물었어. 내가 무슨 말을 할 건데 화내지 마. 나는 항상 선생님 뒤를 따라가. 선생님도 "날 따라오지 마!"라고 해.

이제 학교에 안 갈 거야. 왜냐고? 왜냐하면 학교에 가고 싶지 않으니까.

쉬는 시간에 교정에도 나가고 싶지 않아. 다들 이제 막 나를 잊었는데 쉬는 시간이 되는 거야. 그러면 모든 것이 혼란스러워, 모두들 뛰어다녀.

선생님은 날 안 좋게 쳐다봐. 게다가 예쁘지도 않아. 학교에

는 가고 싶지 않아. 나를 좋아하는 아이가 있는데, 그 아이만 나를 좋게 쳐다봐. 아무한테도 얘기하지 않은 사실인데, 나는 그 아이가 싫어.

나는 앉아 있는 곳에 그냥 그대로 있어. 외로워. 눈물이 나. 학교가 정말 싫어.

학교에 안 갈 거야, 하고 말했는데, 아침이 되면 나를 학교에 데려다 주지. 나는 절대 웃지 않고 앞만 보고 있어, 울고 싶어. 등에는 군인들처럼 커다란 가방을 메고, 오르막길을 올라가. 내 눈은 오르막길을 올라가는 내 작은 발을 보고 있어. 모두 다 아주 무거워. 등에 메고 있는 가방, 위 속에 있는 따뜻한 우유. 울고 싶어.

나는 학교로 들어가. 교문은 검은 쇠로 되어 있어, 닫히지. 엄마, 봐, 난 안에 갇혔어. 나는 울어.

그런 후 교실에 가 앉지. 밖에 있는 구름이 되고 싶어.

연필, 공책, 지우개. 이런 건 다 개한테나 주라고 해!

13. 뤼야와 우리

1. 우리는 매일 아침 학교에 같이 간다. 우리의 한 눈은 시계에, 다른 한 눈은 가방, 문, 길에 있다……. 차 안에서 항상 똑같은 것을 한다. ① 작은 공원에 있는 개에게 손 흔들기. ② 택시가 급커브를 돌 때 차 안에서 흔들거리기. ③ 늘 같은 곳에서 "오른쪽 밑으로 가요, 기사 아저씨!"라고 하며 서로를 보며 웃기. ④ 기사가 길을 알고 있는데도(우리는 늘 같은 택시 정거장에서 탄다.) "오른쪽 밑으로 가요, 기사 아저씨."라고 하며 웃기. ⑤ 택시에서 내린 후 서로 손잡고 걷기.

2. 가방을 어깨에 메 주고 입을 맞춘 뒤 뤼야를 학교에 들여보내고는 돌아본다. 뤼야도 내가 자신의 뒷모습을 본다는 것을 안다. 내가 머릿속에 외우고 있고 바라보는 걸 좋아했던 아이의 걸음걸이를 지켜본다. 내가 뤼야를 바라보고 있다는 것을 그 아이가 안다는 것을 안다. 내가 그 아이를 보고 있다는 것을 안

다는 것이 우리 둘에게 어떤 믿음을 주는 것 같다. 하나는 그 아이가 지금 그 안에서 걷고 매일 발견하는 세계가 있고, 다른 하나는 우리 둘이 공유하는 세계가 있다. 나의 시선과 뒤돌아서 나를 바라보는 아이의 시선이 우리의 세계를 지속시킨다. 하지만 잠시 후 모퉁이를 돌면 나의 시선이 닿지 못하는 새로운 세계가 시작된다.

3. 자랑을 약간 하겠다. 내 딸은 똑똑하고 감각이 뛰어나다. 내가 가장 멋진 이야기를 해 준다고 조금도 주저 없이 말한다. 주말이면 아침마다 내 곁에 누워 이야기를 해 달라고 조른다. 개성이 있기 때문에 자신이 무엇을 원하는지도 안다. "마녀가 나오는 얘기 해 줘. 감옥에서 탈출하지만, 장님이 안 되고, 늙지도 않고, 나중에 어린 여자애를 납치하지 않는 걸로 해 줘." 자신이 좋아하는 부분은 더 길게 얘기해 달라고 요구한다. 좋아하지 않는 부분들은, 아직 내가 이야기를 만들고 있는 도중에 내 얼굴에 대고 말한다. 이러한 이유로 그 아이에게 이야기를 해 주는 것은, 글을 쓰는 동시에 쓴 것을 아이가 되어 읽는 것이다.

4. 모든 사랑 관계가 그러하듯이 우리 관계 역시 권력 다툼이기도 하다. 누가 결정할 것인가? ① 텔레비전에서 어떤 채널을 볼지. ② 잠을 언제 잘지. ③ 뭘 하고 놀지 아니면 아예 아무것도 안 할지. 그리고 이와 비슷한 많은 결정, 논쟁, 다툼, 속임수, 달콤한 어르기, 눈물, 꾸중, 삐침, 화해, 후회로 점철되는 긴 정치가 결국에는 결론이 난다. 이런 것들은 피곤하지만 행복을

주고 하나씩 쌓여서 나중에는 관계와 우정의 역사를 만든다. 타협을 하게 된다, 왜냐하면 서로를 포기할 수 없으니까. 상대를 생각하고, 한쪽이 없을 때는 향기를 떠올린다. 뤼야가 없을 때 나는 그 애의 머리카락 향기를 지독하게 그리워한다. 내가 없을 때 아이는 나의 파자마 냄새를 맡는다.

14. 뤼야가 슬플 때

너의 그렇게 슬픈 모습이 나를 얼마나 가슴 아프게 하는지 알아? 내 몸에, 영혼에, 그곳이 어디든지 간에, 내 속 어딘가에 자리 잡은 어떤 본능이 있는 것 같다. 너의 슬픈 모습을 보면 나도 슬퍼. 마치 컴퓨터 프로그램이 내 속에서 이렇게 말하는 것 같아. 뤼야의 슬픈 모습을 보면 너도 슬퍼지렴.

이렇게 해서 나 역시, 아무 이유 없이, 갑자기 슬퍼진다. 평상시처럼 냉장고, 신문 혹은 나의 이성을 뒤적거리거나 머리카락을 쓸어 넘길 참이었다. 이 삶의 분위기에 빠져, 잠깐만, 이것에도 어떤 답을 찾아야지, 하던 참에, 아, 뤼야를 보니, 뤼야가 얼굴을 찡그린 채, 웅크린 모습으로, 긴 의자에 누워 있다. 불행한 모습으로, 곁눈으로 세계를, 그녀가 세계를 바라보는 모습을 보는 아버지를 보고 있다.

한 손에는 푸른색 토끼.

다른 손은 불행한 얼굴을 베개처럼 괴고 있었다.

그래도 나는 내 이성에 있는 냉장고의 서랍들을 뒤적거리며 부엌으로 갔다. 쟤한테 무슨 일이 있는 거지? 배가 아픈가? 어쩌면 슬픔의 맛을 발견하는 중인지도 몰라. 자신의 향기와 외로움 속으로 들어가 슬퍼하라고 두지 뭐. 모든 사람이 행복해할 때, 불행해지는 데 성공하는 것은 영리함의 첫 번째 조건이다. 영리한 것이 아니라 명석한 것. 나는 옛날에 보르헤스가 했던 "물론, 모든 젊은이처럼 나도 최선을 다해 행복하려고 애씁니다." 같은 유의 말을 좋아한다. 그런데 그 애는 '젊은이'가 아니라, 아직 아이인데.

정적.

나는 냉장고를 열었다, 빨갛고 커다랗고 먹음직스러운 사과를 집어 아작, 하고 온 힘을 다해 깨물었다. 부엌에서 나왔다. 아이는 아직도 같은 포즈로 누워 있다. 나는 생각했다.

천천히 옆으로 가서 "주사위 놀이 하자. 상자 어딨어?"라고 하면서 상자를 찾아 뚜껑을 열 때 물어봐. 넌 어떤 색 고를 거야? 나는 초록색, 그럼 나는 빨간색. 그런 후 주사위를 던져, 네모 칸을 세고, 뤼야가 이기게 해 줘. 잠시 후 기분이 좋아지면 뤼야는 즐거워하며 이렇게 말할 것이다.

"내가 이기고 있어!"

그래, 네가 독주하렴. 모든 게임을 이기렴. 하지만 때로 신경질이 나기도 한다. 내가 한 번이라도 이겨야지, 한 번이라도 이겨야지 이 애가 지는 것도 배울 텐데. 그런데 되지 않는다. 뤼야가 주사위를 던진다. 게임을 망친다. 구석에 부루퉁한 표정으로 앉아 있다.

바닥에 떨어지지 않는 놀이를 하자고 해야지. 테이블에서 의자로, 의자에서 안락의자로, 소파로, 다른 테이블로, 라디에이터 가장자리로 다녀도 돼. 바닥을 밟아도 되지만, 발이 바닥에 있을 때 붙잡히면 술래야. 하지만 너무 방방 뛰는 놀이다.

가장 좋은 것은 따라 잡기 놀이다. 집 안에서, 테이블 주위에서, 방에서 방으로, 의자들 주위에서, 텔레비전이 최근 살인 사건부터 시작해서 군사 쿠데타, 반란, 달러, 주식 시장, 미인 대회에 대해 언급할 때, 우릴 봐요, 이렇게 뛰어다니면서 당신들과 당신들의 허튼 일은 신경 쓰지 않아요. 티 테이블들을 넘어뜨리고, 전등을 넘어뜨리고, 신문, 쿠폰 그리고 마분지로 만든 성 위를 지나갑니다. 땀에 흠뻑 젖어, 소리를 지르며, 하지만 뭐라고 소리치는지도 모르고, 미친 듯이 뛰면서 때로 옷을 벗기도 합니다. 우리가 초콜릿 상자, 색칠 공책, 깨진 장난감, 물병, 날짜 지난 신문, 아무렇게나 버려진 비닐봉지, 슬리퍼, 상자들 위를 얼마나 빠르게 지나가는지 알아요?

하지만 이것도 하지 않았다.

나는 한쪽에 앉아, 도시의 소음 위에 조용히 쌓인 매연의 색을 바라보았다. 텔레비전은 켜 있었지만 소리는 전혀 들리지 않는다. 달그락거리는 소리를 듣고 알았다. 지붕에서 재수 없는 갈매기 한 마리가 천천히 걷고 있는 소리다. 우리는, 나는 앉고 뤼야는 누워서, 아무 말도 하지 않고 한동안 함께 창밖을 바라보고는, 그 아이는 슬픈 마음으로, 나는 즐거운 마음으로, 그래도 이 세상에 있는 것이 얼마나 아름다운 것인지 알게 되었다.

15. 풍경

나는 세상에 대해 언급하고자 한다, 그 안에 있는 것들에 대해.

왜 이것에 대해 설명하려고 하는지 모르겠다. 어느 더운 날이었다. 다섯 살짜리 딸 뤼야와 섬에 머물던 중 마차를 타고 나들이를 갔다. 난 마차가 향하는 반대쪽에 앉았고, 딸은 내 맞은편에 앉았다. 그 애의 얼굴은 앞쪽을 향하고 있었다. 나무와 꽃이 만발한 정원들 사이를 지나갔다, 낮은 담들, 목조 가옥들, 정원들. 마차가 따각따각 나아갔고 나는 다섯 살짜리 딸의 얼굴을 바라보았다, 표정을, 세상에서 무엇을 보고 있는지를.

사물들, 물건들, 나무들과 벽들, 포스터들, 글들, 거리들, 고양이들. 아스팔트. 더위, 불볕더위.

잠시 후 오르막길이 시작되었고, 말들이 힘겨워하며 허덕이면 마부가 채찍을 휘둘렀다. 마차는 천천히 올라갔다. 어떤 집이 보였다. 딸과 나, 우리 둘은, 우리 옆을 흘러가는 세계의 같은 곳을 보고 있는 것 같았다. 하나하나 자세하게. 잎사귀, 쓰레기통, 공, 말, 아이, 집, 자전거. 그러니까 잎사귀의 푸름, 쓰레기통의 붉음, 공이 통통 튀는 모습, 말의 시선, 아이의 얼굴을 바라보았다. 잠시 후 이런 것들도 순식간에 사라져 갔으나, 우리도 정확히 그것들을 보는 게 아니었고, 우리의 눈 또한 정확히 어딘가에 고정되지 않았다. 더운 오후, 우리는 세상의 그 어떤 곳도 보고 있지 않았다. 더위 속에서 모든 것이 지나갔다, 우리 눈앞에서 반죽 같은, 수증기가 되어 버린 세상. 우리 역시 멍한 상태였다! 보기도 했고, 보지 않기도 했다. 세상은 더운 색깔이 되어 버렸고, 우리도 그것을 이성으로 보고 있었다.

숲을 지나갔지만, 그곳도 시원하지 않았다. 거기서 마치 더위가 흘러나오는 것 같았다. 비탈길이 가팔라지자 말들이 속도를 늦추었다. 매미 소리가 들렸다. 마차는 천천히 나아갔고, 길이 마치 소나무들로 좁아진 것 같더니 갑자기 어떤 풍경이 나타났다.

마부가 "워!" 하는 소리로 말들을 멈춰 세웠다. 그러고는 "좀 쉬게 하려고요." 하고 말했다.

우리는 멈춰 풍경을 바라보았다……. 우리 옆은 바로 절벽이었다. 아래는 바위, 바다, 안개 속에 묻혀 있는 다른 섬들. 푸르른 바다, 그 위를 비추는 눈부신 태양이 얼마나 아름다웠던지. 모든 것이 티 없이 맑고, 환하게 반짝이고, 제자리에 있었다. 풍경. 마치 완벽한 세상 같았다. 뤼야와 나는 흡족한 마음으로 그 풍경을 조용히 바라보았다.

마부가 담배를 피워 물었다, 나는 그 냄새를 맡았다.

그곳에서 세상을 바라보면 왜 아름다웠을까? 어쩌면 모든 것이 보였기 때문일 것이다. 어쩌면 이곳에서 떨어지면 죽을 수도 있기 때문일 것이다. 어쩌면 멀리서는 아무것도 나쁘지 않기 때문일 것이다. 어쩌면 한 번도 이렇게 높은 곳에서 본 적이 없기 때문일 것이다. 우리는 지금 이곳에서 왜 풍경을 바라보지 않는가? 이 세상에서?

나는 뤼야에게 "멋지니? 왜 멋지지?" 하고 물었다.

"우리 여기서 떨어지면 죽어?"

"죽지."

순간 두려움에 휩싸여 절벽을 바라보았다. 하지만 잠시 후 지루해졌다. 절벽, 바다 바위들. 모든 것이 똑같았고, 전혀 움직이지 않았다. 지루하다. 개가 한 마리 왔다! 우리는 "개다!"라고 했다. 개가 꼬리를 흔들며 움직였다. 우리는 그 개가 마음에 들어, 다시는 풍경을 바라보지 않았다.

16. 내가 개에 관해 아는 것

지난주 나는 무더운 섬에서 마차를 타고 다섯 살짜리 딸 뤼야와 나들이 간 이야기를 했다. 그러니까 나중에 절벽 가장자리에서 마차가 멈췄고, 풍경을 바라보던 차에 개 한 마리가 다가온 이야기. 특징 없는 진흙 색 개였다. 꼬리를 흔들었고, 눈이 슬퍼 보이는 개였다. 호기심 많은 개처럼 우리 냄새를 맡지도 않았다. 슬픈 눈으로 우리를 탐색했고, 충분히 알게 되자 젖은 코를 마차 안으로 들이밀었다.

정적. 뤼야는 겁을 냈고, 다리를 안쪽으로 당기며 나를 쳐다봤다.

"겁내지 마." 나는 속삭였다. 맞은편 의자에서 일어나 뤼야 쪽으로 자리를 옮겼다.

개는 멀어졌다. 우리는 함께 개를 자세히 바라보았다. 다리가 네 개 달린 창조물. 개가 된다는 건 어떤 것일까? 나는 눈을 감았다. 하지만 개가 된다는 게 어떤 것인지 생각하는 대신 개에 관해 내가 알고 있는 것들을 떠올리기 시작했다.

1. 얼마 전에 엔지니어 친구가 미국인들에게 시와스[10] 캉갈 견을 팔았다고 말했다. 그가 꺼내서 보여 준 광고 소책자에는 아주 멋지고, 늠름하고, 활기 찬 모습의 캉갈 견 사진이 있었고, 그 밑에는 이런 말이 쓰여 있었다.

"안녕하세요, 나는 터키 캉갈 견입니다. 제 키는 평균 몇 센티이며, 수명은 이 정도이고, 이렇게 영리하며, 이런 혈통입니다. 얼마 전에 우리 친구가 길을 잃었는데, 냄새를 맡아 600미터 떨어진 곳에 있는 주인을 찾았답니다. 우리는 바로 이렇게 영리하고, 충직합니다, 등등."

2. 그림 소설에 터키 개 혹은 터키어로 번역된 개들은 '하브' 하고 짖는다. 외국 그림 소설에서는 개들이 '와프' 하고 짖는다.

개와 관련해 내 머릿속에 떠오른 것은 이 정도였다. 안간힘을 다해 봤지만, 다른 건 아무것도 기억할 수 없었다. 이 나이까지 살면서 수만 마리의 개를 봤지만, 다른 것들은 떠오르지 않았다. 물론 이빨은 날카롭고, 문다는 것 등…….

뤼야가 "아빠, 뭐 해? 눈 감지 마, 그렇게. 지루해……."라고 했다.

나는 눈을 떴다.

10 양치기 개인 캉갈로 유명한 터키 도시명.

"마부 아저씨, 이 개는 어디서 왔죠?"

"개가 어디 있습니까?" 하고 마부가 묻기에 나는 가리켜 보였다.

"저것들은 저 앞에 있는 쓰레기장에 간답니다." 그는 대답했다.

개는 자기 얘기를 하는 걸 이해했다는 듯 앞을 바라보았다.

"겨울에는 굶고, 병들어, 서로를 물어뜯기도 하지요."

잠시 정적이 흘렀다. 한동안 아무도 아무 말도 하지 않았다.

"아빠, 지루해." 뤼야가 말했다.

"마부 아저씨, 출발합시다."

마차가 출발하자 뤼야는 나무, 바다, 길에 열중하느라 나를 잊었다. 그래서 나는 눈을 감고 개에 관해 내가 아는 걸 떠올려 보려 마지막 안간힘을 썼다.

3. 나는 한때 개 한 마리를 좋아한 적이 있었다. 한동안 못 보다가 보게 되면 얼마나 기뻐했는지 자기 배를 긁어 달라는 듯 바닥에 누우면서 오줌을 싸곤 했다. 나중에 그 개는 독을 먹고 죽었다.

4. 개를 그리는 건 쉽다.

5. 이웃집에 개가 있었는데, 그 개는 부자들에게는 짖지 않고, 지나가는 가난한 사람들에게만 맹렬하게 짖어 댔다.

6. 개 목에서 끊어져 땅에 질질 끌리는 사슬 소리를 들으면 두렵다. 아마도 나쁜 기억이 있었나 보다.

7. 조금 전에 본 개는 우리를 따라오지 않았다.

잠시 후 눈을 뜨고 이렇게 생각했다. 그러니까 사람은 사실 아주 조금만 기억한다. 내가 보았던, 지켜봤던 수만 마리의 개는 이 세상에서 내 앞에 있을 때만 아름다웠다. 세상은 이런 식으로 우릴 놀라게 한다. 지금, 저기에서, 여기에서 우리 앞에 있는 것. 나중에 모두들 가 버리고 만다. 모든 것이 사라진다.

17. 시적 정의에 관한 노트

어렸을 때 하산이라는 이름을 가진 내 또래의 아이가 손에 들고 있던 새총을 팽팽하게 당겨 내게 돌을 쏘는 바람에 눈 밑을 다친 적이 있었다. 많은 세월이 흐른 후, 역시 하산이라는 이름을 가진 다른 사람이, 내 소설에 나오는 하산들은 왜 죄다 나쁜 사람이냐고 내게 물었을 때에야 이 일을 기억해 냈다. 중학교 때, 쉬는 시간에 뭔가 핑계를 대며 나를 때린 몸집이 크고 뚱뚱한 아이가 있었다. 세월이 한참 흐른 후 나는 어떤 등장인물을 역겨운 사람으로 표현하기 위해, 그가 몸집이 큰 뚱뚱보처럼 땀을 흘린다고 썼다. 얼마나 뚱뚱했던지 가만히 있는데도 조금씩 땀이 흐르고, 이마와 입술 위에서, 냉장고에서 꺼낸 커다란 물병처럼, 저절로 물방울이 배어 나오곤 했다. 어렸을 때 어머니가 나를 데리고 쇼핑을 하러 나갔을 때, 몇 시간이고 역한 냄새가 나는 가게에서 피 묻은 앞치마를 입고 커다랗고 긴 칼을 들고 일하는 푸주한을 보았다. 나는 그가 준 기름 덩어리가 많이 붙은 고기를 먹지 못했고, 그를 전혀 좋아하지도 않았다.

나의 책에서 푸주한들은 밀매한 가축을 잡고, 어둡고 피가 낭자한 일을 하는 사람들로 묘사된다. 평생 동안 나를 쫓아다니는 개는, 나와 비슷한 등장인물들을 쫓아다니며, 사람들을 불안하게 하는 의심쩍은 생물로 그려진다. 이와 비슷한 정의의 논리 그리고 익히 알려진 이유들 때문에 은행가, 교사, 군인 그리고 형도 나의 책에서는 좋은 인물들로 그려지지 않는다. 이발사도 마찬가지다. 어렸을 때 나는 울면서 이발소에 가곤 했기 때문이다. 이후에도 이들과의 사이는 항상 좋지 않았다. 헤이벨리 섬에서 보냈던 어린 시절에는 말을 아주 좋아했기 때문에, 나는 소설 속의 말과 마차에 아주 좋은 역할을 부여하곤 했다. 나의 등장인물인 말은 감성적이며 세심하고 슬프고 순수하며, 악인들의 희생자가 되기도 했다. 나의 어린 시절은 항상 내게 미소를 짓고, 호의를 보여 주는 좋은 사람들로 가득했기 때문에, 내 소설에는 좋은 사람들이 많이 등장한다. 하지만 정의는 더 나쁜 것들을 떠오르게 한다. 이러한 글들을 읽는 사람들의 뇌리에는 약간이나마 정의감이 있다. 시인들이, 이러저러한 형태로 악인들에게 복수해 주기를 기대한다. 내가 설명하려고 하는 것처럼, 나는 대체로 가장 사적인 방법으로 혼자서 나의 복수를 하려고 한다. 그래서 독자는 알아채지 못하고, 복수가 멋진 것이라고 생각하게 된다. 이런 유의 시적 정의에서 가장 고매한 지점은 어린이 책이나 삽화가 들어간 모험 소설의 결말에서처럼 우리의 주인공이 나쁜 등장인물을 벌주는 것, "이 따귀는 이것 때문이고, 이 주먹은 그것 때문이야."라고 말하는 것이다. 나도 소설가로서 이와 비슷한 장면을 생각한 적이 있다. 푸주한에게 가서 내 책에서 그를 얼마나 나쁘게 설명했는지 일일이 다 읽어 주고, 그러면 그는 당황하고 공포에 질려서 들고 있던 칼을 놓고, 가게를 청소한다. 그러고는 "날 그렇게 나쁜 사람으로 설명하지 말아 주게, 제발. 자식들도 있는데." 하면서 운다.

복수심은 새로운 복수심을 조장한다. 2년 전 마치카[11]에서 여덟, 아홉 마리의 개가 나를 몰아세우고 물려고 했을 때, 나는 이놈들이 내 소설들을 읽었으며, 특히 이스탄불에서 떼거지로 돌아다니는 습성들에 관하여 '나의 시적 정의'로 그들에게 벌을 주었다는 걸 안다는 느낌이 들었다. 시적 정의의 위험은 바로 이런 것이다. 정의를 추구하느라 당신의 책이나 작품을 엉망으로 만들 수 있을 뿐만 아니라, 당신의 존재 역시 그렇게 만들 수 있다. 복수를 노련하게 다루어 감춘다면, 당신의 작품을 더 멋지게 만들 수 있다. 하지만 정의를 추구하는 꿈에 젖은 시인을, 어느 날 어떤 모퉁이에 몰아세우고는 살점을 물어뜯을 개들은 항상 존재한다.

11 이스탄불의 한 지역.

18. 폭풍이 지난 후

폭풍이 지난 후 이른 아침, 거리로 나가 모든 것이 변해 버린 광경을 보았다. 부러져 땅에 떨어진 가지들, 진흙 길에 달라붙어 있는 노란 나뭇잎들을 말하는 것이 아니다. 더 깊고, 더 보이지 않는 어떤 것이 변하여 아침의 첫 빛 아래서 갑자기 모든 곳에 나타난 달팽이 군대, 땅에 고인 물의 당혹스러운 냄새, 흐린 날씨, 이 모든 것들이 돌이킬 수 없는 변화의 흔적들 같았다.

나는 물웅덩이 가장자리에 멈춰 서서 그 안을 들여다봤다. 바닥의 흙은 부드러운 진흙 상태였고, 다가오는 어떤 움직임을 기다리고 있는 것 같았다. 앞쪽에는 노랗게 변한 풀들, 짓이겨진 양치식물들, 세모난 잎사귀 한구석에 물방울이 맺힌 초록색 식물들이 있었다. 결연한 걸음으로 걸어가니 길 오른쪽으로 절벽 아래쪽이 나타났고, 그곳을 천천히 맴도는 갈매기들은 여느 때보다 더 위험하고, 더 단호하게 보였다.

물론 이 모든 것들이, 나의 인식에 있는 어떤 단절, 갑자기 추워진 날씨, 갑자기 바람, 폭풍이 불어 하늘을 청명하게 만든 다음 멈춘 것이, 갑자기 모든 자연의 색이 바뀐 것이 나를 착각하게 만들었을 수도 있다. 하지만 걸으면서 느꼈던 것은, 마치 폭풍 이전에 새, 곤충, 나무, 바위, 저 낡은 쓰레기통 그리고 이 굽은 전신주 등 모든 것이 자신을 놔 버리고, 목표를 잃어버리고, 확실한 의도를 가지고 멀어진 것처럼 보였다는 것이다. 자정 이후 아침의 첫 햇살이 아직 얼굴을 내밀기 전 발생한 폭풍은 사라진 의도와 의미를 다시 가지고 왔다.

삶이 우리가 생각하는 것보다 더 심오하며, 세상은 더 의미있는 곳이라는 것을 느끼기 위해 한밤중 부딪치는 창문 소리, 커튼들 사이로 어두운 방 안으로 불어오는 바람과 천둥소리로 깨어나야만 하는 것인가? 나는, 폭풍 때문에 잠에서 깨어나 본능적으로 돛을 향해 달려가는 선원처럼, 비몽사몽간에 본능적으로 침대에서 뛰쳐나가, 열린 창문을 일일이 닫고, 켜 놓고 깜빡 잊어버린 책상 전등을 껐다. 그리고 이 모든 일을 한 후 틈새 사이로 들어오는 바람으로 흔들리는 부엌 전등 아래서 물을 마셨다. 갑자기 모든 것을 집어삼킬 듯한 강한 바람이 불어왔고, 전기가 나갔다. 사방이 어두워지자 부엌 바닥을 밟고 있는 맨발이 시려왔다.

서 있던 곳에서, 떨리듯 흔들리는 소나무와 포플러 나무 사이로, 갈수록 부풀어 오르는 바다의 하얀 포말을 창문을 통해 볼 수 있었다. 천둥소리 사이로 가까운 어딘가에서 바다로 번개가 떨어진 것 같았다. 잠시 후 하늘과 땅이, 번개가 계속 사위를 밝히고 있을 때, 빠르게 다가오는 구름과 사각거리는 나뭇가지 끝

사이에서 하나로 뒤엉켰다. 손에 빈 컵을 든 채, 한밤중에 부엌 창문을 통해 세상을 바라보는 것이 흡족했다.

아침에, 전설적인 범죄, 폭력, 혼란 그리고 전쟁이 끝난 후 사건 현장에서 흔적을 찾으며 돌아다니는 호기심 많은 사람처럼 그사이 어떤 일이 일어났는지 이해하려고 하면서 걷다가 나 자신에게 말했다. 이렇게 격렬하게 폭풍이 불 때는 우리 모두 하나의 세계에서 모두 함께 살고 있다는 것을 깨닫게 된다고. 그런 후 밤에 두었던 곳에서 넘어 쓰러진 자전거들, 부러진 가지들을 보면서 이런 생각도 했다. 이렇게 폭풍이 불 때는 하나의 세계가 있다는 것을 깨닫는 데서 그치지 않고, 우리 모두가 하나의, 같은 삶을 살고 있다는 것도 감지하기 시작한다고.

작은 참새 한 마리가, 폭풍 속에서, 무엇 때문에 그렇게 되었는지는 알 수 없지만, 진흙땅에 떨어져 죽어 가고 있었다. 냉정함을 유지하며 호기심에 가득 차 그 그림을 그리고 있을 때 펼쳐진 공책과 다른 그림들 위로 툭툭 비가 떨어지기 시작했다.

19. 이전에 이곳에서

어느 날, 멍하니 지쳐 걷다가 그 길을 지나가게 되었다. 일부러 그곳을 찾은 것은 아니었다. 나는 어떤 곳도 찾고 있지 않았다. 귀가하는 사람처럼 거리와 길이 빨리 끝나기를 바라며 걷고 있었다. 상념에 빠져 걷다가, 문득 고개를 들어 내 앞에 펼쳐진 그 길을, 나무가 울창한 풍경을, 나무들 사이로 보이는 지붕을 보았고, 멋지게 구불거리는 길, 가장자리에 있는 키 작은 덤불, 일찍 떨어진 가을 낙엽들을 보게 되었다.

눈앞에 보이는 풍경이 너무나 마음에 들어, 길 한가운데에서 멈춰 섰다. 내 앞에는 그 길을 지나간 자전거 바퀴 자국이 나 있었다. 앞쪽에 있는 사이프러스 나무 아랫부분은 그늘이 져 어두웠다. 왼쪽에 있는 나무들, 부드러운 길의 굴곡, 청명한 하늘, 모든 것이 나란히 있는 모습. 그곳에 있는 그 길은 너무나 아름다웠다!

예전에 이곳에 살면서 아주 멋진 추억이라도 쌓은 것 같았다. 하지만 나는 그 길을 처음 지나던 중이었다. 왜 이곳이 이렇게나 아름답게 보이는 것일까? 내가 항상 다다르고 싶어 했던 나의 장소 같았다. 얼마나 많이 이곳을 생각했던가. 앞으로 펼쳐진 그 길의 멋진 굴곡, 나무들 사이에 있는 조용하고 외딴 그곳, 이곳에서 이 풍경을 바라보며 느끼는 흡족함. 이러한 것들을 얼마나 많이 생각했던지, 마치 내 앞에 보이는 풍경이 내 추억인 것 같고, 아주 예전에도 그곳을 본 것처럼 바라보았고, 내 추억들 사이에 넣어 둔 것만 같았다.

하지만 이성 한쪽에선 내가 이 길을 처음으로 지나간다는 것을 인식하고 있었다. 더욱이 이곳에 다시 돌아오거나, 이 길에 특별한 관심을 보일 의도나 필요도 없었다. 내게는 그저 왔다 지나가면 그만인 일시적인 장소였다. 우리 모두가 길에서 그러는 것처럼 이곳을 잊을 참이었다. 이 길을 다시 생각할 의도는 전혀 없었다. 내겐 다른 할 일이 있었다.

그렇게 나는 아름다운 풍경에 놀랐으면서도 가던 길을 계속 갔다. 내가 본 것을 잊고 싶었다. 하지만 결코, 결코 그곳을 잊지 못했다.

도시의 소음 속으로 돌아간 후, 평범한 삶의 일상적인 분주함에 휩싸인 후, 길, 그곳, 마음에 들었지만 잊어버리려 했던 그곳은 내게 추억이 되어 돌아왔다. 이번에는 진짜 경험한 추억이었다. 그곳을 지났고, 그곳을 좋아했지만, 안타깝게도 서둘러 지

나치고 말았던 것이다. 내가 뒤로한 곳이 내게 되돌아왔다. 내가 기억하는 것은 이제 내 과거의 일부였다.

왜 이렇게 그곳에 연연해하는 것일까? 아름다웠기 때문이다. 아름답고 멋진 곳이라는 생각은 전혀 하지도 않고 지나갔지만, 내 심장과 눈은 순식간에 파악했던 것이다. 추호의 의심도 없었다. 어쩌면 의심이 없었기 때문에, 내가 보았던 것의 아름다움에서 벗어나 계속 길을 갔던 것이다. 내가 등을 돌리고 도망쳤던 것이 지금 내게 이런 상황과 형태로 되돌아온 것이다.

1. 많은 사람들 사이에서 함께 식사를 할 때, 친구들이나 지인들과 수다를 떨 때, 어떤 문제 때문에 짜증이 날 때, 갑자기 그곳을, 내 앞에 펼쳐진 그 길, 사이프러스와 플라타너스 나무들, 신비로운 지붕, 땅에 떨어진 잎들이 떠올라 한동안 생각에 잠겼다. 그 풍경을 머릿속에서 지우는 것은 아주 힘들었다.

2. 밤에 천둥소리나 폭풍으로 잠이 깼을 때, 혹은 텔레비전에서 어떤 여성이 내일의 날씨 예보를 말할 때, 갑자기 그곳에 비가 오고, 폭풍이 치고, 천둥소리가 들리고, 가까운 곳에 번개가 내리쳤다고 상상했다. 하늘과 땅이 서로 뒤섞일 때, 그때 고요함을 지켜봤던 사이프러스 나무가 폭풍으로 포효하며 흔들릴 때, 아주 깨끗했던 그 풍경이 폭풍으로 흥분할 때, 그곳은 얼마나 아름다울까.

3. 그곳으로, 길의 그 지점으로 되돌아간다면, 길 한가운데서서 그 풍경을 봤던 곳으로 되돌아가서 걸음을 멈추고 기다렸

다면 내 삶은 완전히 다른 형태로 계속되었을 것이다. 어떻게 되었을까? 모르겠다. 아마도 한참 후 다시 걷기 시작했을 것이다. 하지만 어떤 본능에 따라 길이 이끄는 아주 다른 곳으로 향했을 것이다. 그 다른 곳에는 아주 다른 삶이 있었을 것이다.

20. 사고무친 남자의 집

그곳은 사고무친 남자의 집이다. 산꼭대기에, 구불구불 올라가는 길 끝에. 때로는 석회 색, 진회색 자갈이, 때로는 기름진 땅 색깔의 길이 꼭대기 어딘가에서 마치 흩어지며 끝나는 것 같다. 비탈길에 지친 몸을 바람이 서늘하게 식혀 주는 곳에. 여기서 잠시 걸으면 갑자기 산의 다른 비탈에 도착하고, 바람이 그치고, 남향의 햇살이 가득하고, 아주 따스한 곳에 도착할 것이다. 길이 얼마나 한적한지 길 가운데에 개미들이 집을 지을 정도이다. 길이 어디이고, 빈 농지가 어디인지 알 수 없다.

무화과나무들. 구멍 난 깨진 벽돌들. 페트병들. 썩고, 투명함이 사라진 리놀륨 같은 플라스틱 덮개 조각들. 때로는 덥고, 때로는 바람이 불고. 모두 사고무친 남자의 소유물이다. 다른 누구도 이곳을 지나가지 않는 것으로 봐서, 그가 이 모든 것을 몇 년 동안 가지고 와서 쌓아 놓은 게 틀림없다.

사실 그는 사고무친이 아니었다. 이곳에 왔을 때는 부인도 곁에 있었다. 좋은 여자였다. 주변에 있는, 아래에 있는 다른 집에 사는 사람들과 친분도 나누었다. 하지만 그녀도, 나중에 사고무친이 될 남편처럼, 아래에 있는 집들에 사는 그 누구와 동향 사람도 친척도 아니었다. 그들은 흑해 지역의 아주 다른 곳에서 온 사람들이었다. 내가 들은 바로는, 사고무친 남자는 흑해 지역에 동산과 부동산도 있었고, 부자였는데, 아마도 ― 사람들은 미소를 지으면서 말했다. ― 그곳에서도 이곳에서처럼 다른 사람들과 문제를 일으켰기 때문에 정착할 수 없었던 듯하다. 아니다. 옛날에는 그렇지 않았다. 어느 날 아내가 입원했고, 그는 병원에 다녀왔다. 얼마 후 부인이 죽었다. 이 모든 일들, 고질적인 아내의 병은 오래 계속되었다. 지금 그는 텔레비전을 보고, 담배를 피우고, 사납게 굴고, 여름에는 해안에 있는 식당에서 웨이터 일을 한다.

그의 집이 있는 언덕에서 바라다보이는 풍경은 아주 멋지고, 아름답고, 광활했기 때문에 그가 텔레비전을 본다는 것이 놀라웠다. 이곳에서 몇 년이고 다른 쪽 언덕, 햇빛이 반사되고 출렁거리며 바람 부는 바다, 사방에서 도시로 들어오는 배, 섬, 그곳으로 오가는 페리보트, 무해하다고 할 정도로 멀리 있는 아랫마을의 인파, 세밀화처럼 보이는 사원, 아침마다 희미한 안개 속에서 물기를 머금고 있는 마을 등 도시 전체를 보면서, 오랫동안 살아갈 수 있을 것이다. 몇 년 전에 시 당국이 새로 집을 건축하는 것을 금지했기 때문이다.

갈매기가 한동안 길게 울었다. 바람이 아래 어딘가에서 켜진 라디오의 소음을 실어 날랐다.

사실 집은, 그가 정말로 고향에서 돈을 좀 가져왔다는 것을 증명했다. 그렇게들 말했다. 지붕의 기와는 깨끗하고 깔끔하게 정렬되어 있었다. 확장한 지붕도 질 좋은 양철로 덮여 있었고, 날아가지 말라고 그 위에 돌을 얹어 놓았다. 집 뒤에는 벽돌로 만든 화장실, 나중에 들여놓은 플라스틱 물탱크, 여기저기서 가져와 쌓아 놓은 상자와 목재 그리고 고물 들이 가시와 키 작은 덤불 그리고 어린 소나무 사이에서 보였다.

우리가 이른 아침의 바람 속에서, 도시의 다른 언덕에 있는 다른 마을과 같은 기와, 벽돌, 플라스틱 그리고 석조 가옥을 바라보고 있을 때, 사고무친 남자가 문을 열고 우리를 한번 힐끗 쳐다보았다. 그의 손에는 내가 보지 못했던 무언가 — 다리미나 제즈베[12] — 가 들려 있었다. 그때 그의 집 안에 많은 전선, 파이프 그리고 코드 들이 연결되어 있는 것을 보게 되었다.

그는 집 안으로 사라졌다.

12 터키식 커피를 끓이는 기구로 긴 손잡이가 달린 국자 형태이다.

21. 화재와 철거

내가 태어나기 전부터 나의 가족, 즉 친할머니, 삼촌들, 아버지와 어머니가 모두 함께 살았고, 나중에는 사립 초등학교에 세를 주었던 거대한 석조 건물이 철거되었다. 어린 시절 나의 초등학교였던 커다란 목조 저택도 불에 타 버렸다. 중학교에 다닐 때 그곳 정원에서 축구를 했던 오래된 저택도, 어린 시절에 보았던 많은 상점이나 건물처럼 먼저 불이 났고 나중에는 무너졌다.

이스탄불의 역사는, 화재와 철거의 역사이다. 도시에 목조 건물이 세워지기 시작한 시기가 16세기 중반 이후인 것으로 보건대, 20세기 초반까지, 그러니까 350년 이상 도시의 형태를 만들고, 대로와 길이 나도록 한 것은 — 커다란 사원 건축 이외에 — 화재였다. 화재 터는, 내가 어렸을 때도 자주 들었던 말이지만, 약간은 불운의 냄새가 나는 말이었다. 돌과 벽돌로 만들어졌기 때문에 타서 사라지지 않은 1층 벽, 대리석이 떨어져 나가고 도난을 당한 1층 계단, 기와, 화분 그리고 유리 조각, 이 잔해 사이에서 자라난 작은 무화과나무와 그 사이에서 노는 아이들.

나는 마을 전체가 불타서 사라지는 것이 아니라, 마지막 목조 저택에 불이 난 것만 볼 수 있었다. 내가 어렸을 때 저택의 화재는 대부분 은밀하게 한밤중에 발생하곤 했다. 소방관이 올 때까지 마을의 아이들과 젊은이들은 자신들이 놀았던 빈 저택의 정원에서 만나 얘기를 하면서 불구경을 하곤 했다.

나중에 삼촌은 "저택에 일부러 불을 놨지 뭐."라고 말하곤 했다.

당시 부유함과 현대성의 척도라고 여겨지던 새 아파트를 짓기 위해 옛 저택을 허무는 것은 금지되어 있었다. 집이 비어 있거나, 돌보지 않아 목재가 썩고 낡아서 아무도 살지 못할 지경에 이를 때만 철거 허가가 났다. 빈 저택이 저절로 폐허가 되어 무너지도록 벽돌들을 뽑거나, 비와 눈이 건물을 썩게 만들어 무너지기를 기다리는 사람들도 있었다. 더 간단하고 확실한 방법은, 아무도 보지 않는 한밤중에 불을 지르는 것이었다. 정원을 돌보던 정원사들에게 이 일을 시켰다는 말도 있다. 무너지기도 전에 저택이 건축업자에게 팔리면, 그 아랫사람들이 방화를 했다는 말도 있었다.

한때는 모두 함께 살았고, 세 세대가 살면서 추억으로 가득 채운 자신들의 집을 어느 날 한밤중에, 어둠 속에서 범죄자처럼 불을 내는 부자들에 대해 우리 가족들은 경멸하듯이 말하곤 했다. 하지만 그들을 이렇게 경멸스럽고 수치스럽다고 보았으면서도, 몇 년 후에는 나의 가족 역시, 아버지와 삼촌, 친할머니가 모두 함께 살았던 3층짜리 아르데코 스타일의 거대한 집을 건축가에게 맡겨 처참하게 철거했고, 그 자리에 아주 흉물스러운 아파트를 지었다. 시간이 흐른 후, 이런 일에 자신은 관여하지 않았으며 '사실'은 그 오래되고 멋진 집이 철거되는 것을 전혀 원하지 않았다고 했던 아버지는, 당시 일 때문에 거주했던 앙카라에서 이스탄불로 왔다가 옛 집이 커다란 해머의 타격으로 붕괴되는 것을 보고 대문 앞에서 엉엉 울었다고 말했다.

저택을 소유하고 있던 이스탄불 출신의 많은 집안에서 '아파트로의 전환' 다툼이 벌어지는 것이 목격되었다. 겉으로는 아무도 옛 집이 철거되는 것을 원하지 않는 듯 보였다. 하지만 때로는 확연하게, 때로는 뿌리 깊게 지속되던 가족 간의 싸움, 불화, 경쟁심, 대부분 법원에서 종결되는 재산 다툼의 결과로 옛 저택은 철거되고, 첫눈에 보기에도 아무도 좋아하지 않을 흉물스러운 새 아파트가 그 자리에 세워지곤 했다. 그런 다음에도 저택이 철거되는 것은 아무도 바라지 않았다고들 했다. 하지만 실상은 모두들 은밀하게 이를 원했다는 것을, 그러니까 아파트 각 층에서 나올 돈으로 삶이 바뀔 거라는 환상을 꿈꾼 것을, 단지 이 불명예스러운 일의 책임과 양심의 가책을 다른 가족 구성원들에게 전가하기 원했다는 것을 느낄 수 있다.

인구가 백만에서 천만으로 빠르게 증가했던 도시를 위에서 보면, 이런 집안싸움, 양심에 대한 계산, 돈에 대한 욕심, 죄책감이 얼마나 쓸데없는 것인지 금세 알 수 있다. 콘크리트 아파트 건물들의 군대는, 마치 톨스토이가 『전쟁과 평화』에서 서술했던 저지할 수 없는 거대한 군대처럼, 정원과 저택, 나무, 정원 안의 삶을 휩쓸고 쫓아내, 아스팔트 흔적을 남기면서, 시간 밖의 천국에서 살았다고 생각하는 마을을 향해 다가갔다. 지도와 통계를 보고, 저지할 수 없는 이 기계의 움직임을 본 후, 가족 간의 불화, 사적인 의견이 있을 수 있다고 논쟁하는 것은, 역사에서 개인의 역할에 관한 톨스토이의 비관적인 생각을 떠올리게 한다. 만약 우리 방에서, 우리 정원에서, 우리 자신의 도덕 속에서 보호하려고 했던 우리의 추억이, 집이, 오랜 세월 기댔던 벽이 그리고 주변이 가혹하게 커지는 도시의 일부라면, 붕괴될 수밖에 없는 운명이다.

저항하는 사람들에게, 뒤늦은 사람들에게 마지막으로 가해지는 타격은 '수용'이다. 어렸을 때, 오스만 제국이 남겼던 이스탄불의 좁고 작은 골목들이 붕괴되고 넓은 길이 뚫릴 때 '몰수'는 거리로 내앉는 것, 집이 없어지는 것, 부당한 처사를 당하는 것과 관련된 단어였다. 이스탄불에서 최근 50년 동안 있었던 '수용'과 '길 내기' 대란의 첫 시기에 나는 예닐곱 살이었다. 1950년대 이스탄불의 할리치 만 맞은편 해안에서 이루어진 역사적 철거 시기에 어머니의 손을 잡고 흙먼지에 뒤덮인 이 지역을 두려움에 싸여 걸었던 기억이 난다. 철거는 전쟁이 끝난 후의 분위기를 자아내고, 새로운 삶에 대한 기대, 끝나지 않는 두려움 그리고 소문들을 만들어 낸다. 몰수에 대한 대가가 지불되면서 어떤 토지는 특혜를 받았고, 불필요한 수용이 이루어졌고, 철거를 위한 새로운 지도가 있는데도 힘 있는 정치인의 '배후 조작'으로 어떤 거리는 구제되거나 지도가 바뀌었다는 이야기가 도시를 떠돌았다. 할리치와 보스포루스에 만들어진 해안 도로가 바닷가로 나오다가, 다시 마을 시장으로 이어지는 좁은 골목길로 돌아가는 것은, 그곳 집 앞을 간척할 수 없을 정도로 유명한 부자나 권력의 측근에 있는 사람이 살기 때문이라고도 했다. 이런 상황에 대해 자신의 의견을 피력하는 돌무쉬[13]의 승객 아주머니나 이발소에서 이발을 하는 아저씨, 새로운 길이 뚫리는 걸 환영하며 철거를 열렬히 지지하는 택시 운전사는 더 많은 곳이 더 많이 철거되어야 한다고 말하곤 했다. 거대한 철거 뒤에는 단지 파리처럼 대로가 생기기를 원하는 바람만이 아니라, 이스탄불에 새로 온 사람들이 옛 도시와 문화에 대해 느끼는 분노, 과거와 관련된 모든 것에 대해 느끼는 적의, 도시의 기독교적이며 국제적인 구조, 비잔틴과 오스만 제국의 유산에 맞서 공화국에 느끼는, 다 잊어버리고자 하는 바람도 있었다. 1970년대 이후 국내 자동차 산업이 중산층에게 비교적 싼 가격으로 자동차를 팔고, 이 자동차들을 빨리 몰 수 있는 대로들이 생기기를 원하면서 콘크리트와 아스팔트가 과거를

13 일정한 지역을 왕래하는 마을버스 같은 승합차.

덮어 버린 것이다.

도시에는 두 가지 모습이 있다. 관광객이나 도시에 새로 온 이방인이 볼 건물, 기념비, 거리 그리고 풍경은 도시의 외관을 형성한다. 그리고 그 안에 우리가 누워 자는 방, 수업을 듣는 교실, 복도, 극장의 특별한 추억, 냄새, 빛 그리고 색깔로 구성된 내부가 있다. 이것을 도시 내면의 모습이라고 할 수 있을 것이다. 지역마다 도시의 외관이 보여 주는 공통점보다 더 많은 것, 도시의 진정한 영혼, 모두의 추억 안에 더욱더 많이 간직하고 있는 것은 도시의 내부이며 파괴는 이것을 더 많이 가져가 버린다.

1980년대의 철거 시기에, 한번은 타를라바쉬 대로에 나갈 일이 있었는데, 그리 많지 않은 인파 사이에서 '불도저'가 작업하는 것을 본 적이 있다. 몇 달 동안 지속된 철거 작업에 이제는 익숙해졌기 때문에 분노나 저항은 그다지 없었다. 비가 보슬보슬 내리고 있었지만 철거 장비들은 흙먼지 속에서 벽을 허물고, 사람들은, 내 생각에는, 다른 사람들의 집과 추억이 사라지는 것이 아니라, 이스탄불 여기저기가 활기차게 꿈틀거리며 형태를 변화시키는 와중에, 우리의 삶이 얼마나 연약하고 일시적인지 느끼고 있었던 것 같다.

초등학교 몇 년과 중학교를 다녔던 쉬실리 테라키 고등학교가 철거되기 몇 년 전, 텅 비어 있는 그곳을 거닌 적이 있다. 50년 동안 이스탄불에서 항상 같은 거리를 거닐었기 때문에, 지금은 빈 주차장으로 변한 학교 건물을 보자, 학창 시절의 추억뿐만 아니라 빈 교실에서 마지막으로 거닐었던 것이 떠올랐다. 처음에는 마음을 찡하게 했던 이 풍경도 서서히 익숙해졌다. 도시의 망각은 파괴로부터 시작된다. 먼저 어떤 추억을 잊게 되지만, 최소한 잊었다는 것은 알고 떠올리려 한다. 나중에는 잊었다는 것조차 잊고, 도시 자체를 기억하지 못하게 된다. 우리에게 슬픔을 주거나 기억을 상실하게 만드는 철거 장소는, 다른 사람들에게는 새로운 환상이 시작되는 장소가 된다, 결국에는.

22. 샌드위치

1964년 1월 추운 정오 무렵이었다. 나는, 지금으로부터 아주 오래전에 철거된, 6차선 아스팔트 길로 바뀐 탁심 광장 한 모퉁이, 옛 룸[14] 아파트 밑에 있는 간이식당 앞에 있었다. 마음속으로는 약간의 죄책감과 두려움을 느끼고 있었다. 하지만 아주 행복하기도 했다. 손에는 간이식당에서 방금 산, 소시지가 든 따스한 샌드위치가 들려 있었다. 크게 한입 베어 물었다. 광장을 돌아가는 무궤도 버스, 쇼핑을 나온 여자들, 극장으로 뛰어가는 청년들……. 광장의 끝없는 소란을 바라보며 샌드위치를 씹기 시작하는 찰나, 모든 즐거움이 사라져 버렸다. 들켰던 것이다. 형이 인도로 걸어오고 있었고, 더욱이 나를 보고 있었던 것이다. 그가 다가올수록, 죄를 짓고 있는 나를 포착해 흡족해하고 있다는 것을

14 터키에 사는 그리스계 사람들.

알게 되었다.

"소시지 샌드위치를 먹고 있는 거야?"

그는 경멸스럽다는 듯 능글맞게 웃으며 말했다.

나는 고개를 숙였다. 무슨 죄라도 짓는 듯 맛도 만끽하지 못하면서 샌드위치를 다 먹었다. 예상했던 것처럼, 형은 '나의 죄'를 연민도 섞어 가며 경멸하듯이 어머니에게 말했다. 소시지 샌드위치는 어머니가 밖에서, 거리에서 먹는 것을 금지했던 많은 것들 중 하나였다.

1960년대 초까지만 해도 소시지 샌드위치는, 이스탄불 사람들이 오로지 독일식 맥줏집 같은 곳에서만 파는 아주 특별한 먹을거리로 여기던 음식이었다. 1960년대 이후, 자리를 차지하지 않는 부탄가스를 이용한 난방기가 유행하고, 국내산 냉장고 가격이 하락하고, 코카콜라와 펩시가 터키에서 지점을 열었기 때문에, 이스탄불 모퉁이나 길거리마다 매일 새로 생기던 간이식당에서 '샌드위치'는 기본 메뉴였다. 되네르[15]가 들어간 샌드위치가 아직 발명되지 않았던 1960년데 중반에 대단히 유행했던, 소시지 샌드위치는, 거리에서 끼니를 때우는 이스탄불 사람들의 가장 중요한 먹을거리였다. 사람들은 간이식당 진열장에서, 온종일 덥힌 진한 토마토소스 안에 진흙탕 속 행복한 물소처럼 누워 있는 소시지 중 하나를 눈으로 찜하고는, 집게를 들고

15 '회전'이라는 뜻으로, 쇠고기나 양고기 등 커다란 고깃덩이를 빙빙 돌리며 구워서 바깥쪽부터 얇게 잘라 먹는 대표적인 터키 음식.

기다리는 주인에게 신호를 한 후, 그가 샌드위치를 준비하는 동안 들떠서 기다리곤 했다. 손님이 원하면, 샌드위치용 빵을 토스트 기계에 데우고, 진한 토마토소스를 바르고, 소시지 옆에 오이피클 조각과 토마토를 넣고 겨자를 뿌렸다. 소시지 샌드위치 안에 마요네즈가 들어간 러시아 샐러드, 냉전 때문에 미국 샐러드라고 했던 그 샐러드를 넣는 야심만만한 간이식당도 있었다.

주로 처음 베이올루[16]에 문을 연 이 야심만만한 간이식당과 샌드위치 가게는 먼저 베이올루 사람들, 나중에는 이스탄불 사람들, 20년 후엔 모든 터키인이 서서 먹거나 거리에서 끼니를 때우는 습관을 만들었다. 이스탄불에 첫 토스트 기계가 들어온 것은 1950년대 중반이었고, 같은 시기에 빵 가게에선 이 기계로 페타 치즈가 들어간 토스트를 만들기 위해 '토스트 빵'을 생산하기 시작했다. 빵 사이에 치즈를 데워 넣는 토스트가 널리 유행한 후에, 햄버거도 베이올루에서 새롭게 발명되었다. 아틀란티스, 퍼시픽처럼 우리에게 다른 세계와 다른 기후의 향기를 선사하는 이름에, 극동 지역의 천국 같은 섬의 사진을 벽에 걸어 놓은 당시 첫 대형 샌드위치 가게에서, 햄버거 안에 넣은 쾨프테의 맛은 각기 달랐다. 이러한 의미에서 터키의 첫 햄버거는 이스탄불의 많은 것들처럼 동서양 화합의 산물이었다. 베이올루를 걷는 청년들에게 햄버거처럼 미국과 유럽을 연상시키는 이름으로

16 유럽에 면한 이스탄불의 번화가.

제공되는 것들 안에는, 청년들에게 먹이는 것을 자랑스럽게 여기며 가게 안 부엌에서 일하는 머릿수건을 쓴 아주머니들이 정성껏 만든 특별한 쾨프테도 있었다.

어머니가 반대한 것은 바로 이 쾨프테였다. 쾨프테에 갈아 넣은 고기가 '어떤 부위의 어떤 고기'로 만들었는지 혐오스럽다는 표정으로 설명했고, 단지 쾨프테뿐 아니라 무슨 고기로 만들었는지 확실치 않은 소시지나 살라미 그리고 수죽[17]을 먹는 것도 금지했다. 그러나 고백하건대, 내 인생에서 가장 맛있는 샌드위치는 축구나 농구 경기가 열리는 경기장 스탠드나 체육관 입구에서 쾨프테와 수죽이 들어간 빵을 파는 길거리 상인들에게서 사 먹은 샌드위치였다. 축구 경기에서 공과 팀의 모험을 구경하는 것보다는, 의식이나 인파 그리고 공동체에 관심을 가졌던 나는, 표를 사려고 기다리는 동안, 파랗고 자욱한 안개를 내뿜으며 내 코에, 얼굴에, 머리에, 재킷에 밀려드는 쾨프테 빵의 초대에 저항할 수 없었다. 가족들에게 감추자고 서로 약속을 하고, 형과 수죽이 들어간 빵을 사곤 했다. 석탄 위에서 서서히 익혀 고무벨트처럼 딱딱해진 수죽 조각은, 양파 조각과 함께 4등분한 빵 안에 넣은 것이었다. 함께 먹는 아이란[18]도 맛있었다.

우리가 밖에서 먹었던 수죽과 쾨프테를 무슨 고기로 만들었는지는 어머니뿐만 아니라 모든 중산층 어머니들의 악몽이었

17 고기, 향신료들을 넣어 만든 터키식 소시지.
18 요구르트를 희석시킨 음료.

다. 그래서 수죽을 넣어 파는 빵 장수는 거리에서 "아픽, 아픽!" 하고 소리치며 장사를 했다. 말이나 당나귀 고기를 넣지 않아 평판이 좋은 아픽우을루 수죽의 상표를 말하는 것이었다. 1960년대에 처음으로 토스트와 샌드위치가 유행했던 시기에, 이스탄불 사람들이 거리에서 수죽이 들어간 빵, 특히 소시지가 들어간 샌드위치를 먹을 때, 극장에서는 수죽-소시지 생산 회사의 광고가 넘쳐 났다. 나는 이스탄불에서 보았던 첫 터키 만화 영화였던 이 광고 중 한 편을 잊지 못한다. 고기를 가는 커다란 기계의 입안으로, 수죽으로 만들어질 다양한 소가, 행복한 표정으로 낙하산을 타고 내려온다. 그런데 소들 사이에는, 교활하게 웃고 있는, 이빨이 큰 사랑스러운 당나귀도 음험하게 섞여 있었다! 영화 관람객들의 불안한 시선 속에서, 당나귀가 막 수죽이 되려고 고기를 가는 기계로 들어가려는 찰나, 기계의 입에서 나온 주먹이 당나귀를 때려 멀어지게 한다. 그런 후 여성 성우가 어떤 상표의 수죽을 '마음 편히' 먹을 수 있다고 우리에게 알려 준다.

다른 곳에서도, 이스탄불 거리에서도 사람들은 시간이 없거나 돈이 없어서가 아니라, 내 생각에는 '마음 편히' 멀어지기 위해 무언가로 끼니를 때운다. 음식이 어머니나 여성, 하렘, 은밀함 같은 집안 관련 개념들과 합치되는 전통적인 이슬람의 삶에서, 현대적 삶으로 넘어가고 도시인이 되기 위해서는 누가, 어디서, 무엇으로 만드는지 모르는 음식도 먹을 줄 알아야 한다는 암묵적인 동의가 필요하다. 처음에는 실업자나 학생, 분노에 찬 사람들,

새로운 먹을거리를 위해 모든 것을 입에 넣을 준비가 되어 있는 사람들이 용기와 대범함을 발휘했다. 축구 경기장 입구, 이스티크랄 거리, 고등학교와 대학교 주변, 가난한 마을의 광장에서 볼 수 있는 이런 사람들이 우연 그리고 냉장고, 부탄가스 화로 같은 문명의 이기와 만나는 즐거움은 얼마 지나지 않아 이스탄불뿐만 아니라, 모든 터키인의 식습관에도 영향을 미쳤다. 갈라타사라이 클럽 소유인 알리 사미 옌 스타디움에서 1966년에 터키-불가리아 국가 대항전이 열렸을 때, 싼 입장권으로 들어갔던, 지붕 없는 관람석 중간에는 소시지 샌드위치 화로가 있었고, 사람들이 서로 밀치고 당기는 와중에 불이 붙었으며, 소시지 샌드위치를 먹으며 경기가 시작되기를 기다리던 사람들은, 내가 두려운 시선으로 바라보는 와중에 마치 물결처럼 새 스타디움 2층에서 한꺼번에 아래로 내려가다가 떨어지고 깔려서 죽었다.

은밀함과는 먼 '더러운' 거리에서 우리가 알지 못하는 사람들이 만든 것들을 먹는 것이 무척 '현대적인' 도시인의 행동이라 할지라도, 갑자기 모든 사람이 동시에 그런 행동을 보이기 시작하는 것은 '현대성' 그리고 우리의 환상 속에서 합치시킨 외로움과 개인주의, 식습관과는 얼마간 거리가 있다.

되네르가 들어간 샌드위치가 1970년대에 갑자기 이스탄불 전체 그리고 나중에는 터키 전역에 자리 잡기 전에 불었던 또 다른 열풍은 '라흐마준'[19]이었다. 20년 후, 관광객들에게 '터키식 피자'라고 소개되었던 이 아랍식 피데[20]는(피데와 피자가 같은 단어에서 나왔다는 것은 다른 논쟁거리이다.) 간이식당과 케밥 식당 덕분이 아니라, 이것을 타원형 상자에 넣어 길이 닳도록 돌아다니던 상인들에 의해 이스탄불을 정복했다. 이제는 배를 채우기 위해서 길모퉁이 간이식당에 갈 필요가 없었다. 하얀 앞치마를 두른 라흐마준 장수가 당신이 있는 장소까지 와서 상자 뚜껑을 열면, 입맛을 돋우는 따스한 김과 양파, 간 고기, 빨간 고춧가루가 든 라흐마준 냄새가 나곤 했다. 어머니는 우리를 겁주기 위해 "라흐마준은 말고기가 아니라, 고양이와 개의 고기로 만들었어."라고 했다. 하지만 우리는 상자 위에 있는 형형색색의 꽃과 가지 들, 라흐마준 사진, 안테프나 아다나 같은 도시 이름을 보고는 입맛을 다셨다.

이스탄불 거리에서 뭔가를 먹고 싶게 만드는 것은, 서로 다른 고유한 맛을 제공하거나 유행을 따라가는 것이 아니라, 이미 알려져 사람들이 좋아하는 것을 파는 다양한 길거리 상인들이다. 대도시 거리에 있는 모든 사람들이 자기 어머니나 아내가 시골에서, 집에서 요리한 것에 넘어갈 거라고 낙관적으로 믿는 병아리 콩을 넣은 밥 장수, 구운 쾨프테 장수, 홍합 튀김이나 홍합에 밥을 넣어 파는 사람, 양간 튀김 장수 들이 제공하는 것만큼이나, 화려하게 장식한 이들의 진열장, 세 발 리어카와 아름다운 의자도 감동을 준다. 갈수록 줄어 가는 이런 상인들은 수백만 명

19 얇고 둥글게 만든 반죽 위에 고기 등을 올려 만든 터키식 피자.

20 둥글고 납작한 빵.

이 바삐 일하는 이스탄불 거리를 돌아다니지만, 그들의 영혼은 여전히 어머니와 아내 들의 '깨끗한' 세계에 살고 있다. 서로서로 비슷한, 공장에서 생산한 거리 음식에 여전히 저항하던 또 다른 음식은, 당연히 '생선이 들어간 빵'이다. 바다가 오염되지 않고, 생선이 풍부하고 싸며, 보스포루스에서 잡은 고등어들이 거리를 채웠던 옛날에는, 생선이 들어간 빵을 파는 장수를 해안에 댄 나룻배가 아니라, 마을 광장에서, 축구 경기장 입구에서 볼 수 있었다.

1960년대에 길거리에서 먹는 것을 아주 좋아했던 어린 시절 내 친구가, 가끔 입에 음식을 가득 넣은 채로 미소를 지으며 되풀이하던 슬로건이 있다. "지저분한 음식이 진짜 맛있다!" 이 말에는 '어머니'의 부엌에서 떨어져 나와 끼니를 때우는 슬픔과 죄책감에 대한 반발도 약간은 있었다. 내가 거리에서, 간이식당에서 즐겁게 끼니를 때울 때 느꼈던 것은 주로 외로움이었다. 작은 간이식당, 좁은 장소를 크게 보이기 위해 샌드위치 가게 벽에 걸어 놓은 거울은 이런 감정을 더 키웠다. 열대여섯 살 무렵 베이올루의 극장에 혼자 가기 전, 작은 간이식당에서 서서 아이란과 햄버거를 먹을 때 거울을 볼 수밖에 없었는데, 나는 그 거울에 비친 내 얼굴이 아름답지 않다고 생각했으며, 대도시의 군중들 속에서 혼자이며, 죄를 짓고 있다고 느끼곤 했다.

23. 보스포루스의 페리

이스탄불에서 여객선을 타는 것은, 도시 안에서 여행한다는 느낌이 아니라, 도시 안에서의 나의 위치를, 나의 삶이 다른 삶과의 사이에 있는 위치를 본다는 느낌을 준다. 이스탄불은 자신을 형성한 커다란 물 덩어리인 보스포루스 해, 할리치 만, 마르마라 해에 둘러싸여 있기 때문에, 도시를 도시로 만드는 모든 건물과 창문과 문은 이 물과 바다와의 근접성, 고도, 관점에서 의미가 있다. 도시에 사는, 거리를 돌아다니는 모든 사람들도, 뇌리 한편으로 자신들이 이 물과 얼마나 가깝고 먼지를 안다. 창문에서 바다를 바라보는 사람들(옛날에는 행복한 소수가 아니었다.)은 아래위로 오가는 도시 구간의 배들을 보면서 도시의 중심부, 시작, 총체가 있다는 것을 느끼는 동시에, 모든 것이 그럭저럭 잘 돌아가고 있다고 느낀다.

아침저녁으로 멀리서 보던 이 페리를 타고 도시의 한편에서 다른 한편으로 가는 것은 여행을 나서는 것이며, 그렇기 때문에 도시 안의 세계를 외부에서 바라보는 희열을 안겨 준다. 지금으로부터 40년 전, 섬에서 출발하여 카라쾨이로 가는 배에 탔던 형과 나는, 우리 마을의 높은 아파트 건물을 누가 먼저 볼까, 우리 집 창문이 언제 모습을 드러낼까 하고 흥분했다. 우리가 아는 거리들, '높은 건물들', 거대한 광고판을 더 잘 보기 위해 배 위층, 선장실 옆에서 처음 보고는 실망감에 휩싸였다. 우리가 모든 삶을 보냈던 거리, 보고 또 봐서 그 형태가 뇌리에 각인됐던 거대한 건물들, 아침부터 저녁까지 매번 다시 읽곤 했던 광고판들은, 바다 위에서 흔들리며 바라보자 별로 중요해 보이지도 않았을 뿐만 아니라 더없이 평범하게 보였기 때문이다. 자신의 거리와 집을 멀리서 보는 아이 같은 흥분(이스탄불에서 배를 탈 때마다 여전히 이러한 흥분을 느낀다.) 외에, 우리 영혼에 어떤 암울한 그림자가 드리워졌다. 서로 닮은 도시의 수백만 개의 창문, 수십만 채의 건물처럼, 당신의 삶도 전혀 예기치 않은 형태로 다른 삶들과 닮았다는 사실 때문이다.

배 안에서 도시를 보며 우리가 다른 사람들과 얼마나 닮았는지를 느낀 것처럼, 모두 서로 닮은 도시의 창문 한곳에서 배를 바라보는 것도, 우리를 상반된 느낌으로 이끌고 간다. 다른 사람들과 다른, 유일무이한 존재가 되고 싶다는 바람으로 말이다. 도시 가운데에 있는 물에서 아래위로 운행하는 수많은 도시 구간 배가 가져다주는 자유의 느낌 때문이다. 삼촌들과 아버지는 서로서로 아주 닮은 40척 정도의 배를 아주 멀리서 실루엣만 보고도, 이름과 번호를 구별했다. 어떤 배의 굴뚝 원뿔은 좀 더 길거나 약간 더 기울어져 있다는 것, 어떤 선장실은 약간 더 넓고, 어떤 배는 약간 더 짧고 두껍고, 어떤 배의 코 부분은 약간 더 높거나 선미 부분이 조금 더 넓었다. 아주 멀리서 다가오는 보스포루스의 배들을, 실루엣만 보고 아버지가 단번에 알아보고 이름과 번호를 말하면, 우리는 감탄하며 어떻게 아는지 비법을 한 번 더 물었고, 배들의 그 작은 차이점을 알아내는 것이 얼마나 어려운지 알게 되었다. 아버지와 삼촌들은 그 배들을 마치 자기 배처럼 외웠고, 보스포루스에서 볼 때마다 행운의 번호를 만난 것처럼 좋아했으며, 아이들에게 배의 역사, 특징, 귀족적인 분위기가 나는 이유를 알려 주곤 했다. 굴뚝의 섬세함과 굴곡의 우아함을 보고 구별할 수 있는가? 급류에 휩쓸릴 때, 약간 오른쪽으로 기울어지는 균형을 이해하는가? 배가 해안에 꽤 근접하여, 우리가 서 있는 아큰트부르누를 돌 때, 우리는 모두 함께 선장에게 손을 흔들곤 했다. 그 당시 아큰트부르누 한구석에는 빨간색과 초록색 깃발을 들어 도시 구간 페리의 도착과 출발을 알려 주는 직원이 있었다.

석탄으로 작동하는 배의 굴뚝에서는 두껍고 진하고 검은 연기가 피어오르곤 했다. 바람이 불지 않는 날에는 이 진한 연기가 흘러나와, 배가 보스포루스 바다에 그린 굴곡 같은 기다란 선처럼 한동안 하늘에 걸려 있었다. 화가가 되고 싶었던 어린 시절과 청년 시절에는, 수성 물감으로 보스포루스 풍경을 다 그린 후에, 도시 구간 페리의 굴뚝에서 하늘 전체에 흩어진 연기를 더해 넣는 것에서 행복을 느꼈다. 환경 오염과 관련된 그 많은 악행에도 불구하고, 어떤 선착장에서, 도시의 어떤 해안에서 배와 굴뚝에서 피어오르는 연기들이 묘사된 그림은 여전히 나에게 즐거움을 준다. 어떤 배의 굴뚝에서 나오는 연기를 묘사하면서 시작되는 플로베르의 소설 『감정 교육』의 첫 문장은, 나의 뇌리에 항상 각인되어 있다.

아버지와 삼촌들을 따라, 형과 나도 보스포루스 배들 중 한 대씩을 우리 배로 삼았다. 어디서 보든 기뻐하며 서로에게 본 이야기를 들려주었던 그 배들의 나이는 우리와 비슷했고, 1950년대 초부터 지금까지 여전히 보스포루스와 섬 사이를 오가고 있다. 리버풀에서 가져와 파샤바흐체라는 이름을 붙였으며, 굴뚝이 편평해 다른 두 형제 배와 구별되는 '나의 배'는, 삼촌의 부탁으로 1958년 어느 저녁 헤이벨리 섬에 있는 우리 집 앞을 지날 때, 오로지 나만을 위해 고동을 두 번 울려 주었다. 하루 전날 선장과 얘기하여 약속을 받아 낸 삼촌은 그 소식을 내게도 전해 줬고, 나도 하루 종일 파샤바흐체가 우리 집 앞을 지나갈 저녁 시간을 손꼽아 기다렸다. 여름이 끝날 무렵, 일찍 내린 어둠 속에서 소나무와 맞은편 섬 뒤의 빛 속에서 배가 나타나는 것을 보자 나는 갑자기 조바심에 휩싸여 바다 쪽을 향해 뛰었고, 정원에 있는 계단의 가장 높은 지점에서 전율을 느끼며 기다렸다.

배가 두 섬 사이, 내가 기대했던 바로 그 지점에 와서 나를 위해 두 번 고동을 울렸던 순간을 절대 잊을 수 없다. 처음에는 이 엄청난 사건을 믿을 수가 없었다. 깊은 곳에서 울려 나오는 배의 고동 소리는 바람 없고, 미동도 없는 밤에 섬과 산 사이에서 메아리쳤고, 다시 정적이 흘렀다. 나는 순간 모든 자연과 세계를, 꿈속에서 그러하듯 마음속에서 느꼈고, 잠시 후 20미터 앞, 나무들 사이의 부엌 옆에서 저녁을 먹던 많은 가족들(친할머니, 삼촌, 아버지, 어머니 들)이 모두 함께 소리를 지르고 박수를 치면서, 배가 내게 보낸 인사를 축하해 주는 소리를 들었다. 그 사건이 있은 뒤 30년이 지난 후, 보스포루스가 내다보이는 나의 집필실에서 여전히 파샤바흐체 배가 매일 한두 번 지나가는 것을 보는데, 이는 하루의 특별한 행복 중 하나이다.

파샤바흐체가 50년 동안 보스포루스의 양쪽과 섬 사이를 오가고 있음에도 불구하고, 옛 보스포루스 배들이 인간에게 주었던 지속성과 우아함은 서서히 사라져 가고 있다. 보스포루스 선착장 대부분은 폐쇄되었으며, 어떤 곳은 식당으로 변하고 어떤 곳은 가혹하게 철거되었다. 삼촌들과 아버지가 굴뚝 번호와 실루엣으로 알아봤던 1940년대 보스포루스 배들은 관광객용 식당으로 바뀐 한두 대를 제외하고는 고물로 처리되어 폐기되었다. 하지만 옛 배 중 몇 척은 아직도 보스포루스에서 운행하고 있고, 여전히 배 옆쪽에 앉아 모든 이스탄불을 집집마다 구경하는 승객들, 갑판에 나가 보스포루스의 강한 공기를 들이마시는 사람들, 아침마다 직장에 가면서 배에서 차를 마시고 신문을 읽는 수십만 명이 있다. 이 글을 쓰고 있는 나의 집필실 창문 앞으로 지나가는 보스포루스 배들 뒤에는, 특히 겨울날 내가 아주 좋아하는 하얀 얼룩들이 나타난다. 자기들에게 던져진 시미트[21] 혹은 빵 조각들을 공중에서 노련하게 낚아채는 갈매기들이다. 겨울에 보스포루스 배에서는 갈매기들에게 빵을 던지는 사람이 있다. 사라져 가는 것은, 배와 사람이 맺은 관계이다. 우리가 자신을 배와 동일시하려는 재능, 배의 이름과 번호를 알고는 평범한 배가 아니라, 사람처

럼 대해 줄 수 있었던 재능이다. 옛날에는 3층짜리 도시 구간 페리들이 해안 저택 앞을 지나갈 때, 3층에 있는 선장과 3층에서 식탁을 준비하는 꿈에 젖은 주부가 한순간 눈을 마주치곤 했다. 지금, 노르웨이에서 가져온, 내부가 조용하고 탁한 영화관 같은 빠른 쌍동선 안에 있는 승객들은, 창밖이 아니라 안에 있는 텔레비전을 본다.

나는 보스포루스 페리들이 밤에 선창에 묶여 휴식을 취하는 때를 가장 좋아한다. 만약 우리가 선착장 가장자리에 있는 술집에 있다면, 배의 크고 높은 코는 호기심 많고 권위적인 아버지처럼 우리 테이블의 정담까지 뻗어 오고, 나는 가끔 곁눈질로 그것을 보며 상상한다. 선장이 선장실에서 담배를 피우고 있을 것이며, 선원들은 호스로 갑판을 청소하고 있을 것이라고. 늦은 시간이고, 날씨가 아주 덥다면, 하루 종일 수천 명이 바삐 오가던 선창 가장자리에 있는 벤치 한곳에 선원 누군가가 파자마를 입고 자고 있을 것이며, 다른 누군가는 맞은편 벤치에서 보스포루스의 어둠을 바라보며 담배를 피울 것이라고. 그 밤 시간에, 고요 속에서 선착장의 밧줄에 매여 있는 배는 휴식을 취하는 건강하고 아름다운 사람과 비슷하다.

24. 섬들

1952년 나는 태어난 지 열흘 만에 여름을 보내기 위해 섬으로 갔다. 헤이벨리 섬의 숲 가장자리에는 바다와 아주 가까운 곳에, 커다란 정원이 있는 2층짜리 친할머니 집이 있었다. 1년 후에 이 집의 넓은 발코니에서, 내 인생에서 첫걸음마를 하는 사진을 찍었다. 이 글을 쓰는 2002년 봄에도 헤이벨리 섬에서, 어린 시절에 갔던 이 집과 가까운 곳에 세를 얻었다. 그 50년 동안에 이스탄불 섬들에서, 그러니까 부르가즈아다, 뷔윅아다 그리고 세데프 아다스에서 많은 여름을 보냈고, 많은 소설을 썼다. 헤이벨리 섬에 있는 70년 된 집의 긴 발코니에는 나와 사촌들이 매년 키를 재고 표시를 했던 벽이 있다. 가족 간의 불화, 유산과 파산 문제 때문에 팔렸음에도, 나는 지금도 가끔 그 집에 가서 오랜 세월에 걸쳐 내가 손가락 크기로 커 갔음을 보여 주는 그 벽의 마법적인 눈금을 보곤 한다.

내게 이스탄불에서의 여름은 섬에 가는 것으로 시작된다. 방학을 하고, 바다에 들어갈 정도로 날씨가 따스하고, 딸기와 체리 가격이 아주 싸지는 시기이다. 어린 시절에는 섬에 가려면 지금보다 훨씬 많은 준비를 해야 했다. 여름 집에는 냉장고가 없었기 때문에 친할머니 집 냉장고의 성에를 제거하고, 집에 오는 짐꾼들이 자루 천으로 덮어 지게에 실어 날랐고, 취사 도구는 신문지로 싸고, 카펫에 나프탈렌을 넣고 둘둘 말았다. 끊임없이 들려오는 세탁기, 전기 청소기, 다툼 그리고 작업 소음 속에서 마룻바닥, 소파, 커튼이 여름 내내 햇빛으로 바래지 않도록 겨울 집 창문을 날짜 지난 신문으로 붙여 고정하곤 했다. 이제는 형태를 하나하나 가려 낼 수 있는 도시 구간 페리 한 대에 서둘러 오르면 마음은 흥분으로 가득 찼다. 여름 초엽, 한 시간 반 걸리는 배 여행은 절대 끝나지 않을 것만 같았다. 바다에서 느껴지는 선선함, 이끼와 봄 내음을 속으로 들이마시며, 형과 나는 배 전체를 한두 번 돌아다니고, 친할머니 혹은 엄마에게, 손에 접시를 들고 돌아다니는 하얀 앞치마를 두른 상인에게서 사이다를 사 달라고 떼를 썼으며, 배 아래층 밧줄 옆에 있는 냉장고와 가방, 상자 들을 지키고 있는 요리사와 얘기를 나누곤 했다. 배가 먼저 크날르아다와 부르가즈아다에 접근하면, 밧줄이 선착장에 묶이는 것을, 진지하게 모든 세부적인 과정을 다 지켜보곤 했다. 모든 도시에는 다른 곳에서는 절대 들을 수 없고, 오로지 그 도시에 사는 사람들만이 아주 잘 알고, 비밀처럼 공유하는 내면의 소리가 있다. 파리에서는 지하철 벨 소리, 로마에서는 오토바이 소음, 뉴욕의 모든 장소에서 흘러나오는 이상한 웅웅 소리처럼, 이스탄불에서도 쇠바퀴가 붙은 나무로 된 작은 선착장에, 접근하는 배가 닿을 때 내는 금속성은 60년 동안 같았고, 모든 이스탄불 사람들은 이 유일무이한 소음을 알고 있다. 석탄으로 운행되는 경우, 굴뚝에서 두껍고 검은 연기가 나오는 배가 드디어 헤이벨리아다에 접근하여 선착장에 닿으면, 형과 나는 부모님이 "얘들아, 넘어지겠다!"라고 소리치든 말든 신경 쓰지 않고 선착장에서 섬으로 행복하게 뛰어가곤 했다.

이스탄불 출신의 부자나 중상류층 사람들이 섬을 휴양지나 여름 집으로 널리 사용한 것은 19세기 중반이다. 18세기 말까지는 노가 몇 개 달린 커다란 화물용 나룻배로 섬에 갔으며, 이 경우 톱하네 부두에서 세 시간 남짓 걸렸다. 그 이전에는 섬이 비잔틴의 패배한 정치인들이나 황제들이 유배되는 일종의 감옥이었으며, 수도원이나 포도밭 그리고 작은 어촌만이 있는 텅 빈 장소였다. 19세기 초반부터 섬은 이스탄불에 사는 기독교인, 레반트인, 다양한 대사관 직원들의 여름 집이 되기 시작했다. 1894년 이후 여름마다 매일 정기적으로 이스탄불을 오가는 영국산 증기선이 운행되었고, 이스탄불과 뷔윅아다 간의 여행이 한 시간 반, 두 시간으로 단축되었다. 한때는 권좌에서 물러난 비잔틴 황제들, 왕자들, 황후들, 왕위 쟁탈전에서 패배하고 눈이 먼 비잔틴 정치인들이 절대 다시 돌아올 수 없는, 잊혀 죽을 유배지에 도착하기 위해 평생 한 번 했던 네 시간에 가까운 나룻배 여행이, 1950년대 이후에는 '고속' 노선으로, 도시에서 매일 밤 45분 만에 섬으로 돌아가는 이스탄불 부자들에게 자리를 내주었다. 이스탄불의 부자들이 아직 남쪽의 안탈리아와 보드룸을 발견하지 못했던 1960년대와 1970년대에는 여름 저녁 카라쾨이에서 출발하는 '고속' 노선에서 앉을 자리를 찾기가 얼마나 힘들었던지, 부자들은 출발 시간보다 한 시간 전에 앉고 싶은 자리에 다른 사람, 즉 하인을 보내 앉아 있으라고 했으며, 주인이 시간에 맞춰 배에 오면, 하인은 그 자리를 주인에게 내주고 배에서 내리곤 했다. 유대인, 기독교인, 이슬람교도를 막론하고, 이스탄불 출신의 부유한 성인 남자들은 책을 읽는 것과 같은 습관이 없었기 때문에, 담배를 피우거나 혹은 바다를 바라보며 시간을 때우는 퇴근길 남자들을 위해, 당시 모험적인 사업가들은 배에서 노름판을 벌이거나 복권을 팔기 시작했다. 커다란 파인애플이나 위스키 한 병같이 당시 터키에는 없던 호화로움의 상징을 경품으로 건 추첨에서, 삼촌이 커다란 가재를 따서 미소를 지으면서 헤이벨리아다에 있던 집으로 가져왔던 일이 기억난다.

1980년대 초부터 마르마라 해가 오염되기 시작하자, 뷔위아다를 위시한 섬들은 이스탄불 부자들이 서로 사회적 계급 의식으로 친분을 쌓고, 저녁마다 유럽에서 주문한 의상을 입고 밖으로 나와 거리낌 없이 부를 과시하던 장소로서의 특징을 서서히 상실하기 시작했다.

1958년 여름 어느 정오 무렵, 헤이벨리아다로 우리를 태우러 온 호화로운 요트를 타고 부모님과 함께 뷔윅아다의 해안에 있는 어느 집에 초대되어 간 적이 있다. 수영복을 입고 해안가에 누워 선크림을 바르며 태닝을 하는 아름다운 여자들, 마음 놓고 소리를 지르며 웃고 장난치는 부유한 남자들, 그들에게 '카나페' 접시와 음료를 서빙하는 하얀 셔츠를 입은 웨이터들을 보며, 이 사람들은 우리와는 다른 세계에서 산다는 느낌이 들어 두려움과 좌절감을 느꼈던 기억이 난다. 헤이벨리아다에는 해군 사관 학교가 있고, 군인과 공무원 들이 많았기 때문에, 내 생각엔 늘 뷔윅아다가 더 부유하게 느껴졌다. 가게에서 본 유럽제 치즈들, 암거래되는 술, 거리를 걷다 보면 들려오는 뷔윅 클럽에서 흘러나오는 음악과 유흥 소리는, 내 상상 속에서 '진짜 부자들은 그곳에 있다는 생각과 합쳐졌다. 모두, 고속 모터보트의 선미 부분에 단 모터의 마력에, 배에서 내린 후 으스대며 마차에 타던 신사들과 걸어가는 사람들 간 차이에, 쇼핑하러 나온 여자들과 이 일을 다른 사람에게 시키는 부인들 간의 차이에 수치심과 탐욕을 가지고 과도하게 주목했던 어린 시절의 일이다.

호화로운 저택, 아름다운 정원, 휴양지, 야자수, 레몬 나무 말고도, 섬들을 이스탄불과 아주 다른 분위기로 구분 짓는 것은 마차이다. 말을 몰던 마부 옆에 앉도록 허락을 받으면 어린 나는 아주 기뻤고, 집에서, 정원에서 마차의 방울 소리, 말발굽 소리, 마부의 행동을 흉내 내면서 마부 놀이를 했다. 40년 후에는 이 놀이를 딸과 다시 했다. 관광용이 아니라 실용적이며, 값이 저렴하고 조용하기 때문에 여전히 자연스럽게 계속 사용되는 마차를 좋아할 수밖에 없는 조건은, 시장을, 인파로 붐비는 거리를, 정거장을 에워싸고 있는 말똥 냄새를 불편해하지 않는 것, 정반대로 이 냄새를 그리워할 만큼 사랑하는 것이다. 나는 마차를 타고 가는 도중, 때로 가혹하게 채찍질을 당하는 지친 말이 풍성한 꼬리를 갑자기 우아하게 들고 따스하고 촉촉한 짐을 거리에 쏟기 시작하면 아이 같은 호기심과 미소로 바라보곤 했다.

지난 세기 초까지, 겨울에는 신부들, 신학교 학생들 그리고 룸 어부들이 섬에서 살았다. 1917년 10월 혁명 후 이스탄불로 이주해 온 백러시아인 일부가 섬에 정착하자, 마을은 계속해서 커졌고 화려한 식당과 유흥장도 문을 열었다. 헤이벨리아다에 해군 사관 학교가 설립되고, 결핵 전문 병원이 개원되고, 뷔윅아다에는 유대인들이, 크날르아다에는 아르메니아인들이 최근 100년 동안 공동체 형태로 정착하고, 여름에는 관광객들을 먹여 살릴 인구가 이주하자 섬들은 사람들로 붐볐지만 분위기는 변하지 않았다. 1999년에 발생한 이즈미트 지진이 강하게 느껴지고, 이스탄불 지진도 이곳까지 영향을 미치리라는 것이 확연하게 인식되자, 섬은 다시 한산해졌다. 가을에 초중등학교가 개학을 하고 휴양 계절이 끝나면, 나는 섬에 남아 텅 빈 정원에서 가을의 우수를 느끼고, 빨리 오는 저녁과 섬에서 보내는 겨울을 상상하며 좋아한다.

지난해 어느 가을날, 헤이벨리아다의 텅 빈 정원과 베란다를 거닐었다. 이스탄불로 돌아간 가족들이 거두지 못한 무화과와 포도를 먹으면서 어린 시절을 떠올렸다. 별로 잘 알지 못하는 이 가족들이, 어떻게 사는지 궁금했던 사람들이 가 버린 정원에 들어가고, 계단에 올라가 그네를 타고, 그들의 빈 발코니에서 세상을 구경하는 것만큼이나 매력적인 일은 별로 없다. 어렸을 때 했듯이 벽에서 벽으로 뛰어넘어 돌아다니며 산책을 한 후, 50년 동안 딱 한 번 들어갈 수 있었던 이스메트 파샤의 집에 들어갔다. 45년 전에 아버지와 함께 방문했던 옛 대통령이 나를 품에 안고 입맞춤을 해 주었던 일을 희미하게나마 상기시켜 준 그 집에는, 파샤의 정치 활동 사진 그리고 끈 하나가 달린 검은 수영복을 입고 바다에 들어갔던 휴가 생활 사진들이 벽에 걸려 있었다. 나를 소름 끼치게 했던 것은 여름 끝 무렵의 헤이벨리아다처럼, 그의 집을 감싸고 있는 깊은 공허와 정적이었다. 집의 화장실, 세면대, 부엌, 우물, 물 저장고, 나무 바닥, 오래된 장식장, 창문 쇠시리, 희미한 곰팡이, 먼지 그리고 소나무 냄새가 이제는 우리 소유가 아닌 우리 집을 떠올리게 했다.

매년 여름 8월 말과 9월 초에 남서쪽 발칸 지역에서 오는 황새들은 겨울을 보내기 위해 남쪽으로 내려가면서 무리 지어 섬 위로 지나간다. 지금도 어린 시절에 그랬던 것처럼 황새 무리가 지나갈 때면 정원으로 나가, 고요 속에서 날갯짓 소리에 귀를 기울이며 '순례자들의' 단호하고 비밀스러운 여행을 감탄하며 바라본다. 어렸을 때는 마지막 황새 무리가 지나가고 2주일 후, 슬픔에 젖어 배를 타고 이스탄불로 돌아가곤 했다. 창문에 걸려 있는, 여름 햇빛으로 빛이 바랜 신문에 실린 지난 세 달 동안의 기사를 읽으면, 시간이 너무나 천천히 흘렀다는 것을 문득 깨닫곤 했다.

25. 지진

나는 자정과 아침 사이, 나중에 안 바로는 새벽 3시에 지진의 첫 강타로 잠에서 깨어났다. 뷔웍아다 옆 세데프 아다스에 있는 석조 가옥의 시원한 1층에 놓인 집필 책상에서 3미터 떨어진 침대가, 예기치 못한 강한 파도와 만난 가련한 나룻배처럼 심하게 흔들렸다. 땅 밑에서, 마치 침대 밑에서 굉음이 들려오는 것 같았다. 안경도 끼지 않고, 이성보다는 본능으로, 순간적으로 정원으로 뛰쳐나가 달리기 시작했다.

밖은, 바로 내 앞에 서 있는 사이프러스와 소나무 뒤로 멀리 보이는 도시의 불빛 사이 그리고 바다 위는 분주하고 소란스러웠다. 한순간에 많은 일이 일어난 것 같았다. 내 이성의 한편은 지진이 격렬하게 지속되고 있다는 사실을 저장하며, 지하에서 올라오는 굉음을 인지했고, 혼란스러운 또 다른 한편은 나 자신에게 질문을 던지고 있었다. 이 밤늦은 시간에 왜 모두들 총을 쏴 대기 시작했지?(1970년대 정치적 살인 사건, 폭파 그리고 밤을 가르는 총기 소리는 재앙의 시기에 문이 열리곤 하는 특별한 기억으로 내 뇌리에 형성된 것 같다.) 이 연달아 터지는 총소리의 근원이 무엇인지 나중에 아주 많이 생각해 보았지만 찾을 수 없었다.

3만 명의 인명을 앗아 갔던 45초 동안 지속된 첫 강타가 끝나기 전에 정원을 지나, 옆 계단을 올라가 위층에 있는 아내와 아이 곁으로 갔다. 다들 깨어 있었다. 어찌할 바를 모른 채 두려움에 사로잡혀 어둠 속에서 기다리고 있었다. 전기는 이미 나간 후였다. 우리는 함께 정원으로, 밤의 정적 속으로 나갔다. 끔찍한 굉음은 잠잠해졌고, 모든 것은 소름 끼치는 기다림의 상태로 변했다. 정원, 나무, 가파른 바위로 덮인 작은 섬은 여느 한밤중처럼 고요했다. 하지만 빠르게 뛰는 내 심장은 끔찍한 일이 일어나고 있다는 것을 말해 주고 있었다. 우리는 어둠 속 나무 아래서, 이상한 본능으로 속삭이듯 말하며 — 어쩌면 지진을 다시 분노케 하지 않기 위해 — 조용히 기다렸다. 가벼운 지진이 다시 발생했지만 그렇게 두렵지는 않았다. 이후, 일곱 살짜리 딸이 내 품에서 잠들었을 때, 정원의 해먹에 누워서 카르탈 부근에서 들려오는 구조대의 사이렌 소리를 들었다.

그 후 며칠 동안 많은 사람들에게, 도무지 끝날 것 같지 않던 연속적인 지진이 45초 동안 치명적인 첫 강타를 몰고 왔을 때에 어떤 일이 일어났는지를 들었다. 끔찍한 강타를 느끼고, 땅 밑에서 올라오는 소리를 들은 2000만 명의 사람들은 이 사건이 일어난 후 일주일 동안 만나자마자, 사망한 사람들이 아니라 그 순간에 대해 이야기했고, 그 45초 동안 경험했던 것을 나누고자 했다. 그러면서 가장 많이 했던 말은 "겪어 보지 않고는 이해할 수 없어."였다.

완전히 산산조각이 난 아파트에서 살아 나온 약사는, 같은 아파트에서 나온 두 사람도 자신과 같은 말을 했으며, 무엇보다도 모든 사람이 제정신이었다는 것을 특히 강조했다. 그런 다음, 자신이 살던 5층짜리 아파트가 먼저 위로, 순간적으로 공중으로 올라갔는데, 자신은 확실히 그렇게 느꼈다고 했다. 그런 다음 아파트가 빠르게 자기 위로 붕괴되었다고 했다. 어떤 사람은 잠에서 깨어 집과 함께 좌우로 흔들거리며 부딪혔고, 이후 건물이 탑처럼 옆으로 넘어지면서 자신들이 죽어 간다고 생각했다. 하지만 건물이 옆 건물에 기대어 멈추었고, 그들은 구석으로 쏠리게 되었다. 모두들 서로에게 달려가서 껴안았다. 파괴된 건물의 잔해 아래서 꺼낸 시신들도 이를 증명했다. 지진의 첫 강타가 시작된 직후 냄비, 텔레비전, 장식장, 책장, 장식품, 벽에 걸린 물건들, 모든 것이 뒤엎어지기 시작했기 때문에 집 안에서 다급하게 서로에게 달려가는 어머니, 아들, 삼촌, 할아버지는 서로에게 닿지 못한 채 물건들과 부딪히거나 어둠 속에서 무엇인지 전혀 모르는 새로운 벽과 만났다. 한순간 형태가 변해 버리고, 무너지는 벽과 물건이 뒤엎어져 전혀 다른 곳이 되어 버린 집 안에서 먼지구름과 어둠 때문에 많은 사람들은 방향과 위치를 잃어버렸다. 하지만 이 45초 동안, 건물이 무너지기 전에 몇 개의 계단을 내려가 바깥으로 나간 사람들도 있었다. 할머니와 할아버지가 침대에서 꼼짝 않고 죽음을 기다릴 때, 문밖으로 나가서 계단을 뛰어내려 살아남았던 밤에 남의 집을 방문한 손님들, 4층 발코니를 통해 나간다고 생각했지만 길 높이로 내려가 있는 테라스로 나간 사람들, 한밤중 냉장고를 열고 입에 넣은 것을 진동이 시작되자 씹지 못하고 공포로 내뱉은 사람들의 이야기를 들었다. 이상하게도 꽤 많은 사람들이 첫 진동이 시작되기 바로 전에 잠을 자지 않고 있었다. 그들은 집과 아파트의 한구석에 서 있었다. 꽤 많은 사람들이 방 안에서, 어둠 속에서 무엇인가를 해 보려 했지만 집을 흔드는 강한 힘이 두려워서 — 누군가 집을 쥐고 좌우로 흔드는 것 같았다고 어떤 사람이 말했다. — 넘어진 곳에서 꼼짝하지 못했다고 했다. 침대에서 절대 나오지 않고, 침대보를 머리끝까지 끌어당긴 — 이 상태로 죽은 사람들이 아주 많았다. — 사람들은 신에게 모든 것을 내맡긴 채 편안하게 미소 짓고 있었다.

나는 이 모든 이야기를 믿을 수 없는 속도로 퍼지는 소문과 속삭임, 하루 종일 지진에 대해 이야기하는 사람들을 통해 알게 되었다. 다음 날 아침 거의 모든 주요 텔레비전 방송국에서는 카메라맨을 헬리콥터에 태워 지진 지역으로 보냈고, 그 모습을 계속해서 방송했다. 내가 사는 작은 섬과 사람들이 많이 사는 주위의 큰 섬에서는 인명 피해가 별로 없었다. 지진의 진앙은 우리와 직선거리로 40킬로미터 떨어진 곳이었다. 맞은편 해안에서도 날림으로 지은 건물들이 붕괴되었고, 사람들이 죽었다. 거리와 뷔윅아다 시장은 하루 종일 정적과 공포와 죄책감에 휩싸여 있었다. 지진이 이렇게 가까운 곳에서 이렇게 많은 인명을 앗아 간 것, 내가 어린 시절을 고스란히 보낸 곳을 강타한 것을 믿을 수 없었을 뿐만 아니라 무척 두려웠다.

지진은 이즈미트 만을 가장 크게 강타했다. 내가 살던 작은 섬은 프린스 제도에서, 그리고 터키 국기에서처럼, 초승달 모양의 섬 맞은편 작은 별이 있는 곳에 위치했다. 부모님은 태어난 지 2주 된 나를 여름휴가 때 이 섬들 중 한 곳으로 데려왔고, 나는 이후 45년 동안 이 섬들과 이즈미트 만의 다양한 지역에 가 보고, 또 살기도 했다. 아타튀르크가 좋아하는 온천이 있고, 내가 어렸을 때 서양식 호텔들로 유명했던 얄로와 시는 폐허가 되었다. 아버지가 한때 책임자로 있었기 때문에 거대한 공터가 정제소로 변하는 것을 구경했던 석유 화학 시설은 불길에 휩싸여 있었다. 초승달의 여러 곳에 있는 작은 마을들, 어렸을 때 모터보트로 가서 자동차로 돌아다니며 쇼핑을 했던 마을들, 나중에 커다란 아파트 단지로 뒤덮인 해안들, 내 소설 『고요한 집』에서 흐뭇하게 기억하며 설명했고, 이후 방대한 휴양지로 변한 곳들이 하나도 남김없이 파괴되어 사람이 살 수 없는 곳으로 변해 있었다. 첫째 날, 추억과 재앙의 크기에 단호히 저항하려는 나의 이성은 그 당시 쓰고 있던 소설 속으로 나를 몰입시켰다. 과거처럼 조용히 삶이 지속되던 나의 작은 섬에서 밖으로 나가고 싶지 않았기 때문이었다.

둘째 날 나는 더 이상 견딜 수가 없었다. 우리는 먼저 작은 모터보트를 타고 뷔윅아다로 가서 시간표에 따라 운행되는 배를 타고 한 시간 정도 걸리는 얄로와로 갔다. 나와 『천국 찬양』이라는 책을 쓴 작가 친구를 초대한 사람은 아무도 없었고, 길을 나설 때 이에 대해 글을 쓰거나 서로에게 무언가를 말할 생각은 전혀 없었다. 단지 죽은 사람들과 거의 죽어 가는 사람들 가까이에 있고 싶었고, 행복했던 작은 섬에서 공포의 현장으로 변한 그 곳에 가고 싶은 본능이 있었을 뿐이었다. 다른 곳에서도 그러하듯 배에서 사람들은 조용히 지진에 대해 이야기했고, 신문을 읽었다. 우리 옆에 앉은 은퇴한 우체국 직원은, 지금은 얄로와에서 가지고 온 유제품을 파는 작은 가게를 뷔윅아다에서 운영한다고 했다. 그는 지진이 발생한 지 이틀이 지난 지금 부서진 장식장, 위험하게 엎어져 있는 물건들이 있는지 보기 위해 본가인 얄로와로 돌아가는 길이었다.

얄로와는 이스탄불에서 소비되는 과일과 채소를 제공하는 작은 해안 마을로 들판과 녹음이 우거진 곳이었다. 최근 30년 동안 흙과 콘크리트로 해안을 메우고 과실수를 잘라 낸 이 새 땅에는, 여름에는 옆의 소도시와 합쳐 인구가 50만에 육박하며, 수천 채의 아파트가 들어서 있었다. 도시에 처음 발을 내디딘 순간 그 콘크리트 무더기의 90퍼센트가 붕괴되거나 안으로 들어갈 수 없는 상태로 파괴된 것을 보았다. 우리가 속으로만 품고 있던 상상이, 누군가를 도와서 잔해를 치울 때 일손이나마 되고자 했던 희망이 얼마나 쓸데없는 것인지 느껴졌다. 사흘이 지난 후 잔해 속에서 소수의 사람들이 구조되었다. 그들을 구할 수 있었던 것은 이런 일에 전문가인 독일인, 프랑스인, 일본인 들뿐이었다. 더 중요한 것은, 재앙의 존재가 너무나 강력하게 자리 잡고, 도시의 운명이 이미 너무나 심각하게 변해 버려서, 누군가 팔을 잡고 도와 달라고 하지 않는 한, 사람이 쓸모 있을 거라는 생각은 전혀 할 수 없는 상황이었다.

거리에는 혼미한 상태로 여기저기 돌아다니는 우리 같은 사람들이 많았다. 우리도 그들과 함께, 무너지고 엎어지고 산산조각이 난 건물, 잔해 밑에 깔린 자동차, 넘어진 전신주, 벽 그리고 사원 첨탑 사이에서 콘크리트 조각, 깨진 유리, 거리를 휘감고 있는 전깃줄과 전화선을 밟으며 걸었다. 고등학교 운동장, 작은 공원, 공터에 세워진 천막들을 보았다. 거리를 통제하고 잔해를 치우는 군인들을 보았다. 넋이 나간 채 주소를 묻는 사람들, 실종된 가까운 사람들을 찾는 사람들, 재앙의 책임자를 비난하는 사람들, 천막 치는 장소 때문에 싸우는 사람들을 보았다. 가끔 상자로 우유나 통조림을 배급하는 구호 차량들, 군인들이 가득한 트럭들, 크레인이나 굴삭기 들이 붕괴된 건물에서 길 위로 내려앉은 먼지를 일으키며 지나갔다. 자신의 놀이에 몰입해 세상의 규칙을 잊은 아이들처럼, 사람들은 거리에서 서로에게 무턱대고, 아무런 규칙도 없이 즉각적으로 말을 건넸다. 주소를 묻는 사람들, 실종자들을 찾는 사람들, 정부와 건축업자에 대해 불평을 하는 사람들뿐만 아니라, 죽은 사람들과 죽어 가는 사람들 때문에 고통받는 사람들 역시 상대의 의견은 묻지도 않고 자신들의 이야기를 시작했다. 재앙은 모든 사람에게 세상이 실은 아주 다른 곳이라는 느낌을 갖게 했다. 삶의 가장 은밀하고 잔인한 규칙이, 벽이 붕괴되고 넘어져 내부가 보이는 집 안에 있는 물건들처럼 드러났던 것이다.

우리는 옆으로 누워 있거나, 반은 붕괴되거나, 장난감 집처럼 옆 건물에 기대어 있거나, 집 꼭대기가 맞은편 건물에 부딪혔거나, 앞면이 날아가 버린 집들 내부에 있는 물건들을 오랫동안 바라보았다. 바람 없는 날에 내건 국기처럼 구석에 늘어진 기계로 짠 카펫, 반은 날아가고 반은 남은 장식장, 거실의 필수품이었지만 이제는 부서져 버린 작은 탁자, 긴 의자, 소파, 먼지가 앉아 빛바랜 쿠션, 넘어진 텔레비전, 집 전체가 무너졌지만 발코니에 굳건히 서 있는 화분과 꽃, 고무처럼 휘어져 굽은 블라인드, 먼지를 빨아들이는 호스가 허공으로 뻗어 있는 전기 청소기, 구석에 끼인 자전거, 열려 있는 옷장 문 사이로 보이는 형형색색의 셔츠와 옷, 닫힌 문에 걸려 있는 가운, 재킷……. 마치 아무 일도 없었던 것처럼 미풍에 서서히 흔들리는 망사 커튼은 자꾸만 보게 되는 그 집들의 내부와 함께 인간의 삶이 얼마나 부서지기 쉬우며, 사악함에 열려 있는지를 느끼게 해 주었다. 우리의 삶

대부분이 우리가 무시하고 비방했던 사람들의 결정에 따라 달라진다는 것도 느끼게 해 주었다. 오랜 세월 동안 불만의 대상이었던 형편없는 건설업자들, 뇌물에 찐 시청, 규칙을 무시하는 건축 회사들, 거짓말쟁이 정치인들이 우리 중에서 나왔으며, 우리의 불평도 그들의 악행으로부터 우리를 보호해 주지 못했던 것이다.

재앙이 우리 영혼에서 무엇인가를 역사처럼 되돌릴 수 없는 형태로 변화시켰음을 느끼며 오랫동안 거리를 돌아다녔다. 작은 골목으로 들어가기도 하고, 절반은 무너졌지만 완전히 붕괴되지 않았음에도 다른 집들처럼 이제 다시는 안으로 들어갈 수 없는 집의 뒤쪽 창문에서 내다보이는 작은 정원을 걸었으며, 이제는 건물이 넘어져 내리고, 소나무, 유리, 콘크리트, 깨진 오지그릇 조각으로 덮인 이 정원을 부엌에서 일하는 주부들이 오랜 세월 동안 바라보았을 거라고 상상했다. 우리 모두가 아는 것들, 그러니까 맞은편 창문과 부엌에서 항상 보았던 아주머니, 저녁마다 같은 자리에 앉아 텔레비전을 보는 아저씨, 반쯤 열린 커튼 뒤로 그 모습을 보곤 했던 소녀는 이제 그 자리에 없었다. 왜냐하면 맞은편 부엌 창, 맞은편 자리, 망사 커튼, 우리 눈이 오랜 세월 동안 익숙해진 풍경과 장면이 없었기 때문이다. 어쩌면 이 풍경을 보는 우리도 이제는 없을 것이다.

살아남은 사람들, 이러저러한 형태로 건물에서 바깥으로 나올 수 있었던 사람들은 지금 어딘가에서 찾은 의자, 벽, 인도 가장자리에 앉아, 잔해 속에 남은 사람들이 꺼내지기를 기다리고 있었다.

"엄마와 아빠가 저기에 있어요."

한 남자아이가 겹겹이 쌓인 콘크리트 블록 사이의 불확실한 지점 하나를 가리키며 말했다. 그리고 또 다른 사람은 이렇게 말했다.

"우리는 이 건물에 없었어요. 지진이 일어난 후에 여기로 뛰어왔지요. 지금은 사람들이 구출되기를 기다리고 있답니다!"

또 다른 사람은 자신이 큐타흐야 시에서 왔으며, 어머니가 사는 건물이 산산조각 난 것을 보았다며, 우리에게 잔해를 가리키며 이렇게 말했다.

"시신을 거둬 가려고 합니다."

도시의 거리를 걷는 사람들, 잔해 앞에 앉아 있거나 서 있는 사람들, 울고 있는 사람들, 천천히 움직이는 구조대원들, 크레인과 군인 들을 속수무책으로 바라보는 사람들, 인도로 꺼낸 냉장고, 텔레비전, 살림과 옷으로 가득 찬 상자 사이에 앉아 졸고 있는 이 사람들은 한 가지를 기다렸다. 실종된 가까운 사람들의 소식을, 어머니가 잔해 속에 있다는 확신을(어쩌면 한밤중에, 그런 성향은 전혀 없었지만 새벽 2시에 집에서 나가 다른 곳에 갔을 수도 있다.), 삼촌, 형제, 아들의 시신을 거둬 이곳을 떠나기를, 발굴팀과 장비가 오면 먼지와 콘크리트 조각 더미 속에서 자신의 물건과 귀중품을 찾아 용달차에 싣고 여길 떠나 다른 곳으로 가기를, 구조대가 오기를, 길이 열리기를, 구조의 손길이 온다면 잔해 속에서 여전히 살아 있는 아내와 형제가 구조되기를 기대했다. 신문과 방송은 이런 기적적인 구조를 과장하여 보도했지만, 사흘째 되는 날이 지나자 잔해에서 생존자를 구조해 낼 희망은 거의 사라졌다. 목소리나 달그락거리는 소리를 내거나, 그 존재가 느껴지는 많은 생존자가 있었음에도 불구하고.

잔해와 건물 붕괴에는 두 종류가 있다. 건재했을 때의 형태를 연상시키거나, 상자처럼 넘어져 옆으로 누워 있거나, 카드 낱장처럼 무너져 서로 맞물려 있는 건물들……. 이러한 곳에서는 콘크리트 더미 사이에 있는 빈 공간에서 살아 있는 사람들을 발견해 낼 수 있다. 집도, 콘크리트 블록도, 건물의 원래 형태도 확실하지 않은 건물도 있다. 먼지, 콘크리트 조각, 깨진 물건, 철물 더미뿐! 이런 곳에서는 살아 있는 사람을 볼 수 없다. 게다가 이 잔해 더미 속에서 바늘로 우물 파듯 시체를 일일이 찾아 발견하기까지는 많은 시간이 걸렸다. 크레인이 천천히 콘크리트 조각을 들어 올릴 때 군인들은, 한때 거기서 살았던 사람들은, 가까운 사람들의 시신을 찾는 사람들은 피곤하고 졸린 눈으로 지켜보았다. 시신 한 구가 나오면 사람들은 "어제 여기서 하루 종일 울었어요. 그런데 아무도 안 왔어요!"라며 화를 냈다. 굴삭기, 자동차 잭, 철 조각, 삽으로까지 수색했던 공간에서 시신보다 먼저 사망자의 물건, 액자에 들어 있는 결혼사진, 목걸이가 들어 있는 보석 상자, 옷, 그리고 지독한 시체 냄새가 나왔다. 콘크리트가 뚫리자,

전문가나 용감한 자원봉사자가 손전등을 들고 들어가 조사를 시작했고, 잔해 앞에서 기다리던 인파가 술렁이며 모두들 한마디씩 했으며, 서로 밀치고 당기며 소리를 질렀다. 구멍을 통해 안으로 들어간 사람들, 대부분 그 건물과 전혀 관계가 없지만 우연히 안에서 들려오는 소리를 들은 자원봉사자들이 기계나 삽의 도움을 요청하지만 소음 때문에 무엇을 원하는지는 정확히 알 수 없었다. 이 모든 일은 너무나 오래 걸려서, 건물과 잔해 속에 층층이 쌓인 돌과 시신은 몇 달이 지나서야 치울 수 있었다. 하지만 시신 썩는 냄새와 전염병의 공포 속에서는 불가능했다. 아마도, 얼마 지나지 않아 시신, 콘크리트 조각, 가재도구, 멈춘 시계, 가방, 깨진 텔레비전, 베개, 커튼, 카펫으로 뒤덮인 잔해 더미를 굴삭기로 퍼서 트럭에 실은 후 먼 곳으로 가져가 묻을 것이다. 현재로서는 주인 없는 주검은 지체하지 않고 사진을 찍은 후 매장할 곳으로 보냈다. 내 영혼의 일부는 이 모든 일이 일어나지 않은 것처럼 행동할 수 있기를, 내가 보았던 것들을 잊어버리기를 바랐고, 또 다른 부분은 모든 것을 보고 설명하기를 원했다.

길에서 혼잣말을 하며 걷는 사람들이 보였다. 빈 공터에 주차한 자동차 안에서 잠을 자며 밤을 보낸 사람들과 반쯤 무너진 집에서 꺼낸 물건과 음식을 상자에 넣어 길가에 늘어놓은 사람들이 보였다. 머리 위로 날아다니던 헬리콥터가 이착륙하는 스타디움 한가운데에 병원에 세워져 그곳에 누워 있는 사람들이 보였고, 병원 바로 옆에서 먼지를 뒤집어쓴 채 줄지어 늘어선 건물들이 보였다. 나는 사진작가 친구를 우연히 만났다. 그는 사진을 찍으면서 작가인 아내의 아버지 집으로 가고 있었다. 그 옛집은 건재했다. 장인은 밤의 어둠 속에서, 먼지 속에서 들었던 굉음에 대해 말해 주었다. 또 다른 지인들도 우연히 만났다. 우리는 반쯤 무너진 작은 집의 텅 빈 정원에 있는 포도나무에서 먼지를 뒤집어쓴 달콤한 포도를 따 먹었다.

우리와 사진기를 본 사람들마다 "신문 기자 양반들, 써 주시오!"라며, 정부와 사기 건설업자, 시 당국에 대해 고함치며 분노했다. 그들의 분노는 신문과 방송에 잘 반영되었다. 하지만 이들은 자신들이 분노했던 정치인들, 정부 인사들, 뇌물 먹은 시장을 다시 뽑을 것이며, 자신들이 표를 던졌다는 것에 대해 거만하게 긍지를 표할 것이다. 게다가 이 정치인들도 재임 시기에 건축했던 건물의 불법적인 부분을 인가하기 위해 시 당국에 뇌물을 주었을 것이며, 뇌물을 주지 않는 것을 멍청한 행동으로 여겼을 것이다. 대통령들이 뇌물을 '실용적인' 일로 칭찬하며 사기꾼들과 가까이 지내는 문화에서는, 장차 일어날, 사람들에게 막대한 피해를 안겨 줄 지진에 대비하여 건설축업자들이 철과 시멘트를 아끼지 않도록 하고, 규정을 지키도록 하고, 이를 위해 초과 '비용'을 쓰도록 하는 것은 아주 어렵다. 집주인들을 '죄 없는 희생자'로 전락시키면서 입에서 입으로 전해진 전설에 의하면, 한 건설업자가 지은 아파트 40채 중 한 곳만 제외하고는 모두 붕괴되었다고 한다. 붕괴되지 않은 유일한 건물에는 그 건설업자가 살고 있었다고 한다.

지진뿐 아니라, 지진에 대한 그 어떤 예방 조치도 없었으며, 지진이 난 후에도 구조 인력이 제때 도착하지 못했고, 대책도 세우지 못한 정부는 국민의 신임을 잃었다. 하지만 속수무책에 빠진 국민들은 언젠가 자신들을 보호해 줄 신과 같은 힘이라는 이미지가 간절히 필요했기 때문에 정부는 별로 노력하지 않아도 신임을 되찾을 것으로 예상했다. 구조도 늦고, 처음에는 모습도 보이지 않았으며, 자신들의 건물도 붕괴된 군인들도 마찬가지였다. 지진으로 인해 온 국민의 자신감과 국가적 자존심은 완전히 손상되었다. 나는 아주 많은 곳에서 아주 많은 사람들이 "독일인들, 일본인들이 도착했지만, 우리 정부는 뒤늦게 도착했다!"라고 말하는 것을 들었고, 언론에서도 많이 읽었다. 왜 그럴까? 분노하기보다 차라리 신의 손에 맡기는 게 낫다는 것을 깨달은 노인은 "우리 나라는 조직이 갖춰져 있지 않아!"라고 했다. 트럭에 가득한 빵에서 곰팡이가 슬 때, 도시의 다른 곳에서는 빵이 부족했다. 사람들이 잔해 밑에 깔려 도움을 받지 못한 채 울며 죽어 갈 때, 구호 차량은 교통 체증 때문에 혹은 연료가 없어서 완전히 다른 곳에서 지체하고 있었다.

하지만 '조직'만의 문제는 아니었다! 때리고, 억압하고, 위협하고, 금지하고, 폭력을 사용하는 논리로 조직된 정부는 도와주거나, 상처를 감싸 주거나, 국민들에게 봉사하는 일을 해내지 못한다.

한 남자를 보았다. 낡은 먼지투성이 자동차를 뒷골목에서 천천히 몰고 있었다. 그는 잔해 주위에 모여 있는 군중에게 다가갔고, 자동차 문을 열고 사람들에게 화를 내며 외쳤다.

"신의 분노가 당신들 가까이에 있다고 몇 번이나 얘기했소! 죄를 짓지 말라고 말하지 않았느냔 말이오!"

화가 난 사람들이 쫓아낼 때까지 그는 연설을 계속했고, 승리감과 분노에 가득 차 다른 곳으로 자동차를 몰고 갔다. 종교와 코란에 지나치게 열성적인 군인들을 처벌했다는 논설도 읽었다. 그렇다면 왜 이렇게 많은 사원과 첨탑이 무너졌는지 묻는 소리도 들었다.

잔해와 시신 사이에서 공포에 휩싸여 돌아다니는 사람들을 행복하게 하는 것도 물론 있었다. 그렇게 많은 시간이 지났음에도 잔해 속에서 누군가 살아나온 것! 정부가 국내에서, 해외에서 계속 '적'이라고 했던 나라에서 도움의 손길이 오는 것! 지진을 피해 용케 살아남았다는 것이 사람들을 은밀히 그리고 진정 행복하게 했다. 사흘째 되는 날이 저물 무렵, 재앙을 받아들이고 미래를 생각하던 사람들은, 금지와 경고에도 불구하고 무너졌지만 붕괴는 되지 않은 집에서 조심스럽고 주의 깊게 물건들을 끄집어냈다. 우리는 45도 각도로 누워 버린 아파트의 1층으로 들어가서 천장에 매달린 샹들리에를 떼어 내는 두 청년을 바라보았다.

부두 근처 해안의 커다란 밤나무 밑 찻집은 사람들로 가득

했다. 죽음과 실종에도 불구하고 재앙에서 살아남은 데 대한 흥분이 느껴졌다. 찻집 주인은 어딘가에서 발전기를 구해 와서는 냉장고 속 음료들을 차갑게 해 놓았다. 우리 테이블로 온 젊은 이들은 지진이 아니라 책과 정치와 관련된 기억에 대해 이야기했다.

가재도구들이 넘어졌는지 보기 위해 집으로 갔던 남자를 돌아오는 배 안에서 다시 만났다. 그는 우리 곁에 앉아 조용히 말했다.

"우리가 살던 골목으로 들어가 먼발치에서 보니 우리 집이 없더군요. 열두 살짜리 소녀가 그 집 밑에 깔려 있다고 합니다."

마치 자신의 잘못이라도 되는 듯 조용하게 말했고, 별로 화를 내지도 않았다. 나중에 내 친구는, 한 영국인은 휴가 내내 비가 왔다고 10년 동안 불평했는데, 집이 없어진 이 남자는 전혀 불평하지 않는다고 했다. 어쩌면 사람들이 전혀 불평을 하지 않기 때문에 지진이 터키에서 이렇게 많은 인명을 앗아 간 건지도 모르겠다고 우리는 얘기했다. 하지만 이런 생각은 마음에 들지 않았다. 저녁때 우리도 2000만 명의 사람들과 함께 지진이 일어날 거라는 공포로 정원에서 밤을 보낼 터였다.

배가 초승달 모양 만(灣)의 한가운데를 지나갈 때, 어린 시절부터 살았던 그 땅에 얼마나 많은 새로운 소도시들이 형성되었는지, 그리고 그 지역이 서로 비슷한 아파트로 이루어진 하나의 도시로 변했는지를 깨달았다. 학자들은 이스탄불과 더 가까운 곳에서 더 끔찍하게 발생할 새로운 지진을 언급해 사람들을 두렵게 했다. 지진이 언제 다시 발생할지는 확실하지 않다. 하지만 신문에 나온 지도에 의하면 사방을 휩쓸고 지나가는 지진의 '단층선'은 지금 내가 탄 배가 다가가고 있는 작은 섬 바로 밑을 지나고 있었다.

26. 이스탄불에서 느끼는 지진에 대한 공포

집필실 책상 바로 맞은편에 있는 사원의 높은 첨탑이 어느 날 내게로 쓰러질 수도 있다는 건 과거에는 전혀 생각조차 해 보지 않았던 일이다. 카누니 술탄 술레이만[22]의 아들인 왕자 지한기르가 젊은 나이에 죽자 그를 기리기 위해 세워진 사원과 두 개의 높은 첨탑은, 1559년 이래로 그곳에서, 보스포루스가 바라다보이는 이 가파른 언덕 꼭대기에서 어떤 지속성의 기념비처럼 서 있다. 지진에 대한 근심을 서로 나누기 위해 내려온 위층의 이웃이 이 문제를 처음 언급했다. 우리는 어느 정도는 다급하게, 어느 정도는 장난으로 곧장 발코니로 나가 눈으로 거리를 재 보았다. 우리는 최근 넉 달간 이스탄불 근교에서 3만 명을 죽음으로 몰고 간 두 번의 거대한 지진과 여진의 영향 아래 있었다. 게

22 1494~1566. 오스만 제국의 10대 술탄. 재위 1520~1566.

다가 나는 건축 엔지니어인 이웃의 눈에서 그것을 읽고 있었다. 우리는 학자들의 추측을 믿었고, 곧 이스탄불과 아주 가까운 곳에서, 마르마라 해 어딘가에서 거대한 지진이 일어나 도시를 붕괴시키고, 수천만의 사람을 죽일 거라고 믿었다.

첨탑과의 거리를 눈대중으로 계산해 봤지만 만족스럽지 못했다. 우리는 책과 백과사전을 뒤적이다가, '지속성의 기념비'라고 여겼던 지한기르 사원이 지난 450년간 지진과 화재 때문에 두 번 붕괴되었다가 재건되었고, 맞은편에 있는 돔도 첨탑도 처음 건축했을 때의 고유한 구조가 아니라는 것을 알았다. 이렇듯 짧은 조사로도 이스탄불에 있는 모든 기념비적인 사원들과 건물들이 — 건축이 완공된 후 20년 후에 지진으로 돔이 내려앉은 아야소피아처럼 — 지진으로 최소한 한 번은 붕괴되었고, 대부분은 여러 번 재건되면서 '견고해졌다는 것을' 알 수 있었다.

사원 첨탑은 상황이 더 나빴다. 지난 500년간 일어났던 거대한 지진 중에서 '작은 재앙'이라고 불리는 1509년, 1766년, 1894년 지진에서 돔보다는 첨탑이 더 많이 붕괴되었다는 것이다. 최근에 일어난 지진 이후에도 신문이나 텔레비전에서, 지진 발생 지역을 찾아가서 무너진 첨탑들을 수없이 보았다. 주위 건물들, 졸린 경비원들이 한밤중에 백개먼[23]을 하던 학생 기숙사, 어머니가 잠에서 깨어나 아기에게 젖을 먹이던 집, 볼루[24] 지진

23 두 사람이 하는 주사위 놀이.

24 터키 북서부의 도시로, 1999년 발생한 지진으로 많은 주민이 희생되었다.

에서처럼, 텔레비전 저녁 뉴스에서 지진이 또 일어날지 토론하는 프로그램을 기다리던 가족을 갑자기 케이크 자르는 칼처럼 찔렀던 것이다.

최근 발생한 두 번의 지진에서 무너지지 않은 첨탑도 대부분은 훼손되었다. 수리를 해도 제구실을 못할 것들은 체인에 묶어 크레인으로 무너뜨렸다. 텔레비전에서 슬로 모션으로 이런 철거 장면들을 여러 번 보여 줬기 때문에, 내 이웃이나 나는 첨탑이 어떤 각도로 무너질지 잘 알았다. 가장 치명적인 지진파는 보스포루스와 마르마라 해 방향에서 올 터였다. 그래서 나는 이웃과 함께 우리 첨탑의 붕괴 각도를 알아내기로 했다. 첨탑 발코니 윗부분은 1999년 8월에 발생한 지진으로 약간 구부러졌고, 전에 번개를 맞아 금이 간 알렘[25] 밑에 있는 돌은 깨져서 사원 마당으로 떨어져 버렸다.

이런 신호들은 우리를 의기소침하게 만들었지만, 끈을 들고 여러 번 재 본 결과 첨탑이 정확한 각도로 무너져도 위층에 사는 우리에게는 닿지 않으리라는 것을 알게 되었다. 보스포루스를 내려다보는 우리 아파트는 첨탑보다 꽤 높았다. 이웃은 "첨탑이 우리 위로 떨어질 가능성은 없어요. 대신 우리 아파트가 첨탑을 덮치겠죠." 하며 돌아갔다.

그러고도 아파트가 첨탑 위로 무너질지 아닐지, 집필실이

25 사원의 돔이나 첨탑 꼭대기에 있는 청동이나 구리로 만든 별이나 초승달.

있는 건물뿐만 아니라 내가 사는 아파트의 붕괴 가능성을 조사하면서는 이웃과 만나지 않았다. 지진에 대해 이야기할 때 드러날 수밖에 없는 죽음에 대한 불안이나 가혹한 농담이 싫어서는 아니었다. 그에게도 자신이 죽을 가능성을 조사하는 건 아주 사적인 일이라고 생각했기 때문이다. 이웃은 6층짜리인 우리 건물에서 콘크리트를 약간 잘라 내어 이스탄불 공과 대학에 보내 내구성을 측정하게 했는데, 비슷한 생각을 가진 사람들이 많았기 때문에, 결과가 나올 때까지 기다려야만 했다. 그러나 할 수 있는 건 다 했기 때문에 이런 기다림은 그에게 일종의 안도감을 주었다는 것을 나는 알고 있었다.

내적인 평온은 더 많은 정보에서 온다고 나는 생각했다. 지진 발생 지역에 가 본 결과, 건물이 붕괴되는 이유는 두 가지, 즉 형편없는 건축 자재와 느슨한 지반 때문이라는 것을 알게 되었다. 다른 사람들처럼 나도, 내 인생을 보냈던 건물과 지반의 견고함에 대해 건축가와 엔지니어 들에게 물어보고, 지도를 살펴보고, 전문가들에게 상담하고, 나처럼 호기심 많고 두려움의 맛을 경험한 사람들과 얘기를 나누며 알아보려고 애썼다.

이스탄불의 모든 사람들을 진동으로 깨어나게 하고, 거기서 150킬로미터 떨어진 곳에서 3만 명을 희생시킨 거대한 두 번의 지진은, 터키의 건축물 대부분이 지진에 취약하고 느슨한 지반 위에 엉성하게 지어졌다는 것을 모두에게 분명히 보여 주었다. 이스탄불 인근에 사는 200만 명에게 지진의 악몽이 보여 준 것은, 학자들이 예언하는 다가올 지진의 강도에 대한 믿음과 부실한 건물에 대한 정당하고 만연한 불신이었다. 주택과 아파트를 규칙이나 규정에 따라 지었다고 해도(거의 없는 일이지만) 이 규칙이나 규정은 이스탄불에 사는 사람들이 생각한 지진보다 훨씬 가벼운 지진을 기준으로 한 것이기 때문에 전혀 마음을 놓을 수 없었다. 뇌물에 파묻혀 있는 시 당국의 허가로 수많은 아파트에 한 층이 추가되었고, 상점의 벽은 무모하게 허물어졌으며, 기둥은 잘려 나가 그렇지 않아도 빈약한 건물을 더 빈약하게 만들었던 것이다. 집주인들은 자기 건물은 철근을 덜 쓰고 저질 콘크리트를 쓰는 엉성하고 부도덕한 건축업자가 아니라 할아버지가 직접 지었기 때문에 튼튼하다며 애써 자신을 위로했다. 게다가 지금 사는 건물이 다음에 발생할 지진을 견디지 못하리란 것을 안다 하더라도, 집값의 3분의 1이나 되는 건물 강화 비용을 감수한다 하더라도, 당신과 생각이 다른 냉소적이며 조롱하길 좋아하며, 관심도 의욕도 없고, 멍청한 데다 기회주의자이며, 짐작건대 돈까지 없는 이웃을 설득해야만 했다. 다가올 위험은 거대하고 살고 있는 건물은 견고하지 않다는 걸 파악한 사람들이라도 서로 타협하여 건물 강화 절차를 실행한 경우를 이스탄불에서 본 적이 없다.

이웃은 말할 것도 없이, 지진에 느끼는 불안감에 대해 아내나 남편, 자녀들과 공감하지 못한 사람들도 보았다. 돈이 없어서 운명에 수긍하며 냉소적으로, 그러나 여전히 두려워하며 갈등하는 사람들은 이렇게 말하곤 했다. "다 좋아. 이 모든 비용을 들여 건물을 강화했다 쳐요. 그런데 맞은편 건물이 우리 집 위로 무너지면요?"

이런 무력감과 절망감 속에서 수백만 이스탄불 사람들이 지진 꿈을 꾼다. 많은 사람들이 말해 줬던, 그리고 나도 꾸곤 했던 지진 꿈은 서로 비슷했다. 우선 당신이 자고 있는 침대의 세부적인 것들이 꿈에 그대로 등장한다. 침대로 들어가기 전에 느끼던 지진에 대한 불안 그대로 재현된다. 그리고 갑자기 끔찍한 지진이 시작된다. 당신은 침대와 함께 흔들리고, 슬로 모션으로 찍은 영화처럼 사물들이 보이고, 당신의 작은 방, 집, 침대, 그리고 모든 것이 멈추지 않는 흔들림과 붕괴 속으로 빠져 들어가는 것을 본다. 당신의 눈길은 서서히 방을 벗어나, 전에 발생한 지진으로 무너진 도시에, 텔레비전에서 여러 번 보여 주던 헬리콥터에서 촬영한 장면에서 영감을 얻은 듯한 재앙 속에 있는 자신을 발견한다. 하지만 이런 재앙 속에서도 당신은 은근한 만족을 느낀다. 그런 재앙을 목격했다는 것은 당신이 살았다는 뜻이기 때문이다. 지진 때문에 당신을 비난하는 어머니, 아버지, 배우자들에 대해서도 똑같이 만족을 느낀다. 왜냐하면 당신을 비난하지만 그들 역시 살아 있기 때문이다. 지진 꿈을 꾼 후에는 '무슨 일이 일어날 거면 한시라도 빨리 일어나 버리라고 해.' 하는 기분이 들기 때문에, 두렵기는 하지만 명절 같은 분위기 혹은 죄책감에서 벗어난 기분을 느낀다고 많은 사람들이 고백했다. 결국 두려움을 느끼며 꿈에서 깨어난 사람들은, 꿈과 생시 사이 그 반쯤 어두운 지역에서, 사실은 자고 있을 때 지진이 일어났으며, 흔들림 때문에 꿈을 꿨다고 생각한다. 잠에서 깨어나서 얘기할 사람이 없으면 지진이 자고 있을 때 일어났는지 그냥 꿈이었던 것뿐인지 이해하지 못하고, 다음 날 아침에 신문에서 여진에 대한 자세한 분석을 찾아보려 한다.

집이 얼마나 견고한지 알지 못했고, 몇 달 동안이나 텔레비전에서 지진 후에 계속된 재앙과 같은 분위기를 전했기 때문에, 이스탄불에 곧 닥쳐올 지진에 대한 공포 속에서 우리를 구해 줄 것은 하나밖에 없다고 생각했다. 대지진이 이스탄불에 접근하고 있다는 걸 알려 준 학자나 교수 들의 생각을 바꾸는 것이었다.

캘리포니아처럼, 터키 남부를 한쪽에서 다른 쪽으로 자르는 단층선이 있고 거대한 지진이 이스탄불에 접근했다는 것을 처음으로 알린 사람은 터키 최대 관측소의 소장인 이쉬카라 교수였다. 1999년 8월에 발생한 첫 번째 대지진 이후 모든 언론이 그를 좇았고, 그는 매일 저녁 텔레비전 방송국들을 차로 이동하며 오랜 세월 동안 아무도 관심을 보이지 않았던 자신의 관점을 되풀이해서 언급했고, 뉴스 진행자도 늘 같은 질문을 했다. "그렇다면, 오늘 밤 지진이 다시 일어날까요?" 그는 처음에는 "지진은 언제고 일어날 수 있습니다."라고 대답했다. 그 후 수백만 명이 희망을 잃고 공포에 떨고, 많은 사람들이 아주 작은 흔들림에도 밖으로 뛰쳐나가고, 정부가 그런 절망적인 상황에 경고하자 "지진이 언제 일어날지는 전혀 알 수 없습니다."라고 대답하기 시작했다. 하지만 3만 명을 죽음으로 몰고 간 첫 대지진이 발생하고 이틀 후 다시 여진이 심해지자, 터키 전체가 지켜보는 가운데 그는 지진이 일어날 수 있다고 했고, 사람들은 완전히 냉정함을 잃은 채 공원이나 마당 혹은 거리에서 자기 시작했다. 아인슈타인에게서 천재성을 뺀 멍한 모습을 닮은 선한 인상의 이 교수는, 지진에 대한 공포가 가장 심했던 절망적인 시기에, 잠을 이루지 못하는 사람들의 압력에 굴복하여 그다지 설득력은 없는 긍정적인 소식을 전했고(지진 단층선이 이스탄불에서 약간 멀어졌다는 등) 가장 나쁜 소식이라도 미소를 지으며 상냥하게 전했기 때문에 이스탄불 사람들이 좋아했다.

이스탄불 사람들이 아주 싫어하고 그들에게 위안을 주지도 생각을 바꾸지도 않았던 학자 중 대표적인 인물로는 지질학 교수 제랄 쉔괴르를 꼽을 수 있다. 3만 명을 죽음으로 몰고 간 첫 지진에 대해, 그는 정신없는 의학 교수 같은 분위기로 "아주 잘 생긴 지진이었다."라고 해서 모두를 화나게 했다. 하지만 그 사람이나 그와 비슷하게 타협할 줄 모르는 학자들에게 분노를 느끼는 진짜 이유는, 그들이 가장 정당한 증거들을 대며 곧 이스탄불에 닥쳐올 지진이 아주 치명적이라고 더없이 가혹하고도 신랄하게 경고했기 때문이다. 악마 같은 이 교수가 분노했던 것은 학계의 가냘픈 경고의 목소리에는 전혀 귀 기울이지 않은 채 지진 지역에 천만 인구가 사는 썩은 도시가 세워졌다는 사실뿐 아니라, 국제 학술지에 자신의 연구가 1300번이나 언급됐는데도 이를 충분히 인정받지 못했기 때문이기도 했다. 그래서 마치 신을 믿지 않는 사람들에게 곧 내려질 벌에 대해 분노에 가득 차 열변을 토하는 주지사처럼, 무지한 온 수백만 이스탄불 사람들에게 곧 닥쳐올 미래를 즐거운 듯 설명하곤 했다.

아름다운 몸매를 자랑하는 사람들과 미인 대회 우승자들이 사람들을 위로해 줄 준비를 마친 채 출연하는 텔레비전 오락 프로그램에 등장하거나, 혹은 일부 긍정적인 의견을 가진 학자들도 있는 텔레비전 프로그램에 출연하더라도, 진행자들은 자세한 설명을 하려는 학자들의 말을 잘라 버리곤 했다. "그런데 조만간 이스탄불에 지진이 날까요? 강도는 어느 정도나 될까요?" 1999년 11월 14일, 터키에서 가장 유명한 텔레비전 프로그램에서 마르마라 해 단층선에 관한 최근 조사 결과에 관해 열띤 논쟁이 일어났기 때문에, 이날 터키에 도착한 클린턴에 관한 뉴스는 프로그램 시작 후 45분이나 지난 다음에야 짧게 보도되었다. 그러나 그 프로그램을 통해 진행자가 끈질기게 제기한 질문에 관해 확실한 답이 주어지지 않았다는 것이 알려졌고, 바로 이러한 이유로 우리의 궁금증을 만족시켜 줄 새로운 논쟁, 새로운 질문, 새로운 언론 발표를 기대하게 되었다.

교수들은 아무런 신빙성이 없어 보였고, 다가올 재앙이란 어쩌면 없을지도 모른다고 희망과 위안을 주는 학자들도 없었기 때문에, 부실한 지반 위 부실한 주택에 사는 수백만 이스탄불 사람들은 다가올 지진에 대한 공포를 직접 해결해야 한다는 것을 서서히 깨달았다. 결국 어떤 사람들은 신의 뜻에 맡겼고, 어떤 사람들은 시간이 흐름에 따라서 잊어버렸고, 어떤 사람들은 지진이 일어날 때 그리고 그 후에 따라야 할 지침을 맹신하게 되었다.

지진이 일어나 전기가 나가고 집이 무너져 불이 나기 전에 빨리 탈출하기 위해 많은 사람들이 머리맡에 커다란 플라스틱 손전등을 놓고 잠을 잤다. 잔해 밑에 깔렸을 때를 대비해 손전등 외에 호루라기나 휴대 전화를 준비하기도 했다. 호루라기를(혹은 하모니카를), 어떤 사람들은 집 열쇠를 목에 걸고 있었는데, 이는 지진이 나서 집을 빠져나갈때 그것을 찾느라 시간을 허비하고 싶지 않기 위해서였다. 지진이 시작되자마자 2~3층에 있는 방에서 당장 밖으로 나가기 위해 문을 닫지 않는 사람들도 있었고, 창문에서 정원으로 내려갈 때 잡을 밧줄을 늘어뜨려 놓은 사람들도 있었다. 여진으로 예민해진 사람들은 지진 후 몇 달간 집에서 안전모를 쓰고 지냈다. 첫 번째 대지진이 밤에 일어났기 때문에, 지진이 났을 때 건물을 빠져나가기 어려운 높은 층에 살고 있는데도, 대비해야 한다는 본능에 따라 평상복을 입고 침대에 들어갔다. 그런 상태로 지진을 당하지 않기 위해 욕실과 화장실에서 일을 빠르게 본다는 사람들도 있었다. 그리고 이런 공포로 인해 성욕을 잃어버렸다는 부부도 있었다. 대지진으로 전기가 나가고, 길과 다리가 붕괴되고, 먹을 것을 찾지 못하고, 불타

버린 대도시에서 살아남거나 그곳에서 탈출하기 위해, 많은 집에는 지진의 순간에 가지고 도망칠, 먹을 것과 망치, 전등 등으로 가득 찬 지진용 비상 가방을 준비하기도 했다. 지진이 일어난 후를 대비하기 위해 많은 돈을 몸에 지니고 다니는 사람들도 있었다. 침대를 벽 끝이나 부실하다고 여겨지는 구석, 안에 물건이 가득한 장롱이나 선반에서 떨어진 곳에 두기도 했다. 신문과 함께 배달된 작은 안내 책자에서는, 우리 위로 떨어질 천장을 지탱할 가스레인지와 냉장고 바로 옆에 눕는다면 부엌 구석은 '생명을 구해 줄 삼각지'를 형성할 거라고 가르쳤다.

나도 25년 동안 글을 써 온 긴 책상의 한 끝을 견고하게 만들었다. 책장 위에 있던 가장 무거운 백과사전들—40년 된 브리태니커, 이보다 더 오래된 이슬람 백과사전, 예전에 발생한 지진들에 대해 알게 해 준 이스탄불 백과사전—을 다른 두꺼운 책들과 함께 책상 밑에, 마치 피난처처럼 설치했다. 그 위로 떨어질 콘크리트 무더기를 견딜 정도로 튼튼한 것을 확인하고, 책상 바로 옆에 생길 가상의 안전 장소에 몇 번 누워서, 배운 대로 엄마 배 속에 누운 아기처럼 몸을 구부려 콩팥을 보호하기 위한 지진 '예행 연습'을 했다. 작은 지진 안내서에 쓰여 있던 대로, 이 장소에 비스킷, 물이 든 페트병, 호루라기, 망치를 보관해 두어야 했지만 그렇게는 하지 않았다. 그런 작은 물건들과 물병들, 일상생활의 사방에서 번져 나오는 지진에 대한 생각을 집필실 책상으로까지 가져오면 내 사기가 더 떨어질 것 같아서였을까?

아니다. 이보다 심오하고 비밀스러운 이유가 있었다. 많은 이들의 눈에서 확인한 바이지만 아주 소수의 사람들만 표현할 수 있는 이 느낌은 부끄러움이라고 할 수 있다. 나 자신에 대한 연민이며 죄책감과 함께 느끼는 부끄러움. 가족 중 술 취해 범죄를 저지르는 사람이 있다거나 집이 갑자기 가난해진 것을 아무도 몰랐으면 싶을 때 느끼는 보호 본능과 부끄러움과 같은 것이다……. 첫 대지진 이후 터키 밖에서 내 안부를 묻는 친구들이나 출판사들에게 답장을 쓸 수 없었던 이유였다. 암에 걸린 것을 알고 우선은 그것을 감추는 사람처럼 나는 내면으로 움츠러들었다. 처음에는 나와 비슷한 생각을 하는 사람들과 얘기하고 싶었다. 그러나 이러한 대화는, 낙관주의와 비관주의의 정도에 따라 단시간에 유명해진 지진 전문 교수의 관점을 서로에게 흥분한 채 분노하며 반복하는 독백으로 변해 버리고 만다.

한때는 특히 집과 집필실 건물이 있는 마을의 지반이 튼튼한지 알기 위해 과거의 지진에 대해 언급하는 글이나 책을 읽었다. 1894년에 발생한 지진 때 내가 사는 마을에서는 건물이 별로 붕괴되지 않았고 지반이 튼튼하다는 것을 알게 되어 기뻤다. 하지만 한편으로는 어떤 집들이 붕괴되었는지 알게 되고, 룸 정육점이나 우유 장수들, 경찰서에 있는 오스만 군인들의 머리 위로 지붕이 내려앉았다는 것을 알게 되었으며, 내가 자주 가는 가게들이나 역사적 건물이 붕괴되었다가 재건되었다는 것을 알게 되어서, 첨탑과 인간의 삶의 연약함과 일시성이 내 마음을 슬픔으로 가득 채웠다.

당시 이스탄불에서는 지진이라는 재앙의 시나리오가 어떤 잡지에 나온 아주 작은 지도와 함께 실려 내 마음을 분노로 가득 채우기도 했다. 나의 집이 위치하고 있는 마을이 이스탄불에 닥쳐올 지진에서 가장 많이 피해를 입을 지역 중 하나라고 짙은 색으로 표시되어 있었던 것이다. 나만 그렇게 느꼈던 것일까? 사실 무엇도 구별할 수 없는 그 작은 지도에서 어떤 결과를 도출한다는 게 가능했을까? 나는 돋보기를 손에 들고, 지명이 나오지 않은 지도의 치명적인 얼룩이 내가 사는 거리와 집이 맞는지 다른 상세 지도와 비교해 가며 알아내려고 했다. 신문에 나온 또 다른 지도나 자료들도 찾아보았다. 사람들은 내가 사는 마을이 위험하다고 보지 않았다. 오류라고 생각하면서 잊어버리려고 했다. 이 문제를 아무에게도 거론하지 않으면, 더 쉽게 잊을 거라고 생각했다.

하지만 며칠 후 어느 밤중에, 다시 손에 돋보기를 들고 그 대충 만든 작은 지도의 얼룩 앞에 앉아 있는 나 자신을 발견했다. 나중에는 지도에 있는 그 오류를 범한 사람에게, 부끄러움이 내 온몸을 휘감았기 때문에, 다른 사람을 통해 연락을 해 보려고도 했다. 집주인은 내가 건물의 지반을 의심한다는 것을 알게 되자, 40년 전에 건물 기초 공사를 할 때 일꾼들과 함께 자랑스러운 표정으로 찍은 사진을 찾아 보여 주었다. 나는 40년 동안 이스탄불의 같은 지역에서 살아왔기 때문에 어린 시절의 추억이 가득한 그 옛 사진을 돋보기로 들여다보며 지반에서 튼튼한 바위들을 찾았다. 서로 상반되는 학자들의 연설과 시청률 경쟁에 들어간 무책임한 언론의 태도 때문에, 매일 밤 '긍정적인' 소식(새로운 위성 지도에 의하면 지진의 강도는 5리히터 정도일 것이다!) 혹은 새로운 나쁜 소식으로 잠이 달아난 다른 이스탄불 사람들처럼, 지도에 있는 얼룩과 지반을 조사하는 일은 하루는 나를 기쁘게 했고 다음 날이 되면 나를 언짢게 했다. 잡지 책임자도 대충 만든 작은 지도를 중요하게 여기면 안 된다고 말했지만 그 검은 얼룩이 왜 내 집에, 내 인생에 떨어졌을까를 한동안 골똘히 생각했다.

이 모든 기간 동안 내 뇌리 한 켠은, 믿을 수 없을 정도로 퍼져 나가던 꾸며 낸 소문들과 새로운 지진 이야기에도 열려 있었다. 첫 지진 후 며칠 동안 바닷물이 더워지기 시작하자 이것이 새로운 지진의 증거라느니나, 지진과 일주일 전의 일식이 관계가 있다는 소문들이 돌았지만 나는 그저 웃기만 했다. 그때 한 젊은 여자가 "그렇게 소리 지르며 웃지 마! 지진이 일어나도 느끼지도 못하겠네."라고 말했다. 당시에 분리주의자 쿠르드인 게릴라들이나, 거대한 군 병원선으로 도와주러 온("어떻게 저렇게 빨리 도와주러 올 수 있었다고 생각하는 거야?") 미국인들이 지진을 일으켰다는 말도 있었고, 게다가 배에서 바라보던 지휘관이 "우리가 뭘 한 거지!"라고 안타까워하며 후회했다는 말도 있었다. 나중에는 소문들이 다소 국내로 기울어졌다. 아침마다 현관을 두드리고 우유와 신문을 전달해 주는 아파트 관리인이, 저녁때 한 시간 동안 단수가 된다고 알려 주듯이, 저녁 7시 15분에 거대한 지진이 이스탄불을 무너뜨릴 거라고 말하며 가기도 했다. 대지진이 일어난다는 견해를 고수하던 사악한 교수가 공포에 휩싸여 유럽으로 도망쳤다는 말도 있었다. 혹은 모든 것을 다 파악하고 있는 정부가 해외에서 시체 넣을 자루 100만 개를 몰래 들여왔다는 소문도 있었다. 군대를 동원해 시외에 있는 넓은 토지에다 벌써부터 합장 묘지를 파기 시작했다는 얘기도 들었고, 살던 집과 지반을 믿지 못해 같은 골목의 다른 아파트로 이사를 갔는데, 그곳이 더 위험하다는 것을 곧 알게 되었다는 친구의 이야기도 들었다. 이스탄불에서 가장 부촌인 동시에 지반이 가장 부실한 지역인 예쉴유르트에서는 집주인들이 지진 관련 모임에 참석했다가 서로 적의를 품은 두 파로 나뉘어졌다. 다가오는 지진에 대해 어떤 조치를 취해야 한다는 파와 이런 모임 때문에 집값이 떨어진다고 주장하는 파였다. 신문 기자인 친구는, 부동산과 집주인들의 분노 때문에, 작은 지도에 나온 얼룩의 실체를 조사하기 위해서 필요한 지반 지도를 게재하는 것은 어렵다고 했다.

위층에 사는 나의 이웃은, 두 달이 지나 콘크리트 조각에 대한 조사 결과가 대학에서 왔다고 했다. 내가 글을 쓰고 있는 건물처럼, 전적으로 나쁘지도 않고 전적으로 신뢰할 수도 없는 결과였다. 첨탑이 우리 쪽으로 넘어질지 넘어지지 않을지는 그날의 낙관주의에 의거하여 우리가 결정을 해야만 했다. 역시 같은 시기, 음악을 하는 나의 옛 친구가 3만 명을 사망케 한 첫 지진을 가장 끔찍했던 지역인 괼추크에서 경험한 후로, 다시는 이스탄불에 있는 집에 들어가지 못해 견고하다고 믿는 힐튼 호텔에 자리를 잡았지만, 그곳에서도 살 수가 없어, 마치 급한 일이라도 있는 듯 거리를 빠르게 오가며, 전화기를 손에 들고 일을 본다는 걸 알게 되었다. 절대 멈추는 법 없이 이스탄불 거리를 걷는 이 친구는 "우리는 왜 이 도시를 떠나지 않는 거지, 왜 떠나지 않는 거지?" 하고 묻는다고 했다.

지진의 중심지에서 100킬로미터나 떨어진 먼 곳이지만 지반이 부실해 수천 명이 죽은 지역들이나 가난한 마을에서 이스탄불 밖으로의 이주가 시작되었는데, 이는 월세 하락으로도 알 수 있었다. 하지만 건물 대부분이 허술한데도 이스탄불 사람들 대부분은 별다른 조치를 취하지 않고 대지진을 기다렸다. 이런 상황에서 학자들에게 심리적 압박을 가하고, 소문을 믿고, 잊어버리려 하고, 새로운 밀레니엄을 축하하는 것으로 시선을 돌리고, 사랑하는 사람을 껴안고, 신경 쓰지 않으려 하고, 지진에 관한 생각에 익숙해지는 것은, 유행하는 말을 빌리자면, '그것과 더불어 살기' 위해 유효한 것이라고 할 수 있다. 얼마 전에 책표지 때문에 내 집필실로 온 깨끗한 얼굴을 한 아주 행복한 신혼의 젊은 여성은 자신의 방법을 진심으로 말했다.

그녀는 눈썹을 추켜올리며 선생님 같은 말투로 "지진이 일어날 거라고 생각하며 무척 두려워하고 계시는군요. 그리고 매

순간을 그런 때는 오지 않을 거라고 생각하며 사시는군요. 그러지 않으면 아무것도 할 수 없을 테니까요. 하지만 이 두 생각은 서로 모순돼요. 예를 들면 지진이 날 때 발코니에 있는 건 아주 위험하다는 걸 이제 우리는 다 알지요. 그럼에도 저는 지금 발코니로 나가요."라고 한 후 문을 천천히, 조심스럽게 열며 발코니로 나갔다. 나는 있던 자리에서 꿈쩍하지 않았다. 그녀는 잠시 맞은편에 있는 사원과, 첨탑 뒤에 있는 보스포루스 풍경을 바라보았다. 잠시 후 그녀는 집 안에 있는 나에게 "여기에 서 있을수록 지진이 이 순간 일어날 거라는 생각이 들지 않아요. 그렇게 생각하면 공포 때문에 이곳에 서 있을 수 없을 테니까요."라고 말했다. 그런 후 발코니에서 안으로 들어와 문을 닫았다. 그러고는 희미하게 미소 지으며 "이렇게 해서 발코니에 서 있는 동안 제 머릿속에 있는 지진에 대한 생각에 맞서 작은 승리를 거뒀어요. 이러저러한 작은 승리들로 우리 모두 대지진을 이겨 내야죠."라고 덧붙였다.

그녀가 간 후 나도 발코니로 나가 첨탑과 첨탑 뒤쪽, 아침 안개 속에서 보이는 보스포루스, 그리고 이스탄불의 아름다움을 바라보았다. 나는 내 모든 인생을, 45년 이상을 이 도시에서 보냈다. 끊임없이 거리를 걸으며 지진을 기다리는 그 남자의 질문, 왜 이 도시를 떠나지 않는지를 나 자신에게 물어보았다.

이제 이스탄불 밖에서의 내 삶에 대해서 떠올릴 수 없기 때문이었다.

2부

책과 독서

27. 서재와의 사랑과 증오: 책들에서 어떻게 벗어났나

최근 있었던 대지진 중 두 번째인 11월의 볼루 지진 당시 내 서재 한쪽이 탁탁 덜그럭거리며 한동안 삐걱거렸다. 그때 나는 방 안에 누워 손에 책을 든 채 천장에 달린 전등이 흔들거리는 것을 바라보았다. 도서관이 지진의 분노에 동참하고, 진동의 대변자 역할을 감당하고, 반란을 일으킨 것이 두려웠을 뿐만 아니라 일종의 배신감마저 들어 화가 났다. 그전에 있었던 여진 때에도 같은 느낌이 들어서 이제는 나의 서재를 벌하기로 결심했다.

이렇게 해서 이상할 정도로 평온한 마음으로 나는 서재에 있던 책 250권을 골라서 버렸다. 많은 사람들 사이를 급하게 돌아다니며 벌할 종들을 가리키는 술탄처럼, 혹은 해고할 사람들을 손가락으로 가리키는 자본가처럼 급하게 버릴 책들을 골랐다. 내가 벌한 것은 나의 과거이자, 책들을 찾고 고르고 사서 집으로 가져와 보관하고 읽을 때 들였던 그 많은 노력, 미래에 그것들을 읽으며 느낄 것에 대해 꿈꿨던 것들이었다. 나중에도 느꼈지만, 나 자신을 벌한다기보다는 무언가에서 해방되는 느낌이었다.

이와 같은 행복은, 책과 서재와 나의 관계를 설명하기 위해 좋은 시작점이다. 나의 서재에 대해 한두 가지 언급하고 싶은 것이 있기 때문이다. 하지만 책을 얼마나 좋아하는지를 말하면서, 사실은 자신이 얼마나 다르고 얼마나 '문화인'이며 우월한지를 암시하려는 사람들이나, 프라하 어느 뒷골목에 있는 작은 고서점에서 희귀한 책을 찾았다는 것을 설명하는 사람들처럼 자랑하고 싶은 생각은 조금도 없다. 독서가 아니라, 독서를 어떤 이상한 행동, 나아가 어떤 병이나 불행의 징후로 보는 나라에서 살기 때문에, 사실 책과 서재에 관심 있는 사람들의 허식, 집착 그리고 전시에 대한 관심은 우리 일상의 평범함과 단순함에 덧붙여 내게는 존경을 불러일으킬 뿐이다. 나의 고민은 내 서재에 있는 책들을 얼마나 좋아하는지가 아니라 좋아하지 않는지를 설명하는 것이다. 이 분노를 가장 신속히 전달하려면 내가 책들에서 어떻게 그리고 어째서 벗어났는지를 떠올려야 한다.

약간은 호감을 얻고 싶은 친구들이 보아 주었으면 하는 마음에서 서재에 책을 전시하는 것으로 봐서, 어떤 책들을 절대 보지 않았으면 하는 심정으로 감추고 없애는 것은 아주 합리적인 제거 방법이다. 이 허튼 책을 한때 진지하게 여겼다는 것을 아무도 눈치채지 않도록 많은 책을 버린다. 이런 열정은 특히 어린 시절에서 사춘기로, 사춘기에서 청년기로 넘어가는 시기에 불타오른다. 나의 형은 한때 자신이 읽었던 것을 부끄럽게 여기는 어린이 책들, 양장 축구 잡지 컬렉션들(페네르바흐체 잡지들)을, 여전히 그것을 중요하게 여기는 내게 줌으로써 일석이조의 효과를 거두었다. 나 역시 많은 터키 소설, 형편없는 시집, 사회학 서적, 러시아 소설, 평범한 농촌 소설, 『검은 책』에 나오는 자료 수집가처럼 모았던 좌파 잡지에서 이렇게 벗어났다. 가끔 사서 읽지 않을 수 없는 통속 과학 서적, 나는 어떻게 성공했는가 같은 자랑하는 책, 사진이 없는 점잖은 포르노그래피 책들 역시 이러한 걱정들로 우선 서재의 보이지 않는 구석에 놓았다가 나중에 버렸다.

이런 책들을 버리기로 결정할 때, 먼저 느끼는 표면적 경멸이라는 희열 뒤에는 처음에는 보이지 않았던 깊은 고통이 자리한다. 사실 우리가 경멸한 것은, 서재에 있는 것 자체가 우리를 불편하게 하는 이 책들(정치 고백록, 형편없는 번역서, 유행 소설, 모두 서로 비슷한 시집들)이 아니라, 한때는 돈을 주고 살 정도로, 오랫동안 서재에 보관할 정도로, 더욱이 약간은 읽을 정도로 부여했던 중요성이다. 책이 아니라, 사실은 그 책을 중요하게 여긴 자신을 부끄러워하는 것이다.

이렇게 해서 진짜 주제로 들어가게 되었다. 나의 서재는 내게 어떤 자부심의 근간이 아니라, 답답함과 분노의 원천이다. 물론 자신이 받은 교육에 자부심을 느끼는 사람들처럼, 나 역시 이 책을 보고 소유하고 일부를 읽었다는 사실에 가끔은 만족을 느꼈다. 젊었을 때는 나중에 작가가 되면 내 책 앞에서 포즈를 취하리라 상상하기도 했다. 지금은 이런 책들에 삶과 돈을 투자했다는 것이, 서점에서 짐꾼처럼 그 책들을 옮겼다는 것이, 그것들을 보관했다는 것이 부여하는 답답함, 무엇보다 그 책들에 '애착'을 갖는 데에서 오는 참담함이 나를 불행하게 한다. 서재가 나에게 주는 믿음, '집에 있는 듯한' 느낌은 아주 소수의 책에서만 느꼈으면 좋겠다. 나이가 들수록, 이미 읽은 책으로 가득한 서재의 주인에게 마땅히 기대되는 현명함을 얻었노라고 스스로 믿고 싶어서 책을 버리는 것인지도 모른다. 하지만 버린 것보다 더 많은 책을 여전히 빠르게 사고 있다. 부유한 서양 나라에 있는 발달된 도서관 같은 것들이 가까운 곳에 있었더라면, 내 서재에는 책이 지금보다 적었을 것이다. 내게 있어 문제는 좋은 책을 소유하는 것이 아니라 좋은 책을 쓰는 것이다.

물론 이 문제는 필요할 때 좋은 책에 접근할 수 있다는 점과 관련이 있다. 하지만 좋은 독서란 눈과 이성으로 어떤 텍스트 위를 천천히 그리고 주의 깊게 훑는 것이 아니라, 영혼 역시 텍스트 속에 전적으로 몰입시키는 것이다. 그렇기 때문에 우리는 인생에서 아주 한정된 책만을 사랑하게 된다. 가장 좋은 서재는, 서로를 질투하는 이런 한정된 책들로만 채워져야 한다고 생각한다. 책들 사이의 질투심은 창조적인 작가를 어떤 긴장감으로 양

육시킨다. 플로베르는 인간이 책 열 권을 아주 주의 깊게 읽는다면 위대한 학자가 될 거라고 했다. 사람들은 보통 이 정도도 하지 않게 때문에 책을 모으고 서재를 자랑스러워한다. 책이 없고 도서관이 없는 나라에서 살았기 때문에, 나로서는 최소한 핑계가 있다. 나의 서재에 있는 1만 2000권의 책은 나의 작업을 위해 꼭 필요한 참고 자료들이다.

이중 열 권에서 열다섯 권 정도는 아마도 아주 좋아할 것이다. 하지만 나는 내 서재를 그렇게 열렬히 사랑하지는 않는다. 어떤 모습, 어떤 물건, 먼지 무더기, 물질적인 짐으로서는 내 책들을 전혀 좋아하지 않는다. 책 안에 있는 것들과 가까워지는 것, 마치 항상 우리를 좋아할 준비가 되어 있기 때문에 상상만으로도 우리를 아주 행복하게 만드는 여성들처럼, 그 책들을 어느 때고 읽을 수 있다는 것을 아는 것이 나를 진짜 행복하게 한다.

이런 애착과, 마치 사랑처럼 두려워했기 때문에, 그것들(그러니까 책들)로부터 벗어나기 위해 찾아낸 이해될 수 있는 이유들이 나를 행복하게 한다. 최근 10년간, 젊었을 때는 전혀 생각지도 못했던 새로운 이유가 추가되었다. 내가 젊었을 때 '우리나라 작가들'이라며 사서 모으고, 게다가 읽었던 중년이 넘은 작가들은, 최근 자신들의 에너지 일부를 내가 쓴 책들이 얼마나 형편없는지를 증명하는 데 쏟고 있다. 처음에는 그들이 나를 이렇게나 중요하게 생각한다는 것이 기뻤다. 지금은 내 서재를 비우기 위해 지진보다 더 그럴듯한 이유를 찾아서 흡족하다. 이렇게 해서 내 서재의 터키 문학 책장에서, 처음부터 실패했고 반쯤만 성공했으며, 반쯤은 멍청하며 평범한 쉰 살에서 예순 살 사이의 남자이며 대머리인 작가들의 책은 빠르게 사라지고 있다.

28. 독서에 관하여

당신 주머니나 가방에 책을 넣고 다니는 것은, 특히 불행한 시기에, 당신을 행복하게 해 줄 다른 세계를 넣고 다니는 것을 의미한다. 즐겁게 읽는 책의 존재는 긴장된 분위기 속에서 보냈던 젊은 시절에, 하품을 하느라 눈물이 고였던 수업 시간에, 무례를 범하지 않기 위해 어쩔 수 없이 갔던 지루한 모임에서 내게 힘을 준 위로의 원천이었다. 여기서는, 무엇이 독서를 교육과 직업의 취지가 아니라, 자신이 선택한 어떤 행복의 원천으로 만드는지 열거하고자 한다.

1. 위에서 언급한 다른 세계의 영향. 이를 '도피성' 독서라고도 한다. 상상으로나마 다른 세계로 한동안 피해, 평범한 세계의 불행에서 도피하는 것은 좋은 일이다.

2. 열여섯 살에서 스물여섯 살 사이에 했던 독서는 나 자신을 만들고, 나 자신의 영혼에 의식적으로 어떤 형태를 부여해 주

었다. 나는 어떤 사람이 되어야 하는가? 세상의 의미는 무엇일까? 내가 생각할 수 있고 관심을 가질 문제나, 상상, 장소 들은 어디까지 펼쳐져 있을까? 다른 사람들이 경험한 것들, 상상한 것들, 사고들을 이야기와 글을 통해 보면서, 마치 나무나 잎사귀 혹은 고양이를 처음으로 인식한 아이처럼, 이 지식들을 내 기억의 가장 깊은 곳에, 절대 잊지 못한 채 간직하게 되리란 걸 알았다. 내가 읽은 것들에서 얻은 지식으로 되고 싶은 사람의 길을 그리려고 했다. 나 자신을 만들고 형태를 부여하는 일에 이렇게 호의적으로, 순진하게 동참해 주었기 때문에, 이 나이 때의 독서는 내게 상상력도 많이 포함된 집약적이며 장난기 있는 일이었다. 이제는 이러한 논리로는 거의 읽지 않으며, 어쩌면 이 때문에 더 적게 읽는 것 같다.

3. 독서는 또한 자기 자신이 심오한 일을 하고 있다는 착각을 하게 함으로써 우리를 행복하게 한다. 책을 읽을 때, 우리 이성의 일부는 읽고 있는 텍스트에 온전히 몰입되지 않는다. 하지만 하고 있는 일, 그러니까 독서가 얼마나 심오하고 영리한 일인지를 떠올리며 자신을 대견하게 여긴다. 우리 영혼의 일부는 읽고 있는 책보다는 앉아 있는 책상이나 책, 빛을 반사하는 전등, 앉아 있는 정원 혹은 풍경에 열려 있다고 프루스트가 설명한 적이 있다. 이런 집중에는 자신의 외로움이나 상상력의 가동, 책을 읽지 않는 사람들보다 '심오'하다는 것을 기뻐하는 면도 있다. 나는 책을 읽는 사람이 지나치지 않은 선에서 자신의 선택에 대

해 스스로를 대견하게 여기는 것을 이해한다. 하지만 이를 자랑스럽게 과장하는 것은 좋아하지 않는다.

그래서 나의 독서 인생에 대해서는 이런 이야기를 하고 싶다. 1과 2에서 얻은 희열을 텔레비전이나 영화 혹은 다른 데서 충분히 얻었다면 어쩌면 별로 책을 읽지 않았을 것이다. 물론 이런 매체에서 이러한 희열을 줄 수도 있을 테지만, 그것은 아주 어려운 일이라 생각한다. 단어와 문학은 개미나 물과 같기 때문이다. 틈새, 구멍, 보이지 않는 사이로 무엇보다도 먼저, 가장 멋진 형태로 들어가는 것이 단어이기 때문이다. 삶에 관하여, 세상에 관하여 진정 궁금했던 것들도, 먼저 이 보이지 않는 틈새에서 나타나고, 무엇보다도 문학이 가장 먼저 발견한다. 새롭고 좋은 문학은, 삶을 한 번도 그런 식으로 언급하지 않았던 기발한 표현처럼, 꼭 필요한 소식과 같은 성격을 띠고 있고, 이것은 지금도 여전히 나를 독서에 얽매이게 한다.

하지만 이런 희열이 바라보고(looking), 시청하고(watching), 보는(seeing) 희열과 모순되며 경쟁 상태인 듯 말하는 것, 단어와 그림에 관하여 서로 적이라도 되는 듯 말하는 것은 옳다고 생각하지 않는다. 나는 일곱 살부터 스물두 살까지 화가가 되고 싶어 열정적으로 그림을 그렸다, 어쩌면 이러한 이유로. 하지만 문학과 그림이 친구이자 형제였기 때문이라는 게 더 맞는 설명이다. 내게 독서란 텍스트가 설명하는 것을 이성의 극장에서 재현하는 것이다. 읽고 있는 텍스트에서 고개를 들고, 시선을 벽에 있는 그림이나 창밖 혹은 맞은편 풍경으로 돌린다고 하자. 하지만 이성은 우리가 보고 있는 것이 아니라, 조금 전에 읽었던 다른 세계를 재현하느라 바쁘다. 작가가 상상한 다른 세계를 우리가 보고 행복해지기 위해서는 상상력을 가동해야 한다. 이 역시 우리를 읽고 있는 텍스트, 다른 행복한 세계의 외로운 독자가 아니라 그 일부이며, 더욱이 창조자이기도 하다는 느낌을 주면서 은밀한 행복으로 초대한다. 독서를, 좋은 문학 작품을 읽는 것을 포기하지 못하게 만드는 것은, 바로 이 은밀한 행복이다.

29. 독서의 기쁨

올여름 『파르마의 수도원』을 다시 읽었다. 이 멋진 책의 어떤 페이지를 읽은 후 오래된 그 책에서 눈을 떼어 빛바랜 페이지들을 멀리서 한번 바라보았다. 어린 시절 무척이나 좋아하는 사이다를 마실 때, 가끔 멈춰 흐뭇하게 손에 들고 있던 병을 바라보았던 것처럼. 이것은 행복이었다, 올여름 이 책을 가지고 가면서, 이 책이 내 곁에 있다는 것만으로 기뻐하면서, 내가 왜 이렇게나 행복해하는지 스스로에게 여러 번 물었다. 마치 사랑에 빠진 여자에 대해 전혀 말하지 않고 사랑에 대해 언급하는 것처럼, 읽었던 소설에 대해 전혀 말하지 않고 소설 읽는 행복에 대해 언급하는 것이 가능한가, 하고 이후 나 자신에게 물었다. 지금 그 이야기를 해 보려고 한다.(소설 자체와 소설 읽은 기쁨을 구별하고 싶은 독자들은 괄호 안에 있는 것들은 읽지 않았으면 한다.)

1. 소설에서 일어나는 일들, 여러 가지 사건들(워털루 전투,

작은 공국의 권력과 사랑의 음모)을 좇아갈 때 강렬한 감정이 내게 전이된다. 나를 행복하게 하는 것은 사건들이 아니라, 그것들을 통해 내가 경험했던 정신 상태와 감정이었다. 나는 사건을 각각의 감정으로 경험한다. 젊은 날의 흥분, 삶, 낙관주의의 힘, 죽음의 존재, 사랑 그리고 외로움이 마음속에서 느껴진다.

2. 작가(스탕달)의 섬세함, 힘, 특별한 집중, 속도, 사건의 심장부로 빠르게 들어가는 것, 명석함, 삶을 아는 것에 경탄하고, 이 모든 지식을 그가 내게 특별히 속삭여 주는 것처럼 느낀다. 수백만 명이 나보다 먼저 이 책을 읽었다는 것을 알면서도, 알 수 없는 어떤 이유로 이 책에 오로지 작가와 나만이 이해하고 공유하며, 우리 둘만 아는 아주 특별한 부분, 작은 세부사항, 특별한 섬세함과 지식이 있는 것만 같았다. 이렇게 명석한 작가와 어떤 감정과 영혼의 친근감을 공유한다는 것이 내게 믿음을 주었고, 행복한 사람들처럼 나 자신을 균형감 있게 사랑할 수 있었다.

3. 작가의 삶, 불행했던 그에 대한 일화들(외로움, 이루지 못한 사랑, 기대했던 것만큼 책이 사랑받지 못한 일) 그리고 이 소설을 어떻게 썼는지에 대한 전설적인 이야기(옛 이탈리아 연대기 작가들의 역사와 그 연대기에 의거하여 52일 만에 서기에게 이야기하고 쓰게 했다.)가 마치 나의 삶인 것처럼 느껴졌다.

4. 작가 자신의 인성과 정신에서 내게 전이된 것처럼, 그가 서술한 장면, 시대, 지리(궁전의 방, 나폴레옹의 생각, 밀라노와 그 주위 호수들, 작가가 현대적 도시의 감성으로 서술한 진짜 알프스 풍경, 다

툼, 살인 그리고 정치적 음모)의 많은 것들이 내 마음속에 남았다. 프루스트의 등장인물처럼 나 자신을 그 사람들 혹은 사건들이라고 생각하지 않았다. 나는 그곳에, 소설 속에 있지 않았다. 하지만 사이다 병 안에 있는 액체를 바라보는 것처럼 주의 깊게 소설 속을 들여다보면서, 구태의연한 나의 환경에서 완전히 다른 곳으로 전이되는 흥분에 휩싸였다. 처음에는 이러한 이유로 책을 가지고 갔다.

5. 『파르마의 수도원』을 처음 읽은 것은 1972년, 지금으로부터 28년 전이었다. 처음 읽었을 때 책 가장자리에 했던 메모들, 밑줄을 쳤던 곳들을 미소를 지으며, 젊은 시절 나의 혈기를 슬퍼하며 바라보았다. 하지만 28년 전 나 자신에게, 새로운 세계를 세우고, 세상을 이해하고, 더 좋은 사람이 되기 위해 이 책을 열심히 읽은 젊은이에게 사랑도 느꼈다. 선의를 가졌지만 사상을 형성하지 못한 그 젊은이를, 모든 것을 보았다고 생각하는 지금의 독자들보다 더 많이 사랑했다. 이렇게 해서 열여덟 살의 내 모습, 비밀을 나눴던 작가(스탕달), 등장인물들 그리고 나는, 이 책을 읽을 때 한 무리가 되었다. 나는 이 무리를 좋아했다.

6. 28년 전 내 모습을 떠올리게 했기 때문에, 책을 어떤 대상으로서도 좋아했다.('황금 연필 클래식' 시리즈 중 사미흐 티르야키오을루의 번역본) 짙은 회색 표지를 쓰다듬고, 가름끈을 가끔 손가락 사이에 넣곤 했다. 뒤표지 안쪽에 오래전에 메모한 것들이 있었다. 그것들도 다시 읽고 또 읽었다.

7. 이렇게 해서 독서하는 기쁨과 어떤 물건으로서의 책을 손으로 느끼는 것이 서서히 서로 뒤섞인다. 책을 읽을 시간이 없으리란 걸 알면서도 바로 이러한 이유로, 행복을 느끼게 해 주는 어떤 부적처럼 가지고 갔다. 지루하고 뒤숭숭했던 장소에서 되는대로 아무 곳이나 펼치고 한 문단을 읽으면 마음이 편해졌다. 이제 단어들만큼이나 책, 페이지에서도 어떤 행복이 전이되었다. 이제 책의 의미만큼이나 독서 자체도 행복을 주었다.

8. 여름을 보냈던 작은 섬에서, 여느 저녁때처럼, 아무도 지나가지 않는 길가 벤치에 앉아 희미한 가로등 아래에서 책을 읽으며, 그 책이 내 주위에 있는 나무, 덤불, 돌담, 그림자, 달 그리고 바다 같은 자연 세계의 일부라고 느꼈다. 어쩌면 아주 옛 시기를 배경으로 해서인지는 몰라도, 책이 나무 한 그루나 새 한 마리처럼 인공에서 먼, 아주 자연적인 것처럼 느껴졌다. 자연성과 가깝다는 것이 나를 매우 행복하게 했고, 책이 나를 일상의 멍청함과 사악함으로부터 정화하고, 나를 더 좋은 사람으로 만들었다고 느꼈다.

9. 이 행복한 순간들 중, 책을 다시 눈에서 떼어, 이번에는 빛바랜 페이지가 아니라 나무나 먼 곳의 어두운 바다를 바라보았고, 나를 이렇게 행복하게 해 주는 이 소설의 의미가 무엇인지 자신에게 물었다. 이런 질문을 던지는 것은, 삶의 의미가 무엇인지를 묻는 것과 같았다. 이 책 덕분에 삶의 의미에 아주 가까워졌으며, 이 문제에 관해 어쩌면 한두 마디 말을 할 수 있을 것

같았다.

10. 모든 위대한 소설처럼, 사람의 의미도 행복과 아주 밀접한 관계가 있었다. 소설에서 그러한 것처럼, 삶에서도 행복을 향한 어떤 바람, 어떤 행동, 어떤 경주가 있었다. 하지만 모든 의미가 이것은 아니었다. 이 바람과 행동에 대해 생각하고 싶었고 (『파르마의 수도원』처럼) 좋은 소설은 그에 아주 적합했다. 결국 우리 주위에 있는 자연과 삶의 일부인 멋진 소설은 우리를 삶의 의미에 아주 가까이 가게 하지만, 삶이 부여하는 행복 대신 그 의미와 관련된 행복을 줄 뿐이다.

11. 이런 모든 생각들을 이성의 한구석에 놓고 책을 읽는 것이 지금 나를 더욱 행복하게 한다. 한편, 이 지극한 행복이 어떤 면으로는 소설의 마법을 죽인다는 것도 느끼기 시작했다.

30. 책 표지에 관한 노트

• 집필하는 책의 표지를 상상하지 않는 소설가는 감정 교육을 마친, 성숙하지만 자신을 작가로 만든 순수함을 잃어버린 작가라는 뜻이다.

• 모든 위대한 독서 경험과 희열은 이후 추억 속에서 그 책의 표지와 뒤섞인다.

• 표지를 보면서 책을 사는 독자들 그리고 그런 독자들을 위해 쓰인 책들을 경멸하지 않는 비평가가 더 많이 필요하다.

• 소설의 표지에 등장인물들의 얼굴을 자세히 그리는 것은 독자와 작가의 상상력에 가해진, 용납할 수 없는 공격이다.

• 『적과 흑』의 표지를 검은색과 붉은색으로 하거나, 『푸른 집』의 표지에 푸른 집을, 『성』에 성 사진을 넣는 디자이너는 텍스트를 존중한다기보다 그것을 읽지 않았다는 인상을 준다.

• 많은 세월이 흐른 후 과거에 읽었던 책의 표지는, 책에

나온 세계와 과거의 어떤 시기에 어떤 장소에 앉아 그 세계로 들어갔다는 것을 떠올리게 하는 로고와도 같다.

• 책의 표지는 책에 나오는 세계와 우리가 사는 평범한 세계 사이의 통과 신호 역할을 한다.

• 서점을 생동감 있고 풍부하고 매력적으로 만드는 것은 책이 아니라 표지의 다양함이다.

• 책의 제목은 마치 사람의 이름과 같다. 어떤 책을 비슷한 수백만 가지 책들 가운데서 구분하는 데 유용하다. 책의 표지는 사람의 얼굴과 같다. 우리가 경험하고 있는 행복을 떠올리게 하거나 전혀 발견하지 못했던 행복한 세계를 약속한다. 이러한 이유로 우리는 사람의 얼굴을 보는 것처럼 책의 표지를 열정적으로 바라본다.

31. 읽든 읽지 않든 : 『천일야화』

『천일야화』 선집을, 40여 년 전 일곱 살 때 처음 읽었다. 초등학교 1학년을 마치고, 여름 방학 때 아버지가 일하는 스위스 제네바로 갔었다. 어머니도 아버지와 함께 살고 있었다. 읽기를 처음 배우던 내게 여름 동안 더 능숙하게 읽기를 바라는 의미에서 여행을 떠나기 전에 이모가 형과 나에게 선물한 어린이용 책들 중에 『천일야화』 선집이 있었다. 두껍고 질 좋은 종이에 인쇄된 이 책을 여름 내내 네다섯 번은 읽었던 기억이 난다. 점심을 먹은 후 여름 무더위 속에서, 제네바 호수 선착장으로부터 한 블록 떨어진 아파트 내 방에 누워, 같은 이야기를 읽고 또 읽었다. 열린 창문으로는 제네바 호수에서 가벼운 바람이 불어오고, 창문에서 내다보이는 뒷마당에서는 아코디언을 연주하는 걸인들의 음악이 들려올 때, 나는 「알리바바와 40인의 도적」과 「알라딘의 요술 램프」 이야기 속으로 한 번 더 들어가 사라지곤 했다.

내가 갔던 나라는 어디였던가? 먼 이방의 나라, 우리보다 미개하지만 마법적인 세상이라는 것이 내가 받은 첫인상이었다. 등장인물들이 이스탄불 거리에서 만날 수 있는 사람들의 이름을 갖고 있어 약간은 친숙하게 느껴졌다. 하지만 마치 먼 아나톨리아 마을 같은 이야기들 속 세계와 나의 세계를 절대 동일시하지는 않았다. 처음에는 동양에 관한 신비로운 이야기들을 읽는 서양 아이처럼 『천일야화』를 읽었다. 이 이야기들이 인도, 이란, 아라비아 같은 곳을 통해 나의 문화로 스며들었으며, 내가 어린 시절을 보냈던 이스탄불의 복잡함과 비밀 속에 이 방대하고 놀라운 이야기의 짜임과 분위기가 많이 존재한다는 것을, 즉 거짓말, 속임수, 사랑, 배반, 변장, 이상야릇하고 경이로운 굴곡들로 짜인 이야기들의 영혼에 이스탄불 거리와 비슷한 것이 많이 존재한다는 것을 처음에는 느끼지 못했다는 말이다. 책의 첫 엮은이이자 프랑스어 번역가인 앙투안 갈랑이 시리아에서 입수하여 번역했다는 옛 필사본에는 내가 읽은 이런 이야기가 없다는 것을 다른 책들을 읽고 나서야 알게 되었다. 갈랑은 「알리바바와 40인의 도적」과 「알라딘의 요술 램프」를 책이 아니라, 한나 디얍이라는 아랍 기독교인에게서 듣고 나중에 책을 엮을 때 기억나는 것을 쓴 것이다.

우리를 진짜 주제로 이끌어 가는 부분이다. 『천일야화』는 동양 문학의 진수다. 하지만 그것을 우리에게, 우리의 전통 문학, 이란이나 인도 문화와 단절되고, 엄청난 서양 문학의 영향 아래 들어간 우리에게 다시 가르쳐 준 사람은 서양인들이었다. 유명하고 기이하며 어떤 때는 머리가 정상이 아니거나 박식한 체하는 번역가들에 의해 서양 언어로 수차례 번역된 이 책은 앞에서 언급한 앙투안 갈랑이 번역한 프랑스어 번역이 가장 유명하다. 1704년에 처음으로 프랑스에서 출간된 갈랑의 번역본은 가장 영향력 있고 가장 영속적이며 가장 많이 읽힌 책이기도 하다. 『천일야화』는 실상 이 번역본으로 완성되었고, 이 번역본 덕분에 이 무한한 이야기의 숲이 전 세계에서 유명해졌다고 할 수 있다. 갈랑의 번역본에서, 그 당시 그리고 이후의 세기에 서양 문학을 만든 가장 위대한 작가들은 강력하고 풍부한 영향을 받았다. 스탕달, 콜리지, 드퀸시, 에드거 앨런 포의 작품에 『천일야화』의 바람이 분다. 한편 우리가 모든 선집을 읽으면 이 영향은 사실 한정적이라는 것을 알게 된다. '동양의 신비스러운 면'이라고 하면 경이로운 것, 이상한 것, 초자연적인 사건, 끔찍한 장면 그리고 이런 재료들로 만든 이야기들이 먼저 기억난다. 하지만 『천일야화』에 이런 것들만 있는 것은 아니다.

이십 대에 두 번째로 읽었을 때, 나는 이 책을 좀 더 이해하게 되었다. 두 번째로 읽은 것은 1950년대에 터키어로 나온 라이프 카라다으[26]의 번역본이었다. 물론 모든 건전한 독자들처럼, 나도 책 전체가 아니라 일부를, 마음 가는 대로, 내 마음대로 한

26 1920~1973. 터키 작가, 번역가.

권에서 다른 권으로 건너뛰며 두서없이 읽었다. 이 두 번째 독서에서 『천일야화』는 거부감을 주며 나를 불안하게 했다. 호기심을 품고 집어삼킬 듯이 읽으면서도 동시에 알 수 없는 분노를 느꼈다. 그렇다고 해서 다른 고전처럼 의무감으로 읽은 것도 아니다. 호기심에 가득 차서, 그리고 그 호기심에 화를 내며 읽었던 것이다.

이제 30년이 지난 오늘, 두 번째로 읽고서야 나는 마음을 불편하게 했던 것이 무엇인지 알게 되었다. 많은 이야기 속의 남녀 관계가 놀랄 만큼 이상하다는 것, 남녀가 끊임없이 서로 기만하고 계략을 꾸미며 서로를 속이는 것이 나를 두렵게 했던 것이다. 『천일야화』의 세계에서 여성들은 항상 믿을 수 없는 존재였고 절대 진실되지 않았고 항상 작은 계략이나 사기로 남자들을 속였다. 어차피 책의 시작에서, 그러니까 셰에라자드가 이야기를 시작하는 것도 한 여자가 목숨을 구하려고 사랑하지 않는 남자에게 쓰는 속임수인 것이다. 책 전체를 채우고 있는 여성들에 대한 이런 관점은, 물론 마찬가지의 환상과 문화에서 살고 있는 남자들의 가장 깊고 기본적인 두려움을 반영한다. 여자들이 속임수를 쓰고 계략을 꾸미는 데 사용하는 가장 중요한 무기가 성이라는 점은 이 두려움을 더 굳힌다. 이러한 면에서 『천일야화』는 서술되는 지역 남자들의 두려움을 반영하고 있다. 자신들은 철저히 버림받고, 여자는 바람을 피우며, 결국 홀로 남겨질지도 모른다는 두려움을. 가장 끔찍하고 마조히스트적인 희열을 불러일으키는 이야기는 자기 하렘의 모든 여자가 흑인 노예와 불륜을 저지르는 것을 바라보는 파디샤의 이야기이다. 케말 타히르[27]는 여성에 대한 불신에 관해 남성의 가장 기본적인 선입견과 두려움을 진심으로 느끼면서 영혼에서 우러나온 진정한 흥분을 그의 소설에서 깊이 있게 다루었는데, 그가 이 이야기를 각색하여 집필한 것도 전혀 우연은 아니었다. 남자들의 두려움과 여자에 대한 불신으로 꽉 찬 이 세상은 스무 살의 나에게는 너무나 숨막히고, 지나치게 '동양적'이며, 약간은 저속하게 보였다. 그 당시에는 『천일야화』가 변두리 마을의 감성과 취향에 너무나 깊이 연루되어 있다고 생각했다. 사악함, 이중성, 저속함은 대부분의 이야기에서 인간이 빠졌거나 인간을 빠뜨렸던 추악함으로 극화되지는 않았다. 이야기하는 즐거움을 위해 오로지 충격적이며 혐오감을 불러일으키는 면만을 거듭해서 보여 주었던 것이다.

두 번째 읽을 때 느꼈던 이런 불쾌감은, 어쩌면 내가 유럽화와 서구화를 일종의 '청교도화'로 인지하고 있었기 때문인지도 모른다. 하지만 이런 몰이해는 나에게만 적용된 것이 아니었다. 당시 나처럼 현대화에 관심이 많았던 젊은이들에게 동양 고전 대부분은 헤쳐 나가기 힘든 어두운 숲처럼 보였다. 우리 손에는 우리를 그것에 가깝게 하고 사랑하게 만들 현대적인 열쇠가 없었다.

27 1910~1973. 터키 소설가.

『천일야화』를 세 번째 읽었을 때 가장 반감이 없었다. 이때는 최근 서양 문학이 이 책에서 발견하고 전설화한 면으로 접근을 했다. 가장 위대한 이야기들의 바다가 되고, 책의 무한성, 주장 그리고 그 안에 있는 비밀스러운 기하학적 구조에 관심을 갖고 읽었다. 역시 여느 때처럼 마음 가는 대로, 한 이야기에서 다른 이야기로 건너뛰며 지루한 이야기는 읽다가 그만두고 다른 이야기를 읽어 나갔다. 이야기 소재보다는 스타일, 차원, 열정 때문에 좋아하기로 하자, 한때 나를 불편하게 했던 악의적인 변두리 마을의 세세한 부분이 신경 쓰이지 않았다. 게다가, 어쩌면 이제는 삶이 사실은 악의적이며 신뢰할 수 없는 세세한 것들로 이루어졌다는 것을 경험으로 알게 되었기 때문인지도 모른다. 이렇게 해서 『천일야화』를 세 번째 읽었을 때 보다 문학적인 면, 수백 년 동안 변치 않은 논리, 변장, 다른 사람 되기, 숨바꼭질 등 세세한 것에 주목하며 좋아하게 되었다. 어느 날 밤 하룬 알라시드가 변장을 하고 자신과 비슷한 사람, 가짜 하룬 알라시드를 몰래 훔쳐보는 극도로 놀라운 이야기를, 나는 소설 『검은 책』에서 1940년대 이스탄불의 흑백 영화 분위기로 바꾸었다. 서른다섯 살 후에 영어로 된 가이드북도 참고해 가며 『천일야화』를 읽어 나가다 보니, 무한함, 숨겨진 논리, 내재된 농담, 풍부함, 기이함, 아름다움 그리고 이상한 아름다움, 추함, 부도덕함, 저속함, 허무맹랑함이 드러난 보고(寶庫)로 바라보게 되었다. 『천일야화』와 함께 내가 생각하던 사랑과 증오의 관계는 처음으로 이 책을 읽었던 기억, 삶을 있는 그대로 받아들이는 것을 배우지 못한 아이의 환상과 젊은이의 분노 사이에서 지나갔다. 지금은 『천일야화』가 마치 삶처럼, 있는 그대로 받아들이지 않는다면 우리를 불행하게 할 거라는 것을 알게 되었다. 이 책은 어떤 공허한 기대나 희망에 휩싸이지 않고 마음 가는 대로, 자신의 기분과 논리에 따라 읽어야 한다고 생각한다. 하지만 『천일야화』를 읽으려는 독자에게 충고를 하는 것도 지나친 용기이다.

그래도 이 책을 매개로 독서와 죽음에 관하여 한두 마디 하고 싶다. 『천일야화』에 관하여 자주 하는 말이 두 가지 있다. 첫 번째는, 이 책을 지금까지 그 누구도 처음부터 끝까지 읽지 못했다는 것이다. 두 번째는, 『천일야화』를 처음부터 끝까지 읽은 사람은 죽을 거라는 것이다. 비밀스러운 논리로 합쳐지는 이 두 경고는, 물론 독자들을 신중하게 만들 것이다. 하지만 그렇게 겁먹을 필요는 없다. 『천일야화』를 읽든 읽지 않든 결국 어느 날은 죽을 테니까.

32. 『트리스트럼 섄디』: 우리 모두에게 이런 삼촌이 있어야 한다[28]

서막

우리는 모두 이런 삼촌(토비)이 있었으면 하고 바란다. 트리스트럼 섄디같이 끊임없이 이야기를 들려주고, 자신이 설명하면서 스스로도 몰입하고, 농담과 말장난, 수다, 놀라게 하는 능력, 기이함, 허튼소리, 순진함, 집착 그리고 강박 관념으로 우리를 항상 미소 짓게 하고, 영리하며 교양 있고 경험이 많지만, 한편으로는 장난꾸러기 아이로 남은 삼촌 말이다. 아버지나 아주머니는 삼촌의 수다가 길어지고 이야기의 농도가 과해지면 "이제 그만하면 됐어! 애들을 겁주고 질리게 하는군." 하고 말할 것이다. 하지만 아이들뿐만 아니라 어른들도 삼촌의 끝나지 않을 이

28 누란 야우즈가 번역한 로런스 스턴의 『트리스트럼 섄디』에 오르한 파묵이 쓴 서문.

야기를 듣고 또 듣다 보면 중독되어 버리고 만다. 일단 익숙해지면 이런 목소리를 계속 듣고 싶기 때문이다.

우리가 어떤 목소리, 어떤 서술자에게 익숙해지고 좋아하게 되는 것처럼 삶에도 그런 것이 있다. 사람 많은 직장, 군대, 학교, 옛 친구들과 만나는 모임에서 이런 사람은 먼저 목소리를 듣고 알아본다. 그런 목소리를 듣는 데 너무나 익숙해져, 무슨 말을 할지 궁금해서가 아니라 목소리를 들으려고 그가 얘기하기를 기다리게 된다. 이 삼촌은 무대에 나가면 아직 입도 열지 않았는데 사람들이 웃기 시작하는 연기자나, 모든 문제에 나름의 의견이 있는 아는 체하는 이웃 사람 같다. 머릿속을 스치는 것을 이야기 소재나 글감으로 삼는다는 점에서 칼럼 작가를 연상시키기도 한다. 이런 서술자나 이런 목소리에 익숙해지면 우리가 경험하여 아주 잘 아는 사건이라도 그의 목소리로 한 번 더 듣고 그의 관점을 알고 싶어진다. 위층에 살아서 매일 한 번은 꼭 보게 되는 친척이나 함께 시간을 보내는 군대 친구처럼, 목소리를 듣는 것에 때로 너무나 익숙해져 버려, 가끔은 모든 삶과 세계가 그가 설명해야 존재한다고까지 생각하게 된다. 우리 모두에게는 이런 삼촌이 있어야 한다.

하지만 로런스 스턴 같은 삼촌을 만나기란 쉽지 않은 일이다. 나는 어렸을 때 문학이 아니라 수학 문제를 삼촌에게 묻곤 했다. 나는 시험당하는 것을 전혀 좋아하지 않았지만, 그래도 내가 얼마나 똑똑한지 증명하기 위해 대답을 하려고 안간힘을 쓰곤 했다. 지금은 다른 것에 집중하고자 한다. 우리 삼촌에게는 아주 아름다운 아내가 있었다. 친할머니의 오래된 가구, 망사 커튼, 먼지 앉은 물건들로 가득 찬 집의 어두운 분위기조차 빛바래게 하지 못했던 숙모의 아름다움을 보기 위해 다섯 살 무렵 삼촌 집에 가곤 했다. 40년이 흐른 후에도 숙모는 여전히 그 얘기를 하곤 한다. 그녀의 아들 둘은, 신께 감사하게도, 지금 치과의사가 되었고 니샨타시에서 개인 병원을 운영하고 있다. 얼마 전 큰아들 병원에서 나오다가 건물 입구가 밖에서 잠겨 있는 걸 보기도 했다. 안에 있던 줄무늬 고양이가 문 철장 사이로 나가 맞은편 구멍가게로 들어가는 것을 내 이에서 풍기는 카네이션 향기를 맡으며 멍하니 바라보았다. 고양이가 거리를 지나 들어갔던 구멍가게는 여전히 니샨타시에서 가장 좋은 안줏거리, 특히 고기가 들어 있지 않은 돌마[29]를 판다.

주제에서 벗어나기

여러분은 마지막 문단에서 내가 주제에서 벗어났다는 것을 알 것이다. 『트리스트럼 섄디』는 영국인들이 'digression'이라고 하고, 우리가 어차피 항상 하기 때문에 현대어에서 다른 이름으

29 포도나무 잎, 양배추 잎, 피망 등 채소 안에 각종 양념을 한 쌀을 넣어 만든 음식.

로 표현할 필요성을 느끼지 않는 것으로 짜여 있다. 당신이 손에 들고 있는 『신사 트리스트럼 섄디의 인생과 생각 이야기』라는 책에는, 트리스트럼 섄디의 인생과 생각에는 도무지 차례가 오지 않는다. 트리스트럼은 책 끝 무렵 겨우 태어나고, 별로 모습을 드러내지도 않고 사라진다. 스턴은 주인공이 태어나기 전에 어떻게, 어떤 시기에 모습을 드러냈는지, 그의 아버지의 탄생, 인생에 관한 생각을 장황하게 설명한다. 하지만 어떤 주제도 그다지 길게 설명하지 않는다. 나무의 한 가지에서 다른 가지로 계속 옮겨 다니고, 한곳에 가만있지 못하는 참새처럼 빠르고 쾌활하게 다른 주제로 건너뛰며 진행된다. 독자들은 이야기가 어디로 가는지 모르겠다는 인상을 받는다. 하지만 텍스트 안에 있는 경고와 책의 구조를 보면 스턴이 소설을 지극히 계획적으로 썼다는 걸 알 수 있고, 시클로프스키[30] 같은 유명한 비평가는 이를 자로 증명하려고까지 했다.

이 문제에 대해 여러분 손에 들려 있는 책의 8권 2장에서 서술자가 뭐라고 했는지 한번 보자.

"현재 우리가 알고 있는 세상에 책을 새로 시작할 때 사용하는 방법은 여러 가지가 있지만, 그중에서도 내 방법이 최상이라고 확신한다. ― 더욱이 가장 종교적인 방법임에 틀림없다고 믿고 있다. ― 즉 나는 첫 문장을 내가 쓰고 ― 두 번째 문장은

30 1893~1984. 톨스토이 연구로 유명한 러시아 비평가.

전능하신 하느님께 맡긴다."[31]

책의 이야기도 이 주제에서 벗어나는 논리를 따른다. 그래서 이 책의 주제는 주제에서 벗어나기라고 할 수 있다. 하지만 스턴은 나 같은 사람이 주제가 이것이라고 파악하는 오만함을 보일 것을 알았다면 또 주제를 바꿨을 것이다.

그렇다면 주제는 무엇인가?

주제에서 벗어나는 부분은 지루할 수밖에 없다. 어차피 지루해지기 시작한 순간부터 소설이 주제에서 벗어났다고 말하기도 한다. 한편, 소설에서 지루함을 느끼는 부분은 독자마다 다르다. 어떤 사람은 길게 이어지는 자연 묘사에서 하품을 하고, 어떤 사람은 세세한 결혼식 묘사에서, 어떤 사람은 사랑을 나누는 장면이 충분하지 않다는 점에서, 어떤 사람은 이런 장면이 있다는 것에서 지루함을 느낀다. 어떤 이는 세밀화가의 기교에 화를 내고, 어떤 사람은 복잡한 가족, 친척 관계 속에서 지루해한다. 어차피 소설에서 매력적이거나 거부감이 들게 만드는 것은 소재가 아니라 작가의 서술 기교와 방법이다. 그렇다면 책의 주제는 모든 것이 될 수 있다는 것을 금세 알게 된다. 『신사 트리스트럼

31 로런스 스턴, 『신사 트리스트럼 섄디의 인생과 생각 이야기』(김정희 옮김, 을유문화사, 2012), 675쪽.

샌디의 인생과 생각 이야기』는 바로 이러한 책이고, 주제는 모든 것이다.

이 '모든 것'이 어떤 논리가 된다는 것을 절대 잊어서는 안 된다. 어쩌면 작가가 책에 서술하는 모든 것은 그 책의 주제가 될 수 있다. 하지만 우리 마음속에 있는 변치 않는 독자 본능은 답답함과 조급함으로 우리에게 즉시 주제 밖의 것들, 늘려 쓰거나 불필요한 부분들을 일일이 제시한다.(조급함은 『신사 트리스트럼 샌디의 인생과 생각 이야기』에서 가장 많이 사용되는 개념들 중 하나이며, 스턴은 답답함에 맞서 책을 썼다고 말한다.) 책에 모든 것이 서술되고, 게다가 이것들이 아주 이상함에도 불구하고 우리의 관심을 끄는 것은 내가 앞에서 설명하려고 했던 스턴이라는 그 기이한 서술자의 목소리다. 이 책은, 이 책이 설명하는 기이함들, 조롱하며 제시하는 학구적인 지식, 아버지 시계에 밥 주기, 토비 삼촌의 모험, 아직 태어나지 않은 트리스트럼과 작가 스턴의 인성이 서로 서서히 섞이는 것, 도무지 태어나지 않는 트리스트럼의 아버지가 매달 첫 일요일 저녁에 집에 있는 커다란 시계에 밥을 주는 것, 작가가 책을 쓸 때 그리고 트리스트럼이 자신의 인생 이야기를 시작할 때 생각했던 것들로 구성되어 있다.

그렇다면 작가의 인생 이야기는?

로런스 스턴은 가난한 육군 소위의 아들이었다. 1713년에 아일랜드에서 태어났고, 어린 시절을 영국과 아일랜드의 다양한 주둔지 도시에서 보냈다. 열 살 이후로는 아일랜드에 돌아가지 않았다. 열여덟 살 때 아버지가 사망하자 더욱 가난해졌으며, 성직자가 되는 조건으로 자신을 원조해 준 먼 친척으로 도움으로 케임브리지 대학에서 신학과 고전 문학을 공부했다. 졸업하자마자 성공회 교회에 들어갔다. 가족 중 명성 있는 성직자, 종교 종사자 들의 도움으로 빠르게 설교자와 목사로 진급했다. 스물여덟 살 때 엘리자베스 럼리와 결혼했고, 그녀와의 사이에서 낳은 아이들 중 딸 리디아만 살아남았다. 마흔일곱 살에 『신사 트리스트럼 섄디의 인생과 생각 이야기』를 쓰고 1760년대에 출판하기까지, 아내의 정신 문제 이외에 그의 삶에서 중요하게 주목할 만한 것은 없다.

『신사 트리스트럼 섄디의 인생과 생각 이야기』에서 끊임없이 말하는 서술자, 강의하는 분위기로 이 주제에서 저 주제로 뛰어넘는 목소리 뒤에, 설교자가 있다는 결론을 내리는 것은 어렵지 않다. 스턴은 자신의 설교 일부를 출간했고, 어떤 것은 소설 안에 교묘하게 흩뿌릴 정도로 진지하게 여겼다. 하지만 그를 선구적이며 현대적으로 만들고, 그의 책이 오늘날까지 읽히게끔 만든 주요한 특징에 한 번 더 주의를 집중하자.

성공회 교도든 수니파든, 설교자라고 하는 서술자가 설명한 것들은 분명히 금기와 가치의 배열에, 조금 전 위대한 이야기라고 했던 것에 의거한다. 이러한 이유로 마치 도덕주의자와 사회주의자 비평가들이 문학에서 원하는 것처럼, 설교자들의 이야기에는 어떤 목적이 있다. 좋은 목적이 있고 교훈과 도덕을 주기 때문에 우리는 금요 설교를 하는 누룰라흐 에펜디의 말을 듣는다. 그의 기교, 눈물, 우리를 울게 하고 두렵게 하는 능력, 목소리와 서술의 파워는 다음 문제다. 스턴의 혁신적이고 놀라운 독창성은 바로 여기 있다. 설교자였음에도 불구하고 소설이라는 예술에서 '목적 없는 이야기'라고 할 수 있는 것을 발명했기 때문이다. 어떤 목표에 도달하거나 교훈을 주는 자극이 아니라, 오로지 설명하는 희열을 위해 설명한다. 더욱이 그는 이런 현대적인 태도를 지극히 잘 인지하고 있었다. 그에게 있어 목적 없음은 결핍이 아니라 바로 목표였다. 이는 목적 없이 말만 하는 수다와 확연히 구분된다. 그의 말이나 어조에 쓸데없는 수다를 연상시키는 부분이 많음에도 그렇다.

물론 어떤 성공회 설교자가 목적 없는 소설을 쓰고 그것을 영국에서 출판하여 폭넓은 독자층에 도달하는 것은 이제 막 현대성에 진입하는 사회에서 분노와 질투의 대상이 되었다. 스턴의 농담 같은 어조와 말장난에 동조하지 못하는, 어느 사회에나 있는 지나치게 질투와 분노에 불타오르는 사람들은 곧장 그를 공격했다. 그의 책이 노골적이라고, 설교자라는 신분이 어울리지 않을 정도로 진지하지 않다고, 소설이 이해되지 않는다고, 성스러운 개념들을 가지고 놀린다고, 문법이 틀렸다고, 문장들이 끊어지고, 의미를 알 수 없는 날조된 단어들을 사용한다고.

이런 공격들, 가정 문제와 건강 문제가(그는 나이가 들어 결핵에 걸린다.) 계속되는 와중에도 농담과 모든 것을 조롱하는 태도를 포기하지 않았다는 것을 명심해야 한다. 스턴은 자신의 책이 아주 잘 팔리자 단숨에 런던으로 달려가 누려 마땅한 명성의 맛을 만끽했고, 첫 권의 성공에 힘입어 새로운 책을 썼으며, 여성들과 '감상적인' 관계를 맺는다고 알려지는 것을 흐뭇해했다. 농담을 이해하지 못하는 종교인들, 전통주의자들 그리고 민족주의자들과 농담을 이해하지 못하는 의기소침한 '계몽주의자'들이 있는 터키에도 자신에게서 영향을 받을 작가들 그리고 『신사 트리스트럼 섄디의 인생과 생각 이야기』를 읽고 희열을 느낄 명석한 독자들이 있다는 것을 알았다면 좋아했을 것이다.

좋습니다, 그렇다면 『신사 트리스트럼 섄디의 인생과 생각 이야기』의 주제는 뭔가요?

조급한 성격이라면 이 책 전체뿐 아니라 도입부조차 다 읽어 내지 못할 거라고 말하고 싶다. 그렇게 강요를 하니 당신에게 소설 1권의 장들을 한번 나열해 보겠다.

1. 작가는 『트리스트럼 섄디』 어딘가에서 이야기를 하는 서

술자가 잉태되는 슬픈 조건들을 설명한다.

2. 작가는 그의 잉태를 도모하는 정자와 비슷한 Homunculus — 작은 남자 — 를 설명한다.

3. 이후에 설명될 이야기가 토비 삼촌에 의해 작가에게 어떻게 설명되었는지 설명한다.

4. 우리의 작가는 자신이 잉태된 밤에 대해 얘기하면서 "이런 방식으로 나의 이야기를 시작하게 되어 (중략) 무척이나 만족스럽다."라고 한다.

5. 작가는 자신이 태어난 날짜가 1718년 11월 다섯 번째 날이라고 밝힌다.

6. 작가는 독자들에게 경고한다. "길을 가다가 때때로 딴청을 부려도, 때로 머리에 광대 모자를 쓴다면 — 그것도 끝에 종이 달린 것 — 절대 날아서 내 곁을 떠나지 마라."

7. 교구 목사와 부인이 산파를 구하기 위해 들이는 노력.

8. 죽마(Hobby-Horses)가 소개된다. "나는 원할 때 때로 바이올린을 켜고, 때로 그림을 그린다." 그리고 어떤 고백.

9. 이전의 장에 나오는 고백에 대한 해명.

10. 산파의 이야기로 돌아감.

11. 셰익스피어의 유명한 등장인물의 이름을 딴 요릭이 소개된다.

12. 요릭의 농담들, 나쁜 결말과 죽음.

13. 산파의 이야기로 다시 돌아감.

14. 작가는 왜 이야기가 끝나지 않는지, 왜 계속 옆길로 새는지 설명한다. 주제에서 벗어나기에 관한 주제에서 벗어나기.

15. 작가 어머니의 결혼 증명서와 그 이야기.

16. 그의 어머니가 런던에서 돌아오는 이야기.

17. 그의 아버지가 집에 돌아온 이후의 의도들.

18. 시골의 출산 준비와 다양한 생각들.

19. 그의 아버지가 트리스트럼이라는 이름을 혐오하는 것과 철학적 강박 관념들.

20. 작가는, 이 서문을 쓴 작가가 가끔 하는 것처럼, 부주의한 독자들을 꾸짖는다. 자신이 진중한 작가라는 의미는 물론 아니다.

21. 자주 주제에서 벗어나는 동시에 출산에 조금 더 가까워진다.

22. 작품에 대한 작가의 관점들. "한마디로 표현해야만 한다면, 나의 작품은 주제에서 벗어날 뿐만 아니라 앞을 향하고 있다, 그것도 동시에."

23. 이 장을 아주 엉뚱하게 시작할 의도이며, 나의 상상력에 장애물을 놓을 의도도 없다. 죽마에서 삼촌의 캐릭터를 꺼내는 것.

24. 그의 삼촌이 죽마가 되는 이야기.

25. 토비 삼촌이 전쟁에서 사타구니에 부상을 입고 첫 번째 책은 자랑으로 끝난다. "나는 독자가 아직까지 전혀 아무것도

추측해 내지 못했을 거라 전제하고, 나 자신에 대해 적지 않은 자긍심을 갖고 있었으니 말이다. 그러니 선생, 이런 일에는 무척 까다롭고 특이한 성격을 갖고 있는 나로서는, 만약 다음 페이지에 나올 내용에 대해 당신이 스스로 그럴듯한 추정을 해내거나 올바로 판단할 능력이 있다는 생각이 들면 — 내 책에서 그 페이지를 찢어 버릴 것입니다."[32]

그러니까 주제가 뭐라고 했죠?

이렇게 해서 이 책의 주제는, 도무지 주제로, 이야기의 본질로, 중심부로 들어가지 못하는 것이 된다. 그러니까 무질서, 어수선한 모습, 한꺼번에 많은 영향, 연상, 옆길로 새기, 계산에도 없던 것에(작가가 이후의 페이지에서 무엇을 말할 것인지를 독자가 추측할 수 없도록 하는 것에 얼마나 중요성을 두는지 상기해 보자.) 열려 있는 것, 파악할 수 없는 것, 처음과 끝의 무의미성, 중심부와 의미의 모호함에 맞서 이 문제에 상당히 고민하고 무의미한 말에 열려 있는 것. 그러니까 주제와 구조면에서 트리스트럼 섄디는 인생 그 자체와 비슷하다.

32 위의 책, 102쪽.

그러니까 인생이 이렇다는 겁니까?

특히 분노에 차 묻는 거라면 이는 소설에 대한 최상의 찬사이다. 소설은 우리가 삶의 구조는 무엇인지, 삶이란 무엇인지 질문하게 할 정도로 가치가 있다. 위대한 소설가들(극소수다.)이 이런 거대한 질문을 주인공들에게 곧장 묻거나 자신들과 생각이 같은 서술자들을 통해 논쟁하기 때문이 아니라, 일상생활이나 삶의 평범하고 비범한 세부 사항들, 사소하거나 중대한 삶의 고민들에 대해 언급할 때의 스타일과 분위기, 형태, 언어 그리고 말투로 묻기 때문에 우리 뇌리에 자리 잡는다. 소설을 읽기 전에 우리가 삶에 대해 갖고 있던 관점이 있는데, 평범한 소설들(사랑이 진정한 감정이라고 여기는 멜로드라마틱한 애정 소설, 불평이 정치라고 여기는 멜로드라마틱한 정치 소설, 예전의 아름다운 사람들 대신 탐욕스럽고 사악한 사람들이 왔다는 걸 천 년 동안 반복하는 이야기들)은 이러한 관점에 동의하며, 새로운 것이라고는 기껏해야 작가의 사생활과 주제의 다양한 변화들만을 제공한다.

트리스트럼 섄디처럼 처음에는 읽기 어렵지만 이해할 사람은 이해하게 될 책들은 삶과 글에 대한 기본적인 관점에 이의를 제기한다. 우리는 화를 내며 반응한다. "아무것도 이해가 되지 않아, 도중에 그만뒀어."라고. 가장 명석한 독자와 가장 멍청한 독자가 똑같이 불평을 한다. 그들은 흥분해서 "읽히지가 않아. 삶은 이렇지 않으니까."라고 한다. 멍청한 독자는 자랑하듯

배려가 없다고, 편협함의 이유들을 설명하고(작가 스턴이 무엇을 설명하는지 불확실할 뿐만 아니라 부도덕하며 문법도 맞지 않는다고 말하는 글이 많다.), 직관이 뛰어나고 명석한 독자는 불안해하며, 책에 대해 느끼는 분노와 관심의 소음과 연기 뒤에, 세상 속 인간의 위치, 문학의 기본적인 기능, 인간이 글로써 할 수 있는 심오하고 멋진 것들에 대해 지식이 있다는 것을 감지하고, 조용히 다시 책을 잡는다. 이러한 책들에는 선천적인 독자들과는 만나도록 해 주지만 문학을 아는 체하는 사람들은 전혀 이해할 수 없는 진정한 면들이 있다. 어떤 책의 기이함과 거침에 대해 논쟁을 하지만, 이것이 주는 희열과 탁월함에 접근한 명석한 독자들은 문학사의 초석들을 가려낸다. 이해할 수 없는 면에 대해 자랑하지만 농담을 이해하지 못하는 원칙주의자들은 그렇지 않다. 직관, 위트, 격언, 적확한 말을 사용한다는 점에서 영국 문학의 가장 명석한 작가라고 할 수 있는 새뮤얼 존슨[33]조차 원칙주의자 교사 같은 관점으로 접근해 소설이 이해되지 않는다고 조급해했고 "이상한 것은 절대 지속되지 않는다. 『신사 트리스트럼 섄디의 인생과 생각 이야기』는 영구하지 않을 것이다."라고 했다. 영어로 처음 출간된 후 정확히 240년 후에 내가 『신사 트리스트럼 섄디의 인생과 생각 이야기』의 터키어 번역판의 서문을 쓰게 된 것을 대단히 영광스럽고도 기쁘게 생각한다.

33 1709~1784. 영국 시인, 평론가.

그렇다면 이 책은 내게 무엇을 가르쳐 주었나?

나는 희열을 느끼거나 행복하기 위해서가 아니라 쓸모가 있을 거라 생각하며 책을 읽는 데 익숙하고, 교육받은 사람들이 그렇지 않은 사람들에게 봉사해야 한다는 단서가 붙은 가난한 나라에서(떠올리게 해서 유감이지만) 살았다는 것을 자주 떠올리기 때문에, 독자들이 책을 좋아하게 만드는 쉽고 기만적인 방법을 찾곤 한다. 책이 독자들에게 가르쳐 줄 것들로부터 시작하는 것이다. 이런 식이다. 모든 위대한 소설들처럼 『신사 트리스트럼 섄디의 인생과 생각 이야기』도 삶과 관련된 많은 세부적인 것들, 의식, 정신 상태, 섬세함에 대한 지식을 제공한다. 『전쟁과 평화』가 보로디노 전투의 자세한 부분을 가르쳐 주고 『백경』이 고래 사냥에 관한 백과사전적인 지식을 제공하는 것처럼, 『신사 트리스트럼 섄디의 인생과 생각 이야기』도 18세기에 아일랜드에서 나고 자라 나중에 영국에서 목사가 된 아이의 어린 시절과 성장기에 대해 세부적인 것을 가르쳐 준다. 또한 로버트 버튼[34]의 『우울증의 해부』, 세르반테스의 『돈키호테』, 라블레[35]의 『가르강튀아와 팡타그뤼엘』(모든 유럽 문화에 대한 비판과 풍자 전통이 깔려 있는 이 책이 완역되지 않았다는 것을 부끄러워하자!)처럼 '현학적 위트' 혹은 '철학적 유머'가 있는 책이다. 인내심 없는 독자들이 주제에서 벗

34 1577~1640. 영국 목사, 작가.

35 1483?~1553. 프랑스 작가, 의사, 인문학자.

어난다고 한 백과사전적인 지식은, 보편화된 철학적 관점, 지식과 정보의 기이함, 인간의 정신과 성격에 관한 조사(그렇다. 이 책에는 이 모든 것이 있다.), 이런 무거운 주제를 유머로 다루는 진지하고 가벼운 위트, 주인공이 이 위대한 철학적 사실을 뒤집고 심문하고 놀리는 행위와 균형을 이룬다. 백과사전적이며 위대하고 훌륭한 책은 무엇보다도 책에 관한 책이며, 인생에 관한 기본적이며 심오한 지식들은 오로지 책을 읽으면서, 그 책들과 상충되는 새로운 책을 써서 제시될 거라는 사실을 가르쳐 준다. 책에 대한 환상으로 삶이 파탄 난 주인공들이 서술되는 철학적 소설들로는 기사 소설의 희생자를 서술한 『돈키호테』, 최후 혹은 최초의 사실주의 소설이자, 애정 소설에 중독되어 사랑에서 찾고자 하는 것을 찾지 못하자 자살한 『보바리 부인』이 있다.

『보바리 부인』의 결말에 나오는 멋진 중독 자살 장면(책이 아니라 약방에서 산 치명적인 독으로)은 터키 문학 역시 백 년간 중독될 피상적인 사실주의를 온 세상에 퍼뜨렸다. 사실주의를 과장하고 또 과장하여 사실주의에서 우리를 구제한 위대하고 읽기 힘든 책 『율리시스』를 제임스 조이스가 60년 후에 출판했을 때, 유럽 밖의 세상에 살면서 유럽을 모든 진실의 원천으로 보며 선망했던 주변부 사람들은, 사실주의 이외에 다른 저작 방법은 없을 거라고 굳게 믿은 나머지, 우리 자신의 전통, 저작과 글로 지각하는 방법을 빠르고 탐욕스럽게 잊기로 했다. 서양 문명에 쉽게 도달할 환상으로 지지를 받은 이 기억력 상실은 결국 이상한 차원에 이르렀고, 플로베르에게 배운 사실주의 소설은 서양에서 수입된 한계가 있는 서술 방법이라는 것이 잊혀 갔으며, 이 이상한 세계가 우리 것이라고 여기기 시작했다. 이렇게 해서 피상적인 사실주의 이외의 서술 형태를 "우리 것이 아니다."라며 비판한 편협하고 민족주의적이며 유머 감각이 결여된 비평가 세대가 성장했다. 라블레의 『가르강튀아와 팡타그뤼엘』, 스턴의 『신사 트리스트럼 섄디의 인생과 생각 이야기』 같은 책들이 더 빨리 번역되어 한정적인 우리 문학 세계에 약간이나마 영향을 미쳤더라면, 빈약한 터키 소설(소설 쓰는 일에 모든 인생을 바친 오르한이 당신에게 사실을 얘기해 주면 화내지 않는 법을 배우세요, 이제는.)은 편협한 관점, 국민주의, 민족주의, 피상적인 사실주의의 한정된 세계에서 빛이 덜 바랬을 것이며, 우리의 삶과 환상이 소설로 들어가는 데 필요한 소란이 조금 덜 억제되었을 것이다. 세상을 피상적인 사실주의에서 구한 가장 위대한 소설인 『율리시스』도, 농촌 사실주의를 다루는 소설에 종말을 기하고 자유와 대도시 감성을 알린 『패배자들』[36]도 『신사 트리스트럼 섄디의 인생과 생각 이야기』에서 영향을 받았다.(사실주의의 새장에서 나온 빈약한 터키 소설이여, 이제 자신의 전통과 환상의 날개를 달고 날아라, 날아!) 참고로, 『패배자들』에서 주인공이 혼잣말을 하며 논쟁하는 내면의 소리가 — 올릭의 목소리 — 트리스트럼 섄디의 요릭의 목소

36 터키 소설가 오우즈 아타이의 소설.

리와 얼마나 유사한지를 언급하겠다.

이 책의 서문에서조차 이 정도로 유용한 것들을 보고 기뻐하며 흥분한 독자들이여! 이 책이 제공할 진정한 유용성, 특별한 지식을 지금 당신의 귀에 대고 속삭인다. 주의 깊게 듣기 바란다. 책을 읽은 후 6년이 지나도록 자신의 것으로 만들지 않았다면 절대 자신의 생각인 양 다른 사람들에게 팔려고 하지 마라.

이 책이 주는 진정한 지식

모든 위대한 전설, 종교, 철학은 인생에 관한 거대하고 기본적인 사실들을 가르쳐 준다. 이 거대한 사실은 세세한 이야기와 비슷하고 생각보다 더 문학적이니 위대한 이야기라고 하자. 소설이라는 예술은 인간의 일상생활이나 모험을 다양한 방법으로 묘사하여 위대한 이야기로 만들어 낸다. 이 과정을 위대한 이야기에, 사건의 본질에, 어떤 목표에, 어떤 초점에 맞춰 보여 준다. 이러한 맥락에서 감각적인 희열이나 성, 먹고 마시는 것, 혹은 예를 들면 돈을 버는 것에 전념한 누군가를 캐리커처처럼 일차원적으로 여길 수 있을 것이다. 하지만 이 위대한 이야기를 지향하는 사람에게는 (사랑, 조국 혹은 정치적 목적을 위해) 이 위대한 이야기의 그림자 때문에 전혀 일차원적이지 않다. 돈키호테는 캐리커처가 아니라 삼차원적이기 때문에 사랑받는다. 하지만 트리스트럼 샌디가 우리에게 가르쳐 준 것이 인간의 목표, 단호함, 인성, 삶 그 무엇이든지 간에, 그의 머릿속과 이야기는 더욱더 혼란스럽다.

그러니까 위대한 이야기들의 명확한 존재와 그림자, 이것들을 믿거나 믿지 않는 것이 우리 삶을 변화시키지 않는다. 우리 삶에는 하나의 중심부나 하나의 목표가 있는 것이 아니다. 사실 우리 머릿속은 그 어떤 이야기를 끝까지 끌고 나갈 수 없을 정도로 무질서하다. 삶도 바로 이러하다. 이야기를 설명할 때 어떤 주제에서 다른 주제로 건너뛰고, 기분에 따라 머리에 떠오르는 것을 말해 버리는 트리스트럼 샌디처럼 우리는 그렇게 삶을 살아간다. 영향에 열려 있는 우리의 영혼, 순간적으로 다른 것으로 바뀌는 우리의 생각, 어떤 이야기를 끝내지 않고 다른 농담으로 건너뛰는 우리의 머리는 주변과 인생의 예기치 않은 우연과 농담에 적응한다, 위대한 이야기의 구조가 아니라. 주로 방어 기제나 끌려가는 심정으로 순간순간 살아가는 삶의 어떤 지점, 예를 들면 중간쯤, 예를 들면 죽을 때, 이 소설에서 그런 것처럼, 예를 들면 태어날 때나 삶이 무엇인지를 자신에게 물었을 때, 뇌리에는 종교나 철학, 전설이 아니라, 이 책의 구조가 떠올라야 한다.

요약해 보겠다. 삶은 위대한 책에서 설명되는 것들이 아니라 지금 여러분 손에 들고 있는 책과 그 형태가 유사하다.

하지만 주의하라. 삶은 이 책 자체가 아니라 형태와 닮아 있다. 이 책 자체가 그 어떤 것도 결말을 지어 설명해 주지 않고 의미를 부여하지 않기 때문이다.

결론

인생은 의미가 아니라 형태가 있을 뿐이다.

어차피 다 아는 것인데, 그것 때문에 600쪽이나 되는 책을 쓰느냐고 묻는다면 나는 이렇게 대답하겠다.

모든 위대한 소설은, 이미 우리가 알고 있지만 그에 대한 위대한 소설이 쓰이지 않았기 때문에, 우리가 인정하지 못했던 사실들을 보여 주기 위해 쓰인다.

33. 도스토예프스키의 『지하로부터의 수기』: 무시당하는 즐거움

우리는 모두 무시당하는 희열을 알고 있다. 좋다, 이렇게 고쳐 말하겠다. 우리는 모두 자신이 무시당하는 것이 즐겁고 위로가 된다고 느낀 적이 있을 것이다. 무시, 즉 우리가 한 푼의 가치도 없는 사람이라는 것을 스스로 믿고 싶은 듯 분노하며 인지하면 순식간에 자신이 다른 사람들처럼 도덕적 짐, 규율 그리고 법을 지켜야 한다는 숨 막히는 우려에서, 다른 사람들과 비슷해지기 위해 이를 악물어야 하는 당위성에서 벗어났다는 것을 알게 된다. 다른 사람들에게 무시를 당하는 것도, 선수를 쳐서 스스로를 먼저 무시하는 것도, 결국 우리를 같은 곳으로 이끌고 간다. 쉽게 자기 자신이 되어 버리는 것, 자신의 냄새, 추한 면, 습관 속에서 행복해지고, 자신을 좋은 방향으로 바꾸고, 다른 사람들에 대해 긍정적인 생각을 품기를 포기하는 지점이 그곳이다. 이 마지막 지점이 얼마나 편안한지, 이 자유와 외로움의 지점으로 데려가는 분노와 이기주의에 거의 감사하는 마음까지 느끼며 떠올리곤 한다.

30년이 흐른 후 도스토예프스키의 『지하로부터의 수기』를 두 번째로 읽었을 때, 이 책이 내게 제일 먼저 알려 준 것은 바로 이것이었다. 처음 읽었을 때는 무시당하는 희열과 논리보다는 주인공의 분노, 대도시 페테르부르크에서의 외로움, 비꼼, 재미있고 신랄한 언어가 나를 흥분시켰다. 나는 지하 인간을, 『죄와 벌』에서 죄책감을 잃어버린 라스콜리니코프와 같은 유의 사람으로 보았다. 이렇게 나는 냉소적인 주인공에게 아주 재미있는 언어와 논리를 부여했다. 내가 열여덟 살 때, 이스탄불에서 살았던, 느꼈던, 안다는 것을 모르면서도 이미 알고 있었던 많은 것을 솔직히 말로 표현해 주었기 때문에 『지하로부터의 수기』는 내게 중요한 책이었다.

나는 젊은 시절에, 사회생활에서 도망친 이 주인공의 사적인 특징이 나와 많이 비슷하다고 생각했다. 무엇보다도 그가 "사십 년 이상 산다는 것은 점잖지 못하고 속되고 부도덕한 일이다!"라고 했던 것(마흔 살인 주인공에게 이렇게 말하게 했던 도스토예프스키는 당시 마흔세 살이었다.), 서양의 책에 중독되었기 때문에 조국과 단절되었다고 생각하는 것, 자의식이 지나치게 강한 것, 게다가 온갖 종류의 의식이 병이라고 생각하는 것, 자신을 비난할 때 고통이 줄어든다고 인식하는 것, 얼굴이 무척이나 바보처럼 생겼다고 생각하는 것, '나는 저 남자의 시선을 견딜 수 있을까?'라며 게임을 하는 것 등이……. 이 개인적 특징을 나 자신에게서도 발견했기에 나는 주인공에게 집착하고, 그의 '기이함과 이상함'을 비판 없이 받아들였다. 그 책과 주인공이 암시했고, 나에게만 특별히 말하는 것 같았던 심오한 것을 어쩌면 열여덟 살 때 느꼈던 것도 같다. 하지만 그를 좋아하지 않았기 때문에, 게다가 나를 두렵게 했기 때문에 전혀 파고들지 않고 잊어버렸다.

지금, 두 번째로 읽고 나서야, 진정한 주제와 이 책에 진정 에너지를 부여하는 것이 무엇인지를 더 편히 말할 수 있을 것 같다. 그것은 바로 유럽인이 될 수 없는 인간으로서의 질투심, 분노 그리고 자존심이었다. 열여덟 살 때 자신과 쉽사리 동일시했던 그 친숙한 특징들에도 불구하고 이 지하 인간의 분노를 사회로부터의 소외와 혼동했던 것이다. 서구화된 터키인들이 흔히 그러했던 것처럼, 나 자신을 실제보다 더 유럽인으로 보는 것을 좋아했기 때문에, 나는 그렇게나 좋아했던 '지하 인간'을 그곳에 가둔 것이 철학인 기이함이라고 생각했다, 유럽과 관련된 정신적 문제가 아니라. 니체에서 사르트르까지의 유럽식 사고 혹은 1960년대 말 터키에서도 유행했던 실존주의는 이 지하 인간의 기이함을 내게는 무척 '유럽적인 것'으로 보였던 개념들로 정의했고, 내게 특별히 속삭여 주는 무언인가로부터 나를 더욱 멀어지게 했다.

나처럼 유럽의 변방에서 유럽의 사고들과 분투하며 사는

사람들이 『지하로부터의 수기』가 속삭이는 비밀들을 잘 이해하기 위해서는, 도스토예프스키가 이 이상한 소설을 썼던 시기를 살펴보아야 할 것이다.

도스토예프스키는 소설이 출판되기 1년 전인 1863년에 불행과 실패로 끝난 두 번째 유럽 여행을 했다. 그는 아내의 병환, 자신이 발행했던 잡지 《시대》의 실패에서 그리고 페테르부르크에서 도망치고 싶었다. 게다가 스무 살 어린 젊은 애인 폴리나 수슬로바와 파리에서 몰래 만나기로 계획했다.(이후 거기서 투르게네프를 만났을 때, 그녀의 존재를 숨겼다.) 하지만 특유의 우유부단함으로 인해, 파리에 있는 애인에게 가는 대신 노름을 하러 먼저 비스바덴으로 갔고 많은 돈을 잃었다. 이 악운은 젊고 매정한 애인과의 관계에 확연한 색깔을 부여했다. 도스토예프스키를 기다리던 수슬로바는 다른 애인을 만들었고, 나중에 파리에서 그를 만났을 때 이 사실을 감추지 않았다. 눈물, 위협, 애원, 무시, 증오, 지속되는 고통과 가련함……. 이후 도스토예프스키는 『노름꾼』과 『백치』의 남성 등장인물들이 겪었던 일을 모두 경험한다. 강하고 자만심 강한 여성 옆에서 기가 죽고, 자신을 전부 잃어버리고, 고통당하는 것을 자랑스러운 것으로 전환시킨 것이다.

패배감을 안고 애인과 헤어지고 러시아로 돌아온 그는 결핵에 걸린 아내가 죽어 간다는 것을 알게 된다. 형 미하일과 함께 파산한 잡지 대신 새로운 잡지(《세기》)의 발행 허가를 받기 위해 안간힘을 쓰지만, 계속해서 실패하고 만다. 드디어 발행 허가를 받은 후에도 돈이 모자라 1월호가 3월에 겨우 나왔다. 하지만 정기 구독자가 충분치 않았을 뿐만 아니라 잡지의 구성도 형편없었다. 『지하로부터의 수기』가 이렇게 궁핍하고 체계적이지 못한 《세기》에 게재되었을 때, 러시아 전역에서 이 소설에 관한 글은 한 줄도 나오지 않았다.

우리가 두 번째로 기억해야 할 점은 『지하로부터의 수기』가 애초에 사상적인 글로 계획되었다는 것이다. 도스토예프스키의 애초 의도는 체르니셰프스키[37]가 1년 전에 출간한 소설 『무엇을 할 것인가』에 관한 비평을 쓰는 것이었다. 서구주의와 현대화주의에 사로잡힌 젊은이들에게 각광을 받았던 이 책은, 단순한 소설이 아니라 계몽주의와 실증주의 낙관론의 교과서 같은 성격을 띠었다. 1970년대 중반에 이 책이 터키어로 번역되어 도스토예프스키에 적대적인 서문(퇴보주의, 어둠, 소부르주아 등)과 함께 이스탄불에서 출간되었을 때, 소비에트 연방을 추앙하는 젊은 공산주의자들이 역시 유치하며 결정론적이며 유토피아적인 환상으로 환호를 했기 때문에, 도스토예프스키가 느꼈던 분노가 무엇인지 나는 가늠할 수 있었다.

이는 직접적인 서양 반대나 유럽적 사고에 대한 적의보다는, 유럽에서 유입된 사고가 이 나라에서 적용되는 형식에 대한 반기였다. 도스토예프스키는 이성주의, 공리주의 혹은 유토피아

37 1828~1889. 러시아 철학자, 평론가.

적 환상보다는, 이것이 주는 단순한 기쁨에 분노했던 것이다. 러시아 지식인들이 유럽에서 온 새로운 사상으로 모든 세계, 그보다는 자기 나라의 모든 비밀을 장악했다고 생각하는 자긍심을 견딜 수 없었던 것이다. 그래서 도스토예프스키의 싸움은 체르니셰프스키의 작품을 읽은 러시아 젊은이들이 러시아 작가를 매개로 하여 간접적으로 얻은 단순하고 아이 같은 '결정론적 변증법'이 아니라, 이 사상의 실존 형태, 이것이 가져온 성공 그리고 행복감과의 싸움이었다. 서구주의 러시아 지식인들을 비판할 때 자주 언급되는 서민과의 단절도 나는 핑계라고 생각한다. 도스토예프스키는 어떤 사상을 믿기 위해서는 그 사상이 논리적이라기보다는 '실패'하는 것, 신빙성이 있다기보다는 홀대를 받아야만 하는 것처럼 느꼈던 것 같다. 그가 서구주의 자유주의자들에게, 푸리에[38]의 실증적 유토피아주의를 러시아에 퍼뜨린 현대주의자들에게 1860년대에 내적으로 느끼기 시작했던 분노와 혐오의 배후에는, 그들이 그들 자신과 사상들을 '성공'할 수 있다고 보았다는 점, 성공에 대한 관심, 그 성공을 껴안을 준비, 성공에 열려 있다는 점이 있었다.

동양과 서양, 유럽인이 되는 것, 토박이가 되는 것 같은 고민들이 있는 곳에 항상 존재했듯이, 문제는 사실 더 복잡하고 어두웠다. 왜냐하면 도스토예프스키는 자신이 반대하고 분노했던

38 1768~1830. 프랑스 수학자, 심리학자.

서구주의 자유주의자들과 물질주의자들의 사상을 '정당하다'고도 여겼기 때문이다. 여기서 도스토예프스키가 이 사상들을 통해 성장하고 현대적인 교육을 받은 엔지니어라는 점을 상기해 보자. 최소한 그의 사고는 이러한 사상들로 형성되었고, 다른 식으로 생각할 줄도 몰랐다. 어쩌면 그가 다른 식으로 생각할 줄 알았고, 더 '러시아인' 같은 논리를 소유하고 싶어 했다고 추측할 수도 있을 것이다. 하지만 도스토예프스키는 이와 같은 교육을 자신에게 시도하지 않았다. 생의 막바지에, 『카라마조프 가의 형제들』을 썼던 시기의 메모에서, 러시아 정교 신비주의자들의 인생 이야기에 관심을 느꼈던 시기에 그가 이 문제에 얼마나 무심했는지 알 수 있다.(하지만 그를 '서민과 단절된' 사람으로 비난하고 싶지는 않고, 그의 공리주의적, 실용주의적 태도가 마음에 든다.) 마찬가지로, 그가 개인주의를 제외한 유럽에서 온 사상들이 정당하기 때문에 러시아에 퍼질 것을 알고 있었으며, 사실 바로 이러한 이유로 이 사상들을 반대했다고 생각하는 것도 틀리지 않다. 하지만 나는 이렇게 반복하고 싶다. 도스토예프스키가 반대했던 것은 서구주의의 내용이 아니라 필요성, 정당성이었다. 정당성과 현실을 지배하는 분위기(성공했다는 느낌) 때문에, 자기 나라에 있는 서구주의 지식인들이 자만심에 빠져 있다고 생각했던 것이다. 자만심이란 것은 도스토예프스키의 사전에서 가장 커다란 죄라는 것을 기억하자. 오만이라는 말이 무시로 사용되었다는 것도. 그는 2년 전의 첫 유럽 여행에 대해 잡지 《시대》에 발표한 「여름 인상에 대한 겨울 메모」에서, 서양의 해악(개인주의, 황금만능주의, 부르주아주의)을 자만심과 오만함과 관련지었다. 분노가 극에 달했던 순간에는 영국 목사들은 오만한 만큼이나 부유하다고도 썼다. 도스토예프스키는, 어머니, 아버지, 아이들이 모두 함께 팔짱을 끼고 거리를 걷는 프랑스인들에게도 자만심만큼이나 고귀한 면이 있다고 조롱하듯 말했다. 80년 후, 지하 인간의 영혼으로 쓴 소설 『구토』에서 사르트르는 이와 같은 관찰 위에 모든 세계를 구축한다.

러시아의 모든 것이 서구화될 거라 생각하며, 다른 한편으로는 서구화주의자, 물질주의자, 오만한 러시아 지식인에게 느꼈던 분노 혹은 그의 지식 사이에 있는 긴장감은 『지하로부터의 수기』의 기이함과 특이함 그리고 고유성으로 드러난다. 도스토예프스키 전문가들이 입을 모으는 대로, 『지하로부터의 수기』가 이후 『죄와 벌』을 필두로 하여 발표될 위대한 소설들의 시작점이며, 그가 진정으로 자신의 목소리를 찾은 첫 소설이라는 점을 떠올려 보자. 그러면 도스토예프스키의 인생이 이 지점에서, 지식과 분노 사이에 있는 긴장감을 바탕으로 무엇을 했는지 확인하는 것이 더 흥미롭게 생각될 것이다.

도스토예프스키는 《세기》를 발간한 형에게 약속했던 체르니셰프스키의 소설에 대한 평론은 결국 쓰지 않았다. 자신이 옳다고 생각하는 논리를 비판하는 글을 쓰지 못한 거라고도 해석할 수 있다. 또한 그처럼 논리보다는 상상력에서 힘을 얻어 쓰는 작가들은 자신의 생각을 소설로 피력하기를 좋아한다. 『지하로부터의 수기』 전반부는 소설인 동시에 긴 수필이기도 하며, 때로는 소설과 따로 출간되기도 한다.

약간 유산을 받은 후 직장을 떠나고, 평범한 사회생활을 거부하며 '지하'라는 외로움과 정신 상태에 파묻힌, 페테르부르크 출신 마흔 살 남자의 분노에 찬 독백이 그 유명한 전반부를 구성한다. 주인공은 먼저 체르니셰프스키 소설에 나오는 '이성적인 에고이즘'이라는 관점을 공격한다. 체르니셰프스키에 의하면 인간은 태생적으로 '선한' 생명체이고, 과학과 논리의 도움으로 '계몽된다면' 자신의 이익이 이성적으로 행동한다는 것을 알게 될 것이고, 그렇다면 자신의 이득을 좇을 때조차 이성적으로 완벽한 유토피아적인 사회를 건설한다는 것이다. 지하 인간은 먼저 우리가 이해할 만한 추론으로, 인간은 자신의 이득이 무엇인지 확실히 알더라도 항상 그 필요에 따라 행동하지는 않는 생명체라고 설명한다.(서구화는 러시아의 이득을 위한 것이지만 이것을 반대하고 싶다는 의미로 읽힐 수 있다.) 그리고 인간을 '이성적'으로 보는 태도는 더 복잡하다고 말한다. "한 인간의 모든 힘은 톱니바퀴가 아니라, 인간이라는 것을 입증하는 것이다……. 이를 위해 우리는 우리에게 기대를 하는 것이 아니라, 터무니없는 것을 한다." 지하 인간은 서양 사상의 가장 강력한 무기인 과학적 이성에도, 2×2=4라는 것에도 맞서며 저항한다.

하지만 여기서 주의해야 할 것은, 지하 인간이 체르니셰프스키에 맞서 주장한 정당한(최소한 더 성숙한) 논리가 아니라, 도스토예프스키가 이와 같은 사상을 가지고 있으며, 설득력 있게 변호하는 주인공을 창조했다는 점이다. 그의 이후 소설에서 분명해지며, 진정한 소설가의 정체성을 형성하는 것은, 이런 주인공을 설정할 때 이루었던 발견이다. 자신의 이익과는 반대로 행동하는 것, 고통당하는 것을 좋아하는 것, 순식간에 자신에게서 기대하는 것(유럽의 이성주의, 이기주의적 실리주의)과 반대되는 것을 열정적으로 변호하기 시작하는 것 등. 이후에 많이 모방되었던 이와 같은 고유성을 지금 우리가 발견하는 것은 어쩌면 힘들지도 모른다. 하지만 인간이 항상 자신의 이득을 위해서만 행동하지는 않는 생명체라는 것을 증명해 보이기 위해, 지하 인간이 경험한 것을 한번 볼 필요가 있다.

어느 날 밤 그는 형편없는 술집 앞을 지나가다가, 술집 안 당구대 근처에서 싸우는 사람들을 보게 된다. 잠시 후 누군가가 창밖으로 내동댕이쳐진다. 그러자 지하 인간의 마음속에서는 질투심이 솟구친다. 그 남자처럼 자신도 무시당하고 창밖으로 내동댕이쳐지고 싶은 것이다. 그래서 술집 안으로 들어가 보지만, 원하는 대로 몰매를 맞는 대신 전혀 다른 형태로 무시를 당한다. 한 장교가 지하 인간이 길을 막는다며 그를 원래 있던 자리에서 다른 곳으로, 그것도 그를 전혀 의식하지 않고 옮겨 놓은 것이다. 전혀 예기치 않았던 이 무시에 그는 고뇌에 빠진다.

나는 이 짧은 장면에서, 도스토예프스키의 이후 소설에 나오는 모든 결정적인 요소들을 발견했다. 셰익스피어처럼, 인간이 자신에 관한 관점을 바꿔 풍부하게 할 정도로 그가 위대한 작가라면 『지하로부터의 수기』에서 새로운 인간 모습의 첫 징후를 읽고, 이 위대한 발견이 어떻게 이루어졌는지 볼 수 있었을 것이다. 실패와 불행은 도스토예프스키를 승리한 사람들이나 '정당한' 사람들, 오만한 사람들의 정신세계에서 멀어지게 했고, 그는 러시아 국민들을 — 그리고 자신 같은 사람들을 — 위에서 내려다보는 서구주의 지식인들에게 분노를 느끼기 시작했다. 그는 서구주의와 투쟁하고자 하는 바람과, 서구식 교육을 받고 자란 서구 예술(소설 예술)을 사용하는 삶 사이에 끼어 있었다. 『지하로부터의 수기』는 이 모든 정신적 상태를 경험하는 이야기를 쓰고자 하는 바람 혹은 모든 갈등을 설득력 있는 형태로 껴안을 수 있는 주인공과 세계를 창조하고자 하는 노력의 결과였다.

도스토예프스키는 작품을 집필하기 시작했을 때 "어떤 것이 나올지 나도 모르겠다. 어쩌면 아주 형편없는 것이 나올 수도 있다."라고 편집장인 형에게 쓴 바 있다. 문학사의 위대한 발명들은, 마치 글에서 개인의 스타일이라고 하는 것처럼, 대부분 계산하고 계획해서 이루어지는 것이 아니다. 『지하로부터의 수기』에서 그러했던 것처럼, 놀랍고 자유로운 발명들이 서로 모순되고 어울리지 않는 것처럼 보이는 독특한 상황 속에서 나오기 위해서는, 창조적인 작가들이 상상력에 끝까지 매달리며 고심해야만 한다.

처음 쓰였을 때는 작가들조차 그 결과를 정확히 인지하지 못했을 수 있다. 하지만 오늘날 인간을 이해하는 데 있어, 자신의 냄새, 추한 면, 패배, 고통을 받아들이고 사랑할 수 있으며, 무시당하는 희열에도 논리가 있다는 것을 받아들인다면, 이 관점은 『지하로부터의 수기』에서 시작되었다. 현대 문학의 많은 패배가, 유럽 사상에 친밀한 도스토예프스키의 성향과 그에 대해 느끼는 분노, 유럽인이 되는 것과 유럽에 맞서는 것 사이에서 느끼는 불가항력적인 긴장감에서 나왔다는 것을 상기하다 보면 그래도 마음이 편안해진다.

34. 도스토예프스키의 무시무시한 악령

『악령』은 인간이 써낸 가장 충격적인 예닐곱 편의 소설 중 하나이고, 전무후무한 가장 위대한 정치 소설이다. 이 책을 스무 살 때 처음 읽고 내가 받은 영향은 충격, 경악, 믿음 그리고 두려움 같은 단어로 요약할 수 있을 것이다. 그때까지 읽었던 어떤 소설도 나를 이 정도로 뒤흔들지는 않았고, 어떤 이야기도 인간의 영혼과 인성에 대해 이 정도로 충격적인 지식을 전하지 않았다. 인간의 권력욕과 용서하는 힘, 자신과 다른 사람들을 속이는 능력, 믿음을 찾고자 하는 노력, 사랑과 증오, 가장 신성한 것과 가장 시시한 것에 대한 집착의 방대한 차원, 그리고 이와 같은 특징들이 사실은 항상 나란히 있다는 것, 이 모든 느낌과 정신 상태를 죽음, 정치 그리고 격렬한 트릭으로 가득 찬 사건의 얼개와 함께 경험하는 것은 말 그대로 충격이었다. 내게는 이 모든 지식과 경험을 순식간에 그리고 빠르게 받아들인 것이 경악이었다. 이 속도는 어쩌면 소설이라는 예술의 가장 우월한 면일지도 모른다. 위대한 소설에서는 주인공들이 느끼고 경험했던, 달려가고 몸부림쳤던 속도로 우리 앞에 새로운 세계가 열리고, 우리는 이 세계들을 주인공처럼 믿게 된다. 나는 도스토예프스키의 예언자 같은 목소리와 고백하는 것을 좋아하는 등장인물들의 세계를 열정적으로 믿었다.

이 책을 읽고 느꼈던 두려움을 설명하기란 더욱 어렵다. 어쩌면 믿을 수 없을 정도로 감동적인 장면(촛불이 꺼지는 것, 옆방에서 일어나는 일에 촉각을 곤두세우는 존재들)이나 우리가 아주 잘 아는 다급한 두려움으로 생각 없이 계획하여 급하게 저지른 살인의 공포로 설명할 수 있을 것이다. 무시무시한 것은, 주인공들이 작은 시골에서의 삶과 거대한 사상 사이를 빠르게 왕래할 수 있다는 것, 도스토예프스키가 그들에게서 그리고 자신에게서 찾은 커다란 용기이다. 우리는 책을 읽을 때, 모든 것, 즉 가장 사소한 일상의 세부적인 것조차 불가피하게 거대한 사상과 연결될 수 있다는 것을 느끼고, 편집증 환자들의 공포에 도달하게 된다. 모든 사상들, 모든 위대한 이상들은 서로 관련이 있다는 것이다. 소설 속의 비밀 조직들, 어떤 형태로든 서로 관련된 감방들, 혁명가들과 첩자들처럼 말이다. 모두가 모두에게 관심을 갖고 있고, 모든 사상들은 뒤에 있는 거대한 사실과 관련의 문(門)이 있을 뿐만 아니라, 가면이라는 끔찍한 편집증적인 세계의 이면에는 신의 존재와 인간의 결합에 관한 질문들이 내재되어 있다. 도스토예프스키는 『악령』에서 이 두 커다란 질문을, 우리 상상 속에서 구분되지 않을 형태로 합치시켰을 뿐만 아니라, 신의 존재와 자신의 결함 때문에 자살을 감행하는 등장인물을 설득력 있고 독자들의 뇌리에서 잊히지 않을 형태로 재현하여 극화했다. 도스토예프스키만큼 추상적인 사고, 믿음, 사상적 갈등을 인간의 형상으로 변모시켜 극화하는 작가는 지극히 드물다.

도스토예프스키는 마흔여덟 살인 1869년에 『악령』에 관한 작업을 시작했다. 『백치』를 탈고하여 막 출간한 후였고, 『영원한 남편』을 썼다. 빚쟁이들을 피해 더 편히 글을 쓰려고 2년 전에 아내와 함께 떠난 유럽(프로방스 — 드레스덴)에서 정신적 위기를 겪고 있었다. 그의 머릿속에는 『무신론, 어느 위대한 죄인의 인생』이라는 종교와 불신앙을 다룬 소설이 있었다. 당시 러시아에서 꽤 유행했으며, 오늘날 절반은 무정부주의, 절반은 자유주의라고 할 수 있는 허무주의자들에게 분노를 느꼈고, 러시아 전통에 대한 그들의 적개심과 서구주의와 불신앙을 조롱하는 정치소설을 쓰고 있었다. 오랫동안 이 책을 집필해 오다 한 지점에서 막히자 소설에 대한 신념을 잃기 시작하던 때에, 그 당시 아내의 가까운 사람이 러시아 신문들에서 읽고 들려준 정치적 살인이 그의 상상력에 불을 지폈다. 같은 해 모스크바에서 대학생 네 명이 자신들을 배신했다는 이유로 이바노프라는 학생을 살해했던 것이다. 친구를 죽인 젊은이들의 혁명주의 감방에서 네차예프라는 명석하고 영리하고 악마 같은 젊은이가 지도자 역할을 한다.

도스토예프스키가 표트르 스테파노비치 베르호벤스키로 극화했던 네차예프와 친구들(소설 속에서 톨첸코, 브르긴스티, 시갈예프, 람신)은 『악령』의 등장인물들이 자신들을 배신했다고 의심하여 한 친구(샤토프)를 살해하듯이, 공원에서 친구를 죽이고 시체를 호수에 던져 버린다.

도스토예프스키는 이 살인 사건을 매개로 허무주의자들과 서구주의자들의 정신 속으로 들어가, 사실은 모든 '새로운 세계', '혁명', '유토피아'라는 환상의 뒤에는 현 세계, 오늘, 배우자, 친구, 주변에 대한 강한 권력욕도 내재되어 있다는 것을 극도로 명확하게 보여 주었다. 이러한 이유로 처음 좌익주의의 흥분에 싸여 『악령』을 읽었을 때, 나는 마치 100년 전 러시아가 아니라, 폭력에 기댄 급진적 정치에 위험할 정도로 빠진 터키와 관련된 이야기와 마주하고 있다는 느낌이 들었다. 도스토예프스키는 모든 세계를 바꾸고자 하는 바람, 어떤 곳에 어떤 조직들이 있다는 상상, 진정한 혁명주의 혹은 남자를 꼬드겨 경찰서로 데려가는 것, 우리와 같은 언어를 사용하지 않고 같은 관점을 공유하지 않는 사람들을 끔찍한 형태로 모욕하는 즐거움에 대한 비밀스러운 언어와 심리 상태를 마치 무시무시한 비밀을 속삭이듯 내게 가르쳐 주었다. 그 당시 왜 이 소설이 논의되지 않을까 자주 생각했던 기억이 난다. 우리의 문화적 풍토에 대해 이렇게나 많은 말을 하는 이 책에 대한 좌익의 침묵은, 이 책이 내게 무시무시한 비밀을 속삭였다는 느낌이 들게 했다.

이 두려움과 은밀함에는 또 다른 이유가 있었다. 같은 시기에, 그러니까 『악령』이 집필되어 출간되고, 네차예프 살인 사건이 있은 후 대략 100년 후에, 이와 비슷한 살인 사건이 터키 로버트 칼리지 보아지치 대학에서 일어났던 것이다. 나의 반 친구도 포함된 그 혁명주의 그룹은, 이후 종적을 감춰 버린 악마적이고 똑똑한 '영웅'의 부추김으로, 자신들을 배신했다고 여긴 그룹 내 '배신자'의 머리를 곤봉으로 쳐 죽이고, 시체를 가방에 넣은 후, 밤에 나룻배로 보스포루스 맞은편 해안으로 옮기는 도중에 붙잡혔다. 『악령』을 읽은 바 있는 나는 허무주의에까지 이른 이 혁명주의 그룹의 급진주의와 '가장 위험한 적은 가장 가까운 적이다. 그러니까 우리 사이에서 처음 떨어져 나간 사람들이다.'라는 사고를 가슴으로 느끼며 이해했다. 많은 세월이 흐른 후 그 그룹에 속한 친구에게 나도 모르게, 그들이 모방했던 『악령』을 읽었는지 물었지만, 그가 소설에 전혀 관심이 없다는 것을 알게 되었다.

정치적 폭력과 공포의 분위기 속에서 전개됨에도, 『악령』은 도스토예프스키의 가장 재미있고 코믹한 소설이기도 하다. 특히 시끌벅적한 장면에서는 유일무이한 코믹함과 익살의 재능을 보여 준다. 『악령』에는 도스토예프스키의 실제 친구이면서 그가 혐오했던 작가인 투르게네프를 희화화한 등장인물도 나온다.(카르마지노프) 도스토예프스키는 투르게네프가 허무주의자들과 서구주의자들을 인정하고 러시아 문화를 비하했다고 생각했기 때문에, 그리고 지주로서의 부유함 때문에 그를 전혀 좋아하지 않았다. 『악령』은 어떤 면에서 투르게네프의 『아버지와 아들』과 논쟁을 벌이며 쓰인 소설이기도 하다.

하지만 도스토예프스키는 좌익 자유주의자와 서구 지향주의자에게 그토록 분노하면서도 그들의 내면을 알았기 때문에 가끔 어쩔 수 없이 진심 어린 사랑을 언급하기도 했다. 소설 속 아버지 형상인 스테판 트로피모비치의 종말과, 그가 항상 상상했던 러시아 촌부와의 대면을 얼마나 진심 어린 시적 언어로 설명했던지, 소설을 읽는 내내 우리는 희미한 미소를 지으며 사랑하게 되는 이 가식적인 남자에 대해 일종의 선망도 느끼게 된다. 이는 사실 도스토예프스키가 극화했던 서구 지향주의자, 혁명주의자, '도 아니면 모'식의 지식인 유형의 열정, 망상 그리고 가식적인 진심과 활력에 보내는 인사로도 읽힐 수 있다.

나는 『악령』을 항상, 유럽의 변방에서, 중심부에서 먼, 서양에 대한 환상과 신의 존재-부재의 위기 안에서 살고 있는 급진적인 지식인들이 감추고 싶었던 수치스러운 비밀을 큰 소리로 외치는 소설로 보았다.

35. 『카라마조프 가의 형제들』

열여덟 살 때 보스포루스가 내다보이는 이스탄불 우리 집의 방에서 홀로 『카라마조프 가의 형제들』을 읽었던 기억이 생생하다. 내가 처음 읽은 도스토예프스키의 작품이었다. 아버지의 서재에는 콘스턴스 가넷[39]의 유명한 영어 번역본과 1940년대 출간된 터키어 번역본이 있었다. 모든 면에서 비밀스럽게 러시아의 기이함, 특이함 그리고 힘을 연상시키는 제목은 한동안 나를 새로운 세계로 초대했다.

『카라마조프 가의 형제들』은 모든 위대한 책들과 마찬가지로, 내가 세상에 혼자가 아니라는 것과 동시에 내가 있는 장소에서 외롭고 무력한 사람이라는 것을 느끼게 했다. 소설이 서서히 내게 보여 주는 것들을 읽으며 희열을 느끼면서 혼자가 아니라

39 1861~1946. 영국의 번역가.

고 생각했다. 위대한 소설을 읽을 때 경험하곤 했던 것처럼, 나를 충격에 휩싸이게 했던 것들을 마치 나도 전에 생각했고, 나를 소름끼치게 하는 장면들과 상상들을 거의 내가 경험한 듯이 떠올렸기 때문이다. 처음 읽었을 때는 삶에 관해 아무도 얘기하지 않았던 기본적인 사실들을 내게 보여 주었기 때문에 외로움을 느끼기도 했다. 그 책을 처음 읽은 사람이 나인 것만 같았다. 도스토예프스키는 나의 귀에다 인간성과 삶에 대한 아무도 모르는 특별한 사실들을 속삭여 주는 것 같았다. 이 특별한 지식이 너무나 강력하고 충격적이어서 부모님과 저녁 식탁에 앉았을 때나 건축학을 공부했던 공과 대학의 복잡한 복도에서 친구들과 여느 때처럼 수다를 떨 때 책이 내 마음속에서 꿈틀거렸고, 이제 삶은 과거와 같지 않을 거라고 느꼈으며, 거대하고 광활하고 충격적인 세계에 비해 내 인생과 고민이 사소하고 중요하지 않다고 느꼈다. "나를 뒤흔드는, 나의 모든 세상을 바꾼 책을 읽고 있어. 그래서 두려워."라고 말하고 싶었다. 보르헤스는 어딘가에서 "사랑을 처음 알게 되거나 바다를 처음 발견하는 것처럼, 도스토예프스키를 처음 발견하는 것은 인간의 삶에서 중요한 역사가 된다."라고 말한 바 있다. 도스토예프스키를 처음 읽는 순간이, 삶에 대한 순수성을 상실하는 순간이라는 의미이다.

　도스토예프스키가 『카라마조프 가의 형제들』과 그의 위대한 작품들에서 내게 속삭였던 커다란 비밀은 무엇이었던가? 신혹은 위대한 믿음의 필요를 느낄 거라고 합리적으로 설명해 주었다는 것, 사실은 우리가 어떤 것도 끝까지 믿을 수 없다는 것을 보여 주었던가? 우리 마음속에는 우리의 믿음과 가장 진정한 생각에 맞서 행동하는 악마가 있음을 받아들이는 것이었던가? 한편으로는 삶을 삶이게 하는 것이 심오한 열정과 몰두 그리고 위대한 사상임을 깨닫는 것이고, 다른 한편으로는 이 현란한 개념에 완전히 반대되는 겸손함이 우리에게 행복을 가져다줄 거라고 느끼는 것? 혹은 인간이 희망과 절망, 사랑과 증오, 상상과 현실 같은 기본적인 극단(極端) 사이에서 당시 내가 생각했던 것보다 더 빠르게 그러나 주저하며 오가는 생명체라는 것을 이해하는 것? 아버지 카라마조프에 관한 서술에서 보여 준 것처럼, 사람이 울 때조차 사실은 완전히 진심은 아니며, 우는 시늉을 하기도 한다는 사실을 인정하는 것? 충격적이고 무시무시한 것은 도스토예프스키는 이 모든 기본적인 '삶에 대한 지식들'을 사고로 제시하는 것이 아니라, 살과 뼈가 있는 삼차원적인 등장인물들을 매개로 진짜라는 인상을 불러일으키며 독자들에게 보여 준다는 것이었다. 『카라마조프 가의 형제들』을 읽다 보면, 한편으로는 인간은 극단 사이를 이렇게 빠르게 오가지 못한다고, 소설에 나오는 '도 아니면 모'식의 정신은 도스토예프스키나 19세기 중후반 심각한 사회적 위기로 요동치는 러시아 지식인들 특유의 정신 상태와 맞아떨어진다고 생각하게도 된다. 또 다른 한편으로는 도스토예프스키의 등장인물들의 심리 상태, 그들을 만든 재료를 우리 마음에서도 발견하게 된다. 도스토예프스키를 읽으면, 특히 젊은 시절에 읽으면 지속적으로 어떤 '발견'과 감탄의 느낌에 휩싸이게 된다. 『카라마조프 가의 형제들』에서 그러하듯이, 사건의 얼개가 대단히 잘 계획되고 섬세하게 짜인 것과 더불어 도스토예프스키의 소설에서는 놀랍게도 그 세계가 계속해서 진화한다.

어떤 작가들에게 세계는 이미 진화되고 완성된 곳이다. 가장 좋은 예로 플로베르 혹은 나보코프처럼 미려한 문장의 거장들이 세계에 보여 준 관심은, 기본적인 구조나 규칙을 이해하기보다는 색깔, 대칭, 그림자, 드러나거나 드러나지 않은 농담을 보여 주고 파악하는 것을 향해 있다. 작가는 인생과 세계의 규칙이 아니라, 표면과 질감과 관련된 것처럼 보인다. 플로베르나 나보코프를 읽을 때 세계에 대해 얻게 되는 심오한 느낌은, 작가의 뇌리에 있는 위대한 생각보다는 세부적인 것이 완벽한 통제하에 그리고 노련하게 설명되는 데서 온다.

그리고 다른 유의 작가들이 있다, 도스토예프스키가 이들 중 하나라는 것으로 이 글을 이끌어 가려 한다. 하지만 내게 도스토예프스키는 이러한 작가들 중 가장 흥미롭고 가장 뚜렷한 예가 아니라, 유일한 예라고 할 수 있다. 이러한 작가들에게 세계는 진화 중인 곳, 완전하지 않고 결핍된 곳이다. 우리가 세계에 보이는 관심도 진화 상태에 있는 이 세계 깊은 곳에 있는 규칙들을 이해하고, 그 안에서 옳고 도덕적이며 받아들일 수 있는 장소를 발견하는 것과 관련이 있다. 하지만 동시에 책은 우리가 이해하려고 하는 발전 상태인 세계의 일부라는 것도 느끼게 된다. 이렇게 해서 소설 읽는 노력은 일종의 책임감, 진화 상태에 있는 세계를 목격하는 공포와 모호함과 합치되고, 우리 자신을 이해하는 노력의 일부도 되어 버린다. 그래서 도스토예프스키를 읽을 때는 자신에 대해 알게 된 것들을 두려워한다. 이 두려움이란, 세계와 마찬가지로, 우리 영혼을 다스리는 규칙도 완전히 확실하지 않다는 것이다.

인간 대부분이 젊은 시절에 열정적으로 관심을 갖는, 삶에서의 믿음의 위치, 신과 종교를 믿는 것이 부여하는 도덕적인 결과, 어떤 믿음에 끝까지 매달리는 형이상학적인 차원 그리고 종교와 형이상학적 주제를 실제 생활 및 사회생활과 양립시키는 고민은, 평생 동안 도스토예프스키의 관심을 끌었으며, 『카라마조프 가의 형제들』에서 모든 문제들은 가장 발전된 형태로, 모든 면에서 살펴지고 논쟁된다. 따라서 이 책은 우리가 젊은 시절에 읽어야 하는 기본적인 텍스트이다. 책의 심장부에 아버지 살해와 죄책감 같은 역시 젊은 시절 우리에게 고통을 주는 비밀스러운 바람과 두려움이 내재되어 있기 때문에 젊은 독자들에게 충격적일 수밖에 없다. 프로이트는 도스토예프스키의 정신세계를 연구하여, 『카라마조프 가의 형제들』을 중요성과 위대성뿐 아니라 주제 면에서도 소포클레스(『오이디푸스 왕』), 셰익스피어(『햄릿』)와 비교한 글을 썼는데, 그는 이 소설을 이토록 충격적으로 만든 것은 소재라고 강조했다.

하지만 이 소설은 세계와 인생에 관한 기본적인 관점을 형성한 후에, 그러니까 젊은 시절 이후에도 똑같은 흥분을 느끼며 읽을 수 있다. 두 번째 읽었을 때 내게 충격을 준 것은 도스토예프스키가 토속 문화, 겸손함, 전통 같은 현대적 삶 이전의 기본적인 가치와 진취성, 권위와의 전쟁, 반란, 의심 같은 현대가 신성화시킨 가치들의 갈등을 다루었다는 것이다. 『백치』에서 제기했던 생각들이 이 소설에서는 더욱 풍부하게 다루어지고, 영리한 사람이 죄인이고 비열하며, 멍청한 짓이 우리를 순진함과 정직함으로 이끌고 간다고 그는 이반 카라마조프의 입을 통해 솔직하게 말한다. 두 번째 독서에서 나는, 아버지 카라마조프의 자식들에 대한 무관심, 우악스러움, 쾌락의 탐닉, 위선 등을, 도스토예프스키가 독자들에게 기대했던 혐오심이 아니라, 이번에는 미소를 지으며, 실제 삶과 아주 유사하며 사실적이라고 생각하며 읽었다. 위대한 작가들이 인식하지 않고 자신의 믿음에 의문을 제기하듯이, 더욱이 그것들에 맞서는 것처럼 쓸 수 있는 것이 도스토예프스키의 가장 커다란 재능이자 천성의 일부라는 것을, 『카라마조프 가의 형제들』은 살아 있는 등장인물들의 복잡한 심리와 갈등의 형태로 펼쳐 보이고 있다. 이 위대한 소설의 가장 기적적인 면은, 이렇게 많은 등장인물을, 이토록 다른 성격들을, 작고 세부적인 모든 것들, 색깔들을 설득력 있게 독자들에게 연상시킨다는 것이다. 다른 작가들, 예를 들면 디킨슨의 등장인물들도 우리 뇌리에 남지만, 대체로 이상하면서도 사랑스러운, 캐리커처와 비슷한 특징들로 기억된다. 도스토예프스키 소설의 가장 큰 힘은, 등장인물의 영혼이 가장 우리 뇌리에 남고 우리 마음에 와 닿는다는 것이다. 카라마조프의 세 형제들도 이상한 논리로 정신적으로 영혼의 형제라는 것이 독자들이 이들 사이에서 선택을 하도록, 그들과 동일시하도록, 그들에 대해 얘기하고 논쟁하도록 이끈다. 이러한 이유로 카라마조프 형제들 각자에 대해 논쟁하는 것은 인생에 대한 논쟁으로 변한다.

젊었을 때는 내가 알료샤에 가깝다고 생각했다. 그의 순수함, 모두가 잘되기를 바라는 마음, 모두를 이해하려고 노력하는 도덕적주의자 같은 면이 내 마음을 움직였던 것이다. 하지만 『백치』에서 예수와 비슷한 등장인물이 미시킨 공작이듯, 그의 순수함도 도달하기 어려운 것이라는 사실도 한편으로는 알고 있었다. 이론과 책을 탐닉하는 이반의 절대주의자 같은 면이 나와 더 가깝다는 것도 알고 있었다. 제3세계인이며, 분노에 차 있고, 도덕주의자 같은 사고와 이론과 책에 연연하는 청년이라면 누구든 이반과 그의 가혹한 냉정함과 비슷한 면이 있었다. 우리는 이반의 영혼에서, 도스토예프스키가 『악령』에서 다루었던, 볼셰비키 혁명 이후 러시아를 지배한 위대한 목적을 위해 모든 것을, 온갖 종류의 잔인함을 감수하며 정치적 음모를 꾸미는 등장인물들에서 발견되는 많은 면을 볼 수 있다. 하지만 그 역시 카라마조프였다. 그는 분노와 열정이 지나친 사람이면서도, 도스토예프스키가 노련하고 섬세하게 강조하곤 했던 연민의 감정과 애정 결핍으로 상처받은 사람이다. 가장 나이가 많은 큰아들 드미트리는 나와 가장 먼 인물로 보였다. 아버지와 닮고, 아버지와 한 여자를 놓고 경쟁하는 이 형은 동생들보다 사실적이고 살아 있는 인물차람 보이지만, 쉽게 잊히기도 한다. 결국에는 드미트리도 아버지와 아주 비슷해질 거라는 것을 알기 때문에, 그가 고통스러워해도 고통스럽게 느껴지지 않고, 그를 마음으로 느끼지 않는 것이다. 내게 두려움을 불러일으켰던 또 다른 형제(배 다른 형제)는 당연히 하인 일을 하는 스메르쟈코프였다. 그는 우리의 아버지에게 다른 삶이 있다는 끔찍한 사실을 상기시킬 뿐만 아니라, 중산층들이 하층 계급에게서 느끼는 두려움, 그들이 자신들을 주시하고 있다는 것을 상기시키고, 재판에서 유죄 판결을 받는다. 살인 사건 이후 스메르쟈코프가 추정한 잔인하면서도 옳고 정확한 논리는, 주변부에 있는 등장인물이 때로는 명석함으로 모든 것을 통제하고 장악할 수 있다는 것도 보여 준다.

도스토예프스키는 『카라마조프 가의 형제들』에서 시골에 사는 한 가족의 드라마를 서술하면서, 동시에 평생 동안 그의 관심사였던 정치적, 문화적 고민들과도 분투하고 있었다. 책을 쓴 시기에 그는 톨스토이와 함께 살아 있는 가장 위대한 러시아 소설가였고, 삶을 마감할 무렵에는 일반 여론도 그렇게 받아들였다. 그는 소설을 쓰기 전에 '작가 일기'라는 제목으로 정치, 문학, 문화, 철학, 종교에 관한 자신의 생각, 분노, 문학적 계획을 모은 잡지를 발간하고 있었다. 아내의 도움으로 마지막 책과 잡지를 발행했고, 그 잡지는 당시 러시아에서 가장 인기 있는 사상 및 문학 잡지였기 때문에 돈도 적당히 벌었다. 젊은 시절에는 서구주의자, 좌익주의자, 자유주의자였지만 이 시기의 도스토예프스키는 범슬라브주의를 지지했고, 1861년에 토지 노예 제도를 폐지한 차르가 자신의 젊은 시절의 바람을 실현시켜 주었기 때문에(그리고 더 큰 이유로는 정치적 범죄 때문에 총살을 당하기 직전에 그를 사면해 주었기 때문에) 충성심을 표현했고, 차르 가족과 맺은 작은 사적인 관계를 자랑스러워했다. 범슬라브주의로 인해 1877년에서 1878년 사이에 오스만 제국과 러시아의 전쟁이 시작되었다는 것을 알고는 대성당에 가서 눈물을 흘리며 위대한 러시아 국민을 위해 기도도 했다.(이 전쟁의 흥분으로 『카라마조프 가의 형제들』에 썼던 터키인들에 맞선 말들은 다양한 번역본에서 삭제되거나 수정되는 것이 터키의 관례이다.) 독자들로부터, 팬들로부터 많은 편지를 받고, 적들에게조차 존경을 받은 도스토예프스키는 예순도 되기 전에 기력이 쇠한, 수척한 노인으로 변했고, 『카라마조프 가의 형제들』을 출간한 지 1년 만에 죽었다. 많은 세월이 흐른 후, 그의 아내는 회고록에서, 당시 어떤 문학 모임에 참석하기 위해 계단 네 개를 오른 남편이 너무나 기진맥진해서 숨을 헐떡였고, 모임에서의 침묵은 안타깝게도 오만함으로 받아들여졌다고 순진하게 말했다. 도스토예프스키는 간질과 폐병에 걸렸음에도 밤새 차를 마시고 담배를 피우며 삶이 끝나는 날까지 소설 쓰는 즐거움을 포기하지 않았다.

삶과 책들이 수많은 문학적 기적으로 가득 찬 도스토예프스키는 지치고 기진한 상태에서도 더 이상 보기 힘든 위대한 소설을 쓰면서 마지막 기적을 하나 더 실현했다. 인간의 일상생활, 가족 그리고 돈에 대한 고민과 위대한 사고들 사이를 이토록 빠르게 오가며, 이토록 탁월하게 써낸 작품은 없다. 오케스트라 음악과 함께, 서양 문명의 가장 위대한 문화 형태인 소설의 가장 위대한 작품을 쓴 도스토예프스키가, 오늘날 시골 출신의 정치적 이슬람주의자들처럼, 그 당시 서양과 유럽을 혐오했다는 것도, 삶의 또 다른 농담이다.

36. 가혹함, 아름다움, 시간 : 나보코프의 아다와 『롤리타』에 대하여

어떤 작가들은 우리에게 삶뿐 아니라, 글 그리고 문학에 대해서도 많은 것을 가르쳐 준다. 우리는 사랑과 열정을 가지고 그들의 글은 읽지만, 그것은 삶의 한 시기에만 적용된다. 세월이 흘러 그것들을 다시 읽는다 해도 필요성을 느껴서가 아니라, 단순히 전에 읽었기 때문에, 그러니까 '노스탤지어'의 느낌으로 읽는다. 내게 헤밍웨이, 사르트르, 카뮈, 게다가 포크너는 이런 유의 작가이다. 이 작가들의 책을 아주 가끔 다시 손에 들면서도 이들이 내게 새로운 힘을 불어넣어 줄 거라고는 기대하지 않는다. 전에 내게 어떤 영향을 미쳤는지, 그들이 내 영혼을 형성하는 데 어떤 역할을 했는지만을 떠올릴 뿐이다.

한편, 내가 지속적으로 필요로 하는 작가들이 있다. 프루스트를 손에 들 때마다 나는 작가가 창조한 인물들의 불안감, 열정 혹은 그들이 사랑에 대해 보여 주는 집중이 얼마나 무한정한지를 다시 한 번 떠올리고 싶어진다. 내가 도스토예프스키를 읽는다면, 모든 걱정과 근심 중에서 소설가의 진정한 근심은 심오함임을 상기하고 싶어서이다. 이러한 작가들의 위대성은 어느 정도는 그들에게 느끼는 필요성에서 기인한다. 내게 나보코프는 계속해서 다시 읽게 되는 필수적인 작가 중 한 사람이다.

『롤리타』, 『창백한 불꽃』 혹은 나보코프 문체의 가장 훌륭한 예를 보여 주는 『말하라, 기억이여』 등 하도 읽어 해진 책을, 여름휴가를 가기 전 가방을 쌀 때나 최근작의 마지막 페이지를 쓰려고 틀어박힐 호텔에 갈 때, 꼭 필요한 약상자를 신경 써서 챙기듯, 가방에 넣게 되는 건 왜일까?

물론 나보코프의 산문이 아름답기 때문이다. 하지만 '아름다움'이라는 것만으로는 해명이 안 된다. 나보코프의 아름다움에는 언제나 "사악함"(그의 책 제목에 이 단어가 쓰인 일도 있다.)과 가혹한 면이 내재되어 있다. 바로 이 때문에 아름다움이 '시간 밖'의 착각이라고 느끼게 하고, 나보코프가 살았던 삶, 시대 그리고 문화로 우리를 연결해 준다. 파우스트적인 의미로 그 대가의 가혹하고 사악한 아름다움이 내게 어떤 영향을 미쳤는지를 설명하고자 한다.

롤리타가 테니스 치는 모습을 묘사한 유명한 장면, 샬럿이 아워글라스 호수로 천천히 들어가는 장면, 험버트가 롤리타를 잃은 후 들어앉은 산자락의 작은 마을 — 아이들이 재잘거리며 노는 소리가 들리는 — 을 바라보는 장면, (눈(雪)이 없는 부르겔 그림) 기억 속에서 젊은 날 연인과 숲에서 만나는 장면, 어린 아들 드미트리가 기차를 보는 장면, 한 손은 아버지, 다른 한 손은 어머니의 손을 잡고 걷는 장면, 롤리타에게 쓴 에필로그(전부 열 줄이다!)에서 정확히 한 달 만에 완성했다고 한 장면, 캐스빔 시에 있는 이발사가 나오는 장면, 『아다』에 나오는 대가족 장면을 읽을 때면 삶이 정확히 이렇다는 것을 그리고 우리가 이미 아는 사실을 그가 얼마나 놀라울 정도로, 선망을 자아낼 정도로 썼다고 감탄하게 된다. 나보코프 스스로도 자신이 무엇을 잘하는지 아는 작가 특유의 거만한 자신감으로 '필요한 곳에 필요한 단어를' 찾는 일을 잘한다고 말한 적이 있다. 플로베르주의적인 의미로 '정확한 단어'의 완벽한 선택과 산문에서 드러나는 이와 같은 단호함이 얼마나 어찔한지, 글은 순식간에 마법적인 특성을 지니게 된다. 작가의 영민함, 창조성, 행운 혹은 신이 그에게 준(나 같은 작가에게 질투심과 부러움 그리고 닮고 싶은 욕구 불러일으키는 신의 은총은 끝이 없다.) 새로운 단어로 설명할 수 있는 마법의 배후에는 독자를 향한, 독자에 맞서는 가혹한 출구가 있다.

내가 나보코프의 가혹함이라고 한 것을 보다 잘 이해하려면, 롤리타가 가혹하게(정당한 가혹함이다.) 떠나기 직전 험버트가 약간 시간을 죽이기 위해 갔던 캐스빔에 있는 이발사 이야기를 해야 한다. 그는 늙은 시골 이발사이다. 끝없이 말을 늘어놓는 수다쟁이라서, 험버트의 수염을 깎으면서도 야구 선수인 아들에 대해 계속 이야기한다. 자기 안경을 험버트의 이발 가운에 닦고,

험버트가 신문에서 아들에 대한 비난을 읽을 때 가위를 멈추는 등의 몇 문장으로만 아주 멋지게 재현된 이발사이다. 그에 대한 묘사를 읽으면 터키에서도 그를 알아볼 수 있을 것 같다. 하지만 마지막 순간, 나보코프는 놀라운 페이지를 한 장 더 펼쳐 준다. 험버트가 얼마나 무심했던지, 이발사가 신문을 보여 주며 가리킨 그의 아들이 이미 30년 전에 죽었다는 것을 마지막에야 알아채는 것이다.

이렇게 해서 나보코프는 한 달에 걸쳐 썼던 두 문장으로 어느 시골 이발소의 분위기를 완전히 현실적으로 그렸고, 독자들이 이발사의 수다와 아들의 성공을 자랑하는 것을 체호프(나보코프가 선망을 감추지 않았던 작가)적 희열로, 그리고 '죽은 아들'을 떠올리며 멜로드라마틱한 감상으로 호의를 가지고 '시골에서의 상실과 슬픔'이라는 테마로 바꾸려고 할 때, 가혹하고 조롱하는 듯 이를 단절시키며 서술자 주인공이 이발사에 대해 전혀 신경 쓰지 않는다는 것을 알게 된다. 게다가, 사랑의 고통으로 몸부림치는 험버트의 당혹감에 함께 휩싸인 독자들 역시 30년 전에 죽은 그 아들에 대해, 마치 주인공이나 서술자처럼, 전혀 슬퍼하지 않을 것임을 깨닫는다. 독자들도 아름다운 서술의 대가인 가혹함의 공범자가 되는 것이다. 20대에 나는 항상 이상한 죄책감과 그 죄책감에 방패가 되도록 발전시킨 나보코프풍의 자부심을 품고 그의 책을 읽었다. 소설들의 아름다움만큼이나 나의 영혼이 그것에서 느낀 희열의 대가도 이것이었다.

나보코프의 가혹함과 그 아름다움을 이해하기 위해서는 삶이 나보코프에게 얼마나 기혹했는지를 상기할 필요가 있다. 러시아의 부유한 관료 가문 출신인 나보코프는 볼셰비키 혁명 이후 재산, 토지, 저택을 모두 잃는다.(그는 이것이 자신에게 중요하지 않다고 자랑스럽게 쓴 적이 있다.) 그는 러시아에서 이스탄불을 거쳐(하루 동안) 먼저 베를린으로 가 망명 생활을 한다. 그 후 파리로 가지만 나치가 파리로 입성한 후에는 미국으로 이주한다. 베를린에서 러시아어로 글을 쓰면서 문학의 언어로 취하게 된 그 모국어를 미국에서는 잃게 된다. 자유주의 정치가였던 아버지를 ―『창백한 불꽃』에서 그와 비슷한 사람을 조롱하고 가혹하게 다루었다. ― 잘못 저질러진 살인으로 잃는다. 미국으로 이주한 마흔 살 때는 이미 아버지, 전 세계로 흩어진 가족들, 재산 그리고 모국어까지 잃어버린 후였다. 에드먼드 윌슨[40]이 "가장 밑에 있는 사람을 한 번 더 걷어차는 것"이라고 요약했던 이상할 정도의 가혹함, '정치'에는 전혀 관심이 없다고 자랑스럽게 떠벌이던 일, 평범한 사람의 평범한 습관처럼 질 낮고 저속한 비평을 넘는 모욕으로 조롱하는 것, 읽을 때 입술을 들썩이는 독자를 고려해 쓰지 않았음을 암시하는 것을 쉬운 도덕주의라고 판단하지 않는다면, 나보코프의 삶에 존재하는 상실, 그리고 롤리타 같은, 세바스티안 나이트 같은, 존 셰이드[41] 같은 주인공들에게 그가

40 1895~1972. 미국의 문예 평론가.

41 나보코프의『창백한 불꽃』에 나오는 시인 이름.

대단한 연민을 보여 주었다는 것을 기억해야 한다.

캐스빔의 이발사를 통해 보여 주듯이, 가혹함은 나보코프의 작품에서, 삶이나 다른 사람, 자연, 물리적 환경, 거리, 도시가 우리의 고통이나 고민에 그 어떤 해답도 주지 않는다는 것을 가장 세부적으로 보여 주는 형태로 드러난다. 이는 의붓아버지도 인정했던, 죽음에 관한 롤리타의 관찰을 상기시킨다. 죽음의 가장 끔찍한 점은 "혼자라는 것을 알게 된다는 것"이라고 롤리타는 말한다. 나보코프의 작품을 읽으면서 느끼는 깊은 희열은 우리 삶이 세상의 내적 논리와 전혀 맞지 않는다는 가혹한 사실을 아름다움 그 자체로서 인식한다는 것이다. 하지만 좋은 문학이 사랑하게 만들 세계의 이와 같은 심오한 논리를 발견했을 때 우리에게는 아름다움의 위로만이 남는다. 나비의 날개를 연상시키는 나보코프 산문의 뛰어남, 대칭, 자신이 하는 일을 항상 그 이상으로 인식하는 작가의 직관으로 그가 "프리즘의 바벨탑"이라고 했던 빛 놀이, 지능, 게임, 거울 게임은, 세상과 삶의 가혹함에 맞서 우리가 유일하게 껴안을 수 있는 것이다. 롤리타를 잃고, 삶에 의해 가혹하게 짓밟힌 험버트는 이제 단어를 가지고 노는 것 말고는 무엇도 할 수 없다면서, 조롱하듯 "예술이라는 피난처"에 대해 내키는 대로 말한다.

가혹함이라는 대가를 치른 이 피난처는, 소설 내내 느껴지는 험버트의 냉소 때문에 이해할 수 있으며 때로는 죄책감을 주기도 한다. 나보코프의 산문, 아름다움의 대가인 가혹함의 결과는—어린아이의 순수함에서 시간 밖의 아름다움을 찾는 험버트처럼—죄책감과 장애이다. 우리는 작가와 서술자가 설명해 주는 멋진 언어의 주인이 이 죄책감을 계속 억누르려고 한다고 느낀다. 거리낌 없는 조롱이 기발하게 공격해 오는 파도 사이에서 알아채거나, 주인공들이 자주 과거로, 어린 시절 추억으로 되돌아가는 것에서 느낄 수 있다.

나보코프의 회고에서도 알 수 있듯이, 인생의 다른 부분과 비교하면 어린 시절은 황금기였다. 그는 톨스토이의 『소년 시절, 청소년 시절, 청년 시절』에서 영향을 받아 쓴 회고록에서 톨스토이가 루소에게서 인계받은 죄책감에 관심을 갖지 않는다. 그에게 죄책감은 어린 시절 그리고 볼셰비키 혁명 이후에 천국이었던 러시아에서 멀어진 후, 그리고 자신의 고유한 문학적 스타일을 형성할 때 경험할 고통이었음이 확실하다. 푸슈킨은 "모든 러시아 작가들이 사라진 어린 시절을 서술한다면, 오늘날 러시아에 대해서는 누가 언급할 것인가?"라고 불만을 토로했다. 나보코프 역시 푸슈킨이 불평했던 이 관료—지주—문학의 현대적인 연장선이지만, 이것만은 아니다.

나보코프가 계속해서 걸고넘어지며 조롱하며 비꼬곤 했던 프로이트와 갈등한 배경 가장 깊은 곳에는 어린 시절의 황금기를 죄책감이나 오이디푸스적인 혼란, 금기와 죄 같은 담론으로부터 보호하려는 노력이 있을 것이다. 나보코프가 주장한 대로 프로이트의 터무니없는 이론 때문이 아닌 것이다. '시간', '기억', '불멸' 같은 주제에 대해 — 때로는 가장 멋진 글들을 — 쓰기 시작했던 시기에는 그도 프로이트 스타일의 "마법적인" 것들을 시도했기 때문이다.

나보코프의 '시간' 개념 뒤에는 아름다움의 대가인 가혹함과 죄책감에 맞서는 출구가 있다. 그는 『아다』에서 장황하게 언급했던 시간에 대한 인식을 가지고, 기억으로 인해 어린 시절 혹은 우리가 지나온 '황금기'를 간직할 수 있다고 말한다. 나보코프는 이 단순한 생각을 비범한 시적인 능력으로 현재와 과거를 동시에 같은 문장에 존재하게 만들어 지탱하고 있다. 과거에서 온, 가장 예기치 않은 순간에 우리 앞에 나타난 추억으로 가득 찬 물건들, 멋진 기억이 담긴 장면들, 서술자가 서술하는 과거와 현재의 비교는 현재의 남루함 이외에 '황금기'가 있었음을 시종 경고한다. 상기라는 것 — 나보코프에 의하면 창조적인 작가 그리고 상상력의 가장 큰 무기 — 은 과거에 에워싸여 현재를 살도록 해준다. 하지만 프루스트의 작품에 나오는 것처럼 미래가 없는, 삶의 여행을 끝낸 서술자가 과거를 떠올리는 식은 아니다. 기억과 시간에 대한 그의 고집에서도 이해할 수 있듯이, 현재와 미래가 기억의 게임과 시간의 파동으로 이루어졌다고 작가는 단호히 밝히고 있기 때문이다. 롤리타의 균형과 생기는 과거와 현재 사이에 있는 평온과 불안 사이를 오가면서 형성된다. 롤리타 이전의 어린 시절이나 롤리타가 도망친 이후의 기억, 롤리타와 경험했던 행복한 기억. 나보코프는 이 멋진 기억들에 대해 천국이라는 단어를 자주 사용했고, 한번은 "천국의 빙산"이라고 했다.

『아다』는 과거에 남은 천국을 현재로 옮겨 오는 노력이다. 이 황금기는 기억의 세계를 사는 미국에서도—롤리타의 미국은 평범함과 자유 사이를 오간다.—러시아에서도—혹은 소련에서—실현할 수 없으리라 것을 알기 때문에, 나보코프는 두 나라의 기억으로부터 세 번째 상상의 나라, 즉 문학적 천국을 창조했던 것이다. 어린 시절을 죄가 없는 시절로 본 작가가 끝없는 세부적인 것들의 순수 안에 넣어 창조한, 멋지고 기이하고 지나치게 자아도취적인 세계는 모든 면에서 어린아이 같다. 나이 든 작가는 자신의 추억에 관해 쓰면서 어린 시절로 돌아가는 대신, 반대로 우아하고 아주 과감하게 텀블링해 어린 시절을 노년기로 옮기려 했다. 사랑에 빠진 주인공은 어린 시절의 사랑을 숭배하는 데 그치지 않고, 이 사랑과 서로에게 얽매이는 것으로 전 생애에 걸쳐 어린 시절 역시 보호한다는 느낌을 준다. 험버트가 한 아이와의 사랑에서 천국을 찾는 것처럼, 밴과 아다도 어린 시절의 사랑을 평생 동안 지속시키며 천국에서 살고자 한다. 처음에는 이들이 사촌지간이라는 것이, 나중에는 이 연인이 친남매라는 것이 밝혀진다. 자신이 혐오하는 것을 좋아했던 프로이트처럼, 나보코프는 터부가 어린 시절의 천국으로부터 멀어지게 한다는 것을 인식하지 못한 채 말하는 것 같다.

나보코프적인 어린 시절이 죄책감, 죄악에서 먼 천국이기 때문에 아다와 밴의 사랑에서 보는 이기적인 면에 경외심을 느낀다. 작가가 나보코프처럼 위대한 마법사이기 때문에 그렇게 느끼는 것이기도 하다. 그래서 독자는 밴에게 느끼는 커다란 사랑에 대한 응답을 받지 못하는 가련한 루셋과 동일화된다. 밴과 아다는 그들을 위해 창조된, 멋지고 이상하고 기이한 사랑의 천국에서 살지만, 이 책에서 가장 현대적이며 불안하며 불행한 루셋은 나보코프적 가혹함의 희생자가 된다. 아다는, 독자들이 느끼는 것처럼, 위대한 사랑과 책 밖에 남게 된다.

작가가 위대해지기 위해 독자도 위대해야 하는 지점이 바로 여기다. 나보코프가 천국을 현재로 가져오고 삶에 맞서 자신의 세계를 창조하기 위해 『아다』에서 보여 주었던 노력, 자기 자신이 되기 위한 단호함, 농담과 강박 관념 같은 집착, 취향과 문학적 유희, 상상력의 무한함에 대한 거만할 정도의 자존감은 인내심 없는 독자들이 때로 『아다』를 받아들일 수 없는 지점까지 접근시킨다. 프루스트, 카프카, 조이스도 독자들에게 맞서 썼던 지점이다. 하지만 포스트모너니스트이자 농담의 아버지(어쩌면 그는 이 부성(父性)을 거절했을 것이다.) 나보코프는 이 작가들과 달리 독자의 반응도 예견하여 이것조차 문학적 유희에 더한다. 밴이 쓴 철학적 소설의 난해함을, "부채질하는 여인들의 거실 수다에서" 뺀 그 자신을 거만하게 보는 것을, 문학적 명성이 그에게 중요하지 않다는 것으로 설명한다.

이 거만한 나보코프적 태도는, 소설가에게서 사회적, 도덕적 분석을 기대했던 나의 젊은 시절에 비밀스러운 갑옷처럼 마음속에 간직하고 있었다고 말해야 할 것 같다. 터키의 관점에서 보면, 1970년대에 나보코프의 소설들은 『아다』의 주인공들처럼, 존재하지 않는 어떤 세계에 관한, '현재와 동떨어진' 판타지처럼 보였다. 내가 쓰고자 했던 책들을 가혹하고 불공평하고 추한 사회 환경의 도덕적 요구들로 압도하는 것을 두려워했기 때문에, 『롤리타』뿐 아니라 『아다』처럼 나보코프가 강박 관념, 농담, 문학적 유희, 암시, 성적 환상, 현학과 조롱을 끝까지 끌고 가는 책들을 수용하는 것은 나만의 도덕적 책임처럼 생각되었다. 그래서 위대한 문학 바로 그 옆 어딘가에는 죄책감의 서늘한, 인간을 외롭게 하는 바람이 부는 것 같다. 『아다』는 위대한 작가가 죄책감이 전혀 없는 것처럼 행동하려 하는 것, 천국을 위대한 문학적 재능과 의지로 현재로 가져오려는 노력이다. 이 위대한 책에 대한 신뢰를 일단 잃고 나면, 아다와 밴의 근친상간적 사랑을 위시하여 책에 나오는 모든 것은, 의도와 정반대되는 죄악에 빠지고 만다.

37. '보르헤스'의 '나'

보르헤스가 국제적인 명성을 얻었던 1960년대 말, 미국의 유명한 잡지 《뉴요커》는 전통적으로 이어지던 「프로필」 칼럼에 싣기 위해 일흔이 된 그에게 글을 부탁했다. 이에 보르헤스는 옛날에 썼던 단편들의 번역 때문에 3년간 같이 일했던 노먼 토머스 디 조반니[42]와 함께 '자전 에세이'를 쓴다. 그는 소설을 좋아하지 않으며 소설 읽는 것이 지루하다고, 약간은 과장하며 자주 말하기를 좋아했다. 인간의 정신보다는 사고와 패러독스를 가지고 유희를 즐기는 보르헤스에게 자신을 주제로 한다 할지라도, 한 인물에 관해 전기적인 무엇인가를 쓴다는 것은 어떤 변화, 더 나아가 자신의 스타일과 개성의 한계에 도전하는 문학적 문제였다.

보르헤스는 이 문제를 소설과 에세이를 쓸 때 썼던 가면을

42 1933~ . 미국 출신의 편집자, 번역가. 보르헤스의 번역가로 유명하다.

고수하는 방법으로 해결한다. 여느 때처럼 삶에는 별로 관심이 없이 책, 독서, 잊힌 언어들, 잊힌 작가들, 기억, 테마에 열정적으로 집착하는 사람의 가면이다.

이 때문에 그의 '자전 에세이'를 읽을 때 우리는 전통적인 자전 이야기에서 보았던 익숙한 테마들이 아니라, 오로지 보르헤스만이 관심을 가졌을 '보르헤스주의' 주제로 들어가게 된다. 이 세계에는 사랑, 여성, 애인, 결혼의 자리는 없다. 늘 가까웠던 어머니에 대해서도, 그가 읽고 번역했던 책 그리고 장님이 된 후 비서 일을 해 주었기 때문에 언급한다. "내 인생에서 가장 중요한 게 뭔지 묻는다면, 아버지의 서재라고 대답할 것이다." 마치 흥미로운 사냥꾼에 대해 언급하듯이, 보르헤스는 이상한 기질의 시인에 대해 언급한다. 전통적인 자전적 이야기에서 오랜 세월이 흐른 후 다시 만난 옛 연인이 언급되는 것처럼, 그는 『돈키호테』의 다른 판본을 언급한다. 실명은 병이나 재앙이라기보다는, 자신과 책 사이에 들어온 호메로스적인 테마이다. 항상 형성하고 싶었던 자신의 개성이 주제가 되거나, 다른 사람들이 관심을 가질 소재가 아니라 자신이 가장 잘 쓸 수 있는 주제에 천착하는 이 현대적인 단호함은 비웃을 게 아니라 감탄해야 하는 것이다.

한편, 그가 쓴 에세이의 형태적 문제는, 자전적 이야기에서 아주 약간만 보르헤스를 느낄 수 있을 정도로 간결하다. 하지만 그만큼 인상적이며, 감동적인 글을 쓰는 쪽으로 기울고 있다. 부에노스아이레스의 외딴 도서관에서 근무했던 가난한 시절에 "윗자리에 있는 사람들이 준 작은 선물" 때문에 모욕을 느꼈다는 다음과 같은 문장처럼. "어느 저녁 열 블록 앞에 있는 전차 정거장까지 걸어갈 때 내 눈에 눈물이 글썽거렸다." 혹은 한 문장만으로 커다란 영향을 미칠 수 있는 열정처럼. "물론 모든 젊은이들처럼 나도 최선을 다해 행복해지려고 애썼다. 그러니까 나는 햄릿과 라스콜리니코프의 중간쯤 되는 사람이 되고자 노력했다." 혹은 아르헨티나 국립도서관장과 실명과 관련된 문장에서처럼. "나에게 80만 권의 책뿐만 아니라 어둠을 동시에 준 신의 놀라운 아이러니를 내 시에 언급하지 않을 수 없었다." 당신은, 자기 자신이 되는 데에 확고한 의지를 보이며, 안간힘을 써서 형성한 개성이라는 관점으로 자신의 삶(안간힘을 써서 구축한 문체처럼)을 바라본 보르헤스를 그의 책을 읽지 않았더라도 좋아하기 시작할 것이다. "어차피 나는 실제 삶에서 일어난 일들을, 많은 책을 읽은 후에야 인식하게 되었다."

안간힘을 써서 자신을 만든 '문학적' 보르헤스와 실제 보르헤스의 관계는, 제랄 위스테르가 편집하고 번역한 이 책의 끝에 선별하여 추가한 세 가지 이야기에서도 볼 수 있다. 『보르헤스와 나』라는 제목으로 출간된 책의 대부분을 형성하는 긴 자전적 에세이 다음에 이 이야기들을 읽으면, 작가에게 느끼는 감탄의 근원이 이야기라는 것을 알면서도 에세이의 주인공을, 평생을 작가 보르헤스를 창조하는 데에 바친 이 문학 애호가를, 유명한 보르헤스(그가 몇 번이나 "나는 전혀 유명세를 기대하지 않았고, 문제 삼지도 않았다."라고 하는 것을 믿기 힘들 것이다!)보다 더 좋아하게 될 것이다.

많은 애독자가 있고, 그의 영향을 받아 글을 쓴 다양한 사람들을 생각해 보건대, 현대 문학에 있어 보르헤스의 위치는 카프카와 비교할 수 있을 것이다. 이 둘을 구분하는 것은 『보르헤스와 나』에서도 보여 주듯이, 카프카가 자신의 작가적 정체성을 저절로 찾은 데에 반해 보르헤스는 그것을 평생에 걸쳐 집착적으로 형성했다는 것이다.

38. 토마스 베른하르트의 소설 세계[43]

두 번의 세계 대전 사이에, 수천 년이 넘은 문학적 편견의 역사에 동참하고, 작가 소개란에서 여전히 중요한 부분을 차지하는 유용한 열쇠 중 하나는 '경제적인'이라는 개념이다. 이 시기에 빛을 발한 헤밍웨이나 피츠제럴드 같은 미국 작가들의 스타일만큼이나, 두 전쟁 사이에 있었던 '대공황'의 '경제적' 기억들 때문에 각인된 이 문학적 편견에 의하면, 분별 있는 작가는 가장 짧게 가장 적은 단어로 장면을 묘사하고, 관찰이나 대화 부분에서 반복을 하지 않아야 한다.

토마스 베른하르트는 분별 있어 보이려고 한 작가도 아니었고 '경제적인' 작가가 되려고 하지도 않았다. 그의 작품 속 등장인물들의 세계를 구성하는 초석 중 하나는 반복이다. 강박적

43 파묵이 터키어로 처음 번역된 토마스 베른하르트의 『비트겐슈타인의 조카』 서문으로 쓴 글이다.

인물들이 똑같은 강박 관념을 반복하며, 돌고 돌아 똑같은 분노와 욕망을 말하는 것으로 끝나지 않고, 욕망과 강박 관념을 놀라운 에너지로 설명하는 베른하르트도 주인공들과 함께 같은 문장을 연이어 쓰고 또 쓴다. 예를 들면, 청각에 관한 작품을 쓰기 위해 많은 세월을 보낸 『석회 공장』의 주인공에 대해 베른하르트는 여느 전통적인 소설가처럼 "콘라트는 사회가 아무것도 아니라고, 자신이 쓰고 있는 작품이 전부라고 생각하곤 했다."라고 쓰는 대신, 이 생각을 몇 번이고 되뇌는 주인공의 모습을 보여 준다.

반복되는 생각들 — 생각이라기보다는 감탄사로 끝나는 고함, 욕설, 저주, 비명, 애원 — 은 분별 있고 '논리적인' 세계에 남고자 하는 독자들로서는 쉽게 소화할 수 없는 것들이다. 우리는 오스트리아인들이 바보라는 것을 읽고, 연이어 독일인들과 네덜란드인들에 대해서도 같은 말을 하는 것을 보게 된다. 의사들은 모두 냉혹한 괴물이며, 예술가들은 대부분 멍청이에 얄팍하고 재능도 없다는 것, 학문 세계는 거짓말쟁이들의 세계이며, 음악계는 사기꾼들의 세계라는 것을 읽게 된다. 부자들과 관료들은 혐오스러운 기생충이며, 가난한 사람들도 기회주의자에 협잡꾼이며, 지식인들은 대부분 동경에 빠진 멍청이이며, 젊은이들은 대부분 모든 것에 웃는 바보라는 것을 읽게 된다. 인간들의 유일한 욕망은 서로를 없애고 파멸하고 속이고 사기 치는 것임을 읽게 된다. 어떤 도시는 세계에서 가장 혐오스러운 도시이며,

어떤 극장은 극장이 아니라 창녀촌이다. 누군가는 이 세상에 존재하는 가장 위대한 작곡가이며, 또 누군가는 가장 위대한 사상가이며, 이들 이외에 다른 작곡가나 사상가는 없으며, 모두 '소위' 작곡가 혹은 사상가이다…….

톨스토이, 프루스트 혹은 할리트 지야[44]의 작품에서 자신들과 주인공들을 미학적 갑옷으로 보호하며 소설 세계의 중심을 이러한 '과도함'으로부터 보호하는 것을 읽으면 "분노로 가득 찬 가련한 관료들 또는 자만심에 빠진 사랑스러운 주인공의 허세"라고 할 비난은 베른하르트 소설 세계의 주춧돌이다. 프루스트, 톨스토이, 할리트 지야처럼 '균형감 있는' 작가들의 글을 읽을 때 생각하는 것처럼, 반복되는 이 강박 관념은 "인간적 미덕과 약점의 세계를 보여 주는 한 장"이 아니라 하나의 세계처럼 보인다. 다른 작가들 대부분이 "삶의 총체" 속에서만 보고 아주 사소한 자리를 부여했던 '강박 관념, 집착, 과도함'은 베른하르트 문학 세계에서는 중심을 차지했고 '인생'이라는 경험의 나머지 부분은 오로지 모욕하기 위해 기억되는 작은 세부로서 구석으로 밀려났다.

이 강박 관념에서 얻은 공격과 욕설에 관심을 가지고 읽을 수 있었던 이유는 베른하르트의 고갈되지 않는 언어적 에너지만큼이나 등장인물들의 위치에서 연유한다고 생각한다. 분노는 베

44 1866~1945. 터키 소설가.

른하르트의 작품 속 주인공들에게 있어 빈곤, 악, 멍청함, 저질스러운 세계에 맞서 자신들을 보호하는 방법의 하나이다. 베른하르트의 주인공들에게서 목격되는 것은, 자신들은 안전하다고 느끼며 주위를 내려다보는 즐거움을 만끽하는 '성공한, 특권을 가진' 사람들의 무시하듯 내뱉는 욕설들이 아니다. 주인공들의 분노는, 매 순간 빈곤과 맞닥뜨리는 것에 익숙하고, 인간이라는 존재가 어떤 것인지 고통스럽게 경험하고, 넘어지지 않고 쓰러지지 않고 견뎌 내기 위해 몸부림을 치는 분노이다. 이 사람 혹은 저 사람이 "견뎌 낼 수 없었기 때문에", "결국 쓰러졌기 때문에", "한곳에서 말라 사라졌기 때문에", "결국 그 역시 파괴되었기 때문에"라고 자주 언급되곤 한다. 다른 사람들의 파멸은 매정함과 멍청함으로 둘러싸인 베른하르트의 주인공들에게 보낸 위험 신호 역할을 한다. 주인공들의 멍청함과 파멸의 위험, 빈곤에 관하여 베른하르트가 자주 사용한 단어들로 표현하면, 이들이 "견디기", "참기", "인내하기", "견뎌 내기" 위해 우선 모든 것에 가혹하게 공격한다면, 두 번째는 어떤 열정에 "심오하고" "철학적이며" "의미 있는" 노력에, 최소한 어떤 강박 관념에 자신을 온전히 바친다는 것이다. 이 강박 관념들은 순식간에 주인공들에게 세계의 전부가 되고 포기할 수 없는 유일한 것이 된다.

소설 『수정(Korrektur)』에서 비트겐슈타인과 비슷한 주인공은 오랜 세월 동안 준비했지만 쓰지 못했던 전기만큼이나 자신을 방해한다고 생각한 여동생에게 느끼는 분노 이외에 다른 것은 생각하지 못한다. 『석회 공장』의 주인공은 '듣는 것'에 관하여 쓸 작품과 이 작품을 쓰기 위한 조건에 집착한다. 『석회 공장』(아주 재미있는 작품이다.)의 주인공은 혐오했던 비엔나 지식인들과의 식사에서도 줄곧 그들을 혐오하고 증오하는 것만을 생각한다.

발레리는 사람들이 혐오하고 증오하는 저질스러움에 사실은 관심이 있으며, 저질스럽다고 생각하는 것들과 우리 사이에 호기심과 유사성이 있다고 했다. 베른하르트의 주인공들도 혐오하는 주제로 계속해서 돌아오고, 혐오하는 그것들을 조장할 조건들을 찾으며, 증오와 혐오 없이는 살아가지 못한다. 그들은 비엔나를 혐오하지만 그곳으로 달려간다. 음악계를 혐오하지만 음악 없이는 살지 못한다. 여자 형제들을 혐오하지만 계속 그들을 찾는다. 신문을 혐오하지만 읽지 않고는 못 배긴다. 지식인들의 수다를 혐오하지만 듣지 못하면 결핍을 느낀다. 문학상을 혐오하지만 새 옷을 입고 받으러 달려간다……. 좋아하지 않지만 정반대로 행동하고, 증오하는 주제에 강박적으로 매달리며, 범행 현장에서 잡히고 싶어 하는 이들은 특히 도스토예프스키의 『지하로부터의 수기』의 주인공을 연상시킨다.

베른하르트와 도스토예프스키 사이에는 이런 유사성이 있다. 강박 관념과 열정이 언제나 난센스나 거부할 수 없는 절망으로 변하는 것을 안다면 베른하르트의 문학 세계는 카프카를 연상시킨다고 할 수도 있을 것이다. 베케트도 자주 언급되지만 현대성 말고는 베른하르트와 비슷한 점이 없는 것 같다.

베케트의 주인공들은 주변에서 일어나는 일에 별로 신경 쓰지 않는다. 자신들이 겪는 재앙에도 관심을 갖지 않고 자신의 내면에만 몰입한다. 베른하르트의 주인공들은 반대로, 아무리 도망치려고 발버둥 쳐도 너무나 외부 세계에 열려 있다. 내면에 몰입하는 대신 외부 세계의 무정부 상태를 껴안는다. 베케트는 배후에 있는 인과 관계를 빈약하게 만들지만, 베른하르트는 아주 사소하고 세부적인 부분에서도 인과 관계에 강박적으로 매달린다. 그의 주인공들은 질병, 패배, 부당함에 굴복하지 않고 끝까지 미친 듯한 분노와 갈망을 품고 투쟁한다. 설령 결국 패배한다 하더라도, 우리가 읽은 것은 그들의 패배와 굴복이 아니라 열정적인 싸움과 투쟁이다.

이 새로운 작가를 누군가와 굳이 비교해 보자면, 셀린[45]을 언급하는 것은 적합한 일이라고 생각한다. 셀린처럼 베른하르트도 어려운 조건에서 삶과 분투하며 가난한 어린 시절을 보냈다. 아버지 없이 자랐고, 전쟁기의 빈곤을 경험했으며, 폐결핵을 앓았다. 셀린처럼 베른하르트도 자전적인 대부분의 소설들에서 계속되는 것처럼 분투, 저항, 분노, 패배로 삶을 보냈다. 셀린이 만천하에 아라공[46], 엘사 트리올레[47] 등 자신에게 찬사를 보낸 작가

45 1894~1961. 프랑스 소설가

46 1897~1982. 프랑스 시인.

47 1896~1970. 러시아 출신의 프랑스 소설가. 아라공의 부인이다.

들에게, 그리고 갈리마르같이 책을 출간한 출판사에 가장 심한 모욕을 주었던 것처럼, 베른하르트도 손을 잡아 준 사람들, 문학상을 준 기관들, 옛 친구들에게 욕설을 퍼부었다. 처음부터 끝까지 자전적이고, 옛 친구들과의 저녁 식사에 관한 작품인『벌목』은 현존하는 사람들을 모욕했다는 이유로 오스트리아에서 모두 회수되었다. 더 흥미로운 것은, 이 두 작가가 자신들이 처한 빈곤에 언어적 에너지와 언어적 분노로 응답했다는 것이다. 갈수록 짧아지고 세 개의 점으로 끝나는 셀린의 문장에 비해, 베른하르트의 "발명"은 갈수록 길어지고 끊임없이 순환하면서 반복되며, 정확히 말하자면 "타원형" 운동을 한다. 문단 처음에 올 필요가 전혀 없는 문장들이다.

전통 소설에서의 '사건의 구성'이라는 것을 베른하르트의 세계에서는 문장들이 그린 "타원형" 운동을 매개로 알 수 있다. 같은 나라와 관찰이 계속 반복될 때 이야기도 서서히 꿈틀거린다. 하지만 이것은 반복될 때마다 쓰이고, 쓸수록 진행되는 이야기들이다. 토마스 베른하르트가 책상 앞에 앉기 전에 이야기를 완벽하게, 세부적인 것들과 함께 생각하지도 않았을 뿐만 아니라, 모든 것을 단번에 적절한 자리에 앉히려는 고민도 하지 않았다는 것을 알 수 있다. 마치 주인공들을 도무지 다 꺼내 놓지 못한 책처럼, 처음에는 머릿속에 분노와 혐오 그리고 폭력으로 반죽했다는 인상의 안개들이 있다.

이 안개가 걷힐수록 그 뒤로 작고 멋지고 가혹하고 즐거운 일화들이 나온다. 베른하르트의 소설들은 그토록 열정적으로 말하고 있음에도 드라마틱하지 않다. 작은 이야기 하나하나가 나열되어 있기 때문이다. 소설에서 느끼는 맛은 책의 총체가 아니라, 우리가 소설 속 세계에 있는 것같이 느껴지는, 소설 속에 흩어진 작은 이야기들이 가져다준다. 작은 이야기들, 특히 지식인들이나 예술가들에 관한 이야기들이 그들에 관한 가혹한 관찰, 뒷담화, 모욕 위에 세워졌다는 것을 환기한다면 베른하르트의 소설 세계가 형태적으로뿐 아니라 정신적으로도 우리와 사뭇 가깝다고 생각할 수 있다. 그는 사람들이 분노 속에 저질렀던 공격이나 가혹한 행위, 강박적으로 반복했던 혐오와 욕설, 욕망을 모두 앞에 대놓고 표현하며 이를 '좋은 예술'의 경지로 올려놓는 방법을 발견했던 것이다.

하지만 그의 예술과 세계를 인지하는 데 있어서의 한계점 역시 이것이다. 모욕을 퍼부었던 신문들이 점점 더 그에 관해 언급하고, 그가 얼굴에 침을 뱉었던 문학상 심사 위원들이 그에게 새로운 상을 안겨 주고, 욕설을 퍼부었던 극장들이 그의 작품을 무대에 올리기 위해 그를 찾아오는 것을 보자, 사람들은 자신들이 믿고 싶어 했던 동화가 정말로 '동화'라는 것을 깨닫고 실망에 휩싸인다. 소설가의 세계와 주인공들의 세계가 완전히 다르다는 것을 다시 한 번 환기하기에 좋은 기회이다. 하지만 이 세계가 고집스럽게 '자전적인' 것이고 싶어 하고, 모든 힘은 진정한 분노에서 나온다는 것을 생각하면, 베른하르트의 소설을 모두 읽은 후에, 소설을 통해 상상하고자 했던 '가치들의 세계'가 왜 항상 당신을 마치 소설 자체처럼, 희화(戲畵)를 연상시키는 연극 속으로 몰아넣었는지 느낄 수 있을 것이다.

갈수록 격해지는 주인공들의 분노가 간간이 언어적인 축제를 연상시키고, '시간 건너뛰기' 때문에 이해하기 어려운 긴 문장으로 이루어졌으며, 서술자들의 일관성 부재로 난해한 베른하르트의 세계로 들어가기 위해서 『비트겐슈타인의 조카』는 편한 시작이라고 생각한다. 우리는 토마스 베른하르트의 소설 세계를 더 가까이에서 알아야 하고, 더욱 복잡하고 풍부한 다른 책들도 번역해야 할 것이다.

39. 마리오 바르가스 요사와 제3세계 문학

제3세계 문학이라는 것이 있는가? 편협함과 선입견, 저속함의 덫에 빠지기 전에 제3세계라고 알려진 국가들의 문학이 가진 기본적인 특성을 파악할 수 있는가? 가장 논리적으로 보자면, 에드워드 사이드의 글에 나오는 것처럼, 제3세계 문학이라는 개념은 중심부 밖에 있는 문학의 다양성과 풍부함을 조명하고, 서양인이 되지 못하고 민족주의에 관심을 갖는 문학으로 이해하는 데 유용하다. 제3세계 문학이라는 개념이 가장 나쁜 형태로 사용된 경우(프레드릭 제임슨[48]의 "제3세계 문학은 민족적 알레고리이다."라는 주장처럼) 이는 중심부 밖에 자리한 문학의 카오스와 풍부함을 무시하는 정중한 표현 이상은 아니다. 보르헤스는 단편소설과 에세이를 1930년대 아르헨티나에서, 그러니까 정확한 의

48 1934~ . 미국의 비교 문학 교수, 평론가.

미로 제3세계 국가에서 썼다. 하지만 그가 오늘날 세계 문학의 중심부에 자리한다는 것은 아무도 부정하지 못한다.

제3세계라고 하는 나라들 고유의 '단편 소설-소설'이 있다는 점도 인정해야 한다. 이 고유성은 작가가 작품을 쓴 장소 자체보다, 작가 자신이 세계 문학의 중심으로부터 먼 곳에서 글을 쓰고 있다는 것을 인지하는 것보다, 그 거리감을 마음속으로 느끼는 데에서 연유한다. 이 문학을, 제3세계 문학을, 차별적으로 만드는 것이 있다면, 주변부 나라의 빈곤, 폭력, 정치적 혼란 같은 사회적 문제가 아니라, 작가가 자신의 일이 예술(소설 예술)의 역사가 행해지고 쓰였던 중심부에서 멀리 있다는 것을 인지하고 이 거리감을 계산에 넣고 쓴다는 사실이다. 여기서 중요한 것은 제3세계 작가가 세계 문학의 중심부에서 유배되었음을 전적으로 인지하고 있다는 점이다. 바르가스 요사가 그러했던 것처럼, 제3세계 출신의 작가가 자신의 나라 페루가 아니라 유럽에서, 서양 문명의 중심부에서 쓸 수도 있다. 제3세계 작가의 '유배' 상황은 지리적인 위치보다는, 어떤 정신 상태, 외부에 있다고 느끼는 상황, 예술 역사의 면에서 작가가 지속적으로 마음속에 안고 있는 이방의 감정을 지적하기 위해 언급된다.

하지만 한편으로 외부에 있다고 느끼는 상황은 작가를 고유성 문제에 대한 고민에서 벗어나게 해 주기도 한다. 제3세계 작가들은 개성과 정체성을 발전시키지 위해 모델로 삼고 거장으로 선택한 아버지-작가의 정체성과 집착적인 정체성 싸움에 휘

말리지 않아도 된다. 바르가스 요사가 페루의 사회 문제나 역사 등으로 들끓는 소설에서 보여 주었던 것처럼, 제3세계 작가의 지리적 위치는, 아주 신선하고 아무도 터치하지 않았던 소재가, 더욱이 자신의 나라에서 호소하고자 했던 독자들의 새로움과 순수함 그리고 차별성이 저절로 고유성과 진실성을 부여해 준다.

바르가스 요사가 젊었을 때 시몬 드 보부아르의 소설 『아름다운 영상』에 대해 쓴 비평이 이러한 태도에 대한 실마리를 제공한다. 단순히 훌륭한 소설을 썼기 때문이 아니라, 당시 — 1960년대 — 프랑스에서 상당히 유행했던 누보로망에서 전면에 나서지 않았다는 점 때문에 그는 그녀에게 호감을 가졌다. 젊은 바르가스 요사에 의하면, 시몬 드 보부아르 소설의 가장 큰 미덕은 로브그리예[49], 나탈리 사로트[50], 미셸 뷔토르[51], 베케트 같은 누보로망 작가들의 소설 형식과 작법을 전혀 다른 목적을 위해 성공적으로 사용했다는 점이다.

작가들의 형식과 작법을 '사용'하는 문제는, 바르가스 요사가 사르트르에 대해 쓴 다른 글에서도 나타난다. 사르트르의 원숙기 소설은 풍자와 신비성이 결여되어 있으며, 에세이는 솔직하지만 정치적으로 혼란스러움을 야기하고, 그의 예술은 때가 지났으며, 고유성이 결여되었다고 바르가스 요사는 생각했다.

49 1922~2008. 프랑스 작가.
50 1900~1999. 프랑스 작가이자 변호사.
51 1926~ . 프랑스 작가.

그리하여 자신이 젊은 시절 왜 그렇게 사르트르에게 감명을 받았으며 혼란스러웠는지 불만을 표시했다. 바르가스 요사는 사르트르에게 그렇게 실망했던 이유를 1964년에 《르몽드》에서 읽었던 인터뷰 탓으로 돌렸다. 터키에서도 반향을 불러일으킨 이 유명한 인터뷰에서 장폴 사르트르는, 제3세계 국가인 비아프라[52]에서 기아로 죽어 가는 흑인 아이와 문학을 도덕적으로 비교하면서, 이러한 재앙이 있는데 가난한 나라에서 문학을 하는 것은 '사치'라고 단언했다. 제3세계 국가의 작가들은 깨끗한 양심을 가지고는 문학이라는 사치를 즐길 수 없을 거라고 암시했으며, 진정한 문학은 부유한 나라에서 추구하는 일로 보았다. 한편 바르가스 요사는 사르트르의 논리적인 논의, 문학이 절대 게임이 될 수 없을 정도의 진지한 일이라는 취지의 관점 역시 자신에게 무척 '유용'했다고 말한다. 그의 이러한 관점 덕분에 문학과 정치의 복잡한 미로 속에서 길을 찾았으며, 사르트르는 많은 면에서 그에게 '유용'한 안내자가 되었다.

영감에 대한 이런 논리적인 접근, 다른 작가들의 기법적 발견의 유용성에 대한 언급, 중심부에서 떨어져 있음을 지속적으로 의식하는 것은 확실한 순수성(바르가스 요사는 사르트르에게는 순수성과 순진함이 결여되었다고 말한다.)과 생존 능력을 지적하고 있다. 이 같은 개성의 특징 — 생존 능력과 순수함 — 은 바르가스 요

52 나이지리아 동부 지방. 1967년에 독립을 선언했으나 실패했다.

사의 소설뿐 아니라 비평문, 산문, 회고록에서도 볼 수 있다.

아들과 라스타파리아니즘[53]과의 관계를 서술한 사적인 회고문, 니카라과의 마르크스주의 산디니스타 게릴라에게 잡혔던 정치적 상황을 그린 신중한 르포, 1992년 월드컵과 축구에 대해 쓴 에세이, 바르가스 요사의 문학 속 인물들에는, 젊은 시절 사르트르의 나쁜 영향 때문에 관심 없었고 주의 깊게 읽지 않았다고 한 카뮈가 전방에 자리하고 있다. 많은 세월이 흐른 후 리마에서 테러리스트의 공격을 받았을 때, 바르가스 요사는 카뮈가 역사와 폭력에 관해 쓴 에세이 「반항인」을 읽고, 자신이 그를 사르트르보다 더 좋아한다는 것을 인식하게 되었다. 사르트르의 산문에 대한 찬사는, '문제의 본질'에 즉시 도달한 바르가스 요사의 논설문에도 적용된다.

바르가스 요사에게 사르트르가 '문제의식이 있는' 개성, 나아가 일종의 아버지라는 점은 아주 명백하다. 사르트르가 굉장히 선망했던 존 더스 패서스[54] 역시 같은 이유로 바르가스 요사에게 아주 중요한 작가이다. 소설에 싸구려 감상을 묘사하지 않고 새로운 서술 방법을 발견했기 때문이다. 사르트르처럼, 바르가스 요사도 콜라주, 병렬, 몽타주, 잘라 붙이기 그리고 이것들의 절묘한 오케스트라에 의거한 소설 기법을 이후 소설에 사용했다. 그는 또 다른 에세이에서, 도리스 레싱의 『황금 노트북』에

53 성경을 흑인의 편에서 해석하여 예수가 흑인이었다고 주장하는 신앙.
54 1896~1970. 미국 소설가, 정치 평론가.

"단어의 사르트르주의 의미에 의거한" 작품이라는 점에서 진심으로 찬사를 보낸다. 이러한 의미에서 "의거한" 책이란, 그 뿌리를 당대의 논쟁, 전설, 폭력에 내린 책이라는 의미가 되고, 젊은 시절 바르가스 요사의 창조적이며 위트 있는 좌익적 소설 쓰기는 이와 같은 개념의 좋은 사례가 된다. 조이스, 헤밍웨이, 바타유 등 작가에 대해 많은 글을 쓴 바르가스 요사가 진심으로 숭배하고 찬사를 아끼지 않았으며, 가장 많은 영향을 받았다고 한 작가는 포크너이다. 『성역』에 관한 비평에서 포크너의 기법, 소설의 기본적인 특성, 장면들의 나열, 시간 뛰어넘기, 사건의 재구성에 대해 말한 것들은, 바르가스 요사 자신의 소설에도 적용된다. 더욱이 『성역』에서는 장면들이 고전 소설에서처럼 줄줄이 나온다기보다는 서로 맞물려 그 속에서 녹아든다고 생각한 것은 그 자신의 소설에 더 많이 적용된다고 하는 게 옳다. 이 방법, 즉 소리, 이야기, 해석이 가혹하게 끊기는 것은 바르가스 요사의 소설 『안데스의 리투마』에서 집요하고 노련하게 적용된다.

안데스 산의 한적한 곳에 버려져 썩어 가는 작은 마을, 메마른 계곡, 광산, 산길에서, 아무 쓸모없는 땅에서 전개되는 『안데스의 리투마』는 실종, 미해결 살인 사건과 조사에 관한 소설이다. 살인 뒤에 있는 논리는 바르가스 요사의 다른 소설들에 관심을 가진 독자라면 생소하지 않을 것이다. 이 사건은 상병 리투마와 그의 전우 엘 토마스 코레노가 조사하고 있다. 두 군인은 산악 지대에서 생활하며, 그곳에서 만난 수상쩍은 사람들을 심문하고, 이제는 과거가 되어 버린 사랑 이야기를 서로에게 들려준다. 그들은 페루 마오쩌둥주의 좌익 게릴라의 습격에 대비해 계속해서 경계를 취하고 있다. 이 군인들이 만난 다양한 사람들과 그들이 해 준 이야기들이 친구가 된 두 사람이 주고받는 이야기와 함께 구성되면서, 오늘날 페루의 빈곤과 고통이 사실적이며 개관적인 그림을 형성한다.

살인 용의자는 페루 마오쩌둥주의 좌익 게릴라와 그 지역에서 간이식당을 운영하면서 잉카 의식을 연상시키는 기이한 퍼포먼스를 하는 부부이다. 페루 좌익 게릴라들이 그 지역에서 무자비하게 자행한 정치적 살인과 미해결 살인 사건이 고대 잉카의 희생 의식에서 기인했을 거라는 갈수록 강해지는 의심은, 안데스 산의 살벌한 풍경과 함께 비이성적인 분위기를 강하게 자아낸다. 이 책에서 죽음은 사방에 있다. 항상 죽음과 가까이 있다는 것이, 페루의 빈곤과 게릴라 전투, 자연, 절망보다 더 강하게 느껴진다.

모더니스트 바르가스 요사가 낙관론을 잃어버렸다는 생각이 들 정도이다. 진정한 포스트모던 인류학자처럼 조국을 이해하기 위해 비이성주의, 폭력, 계몽 이전의 가치와 의식에 집중하려고 결심한 것처럼도 보인다. 전설, 옛날 신, 산의 영혼, 악마와 마녀로 이 책은 들끓고 있다. 등장인물 중 한 사람은 “이 살인들을 우리의 이성으로 이해하는 건, 당연히 불가능해. 이 살인들에는 논리로 설명할 수 있는 부분이 전혀 없기 때문이지.”라고 말한다.

한편, 놀랍게도 『안데스의 리투마』는 소설 구조에 있어 그 어떤 비논리적인 흔적도 없다. 이 책은 서로 모순되는 두 가지 기본적인 목적을 가지고 있다. 하나는 데카르트적 이성과 논리를 펼치는 추리 소설을 구성하는 것, 다른 하나는 폭력과 잔인함의 숨겨진 뿌리를 암시하면서 비이성적인 분위기를 창조하는 것. 하지만 서로 모순되는 이 두 개의 목적은 소설에 어떤 새로운 비전을 나타내는 데 전혀 도움이 되지 않는다. 『안데스의 리투마』는 전형적인 바르가스적 소설이기 때문이다. 이 책을 읽으면 지극히 혼란스러운 순간들이 있음에도 불구하고, 항상 서술이 통제되고 있다는 느낌이 들기 때문이다. 등장인물들의 목소리는 내내 계산된 편곡으로 이어진다. 책의 힘과 아름다움은 견고하게 잘 짜이고 잘 구성된 축적의 결과이다.

『안데스의 리투마』에 제3세계 국가들에 관한 오래되고 낡은 모더니즘적 가설들을 회피하려는 의도가 분명히 포함되어 있다 해도, 이 책은 핀천[55]의 『중력의 무지개』 같은 포스트모더니즘 소설이 아니다. '타자'의 문화를 비논리적인 괴물처럼 상상하는 것 그리고 이러한 거친 논리 전개와 관련된 요소들 — 마법, 기이한 의식, 강렬한 풍경, 잔혹 행위 — 이 소설에 만연하다. 하지만 이 책은 이해할 수 없는 다른 문화에 관한 거친 판단이나

55 1937~ . 미국 소설가.

선입견의 통로가 아니라, 오늘날 페루의 일상생활 속에서 일어나는 평범한 사건들을 설명하며, 신빙성 있는 역사, 즐겁고 재미있고 우스운 사실주의 텍스트처럼 읽힌다. 작은 마을이 게릴라에 의해 점령되는 과정과, 뒤이은 약탈이나 병사와 창녀의 멜로드라마 같고 지나치게 감성적인 사랑 이야기는 르포만큼이나 현실적이다. 『안데스의 리투마』에서 서술되는 페루는 '아무도 이해할 수 없는' 장소이며, 모든 사람이 적은 월급에 불만을 품지만 그래도 그 돈을 벌기 위해 목숨을 던질 각오를 하는 나라이다. 항상 실험적임에도 불구하고 바르가스 요사는 라틴 아메리카 작가 가운데 가장 사실주의적인 작가이다.

소설의 주인공인 상병 리투마는 바르가스 요사의 다른 소설에서도 떠올릴 수 있다. 그는 역시 추리 소설인 『폴로미노 몰레로를 누가 죽였나?』에서도 주인공이었다. 제목을 홍등가에서 따온 『녹색의 집』에서는 이중생활을 즐겼고, 『나는 훌리아 아주머니와 결혼했다』에서는 카메오로 잠시 등장한다. 항상 신중하고 현실적인 군인을, 군에 봉사하기 위해 최선을 다하며, 지나치거나 편파적인 행동을 하지 않고, 합리적인 정직성과 생존 본능과 블랙 유머에 가까운 신랄한 조롱을 구사하는 주인공을 바르가스 요사는 애착을 갖고 성공적으로 재현해 냈다.

페루 사관 고등학교에 다녔던 바르가스 요사는 군대 생활을 항상 자신감 넘치고 성공적으로 서술한다. 『도시와 개들』에서 젊은 사관생도들 간의 경쟁과 갈등을 서술할 때, 『판탈레온과 특별 봉사대』에서 군대 관료주의와 군대에서의 성 문제를 그릴 때, 그가 흥분하며 즐겁게 써 나갔음을 바로 느낄 수 있다. 그는 남자들의 우정을 묘사할 때나, 터프한 남자들이나 그들이 절망적으로 창녀들을 사랑하는 모습을 묘사할 때, 그들의 과도한 감상에 마침표를 찍는 거친 농담을 적절하게 배치할 때 최고의 역량을 발휘한다. 가혹한 풍자는 항상 재미있으며, 그 풍자에는 분명한 이유가 있다. 첫 소설부터 주의 깊게 읽는다면 바르가스 요사가 급진적인 유토피아주의와 지나친 환상주의보다는 기발한 사실주의, 온건한 조롱을 더 선호했음을 알 수 있다.

이 작품의 등장인물은 군인들이다. 페루 좌익 게릴라에 대해서는 그리 많은 노력을 기울이지 않는다. 그들은 전적으로 비논리적이며 불합리한 악을 대변하는 모습으로 그려진다. 이는 물론 바르가스 요사가 써 온 산문에서도 볼 수 있는 그의 정치적 성향의 변화와 밀접한 관계가 있다. 젊었을 때 쿠바 혁명에 매료된 모더니스트이자 마르크스주의자였던 바르가스 요사는 성숙기에 접어들면서 의식 있는 자유주의자가 된다. 그리고 1980년대에 "모든 라틴 아메리카는 쿠바의 사례를 모범으로 삼아야 한다."라고 말한 귄터 그라스 같은 사람을 비난하며 진담 반 농담 반으로 "나는 세상에서 마거릿 대처를 존경하고 피델 카스트로를 혐오하는 두 명의 작가 중 하나"라고 자신을 정의했다. 다른 한 작가는 시인 필립 라킨[56]이다.

나는 『안데스의 리투마』에서 페루 좌익 게릴라들에 대한 서술을 읽은 후 바르가스 요사가 젊은 시절에 썼던 에세이 가운데, 1965년 '페루 군인들과의 전투'에서 죽은 그의 친구인 마르크주의자 게릴라를 위해 쓴 연민 넘치고 감동적인 회고 글을 읽고 충격을 받았다. 젊은 시절이 지나면 게릴라도 인간이라는 것을 생각하지 못하는 걸까, 혹은 일정한 나이가 지나면 게릴라들과 싸우는 친구는 하나도 남지 않는 걸까 하는 생각이 들었다. 바르가스 요사의 매력적인 작가적 역량과 생생한 관점 때문에, 그의 정치적 견해에는 동의할 수 없음에도 불구하고, 최소한 그가 그렇게 바라보기 위해 모든 것에 진심으로, 어린 소년 같은 순수성을 갖고 매달렸다는 점에는 사랑을 느끼게 된다.

그가 초기에 썼던 에세이에서, 페루의 가장 뛰어난 작가였지만 불운한 작가였고, 젊은 나이에 죽은 세바스티안 살라자르 본디의 죽음에 관하여 함께 슬픔을 느낄 수밖에 없는 질문을 던졌다. "페루에서 작가가 된다는 것은 어떤 의미인가?" 제대로 된 독자층과 진지한 출판 산업이 없어서가 아니라, 가난과 무지, 적의에 맞서 저항하여 살아남으려 하는 작가들이 미친놈 취급을 당하고, 이들이 비현실적인 삶을 살도록 만들었기 때문에 "페루에서 모든 작가는 결국 패배할 수밖에 없다."라고 말한 바르가

56 1922~1985. 미국 시인, 소설가.

스 요사의 젊은 날의 분노와 우리를 동일시하는 것은 어렵지 않다. 젊은 시절 "모든 사람들 중 제일 멍청하다."라고 하면서 책을 전혀 읽지 않는 것에 분노했던 페루 부르주아들에게 느끼는 혐오감, 세계 문학에 페루가 공헌한 바가 안타깝게도 지극히 빈약하다고 말할 때의 슬픔, 페루 밖의 외국 문학에 느끼는 허기의 강도를 볼수록, 바르가스 요사의 강한 작가적 목소리 뒤에, 또 다른 슬픔과 세계 문학의 중심부에서 멀리 있다는 의식 또한 느낄 수 있다. 우리 같은 사람들이 아주 잘 이해할 수 있는 정신 상태이다…….

40. 살만 루슈디 : 『악마의 시』와 소설가의 자유

첫눈에도 모든 것이 '환상적 사실주의'로 쓰인 소설에 나오는 과장된 장면들은, 자신의 책을 관심의 대상으로 만들고 싶어 하는 작가의 꿈을 연상시킨다. 삶의 대부분을 인도 뭄바이에서 보낸 후 영국 런던에서 이주민으로 사는 삶에 대해 쓴 소설은 인도, 파키스탄 그리고 대부분의 이슬람 국가에서 금서가 되었다. 소설과 작가에 대해서, 혹은 그 이상으로 책이 출간되고 판매된 미국과 영국에 반대하는 시위도 일어났다. 책을 파는 서점은 위협을 받았고, 광장에서는 책과 작가의 꼭두각시가 불태워졌으며, 호메이니는 소설가의 목에 현상금을 걸었다. 작가가 죽을 때까지 숨어 살아야 할 거라 말하는 사람도 있었고, 성형 수술을 해서 다른 얼굴과 정체를 갖게 되면 다시 돌아다닐 수 있을 거라고 하는 사람도 있었다. 전 세계 텔레비전에서 믿을 수 없을 정도에 이른 인간 사냥에 대해 거의 실시간으로 방송을 하고, 암살범들이 어디를 통해, 어떤 문, 어떤 굴뚝을 통해 들어갈 수 있을지를 계산하고 있을 때, 사상의 자유와 소설가의 상상 세계의 한계에 대해 논쟁하기도 했다. 사상과 표현의 자유만큼 긴밀하게 연관된 이 주제에 대해, 사상과 표현의 자유가 종종 제한되는 이슬람 국가에서 사는 우리는 습관적으로 곧 우리에게 일어날지도 모를 사건을 구경하면서, 해외 언론으로 들어오는, 집요하게 계속되는 인간 사냥에 대한 일들을 바라보며 시간을 보내고 있다.

아니다, 우리 나라에도 이 문제에 관심을 보이는 사람이 전혀 없지는 않다. 이란에서처럼 문제에 즉각적으로 반응하는 사람들, 그 소설을 읽지도 않은 사람들, 소설이라고는 전혀 읽지 않은 사람들이다. 이 주제가 이슬람 역사와 관련된 신학적 논쟁이라도 되는 듯 종교성의 명령에 따라 파트와[57] 위원회가 급히 소집되고, 소설을 읽지 않는 이맘[58]이나 공동체 구성원들을 위해 설교를 하고, 이 책을 읽지 않은 기자나 교수에게 신학적 질문을 하고, 책이라고는 읽지 않는 독자들을 위해 신학적이라기보다는 수치스러운 헤드라인을 쓴다. "살해되어야 하나, 살해되지 않아야 하나?"

살만 루슈디의 『악마의 시』에는 그의 두 번째 소설 『자정의 아이들』처럼 최근 20년 동안 전 세계 소설에서 자주 사용되는

57 이슬람 율법에 의거한 판결.

58 이슬람 사원의 예배 인도자.

'환상적 사실주의'의 인상이 확연하다. 자주 모방되곤 하는 귄터 그라스의 『양철 북』이나 가르시아 마르케스의 『백 년의 고독』에 있는, 원류가 저 라블레[59]에까지 이르는 인식으로 쓰인 이 소설에서, 작가는 등장인물과 그들의 세계를 물리적 세계의 원칙에 한정 짓지 않는다. 동물들이 말을 하고, 사람들이 하늘을 날고, 죽은 사람들이 되살아나고, 물건들이 살아 움직이고, 사건들은 항상 비범한 차원을 안고 있다. 등장인물들이 정령이나 악마와 싸우고, 인간에서 악마나 염소로 변하는 『악마의 시』는 사실 사실주의 소설로도 읽힐 수 있는 서로 맞물린 두 가지 이야기, 뭄바이 출신의 영국화된 인도인의 런던에서의 이야기가 서술되고 있다.

지브릴 파리슈타는 종교 속 역할(인도의 신)로 유명해졌으며, 어린 시절과 젊은 시절을 이스탄불과 비슷한 뭄바이에서 보냈고, 우리의 예쉴참[60]과 비슷한 환경에서 스타가 된 배우이다. 살라딘 참차는, 살만 루슈디처럼, 무슬림 뿌리를 가진 뭄바이 출신이지만 부유한 사업가인 아버지가 고등학교 교육을 위해 영국으로 보냈다.(루슈디는 소설 어느 부분에서 "영어로 번역된 인도인"이라고 했다.) 두 주인공은 뭄바이에서 영국으로 가는 비행기 안에서 만난다. 인도 항공사의 비행기(말장난을 끔찍이도 좋아하는 루슈디는 비행기 이름을 보스탄이라고 붙인다.)는 시아파 테러리스트에

59 1494~1553. 프랑스 풍자 작가.
60 영화사들이 밀집해 있는 이스탄불의 지역.

의해 납치되어 착륙하고 다시 이륙한 후 런던에 접근했을 때 폭파된다. 다른 모든 승객들이 죽을 때, 두 주인공은 천국으로 떨어지는 것 같은 긴 추락 후 눈으로 뒤덮인 영국 해안에 안전하게, 하지만 카프카의 유명한 주인공처럼 변신해서 내려온다. 살라딘 참차는 성우에서 다리가 털로 뒤덮이고 뿔이 있는 염소로 변해 버린다. 그 앞에서 도망치는 배우 지브릴 파리슈타는 육체가 아니라 정신이 변한다. 의학적으로만 진정시킬 수 있는 과대망상적 분노를 지니게 된 그는 자신이 진짜 지브릴, 즉 마호메트에게 코란을 가져다준 천사 가브리엘이라고 믿는다. 영국 해안에 떨어진 주인공들이 런던(소설 속 이름은 엘오엔 디오엔)으로 향하는 이야기는 사실 런던에 사는 인도인과 파키스탄 이주자들의 이야기이다.

일종의 쌍둥이 테마로 서로 연결되어 있고, 선과 악처럼 헤어질 때마다 서로를 찾고, 악마와 천사 사이에서 결정을 하지 못하는 두 주인공이 관심을 끄는 것은 '환상적 사실주의' 소설을 읽을 때 항상 느꼈던 것처럼, 그들이 경험한 비범한 모험의 색깔이 아니다. 과거로의 귀환과 상기, 주제 밖으로 나가기, 하부 이야기들로 짜인 소설의 얼개는 이야기 자체가 아니라, 소설과 관련 없는 긴 연설을 하곤 하는 서술자(마거릿 대처의 정책을 장황하게 비판하는) 자체에 집중된다. 형태 면에서뿐 아니라 주제 면에서도 최근에 출간된 다른 소설들과 비교했을 때 『악마의 시』는 그다지 성공적인 작품은 아니다. 책을 읽으면서 내가 가장 관심을 가진 것은, 때로는 살라딘 참차, 때로는 지브릴 파리슈타의 입을 통해 말하는 서술자의 뭄바이에서의 어린 시절과 젊은 시절을 이슬람 신화로 장식된 언어로 설명하는 부분이었다.(모국어가 아니라 두 번째 언어로 쓰는 작가들—나보코프, 카브레라 인판테[61]처럼—루슈디도 말장난, 음조가 비슷한 글자, 거의 사용하지 않는 단어, 만든 말을 지극히 좋아한다.) 우리는 서술자가 가난한 나라에 있는 '무슬림의 어린 시절'에서 멀어질수록, 주인공들과 함께 변신, 분노, 언어 그리고 문화의 전환을 겪는 것을 목격한다. 많은 세월이 흐른 후 살라딘 이 자신의 나라로 돌아왔을 때 아버지 찬게즈는 이제 영국인처럼 된 아들 살라딘에게 화를 내며 이렇게 돌려 말한다. "만약 자신의 민족을 혐오하려고 외국에 갔다면, 그 민족도 너에게 분노 이외에 다른 것을 느끼지 못할 것이다!"

호메이니의 살해 파트 이후 『악마의 시』뿐만 아니라 루슈디의 다른 책들도 번역이 중단되었다.

코란 연구 때문에 살해당한 투란 두루순[62]을 구경만 하던 여론이 루슈디를 향한 위협에도 관심을 보이는데, 얼마나 진심인지 물어봐야 할 시점이다.

61 1929~2005. 쿠바 출신 소설가.

62 1934~1990. 터키 작가, 사상가. 이슬람과 이슬람교 창시자들을 엄중하게 비판하는 연구를 하던 중 이슬람 근본주의자들에게 위협을 받았으며, 결국 암살당했다.

3부

정치,
유럽

그리고
정체성 문제

41. 국제 펜클럽 대회에서의 아서 밀러 회고 연설

1985년 3월에 아서 밀러와 해럴드 핀터가 함께 이스탄불에 왔다. 현대 세계 연극계의 두 거물을 이스탄불로 오게 만든 것은 이스탄불의 연극 무대나 문학 행사가 아니라, 안타깝게도 사상의 자유가 가혹하게 제약받던 당시의 터키 상황과, 투옥된 작가들이었다. 1980년에 터키에서는 군사 쿠데타가 있었고, 수십만 명이 투옥되었으며, 늘 그랬듯이 작가들이 가장 많은 탄압을 받았다. 그 시절을 떠올리려고 예전 신문이나 연감을 살펴보니 당시에 가장 흔히 보던 광경 하나가 금방 떠올랐다. 법정 헌병들 사이의 의자에 앉아 재판을 받는, 머리가 짧고 얼굴을 찡그린 남자들……. 그중에는 작가들도 많았는데, 밀러와 핀터는 이 작가들이나 그들의 가족을 만나 힘이 되어 주고, 그 상황을 세계에 알리기 위해 이스탄불에 왔던 것이다. 이 방문은 국제 펜클럽(PEN)과 헬싱키 감시단[63]이 기획했다. 나는 공항에서 밀러와 핀터를 마중했다. 친구와 함께 그들을 안내할 예정이었기 때문이다.

정치에 관심이 있어서가 아니라, 소설가이며 영어를 하기 때문에 내게 요청이 들어왔고, 어려운 상황에 처한 동료 작가들에게 도움을 줄 뿐만 아니라 두 위대한 작가와 며칠 동안 함께 할 수 있어서 나도 기쁘게 수락했다. 우리는 재정난에 허덕이는 작은 출판사나 툭하면 폐간되는 작은 잡지사의 어둡고 먼지 쌓인 사무실, 신문이 어수선하게 펼쳐져 있는 방, 곤경에 처한 작가 또는 가족을 만나기 위해 그들의 집과 식당을 방문했다. 그때까지 나는 정치계에 관여하지 않았으며 강요받지 않은 이상 발을 들이지도 않았다. 정치계의 압력과 포악함 그리고 순전히 악으로 가득 찬 답답한 일들에 관해 듣고 있으면 죄책감과 연대감 같은 게 느껴져 멋진 소설을 쓰는 것 외에 다른 일은 하지 말아야겠다는 생각이 들었다. 밀러와 핀터와 함께 택시를 타고 이스탄불의 복잡한 길을 뚫고 이곳저곳을 다니며 행상인, 마차, 영화 포스터, 그리고 서양인의 눈에는 항상 흥미롭게 보이는 히잡 쓴 여자와 그렇지 않은 여자에 대해 이야기를 나눈 기억이 난다. 내 기억 속에 각인된 장면이 하나 있다. 이들이 머물렀던 이스탄불 힐튼 호텔의 긴 복도 끝에서 나와 친구가 약간 다급하게 속삭이고 있을 때, 그림자가 드리워진 복도 다른 끝에서 밀러와 헌터 역시 긴장감과 피곤함 속에서 속삭이고 있었다.

63 헬싱키 국제 인권 재단.

긴장되고 다급한 분위기에는 모임 때마다 담배를 피우며 고뇌하는 남자들 무리에서 풍기는 수치심과 자긍심이 동반되었다. 이런 감정은 솔직히 드러나 나도 느낄 수 있었고 눈길과 행동으로 알 수 있었다. 우리가 만났던 작가들, 사상가들, 기자들 대부분은 스스로를 좌익주의자라고 정의하곤 했다. 그들의 고뇌는 서양의 자유주의와 민주주의가 원하는 자유와 가까웠다고 할 수 있다. 21년 후, 이 사람들 중 절반 — 정확히는 알 수 없지만 — 이 서양이나 민주주의에 반대하는 민족주의 노선을 표방하고 있다는 것은 슬픈 일이며, 중동에 폭격을 가해 민주주의를 가져오려는 이들에게 경고를 하고 싶은 마음이 든다.

이들을 안내했던 일이나 그때 경험했던 다른 일들을 통해 우리 모두가 알고 있지만 다시 강조하고 싶은 것이 생겼다. 사상의 자유나 표현의 자유는 민족과 상관없이 모든 이들의 권리라는 것이다. 현대인에게 빵이나 물처럼 필요한 이 자유는 민족적 감정, 도덕적 감성, 국제적 이익을 핑계로 제한될 수 없다. 서구 밖의 많은 민족은 사상의 자유가 없기 때문에, 누릴 수 있는 것보다 가난한 삶을 수치스럽게 살고 있다. 가난한 나라에서 경제적인 어려움과 가혹한 정치적 압력 때문에 서양으로 이주한 사람들은, 모두가 아는 것처럼, 그곳에서 끔찍한 인종주의와 마주하게 된다. 서양 국가에서, 특히 유럽에서 이민자들이 마주하는 인종주의에 우리는 경각심을 가져야 한다. 이민자나 소수자도 종교, 민족적 뿌리, 자신들이 뒤로한 국가들의 압제 때문에 무시하는 사람들에 맞서 경각심을 가져야 한다. 하지만 소수자들의 권리와 인권을 존중하는 것이 온갖 종류의 믿음을 핑계로 소수자들의 영성에 사상의 자유를 제한하는 사람들을 관용적으로 보는 것은 아니다. 누군가는 서양을 이해하고, 누군가는 동양에 사는 사람들에게 더 호감을 느낄 수 있으며, 나처럼 이 두 가지를 동시에 하려고 노력할 수도 있다. 하지만 애정이나 이해하려는 바람이 사상의 자유에 대한 존중보다 우선될 수는 없다.

명쾌하게, 확실하게, 강하게 확신하며 정치적 판단을 내리기란 쉬운 일이 아니다. 그럴 때면 '인위적인' 혹은 정확히 옳지 않은 말을 하는 것처럼 느껴지곤 한다. 삶에 관한 생각이 하나의 소리가 나는 음악이나 하나의 관점으로 폄하되리란 걸 알기 때문이다. 나는 소설가다. 짧은 기간 안에 "해방시키는 사람"이 폭군으로, 박해받은 희생자가 가해자로 바뀌거나, 아주 빠르게 변화하는 세상에 살면서 강력한 사상을 간직한다는 것이 어렵다는 것도 안다. 또한 모순되는 생각을 대부분 함께 가지고 있다는 것, 모순되는 이 특징을 발견하며 살아가는 사람들에 대해 쓰는 것이 소설 쓰기가 부여하는 행복의 일부라고도 생각한다. 그렇기 때문에 사상의 자유는 감춰져 있는 사실을 끄집어내기 위해 필요하기도 하고, 자긍심과 수치심과도 관련이 있다.

20년 전 밀러와 핀터가 이스탄불에 왔을 때도 강하게 느꼈던 자긍심과 수치심 문제에 관한 일화가 있다. 그들이 돌아간 이후 10년 동안, 나는 우연이나 선의, 분노, 수치 그리고 사적인 질투심과 함께, 하지만 주로 나의 책 밖에서, 사상의 자유에 대해 보다 강한 정치적 정체성을 갖게 된 나 자신을 발견하곤 했다. 한번은, 사상의 자유에 대해 유엔에 보고서를 쓴 나이 든 인도인이 이스탄불에 와서 내게 연락을 했다. 우연히도 우리는 역시 힐튼 호텔에서 만났다. 테이블에 앉은 인도인 신사는 세월이 많이 흐른 후에도 내 머릿속에서 이상한 형태로 반복되는 말을 했다.

"파묵 씨, 소설에 쓰고 싶었지만 당신 나라의 금기 때문에 쓰지 못한 것이 있습니까?"

긴 침묵이 흘렀다. 예상하지 못했던 질문이었다. 나는 생각하고 생각하고 또 생각했다. 도스토예프스키적 정직성의 갈등에 휩싸였다. 그는 "당신 나라에서 금기, 금지, 압력 때문에 어떠한 것들이 표현되지 못합니까?"라고 말하고 싶었던 것이다. 맞은편에 앉은 젊고 혈기왕성한 작가에게 정중하게 묻기 위해 소설가로서의 문제를 언급했는데, 경험이 없던 나는 이 부분을 진지하게 받아들이지 못했던 것이다. 10년 전 터키는 법이나 압력 때문에 쓰지 못하는 소재가 지금보다 더 많았다. 하지만 하나하나 생각해 보니 그 소재들 중 어떤 것도 '내 소설'에 쓰고 싶었던 적은 없었다. 하지만 "터키에서 내 소설에 쓰고 싶지만 그러지 못하는 소재는 없다."라고 한다면 잘못된 인상을 줄 거라는 생각이 들었다. 게다가 나는 이 위험한 주제에 대해 소설 밖에서 여기저기 말하기 시작하고 있었다. 단지 금지되었다는 이유로 화가 나서 그것들에 대해 쓰는 상상까지 하지 않았던가? 이런 생각을 하면서도 한편으로는 내 침묵이 부끄러웠고 다른 한편으로는 사상의 자유에 대한 문제가 자존심이나 인간의 존엄성과 무척 관련이 있다는 것을 한 번 더 가슴 깊이 이해하게 되었다.

우리가 존경하고 존중하는 많은 작가들이 곤경에 처할 것을 알면서도 금지되었기 때문에, 그리고 금지되었다는 사실에 자존심이 상해서 그런 주제를 다루었다는 것을 나 자신을 통해 알게 되었다. 다른 집, 다른 책상에 앉은 작가가 자유롭지 않다고 느낀다면, 다른 모든 작가들도 자유롭지 않다고 생각할 것이기 때문이다. 국제 펜클럽 작가들의 영혼은 바로 이렇게 연대되어 있다.

나의 친구들은 이렇게 말하기도 한다. "그 말을 그렇게 하지 않고, 아무도 신경 쓰지 않게 이렇게 말했더라면, 그런 곤경에 처하지는 않았을 텐데." 하지만 단어들을 모두가 받아들일 만한 형태로 바꾸어 포장하고, 그렇게 익숙해지는 것은, 마치 세관에서 금지된 물품을 통과시키기 위해 포장하는 것처럼 사람을 모욕하고 자부심을 훼손하는 짓이다.

사상의 자유가 그리고 마음속에서 우러나오는 것을 분노하며 말할 수 있는 행복이 인간의 존엄성과 얼마나 밀접한 관계가 있는지 생각하게 된 셈이다. 이제, 문화와 종교를 무시하며, 나아가 가혹하게 폭격을 하며 민주주의와 사상의 자유를 가져다주려고 한다는 게 얼마나 '논리적'인지 스스로에게 물어보자. 올해 국제 펜클럽 대회의 주제는 논리와 신념이다. 이라크 전쟁에서 10만 명에 달하는 사람들이 잔인하고 비정하게 살해된 것은 중동에 평화를 가져다주지도 않았고 민주주의와 사상의 자유도 가져다주지 않았다. 반대로, 서구에 맞서는 민족주의적 분노만 키웠다. 중동에서 민주주의와 세속주의를 위해 싸웠던 소수의 사람들의 삶은 이 전쟁 이후 더 어려워졌다. 이 잔인하고 가혹한 전쟁은 미국과 유럽의 수치이다. 국제 펜클럽 같은 기관, 아서 밀러, 해럴드 핀터 같은 작가들은 서구의 존엄성을 지킨 자부심 그 자체이다.

42. 출입 금지: 어떤 우화

멍하니 길거리를 거니는 남자는 어쩌면 약속 장소에 가기 전에 약간 시간이 남은 사람일지도 모른다. 어쩌면 급한 일이 없기 때문에 버스에서 한 정거장 먼저 내린 사람일 수도 있고, 한 번도 와 본 적이 없어 전혀 모르는 마을을 돌아다녀 보는 호기심 많은 사람일 수도 있다……. 거리를 거닐면서 바느질 도구 판매상, 약국 진열장, 사람들로 꽉 찬 찻집, 벽에 걸린 신문과 잡지를 보며 걷다가 멍하지만 그래도 호기심이 많아 어떤 문 위에 있는 현판을 우연히 읽었다. "출입 금지." 그는 이 글이 자신과는 상관도 없으며, 자신에게 하는 말이 아니라고 생각했다. 그 글마저 없었더라면 전혀 관심을 갖지 않았을 것이고 주의하지도 않았을 문이었기 때문이다. 그는 조용히 자기 세계에 빠져 걷고 있었다. 안으로 들어갈 의도도 전혀 없었다. 하지만 그 글은 목적 없는 산책에 한계가 있다는 것을 인식시켜 주었다. 처음에는 그 문과 관련하여 아무 생각도 없었기 때문에 자신을 향해 하는 말이 아니라는 것을 알지만, 그 글은 거만하게도 생각의 한계를 상기시켰고 즐거운 산책의 상상 세계에 간섭하고 있었다. 왜 그곳에 그런 글을 써 놓았을까? 게다가 문이니 그곳은 드나들 수 있는 곳이었다. 그렇다면 어떤 사람은 들어갈 수 있고 어떤 사람은 들어갈 수 없다는 말이다. 그러니까 "출입 금지!"라는 말도 옳지 않은 것이다. 아마도 이런 논리일 것이다. 들어오고 싶은 사람이 다 들어올 순 없다! 어떤 특권이 있는 사람은 들어올 수 있지만, 그렇지 않은데 들어오려는 사람은 저지된다. 동시에, 들어올 의도가 없는 사람, 들어오고 싶지만 들어올 수 없는 사람도 같은 운명이다. 아무 생각 없이 걷던 사람은 본능적으로 이런 논리를 펼친 후, 부득이하게 자신을 들어가고 싶지만 받아들여지지 않는 사람들과 같은 운명으로 몰아넣은 게 누구인지 궁금해진다. 이 문 안으로 들어갈 수 있는 건 누구지? 그들을 들어갈 수 있게 만든 게 뭐지? 멍하니 걷던 그는 들어가는 게 특권이 아니라고 생각할 수도 있다. 어쩌면 안에는 자신의 비루함을 보여 주고 싶지 않은, 특별하지도 않은 사람들이 있을 수 있다. 하지만 대부분은 바로 이런 목적으로 자기 집에 문을 만들고 문에다 열쇠를 설치한다는 생각이 들었다. 이제 멍한 상태에서 깨어나기 시작한 그는 문이 특권 위에 닫혀 있지 않다고 생각한다. 게다가 특권 있는 사람들은 열쇠를 가지고 문제를 해결하는 대신, 문이 잠겨 있지만 호주머니에 열쇠가 있는 평범한 사람인 척하는 대신, 문 위에 "출입 금지"라고 썼던 것이다. 별생각 없이 산책을 하던 사람이 한두 걸음을 내디디면서 이런 생각을 할 수 있다면, 문 위에 그 현판을 건 사람도 분명히 같은 생각을 했을 것이다. 그들 중에는 "출입 금지라는 현판을 거느니 열쇠를 하나씩 갖자!"라고 한 사람도 있을 것이다. 하지만 현판을 걸자고 하는 사람이 더 많았던 것이다. 왜? 열쇠로 해결할 수 없을 정도로 수가 많았기 때문이리라. 그렇다면 이는 "출입 금지"라는 말에 맞지 않고, 이 말이 자신에게 해당되지 않는다는 걸 아는 사람들이 많다는 의미이다. 열쇠를 나눠 줄 수 없을 만큼 많은 사람들. 가장 이성적인 결론은 이렇다. 어느 날, 안에 있는 사람들끼리 둘러앉아 누구를 들이고 누구를 들이지 않을지 논한 것이다. "너무 많은 사람이 들어옵니다. 어떤 사람들은 들이지 맙시다. 누굴 들이지 말까요?" 다리를 꼬고 앉아 커피를 홀짝거리며, 그들은 누굴 들이고 누굴 들이지 않을지 논했을 것이다. 몇몇은 분명 이 논의가 불편했을 것이다. 어쩌면 자신들도 논의 끝에 밖으로 쫓겨날지 모르니까. 문 앞에 선 행인은 이런 긴장이 흐르는 상황을 목격한 적이 있기 때문에 문 위에 "출입 금지"라는 현판을 단 사람들이 어떤 논의를 했는지 눈앞에 그릴 수 있었다. 논의는 먼저 재산, 취향, 특권을 보호하려는 사람들이 다급하게 시작했을 것이다. 다급함이란 것은 지루하기 때문에 다른 언어로 표현된다. "우리 재산, 취향, 습관이 무엇이지?"라고 하는 대신 "우리는 누구지?"라고 말이다. 아주 솔직한 이 질문은 순간 모두의 소름을 돋게 만든다. 그들은 자신이 누구인지 모르는 척하는 것이 얼마나 커다란 희열을 느끼게 해 주는지 즉시 파악하게 된다. 그들 중에는 불안한 사람, 밖에 있는 사람들 중 서너 명은 들어와도 별문제가 되지 않는다고 생각하는 사람도 있다. 그들의 의견으로 논의는 수수께끼로, '정체성 문제'로 전환된다. 가장 재미있는 단계이다. 모두가 자신이 밖에 있는 사람들과 구별되는 가치를 나열하는 은근하고 거만한 방법을 찾는 희열을 느낀다. 얼마나 매력적인 과정인지 문에 "출입 금지" 현판을 왜 더 먼저 걸지 않았는지 놀라울 지경이다. 순식간에 밖은 자신들을 묘사하는 가치 있는 것들에 반하는 공격의 장으로 변한다. 자신들이 지금 무엇이라면 밖에 있는 사람들은 이제 아니었던 것이다. 게다가 문밖의 다른 세계 때문에, 자신들이 될 수 있었다고도 말할 수 있을 것이다. 아무 생각도 하지 않고 문 앞을 지나가는 수많은 멍청한 사람들은 인식도 못하고 있다. 이 바보들에게 감사의 빚을 지고 있다고도 생각한다. 그리하여 '그들 중 일부를 들이는 것도 나쁘지 않아. 게다가 그렇게 되면 우리가 어떻게 우리가 되었는지를 알고, 어쩌면 그들도 우리처럼 되어서 우리에게 힘을 실어 줄 수 있어.'라고 생각한다. 밖에 있는 멍청이들에게 안에 있는 사람들의 특권에 대해 알려 줘야 하기 때문에 현판이 꼭 필요하다는 것을 파악한 사람도 있다. 게다가 그 현판은, 지금 이 상황을 꿰뚫고 있는 행인처럼, 밖에 있는 사람들에게 밖에 있다는 것을 의식하게 한다. 그렇기 때문에 일부 사람들처럼 들어가고 싶어 할 필요가 없다. 문 위에 걸린 현판을 보는 것만으로 충분했다. 문 앞에 지나치게 오래 서 있었다는 것을 느낀 행인은, 어떤 의미에서는 이 현판으로 세상이 둘로 나뉘어졌다는 것을 생각하게 된다. 들어갈 수 있는 사람과 들어갈 수 없는 사람. 꽤 많은 사람들이 세상이 이러한 변변찮은 이유로 양분되었기 때문에 중요하게 여기지 않을 것이다. 하지만 이 상황을 알리기 위해 정성스럽게 문 위에 현판을 걸 사람은 별로 없다. 동시에, 이제 멍한 상태에서 벗어난 행인은 정체성 따위의 헛소리는 사실 부끄러운 자랑과 과시라고 결론을 내렸다. 마음 깊은 곳에서 분노가 치밀어 올랐다. 이 문 뒤에 있는 사람들은 누구인가? 그는 들어가고 싶은 욕구를 처음으로 느꼈다. 하지만 자만심에 가득 찬 그들에게 속을 생각은 없었다. 2~3초 동안 그의 머릿속을 지나간 것을 그들이 예견했으리라는 것도 알기 때문이다. 동시에, 문이 쉽게 열릴 수도 있다는 생각이 스쳤다. 어쩌면 두셋이 힘을 실어 밀면 열 수도 있을 것이다. 그렇지 않았다면 현판도 걸지 않았을 테니. 그러니까 안으로 들어가기 위해 밖에 있는 형제 두셋의 도움을 받으면 충분했던 것이다. 이 현판 때문에 그들과 같은 운명이 되었다는 것을 예전에 알지 못했단 말인가? 지금 문 앞에 있는 행인은 그 앞에 열린 새로운 세계를 보기 시작했다. 자신과 운명을 공유하는 사람들을 찾아서 그들과 정체성에 관한 논의를 시작할 수 있을 것이다. 이 시점에서 그가 누구이며 무엇인지가 중요해질 것이다. 안에 있는 사람들의 거만함에 맞서 자신의 정체성 문제를 발전시켜야만 했다. 이렇게 해서 행인의 특징, 취향, 재산, 관계는 자신이 하나하나 생각해 보고 소유하게 될, 자부심을 느끼며 보호해야 될 것들로 변하기 시작했다. 그는 이를 갖고 있지 않은 사람들에게, 자신과 같지 않은 사람들에게, 자신의 정체성에 대한 흥분에 싸여 조금씩 화를 내기 시작했다. 동시에 문에 현판을 건 사람들이 이런 상황도 예견했다는 것을 감지했다. 하지만 이것이 그들의 게임이니까 맞춰야 한다고 생각하며 자신의 정체성을 포기할 생각은 없었다. 이 게임에 맞설 그 자신의 창조적인 조치가 있었다. 이 상황은, 당연히, 그의 눈앞에…… 기타 등등.

43. 유럽은 어디인가

이스탄불 유럽 지구의 가장 유럽화된 지역인 베이올루 거리를 걷다가 고서점을 보게 되었다. 내가 아는 수리점과 가구점, 거울 가게, 작고 허름한 식당이 있는 구불거리고 좁은 거리에 새로 연 서점이었다. 나는 안으로 들어갔다.

서점 안은 책을 먼지가 가득 낀 필사본처럼 취급하는 이스탄불 옛 고서점 같지 않았다. 탑처럼 쌓여 먼지에 뒤덮인 책도 없었고, 주인이 가격도 매겨 놓지 않은 어수선한 서점도 아니었다. 모든 것이 주변에 생겨나기 시작한 골동품 가게처럼 깨끗하고 질서정연했으며, 잘 분류되어 있었다. 이 지역에 있는 옛 고서점들의 자리를 서서히 차지한 '골동품 서점'이었다. 나는 질서정연하고 현대적인 군대처럼 책장을 채운 책들을 실망스러운 눈으로 바라보았다.

한쪽 책장을 가득 채운 그리스어로 된 법 관련 책들이 관심을 끌었다. 이 오래된 법 관련 서적을 살 룸들이 이스탄불에 남아 있지 않으니, 이미 죽었거나 아테네로 이주한 룸 변호사들의 책이 새 서점의 빈 책장을 멋지게 채우게끔 꽂아 놓은 것이었다. 내용이나 책이 아니라, 그 혈통이 저 멀리 비잔틴까지 거슬러 올라가는 옛 주인들을 생각하며 책들을 손에 들고 쓰다듬다가 옆에 있는 책들을 보게 되었다. 이 세기 초에 알베르 소렐이 두꺼운 여덟 권짜리로 출간한 『유럽과 프랑스 혁명(L'Europe et la Révolution Française)』이었다. 꽤 많은 고서점에서 여전히 이 책들이 발견된다. 최근에 그 가치를 다시 인정받고 있는 소설가 나히트 스르 외르크[64]는 반세기 전에 이 두꺼운 책들을 터키어로 번역했고, 서구주의 공화국의 교육부에서도 '특별 출판 기관의 역량을 넘는' 일을 하여 『유럽과 프랑스 혁명』이라는 이름으로 출간했다. 집에서 그리스어로 말하든지, 프랑스어로 말하든지, 터키어로 말하든지, 이스탄불 출신의 지식인들은 알베르 소렐의 책들을 읽었다. 하지만 이들이 프랑스 독자들처럼 과거 혹은 기억이 아니라 미래와 유럽의 환상을 모색했다는 것은 나 자신의 경우를 봐도 알 수 있다.

유럽의 경계, 그 모호함 속에 거주하며 책으로 살아가는 나 같은 사람에게, 유럽은 항상 어떤 미래이자 꿈이었다. 좋거나 나쁘거나, 원하거나 두려운 환상, 다가오는 목표나 위험. 어떤 미

64 1885~1960. 터키 소설가.

래. 하지만 절대 추억은 아니다.

이러한 이유로 유럽과 관련된 나의 추억은, 추억에서 벗어나 각각의 꿈이 되었다. 유럽에 관한 진정한 추억은 전혀 없다. 이곳 이스탄불에서 경험했던 유럽에 대한 환상과 망상이 있을 뿐이다. 일곱 살 때 아버지가 엔지니어로 일하던 제네바에 가서 여름을 보낸 적이 있다. 지붕 사이로 유명한 분수의 꼭대기가 보이던 우리 집에서 교회 종소리를 처음 들었을 때, 나는 유럽이 아니라 기독교와 만났다고 느꼈다. 연초 사업으로 번 돈을 쓰는 사람들처럼, 정치적, 경제적 유배의 고통을 경험하는 사람들처럼, 나도 물론 많은 유럽 도시의 길을 약간은 당황하며, 약간은 놀라며, 약간은 익숙하지 않은 자유로운 감정을 느끼며 걸었다. 하지만 진열장, 극장, 사람들의 얼굴 그리고 거리에서 보았던 것들은 겨우 나의 미래가 될 정도의 추억으로만 남았다. 나 같은 사람들에게 유럽은 미래에 대한 환상과 위험을 감지하게 할 정도로 흥미로웠다.

유럽의 경계에 사는 많은 지식인처럼 나 역시 이 미래를 집착적으로 향하고 있었기 때문에 소렐의 역사책들을 이스탄불 서점에서 볼 수 있었던 것이다. 도스토예프스키는 지금으로부터 130년 전에 신문에다 유럽에 대한 인상을 쓰면서 “신문과 잡지를 읽은 우리 러시아인 중 누가 유럽을 러시아보다 두 배 더 잘 알까?”라고 묻고는 반은 농담, 반은 분노로 이렇게 덧붙였다. “사실 우리는 유럽에 대해 열 배는 더 잘 알지만 창피하지 않게

끔 두 배라고 말했다.” 유럽을 향한 관심이 이렇게 집착적인 형태가 된 것은 유럽의 경계에 사는 지식인들에게 몇 백 년 동안 자리 잡은 전통이다. 이 전통의 한 얼굴이 유럽에 대한 지나친 선망을 도스토예프스키의 말처럼 ‘창피’한 것으로 본다면, 다른 한 얼굴은 피할 수 없는 ‘자연적인’ 접근으로 보았다. 그 사이에서 일어난 싸움은 때로는 격렬하며 분노에 차 있고, 때로는 철학적이며 형이상학적이고, 때로는 거기에 아이러니컬한 문학이 있기 때문에, 나 자신을 유럽이나 아시아 혹은 그 어떤 위대한 전통보다 이 논쟁적인 문학의 일부로 느낀다.

이 전통의 첫 번째 규칙은 유럽 앞에서 맹목적이라는 것이다. 여전히 터키에서 지속되고 있고, 최근 이슬람주의 복지당과 연정이 이루어지자 다시 격렬해진 ‘유럽과 무엇을 할 것인가’라는 이 논쟁에서는 환상으로 보였던 서양과, 악몽으로 상상되었던 서양을 구분하는 것이 항상 첫 번째 관문이었다. 자유주의자들에서 이슬람주의자들, 사회주의자들에서 상류층까지, 수많은 사람들의 입에서 어떤 유럽 — 인본주의자 서양, 민주주의자 유럽, 기독교인 유럽, 기술 유럽, 부유한 유럽, 인권을 존중하는 유럽 — 이 강조되어야 하는지에 대해 얼마나 많은 충고를 들었던지, 식탁에서 오가는 종교와 신에 대한 논쟁에 질려 종교를 외면하는 아이처럼, 이 문제에 대해 들었던 모든 것을 잊고 싶었다. 하지만 그래도 내게는 유럽 독자들과 공유하고 싶은 즐거운 추억 한두 가지와 유럽의 변방에 사는 우리 민족의 특별한 삶과 관련된 비밀 한두 가지가 있다. 내가 이스탄불에서 경험했던 유럽과 관련된 추억에 귀 기울여 주기 바란다.

1. 어렸을 때부터 들었던 말. "유럽에서는 이렇게 한다." 어업에 관한 법을 제정할 때, 집에 걸 커튼을 고를 때, 적을 혼내 줄 나쁜 일을 계획할 때…… 이 마법적인 말은 방법, 색, 스타일, 내용 등등의 문제에 관한 모든 논쟁을 한순간에 끝내 주었다.

2. 유럽은 섹스 천국이다. 이스탄불과 비교하면 상대적으로 옳은 추측이다. 많은 터키 남자들처럼 나도 여자 누드 사진을 유럽에서 온 잡지에서 난생 처음 보았다. 처음이자 가장 뚜렷한 유럽에 대한 추억은 아마도 이것일 것이다.

3. "유럽인들이 보면 뭐라고 하겠니?" 어떤 두려움과 어떤 바람. 그들이 그들과 닮지 않은 우리의 어떤 면을 보고 비난할까 봐 우리는 많이 두려워한다. 이는 감옥에서 고문을 줄이든가, 흔적을 남기지 않아야 하는 이유가 되기도 한다. 우리가 그들과 완전히 다르다는 것을 보여 주며 희열을 느끼고 싶어 할 때도 있다. 이슬람주의자 테러리스트가 자신을 알리고 싶은 바람, 교황을 저격한 첫 번째 터키인이 되고 싶은 바람이 바로 이런 감정이다.

4. "유럽인들은 아주 정중하고, 아주 사려 깊고, 아주 교양 있고, 우아한 사람들이다."라고 한 후 "자기 이익에 해가 되지 않을 때만."이라고 덧붙인다. 그리고 민족주의적 분노의 강도에 따라 실례를 든다. "파리에서 탔던 택시 기사가 팁이 적다고 했

을 때……." 혹은 "십자군 원정도, 강제 수용소도 그들이 조직했다는 거 알아?"

당연히 유럽은 이 추억과 소문, 이론과 상상 모두이기도 하고, 그 어떤 것도 아니기도 하다. 나처럼 유럽의 경계에서, 그들과의 집착적인 관계 속에서 사는 사람들에게는 무엇보다 정체성과 얼굴이 계속해서 바뀌는 환상이다. 나 그리고 전 세대 사람들 대부분은 이 환상을 유럽인보다 더 믿었다. 오늘날 유럽 연합을 적극적으로 지지하는 사람들과 대학의 정체성 이론가들이 이 유럽의 환상을 지나치게 진지하게 받아들이고, 괴테에서 사르트르까지, 단테에서 로크[65]까지 명성 있는 많은 사람들의 영향으로 일종의 새로운 민족주의, 유럽 민족주의가 창조되는 것을 보면 슬퍼진다. 농담과 풍자는 결여되고, 계속해서 자기 자신을 칭찬하는 새로운 유럽 민족주의는 경계에 사는 우리 같은 사람들에게는 더 많은 무시, 더 긴 비자 행렬, 더 멀어지는 유럽을 의미할 게 분명하다. 이 새로운 유럽과 대화하려고 노력하는 것은, 몇 시간이고 비자 행렬에서 기다린 끝에 영사관의 방음 방탄 유리 뒤에 앉은 얼굴을 찡그린 아름다운 여자에게 고민을 털어놓는 것과 비슷한 일일 것이다.

나는 평생 이스탄불의 유럽 지구에서, 그러니까 유럽 대륙에서 살았다. 지리적으로나마 나 자신을 유럽인으로 느끼는 데

65 1632~1704. 영국 철학자.

전혀 문제가 없었다. 이 글을 쓰면서 뒤져 본 이스탄불의 오래된 서점에는 지금으로부터 100년 전에 터키어로 번역된 알베르 소렐의 다른 책은 흔적조차 찾을 수 없다. 『18세기의 동양 문제(La question d'Orient au XVIIIe siècle)』라는 이 책은 공화국 이후 서구화를 원했던 우리가 라틴 문자를 수용하면서 잊어버린 아랍 문자로 출판되었기 때문인지, 우리를 유럽의 골칫거리나 문제로 보기 때문인지 찾는 사람이 아무도 없었던 것이다.

44. 지중해 사람이 되기 위한 가이드

1960년대 초반, 내가 여섯 살 때였다. 우리 가족 — 어머니, 형, 나 — 은 아버지가 운전하는 오래된 오펠을 타고 앙카라에서 메르신으로 갔다. 몇 시간이 걸린 여정 중에, 우리 가족은 내가 태어난 후 처음으로 지중해(Akdeniz[66])를 볼 것이며, 이 사건을 절대 잊지 못할 거라는 말을 들었다! 끝나지 않을 것 같던 토로스 산맥의 마지막 언덕을 넘었을 때, 지도에 안정된 도로라고 표시된 노란 언덕들 너머로 정말로 바다를 보게 되었고 도무지 잊을 수 없었다. 내가 잊지 못한 것은 지중해가 아니라 그것을 처음 본 순간이다……. 익히 알던 것과는 다른 푸른색이었지만, 나는 이 바다가 하얀색일 거라 기대하며 아주 다른 모습을 상상했던 것 같다. 흰색을 띠는 바다……. 어쩌면 유령 같은 바다, 사막처

66 터키어로 '하얀 바다'라는 의미.

럼 신기루를 보게 하는 바다…… 그런데 바다는 익히 알던 바다처럼 보였다. 희미한 바람을 타고 멀리 산까지 퍼진 시원한 바다 냄새가 창을 통해 차 안으로 들어왔다. 지중해는 내가 알던 바다와 조금도 다르지 않았다. 완전히 다른 바다를 암시하는 단어의 의미가 오해를 불러일으켰던 것이다.

많은 세월이 흐른 후, 오늘날 고전의 위치에 오른 역사가 페르낭 브로델[67]의 유명한 책 『지중해와 지중해 세계』를 읽으면서, 나는 그때 내가 지중해를 처음 대면한 게 아니라는 사실을 알게 되었다. 브로델은 이 책에서 지중해 지도 안에 터키를 에워싸고 있는 마르마라 해, 보스포루스 해, 흑해를 포함시키고 있었다. 그에 의하면 이 내해들은 지중해의 단순한 연장선이었던 것이다. 브로델에 의하면, 지중해를 지중해로 만드는 것은 공통의 역사, 공통의 상업만큼이나 기후도 포함되었던 것이다. 공통된 기후임을 보여 주는 가장 좋은 증거는 마르마라 해, 보스포루스 해, 흑해 연안에 무화과나무와 올리브 나무가 저절로 자라는 것이었다.

이 단순한 논리가 나를 불편하게 했고 혼란스럽게 했던 기억이 난다. 이스탄불에 오랜 세월 동안 나는 나도 모르게 지중해에서 살았단 말인가? 지중해 사람인데 지중해 사람이라는 것조차 몰랐단 말인가?

67 1902~1985. 프랑스 역사학자.

어쩌면 진정으로 어떤 나라에, 어떤 도시에, 어떤 바다에 속해 있는 가장 좋은 형태는 나라, 도시, 바다의 경계, 이미지, 나아가 존재에 대해 전적으로 모르는 것일 수도 있다. 진정한 이스탄불 사람은 자신이 이스탄불 사람이라는 것을 예전에 잊은 사람이다. 진정한 무슬림은 무엇이 이슬람이고 무엇이 다른 것인지를 전혀 신경 쓰지 않는 사람이다! 터키인은 자신들이 터키인이라는 것을 모를 때 진짜 터키인이다! 하지만 이 논리는 내게 적용될 수 없었다. 내 머릿속에는 이미 지중해의 이미지가 있었고, 오랜 세월 동안 살았던 이스탄불은 그것과 전혀 관련이 없었기 때문이다. 이스탄불이 단지 지중해보다 북쪽에 있고, 더 어둡고, 더 회색의 도시여서가 아니라, 지중해는 내가 사는 곳보다 아래인 남쪽에, 우리와는 아주 다른 나라와 문화 속에서 사는 사람들의 바다였기 때문이다. 지금은 나의 착각과 혼란스러움이 지중해라는 용어와 관련하여 일관성 없고 서툰 터키어에서 기인한다고 생각한다.

터키인-오스만인은 계속해서 서쪽으로 이동하여 14세기에 지중해 발칸 해안에 도달했다. 정복자 술탄 메흐메트는 이스탄불을 정복한 뒤 흑해로 진입하자마자, 오늘날 지중해라 불리는 넓은 바다가 정복을 위해 더할 나위 없이 좋은 바닷길, 통로라는 것을 알게 된다. 오스만 제국의 최절정에 이르러 오늘날 중동으로 알려진 나라를 거의 모두 정복하자, 지중해는 'mare nostrum', 즉 '우리의 바다'라 표현할 만했다. 고등학교 역사책에서 자랑스럽게 지적했던 것처럼 지중해는 "이제 내해(內海)"였다. 그들이 군사적 논리를 가지고 자랑스럽게, 오늘날은 문화와 기후, 아주 다른 문명의 원천으로 보는 지중해를, 보다 단순한 관점으로 보았다는 것을 알 수 있다. 오스만인들에게 지중해는 지리와 지도 문제, 통로, 물 그리고 선으로 이루어져 있었다. 나는 전적으로 기하학적인 이 관점을 좋아하며, 어느 정도는 그것의 희생양이라는 점을 고백한다.

하지만 그 내해는 위험으로 들끓었다. 베니스 전함, 몰타 섬의 배, 해적, 어디서 오는지 불확실한 폭풍과 재앙이 그곳을 휘저었다. 내해의 안개가 서서히 그리고 우아하게 걷히자, 오스만 제국은 따스하고 화창한 천국이 아니라, 적과 타자(他者), 배, 깃발 그리고 표시와 마주하게 되었다. 청소년 시절 내가 아주 좋아했던 압둘라흐 지야 코자오을루 같은 역사 소설가들의 책을 읽으면서, 처음에는 하나같이 기독교도 해적 바르바로사(붉은 수염), 투르구트(드라구트) 그리고 이와 비슷한 해양 전사들에게 지중해는 그저 사냥터에 불과했다는 것을 알게 되었다.

지중해라는 사냥터와 전쟁터가 오스만인들에게 신비와 마법이었다면, 그 완벽한 기하학적 형태는 지리적 마법이었다. 예를 들어 콜리지[68]의 『늙은 선원의 노래』에 나오는 지중해는, 바다에서 찾는 영원과 삶은, 죄악과 공포, 세상과 신을 연상시키는

68 1772~1834. 영국 시인, 평론가.

장소가 아니라, 죄와 벌이 아니라, 전쟁과 승리의 원천이었다. 지중해는 전설적인 괴물이나 신비로운 동물이 아니라, 기이하고 괴상하고 호기심을 불러일으키는 세속적인 바다 동물들을 감추고 있었다. 에블리야 첼레비[69]처럼, 괴물을 보며 웃고 싶고 그에 대해 재미있는 이야기를 들려주고 싶은 마음이 들었던 것이다. 오스만 제국의 세계는 지중해에서 기하학적이며 백과사전적이며 관광적인 무엇인가를 보았다. 그곳은 군사 지역이었으며, 전설과 괴물, 이해할 수 없는 세계 너머의 신비와는 먼 이성적인 전쟁터였다.

이러한 점에서 내가 소설 『하얀 성』에서 지중해를 17세기에 터키인과 이탈리아인이 대치하며 전쟁을 하고 서로를 포로로 잡는 곳으로 그린 것은 우연이 아니다. 이스탄불 출신의 터키 작가인 내가 지중해를 그냥 바다라고만 언급했던 것도 자연스러운 일이다.

하지만 오늘날, 최소한 최근 20년 동안 터키 문학과 언어는, 많은 작가와 시인에 의해 '지중해 감성'이라는 새로운 현상과 마주하고 있다. 이 '지중해 감성'이라는 것이 무엇이고 이것을 누가 어떻게 드러냈는지 살펴보자.

다른 모든 정체성처럼, 지중해 정체성도 지적인 발견이다. 지중해 연합이라는 사고는 인공적인 것이다. 이 연합이라는 것

69 1611~1684. 오스만 제국의 여행가.

에서 끄집어낸 지중해인(人) 공통의 정체성도 물론 발견이며, 후에 생각되고 창조된 것이다. 이 정체성이 생겨나 존재하기 위해 필요한 재료는 물론 지중해와 그곳에 사는 사람들이 제공한다. 하지만 지중해를 총체적으로 상상하고, 다시 지적인 정체성과 문학적 상상으로 지중해를 생각한 것은 언제나 남유럽 사람들이었지, 지중해 사람들이 아니었다. 지중해 사람들은 자신들이 지중해 사람이라는 것을 남유럽 작가들에게서 처음 배웠다.

'지중해 감성'이라는 것을 발견해 명명한 것은 호메로스나 이븐 할둔이 아니라, 괴테와 스탕달이 지중해를 여행하고 이탈리아에 관해 쓴 책들이 시초였다. 지중해의 문학적이며 에로틱한 가능성을 인지하기 위해서는, 즉 지중해 감성을 발견하기 위해서는 함부르크 출신의 독일 작가 토마스 만의 『베니스에서의 죽음』에 나오는 작가이자 주인공인 구스타프 아셴바흐의 고뇌가 필요했다. 미국인 폴 볼스[70]와 테네시 윌리엄스, 영국인 E. M. 포스터는 지중해 작가들보다 먼저 자신들의 소설에서 지중해 이미지의 섹슈얼리티를 발견했다. 카바피스[71]는 그 누구보다 지중해에 대한 상상을 가장 잘 동일시한 시인이다. 하지만 카바피스만큼, 카바피스와 비슷한 주인공이 등장하는 로런스 더렐[72]의

70 1910~1999. 미국 소설가, 작곡가.

71 1863~1933. 이집트 시인.

72 1912~1990. 영국 소설가, 시인. 이집트 알렉산드리아 등 지중해 지역에 체류하며 작품 활동을 했다.

『알렉산드리아 사중주』에도 지중해 이미지가 잘 나타나고 있다. 지중해 사람들은 남유럽 작가들에게서 자신들이 지중해 사람이라는 것, 다르다는 것, '타자'라는 것, 남유럽 사람들에게 없는 감성이 있다는 것을 발견했다. 이들은 왜 이 감성이 모든 지중해 사람들끼리 공유할 수 있는 것이 되면 안 되지 하고 생각했다. 왜 이것을 '지중해 감성'이라고 하면 안 되는 거지?

우리는 아직 지중해 기(旗)가 만들어지지 않고, 국가가 설립되지 않고, 지중해인이 아닌 사람들이 처음에는 무시되다가 나중에는 살해되는 일이 시작되지 않았기 때문에 지중해 정체성을 순진한 문학 게임으로 생각한다. 하지만 아무리 섬세한 게임의 모습으로 내세워졌다 해도, 결국 문학은 대부분 진지하게 받아들여지며, 인간의 고통과 목숨의 대가를 치르는 현실로 변한다는 것을 잊지 말아야 한다.

지중해 정체성과 지중해 감성에 대한 관심은 최근 20년간 터키에서도 흥분되고 열광적인 반향을 불러일으켰다. 지중해인이라는 의식 없이 집필된 지중해에 관한 많은 텍스트와 시가 지중해인 의식을 다시 발견되게 만들었다. 예를 들어 야흐야 케말[73]의 시 「안달루시아의 춤」은 이슬람이 아니라 지중해주의를 강조하는 시로 인식된다. 할리카르나스 발륵츠라는 이름으로 알려진 제와트 샤키르[74]의 작품들도 지중해 감성과 지중해인 의식이라

73 1884~1958. 터키 시인, 정치가.

74 1886~1973. 터키 소설가.

고 알려진 것의 선구가 되었다. 하지만 사실 할리카르나스 발륵츠의 고민은 아나톨리아 땅에서 싹튼 고대 그리스 문명이 오늘날 그리스 땅에서 싹튼 고대 그리스 문명보다 더 훌륭하고, 더 물질주의적이며, 자연과 세계를 향하고 있다는 것을 증명하는 일이었다. 남유럽 소설가들, 예를 들면 토마스 만이나 E. M. 포스터 같은 인식으로, 남유럽 사람, 예를 들면 이스탄불 출신의 주인공이 철학적, 도덕적 문제 속에서 고뇌하고 있을 때, 남쪽 지중해로 가서 성(性)을, 마음 가는 대로 행동하는 것을, 태양과 평온을 찾아 사람의 의미를 모색하는 것을, 그러다 또 다른 문제에 빠지는 것을 다룬 지중해 소설들이 집필되었다. 지중해 감성으로 쓰였다고 이해되는 많은 시에서 올리브 나무, 터키 독자들이 별로 알지 못하는 그리스의 신과 전설, 지중해의 푸른빛과 호메로스가 극찬한 석양의 와인 빛 바다 이미지는 일시적인 사랑 관계와 이 모든 감성으로 표현되었다. 나는 '지중해 감성'을 향해 열려 있어야 한다는 말을 들은 적이 있다. 이 말은 더 편해지라는, 긴장을 풀라는, 마음이 가는 대로 술을 좀 마시라는, 일을 조금 덜 하라다는 의미였다.

터키에서 '지중해 감성'과 지중해 정체성은 다른 방향으로 인지되고 발전되기도 한다. 터키가 최근 200년 동안 지속했던 서구화 노력은 원하고 기대했던 것만큼 성공하지 못했다. 이런 맥락에서 지중해주의는 서구화를 위해 얻은 이등석 표이다. 하지만 아무리 여행도 하지 않는 것보다는 낫다. 나는 지금까지 지중해 이미지를 진심으로 믿는 터키 소설가나 시인이 "누구누구는 나처럼 지중해 사람이야!"라며 자랑스럽게 이슬람 국가의 작가와 자신을 동일시하는 것을 본 적이 없다. 안타깝지만 프랑스 소설가나 이탈리아 시인과 같은 문명을 공유하는 것을 유럽 연합과 신유럽 민족주의는 허락하지 않는다. 그럼 우리가 그들과 함께 지중해 배를 타면 되지 하는 인식과 희망이 지배적이다.

물론, 진지해야 하는 정체성 문제에 대해 내가 농담조의 말을 하고 있다는 것은 나 역시 알고 있다. 하지만 나는 지중해주의 정체성과 지중해 여행, 지중해(Mediterranee)와 지중해 클럽(Club Mediterranee)[75]을 구분하고, 문제의 근본에 다가가려고 노력하는 중이다.

나는 정체성 담론에 대한 것은 그 무엇도 믿지 않는다. 인류학이나 역사적 가치를 제외하고, 여행기와 기행 문학 대부분은 전혀 가치가 없다. 다른 문화에 대한 조악한 선입견, 근시안적이고 비이성적인 판단, 표면적인 선망과 가장 단순한 저속함은 대부분 여행 관련 서적으로부터 공급된다. 민족, 문화, 나라의 자연과 정체성에 대한 모든 일반화는 처음에는 쉽게 사고하도록 해 주지만, 결국에는 형편없이 틀려지고 거짓말로 변한다. 더욱 끔찍한 것은, 이런 거짓말과 허풍이 열렬히 신봉되어 결국 거짓말과 비슷해지며, 이 거짓말이 지속성을 갖게 되는 것이다.

75 리조트를 운영하는 프랑스 회사로, 흔히 '클럽 메드'라 부른다.

한번은 국제 작가 회의에서 동서양 문제라는 주제에 대한 이론을 발전시킨 한국 여성 작가의 말을 들은 적이 있다. 그 작가에 의하면 동양은 좋은 가족, 아이들, 결혼 생활에서는 충실함과 성적 제약을 의미했다. 서양은 불륜, 자유로운 성 그리고 이로 인한 슬픈 결과를 의미했다. 동서양 문제는 두 가지 삶의 방식 앞에서 대부분의 사람들이 겪는 혼란의 위기라는 의미이다. 나는 지중해 정체성 문제에 관한 일반화도 바로 이러한 유의 이론이라고 생각한다.

내가 소설에서 문명 혹은 동서양에 관해 진지하게 다룰 만한 것이 있다면, 문명 혹은 '타자의 특성'에 관해 언급되거나 언급될 수 있는 모든 것을 게임으로 바꾸어 표현하는 것이 가장 좋을 것이다. 가장 영리한 강연자라도 문화와 문명의 특성에 관해 지나치게 얘기하면 얼마 지나지 않아 허튼소리를 하게 된다. 지중해 정체성에 대해 말하는 김에, 이것을 게임화하여 미치지 않도록 해 보자.

지중해 정체성을 얻기 원하는 사람들을 위한 게임의 규칙은 다음과 같다.

1. 지중해 연합은 꽤 괜찮은 발상이다. 특히 스페인, 프랑스, 이탈리아에 비자 없이 갈 수 없는 사람들을 위한 새로운 문이라고 믿는다.

2. 지중해인 정체성이 무엇인지는 지중해인이 아닌 작가들의 책에 가장 잘 설명되어 있다. 내 말이 옳지 않다고는 하지 않

았으면 좋겠다. 거기 쓰인 것들을 닮으려 하면 정체성을 갖게 되니까.

3. 어떤 작가가 지중해인 작가의 정체성을 얻길 바란다면 다른 정체성은 포기할 각오를 해야 한다. 예를 들면 지중해인이 되고 싶은 프랑스 작가는 프랑스주의의 일부를 포기해야 한다. 지중해인 감성을 강조하는 그리스 작가 역시 다른 사람이 믿을 수 있게끔 발칸 혹은 유럽의 정체성을 약간이라도 포기해야 한다.

4. 진정한 지중해인 작가가 되고 싶은가? 절대 지중해라고 하지 말고 바다라고만 하라. 지중해의 특징이나 문화에 대해서도 절대 지중해라는 단어를 사용하지 않고 언급하기 바란다. 사실 지중해 사람이 되는 가장 좋은 방법은 그것에 대해 절대 언급하지 않는 것이다.

45. 첫 여권과 유럽 여행

어렸을 때, 내가 일곱 살이던 1959년에 아버지는 비밀스럽게 사라졌고, 우리는 몇 주 후에 파리에 있다는 연락을 받았다. 아버지는 몽파르나스에 있는 싸구려 호텔에 머물렀고, 그곳에서 많은 세월이 흐른 후 여행 가방 속에 넣어 내게 줄 공책을 글로 채워 갔고, 때로는 카페 돔에 앉아 멀리서 장폴 사르트르를 바라보곤 했다.

이스탄불에서 아버지에게 돈을 보낸 사람은 할머니였다. 할아버지는 철도 건설로 많은 돈을 번 사업가였다. 할머니의 눈물 속에서 아버지와 그의 형제들은 그 많은 재산을 다 쓰지 못했고, 아파트들도 다 팔지 않은 상태였다. 하지만 남편이 죽은 후 25년이 지나자 할머니는 돈이 고갈되어 간다는 것을 깨닫고 파리에서 자유분방한 생활을 하는 아들에게 더 이상 돈을 보내지 않았다.

이렇게 아버지는 파리 거리를 거니는 돈 없고 불행한 터키

지식인 중 하나가 되었다. 아버지는 할아버지와 삼촌들처럼 건축 엔지니어였고 수학에 관심이 많았다. 돈이 떨어지자 신문 광고를 보고 IBM에 취직했고, 회사는 그를 제네바로 파견했다. 구멍 뚫린 카드로 작동하던 당시 컴퓨터는 별로 알려지지도 않았다. 파리에서 자유분방하게 생활했던 작가 아버지는 이렇게 제네바로 이사했고, 유럽에서 일하며 사는 초기 터키 이주자들 중 한 사람이 되었다.

어머니가 먼저 아버지에게 갔다. 우리를 이스탄불의 시끌벅적하고 부유한 할머니 집에 맡기고 아버지 곁으로 갔던 것이다. 형과 내가 부모님에게 가기 위해서는 방학까지 기다려야 했고 여권도 받아야 했다.

검은 천 밑으로 들어가 세 발 달린 주름상자가 달린 나무 기계를 조작하는 사진사 앞에서 한동안 포즈를 취했던 기억이 난다. 약품 처리를 한 유리가 빛을 받도록 렌즈 뚜껑을 손가락으로 우아하게 그러나 순간적으로 제거하기 전에 우리를 보며 "자……."라고 하던 늙은 사진사가 얼마나 우습게 느껴졌던지, 나의 첫 여권 사진은 웃음을 참는 모습으로 찍혔다. 여권에 갈색이라고 썼던 내 머리카락은, 그해 단 한 번, 아마도 그 사진을 찍기 위해 빗었던 것 같다. 30년이 흐른 후 그 여권을 들여다보다가, 눈동자 색깔도 잘못 기재되었지만, 당시에 여권을 계속 뒤적였는데도 그 사실을 알아채지 못했다는 것을 깨달았다. 생각과는 반대로, 여권은 우리의 정체성을 확인하는 종이가 아니라, 다른 사람들이 우리의 정체에 대해 생각하는 것들 보여 주는 서류이다.

새로 산 재킷 호주머니에 여권을 넣은 채, 나는 형과 함께 우리를 제네바로 데려다줄 비행기 밖을 내다보며 공포에 휩싸였다. 비행기가 옆으로 날 때는, 스위스라는 나라의 모든 것이, 호수도 포함하여, 급격하게 기울어져 보였다. 비행기가 착륙하기 전에 회전을 하고 똑바로 가기 시작하자 새로운 이 나라도 이스탄불처럼 평평한 곳이라는 것을 알게 되어 얼마나 안도했는지. 그때를 떠올리면 형과 함께 여전히 웃게 된다.

새로운 나라의 거리는 깨끗하고 한산했다. 진열장에도 더 많은 물건이 있었고, 거리에도 더 많은 자동차가 있었다. 그곳 거지들은 이스탄불 거지처럼 구걸만 하는 게 아니라 창문 밑으로 다가와 아코디언을 연주했다. 어머니는 그들에게 던져 줄 돈을 미리 종이에 싸서 준비했다. 레만 호수가 론 강으로 돌아드는 곳 다리까지, 걸어서 5분 정도 되는 아파트에 있는 우리 집은 '가구 딸린' 집이었다.

전에 다른 사람들이 사용했던 테이블과 의자에 앉는 것, 오랜 세월 다른 사람들이 잤던 침대에서 자는 것, 몇 년 동안 사용했던 접시와 컵을 사용하는 것이 내 머릿속에서 다른 나라에 대한 생각과 합쳐졌다. 그곳은 다른 나라, 다른 사람들의 나라였다. 절대로 진짜 주인이 되지 못할 그 오래된 물건들을 사용하는 법을 배우는 것처럼, 그 오래된 나라에, 다른 사람들의 나라에 익숙해져야만 했다. 이스탄불에서 프랑스 학교를 다녔던 어머니는, 여름 내내 아침마다 우리를 빈 식탁에 앉히고 프랑스어를 가르쳐 주었다.

그 여름에 우리가 아무것도 배우지 못했다는 것을, 여름이 끝날 무렵 제네바에 있는 국립 학교에 입학하고서야 알았다. 아버지와 어머니는 우리가 수업 시간에 선생님의 말을 계속 들으면 프랑스어를 배울 거라는 환상에 빠져 있었다. 하지만 형과 나는 수업 중간 휴식 시간에 아이들이 교정으로 나가 뛰놀 때, 그 아이들 속에서 서로를 찾아 손을 꼭 잡았다. 행복한 아이들이 뛰노는 외국의 광활한 교정이었다. 형과 나는 이 행복한 교정을 먼 곳에서 경계하며 바라보곤 했다.

형은 프랑스어를 못했지만 숫자와 수학에 머리가 잘 돌아가 자기 학급에서 3제곱을 뒤에서부터 가장 잘 세는 학생이었다. 나는 언어를 익히지 못해 학교에서 아무 말도 하지 않고 조용히 있는 것 말고는 아무런 특징이 없는 아이였다. 아무 말도 하지 못하는 꿈에 반기를 들듯, 어느 날 아침 나는 학교에 가지 않겠다고 고집을 피웠다. 이후 나는 다른 도시에서도, 다른 학교에서도 같은 행동을 했으며, 내향적인 이 성향은 삶의 고난에서 나를 보호해 주었지만 삶의 풍성함으로부터는 멀어지게 했다. 일주일 후에 형도 학교에 못 가게 되었다. 부모님은 우리 손에 여권을 쥐여 주고는 제네바에서 이스탄불로, 할머니 곁으로 보냈다.

첫 유럽 모험의 실패를 연상시키고, '유럽 의회 멤버'라고 쓰여 있는 그 여권을 다시는 사용하지 않았다. 그리고 내향적인 본능에 따라 24년 동안 터키 밖으로 나가지 않았다. 나는 젊었을 때, 여권을 가지고 해외로, 유럽으로 가는 사람들에게 늘 선망과 부러움을 느꼈다. 하지만 내게 제공된 많은 기회에도 불구하고 나는 이스탄불 한구석에서 나를 만들고, 완성할 책에 시간을 할애하는 것이 더 적절하다고 두려워하면서도 믿었다. 당시엔 가장 훌륭한 책을 읽으면 유럽을 알 수 있으리라고 생각했다.

두 번째 여권도 책 때문에 만들었다. 세월이 흐른 후 나 자신을 가뒀던 방에서 작가라는 정체성을 가지고 밖으로 나가는 데 성공했던 것이다. 정치적 이유로 독일에 머무는 많은 터키인 독자들이 아직 독일어로 번역되지 않은 내 책을 도시를 순회하며 낭독해 달라고 나를 초대했기 때문이다. 나의 두 번째 여권은, 독일에 있는 터키인 독자들에게 나를 소개하기 위해 낙관적으로 떠났던 이 여행과, 이후 광범위하게 퍼져 나갈 '정체성 문제'라고 할 수 있는 인간적인 고뇌와 이렇게 내 머릿속에서 결합되었다.

46. 정체성 문제에서 알아야 할 첫 번째 이야기

1980년대 초의 이 여행에서, 나는 시간을 엄수하는 독일 기차를 타고 도시에서 도시로 이동하며 상상을 하고, 창밖으로 어두운 숲과 멀리 보이는 작은 마을의 교회 종탑, 플랫폼에 멍하니 서 있는 여행객들을 보는 것을 무척이나 좋아했다. 기차역에서 나를 맞아 주고, 나는 전혀 불편을 느끼지 못하는데도 불구하고 연신 미안하다고 말하던 터키인은 나를 호텔에 데려다준 후, 광장을 나와 함께 거닐면서 저녁 모임에 대체 어떤 사람들이 참석하게 될지 설명해 주곤 했다.

지금 그리운 마음으로 떠올려 보는 이런 낭독의 밤에는, 정치적 유배자들과 그 가족들, 교사들, 학생들, 터키인과 독일인의 피가 섞인 2세대 젊은이들, 터키 지성인들의 삶을 알고 싶어 하는 사람들, 모든 모임에 참석하는 몇몇 터키인 노동자들, 터키인이 무얼 하든지 호기심과 관심 그리고 사랑을 보여 주기로 결심한 독일인들이 참석했다.

모든 도시에서 낭독을 할 때마다 거의 비슷한 장면들이 반복되었다. 내가 책을 낭독하고 나면 분노에 찬 젊은이 하나가 손을 들고 발언 기회를 달라고 한다. 그러고는 터키에서 수많은 탄압과 고문이 자행되고 있는데, 이렇게 추상적인 아름다움을 그리는 소설을 쓰는 것을 비난한다. 그 말이 정당하다고 생각하지 않았지만 그래도 매번 마음속에서는 모종의 죄책감이 일었다. 다음에는 나를 비호하려는 듯한 흥분한 여성 독자가 내 책 속의 균형, 섬세한 부분에 대해서 질문한다. 그런 다음에는, 내가 늘 의욕적이고 열렬한 젊은 작가다운 흥분을 느끼면서 받아들였던 터키, 정치, 미래에 대한 희망, 삶의 의미와 관련된 거대한 질문이 이어지곤 했다. 누군가는 가끔, 나를 비난한다기보다는, 거기 모인 관중들에게 정치적 개념으로 가득 찬 장황한 연설을 했다. 그러고 나서는 나를 초대한 단체의 관계자들이 그렇게 장황한 말을 한 사람이 어떤 좌파 정당에 속한 사람인지, 다른 정당에 대고 무슨 말을 하는지를 해석해 주곤 했다. 작가로 성공하는 비결을 내게 묻는 젊은이들의 흥분된 모습을 보고는, 독일에 있는 터키 젊은이들은 삶에서 무언가를 원하는 것에 대해 터키에 있는 터키 젊은이들보다 덜 부끄러워한다는 것을 알게 되었다. 누군가는 자신의 예민한 삶(독일에 있는 터키인들에 대해 어떻게 생각하죠?)이나 혹은 나의 예민한 부분을 자극하는 질문을 던진다. 그러면 거기 모인 80~90명의 사람들이 모두 함께 끽끽거리고 웃었고, 나는 내가 멀든 가깝든 서로 알고 있는 사람들 앞에 서 있다는 것을 깨닫게 되었다. 이런 식으로 낭독 모임이 끝나 갈 무렵 형성되는 편안하고 활달한 분위기 속에서, 약간 나이가 들어 보이고 점잖은 남자가, 정년이 가까워 오는 교사며 나를 향해 조금은 지나친 찬사를 보낸 다음 뒷좌석에 앉아서 낄낄대며 웃고 있는 터키인과 독일인의 피가 반반 섞인 젊은이들을 보면서, 터키에도, 조국에도 찬사를 보낼 만한 작가들이 있으니 그들의 작품을 읽고 자신의 문화를 배워야 한다는 식의 민족적이지만 슬픈 연설을 하여 젊은이들을 미소 짓게 만들었다.

바로 이 가족 같은 분위기 속에서 정체성 고민, 끝나지 않는 정체성과 민족 문제로 넘어가곤 했다. 나를 초대한 단체의 책임자들과 함께 15~16명은 식사를 하러 식당으로 가곤 했다. 주로 터키 식당이었다. 그러지 않더라도 테이블에 함께 앉은 사람들이 내게 하는 질문과 자기들끼리 주고받는 농담과 대화는 터키에 있는 것 같은 느낌을 가져다주었다. 내 나라보다는 문학에 대해 말하고 싶었기 때문에 이러한 분위기는 나를 슬프게 했다. 문학에 대해 언급하는 것 같아도 그들이 결국은 나라에 대해 언급하고 있다는 것을 나중에야 이해했다. 사실 문학, 책, 소설은 불행의 원천인 모호한 정체성에 대해 언급하거나 언급하지 않는 방법이었을 뿐이다.

이런 여행과 이후의 세월 동안, 내 책이 독일어로 번역되어 독일에 갈 때마다, 나의 말을 들으러 온 사람들의 뇌리 한편이 항상 터키적 정체성과 독일적 정체성으로 분주하다는 것을 알 수 있었다. 내 책의 일부가 동서양 갈등, 불확정성, 모호함으로 열려 있으며, 둘 사이의 알레고리를 설정하는 나 같은 작가에게 이런 긴장감과 정체성 고뇌는 관심을 끌고, 나아가 흥분하게 하는 것일 수도 있다. 하지만 나는 전혀 그렇게 느끼지 않았다. 저녁 식사를 하면서 그들은 처음 한 시간 정도만 나에게 관심을 보인 후, 독일에 있는 터키인의 내면세계로 조용히 잠겨 들었고, 서로 터키인과 독일인이 되는 정도에 대해 끝나지 않는 논쟁을 시작했으며, 터키인-독일인이 아니라 터키인이기만 한 나는 외로움을 느끼는 동시에 그들의 불행을 나 자신과 비교하여 이해하곤 했다.

그것이 어떤 불행인지 어떤 풍부함인지는 정확히 결론을 내릴 수 없었다. 정체성과 민족에 대한 열띤 논쟁이 가슴 깊은 곳에서 우러나온다 할지라도, 가장 근본에 자리한 인간적 두려움, 걱정, 바람과 밀접하게 관련되어 있다 할지라도, 나에게는 어떤 절망과 삶이 무의미하다는 느낌만을 안겨 줄 뿐이었다.

이것을 일종의 척도 같은 것에 대비시켜 보면 쉽게 이해가 될 것이다. 시간이 깊어 갈수록 정체성 논쟁은 격렬해졌고, 그 테이블에 앉아 있는 터키인-독일인들이 터키적 정체성과 독일적 정체성의 척도에 대해 각자 다른 생각을 하고 있다는 것을 알게 되었다. 전적으로 독일인이 되는 것(물론 가능하다면)이 필요하다고 생각하는 사람을 자에서 10이라고 하자.(터키와 관련된 추억조차 좋아하지 않고, 자신을 독일인이라고도 생각하는 사람들이다.) 터키적 정체성을 한 치도 양보하지 않는 사람은 자에서 1이라고 표시하자.(독일에서 계속 터키인으로 살아가는 것을 자랑스러워하는 사람들이다.) 테이블에 앉은 사람들은 1과 10 사이에 자리한 다양한 터키적 정체성과 독일적 정체성의 혼합을 보여 준다. 언젠가 터키로 완전히 귀국할 것을 꿈꾸며 여름휴가를 이탈리아에서 보내는 사람이 있고, 라마단 때조차 금식을 하지 않지만 밤마다 터키 텔레비전을 보는 사람이 있고, 갈수록 터키 친구들에게서 멀어지면서도 독일인들에게는 은밀한 분노를 품고 있는 사람이 있다. 이러한 선택들과 어쩔 수 없는 결정은 그 사람들에게 고통, 외로움, 무시당하는 두려움 그리고 그리움을 안겨 주는 것들과 깊이 뒤섞여 있다는 것도 알 수 있었다.

하지만 나를 진정 놀라게 한 것, 어느 도시를 가든 똑같다고 생각한 것은 터키적 정체성-독일적 정체성 문제에 관한 선택이 자의 어떤 곳에 자리할지라도, 모두 자신의 상황에 대해 논쟁조차 거부하는 판타지를 품고 굳건히 변호한다는 점이었다. 즉, 자에 의해, 예를 들면 5는, 자신의 터키적 정체성과 독일적 정체성의 혼합이 유일하게 옳은 길이라고 믿을 뿐만 아니라 4는 지나치게 폐쇄적이고 뒤처져 있다고 생각하며, 자신보다 독일적 정체성을 더 갖고 있는 6과 7은 자신의 고유성과 멀어져 있다고 비난했다. 그들은 밤늦은 시간 테이블에 둘러앉아, 사람들에게 자신의 터키적 정체성과 독일적 정체성이 유일한 정도라고 강조했을 뿐만 아니라, 논쟁할 수 없이 사적이며 숭고하다고 화를 내고 흥분하며 증명하려고 애를 썼다.

『안나 카레니나』의 그 유명한 첫 문장에서, 톨스토이는 행복한 가족의 모습은 서로 비슷비슷하지만 가족이 불행하게 되는 방법은 제각각이라고 했다. 민족주의와 정체성 문제도 마찬가지다. 국기 사랑, 국가 의식, 축구 경기에서 승리한 것을 축하하는 것은 행복한 민족주의자들이 세계 어느 곳에서나 비슷하다는 것을 보여 준다. 만약 민족주의라는 것이 인간이 가지고 있는 정체성을 다른 사람들과 차별성을 둠으로써 자랑스러워하는 거라면 완전한 모순일 것이다. 어떤 때는 기쁨, 어떤 때는 슬픔의 원천인 여권에서 보아야 할 것은 불행의 원천이 되곤 하는 정체성에 대한 고민과는 서로 다른 것이라는 사실이다.

형과 나는, 1959년에 제네바에 있는 국립 초등학교 교정에서 즐겁게 뛰놀던 아이들을 손을 마주 잡고 부러움과 불행한 마음으로 멀리서 바라보았기 때문에 여권과 함께 터키로 보내졌다. 이후의 세월 동안, 이보다 훨씬 불행한 마음으로 수십만 명의 아이들이 여권을 가지고 혹은 여권 없이 독일에 머물렀다. 이 사람들은, 내가 그들을 처음 알게 된 지 15년이 지난 지금 아마도 자기들이 받을 독일 여권으로 불행을 경감시키려고 애를 쓸 것이다. 다른 사람들이 우리에 관해 내릴 일반적이며 정형화된 판단 문서인 여권이 우리의 슬픔을 약간이나마 줄여 줄 거라 생각하는 것은 좋은 일이다. 하지만 우리 여권들이 서로 비슷하다고 하더라도, 우리 모두가 자신들만의 정체성 고민, 바람 그리고 불행을 경험했다는 것은 잊지 말아야 한다.

47. 교통과 종교

우리가 탄 자동차는 테헤란 남부 어딘가를 지나고 있었다. 차창 밖으로 많은 자전거점과 자동차 수리점이 보였다. 금요일이었기 때문에 가게는 모두 닫혀 있었다. 거리, 인도, 찻집이 모두 한산했다. 우리 자동차는 크고 텅 빈 광장으로 진입했다. 테헤란 곳곳에 보이던 이런 광장 한가운데에는 원활한 차량 소통을 위한 로터리가 있었다. 우리가 탄 자동차가 바로 왼쪽 골목으로 들어가려면 오른쪽으로 진입해서 광장을 한 바퀴 돌아야 했다.

나는, 운전사가 그런 번거로운 일을 접어 두고 곧장 왼쪽으로 들어가려 한다는 것을 눈치챘다. 그가 좌우를 살피며 광장으로 들어오는 다른 차가 있는지 주의 깊게 살폈기 때문이다. 그는 교통 법규를 따를지 '실용적인 마인드'로 행동할지 생각하고 있었다.

운전사의 이런 정신 상태는 내가 젊은 시절 이스탄불 거리에서 운전해 봤기 때문에 잘 알았다. 신문에서 쓰는 표현으로는 "무정부 상태의 교통"으로 들끓는 도시 중심지에서 운전하면서는 나 역시 교통 법규를 지키려고 했다. 하지만 쥐새끼 한 마리 보이지 않는, 네모반듯한 돌이 깔린 골목에서 교통 법규를 무시하고 내 마음대로 아버지 차를 몰곤 했다. 차라고는 한 대도 보이지 않는 뒷골목에서 '좌회전 금지'라는 표지판을 따르거나, 밤늦은 시각 한적한 광장에서 신호등이 빨간색에서 초록색으로 바뀌기를 인내심 있게 기다리는 것은 실용적이거나 이성적인 행동이 아니라 형식적인 행동처럼 보였기 때문이다. 금기와 법칙을 끝까지 모두 준수하는 사람들은 똑똑한 사람도, 창조적인 사람도, 개성이 강한 사람도 아닌 것 같았다. 치약을 끝부분부터 짜거나 약 복용법을 끝까지 읽는 사람들만 텅 빈 광장에서, 주위에 다른 차도 없는데 교통 법규를 따르는 것 같았다. 이런 의심스럽고 법칙의 적이 되는 정신 상태의 징후를 1960년대 서양 잡지에서도 보았던 기억이 있다. 예를 들면, 미국 어느 사막의 끝없이 펼쳐지는 길에서 혼자 초록색 불이 켜지기를 기다리는 운전자를 그린 캐리커처 같은 것들.

1950년대에서 1980년대 사이 이스탄불에서 교통 법규를 무시하는 태도의 저변에는 불복종보다는, 서양에 맞서는 '섬세함'이자 '과거 시대가 여전히 계속된다'라는 의미의 실용적인 슬기 혹은 '우리끼리'라는 의미의 민족주의 같은 것이 깔려 있었다. 독일 생산자들도 수리하지 못하는 고장 난 라디오를 주먹으

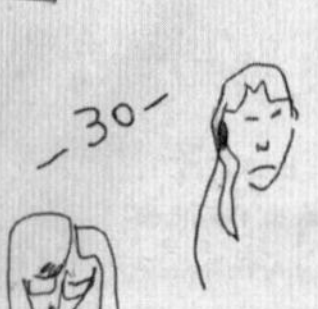

TRAFİK, DİN ve "BİZ"

Orhan Pamuk

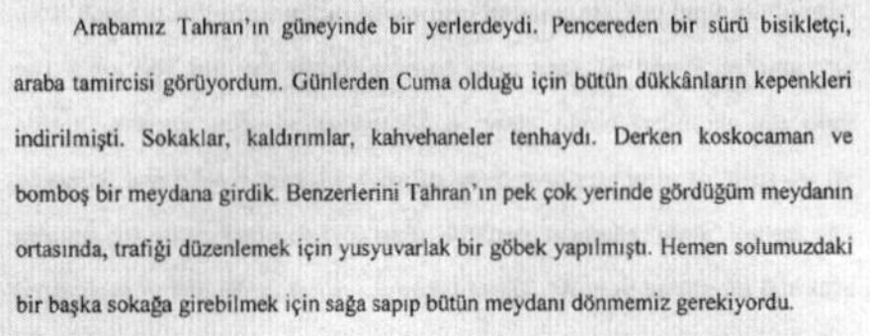

Arabamız Tahran'ın güneyinde bir yerlerdeydi. Pencereden bir sürü bisikletçi, araba tamircisi görüyordum. Günlerden Cuma olduğu için bütün dükkânların kepenkleri indirilmişti. Sokaklar, kaldırımlar, kahvehaneler tenhaydı. Derken koskocaman ve bomboş bir meydana girdik. Benzerlerini Tahran'ın pek çok yerinde gördüğüm meydanın ortasında, trafiği düzenlemek için yusyuvarlak bir göbek yapılmıştı. Hemen solumuzdaki bir başka sokağa girebilmek için sağa sapıp bütün meydanı dönmemiz gerekiyordu.

Aynı anda şoförümüzün kestirmeden sola sapıvermeyi aklından geçirdiğini anladım hemen. Çünkü meydana giren bir başka araç var mı diye sağına soluna dikkatle bakıyor, trafik kurallarına mı uysun, yoksa hayatın her yeni durumda kendisinden beklediğine inandığı "pratik aklı" mı harekete geçirsin çıkarmaya çalışıyordu.

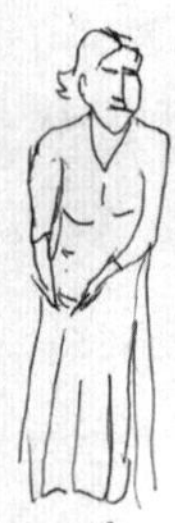

İstanbul sokaklarında bol bol araba kullandığım gençlik yıllarımdan bu ruh halini çok iyi hatırlıyordum. Gazetelerin diliyle "trafik anarşisiyle" kaynaşan şehrin ana caddelerinde ilerlerken, ben de bütün trafik kurallarına uymaya çalışır, ama inin cinin top oynadığı, parke taşı kaplı kimsesiz arka sokaklarda babamdan aldığım arabayı hiçbir kurala aldırmadan kendi keyfimce sürerdim. Hiçbir arabanın gözükmediği bir arka sokakta "sola dönülmez" levhasına dikkat etmek, ya da bir gece vakti, ücra bir meydanda trafik ışığının kırmızıdan yeşile dönmesini sabırla beklemekte pratik ve akıllı olmaktan uzak bir kuralcılık ve biçimcilik vardı sanki. Bütün yasaklara, kurallara sonuna kadar boyun eğenler yeterince zeki, yaratıcı, ya da karakter sahibi değilmiş gibi gelirdi bize. Diş macununu tüpün arkasından sıkan ve ilaçların kılavuzlarını sonuna kadar okuyan insanlar yalnızca bomboş bir alanda, etrafta başka bir araç yokken trafik kurallarına uyarlardı sanki. Bu şüpheci kural düşmanı ruhun belirtilerini ta 1960'larda Batı

로 쳐서 작동시키고, 직직거리는 전화기에 못 하나를 박아 고치는 것은 1960년대와 1970년대에 이스탄불에 살았던 '실용적인' 사람들에게 민족적인 자부심까지 안겨 주었다. 물론 그 저변에는 일상생활에서 느끼는 기술, 문화 그리고 법칙 같은 면에서 우리보다 우위에 있다고 여겨지는 서양에 비해, 우리도 실용적이고 똑똑한 사람들임을 내세우고 싶은 마음이 있었던 것이다.

하지만 테헤란 변두리 마을에서 규칙을 따르는 것과 자신의 융통성 사이에서 갈등하는 운전사가 '민족주의자' 같은 반응을 보일 리 없다는 것은, 내가 그 사람을 알기에 이해할 수 있었다. 그가 고심하는 것은 더 세속적인 이유였다. 우리는 서둘러야 했고, 때문에 광장을 한 바퀴 도는 것이 그에게는 시간 낭비로 보였던 것이다. 한편으로 그는 급해서 서두르다가 다른 차와 충돌하지 않도록 정신을 집중하여 두 눈을 똑바로 뜨고 광장으로 통하는 다른 길을 보고 있었다.

하지만 하루 전, 이 도시의 끔찍스러운 교통 혼잡 속에서 거리를 돌아다닐 때, 실타래처럼 엉킨 차들을 보면서 그는 약간 미소를 띠며, 테헤란에서는 누구도 교통 법규를 안 지킨다고 불평했다. 그날 하루 종일, 자동차 범퍼가 거의 맞닿아 있거나, 자동차 옆에 가볍게 부딪힌 흔적이 있는 이란 페이칸 자동차들이 뒤엉킨 채 운전자들이 서로 고함을 지르는 것을 보며, 우리는 교통 법규를 잘 지키는 '현대인'들처럼 씁쓸하게 미소 지었다. 법규를 어기고 지름길로 가려 하는 운전사의 얼굴에는 그 미소와 함께 근심도 어려 있었다.

청년 시절에 이스탄불에서 차를 몰며 비슷한 경험을 했던 나는 그 근심이 일종의 외로움이라고 생각했다. 일반적으로 통용되는 법칙의 필용과 보호를 다급함 때문에 포기하려 하는 운전사는 그 문제를 혼자서 해결해야 했다. 그래서 온갖 가능성을 빠르게 계산하여 모든 길을 살피고 급히 결정을 내려야 했다. 자신과 동행한 사람들의 생명이 달려 있는 문제이기에 어깨도 무거웠을 것이다.

우리를 태운 운전사가 법규를 따르지 않고 외로움과 '자유'를 택했다고 생각할 수도 있을 것이다. 하지만 테헤란과 이 도시의 운전자들을 아주 잘 알기에 우리 운전사는 자신이 선택하지 않아도, 테헤란의 도로에서는 항상 외롭다고 느낄 수밖에 없다는 것을 잘 알았다. 내가 '현대'의 교통 법규를 지키더라도, 다른 사람은 실용적인 이유 때문에 법규를 지키지 않을 수 있는 것이다. 커다란 광장이 아니라도 테헤란에서는 교차로에서 신호등과 교통 법규에 주의를 해야 하는 동시에 이를 지키지 않는 사람도 주의해야 한다. 교통 법규를 믿고 아주 다른 것, 예를 들면 음악에 심취한 채 평온하게 운전하는 현대적인 서양 운전자들이 경험하는 편안함과는 거리가 먼, 불안감을 안겨 주는 '자유' 상태인 것이다.

지난 5월, 테헤란을 방문하여 거리에서 교통 법규에 맞서 분노와 창조성으로 각기 개인적인 자유 지대를 고수하는 운전자들이 만들어 낸 혼란과 사고를 보면서, 나는 이 작은 무법자들의 개인적인 '자유'와 정부에 의해 전파되는, 테헤란을 억제하고 압박하는 종교 사이에서 이상한 모순을 느꼈다. 몰라[76]의 독재하에서는, 공공장소와 도시 거리에서 모두 같은 생각을 공유한다는 듯이, 여성들이 베일을 쓰고, 출판물이 검열받고, 교도소가 죄수로 가득 차고, 도시의 벽마다 종교와 이란을 위해 죽은 순교자들의 커다란 그림을 걸어야 했다. 무법 운전자들의 자유 때문에 엉망진창이 된 주요 대로에서 종교의 존재는 이상한 형태로 더 강하게 부각되었다. 정부가 종교와 경전의 일반 규율을 모두가 지키기를 원하며, 이 규칙으로 모든 사람을 합일시키려고 가혹하게 강요하는 상황에서 감옥에 가지 않고 종교적 금기에 맞서기란 거의 불가능했다. 그런데 정부가 통제해야 할 교통 법규는 아무도 지키지도 따르지도 않으면서, 개인의 자유와 창조성, 그리고 두뇌의 한계를 뛰어넘은 분야처럼 보았다. 공공장소에서, 거리에서, 시장에서, 도시의 모든 곳에서 정부가 강요하는 종교로 인해 자유가 제한된 이란 지식인들(내가 존경했던)은 자신들의 노력으로 그래도 자존심을 지키고 있고, 이곳이 히틀러 시기의 독일이나 스탈린 시기의 러시아는 아니라는 것을 내게 증명하기 위해, 집에서 자유롭게 이야기를 나눌 수 있고, 입고 싶은 것을 입을 수 있고, 부엌에서 만든 밀주를 원하는 대로 마실 수 있다

76 고위급 무슬림 재판관.

는 것을 보여 주었다.

『롤리타』의 종반부에서 험버트는 퀼티를 죽인 뒤에 살인 현장에서 멀어져 갈 때 독자들에게도 아주 익숙한 그의 자동차를 좌측 차선으로 몰기 시작한다. 험버트는 이 행동에 대해 독자들이 오해할까 봐, 그것은 반항도 아니고 상징적인 행동 역시 아니라고 그 즉시 밝힌다. 그는 나이 어린 소녀와 사랑을 나누고, 살인을 저지르는 것으로 이미 인륜을 저버렸다. 하지만 독자들은 험버트의 이야기 그리고 이 소설을 이토록 빈틈없는 작품으로 만든 것이 죄책감과 죄인의 외로움이라는 것을 처음부터 느낀다.

테헤란의 변두리 마을에서, 우리 운전사는 잠시 주저한 후 틀린 차선으로 들어가 지름길을 택해 사고 없이 가고자 하는 길로 들어섰다. 우리는, 내가 청년 시절 이스탄불에서 그랬던 것처럼, 규칙을 어기는 데서 오는 희열을 느끼면서 그리고 스스로를 '영리'하다고 여기면서 서로를 바라보며 미소 지었다. 하지만 슬픈 것은, 혼잣말을 할 때나 롤리타와 암시적인 언어로 죄를 공유하며 '은밀함 속에서' 영리할 수 있었던 험버트처럼, 오로지 집 안에서, 가족이나 혹은 친구들 사이에서만 규칙을 어길 수 있는 테헤란 사람들처럼, 우리가 밖에서, 거리에서 위반할 수 있는 것은 교통 법규뿐이라는 것을 깨닫는 것이다.

48. 나의 소송

이번 주 금요일 이스탄불에서, 나의 모든 삶을 보냈던 쉬실리에서, 외할머니가 40년 동안 혼자 살았던 3층 집 맞은편에 있는 법원에서 판사 앞에 나간다. 나의 죄명은 "터키 정체성을 공개적으로 모독한 죄." 검사는 내게 징역 3년을 구형할 것이다. 같은 법정에서 같은 형법 301조에 해당하는 다른 소송, 즉 이스탄불 출신 아르메니아인 신문 기자 흐란트 딩크가 6개월 징역형을 받았기 때문에 나도 걱정해야 하지만, 그렇지 않다. 나의 변호사가 말한 대로 나 역시 이것이 잘못 제기된 소송이며, 나 자신이 법적으로 정당하고, 나의 많은 친구들이 말한 대로 결국 나를 감옥에 가두지 않을 거라고 믿기 때문이다.

내 소송을 확대시키는 것이 수치스러운 상황이 되었다. 게다가 조언을 듣고 싶었던 친구들은 대부분 그들 삶의 한 시기에 썼던 글이나 책 때문에 많은 세월을 훨씬 엄중한 취조와 재판 그리고 징역 생활로 보냈다. 터키 문화가 부여한 수치심과 침묵의 도덕은 때로는 나도 수용하지만, 본능 역시 문제의 중요한 일부라고 느낀다. 장군, 경찰 그리고 성인 들은 살아생전 기회가 될 때마다 존경받지만, 작가들을 법정과 감옥에서 오랫동안 살게 하고는 장례식 예배 직전에 명예롭게 해 주는 나라에서 살아왔기에 이 소송이 제기된 것에 크게 놀라지는 않았다. 정부가 징역형을 원하는 걸 보니 드디어 내가 진정한 터키 작가가 되는 데 성공했다고 웃으며 말하는 사람들이 이해가 됐다. 하지만 물론 이런 유의 명예를 위해 나를 곤경에 처하게 만든 발언을 한 것은 아니다.

지난 2월에 한 스위스 신문에 게재된 인터뷰에서, 나는 터키에서 100만 명의 아르메니아인과 3만 명의 쿠르드인이 학살되었다고 말했다. 그리고 이 문제를 우리 나라에서 언급하는 것은 금기라고 불만을 토로했다. 내가 피력하고자 했던 것은, 오스만 제국 당시, 즉 1915년에 아르메니아인들이 겪은 일이었다……. 오스만 제국의 아르메니아인 대부분이 제1차 세계 대전에서 오스만 제국에 충성하지 않았다는 이유로 강제 이주되는 도중에 학살되었다는 사실은 세계의 진지한 학자들이 인정하고 있다. 대부분 외교관 출신인 터키 정부 대변인들은 그 수도 훨씬 적고, 체계적인 인종 학살도 아니었으며, 무슬림도 전쟁 중에 아르메니아인에게 학살되었다고 변론한다. 터키 정부의 공식 입장 외의 관점에 열려 있는 첫 학술 대회가, 정부의 두 차례 저지 시도에도 올해 9월에 이스탄불에 있는 유수한 세 대학의 노력으로 개최되었다. 하지만 얼마 전까지만 해도 이 문제에 대해 말하는 사람들은 모두 구속되거나 재판을 받았다.

1915년에 오스만 제국의 아르메니아인에게 무슨 일이 있었는지에 대해 터키 당국이 이토록 치밀하게 은폐하다 보니 이 문제는 금기가 되었다. 그리고 내가 이 금기를 언급하여 건드리자 과도한 반응이 일었던 것이다. 어떤 신문은 나를 혐오하는 캠페인을 벌였고, 과격한 민족주의 그룹은 광장에서 나를 저주하는 모임을 열고 가두 행진을 벌였으며, 내 책과 사진을 불태웠다. 4년 전에 출간된 『눈』의 주인공 카처럼, 정치적 사상 때문에 나는 사랑하는 도시 이스탄불에서 한동안 멀어지게 되었다. 나는 사건이 확대되어 알려지는 게 싫었기 때문에 한동안 침묵했고, 이상한 수치심 속에서 이 문제를 감추려 했다. 한 군수가 내 책을 불사르려고 한 것과, 내가 터키로 돌아온 후 제기된 소송으로 인해 이 문제는 국제적인 이슈가 되고 말았다. 사적인 시기심으로 불타오르는 공격이 나에게만 해당되는 것이 아니라는 사실을 인식하게 되었고, 이제 터키뿐 아니라 전 세계적으로 언급되어야 할 문제가 되었다는 사실을 나 역시 인정하게 되었다. 한 민족의 '명예'를 얼룩지게 하는 것은 역사의 오점을 말하는 것이 아니라 말하지 않는 것이라는 사실 때문만은 아니었다. 오스만 제국의 아르메니아인에게 무슨 일이 일어났는지에 대한 질문은 오늘날 터키에서 표현의 자유와 관련된 문제라는 것이 드러났기 때문이며, 이 두 문제가 전혀 동떨어진 것이 아니라는 것을 인지했기 때문이다. 나의 이상한 상황에 대한 국제적인 관심과 지지는 나를 안심시켜 주기도 했지만, 내가 나의 조국과 세계 사이에 끼어 있다고 느껴져 불안하기도 했다. 게다가, 작가를 감옥에 보내는 희열과 습관을 포기하지 못하는 나라는 절대 유럽 연합 회원국이 될 수 없다는 것을 알게 되자, 터키가 유럽 연합에 가입하는 것을 원하지 않는 서양의 보수주의자들에게 언젠가 터키가 유럽 연합 회원국이 되는 것이 터키뿐 아니라 유럽을 위해서도 왜 좋은지 설명해야 했다.

가장 어려운 일은, 유럽 연합 회원국이 되는 것을 공식 정책으로 수용한 정부가, 유럽 국가에서 사랑받고 읽히는 작가를, 내가 아주 좋아하는 콘래드의 말을 빌리자면 "서양인들의 시선 아래서" 감옥으로 보내려 한다고 밝히는 것…… '무지', '시기심', '불관용'으로 설명할 수 없는 유일한 갈등은 아니다. 터키인은 서양인처럼 인종 말살을 하지 않는 연민에 가득 찬 민족이라고 말하면서, 다른 한편으로는 나를 죽이겠다고 위협하는 민족주의자 정치 그룹을 어떻게 이해해야 한단 말인가? 전 세계 많은 적들이 터키인을 나쁘게 소개한다고 불평하는 정부가 정작 작가들은 계속해서 감옥에 보내고, 그들을 재판하면서 '잔인한 터키인' 이미지를 전 세계로 확산시키는 논리는 무엇이란 말인가? 터키의 소수 민족 문제에 대한 자신의 생각을 피력한 한 교수가 제출한 유익한 보고서가 마음에 들지 않는다고 구속 요청을 하여 재판을 받게 하는 것, 혹은 이 글을 쓰기 시작하고 이 문장에 이를 때까지 신문 기자 다섯 명과 작가에 대해 추가 구속을 요청하며 재판을 받게 하는 것에 대해, 내가 아주 좋아하는 플로베르나 네르발 같은 오리엔탈리즘적 작가들은 당연히 'bizarreries(기이함)'이라고 했을 것이다, 어쩌면.

하지만 여기서 일어나는 일은 비단 터키에만 해당되는 기이함이 아니라, 우리가 서서히 인식하고 목소리를 높여야 할 새로운 세계적 현실의 일부임을 알게 되었다. 최근 중국이나 인도에서 목격되는 놀라운 경제 성장은, 그 거대한 나라에서도 특히 소설에서 가장 잘 설명될 수 있는 중산층의 급격한 증가를 가져왔다. 서양 밖의 부르주아 혹은 부유해진 관료 계층이라고 할 수 있는 이 새로운 엘리트들은, 마치 터키의 서구화주의 엘리트들처럼, 자신들의 힘과 부유함을 정당화하기 위해 서로 모순되는 두 가지를 동시에 해야 한다고 믿는다. 빠르게 증가하는 놀라운 부를 정당화하기 위해 서양의 언어와 스타일을 배우고, 자기 나라는 이런 지식이 필요하다고 자국민들에게 설명하는 것……. 그리고 이제 자신들이 충분히 '민족적' 혹은 국내적이지 않다는 자기 민족의 비판에 응하기 위해 강력하고 편협한 민족주의를 정치적 깃발로 삼는 것. 외부에서는 플로베르적 기이함으로 보이는 것이 정치적, 경제적 프로그램과 문화적 환상의 갈등이 될 수 있다.

서구 밖 사회에서 식민지 이후에 나타난 새로운 지배 엘리트들이 범죄와 살인에 대해 얼마나 가혹할 수 있는지 처음 상기시킨 사람은 나이폴이었다. 올해 5월에 한국에서 만났던 일본 작가 오에 겐자부로는 일본 군대가 중국과 한국을 점령했을 당시 저지른 끔찍한 죄에 대해 도쿄에서도 언급해야 한다고 믿었다는 이유로 편협한 민족주의자들의 공격을 받았다고 한다. 체첸과 여러 소수 민족 그리고 인권 단체에 맞서 러시아가 보여 준 편협함, 인도 힌두 민족의 사상의 자유에 가한 공격, 중국 정부가 위구르 터키인에게 소리 없이 적용했던 인종 청소도 같은 모순을 안고 있다. 글로벌 경제에 흥분하며 동참하는 한편으로 민족주의적 분노를 일으키며 민주주의와 사상의 자유를 서구의 발명품으로 보는 것…….

유럽에 있는 터키 친구들은 터키 경제가 유럽과 가까워지는 것뿐 아니라 완전한 민주주의와 인권이 유럽에 한정되지 않는다는 것을 유럽 연합의 문을 두드리는 터키인들에게 자주 그리고 동시에 균형적으로 상기시키려고 한다. 서구 밖에서 새롭게 등장한 강력한 중산층의 삶을, 그 모든 색깔과 현실을 어느 날 우리에게 설명할 준비를 하는 소설가들도 이와 같은 비판적인 태도를 서구에 기대한다고 나는 믿는다. 하지만 이라크 전쟁에서 보여 준 거짓말과 고문에 대한 소문으로 명예가 실추된 서구에게 이러한 것을 기대하는 것은 지나친 환상일 수도 있다.

49. 당신은 누구를 위해 씁니까?

“당신은 누구를 위해 씁니까?” 이는 작가 생활을 하는 30년 동안 독자들뿐 아니라 기자들에게 가장 많이 들었던 질문이다. 이 질문의 의도와, 그것을 통해 알고 싶은 것은 때와 장소에 따라 크게 차이가 난다. 하지만 절대 변하지 않는 것이 있다면, 질문하는 사람들이 의혹을 품고 있으며, 얕보듯이 완고하게 묻는다는 사실이다.

터키에서 소설가가 되겠다고 결심했던 1970년대 중반만 해도 이 질문에는 ‘모더니즘 이전의 고민으로 안간힘을 쓰는 서구 밖의 가난한 나라에서 예술과 문학은 사치다.’라는 식의 편협한 시각이 묻어 있었다. 당신처럼 교육받고 교양 있는 사람은 전염병과 싸우는 의사나 다리를 건설하는 엔지니어가 되어 더 나은 봉사를 할 수 있지 않느냐 같은 의미도 있었다. 1970년대 초에 사르트르가 자신이 비아프라[77] 출신의 지식인이라면 소설을 쓰는 일 같은 건 하지 않을 거라고 말해 이런 관점을 확산시키며 명성을 쌓았다. 시간이 흐른 후에 받은 "당신은 누구를 위해 씁니까?"라는 질문은 "사회의 어떤 계층에게 읽히고 사랑받고 싶어서 씁니까?" 같은 형태가 되었다. 나는 "가장 어려운 상황에 처한 사람들, 가장 가난한 사람들을 위해 씁니다!"라고 대답하지 않으면 함정에 빠져 부르주아와 지주의 이익을 옹호한다는 비난을 받으리라는 것을 알고 있었다. 가난한 사람들, 시골 사람들, 노동자들을 위해 쓴다고 말하는 착하고 순수한 작가들은 어차피 이런 계층은 읽고 쓰는 것을 모르기 때문에 순수한 작가의 책들을 전혀 읽지 않을 거라 응수하여 할 말을 잃게 만들었다. 1970년대 중반에 어머니는 연민과 슬픔을 담아 "너는 누구를 위해 쓰니?"라고 물으며 가슴 아파했고, 친구들은 나 같은 사람이 쓴 책은 어차피 아무도 읽지 않을 거라며 조롱하듯 말했다. 30년이 지난 오늘은 이 질문을 더 많이 받는다. 그것은 내 소설이 40개 이상의 언어로 번역된 것과 관련이 있다. 최근 10년 동안 더 많아진 "누구를 위해 씁니까?"라고 묻는 사람들은 내가 잘못 이해할까 봐 이렇게 덧붙인다. "당신은 터키어로 쓰는데, 터키인을 위해서만 씁니까, 아니면 당신 책이 번역된 다른 언어를 쓰는 독자들이 머릿속에 있습니까?" 터키에서뿐 아니라 터키 밖에서 30년 동안 던져진 이 질문에 따라오는, 의혹을 품은 완고한 미소를 보며 언

77 나이지리아 동부의 한 지역으로, 1967년에 독립을 선언했으나 실패했다.

은 결론은, 내 소설의 특성과 순수성, 진정성에 믿음을 주기 위해서는 "터키인들만을 위해 씁니다."라고 대답해야 한다는 것이었다. 전혀 인간적이지도 사실적이지도 않은 이 기대의 배후에는, 당연히 소설이라는 예술의 탄생이 정치적 힘으로서의 민족 형성과 민족 국가 설립과 시기를 같이한다는 사실이 존재한다. 19세기 가장 출중한 사례들이 하나하나 쓰일 때, 소설 예술은 정확히 민족 예술이었다. 발자크, 디킨스, 도스토예프스키, 톨스토이는 이제 막 형성되는 민족 중산층을 위해, 그들의 도시, 집, 집안, 물건을 보며 취향을 공유하고, 고민에 관해 논쟁하며 썼다. 이들의 소설은 먼저 민족 신문의 예술 문화면 부록에, 민족의 일반적인 상황을 논쟁하듯 게재되었다. 이 위대한 소설가들의 목소리에서, 민족의 일반적인 상황으로 고뇌하는 관찰자의 진심 어린 우려와 그것을 공유하려는 바람이 깊이 느껴진다. 19세기 말에 소설을 읽고 쓰는 것은 한 민족이 자기들끼리 자신들의 고민을 토로하는 데 동참한다는 의미였다.

하지만 오늘날엔 소설을 쓰는 것뿐 아니라 순문학 작품을 읽는 것이 완전히 다른 의미가 되었다. 먼저 20세기 초반에 모더니즘의 영향으로 문학은 고급 예술의 속성을 획득하게 되었다. 최근 30년 동안 진행된 커뮤니케이션과 출판 분야의 발달은, 소설 작가들이 먼저 그리고 오로지 자기 민족의 중산층에게 호소하는 것에서 벗어나 모든 세계에 '순문학 소설'이라는 형태를 추구하는 독자들에게 곧장 호소하는 상황이 되었다. 오늘날 마르케스, 쿠체[78] 혹은 폴 오스터의 신작은, 전 세계 순문학 소설 독자들이, 한때 디킨슨의 소설을 기다렸던 것처럼, 어떤 소식을 기대하듯 기다린다. 순문학 소설가들의 작품이 대개 그러하듯이, 이 작가들의 책도 그들이 태어나고 자란 나라의 독자들보다는 전 세계 순문학 소설 독자들에게 읽힌다.

소설을 쓰는 의도로 보자면, 작가들은 그들이 좋아하는 사람들을 위해, 이상적인 독자들을 위해, 자신의 즐거움을 위해 쓰거나 혹은 그 누구도 고려하지 않고 쓴다. 대부분 그렇다. 하지만 자기 작품을 읽는 사람들을 위해 쓰는 것도 맞다. 현대의 작가들은 자기 작품을 읽지 않는 대부분의 자국민보다는, 전 세계에 소수인 순문학 소설 독자들을 위해 쓴다는 느낌을 준다. 빈정거리는 듯한 질문, 소설가의 진정한 의도에 의혹을 품는 원인은, 바로 최근 30년 사이에 나타난 이런 새로운 문화적 상황이다.

여기서 가장 마음이 불편한 사람들은 서양 밖의 민족 국가들과 문화 기관의 대표자들이다. 창조적인 소설가들이 역사와 민족 문제를 비민족적 관점에서 보는 것은, 민족의 정체성과 국제 선상에서 자국을 대변하는 일 같은 문제에서 그들을 신뢰하지 않고, 역사의 어두운 면이나 자기 민족의 고민과 대면하고 싶어 하지 않는 서구 밖 민족 국가들의 골칫거리이기 때문이다. 그들은 작가가 자국 독자를 위해 쓰지 않고 '외국인들'을 위해 소

78 1940~ . 남아프리카공화국 소설가.

재를 이국화하고, 사실은 전혀 존재하지도 않는 문제들을 꾸며 댄다고 생각한다. 현지 문학이 현지에 순수하고 민족적인 형태로 남길 원하는 사람들의 또 다른 논리는, 서양에서 온 서양 중심의 관점이다. 작가가 다른 나라 독자들에게 호소하는 비밀은 민족적이지 않은 사례들을 모방하는 것으로, 이를 순수성 상실로 해석하는 관점이다. 게다가 한 소설가의 작품을 읽으면서, 어떤 민족이 외부 세계로부터 완전히 단절되어 자기 안에 있는 순수하고 진정한 논쟁을, 마치 가족 내 다툼을 듣는 것처럼 목격하고자 하는 환상이기도 하다. 작가가 자기 작품을 다른 언어권과 문화권의 독자들도 염두에 두고 쓴다는 것은 이 환상을 죽여 버린다.

그 배후에 작가들의 '진정성'을 향한 깊은 바람이 있기 때문에, 나는 젊었을 때부터 들어 왔던 "당신은 누구를 위해 씁니까?"라는 질문을 여전히 좋아한다. 하지만 작가의 진정성은, 그가 살고 있는 세계의 현실에 가슴과 감성을 여는 것만큼이나, 작가로서 변해 가는 위치를 현실적으로 바라보는 것과도 관련이 있다. 민족적 문제, 비밀, 금지, 전설의 숨 막히는 짐과 편협함에서 벗어난 이상적인 독자는, 마치 작가처럼, 어쩌면 오늘날 그 어디에도 없을지 모른다. 하지만 민족적이든 비민족적이든, 이상적인 독자를 찾는 것은, 먼저 그를 상상하고 그에게 호소하며 쓰는 것으로 시작된다.

4부

나의 책들

50.『하얀 성』후기

책을 사랑하고, 그것들을 쓰다듬으며 집필할 정도로 영리한 작가들은 지금부터 내가 말하고자 하는 바를 익히 이해할 것이라 생각한다. 작가를 지극히 행복하게 만들고, 적절한 부분에서 '끝'이 나더라도, 주인공들이 출판된 책 밖에서, 작가의 상상 속에서 그 모험을 계속하는 책이 있다. 19세기 일련의 작가들은 이러한 상상들을 제2권, 제3권에서 계속 쓰기도 했다. 반면, 이미 이룩된 세계를 다시 이루는 것과 같은 함정에 빠지기 원하지 않는 다른 작가들은, 계속해서 이어질 수 있는 이 새롭고 위험한 인생에 종지부를 찍기 위해, 소설 끝에 주인공들의 있을 법한 미래를 급히 마무리 지어 추가한다. 한번 보자. "세월이 흐른 후 도로테아는 두 딸과 함께 알킹스톤에 있는 농장으로 돌아갔다……." "결국 라자로프의 사업은 순조롭게 되어 갔고, 이제는 수입도 꽤 괜찮아졌다……." 다른 부류의 책들도 있다. 작가의 상상 속에 있는 새로운 삶이, 주인공들의 새로운 모험을 통해서가 아니라, 책 자체의 이야기로 계속되는 책이다. 책은 작가의 정신 속에 차오르는 새로운 생각, 이미지, 물음, 놓쳐 버린 기회, 독자나 친한 친구들의 반응, 기억 그리고 다른 계획 등 때문에 작가의 머릿속에서 끊임없이 변해 간다. 결국, 작가의 머릿속에 있는 책의 이미지가 이미 서점에서 판매되면서 이미 자신이 의도했던 책과는 전혀 다른 것이 되기 시작하면, 작가는 손에서 빠져나가고 있는 이 새로운 괴물을 어떻게 창조했는지 상기하고 싶어진다.

『하얀 성』은 소설 『제브데트 씨와 아들들』(1982)을 끝마쳤을 때 어렴풋이 처음으로 구상되었다. 어느 날 궁전의 부름을 받고 한밤중에 푸른빛이 도는 거리를 걷는 한 예언자. 그 당시엔 제목도 이것이었다. 이 예언자는 순수한 의도로 '학문'을 연구하기 시작했다. 별로 환영받지 못한 자신의 지식이 궁전에서 받아들여졌으면 하는 바람으로, 전혀 좋아하지는 않았지만, 천문학에 대한 호기심 때문에 쉽게 배울 수 있었던 점성술을 이에 적용시킨다. 그 후 그는 자신의 예언들이 가져다준 힘과 권력에 취해 음모를 꾸미기 시작한다. 내가 생각했던 것은 이 정도였으며 그다음은 어떻게 해야 할지 알지 못했다. 당시는 내 머릿속에 자리 잡은 이 '역사적' 소재가 썩 내키지 않았고, 나 자신 그리고 다른 사람들도 자주 이렇게 묻곤 했던 "왜 역사 소설을 쓰지?" 라는 질문에 신경에 쓰였다. 그래서 나의 생각을 행동으로 옮길 정도로 관심을 갖지는 않았다.

나는 스물세 살 때 역사를 소재로 한 세 편의 이야기를 쓴 적이 있다. 사람들은 『제브데트 씨와 아들들』을 '역사' 소설이라고들 했다. 이는 나의 문학적 취향이 아니라 정신적 경향과 관련이 있었을 것이다. 어렸을 때 그러니까 여덟 살 때, 모든 것이 서로 반복되고 라디오에서는 항상 같은 음악이 들렸던 우리 집에서, 어느 날 어두운 가구들이 암울한 분위기를 자아내는 우리와 같은 아파트의 할머니가 사는 층으로 올라간 적이 있다. 그곳에서 나는 미국에서 영원히 돌아오지 않았던 의사 삼촌의 먼지 앉은 의학 서적과 빛바랜 신문 사이에서 레샤트 에크렘 코추[79]가 집필한 그림이 들어간 커다란 책을 보게 되었다. 이렇게 해서, 매일 몇 시간이고 먼지를 쓸고 닦아도 또다시 어두운 먼지가 그림자처럼 또 쌓이는 아파트에서, 매춘의 도구로 이용된다는 이유로 아잡카프 지역에 있는 원숭이를 가게에서 데려와, 나무에 매달았던 이야기를 읽곤 했다. 세탁기 돌아가는 소리가 들리고, 모두들 끓인 물과 비누를 사용하여 청소를 하던 날에도, 나는 구석에 틀어박혀 흑사병에 걸리는 형벌을 받은 멜렉 기르메즈 골목 창녀들의 모습을 그린 연필화를 들여다보곤 했다. 복도에 있는 괘종시계가 시간을 알리는 소리를 인내심 있게 기다릴 때에도 나는 두려움에 싸여, 팔다리가 부러진 채 대포 주둥이에 넣어져 대포알처럼 쏘

79 1905~1975. 터키 역사학자.

아져 사형을 당하는 죄인 이야기에 파묻혀 지냈다. 내가 쓴 초기 역사 소설들 중 한 편을 읽은 어떤 비평가는 내가 중요한 일상의 문제에서 도피하기 위해 역사에 몰입한다고 했다.

『고요한 집』(1983)을 집필한 후, 내 눈앞에 역사적 상상들이 들끓기 시작하자, 이러한 의견이 맞다는 생각이 들었다. 나는 장편 소설을 집필하는 사이에 이보다 적은 분량의 소설을 써야겠다는 생각을 했다. 쓰면서 휴식을 취할 수 있고, 나를 즐겁게 해 줄 중편 소설. 이렇게 해서 내 상상 속의 주인공인 예언자를 위해 과학과 천문학 서적에 즐거이 파묻혔다. 아드난 아드와르[80]가 집필한 재미있고 특별한 책인 『오스만 터키의 과학』은 내가 찾고 있는 분위기에 색채를 부여해 주었다.(에블리야 첼레비도 좋아했던, 이상한 동물 이야기를 서술하고 있는 『괴상한 동물들』 같은 유의 책들, 어떤 책의 영감을 받아 이를 약간 바꾸어서 재집필한 존재하지 않는 나라에 관한 지리 책자 등) 아서 케스틀러[81]의 『몽유병자들』에서의 케플러[82]의 해석(나는 왜 나인가?), 레오나르도 다빈치의 어린애 같은 순수함과 무기 제조에 대한 뜨거운 열정(상대를 잡고, 그들에게 본때를 보여 주기 위해 애를 태웠던 사람들의 포기할 수 없는 환상), 캬팁 첼레비[83]의 지독한 책벌레 같은 면모를(주위에 고통

80 1882~1995. 터키 의사.
81 1905~1983. 헝가리 출신 영국 작가.
82 1571~1630. 독일 천문학자.
83 1609~1657. 오스만 제국의 학자.

과 기쁨을 나눌 누군가가 없을 때 더욱더 슬픈 아름다움에 잠기는 이러한 환자들에게 나는 사랑을 다해 인사를 건넵니다.) 나의 주인공들에게 부득이하게 적용시켰다. 쉬헤일 윈베르 교수가 집필한 『이스탄불 천문대』라는 책에서 오스만 제국 시대의 유명한 천문학자인 타키유딘의 존재를 알게 되었다. 타키유딘이 파디샤에게 바쳤지만, 오늘날은 사라지고 없는 유성과 관련된 '과학의 기념물'을 주인공이 발견하여 해석하려고 계획할 때 나는 천문학과 점성학의 경계가 모호함을 알게 되었다. 어떤 책에서는 점성학에 대해 이렇게 쓰고 있다. "어떤 질서가 무너질 거라 추측을 하는 것은 그 질서를 뒤엎기 위해 그리 나쁜 방법이 아니다." 정치인들처럼 황실 점성술사인 후세인 에펜디도 전력을 다해 이 예언 원리를 적용하려고 했다는 것을 이후에 나는 나이마[84]가 쓴 역사책에서 읽었다.

내 소설의 색채들을 모으는 것 말고는 확실한 목적이 없었던 이러한 독서에 지쳐 있을 즈음, 나는 세계 문학, 특히 터키 문학과 우리 삶에서 많이 볼 수 있는 테마를 생각했다. 선을 행하고, 다른 사람들에게 유용한 일을 하고자 하는 열정에 불타는 주인공! 독자들이 등장인물들의 절반에게 이를 갈며, 나머지 절반에게는 감탄하고 눈물 흘리며 읽은 소설, 선행을 하는 착한 주인공을 악의 무리가 비열하게 가로막는다. 이보다 더 선한 소설에

84 1655~1716. 오스만 제국의 역사가.

서는, 착한 주인공들이 서서히 악의 무리에게 먹히고, 변화되어 간다. 어쩌면 나도 이와 비슷한 것을 쓰려고 했는지 모른다. 하지만 나는 '선'이나 주인공이 행동을 개시하게 하는 지식과 발명에 대한 흥분의 원천을 도저히 찾을 수가 없었다. 어쩌면 우리는 읽은 책이 아니라, 들은 말과 다른 사람들에게 느끼는 선망 때문에 스스로를 변화시키는 나라에 살기 때문에, 나의 예언자가 '서양'에서 온 누군가로부터 과학을 배우는 것으로 결정을 내렸다. 그 먼 나라에서 배에 가득 실려 온 노예들은 이를 위해 안성맞춤이었다. 헤겔을 연상시키는 그 주인-노예 관계는 바로 이렇게 설정되었다. 나는 호자와 노예가 서로에게 모든 것을 말해 주고 서로를 교육시킬 거라고 상상했다. 어두운 도시에 있는 어느 집의 한 방에서 둘만이 오랜 시간 대화를 나누게 해야겠다고 구상했다. 이렇게 해서 두 사람 사이의 정신적 관계와 긴장감이 소설의 기본 요소가 되어 버렸다. 내가 수집한 색채로 꾸미고 단장했던 이 구상과 이야기의 주인공들에게, 내 소설에 나오는 세계 속에서 거닐게 할 육체를 모색하도록 결정했을 때, 나는 내가 호자와 이탈리아 노예를 외관상으로 별로 구별하지 못한다는 것을 알게 되었다. 어쩌면 내 상상력의 순간적인 망설임 때문에 '동일성'이라는 아이디어가 떠올랐던 것 같기도 하다. 이 시점 이후에 문학사라는 보물 창고의 그 유명한 쌍둥이들, 비슷한 사람들, 서로의 삶을 바꾼 사람들이라는 테마로 건너뛰기 위해서는 그렇게 많은 상상을 할 필요가 없다는 것을 문학을 사랑하고, 문학을 아는 독자라면 이해할 것이다.

이렇게 해서 나의 이야기는, 내 안에 있는 논리의 강요 혹은 내 상상력의 나태함 때문에 나 자신마저도 흥분시키는 아주 다른 형태가 되어 버렸다. 스스로에게 만족하지 못했고, 음악가가 되고 싶어 닮고자 했던 모차르트의 이름을 자신의 이름에 추가한 E. T. A. 호프만의 '이중성 테마'에 관한 책들을 물론 나는 알고 있었다. 에드거 앨런 포의 신경을 곤두서게 하는 이야기들도, 슬라브 마을에 사는 간질병 걸린 목사의 전설로 시작되는 도스토예프스키의 소설 『분신』도. 『하얀 성』이 출판된 후 이런 목록을 얼마나 더 나열할 수 있을까 하는 생각이 들어 한 미국 대학의 도서관에서 자료를 모아 보았다. 문학에서 이 쌍둥이-닮은 사람 테마에 대해 어떤 작가가 무엇을 했는지를 조금만 읽었는데도 숨이 막히는 것 같았다. 이런 상황에서 숨통을 트기 위해서는 직접 경험한 기억들을 끄집어내는 것이 어쩌면 가장 좋은 방법인 것 같았다. 중학교에 다닐 때 생물 선생님은 자신이 우리 반의 못생긴 쌍둥이 형제를 아주 잘 구별할 수 있다며 뿌듯해했다. 하지만 그 쌍둥이들은 구술 시험에서 잘도 자리를 바꿔 앉았다. 채플린의 영화 『독재자』의 모방작을 좋아했는데, 나중에 본 원작은 별로 마음에 들지 않았다. 어렸을 때는 만화책의 주인공인 '천의 얼굴의 가진 사나이'를 열광적으로 좋아했다. 그가 나를 대신한다면 무엇을 했을까? 어쩌면 그는 아마추어 심리학자로 변신해 이렇게 말했을 것이다. 실은 모든 작가는 다른 사람이 되고자 한다고. 『지킬 박사와 하이드 씨』에는 호프만의 이중성 테마보다는 로버트 루이스 스티븐슨[85] 자신의 정신 상태가 반영되어 있다. 낮에는 평범한 시민, 밤에는 작가! 어쩌면 나로 변한 사람은 내가 쌍둥이자리 태생이라는 것을 독자들에게 환기시키려 할지도 모른다. 그러면 나는 그에게 당신이 그런 것을 믿지 않는다는 것을 어디선가 읽은 적이 있다고 딱 잘라 말할 것이다. 당연히 이 복잡함이, 책을 찾고 책의 서문을 쓴 파룩에 이어, 내가 책 말미에다 어떤 말을 덧붙이려는 데서 비롯된 복잡함과 비슷하다고 할 독자도 있을 것이다. 우리의 목적이 해명이기도 하니 한번 밝혀 보도록 하자.

『하얀 성』의 필사본을 이탈리아인 노예가 쓴 것인지, 오스만인 호자가 쓴 것인지는 나도 모른다. 『하얀 성』을 쓸 때 봉착했던 일련의 기법적 어려움(독자들에게 해 줄 설명, 일련의 역사적 지식을 전달하는 것 등)에서 벗어나기 위해, 나는 『고요한 집』의 등장인물 가운데 한 명인 역사가 파룩에게 느꼈던 친밀감을 이용하기로 했다. 파룩을 통해 해결했던 문체와 기법 문제는 이러하다. 한 주인공이 충고한 대로 책을 끝까지 읽지 않은 독자들은(작가보다는 주인공들을 믿는 것이 우리 소설 전통의 중요한 고리이기도 하다.) 터키인이 이탈리아인의 입을 빌어 글을 쓴다는 것에 대해 우려했다. 내 책의 처음과 끝에 언급한 세르반테스도 한때 같

85 1850~1894. 스코틀랜드 작가.

은 우려를 했는지, 아랍 역사가 세이트 하미트 빈 엔겔리의 필사본에서 영감을 받아 쓴 『돈키호테』를 자신의 것으로 만들기 위해 쓸데없이 장난을 한다. 『고요한 집』을 읽은 독자들은 기억할 것이다. 파룩도 게브제의 문서 보관소에서 찾은 필사본을, 마치 세르반테스가 그랬듯이, 현대 터키어로 번역하면서 다른 책에서 읽은 무언가를 그 텍스트에 추가했을 것이다. 내가 파룩처럼 기록 보관소에서 연구를 하고, 도서관의 먼지 앉은 책장과 필사본들 속에서 조사하고 있다고 생각하는 독자들에게, 나는 파룩이 한 일을 내가 떠맡고 싶지는 않다고 말하고 싶다. 나는 단지 파룩이 찾은 몇몇 세부 사항들을 유용하게 사용했을 뿐이다. 이 세부 사항을 내가 처음으로 역사 소설을 쓸 때 기쁘게 읽었던 스탕달의 『이탈리아 이야기』에서 배웠던 오래된 그 방법, 그러니까 '발견된 필사본 방법'을 통해 파룩을 시켜 서문 부분에 쓰게 했다. 이는 어쩌면 내가 나중에 쓸 다른 역사 소설을 위해 파룩을 — 마치 내가 그의 할아버지인 셀라하틴 씨에게 하게 했던 것처럼 — 내 밑에서 일하는 데 익숙하게 만들기 위한 것이었다. 동시에 독자들을 난데없이 가장 무도회에 들여보내는 위험에서 — 이것이 역사 소설을 쓰는 데 있어 가장 어려운 부분이다. — 벗어나게 할 수 있었기 때문이기도 하다.

내 소설의 시간적 배경을 17세기 중반으로 정한 이유는 이 시기가 역사적으로 적합하고 색채감 있는 시기였을 뿐만 아니라, 주인공들이 나이마, 에블리야 첼레비 그리고 캬팁 첼레비가 쓴 것들을 이용하도록 하기 위한 의도였다. 하지만 그 이전과 이후의 세기에 있었던 아주 작은 삶의 단편도 여러 여행기들을 통해서 내 책에 스며들었다. 좋은 의도를 가진 긍정적인 사람인 이탈리아인을 호자의 노예로 만들기 위해 100년 전 마치 세르반테스처럼, 터키인들에게 포로로 잡힌 이름 없는 스페인 사람이 필립 2세에게 바친 책에서 영감(배를 타고 가던 중 포로로 잡힌 점, 의사로 가장해 지낸 날들)을 받았다. 세르반테스와 같은 시기에 오스만 제국의 전함에서 배 젓는 노예 일을 했던 W. 래티슬로 남작의 감옥 생활이 이탈리아 노예의 감옥 생활에 실례가 되었다. 이들보다 40년 전에 이스탄불에 온 프랑스인 뷔벡의 편지는 흑사병이 돌던 시절(평범한 종기도 흑사병일거라는 두려움을 불러일으켰다!)과 이스탄불 근처의 섬에 도피한 기독교인들에 대해 쓸 때 도움이 되었다. 폭죽 축제, 이스탄불 풍경과 야간 놀이(앙투안 갈랑, 몽테뉴 부인, 토트 남작), 파디샤가 애지중지한 사자와 사자 우리(아흐메트 레픽[86]), 오스만 군대의 폴란드 원정(아흐메트 아아의 『비엔나 포위기』), 어린 파디샤가 꾸었던 꿈들과(할아버지 집 서재에서 읽었던 레샤트 에크렘 코추가 같은 소재로 쓴 책인 『우리 역사의 이상한 사건들』), 이스탄불의 떠돌이 개들, 흑사병에 대처하기 위한 방어책(헬무트 폰 몰트케의 『터키에서 보낸 편지』), 소설의 제목이 된 '하얀 성'(판화가 들어 있는 타데우츠 트레바니안의 『트란실베니

86 1880~1937. 터키 역사학자.

아 여행』이라는 책에는 성(城)의 역사 말고도 야만인과 프랑스 소설가가 신분을 바꾸는 소설에 대해 언급하고 있다.)과 관련된 세부적인 것들도 내 소설의 배경이 된 시기가 아니라, 다른 시기에 대해 쓴 목격자들에게서 수집했다.

지치고 게으른 사람들이 사는 나라에 생기를 불러일으켜 주는 책벌레들도 발견하지 못할, 나의 쌍둥이가 이 소설을 쓰지 않았다는 증거를 한두 가지 들어 보겠다. 에디르네에 있는 베야지트 사원 부속 정신 병원 환자를 위해 연주되는 마법적인 음악을 목격한 사람은 물론 에블리야 첼레비이다. 하지만 나는 흐린 봄날 아침 아내와 함께 등골이 오싹한 채 슬픔에 가득 차, 이 멋진 건물을 덮친 진흙을 보았다. 파디샤를 흥분시킨 황새도. 나의 주인공들이 해몽을 했던 술탄 아브즈 메흐메트[87]의 꿈들 중 일부는 내가 상상해 낸 것이다.(손에 자루를 들고 있는 어두운 남자들 등.) 이탈리아 노예가 어린 시절 그랬던 것처럼, 내 부모님은 나의 새 옷을 옷이 찢어진 형에게 입혔다. 하지만 소설에서처럼 빨간색이 아니라, 푸른색과 흰색이었다. 추운 겨울 아침, 나와 형을 데리고 놀러 나갔던 어머니는 우리에게 먹을 것을 사 주며(헬와가 아니라 아몬드 쿠키를) 호자의 어머니처럼 "누가 보기 전에 빨리 먹어 버리자꾸나."라고 말하곤 하셨다. 소설에 등장하는 붉은 머리의 난쟁이는 어린 시절의 고전이었던 『붉은 머리 아이』

87 오스만 제국의 술탄. 재위 1649~1687.

와도, 내가 썼거나 앞으로 쓸 책에 나올 난쟁이와도 관련이 없다. 나는 1972년 이스탄불의 베쉭타시 동네 시장에서 그를 보았다. 호자가 설계한, 한동안 조절할 필요가 없는, 기도 시간을 알려 주는 시계를 발명하는 생각은 내 사춘기 시절의 꿈이었다고 생각했지만, 그건 나의 착각이었다. 아직도 실현되지 않은 것이 놀라운 이 계획에 매우 관심을 보이는 사람이 나타났고, 다른 누군가는 일본에서 이런 손목시계가 발명되었다고 하기도 했다. 하지만 난 아직 보지 못했다.

이제 말할 때가 온 것 같다. 인간과 문화를 구분하기 위해 행해졌고, 앞으로도 행해질 분류 가운데 하나인 동서양 구별이 실제와 얼마나 적합한가 하는 것은 물론 『하얀 성』의 주제가 아니다. 형편없는 문체, 평범한 관찰 그리고 흥분해서 썼던 서문으로는 파룩이 그 어떤 독자도 속여 넘기지 못할 거라고 생각하는데, 주인공들뿐만 아니라 독자들도 동서양 구별에 관심을 갖는 것이 나로서는 무척 놀라웠다. 물론 이것도 덧붙여야 할 것이다. 이와 같은 구별에 대한 흥분으로 수백 년 동안 이어져 온 그 많은 망상이 없었더라면 이 소설을 존재하게 하는 색채도 대부분 찾을 수 없었을 것이다. 동서양 구별을 위해 흑사병을 리트머스 종이처럼 사용하는 것도 옛날식 사고이다. 토트 남작은 자신의 회고록에서 이렇게 말했다. "흑사병은 터키인을 죽인다. 하지만 유럽인에게는 고통만을 준다!" 이러한 관찰은 엉터리 같은 소리 혹은 거만함이 아니라, 내가 비밀의 일부만을 알려주려 했던 어느 허구의 모험에서 사용할 수 있는 하나의 색채일 뿐이다. 이 색채란 작가가 좋아하는 과거와 좋아하는 책을 떠올리게 하는 데에는 유용할 수 있지만, 색채들을 어떻게 발견하여 한데 어우러지게 했느냐 하는 설명은 해도 해도 끝이 없다.

51. 『검은 책』: 10년 후

『검은 책』과 관련해 나에게 남은 가장 강렬한 기억은 책을 탈고하던 시절과 관련이 있다. 3년 동안 작업한 후, 책을 단기간에 끝내기 위해 1988년 11월 에렌쾨이에 새로 지은 17층짜리 아파트 꼭대기의 빈집에 틀어박혀, 한시도 쉬지 않고 글을 썼다. 당시 아내는 미국에 있었다. 내 전화번호를 아는 사람도, 나를 찾는 사람도 없었다. 그렇지 않아도 별로 없던 친구들, 잡지와 신문에 기고할 글 혹은 이와 비슷한 것들을 요구할 편집장들, 그러니까 온 힘을 다해 쓰던 책과 갈립의 모험에서 나를 방해할 것은 먼 곳에 있었다. 나는 같은 아파트에 살며, 나를 안쓰럽게 여겨 가끔 저녁 식사를 챙겨 주는 먼 친척 두 명(외메르와 시벨) 이외에 아무도 보지 않았고, 책에 집요하리만치 몰입하여, 모든 세계를 행복하게 잊었던 시절이면 늘 그러했듯이, 아무도 만나지 않는 것에 아주 흡족해했다.

하지만 틀어박혔던 곳에서도 도무지 책을 다 끝내지 못했다.(나는 『검은 책』을 5년 가까이 걸려 완성했다.) 그 한적한 곳에서 글을 쓰면 쓸수록 도무지 결말에 도달할 수 없었고, 글쓰기와 외로움의 희열과 함께 이상한 불행과 두려운 감정에 싸여 서서히 주인공 갈립과 닮아 가기 시작했다. 이스탄불에서 아내를 찾아 헤매지만 찾을 수 없었고, 그사이 전혀 예기치 않은 다른 것들과 직면하고, 이 멋진 것들, 지하 터널, 튀르캰 쇼라이[88] 그리고 그녀와 비슷한 여자들 혹은 읽었던 모든 칼럼 속의 상실감과 불행한 감정 때문에 전적으로 희열을 느끼지 못하는 갈립처럼, 나도 쓰면 쓸수록, 확장될수록 나를 행복하게 하는 책의 희열을 내 마음속 깊은 곳에서 느꼈지만 이를 어떤 승리의 감정으로 전혀 축하하지 못했다. 한동안 글을 썼던 곳에서, 갈립이 그러했듯이, 철저하게 혼자 있는 나 자신을 발견했다. 면도하는 것을 그만두었고, 옷도 갈아입지 않았다. 어느 날 저녁 형편없는 운동화를 신고, 머리에는 야구 모자를 쓰고, 단추가 떨어진 레인코트를 입고, 형편없는 비닐 가방을 손에 들고, 에렌쾨이의 뒷골목에서 유령처럼 걸었던 기억이 난다. 되는대로 눈에 띄는 식당, 간이식당에 들어가, 적의에 가득 찬 눈길로 내부를 둘러보며 배를 채우기도 했다. 두 주에 한 번 나를 방문해서 식당으로 데리고 갔던 아버지가, 내가 사는 지저분하고 온통 어질러진 집과 나의 엉망진

88 터키 여배우. 『검은 책』에 창녀로 등장한다.

창인 상태, 책을 도저히 끝마치지 못하는 것을 보고 걱정하며 충고를 해 주었던 일이 기억난다.

나는 갈립처럼 나 자신이 철저히 혼자라고 느꼈다.(어쩌면 이 파멸의 감정을 책에 반영하려고 했던 것인지도 모른다.) 하지만 내면에는 그가 느꼈던 슬픔이 아니라 분노가 더 많이 자리했다. 이 분노는 어쩌면 갈수록 기이해지는 책을 사람들이 이해할 수 없을 것이고, 이 작품을 나의 다른 책들과 비교할 것이며, 쉽게 이해되지 않거나 어두운 구석들을 책이 실패한 증거로 볼 것이라고 생각했기 때문일 것이다. 어쩌면 내가 잘못 쓴 탓에 책을 절대 끝마치지 못할 거라고 생각했을 수도 있다. 『검은 책』은 내게, 어떤 책의 성공의 척도는 작가 자신이 적용하는 문학적, 형태적 문제들을 해결하는 것이 아니라 작가가 고심하는 문제의 거대함과 중요성, 그리고 그것들을 해결하기 위해 작가가 기울인 절망적인 노력이라는 것을 보여 주었다. 좋은 작품을 쓰는 것만큼이나 어려운 일은, 작가로부터 지속적으로 모든 것을, 모든 힘을, 창조성을, 모든 삶을 요구하는 주제들을 찾는 것이다.

당신이 모든 삶을 걸 이러한 유의 책들은, 결국 그 책에 바친 당신의 삶처럼, 서서히 당신을 당신이 원하는 곳으로 데려간다. 그 새로운 장소, 그 이상한 나라는 물론 우리의 과거, 추억, 상상으로 만들어졌으며, 『검은 책』을 쓰던 시기에, 한밤중에, 아침까지 쉬지 않고 담배를 피우며 쓰던 시간에 느낀 것처럼, 두려움, 불확실성, 패배, 외로움의 신호들로 들끓는다. 그곳에 당신이 맨 처음 도착했고, 제일 먼저 받은 위로는 이것이다. 그래도 당신의 고집과 절망이 당신을 구제할 것이다, 합리적인 예술성이 아니라. 재능보다 더 많이 믿었던 나의 고집과 인내심에도 불구하고 때로는 책의 향방을 전혀 모르겠다는 생각이 들었고, 내가 쓴 모든 페이지들이 나와 독자들을 책 자체의 혼란스러움 이외에 다른 어떤 곳으로 데려가지 않을지도 모른다는 공포를 느꼈고, 심란한 마음에 휩싸이곤 했다. 써 나갈수록 『검은 책』은 내가 심오한 사적인 목적, 의미 모색과 어떤 피상적인 막연함, 위대한 어떤 것을 쓰고 싶은 바람, 모호성 그리고 불확실성 사이를 오가는 것처럼 보였다. 홀로 있을 때 나를 가장 많이 두렵게 한 것은, 이 긴장감이 나쁘게 끝나고, 내 인생의 5년을 가치 없는 책에 바친 채로 결국 실패를 맛볼 거라는 생각이었다. 지금은 이러한 유의 두려움들이, 나처럼 오로지 불안과 긴장으로 몸부림치며 쓸 수밖에 없는 사람들에게 약이라고 생각한다.

『검은 책』에 대한 첫 아이디어, 그러니까 이스탄불을 배경으로 하여, 도시의 모든 역사와 무정부주의, 내 어린 시절 이스탄불 거리의 시적인 면을 감싸 안을 어떤 책을 쓰고자 생각한 것은 1970년대 말부터였다. 1979년부터 쓰기 시작한 공책에, 서른다섯 살에 집을 나간 한 지식인과 그가 보낸 긴 주말, 이스탄불에서 개최되었다가 민족의 재앙으로 변한 국가 대항 축구 경기, 정전(停電), 이스탄불 거리, 브뤼헐[89](「눈(雪)」)뿐만 아니라 보슈[90](「악마들」) 그림들의 분위기, 『마스나비』, 『왕서』, 『천일야화』

등에 대한 기록이 있다.

아직 첫 소설 『제브데트 씨와 아들들』조차 출간하기 전이었지만, 나의 머릿속에서는 이러한 착상이 모양을 갖추기 시작했으며, 주인공으로 어떤 화가를 생각하고, '해체된 세밀화'라는 제목을 생각하고 있었다. 이스탄불의 끊이지 않는 소음과 소란, 지식인들, 지식인들이 참석했던 즐거운 파티, 가족 모임, 장례식, 축구 경기 해설자, 미인 대회 등 많은 것을 동시에 상상했고, 여느 때처럼 그 당시 쓰고 있던 소설보다는(쓰다 만 정치 소설, 『고요한 집』, 『하얀 성』) 앞으로 『검은 책』이라는 작품이 될 이 소설의 상상과 계획들로 행복했다.

그즈음 책의 구조와 생각들에 영향을 미친 하루를 산 적이 있다. 군사 쿠데타가 있고 2년 후 1982년 자유를 지나치게 제한하는 헌법이 국민 투표 없이 시행되기 얼마 전에 이모의 아들이 내게 전화를 걸어 왔다. 스위스의 어떤 텔레비전 채널이, 상정된 헌법에 대해 텔레비전 카메라 앞에서 비판할 지식인을 찾는데, 이 일에 용기를 낼 사람을 아는지, 내가 도와줄 수 있는지 물었다. 이렇게 해서 이틀 동안, 그 큰 이스탄불에서 사람을 찾겠다고, 대학 연구실에서 백과사전 사무실로, 광고 회사에서 신문사로, 집으로, 많은 곳으로 이 일을 수락할 지식인들과 이야기를 하러 갔다. 정부가 전화를 — 오늘날도 그러하듯이 — 대담

89 1525?~1569. 네덜란드 화가.
90 1450?~1516. 네덜란드 화가.

무쌍하게 도청했기 때문에, 이 문제를 설명하기 위해, 나중에 모두 하나같이 나의 제의를 거절할 지식인들을 직접 찾아갔다. 당시 지식들인에게 가해진 군인들과 정부의 압력은 소비에트 연방과 비교해도 덜하지 않을 수준이었기 때문에 내 제안을 거절한 신문 기자들, 작가들, 그리고 그 밖의 좋은 사람들이 그럴 만하다고 생각했으며, 내가 그들을 어려운 도덕적 선택 앞에 서게 한 것에 대해 죄책감을 느끼곤 했다. 페라 팔라스 호텔의 한 방에서 기다리던 외국 텔레비전 채널 관계자가 촬영할 때 말하는 사람의 뒤에서 조명을 밝혀 얼굴을 어둡게 처리할 수도 있다고 했다. 결국 그들은 내가 어떤 지식인도 설득하지 못할 경우에는 『검은 책』 결말 부분에 호텔 방 카메라 앞에서 말한 갈립처럼(그 역시 제랄을 찾지 못했다.) 내가 대신 이야기해도 된다고 말했다. 하지만 나는 자신감도 용기도 없었다.

이처럼 나의 삶과 기억들이 약간씩 변형되어 『검은 책』에 반영된 부분이 얼마나 많은지, 이 모든 것을 일일이 세는 것은 미친 짓이다. 그래도 당시의 니샨타시가 나의 니샨타시라는 것을, 상점들의 이름, 거리, 골목 분위기를 사실 그대로 그렸음을 알아주었으면 한다. 알라딘이 실제 인물이며, 가게도 바로 경찰서 맞은편에 있는 진짜 가게라는 것을 이후에 그와 인터뷰한 신문을 통해 많은 사람들이 알게 되었다. 나는 알라딘이 오려서 진열장과 가게 구석들에 걸어 놓은 신문 기사를 보는 것, 가끔 내 책을 다른 나라 언어로 번역하는 번역자들을 그에게 소개하는 것(알라딘, 이 사람은 베라야. 자네를 러시아에서 유명하게 만들 거야.), 세계 각지에서 와 손에 책을 들고 알라딘을 찾는 호기심 많은 독자들의 존재가 항상 반가웠다. 책에 있는 아크로스틱[91]을 읽고, 세흐리칼프 아파트가 있던 자리에 파묵 아파트가 자리한 것을 발견한 사람들은 엘리베이터의 신음 소리, 계단의 냄새, 그 '밝음'에서 가족 내 분란까지 많은 부분을 이곳에서의 삶에서 끄집어냈으리라는 것을 짐작할 것이다. 친척들은 책의 마지막 문장에 도전하는 태도로, 책이 출간된 후에도 가족 다툼을 포스트모던한 어떤 농담으로 여기며 계속했고, 먼저 재산 문제로 서로서로 소송을 걸었고, 나중에는 명절에 모두 함께 만나 식사를 했다.

서구에서, 미국에서 문학 방면에 무슨 일이 일어나고 있는지 멀리서 들은 우리 비평가들과 그들로부터 배운 것들을 퍼트린 언론은 포스트모더니즘 개념을 아무 때나 사용하면서, 내가 생각한 것보다 더 중요시하고, 별로 아는 게 없으면서 얼마나 많이 사용하는지, 독자들은 이 단어를 책의 난해함, 긴 문장, 복잡함에 대한 일종의 변명으로 생각했다. 이러한 적절하지 않은 상황들이 있었으니, 독자의 반응은 정당했다고 생각한다.

『검은 책』이 내가 어린 시절부터 시작해서 내 삶의 대부분을 보냈고, 살았던 곳을 배경으로 하고, 나와 동년배 주인공의 모험이 서술되었기 때문에, 당연히 내게 내가 얼마나 갈립인지

91 각 행의 첫 글자를 아래로 연결하면 특정한 어구가 되도록 쓴 시나 글.

를 종종 물었다. 내 삶은 작고 세부적인 면, 예컨대 쇼핑을 하고, 창문에서 알라딘의 가게를 바라보고, 실제 인물인 카메르 부인과 이야기를 나누고, 토요일 저녁에 외로움을 느끼고, 밤에 텅 빈 거리를 걷는 면에서는 어쩌면 갈립과 비슷하다. 하지만 갈립의 진짜 외로움, 병처럼 그의 내부에 자리 잡은 우울함, 그 삶에 있는 슬픈 어둠은 다행히 내게 그토록 깊은 상처는 아니다. 갈립이 지닌 체념하는 마음, 신중함, 고통을 짊어지는 힘이 부럽고, 그 많은 경험을 하고도 삶을 조용히 긍정하는 면도 내가 경탄해 마지않는 그의 면모다. 나는 이러한 것들을 그처럼 강한 의지를 가지고 해낼 수 없었기 때문에 작가가 되었다.

이전에 쓴 소설들은 내게 각기 독자적인 삶을 계속하는 각각의 기억들이다. 가끔 이것들을 두려워하며 페이지들을 뒤적이면, 이야기와 그 이야기를 쓰기 위해 내가 기울인 노력, 앉아서 썼던 방, 책상이 떠오른다. 『검은 책』은 1985년 미국 아이오와 대학의 숙소 건물에 있는 작은 방에서 쓰기 시작했다. 내 책상은 낙엽이 지기 전 새빨간 색으로 물든 너도밤나무 숲이 내다보이는 곳에 있었다. 그리고 아내와 살던 뉴욕 컬럼비아 대학 근처의 한 학생 주택에서, 할렘에서 사서 가져온, 모닝사이드 공원이 내다보이는 책상 앞에 앉아 계속 써 내려갔다. 가끔 고개를 들면, 맞은편 공원 가에 있는 넓은 인도에서 뛰어다니는 다람쥐들, 오가는 사람들의 물건들을 훔치고(나 역시 당했다.) 내 눈앞에서 서로를 죽이는 어린 마약상들, 이후 흥행에 참패한 영화 「사막 탈출」을 찍기 위해 순서를 기다리는 더스틴 호프만을 바라보곤 했다. 그 후 2년 동안은 400만 권의 책을 소장한 컬럼비아 대학 도서관의 1.5미터에서 2미터쯤 되는 작은 방에서 작업을 했다. 푸른 담배 연기로 꽉 찬 나의 이 작은 방은 건물 꼭대기에 있었고, 덕분에 학생들 수백만 명이 활발하게 거니는 정원과 광장을 내다볼 수 있었다. 나는 이스탄불에서, 제랄의 은밀한 집필실로 재현한 테쉬비키예 거리의 아파트 지붕 층에서(역시 라디에이터가 신음하고 나무 바닥이 삐걱거렸다.), 나중에 팔린 헤이벨리 섬의 여름 별장에서(창문에서 숲과 전방에 있는 바다의 어둠이 보이곤 했다.) 책을 계속 써 내려갔다. 소설을 완성한 에렌쾨이의 높은 아파트 건물에 있는 집 창문에서는 수천 개의 창문이 보였고, 커다란 희열을 느끼며 담배를 피우고 글을 써 내려간 밤, 나는 밤이 깊어 갈수록 창문들을 밝히던 텔레비전의 푸른빛이 사라지는 것을 보곤 했다. 그 당시 새벽 4시까지 이스탄불의 정적에 귀 기울이며(멀리서 짖어 대는 개 떼, 사각거리는 나무, 경찰차, 쓰레기 트럭, 술 취한 사람 들), 원하는 만큼 마음대로 담배를 피우고 소설을 쓰는 게 얼마나 행복했는지 지금도 생생하게 기억이 난다. 그 깊은 밤 그리고 아침 무렵 이 행복을, 어찔한 정신적 피곤과 책이 때때로 내게도 폐쇄된 비밀 속으로 사라지는 희열과 두려움의 형태로 느끼곤 했다.

이 비밀의 농도, 두려움, 의미에 대하여, 많은 사람들이 절반은 의심, 절반은 호기심으로 내게 물었던 그 위험한 지역에 대하여는, 내가 그것을 해독하여 이해할 수 없다는 것을 아주 잘 알기 때문에 전혀 언급하고 싶지가 않다.

52. 『내 이름은 빨강』의 초고 일부

나무

이모부에게 가기 위해 집에서 나가, 비탈길을 내려가 이스탄불의 거리로 들어가기 전에, 물론 플라타너스 밑을 지나갔다. 지금도 어렵지 않게 기억한다. 더욱이 ○○년 전, 그러니까…… 어느 저녁 무렵 흥분해서 빠른 걸음으로 나무 밑을 지나갔던 것이 지금 눈앞에 아주 잘 떠오른다고 말할 수도 있겠다. 하지만 이모부를 한시라도 빨리 보기 위해 빠르게 걸으며, 나무 밑을 지나간다고 생각하며, 플라타너스 그림자가 내 위에 부드러운 비단처럼 떨어지는 것을, 그 그림을 내 마음속에서 느꼈기 때문은 아니다. 나는 나무를 당시 주위에 있던 다른 것들처럼 보고 희미하게 느꼈지만 또 다른 이성의 눈으로 보지는 못했던 것이다. 나무의 존재를, 더 정확히 말하면 내 집 앞에 있는 플라타너스의 존재를 한밤중 이모부 집에서 돌아온 후에 느꼈다. 그날 밤 이모부는 내 인생을 송두리째 바꿀 그림에 대해 언급했다.

플라타너스 밑을 빠르게 지날 때 나무가 아니라 이모부에게 할 말을 생각하고 있었다. 나중에는 그날 저녁 무렵 내가 플라타너스 밑을 지나갔던 것을.

앞에서 이성의 눈이라고 했다. 무슨 뜻으로 한 걸까? 내가 이 표현을 전에도 쓴 적 있다는 것을 주의 깊은 독자들은 기억할 것이다…… 기타 등등.

이모부는 ○○년 8개월 전, 그러니까 다른 사람들과 함께 비밀 임무를 맡아 저 멀리 북쪽으로, 헝가리보다 북쪽으로 파견되었다. 어떤 이들은 ○○ 섬을 포기하라는 것을 ……로부터 요구하기 위해 파견되었다고 했고, 어떤 사람은 헝가리에서 동참할 습격대와 내부 깊숙이 들어갈 거라는 소문을 퍼뜨리고 있었다. 하지만 8개월 전 길을 나서기에 앞서 이모부는 …… 왕을 위해 준비한 담비 모피 안장을 얹은 백마들, 인도산 비단, 칼집과 손잡이가 루비로 장식된 단검을 보여 주었기 때문에 그의 여행이 외교 출장이라는 것을 알고 있었다. 이모부를 마지막으로 보았을 때 그는 "이스탄불로 돌아오면 또 함께 책을 만들자."라고 했다.

나는 이모부가 돌아오기를 기다렸다. 이 책에 대해 상상하면 아주 힘들던 시기에 힘이 되었다. 화원에서 물감과 긴 하루를 보낸 끝에, 모두 집으로 돌아간 후에 눈을 혹사시키며 일한 대가는 몰이해라는 반응뿐이리라 생각할 때마다 "이모부가 돌아오면 함께 아주 새로운 책을 만들 거야."라고 혼잣말을 하곤 했다. 한 왕자가 주문한 『점서(占書)』의 페이지마다 나오는 그림들이, 물론 무시무시하게 웃는 악마 그림까지, 그의 형이 주문한 책에 나오는 그림들과 완전히 똑같아야 한다고 몇 번이나 주의를 받았는데, 나는 이모부는 물론 그 누구도 상상조차 할 수 없는 그림을 그리리라 상상하곤 했다!

어떤 그림이 될지는 몰랐지만 어떤 그림이 되지 말아야 하는지는 알았다. 새롭고 멋진 그림들을 천천히 그리며 소름끼치는 희열을 느낀 것은 그림 자체 때문이 아니었다. 그림을 생각하려 할 때면 과거에 내가 그린 그림이 먼저 떠올랐고 그다음에는 여행을 하는 이모부가 떠올랐다. 당시에는 '그림을 그리기 위해서는 먼저 그림이 들려줄 이야기를 믿어야 한다.'라고 생각했기 때문이다.

그날 저녁 내 마음은 내 인생을 바꾸어 놓을 그림을 그리겠다는 바람으로 가득했기 때문에 나는 이모부에게 내 인생을 바꿀 이야기를 들으러 가고 있었다. 이모부는 내 인생을 바꾸어 놓을 이야기를 하기 시작했다. 하지만 좋은 이야기들이 늘 그렇듯이 그의 이야기는 내가 기대했던 이야기가 아니라 기대하지 않았던 이야기였다. 내가 기대했던 이야기에 대한 상상이 내 머릿속을 가득 채우고 있었기에 집에서 나간 후 비탈길을 내려가기 전에 내 이성의 눈은 플라타너스를 보지 못했던 것이다.

플라타너스 밑을 지나면서 '첫 여행을 한 후처럼 이모부가 또 내게 『파샤의 서』를 제작하라고 한다면' 하고 생각하자 이모부가 백마를 타고 아나톨리아 반란자들을 진압하며 말 위에서 몸을 뻗쳐 철퇴로 적의 머리를 내리치고, 내가 붉은색으로 칠했던 피가 솟구치…… 말 위에 앉아 있는 모습이 눈앞에 떠올랐다. 하지만 우리가 함께 제작한 첫 책은 상상이었고, 나는 잊고 싶었다. 나는 '이모부가 『여행기』를 쓰기로 결심한다면' 하고 생각했다. 잠시 후 비탈길을 내려갈 때 가 본 적도 없는 나라의 탑이 있는 다리가 눈앞에 떠올랐다. 솟아오른 탑 위에, 테두리 밖으로 삐져나가게 그린 무시무시한 언덕을 깃발로 장식하듯이 악마들을 얹어 놓기도 했다. 아니다, 나는 지금까지 그려진 적 없는 그림을 상상하고 싶었다. 구불구불한 골목과 찻집 사이를 돌면서, 이모부의 책에 새를 그린다면 지금까지 그려진 어떤 시무르그, 앙카,[92] 후투티보다 생생하고 음험하고 우아한 새를 그려야지 하고 혼잣말을 했다. 하지만 테두리 전문 화가가 그린 테두리와 금박, 페이지를 힘찬 날개로 찢고 날아오를 새들이 어떤 이야기에 나올지는 알 수 없었다.

나는 스물여덟 살이다. 파디샤의 화원에서 스승 ……의 곁에서 나이에 비해 좋은 위치에서 일하고 있다. 나를 좋아하는 사람들은 이제는 눈이 거의 보이지 않는 스승님들이 종이와 붓을 내려놓을 수밖에 없어지면 내가 서서히 그들 자리를 대신할 거

92 시무그르, 앙카는 전설의 새로 동화책에 주로 나온다.

라고 했다. 이 말을 듣고도 아무 대답을 하지 않으면 그들은 미소를 지으며 약간은 흡족한 표정으로 어쩌면 언젠가 화원장이 될 거라고 덧붙이기도 했다. 나는 미혼이고 수입이 좋았다. 이모부와의 우정과 이스탄불에서 돌아다니는 것 말고는 할리치 언덕에 있는 나의 집과 사자 그림이 있는 교회 옆 화원을 오가며 조용한 삶을 살고 있었다. 긍정적인 순간에는 그림, 물감, 서예, 붓, 용, 사냥 장면들 사이에서 삶을 보낼 것이기에 행복한 거라고 생각할 때도 있었다. 하지만 대부분은, 특히 이스탄불의 햇살이 거리의 추한 모습을 매정하게 드러내는 정오쯤에는 모든 것이 완전히 바뀌지 않으면 곧, 아주 가까운 시일 내에 이 도시에서, 이 사람들 사이에서 그림을 계속 그리는 것이 아무 의미도 없어질 거라고 생각했다.

타브리즈에서 이스탄불로 강제로 오게 되고, 이곳에서 새로운 그림 세계를 구축하려 한 나의 조상들의 환상은 모두 수포로 돌아갔다고 이모부에게 말할 생각이었다. 스승들이 서서히 눈멂의 고요 속에 감싸이고 견습생들은 눈 깜짝할 사이에 금박 가루를 훔쳐 호주머니에 넣는 것만 생각하는 화원에서 일하는 것이 얼마나 절망적인지 말할 참이었다. "세밀화가가 그릴 그림이나 칠할 물감의 마법이 아니라 받을 돈을 생각한다면……." 하고 말하고 "영혼을 풍부하게 하고 눈을 즐겁게 하고 감성을 발전시키기 위해서가 아니라 친구의 질투심을 불러일으키기 위해 책의 그림을 그린다면 주문자가……." 하고 말하고 "세밀화가들 사이에 색깔들의 우정이 아니라 이기적인 경쟁, 무자비한 적의

가 자리 잡는다면…….” 하고 말할 참이었다.

문을 닫는 가게, 집으로 돌아가는 거지 사이에서 빨리 걸어가며 이런 생각을 했다. 맞은편 해안 조선소 앞에는 정박한 갤리선 사이에 포획된 베네치아 범선이 있었다. 피로 범벅된 종기가 다리를 뒤덮은 거지와 행상인이 어두운 거리에서 소굴로, 집으로 향하고 있었다. 하지만 그날 보았거나 빠르게 걸어서 보지 못한 것들에 대해 마치 오늘 본 것처럼, 오늘 생각한 것처럼 언급할 권리가 나에게 있을까?

일상에서 물건, 나무, 거리, 벽 사이에서 앉고, 걷고, 움직일 때 우리의 이성 한구석에는 늘 이 물건, 나무, 거리, 벽 사이에서 움직이는 것을 그리는 화가가 있는 것만 같다. 우리의 이성 안에 있는 이 부지런한 화가는(그를 우리의 이성의 눈이라고 하겠다.) 우리가 컵, 문, 등불 사이에서 움직일 때 그 움직임의 의미를 나타내는 그림을 계속 그려 나간다. 그가 그린 그림은 우리가 살고 있는 세계의 컵, 문, 등불이 아니라 우리가 살았다고 상상했던 세계의 그림이다. 이 둘이 얼마나 다른지 합리적인 사람이라면 모두 인지했을 것이다. 하지만 지금 내가 한 것처럼 과거를 떠올리고 그것을 이야기하려 하면 첫 번째 세계, 즉 사실을 이야기한다고 생각하면서 두 번째 세계의 꿈과 이성 안에 있는 화가가 그린 것들 사이에서 사라져 버린다. 어쩌면 인간이 지나치게 생각할 필요가 없는 멋진 습관이겠지만, 나처럼 평생 이야기가 그려질 순간을 선택하고 찾는 사람에게는 망설임의 이유이다. 나는 내가 한 이야기가 그려질 거라는 생각도 한다.

그렇기 때문에 긴 산책 이후 도착한, 저녁 어스름이 깔리는 이모부의 정원에서 본 말, 파샤의 마차, 마부에 대해, 나아가 저택 안으로 인도되어 목격한, 이모부에게 귀국 환영 인사를 하는 친구와 친한 사람 들의 흥분한 모습에 대해 언급하는 것은 불필요하리라 생각한다. 이모부가 많은 사람들 속에서 나를 껴안았을 때 나는 기뻐하면서 그것이 우리의 친분에 대해 사람들이 질투하며 바라본 행동이 아니라, 몇 달 동안 기다린 어떤 것, 즉 새로운 책 제작을 시작하기 위한 징후라고 생각했다.

저녁을 먹기 위해 많은 이들과 함께 식탁에 앉고 얼마 지나지 않아 탑처럼 쌓여 있던 아몬드를 넣고 지은 밥이 바닥나고 간 고기가 들어간 가지 요리도 빠르게 눈앞에서 사라졌다. 나의 조바심은, 어떻게 말해야 하나, 음식이 목에 걸릴 것 같은 고요는 분노로 변했다. 많은 사람과 함께 등불 아래서 이렇게 저녁밥을 먹은 게 오랜만이라 그렇다고 말하고 싶었다. 게다가 파샤나 니샨즈,[93] 교주 같은 걸출한 사람들과 함께. 하지만 다른 이유였다. 이런 상황에서 늘 그러하듯이, 서양에서 돌아온 여행객들이나 이모부에게 먼 기독교 나라 사람들의 가련함과 기이함에 대해 즐거운 이야기를 해 달라고 요청했고, 좋은 집주인 역할을 해 손님들의 마음을 사로잡는 것을 중요하게 여기는 이모부는 자기

93 오스만 제국 당시 공식 문서에 술탄의 서명을 새긴 서예가.

가 가 본 나라들의 거리 개념에 대해 한두 마디 했다. 예를 들면 처음 가 본 이상한 서양 나라에서는 마을 사이의 거리를 우리처럼 "몸이 무거운 절름발이 말을 타고 반나절"이나 "빠른 걸음으로 하루 낮 하루 저녁"으로 재지 않고 우리가 저울에서 사용하는 디르햄[94]처럼 고정된 가상의 거리 단위로 잰다고 했다. 이 사람들에 의하면 구불구불 연결되는 산과 시내로 끊기거나 지나가는 데 수주가 걸리는 길과 하루 걸리는 편편한 길이 같은 거리였다. 이 기독교도들의 가련하고 터무니없는 삶보다 더 심각하고 위험한 전쟁, 무역의 결과에 대해 손님들이 음식을 먹으면서 끼어들어 과장된 사례를 언급하며 폭소를 터뜨리면서 검토할 때, 나는 식탁에 앉아 있는 사람 중 몇몇을 전에 우리 화원에 온 주문자들 사이에서 본 적이 있던 터라 분노와 고통을 느꼈다.

아몬드가 들어간 밥을 무척 좋아하던 교주들은 랑가에 있는 테케[95]에서 우리 화원에 올 때마다 시집에 들어가는 그림보다는 적은 금박으로 어떻게 풍부한 인상을 줄지에 대해 견습생들과 논쟁했다. 사르 사칼르 시야부스 파샤는, 파샤가 될 때까지 윗선에 선물한 책 일곱 권 구석구석에, 예를 들면 사냥 장면의 토끼, 덤불, 잎사귀 사이에 마법의 그림도 그려 넣었는데, 총리대신이 그걸 읽고 마법에 빠져 그를 빨리 파샤로 진급시키도록 하기 위해서였다. 그래도 행운이 오지 않으면 마법을 너무 꼭

94 옛 무게 단위로 약 3그램.

95 수도자들의 숙소.

꼭 숨겼다며 겁쟁이 견습생을 꾸짖었고, 그러면 그들은 "총리대신은 책을 읽지 않고 그림도 보지 않는걸요."라며 변명했다. 그 후 식탁에 있던 사람들이 파리의 거리가 넓은 게 바람둥이에게 얼마나 힘든지 얘기하자 나는 '나의 기예를 증명할 사람들이 이들이라는 걸 나는 견딜 수 없는 거야!'라고 생각했다.

그렇게 한동안 먼저 다른 나라에서, 다른 술탄, 더욱이 다른 …… 왕의 화원에서 일하는 나 자신을 상상했고, 나중에는 이런 상황에서 항상 그랬듯이 이성의 눈앞에 나의 할아버지들, 스승들이 창조한 멋진 것들이 위로와 행복의 증표로 하나하나 떠올랐다.

이모부가 주문할 새로운 책에 사랑 장면을 그린다면 미르 무사비르가 『왕서』에서 아르다시르와 노예 처녀 귈나르의 밤을 묘사한 것처럼 될 것이다. 밤의 고요한 어둠 속에서 인내심을 가지고 그린 카펫, 이불, 벽 그리고 테두리 장식이 고요하고 끈기 있게 증언한 이야기 속에서, 이불 밖으로 조용히 나온 남자의 우아한 손이 더욱더 우아한 처녀의 얼굴을 꽃을 잡듯이 잡으면 독자도 사랑이라는 시가 인내와 세심함이라는 것을 즉시 이해할 것이다. 하지만 사랑이란 세계가 등을 돌린 광기라고 읽은 적이 있고, 그 시도 읽었으며, 신빙성이 있다고 생각했다. 미르 세이드 알리[96]가 니자미[97]의 『함세』를 위해 그린 그림 속에서 메즈눈[98]이 미친 사람

96 16세기 이란 사파비 왕조 시대의 세밀화가.

97 1141~1209. 페르시아의 시인, 사상가.

98 아랍의 고전 연애담 『레일라와 마즈눈』의 남자 주인공.

행색을 하고 쇠사슬에 묶여서야 볼 수 있었던 연인과 사랑의 실마리를 함께 발견하고 가짜 광기가 진짜 광기로 변할 때, 뒤쪽 테두리 안에 우아하게 배치시킨 부족민들은 무심하게 일상생활을 하고 있다. …… 흘러 내가 이모부의 책에 그릴 그림에서는 수다쟁이 여자들도 지극히 현실적일 것이고, 사랑에는 신경도 쓰지 않고 몸을 굽혀 화로 밑 장작에 불을 지피는 처녀들 역시. 그래서 나는 ……의 처형 장면을 좋아했다. 이야기는 끔찍하지만 그래도 ……을 …… 구경하는 사람들에게 보여 준다. 몇 년 전 내가 …… 스승님 옆에서 모사를 할 때 우리 화원에 한 번 나타났다 사라진 신비한 남자의 손에 들려 있던 책에서 절대 잊지 못할 그림을 보았다. 쉬린이 페르하트의 시체와 마주친, 모두가 아는 장면이었다. 하지만 시체가 누워 있는 모습, 쉬린이 말 위에서 독수리처럼 시체를 바라보는 모습을 하도 잘 묘사해 놓아 영리한 독자라면 한순간에 앞 이야기, 즉 페르하트가 쉬린이 죽었다고 생각하는 것, 이 거짓 소식을 듣고 죽음을 향해 달려가는 것, 그러니까 죽음과 착각의 대칭을 도무지 빠져나오지 못하는 꿈을 꾸듯이 떠올릴 뿐만 아니라 테두리 안에 명쾌하게 배치해 놓은 보랏빛 ……들, 호기심 많은 영양 그리고 가장 중요한 것은 시체에서 약간 떨어진 곳에서 거리낌 없이 주둥이를 대고 입맞춤을 하는 두 마리 ……인 영리한 화가의 사랑과 인생과 관련된 경고를 느낄 수 있다. 독자들이여, 장난으로 보지 말고 세밀화가에게 교훈을 얻고 사랑의 치명적인 타격으로부터 인생을 보호해라, 아, 독자들이여! 나는 잠시 이렇게 생각했다. 누가 사랑에 내재된 죽음의 욕구를 어린 시절 동화와 합치해 그릴 생각을 할 수 있을까? 당시 나는 매일 야망과 절망 속에서, 아마 장인들이 기예와 명성의 노예가 되어 놀이의 즐거움을 잃어버리지는 않았을 거라고 혼잣말을 했다. 오늘날 어떤 파샤가, 어떤 술탄이 색을 여기저기 꿰맨 보자기처럼 테두리 안에 배치하지 않고, 세밀화가의 영혼 속에 있는 사랑과 죽음의 흥겨움으로 배치해 달라고 주문할까?

이렇게 웃고 떠들며 음식을 먹고 어둠이 깔리자 담배를 피운 후 하나둘 자리를 뜨는 손님들이 문 앞에 모일 때 니샨즈…… 에펜디가 내게 다가와 ……의 ……를 새롭고, 아주 멋진 복제품으로 만들 준비를 할 거라고, 이를 위해 팀을 만들 텐데 나도 동참하면 아주 좋겠다고 했을 때 나는 분노에 차 이렇게 대답했다.

"어르신, 그건 훔친 책입니다. 게다가 얄팍한 시인들처럼 눈을 위한 아름다움은 사랑을 위한 아름다움과 구별됩니다. 하루에 세끼를 먹고 일주일에 다섯 번(나는 익히 알려진 일을 설명하는 조악한 단어를 여기 사용했다.) 성교를 하는 것을 세상에서 가장 중요하고 포기할 수 없는 일로 여기는 사람들의 즐거움을 위한 책에 그림을 그릴 수 없습니다."

마지막 문장에서 왜 그렇게까지 지나치게 말했는지, 게다가 무슨 말을 하고 싶었던 것인지 지금도 정확히 알 수 없다. …… 에펜디는 확연히 놀란 모습으로 눈을 크게 떴다. 하지만 수긍한다는 듯이 고개를 끄덕였고, 내가 가벼운 농담이라도 한 듯 미소를 지었다. 하지만 그가 놀라 두려워하는 모습을 보자 나는 아주 즐거웠다. 그래서 손님이 모두 돌아간 후 드디어 1층에 있는 방에 이모부와 단둘이 남았을 때는 마음이 진정되었다고 할 수 있다. 하지만 이모부는 곧장 주제를 꺼내지 않았다.

먼저 자기가 없는 동안 화원에서 무슨 일이 있었는지, 무슨 소문이 있는지 말해 달라고 했다. 그러는 편이 그를 편하고 즐겁게 할 것 같아 짧게 들려주었다. 밤늦은 시간까지 …… 남아 사랑을 나눴으며, 아침에 뺨과 목에 남은 …… 때문에 발각된 테두리를 그리는 두 견습생의 안쓰러운 이야기, …… 성으로 유배된 …… 파샤의 완성하지 못한 『승리의 서』에 닥친 일들…… 젊었을 때 같은 스승 밑에서 공부했기 때문에(수루리 파샤의 운명만큼이나) 이모부가 수년 전에 쓰기 시작한 책과도 관련이 있었다. 완성하지 못한 페이지들을 후임으로 온 사득 파샤가 샀으며, 완성된 그림에서 세심하게 긁어 파낸……파샤의 얼굴 대신 자기 얼굴을 그려 달라고 했으며, 자신의 원정과 승리가 설명되도록 책의 디자인과 글이 바뀌었다고 하자 이모부는 생각에 잠겼다. 그가 슬퍼한다고 생각해 용기를 냈다. 어차피 우리 화원에서, 이 도시에서 예술의 이름으로 이루어지는 것은 모두 썩었으며, 지난 8개월 동안 똑같은 영양, 군인, 말, 괴물 견본의 앞면과 뒷면을 번갈아 사용하고, 똑같은 사냥 장면, 원정 장면, 승리의 장면을 똑같은 책, 똑같은 위치에 수백 번 '창조하는 것' 말고는 그 어떤 기예적인 발전을 보이지 않았다고 이야기하다가 이모부가 내 말을 듣지 않는 걸 알아챘다.

이모부가 무심코 내 말을 자르며 "어떤 그림을 봤어. 그곳에서 아주 색다른, 이상한 그림……."이라고 했다.

잠시 정적이 흘렀다. 이야기가 시작되기 전의 침묵이었다.

"그다지 중요한 그림이 아닐지도 몰라."

말을 하면 기억이 나는 듯, 기억이 나면 말을 하는 듯 드문드문 말을 이었다.

"게다가 완전히 새로운 것도 아니었어. 궁전, 저택, 품위 있는 집, 사냥용 별장에서 본 왕들, 품위 있는 사람들, 집주인들을 그린 그림이었어. 다른 그림처럼 액자에 넣어 벽에 걸어 놓은 그림. 집주인이 들려준 '이 사람은 아무개 왕자인 나의 삼촌이며, 이것은 갑옷을 입은 나의 모습이며, 이것은 시골에 있는 우리 궁전이지요.' 같은 설명도 나의 주목을 끌지 않았어. 그냥 그렇게 벽에 걸려 있었지."

반쯤 어두운 방 구석에 앉아 이모부가 말을 이었다.

"어느 날 정오 무렵 네덜란드 공작부인과 백작과 식사를 하고 방에 앉아 있었어. 백작이 잠시 후 내게 정원을 보여 주고, 분수, 나무로 이루어진 골목, 프랑스식 정자의 새장에서 키우는 앵무새와 길더[99]를 보여 줄 참이었지. 거기선 우리처럼 음식을 식

99 네덜란드 화폐.

탁에 한꺼번에 차리지 않고 순서대로 내오기 때문에 나는 식사량을 조절하지 못했어. ……를 너무 많이 먹어 피곤하고 졸린 상태였지. 커피를 마시고 싶었지만 잠이 오지 않으리라는 걸 알았지. 백작의 조상이 프랑스인을 상대로 승전한 이야기는 단어가 끝나고 …… 끝나도, 충직한 통역사는 계속 말을 할 것 같았어. 그 순간 그 그림이 눈에 들어왔다. 내 맞은편에 있었지. 아버지, 어머니, 품에 안은 아이. 대단한 것도 아니었고, 별로 신경 쓰지도 않았어. 그 순간도 그렇게 지나갔고. 어머니, 아버지 그리고 아이."

이모부는 한동안 꿈쩍 않고 있다가 말을 이었다.

"우리 인생에는 어떤 시기가 있다. 살면서 중요하게 여기지 않던 과거의 어떤 상황, 어떤 순간을 자꾸자꾸 생각하게 되지. 우리의 이성 한편에서는 왜 그 특정한 순간으로 되돌아가게 되는지 이해하려고 애를 쓰고. 몇 주 전 내 임무가 끝나고 돌아가는 길에 북쪽 어딘가에서 너도밤나무 숲의 서늘함 속에서 한 나무에 눈길이 갔는데, 그 순간 그림을 본 정오 무렵이 떠올랐다. 처음에는 그림과 관련이 없다고 생각했지. 그림보다는 정오에 느낀 평온함이나 초조함, 내 영혼이 계속 찾으면서도 회피한 두 감정이 정치적 임무와 관련 있거니 했단다. 하지만 얼마 지나지 않아 내 이성이 정오 무렵이 아니라 그 그림과 그림 자체로 향하고 있다는 걸 서서히 이해하기 시작했어. 밤마다 숙소에 혼자 있게 되면 여행자들이 늘 그러듯이 먼저 내 집과 침대 그리고 내 인생에 대한 생각에 빠졌는데, 문득 그림 속 가족을 생각하는 나 자신을 발견했거든. 길이나 강가에 늘어서서 우리를 구경하는 시골 사람들과 아이들을 봤을 때, 그 사람들에게는 우리 옷이 왜 그렇게 신기하고 우스꽝스러운지 몇 번이나 설명하려니 갑자기 그림 속 아이가 떠오르더구나. 더 기이한 것은 (가장 많은 경우지만) 들판과 산 사이에서 구불거리는 길을 하루 종일 천천히 가노라면 눈에 들어오는 나무들, 전부는 아니지만 커다란 나무들이 그 그림이 설명하는 것을 연상시켰단다."

이모부는 단호한 목소리로 "무엇을 설명하고 있었을까, 그 그림은?" 하고 자문하고는 역시 단호하게 대답했다.

"나는 아주 많이 생각해 봤어, 그림을 더 기억하기 위해. 처음에는 그림의 첫인상 이상 뛰어넘기가 쉽지 않았지. 어머니, 아버지, 아이. 아주 사랑받고 틀에 넣어 걸어 두는 유화는, 특히 새로 만들어진 듯 아주 꼼꼼하게 그려 놓은 세부를 통해 그림을 바라보는 사람들에게 그림이 아니라 실제 사람들을 보는 듯한 느낌을 주려 했던 거지. 실제로 이들은 누구일까? 아주 중요한 인물이라면, 가족뿐 아니라 지인에게도 자랑거리인 사람이라면 반드시 언급되었을 테고, 식사 후 정원으로 자리를 옮기기 전에 우리가 앉은 방의 구석이 아니라 한가운데에 걸었겠지 하고 생각했어. 마찬가지로 그림이 들려주는 이야기도 최소한 그림이 걸린 집에서는 어떤 가치도 남지 않았다는 결론을 내렸지. 어쩌면 멋진 이야기의 일부였다가 지금은 시절을 다한 이야기에서 떨어져 나왔을지도 모르고. 마치 그림책에서 뜯어 낸 페이지처럼 말이다. 소름끼치는 것도 바로 이 부분이었는데, 나중에야 이해했지. 나를 그림에 매이게 만든 것도 어쩌면 이것이었을 테고. …… 내 말을 들어 보렴."

이모부는 자리에서 일어나 내가 어릴 때 어떤 ……의 비법을 설명할 때처럼 눈을 크게 떴다.

"숲을 지나면서 기억력 연습차 한 번 본 나무를 어떻게 기억할까 하고 스스로에게 물었고, 눈을 감은 채 지나온 커다란 나무 중 한 그루의 형태, 몸통, 곁가지, 잎사귀, 그림자, 어두운 지점을 하나하나 눈앞에 떠올리려고 애를 썼단다. 뇌리에서 도무지 떠나지 않는 그 그림에도 적용하고 싶었기 때문이야. 너도 눈을 감고 한번 시험해 봐. 특정한 나무의 가지 하나하나, 굴곡, 잎사귀뿐 아니라 나무 전체와 그 총체를 도저히 눈앞에 떠올리지 못한다는 걸 알게 될 거야. 어떤 나무의 전체 그리고 모든 세부적인 것들을 눈앞에 …… 때 어떤 나무가 왜 내게 그 그림을, 그림을 본 정오 무렵을 떠올리게 했는지 인식하게 되었지. 그것에 관하여 아무것도 생각하지 않고 배우지도 않았고, 이야기도 전혀 알지 못하는 나무의 존재는 액자 속 어머니, 아버지, 아이의 존재와 같은 것이었어. 그들은 세부적인 것들, 그러니까 색깔, 의상, 장신구, 굴곡으로 바로 그곳에, 내 앞에 있었다. 하지만 그들의 이야기를 몰랐기 때문에 그들이 그렇게나 실제처럼 보일 이유가 없었단다. 순간 마치 그것이 마법적인 일처럼 느껴졌고,

그 마법에 전염되고 싶다는 생각이 들었어. 알아듣겠니?"

나는 눈을 감고 이모부가 얘기한 걸 시도하려고, 그러니까 나무 전체를 눈앞에 떠올리려 애쓰면서 그 질문에 대해 한동안 생각했지만 어떻게 대답해야 할지 알 수 없었다! 마음속으로는 '우리가 이야기를 모르는 존재도 많아요!'라고 하고 싶었지만 한편으로는 자세하지는 않아도 한순간 나무의 존재가 느껴졌고, 이모부가 바라던 대로 놀랍다고 생각했다. 긴 침묵이 흐른 후 눈을 뜨자 이모부가 보이지 않았고, 그가 장난을 쳤지 싶어 기분이 좋았다.

창문 쪽에서 "그림은 이제 어떤 이야기도 들려주지 않아!"라는 이모부의 목소리가 들렸다.

그는 창문에 이마를 댄 채 도시의 어둠을 바라보았다. 그렇게 하면 자신이 기억하지 못한 것, 이해하지 못한 그림을 볼 수 있다는 듯. 나는 머릿속이 혼란스러웠지만 기쁘기도 했다.

잠시 후 이모부가 무슨 결심이라도 한 듯 말했다.

"그림 자체가 이야기였어. 어떤 이야기를 완성하지는 않았어. 우리가 아는 이야기를 그린 게 아니었다는 거지. 그림은 그 자체였어. 어떤 동화를 그린 게 아니고, 우리가 아는 장면을 설명하지도 않았어. 어떤 그림의 그림이었지. 우리 앞에 있던 그림은 그야말로 우리가 본 그것이 이야기가 되고 마는 그림이었어. 마법은 그런 거야."

잠시 침묵이 흘렀다. 이모부가 내 앞으로 오자 나는 본능적으로 일어났다. 순간 가벼운 바람에 나무가 사각거리는 소리가 밖에서 희미하게 들려왔다. 하지만 잠시였다.

“내가 그 그림 속 사람처럼 그려지기를 원한다는 사실을 깨달았어.”

그가 열망을 가득 담아 힘 있게 말했다. 무슨 말을 하고 싶은지 나는 바로 이해했다. 이 시점 이후 내 인생이 전혀 예기치 않은 방향으로 변했다고 생각할 때마다 내 인생이 그 순간 이후 변할 것임을 바로 그때 알았다는 사실에 이상한 자부심과 기쁨을 느꼈다.

“몇 년 동안 너와 책을 만들었잖아. 전함 축제를 그린다고 하면 다들 똑같은 배 견본을 여러 번 쓰지만 우리는 인내심을 갖고 모든 배를 제각기 다르게 큰 형태로 그리려고 애를 썼어. 하지만 정반대로도 했지. 늙은 장인들이 견본을 쓰지 않고 창조적으로 재현할 수 있다고 한 평범한 사랑 장면을 우리는 가장 흔히 쓰는 견본과 가장 평범한 색으로도 그릴 수 있다는 걸 증명해 보였으니까. 지금까지의 관례가 그렇다는 이유로 고양이나 다람쥐 털로 붓을 만드는 데서 만족하지 않았어. 황소의 귓속에서 뽑은 털, 쥐 가죽에서 뜯은 털, 물감을 두껍게 칠하고 싶을 때는 염소 배에서 뽑은 털로 놀라운 결과가 나오는 걸 보며 기뻐했지. 물론 우리가 행복해지려고 그런 실험들을 했지. 푸이켈이 시체들을 부활시키는 장면을 누구도 감히 시도하지 못할 정도로 무시무시하고 사실적으로 그리기 위해 위스퀴다르 묘지에 가서 뼈와 해골을 죄다 들여다봤고. 하지만 몇몇 멍청이들처럼 가장 좋은 코끼리 그림은 실제 코끼리를 보면서 그려야 한다는 말에는 한 번도 휘둘리지 않았어. 가장 좋은 코끼리 그림은 전에 그려진 코끼리 그림을 주의 깊게 보고 그걸 변화시키고 발전시키면서 그려야 한다고, 실험하고 쓰고 그리고 한밤중까지 논쟁하면서 결정했기 때문이지. 어떤 이야기나 어떤 역사를 다루면서 내 이야기나 역사가 아니라 내가 쓴 장면에 네가 그릴 그림을, 그 그림을 위해 내가 쓴 장면을 바꿔야 한다는 생각도 들어서 피르다우시[100]가 한 사행시의 알려지지 않은 마지막 행을 찾던 경연 대회 이야기를 할 때 나도 모르게 아주 새로운 운율을 찾게 되었지. 너를 온종일 눈을 망치는 화원에서, 나를 고행하듯 견뎌 낸 일상의 공무에서 끌어내 한밤중까지 이야기들과 그림들, 연필과 붓, 잉크와 분위기에 매달리게 한 것은 이런 발견의 즐거움과 행복임을 우린 예전부터 알았어. 네가 내게 받은 서너 푼의 금화로는 행복해지지 않으리라는 것, 변칙적인 그림을 그려서는 화원에서 진급하지 못하리라는 걸 내가 알았듯이, 너도 내가 제작한 책을 보여 주며 자랑할 단 한 명, 단 한 명의 관심 있는 친구조차 찾지 못하리라는 걸 알았을 거야. 하지만 우리가 서로에게 이야기를 들려주며 즐거워한 일이나 우리가 만들어 낸 인간 머리에 원숭이 몸, 악마의 꼬리가 달린 괴물을 넣은 책을

100 935~1020, 중세 페르시아의 시인.

제작하며 이 필멸의 세상을 살아가는 것에 관해, 나 자신의 고유한 삶이나 신념, 사랑 나아가 나의 명석함과 기예에 관해 어떤 흔적을 남기고 싶어 한다는 걸 넌 예전부터 알았지. 우리가 만든 그 책들이 이 세상 속 아주 작은 나의 자리, 나의 삶에 어떤 표시가 되었으면 했어. 하지만 그 그림을 본 다음에는 다른 표시를 원하게 되었고 그 아버지와 어머니와 아들처럼 그려지는 것 말고 다른 해결책이 없다는 것을 알게 되었지. 오로지 너만이 나를 그렇게 그려 줄 수 있을 거야!"

이모부가 내 어린 시절에 내게 충고해 주고 세계의 비밀을 알려 주고 시, 그림이 무엇인지 가르쳐 주던 바로 그 목소리로 얘기했다. 하지만 나를 어린애 취급하는 것에 자존심이 상하지는 않았다. 오히려 나를 이상하게 흥분시켰고, 두렵고 궁금한 내면세계로 이끌었다. 그래서 언젠가 나의 책과 나의 슬픈 이야기를 그릴 화가가 첫머리에 이모부가 본 나라를 천천히 설명하고 내가 경악과 두려움에 휩싸여 기꺼이 들은 이 장면을 선택하기를 바란다. 나는 상의로 ……과 …… 색깔 셔츠를 입었고, 나의 세계에서 서서히 빠져나가고 있었다. 뒷마당의 체리 나무가 내다보이는 창문 앞에 있는 함 위에서 커다란 그림자를 만드는, 곧 꺼져 버릴 촛불이 타고 있다. 계단으로 열리는 문을 통해 누군가 들어와 본다면 이 촛불을 둘 사이에 형성된 시간이나 새로운 상상 혹은 새로운 사고의 성장으로 볼 수도 있을 것이다. 첫 번째 그림을 위해 이 정도로 길을 제시해 주는 것이 행복한 시기에 붓을 들 화가 형제들에게 충분할까? 이모부는 평범한 ……과 여름용 ……을 입고 이렇게 말했다.

"네가 나를 그렇게 그리려면 아주 장황하게 설명해야 한다는 걸 안다. 그건 오늘 밤에 끝낼 일도 시작할 일도 아니다. 귀국하는 동안 밤마다 도저히 익숙해지지 않는 침대에서 잠을 자려고 애쓰면서 네가 지금 분명히 드러내는 조바심을 나도 느꼈기에 이 정도는 말해 주마. 나무 한 그루를 생각해 봐, 실제 나무 말이야. 이렇게 하면 그 그림이 내게 불러일으킨 것을 가장 쉽게 설명할 수 있을 것 같아. 나무 한 그루, 플라타너스 한 그루를 유심히 관찰해. 그리고 마음속에서 느껴 봐. 나무가 앞에 있는 것에 놀랄 정도로 생각하고 나무를 두려워할 정도로 마음속에서 느끼는 거지. 나무는 뭘까? 무엇을 설명할까? 네가 나무에 이 정도로 가까워지고 그 가까움을 종이에 옮길 수 있게 되면 나를 그 그림에 있던 사람들처럼 그릴 수 있을 거야!"

잠시 후 한순간 잔잔한 바람이 불어오는 듯했다. 밤의 정적 속에서 잠들어 가는 도시의 존재를 느꼈다. 이 정적 이후 이모부가 마지막 말을 했다. 그는 내가 나무에 아주 가까워지고 그것을 내부에서 몸의 일부처럼 느낄 정도로 근접할 때 자신을 그려 주기를 원했다. 그러면 내가 그릴 그림은…… 공작의 집 벽에서, ……에서 본 그림처럼 되는 데 그치지 않고, 이모부를 있는 그대로 보여 줄 거라고 했다.

53. 『내 이름은 빨강』에 관하여[101]

『내 이름은 빨강』의 초고를 읽고 또 읽고, 수천 개의 쉼표를 하나하나 찍어 가며 마지막 손질을 끝내고 출판사에 '양도한 후' 나의 심정이 어땠냐고요? 극도로 피곤했지만 흡족하고 편안한 마음이었습니다. 작품을 끝낸 마당이었으니까요. 고등학교에서 시험을 마친 후 혹은 군 복무를 마친 후 느끼는 만족감과 후련함 같은 것이랄까요. 베이올루로 나갔습니다. 와코 백화점에 들러 고급 셔츠 두 장을 사고, 닭고기 되네르 케밥을 먹고 진열장의 상품들을 구경했습니다. 이틀 동안 집 정리도 하고 낮잠을 자기도 했습니다.

이 소설에, 내가 한 이 작업에, 책 내는 이 일에 그렇게 많은 세월을 투자했다는 것, 특히 종교적이며 신비적인 부분에 몰

101 이 글은 『내 이름은 빨강』을 탈고한 후 1998년 11월 30일에 비행기 안에서 썼다.(원주)

두하여 최근 6개월 동안 미친 듯이 작품에 매달린 나 자신에게 아주 만족합니다. 몇 년을 공들였으나 성공적이지 못했던 시도들, 속수무책인 것들도 있었습니다. 별로 마음에 들지 않는 부분들은 탈고를 2개월 앞두고 무자비하게 '다 잘라 냈습니다!' 이제는 나의 소설이 그 얼개가 꼼꼼히 잡히고, 질서가 정연하게 서고, 가독성이 높은 작품으로 다듬어졌다는 확신이 섰습니다.

그렇다면 이 소설에 내 영혼과 나 자신에게서 나온 것들이 고스란히 담겨 있을까요? 내 삶에서 나온 것들은 많으나 영혼에서 나온 것은 별로 많지 않은 듯합니다. 일례로 내 어린 시절의 여러 세세한 것들, 어머니,[102] 형 셰브켓, 그와 나 사이에 있었던 다툼들, 그 끝없이 계속된 싸움들을 소설에 사랑스러운 형태로 집어넣었습니다. 하지만 내가 어린 시절 호되게 맞았던 매, 그리움, 분노의 깊이를 작품에 담지는 못했습니다. 왜냐하면 『내 이름은 빨강』의 미학은 낙관, 관용 그리고 톨스토이와 플로베르에게 각각 빚진 균형과 섬세함을 유지하는 데 있었기 때문입니다. 이는 처음부터 일관된 생각이었습니다. 그럼에도 이 소설에는 인생의 매정함, 거침, 무질서에 대한 나의 근본적인 생각도 반영되어 있습니다. 이 소설이 '정전(正典)'이 되기를, 모든 나라 사람들이 읽기를, 모든 독자들이 자기 자신을 찾아내고 역사의 가혹함과 사라진 옛 세계의 아름다움을 강렬하게 느낄 수 있는 작

102 『내 이름은 빨강』의 여주인공 셰큐레는 오르한 파묵의 어머니 이름, 세브케트는 형의 이름.

품이 되기를 바랐습니다.

소설을 탈고해 놓고 이 소설이 '추리 소설 구성'에 미스터리 이야기가 되어 버린 것이 일견 억지스럽고 쓸데없는 짓이 아닌가 고민했습니다. 하지만 이미 엎지른 물이었습니다. 내가 사랑하는 세밀화가들에 대해 사람들이 그다지 관심이 없으리라 여겼기에, 그런 구성을 첨가해야만 관심을 모으리라 생각했던 것이지요. 이 허구(이슬람과 금기 예술이라는 주제)가 세밀화가들의 세계, 논리, 그들의 예민한 작업에 가한 일종의 공격이 되었지요. 한편 이슬람이라는 종교의 교리가 예술과 인간 자체를 진정으로 심오한 형태의 예술로(창작으로) 표현하는 것을 관용하지 못한 부분이 있었기에, 이 점을 현대 독자들 앞에서 그냥 넘겨버릴 수는 없었습니다. 이렇게 해서 소설이 더욱 쉽게 읽히고 매력적이게 만드는 추리적, 정치적 논리를 나의 가련한 세밀화가들의 슬픈 삶에 억지로 집어넣은 거지요. 이 점에서 세밀화가들에게 진심으로 사죄드리는 바입니다.

하지만 소설을 써 내려갈수록 내가 그들을 얼마나 사랑했으며 그들이 흘린 그 많은 땀이 역사의 쓰레기통과 망각 속으로 던져지는 것을 내가 얼마나 슬퍼했는지를 이 사랑스럽고도 질투 많은 창작자들이(그렇지요, 예술가들이지요. 그럼요, 그렇고말고요, 장인들이지요.) 이해하고 나를 너그럽게 봐주리라 생각하게 되었습니다.

『내 이름은 빨강』에 나의 모든 땀과 열정 그리고 내 인생의

YENİ NO ESKİ NO

1 BEN ÖLÜYÜM 1
2 Benim adım KARA 2
3 Ben KÖPEK 3
4 KATİL diyecekler bana 4
5 Ben ENİŞTENİZİM 5
6 Ben, Orhan 6
7 Benim adım Kara 7
8 BENİM ADIM ESTER 8
9 Ben, ŞEKÜRE 9
10 BEN BİR AĞACIM
11 Benim adım KARA 11
12 BANA KELEBEK derler 11/1
13 BANA SERGE derler 11/2
14 BANA ZEYTİN DERLER 11/3
15 BENİM ADIM ESTER 14
16 BEN ŞEKÜRE 15
17 BEN ENİŞTENİZİM 16
18 KATİL diyecekler BANA 17

19 BEN, PARA [old] 1
20 BENİM ADIM KARA 19
21 BEN ENİŞTENİZİM 20
22 BENİM ADIM KARA 21
23 KATİL DİYECEK LER BANA 24
24 BENİM ADIM ÖLÜM
25 BENİM ADIM ESTER 24
26 BEN, ŞEKÜRE 25
27 BENİM ADIM KARA 26
28 KATİL DİYECEKLER BANA 28
29 BEN ENİŞTENİZİM 29
30 BEN ŞEKÜRE 40
31 BENİM ADIM KIRMIZI
32 BEN ŞEKÜRE
33 BENİM ADIM KARA 41
34 BEN ŞEKÜRE 42
35 BEN, AT
36 BENİM ADIM KARA 44

37 BEN ENİŞTENİZİM
38 ÜSTAT OSMAN BEN 46
39 BENİM ADIM ESTER
40 BENİM ADIM KARA 47
41 ÜSTAT OSMAN BEN 48
42 BENİM ADIM KARA 49
43 BANA ZEYTİN DERLER 50
44 BANA KELEBEK DERLER
45 BANA SERGE DERLER
46 KATİL DİYECEKLER BANA
47 BEN, ŞEYTAN
48 BEN ŞEKÜRE
49 BENİM ADIM KARA 53
50 BİZ, İKİ ABDAL
51 ÜSTAT OSMAN BEN 54
52 BENİM ADIM KARA 55
53 BENİM ADIM ESTER 56
54 BEN, KADIN
55 BANA KELEBEK DERLER 57
56 BANA SERGE DERLER 58

57 BANA ZEYTİN DERLER 59
58 KATİL DİYECEKLER BANA
59 BEN ŞEKÜRE

많은 것을 녹여 내면서 이 작품이 모든 나라 사람들에게 호소하는 '정전'이 되기를 바랐습니다. 내가 그 일에 성공했다는 확신이 들었다는 거만한 말을 한다면 나 자신을 과신하는 셈이 될까요? 나의 허약함과 추잡스러움, 무자비함, 가련함을 작품 자체나 언어, 구조에서가 아니라 주인공들의 삶과 이야기에서 볼 수 있을 것입니다. 소설은 모든 사람에게 낙관적인 형태로 열려 있고, 세상을 질책하기보다는 인정하며, 의심하기보다는 삶의 경이에 동참하라고 호소합니다. 많은 사람이 이 소설을 사랑하리라 믿습니다. 또한 작가의 얼간이 같은 낙관적인 마음도 이 작품이 사랑받기에 충분한 이유가 되리라 생각합니다.

이 소설을 더욱 생동감 있게 만들 모순은 한편으로는 나의 가련함과 패배감, 무자비함을 세밀화가들에 이입하여 가련하고 슬픈 어둠의 이야기를 한 것이며, 다른 한편으로는 그와 정반대로 낙관적이고 긍정적이며 있는 그대로 직시한 삶을 나의 창조적 작가 심리를 적절히 반영하여 소설에서 생생하게 그려냈다는 것입니다. 내가 이렇게 삶을 직시하고 신뢰하며 볼 수 있는 것은 물론 나의 어머니와 형, 작품 속에 나오는 셰큐레, 셰브켓 그리고 오르한 덕분입니다.

54. 카르스로부터, 『눈』 공책에서

2월 25일 일요일

그리고 어떤 다른 것이 있다. 어쩌면 모든 문제는 이것과 관련이 있는 것 같다. 삶 그리고 사람들이 더 겸허하다는 것……. 거리를 걸을 때 인도(人道)에서 본, 찻집에서 얘기를 나누던 사람들이 내 소설에서 설명한 것보다 단순하고 소박한 것을 보았다. 어쩌면 일상생활이, 그 모든 순간 자체의 평범함이 내게 이러한 느낌을 주는 것 같았다. 어쩌면 그 순간 누군가가 자살을 한다면, 내가 졸면서 앉아 있던 찻집에서 누군가가 다른 누군가를 죽인다면 그래도 모든 것이 평범하고, 이러한 장면을 소설에 넣는다면 과장한 셈이 되리라고 생각할 것이다…… 1970년대 중반 이후에 카르스에서는 격렬한 폭력이 있었다…… 도시의 역사에 터키 정보국과 정부의 압력이 아주 심한 곳이 있었다…… 1990년대 중반에 PKK[103] 단원들이 산에서 이 도시로 잠입했다…… 이 모든 것에도 불구하고(어쩌면 이 모든 것 때문에) 정치적 폭력과 정치적 재앙에 대해 언급하는 것이 내게는 부끄럽다는 생각이 들었다…… 내게 희미하게나마 부끄러운 감정을 불러일으키는 어떤 과장의 느낌…… 거짓말을 하는 느낌…… 그렇다, 필요한 거짓말…….

평생을 나무를 그리는 데 바친 한 화가가 결국 흥미롭고 마법적인 형태로 나무를 그릴 수 있게 되었을 때, 그 그림을 자신의 그림 언어로 재현하게 되었을 때, 그림의 행복을 그의 마음속에서 느끼게 되었을 때, 마지막으로 한 번 더 나무를 보고 나면 마음속에서 어떤 좌절감, 어떤 배신감을 느끼게 될 것이다…… 나는 오늘 카르스 거리를 걸을 때 이렇게 느꼈다…… 나는 더 걸을 것이다…… 도시의 거리들이 여전히 내게 외로움, 심오함, 먼 곳에 있는 듯한 감정을 마음속에 느끼면서…….

2월 26일 월요일

또 아침 일찍 '화합 찻집'에 가서 앉았다. 어떤 늙은 사람이 다가왔다. 늙은 사람이라고 했지만 어쩌면 나보다 나이가 많지

103 쿠르드 노동당. 터키 남동부, 이라크 남부, 시리아 남동부와 이란 남서부 지역에서 주로 활동한다.

않을 것이다. 입에 담배를 물고, 몸집이 크고, 모자를 썼으며, 회색 재킷을 입은 곱슬머리의 건강해 보이는 남자였다.

"또 왔나?"

그가 내게 이렇게 말했다.

나는 자리에서 일어나 그와 악수를 했다.

미소를 지으며 "네, 또 왔습니다." 하고 말했다.

그가 벽 옷걸이에 걸린 코트를 집었다. 나는 이 글을 계속 쓰기 위해 앉았다. 그가 손에 코트를 들고 '화합 찻집'에서 나갈 때 내게 들릴 만큼 큰 목소리로 말했다.

"쓰게나, 공무원들에게 월급을 얼마 지불하는지 쓰게! 카르스에서 석탄 가격이 얼마인지 쓰게나!"

찻집 점원이 난로 뚜껑을 열고 집게로 석탄들을 헤집고 있다. 석탄 가격, 카르스에서 찻집에 앉았다. 녹음기를 켜자 내 주위가 사람들로 꽉 찼고, 그들의 불평이 시작되었다. 계속해서 화제가 되는 중요한 주제들……. 이것은 내가 많은 찻집에서 손에 공책, 녹음기를 들고 다닐 때 모든 사람이 나를 어떻게 보는지를 보여 준다. 아주 소수의 사람만이 내가 소설가라는 것을 알고, 아는 사람들도 내가 카르스가 배경인 소설을 쓰고 있다는 것을 모른다. 내가 신문 기자라고 하면 그들은 곧장 묻기 시작한다. 어떤 신문요? 당신을 텔레비전에서 한번 봤어요! 신문 기자 양반, 쓰시오, 써!

지금 그들이 자기들끼리 하는 말을 듣고 있다. 내가 그곳에

서 그들의 말을 듣는지 어쩌는지 신경 쓰지 않는다.

"쓰고 있잖아, 신문 기자니까!"

다른 사람이 "뭘 쓰고 있대?" 하고 다시 묻는다. 아침의 '화합 찻집'은 한산하다…… 아침 8시에 카드 게임을 하는 테이블이 있다. 마흔은 안 되어 보이는 한 남자가 혼자서 카드로 점을 치고 있다. 테이블의 양 끝에 앉은 은퇴 나이쯤 되어 보이는 두 명은 그가 카드 점을 치는 것을 보면서 대화를 나눈다. 점을 치던 사람은 가끔 카드에서 고개를 들고는 에제비트 총리에 대해 입에 담지 못할 욕설을 퍼부었다. 일주일 전에 있었던 대통령과 총리 사이의 위기가 허튼소리며, 에제비트가 텔레비전에 나와 울면서 대통령을 비난하고, 이러한 이유로 주식이 하락하고, 터키 화폐의 가치가 하락한 것과 관련된 것이었다…… 앞에 있던 다른 테이블에서 사람들이 그를 비난했다. 찻집에 있던 열두 명의 남자들은(지금 눈대중으로 세었다.) 모두 나로부터 세 걸음 떨어진 난로 주위에 모여 있었다. 이들 중 절반은 초췌했고, 열정 없는 농담들, 조롱들. 나는 그들이 자주 "이른 아침부터"라는 표현을 쓰는 것을 들었다. "이른 아침부터 그러지 마, 이렇게 말하지 마!" 난로가 달궈지고, 내 얼굴에 달콤한 온기가 전해졌다…… 지금 '화합 찻집'은 조용하다. 문이 열리고 한 사람, 그다음에 다른 사람이 더 들어왔다. "좋은 아침이야, 친구들!" "좋은 아침이야, 수고가 많구먼!" 왜냐하면 다른 테이블에서 카드 게임이 시작되었기 때문이다. 아침 8시 30분. 우리 앞에는 채워야 할 텅 빈 겨울날이 있다. 뵈렉[104] 장수가 안으로 들어온다. "뵈렉, 뵈렉, 뵈렉!"

나는 왜 카르스 찻집에, 그것도 '화합 찻집'에 앉아 있는 것을 이렇게 좋아할까?(다른 뵈렉 장수가 머리에 넓은 쟁반을 이고 왔다.) 어쩌면 아침에 이곳에서 글을 쉽게 쓸 수 있기 때문일 것이다. 매일 아침 카르스의 넓고 춥고 바람 불고 한적한 거리를 걸을 때 모든 것을 쓸 수 있을 거라고, 쉬지 않고 쓸 수 있을 거라고, 내가 본 모든 것에 흥분할 수 있을 거라고, 흥분했던 모든 것을 연필 끝으로 가져올 수 있을 거라고 느꼈다. 벽에는 달력 하나. 아타튀르크 사진. 조금 전에는 소리가 안 나던 켜진 텔레비전,(중단된 국가안전보장회의에서 총리와 대통령이 화해하길 바란다.) 믿을 수 없을 만큼 낡은 의자, 난로 연통, 카드, 지저분한 벽, 때로 얼룩진 시꺼먼 바닥…….

104 페이스트리 사이에 간 고기, 치즈, 채소를 넣어 튀기거나 구운 음식.

55. 『순수 박물관』의 영감의 원천

헤밍웨이는 《파리 리뷰》와 한 유명한 인터뷰에서, 자신에게 영향을 미친 문학가들이 누구이며, 누구에게 가장 많은 것을 배웠는지 열거한다. 스물다섯 살 때 그림 그리기를 그만두고 작가가 되기로 결정했던 시기에, 헤밍웨이의 이 목록을 읽으면서 플로베르, 스탕달, 톨스토이, 도스토예프스키 같은 작가들 사이에서 바흐와 모차르트 같은 음악가들, 브뤼헐과 세잔 같은 화가들의 이름을 보고 매료되었다. 장차 나도 같은 것을 할 터였다.

35년 후 『순수 박물관』을 다 썼을 때, 그날이 왔다는 것을 알게 되었다. 왜냐하면 내가 쓴 모든 책 가운데 이 소설이 가장, 다음과 비슷한 질문을 하도록 유도했기 때문이다. "이 생각이 언제 처음 떠올랐습니까?" "당신 소설에서 영감의 원천은 무엇이고, 이러한 것들을 어떻게 생각하게 되었습니까?" 등등.

『순수 박물관』은 단지 소설이 아니라 동시에 오랜 세월 동안 이스탄불에 설립하고 싶었던 박물관이기 때문에 이러한 질문들을 많이 했다. 나의 삶, 문학, 예술로 이루어진 영향 목록은 다음과 같다.

1. 1982년 어떤 가족 모임에서 알리 와습 에펜디 왕자와 만나게 되었다. 술탄 무라트 5세의 손자인 이 왕자는, 치세가 계속되고 오스만 왕조가 터키에서 정권을 잡고 있었더라면 그 시기에 왕위에 앉아 있을 분이었다. 하지만 터키로 돌아오는 허가를 겨우 받은 80대 노인의 고민은 왕좌도 정치권력도 아니었다. 그가 원하는 것은 외국인 여권으로 입국할 수 있었던 터키에서 계속 머무는 것이었다. 그는 알렉산드리아에 살았고, 여름에는 포르투갈에서 왕좌와 권력을 잃어버린 유럽과 중동의 왕, 왕자 들과 교제하면서 시간을 죽였다.(그가 나에게 이란의 왕 리자 팔레비가 첫 번째 부인과 왜 헤어졌는지 말해 주었다.) 사망 후 아들인 오스마노을루가 정리한 『어느 왕자의 회고, 조국 그리고 유배지에서 보고 들은 것』이라는 제목으로 2004년에 출간된 회고록에서도 알 수 있듯이, 살아 있을 때 계속된 왕자의 고민은 빈곤이었다. 그는 생계를 위해 오랜 세월 동안 알렉산드리아의 안토니아디스 궁전과 박물관에서 처음에는 입장권 검사원으로 일했고, 나중에는 박물관장으로 일했다. 그는 회고록에서 "나는 궁전 관리, 청소 그리고 물건 보관 업무를 했다. 은제품, 크리스털, 가구 등이 내 책임이었다."라고 쓴다. 가족 식사 자리에서 나의 호기심 많은 질문에 왕자는 파룩 왕에게 도벽이 있었다고 말했다. 박

물관을 방문했던 왕이 마음에 쏙 드는 골동품 접시를 아무에게도 묻지 않고 진열장에서 꺼내 궁전으로 가져갔던 것이다. 나의 다른 질문에 왕자는 오스만 제국이 붕괴되어 왕조가 이스탄불을 떠나기 전에 으흘라무르 별장에 살았으며, 갈라타사라이 고등학교(아타튀르크도 다녔던)를 졸업한 후 하르비예에 있는 사관학교에 다녔다고 말했다.(그가 살았던 시기로부터 45~50년 후에 이 모든 장소에서 내가 어린 시절을 보내기 시작할 터였다.) 왕자가 50년 동안의 유배 생활을 마치고 터키에 돌아와 돈 걱정을 하지 않기 위해 일자리를 찾았지만 안타깝게도 누구에게서도 도움을 얻지 못하고 있다고 말했기 때문에, 가족 식사 자리에 있던 한 사람이 왕자가 어린 시절에 많은 시간을 보낸 으흘라무르 별장에서 어쩌면 박물관 안내원 자리를 찾을 수 있을 거라고 말했다. 박물관으로 변모한 으흘라무르 별장에서 살았던 그의 삶뿐만 아니라 그가 박물관과 궁전 관리 일을 잘 알기 때문에 이 일이 그의 고민을 해소할 완벽한 해결책이 아니냐고 했다.

이 제안으로, 왕자를 포함하여 식탁에 앉아 있던 우리 모두는 일순 알리 와습 에펜디가 자신이 어린 시절에 휴식을 취하고 공부했던 방을 방문객들에게 어떻게 안내할지 농담 섞인 감정에 조금도 휩싸이지 않고 진지하게 떠올려 보았다. 그런 다음에 내가 이 상상을 혼자 발전시켰던 것도 지금 기억이 난다. 왕자는 "네, 여러분, 이곳은 70년 전에 내가 부관과 함께 책상 앞에 앉아 공부하던 방입니다!"라고 말하고, 손에 입장권을 든 인파를 떠나 박물관 관람객들이 밟을 수 있는 곳과 전시물 사이에 있는 벨벳 줄로 된 경계선을 넘어 어린 시절과 청년 시절에 앉았던 책상에 앉아 같은 연필, 자, 지우개, 책으로 어떻게 공부했는지 흉내 내며 앉은 곳에서 관람객들에게 "이곳에서 이렇게 공부했습니다!"라고 말할 것이다. 나는 이렇게 해서 자신이 안내하는 박물관에서 동시에 하나의 전시품이 되는 즐거움 혹은 자신이 살았던 삶을 많은 세월이 흐른 후 모든 물건들과 함께 박물관에서 관람객들에게 설명하는 흥분을 처음으로 느꼈다.

2. 왕들과 궁전들에 대해 계속 이야기하자. 블라디미르 나보코프의 유명한 소설 『창백한 불꽃』은 이 제목을, 작가도 어딘가에서 밝혔던 것처럼 셰익스피어의 『아테네의 티몬』에 나오는 두 행에서 가져왔다.

> 달은 뻔뻔한 도둑이다
> 창백한 불꽃을 태양에게 훔쳤다.

이 두 행은 그 원천과 영감을 다른 곳에서 가져온 창조적인 작가의 상황을 설명하는 비유이기도 하다. 나보코프의 이 소설은 두 부분으로 되어 있다. 우리는 로버트 프로스트 같은 시인 존 셰이드의 삶과 세상에 관한 그의 긴 시를 읽게 된다. 소설의 진짜 몸통은, 읽을수록 알게 되겠지만 정신이 이상한 그의 이웃이 이 시를 출판하면서 행마다 쓴 메모, 그가 한 기이한 분석들로 구성되어 있다. 킨보트라는 이름의 이 기이한 이웃은 어떤 곳에서는 한 단어, 어떤 곳에서는 한 행, 존 셰이드와 공유한 추억들로부터 출발하여 사실은 궁전, 쿠데타, 살인 사건으로 구성된 자신의 삶을 설명하기 시작한다. 이렇게 해서 한 편의 시에 행마다 쓴 메모들로 된 소설처럼, 박물관에 있는 물건마다 메모한 형태의 소설을 쓸 수 있으리라는 생각이 떠올랐을 것이다. 처음에 나의 소설은 물건들을 설명하는 메모를 적은 박물관 카탈로그 형태였다. 마치 메모된 박물관 카탈로그처럼 먼저 하나의 물건을, 예를 들면 귀걸이 혹은 유명한 제니 콜롱 상표의 가방을 박물관 관람객들에게 소개하듯 독자들에게 설명하고 이 물건이 주인공에게 불러일으키는 추억으로 넘어가는 형태였다. 오랜 세월 동안 이렇게 소설을 쓴 뒤, 사랑 이야기의 폭풍이 강하게 불어 나로 하여금 메모들, 추억들 그리고 박물관에 있는 물건들을 정렬하도록 채찍질하며 모든 것을 휩쓸고 가기 시작했다. 나의 소설을 애정 소설로 읽은 독자들에게 윙크를 하며 덧붙이고 싶은 말이 있다. 나는 사랑의 예기치 않은 힘을 아직 인식하지 못했던 것 같다!

3. 사랑의 힘을 애초에 인식하지 못하는 것은, 러시아 문학의 중심부에 있는 푸슈킨의 운문 소설 『예브게니 오네긴』과 같은 이름의 남자 주인공에게 있어서도 대응하기 힘든 엄청난 문제이다. 무도회, 부유한 집, 상류 사회의 유희에 싫증 난 주인공은 사랑이 문을 두드릴 때 처음에는 거들떠보지도 않고, 더욱이

자신을 사랑하는 타치야나를 무시한다. 하지만 이후에는…….
하지만 나는 지금 처음부터 끝까지 문학적 언급들로 가득 찬 푸슈킨의 이 운문 소설을 사랑 때문이 아니라 나보코프가 이 모든 언급들을 한 행 한 행 밝히고 메모한 번역본을 썼기 때문에 말할 참이다. 『창백한 불꽃』의 배후에는 물론 나보코프가 푸슈킨 번역에 관하여 세세하게 해석한 메모들을 쓰는 일에 많은 세월을 할애한 사실이 있다. 나는 이 메모들의 두꺼운 판본을 되는대로 펼쳐 읽는 것을, 운문 자체를 읽는 것보다 좋아한다.

4. 우리는 지금 소설에서 어떤 주제에 대해 언급할 때 눈치채지 못하게 다른 것으로 옮기는 것, 중요한 세부 사항과 중요하지 않은 세부 사항의 차이를 없애는 것, 주의를 끌지 않는 것들에 대해 아주 중요한 것인 양 언급하는 예술로 은연중에 오게 되었다. 스턴, 플로베르, 나보코프, 알랭 로브그리예 이외에 조르주 페렉도 특히 내가 가끔 뒤적거리기를 아주 좋아하는 소설 『인생 사용법』에서, 내 생각에 주제 밖으로 벗어나기, 그리고 주제 바로 가장자리에 있는 물건들을 보는 예술이 새로운 질문들을 하고자 하는 진지한 소설의 진정한 주제라는 것을 느끼게 해 준다. 리스트를 만들기 좋아하는 페렉의 취향은 발자크식 소설의 물건 나열 다음에 물건들이 우리의 삶, 더욱이 우리의 정신세계의 중심에 있다는 것을 시적인 내용으로 우리에게 알려 준다. 마르크스주의 이론이 우리로 하여금 우리가 "이방화되었다는 것"을 상기시키는 물건들과, 우리가 살아가면서 각각 얼마나 집

약적이고 사적이고 감성적인 관계를 맺었는지를 떠올리기 위해 내 소설의 주인공 케말처럼 사랑에 빠져야 하는 것인가?

5. 물건들과의 시적인 관계: 나는 네덜란드 화가들이 정물을, 삶의 덧없음을 두개골과 시계, 녹아내리는 초들로 시적으로 만들고, 상징화된 물건들로 느끼게 해 주는 바니타스 스타일의 그림들, 18세기 프랑스 화가들 중 가장 뛰어난 샤르댕,[105] 세잔의 '정물'화들, 발튀스,[106] 뒤샹[107] 그리고 호텔 이름들에 내재된 비밀스러운 시를 드러내는 것을 알았던 조셉 코넬[108]을 아주 좋아한다.

6. 오르한 씨, 이런 것은 관두고, 당신도 당신 책의 주인공처럼 사랑에 빠져 사랑하는 사람의 물건들을 모았습니까? 이렇게 묻는 독자들에게, 내 책이 실제 삶에서 얼마나 많은 자양분을 얻었는지 보여 주고 싶다. 우리 이모 가족에게 1956년형 쉐보레 자동차가 있었고, 운전기사의 이름은 체틴이었다. 하르비예 병영 입구에 있는 아타튀르크[109] 동상의 바로 맞은편에, 그러

105 1699~1779. 프랑스 화가.

106 1908~2001. 프랑스 화가.

107 1887~1968. 프랑스 화가. 다다이즘의 중심적 인물.

108 1903~1972. 미국 미술가, 조각가.

109 1881~1938. 본명은 무스타파 케말. 국부라는 뜻의 '아타튀르크'는 1934년에 국회에서 부여한 이름이다. '터키의 아버지'라 불리는 그는 터키 국민의 정신적 지주로 1923년 터키 공화국을 선포하면서 초대 대통령이 되었고, 종래의 이슬람 전통을 크게 탈피한 서구식 근대화 개혁을 급진적으로 추진했다.

니까 정확히 사트사트[110]가 있는 곳에 내 아버지가 대표직을 맡았던 아이가즈 사무실이 있었다. 해마다 새해 첫날 저녁이면 할머니는 모든 자녀와 며느리, 사위를 파묵 아파트에 불러 함께 저녁을 먹었고, 우리 손자들은 톰볼라 게임을 하게 했다. 이기는 사람들에게 줄 선물도 몇 달 전에 미리 골라 준비해 놓았다. 1950~1970년대 이스탄불의 많은 집과 상점에 카나리아 새장이나 수족관이 있었는데 텔레비전 방송이 시작되고 확산되면서 사라지고 말았다. 게다가 이러한 사실은 동물들과 우리의 관계가 눈요깃거리 이상이 아님을 더 깊지 않다는 것을 가르쳐 주었다. 1983년, 결혼을 하고 돈이 좀 필요했던 시기에 나의 첫 소설『제브데트 씨와 아들들』을 마음에 들어 한 영화감독의 격려로 시나리오를 쓰기 시작했다. 하지만 영화는 제작되지 못하고 중단되었다. 이 시기 감독의 친구가 나를 베이올루에 있는 영화인들이 자주 가는 바로 데려갔고, 여배우들의 수다 가운데 들은 가십과 맥주 두 잔에 바로 취해 버린 나를 보고 웃으며 놀리곤 했다. 건축학과를 자퇴하고 그림 그리는 것을 그만둔 1974년부터 시작하여 1995년까지 하루에 평균 서른 개비의 담배를 피웠고, 1995년에 처음 담배를 끊었다. 내게 있어 "터키인처럼 담배 피운다."라는 서양인들의 말은 담배를 많이 피운다거나 담배 연기로 꽉 찼다는 것이 아니라 담뱃갑을 여는 것, 방금 새로 알게 된 사람에

110『순수 박물관』에서 케말 집안의 회사 이름.

게 우정과 평화의 의미로 담뱃갑을 내미는 것, 담배를 피우기 전에 그것을 손가락 사이에 넣고 연초를 반듯하게 정렬하여 피울 준비를 하는 것, 손가락 사이에 끼고 연기를 뿜는 수백 가지에 이르는 특별한 방법의 사회적 제스처들과 이것들의 해석(그리고 이 해석들을 알고, 알아보는 것)을 의미한다. 나는 『고요한 집』에서 이야기한 마르마라 해안에 있는 작은 마을과 휴양지에서 1960년대 말 야외극장에 가곤 했다. 바로 옆에 있는 외양간에서 소똥 냄새와 소들이 우는 소리가 들려오는 상황에서 터키 영화를 관람하곤 했다. 1970년대 초 베쉭타시에 있는 유명한 캄부룬 정원에서 대학 친구들, 해바라기 씨를 먹는 수많은 사람들과 함께 영화를 본 일도 아주 잘 기억하고 있다. 1960년대 초 어머니가 운전 면허증을 딸 결심을 하고 주행 연수를 받으러 갈 때, 더운 여름날 집에서 지루해하는 형과 나를 데리고 갔다. 자동차가 덜덜 떨면서 멈추면 뒤에 앉아 있던 형과 나는 웃기도 하고 겁을 내기도 했다. 10년 후 열여덟 살 때 나도 운전 면허증을 딸 결심을 하고 주행 시험에서 몇 번이나 떨어지고야 비로소 어머니의 고충을 이해할 수 있었다. 소설에서 서술한 부유한 사람들 중 일부는 아버지와 삼촌들의 친구들, 일부는 사촌들과 그 친구들, 일부는 나의 고등학교 친구들로부터 영감을 받아 집필했다. 책에 나오는 '호화로운' 식당들, 보스포루스 해협의 술집, 이스탄불 거리, 많은 상점들이 나의 사적인 경험에서 어느 정도 자양분을 받았는지 설명하는 것은 내 책들이 이스탄불에서 얼마만큼 자양분을 얻었는지를 설명하는 것처럼 끝없는 일이 될 것이다. 하지만 나는 지금 이 글을, 10년 동안 상상하고 6년을 바쳐 어떤 책을 쓸 때 경험한 멋진 것들을 떠올리는 기쁨으로 쓰고 있다는 점만은 밝히고 싶다.

7. 1996년과 2000년 사이에 아침마다 딸을 학교에 데려다주곤 했다. 아이를 톱하네 뒤에 있는(케스킨의 집에서 300미터 떨어진 곳) 학교 정문에 데려다준 후 베이올루 추쿠르주마, 피루즈아아, 지한기르의 뒷골목에서 그날 쓸 것들(『내 이름은 빨강』, 『눈』)을 생각하며 집필실까지 걸어가곤 했다. 아침의 선선함 속에서 상점들이 막 문을 열기 시작하고, 빵 가게에서 빵과 시미트 향기가 풍겼으며, 학생들이 종종걸음으로 학교에 갈 때 이 거리를 걷노라면 아주 즐거웠다. 어쩌면 내 앞에 멋진 하루가 있고, 한두 페이지 쓸 소설이 있었기 때문일지도……. 어쩌면 그 거리에 나의 어린 시절, 청년 시절에 경험한 많은 것들이 너무 오래되어 썩기 전에, 완전히 새로운 것으로 탈바꿈하기 전에 살아 있는 것을 보았기 때문일지도……. 나는 때로 거리와 사람들이 그 시간 밖의 분위기를 전혀 잃지 않을 거라고 생각했다. 그 거리에서 본 것들, 예를 들면 빵 가게 진열장에 있는 신선한 빵과 시미트, 약국 진열장에서 본 인간의 내장 기관들을 보여 주는 오래된 진통제 포스터 혹은 피클 가게 진열장에 세심하게 진열한 커다란 유리병에 든 다양한 피클들의 색깔은 내게 바라보고 싶은 즐거움을 불러일으키곤 했다. 그 모습들을 소유하고 싶고, 그것들을 어

떤 틀에 넣어 바라보고 싶고, 그것들을 절대 잃고 싶지 않았다. 추쿠르주마 골목에 있는 소박한 벼룩시장, 오래된 테이블부터 재떨이까지, 수저와 포크부터 어린 시절 가지고 놀던 국산 장난감까지 수많은 잡동사니를 파는 가게들, 오래된 잡지, 책, 지도, 사진을 파는 곳들도 내가 본 것들을 어떤 틀에 넣어 영원히 보관하고 싶은 바람을 부추겼다. 이 가게들에서 작은 물건들을 사고, 그것들로 하우스 박물관을 세울 생각을 그즈음 하게 되었다. 박물관으로 만들, 매물로 나온 오래된 집을 사기 위해 한동안 이 거리를 오래 거닐었다.

8. 이후에 박물관으로 바꿀 집을 구입하자 내 안에 있던 작은 수집가가 용기를 냈다. 하지만 내게 수집가의 영혼이 없다는 것을 알았다. 나는 어떤 진열장에서 본 소금 통, 담배 파이프, 오래된 택시에서 나온 미터기 혹은 화장수병을 수집하기 위해서가 아니라 이 물건들을 내가 쓸 소설의 일부로 만들 생각으로 구입하곤 했다. 때로는 전혀 생각에도 없었던 물건을, 오로지 그것을 어떤 진열장에서 보고 흥분했기 때문에 구입해서 집으로 가져오기도 했다. 세상은 나의 소설과 박물관에 넣을 물건들로 들끓었다. 하지만 나의 흥분은 어느 수집가, 시리즈를 모으는 사람의 흥분이 아니라 이 물건을 어떤 소설과 어떤 박물관의 일부로 만들 계획을 세우고 그 상상으로 머리가 어찔해진 사람의 흥분이었다. 그 물건들을, 내 삶에 있는 많은 것들처럼 어떤 이야기, 어떤 책의 일부가 될 수 있으리라는 생각에 사랑했던 것이다. 때

로는 물건을 내 앞에 놓고, 마치 '사실주의 대가' 포즈를 취하는 플로베르처럼 내 이야기의 일부로 설명했다. 하지만 주로 이 물건들에 대해 한 번만 언급하고는, 사실로 착각하게 만드는 소설의 끌림에 휩싸이지 않기 위해 나 자신을 억제하곤 했다. 때로는 익히 아는 물건들을 이야기에 넣기도 했다. 아버지의 오래된 넥타이를 케말의 아버지에게 주고, 어머니의 뜨개질바늘을 퓌순의 어머니에게 주는 것 같은 일들을 이렇게 실현시켰다. 왜냐하면 나는 나의 등장인물들이 나의 삶과 가족에게 나온 물건들을 사용하는 것이 좋았기 때문이다. 마치 소설에서 부유한 가족이 사용한 물건들, 헌옷들을 가난한 먼 친척들에게 주듯이, 나도 나의 삶에서 알고 있고, 내게 인상을 남긴 오래된 물건들을 찾아 소설의 등장인물들에게 주었다. 때로 어린 시절에 내게 인상을 남긴 어떤 물건, 예를 들면 이모가 식탁에서 오랜 세월 동안 사용한 노란 물병을 기억해 냈고, 그 물건을 내 박물관 수집품으로 진열하지 않고 소설에서 등장인물의 식탁에 놓았다.(나중에 내가 아주 좋아한 퀴르칸 이모가 돌아가셨을 때 그 노란 물병을 가져올 수가 없었다. 사촌 메흐메트가 이 글을 읽는다면 줬으면 좋겠다.) 소설을 다 써서 출판한 후에 집필실을 정리하다가 상자 하나를 발견했다. 그 안에서는 소설에 넣을 생각으로 당시 고물상에서 샀다가 잊어버린 많은 물건들이 나왔다. 한때 부유했던 집의 문에 달린 종, 섬에서 여전히 운행되는 마차에 거는 오래되고 녹슨 램프를 보며 내 마음속에서 이 물건들도 언급되는 아주 색다른 소설을 쓰고 싶은 생각이 들었다.

9. 오로지 일련의 물건들을 보며 어떤 이야기, 어떤 소설을 상상할 수 있다는 것을, 이것이 내 습관이 될 수 있다는 것을 『순수 박물관』이 출간되기 아주 오래전에도 알고 인식했다. 러시아 형식주의 문학의 이론가 빅토르 시클로프스키는, 사건의 구성이라는 것은, 어떤 소설에서 설명하고, 우리가 조사하자 하는 부분을, 주제를 지나가는 선이라고 말했다. 일련의 물건을 본능적으로 고른 후 우리 앞에 놓고, 그것들을 이야기로 연결하여 등장인물들의 삶에 어떻게 넣을지 상상한다면 소설을 구상하기 시작했다는 의미이다. 도스토예프스키의 『죄와 벌』, 에드거 앨런 포의 이야기들 이후 현대 소설이 형태를 갖추는 데 영구적인 영향을 준 추리 소설도, 주인공 미스터 탐정이 일련의 실마리를 합치시키는 이야기를 상상하는 것으로 구상된다.

10. 하지만 우리를 일련의 사건 구성으로, 여기에서 소설의 논리적이며 풍부하고 인간적인 세계로 데려가기 위해서는 구해서 모아 놓은 물건들과 감성적인 관계를 맺어야 한다. 우리에게 감성적이며 시적인 영향을 불러일으키는 물건들을 나열해야만 소설로 상상할 수 있다. 왕자 알리 와습 에펜디가 정말 이흘라무르 별장에서 박물관 경비 혹은 박물관 안내자가 될 수 있다면, 어린 시절과 청년 시절을 보낸 방, 물건들에 대해 극도로 감성적인 언어로 언급할 것이다. 어린 시절을 보낸 별장의 방으로, 반세기 후 죽을 지경에 이르러 이제 인생과 그 의미를 파악했을

시기에 되돌아왔을 때 왕자가 모든 물건, 거울, 램프를 보며 어떤 언어로 말할지를 상상하는 것은, 과거의 프루스트처럼 감성적이고 이성적이고 분석적으로 말하는 어떤 주인공과 그의 세계를 생각한다는 의미다.

11. 물건들과의 감성적인 관계 사고를 감성적인 박물관 사고로 변모시킨 최초의 인물은 1930년에 루마니아에서 태어난 스위스인 다니엘 스포에리[111]이다. 스포에리는 음식을 먹은 뒤 남은 접시, 컵, 흐트러진 식탁을 테이블에 붙여 예술 작품을 창조함으로써 식탁의 우연한 아름다움을 아름다운 그림의 수준으로 올려놓은 것으로 유명하다. 1979년 독일 쾰른 시에서 평범한 일상생활용품들을 부각시킨 전시회를 열고, 그것을 "감성적인 박물관"이라고 일렀다. 이 특설 전시회는 조르주 페렉 역시 관심을 가진 일상적인 물건들에서 시를 찾는 흥분, 평범한 물건들로 문학, 음악, 예술을 합치시키기를 원하는 다다이스르의 플럭서스[112] 운동의 영혼도 간직하고 있다.

12. 스포에리는 쾰른에 있는 '감성 박물관'에 영향을 미친 원천 중 하나가 바르셀로나에 있는 프레데릭 마레스 박물관이었다고 말했다. 이 박물관 "위층에 있는 머리핀, 귀걸이, 게임 카드, 열쇠, 부채, 향수병, 손수건, 브로치, 목걸이, 가방, 팔찌들"은 나의 소설 주인공 케말 바스마즈가, 그리고 이후에 내가 몇 번이

111 1930~ . 스위스의 오브제 작가.
112 1960년대 초부터 1970년대에 걸쳐 일어난 국제적인 전위 예술 운동.

나 방문해서 관찰했다. 나의 소설뿐만 아니라 나의 박물관에 마치 프루스트, 조셉 코넬, 톨스토이, 나보코프, 보르헤스, 밀라노에 있는 바가티 발세치 박물관처럼 깊은 영향을 미친 프레데릭 마레스에게 이 지면을 통해 감사드리고 그를 존경을 다해 추억한다.

13. 플로베르는 『마담 보바리』에 나오는 만남과 사랑 장면(창문을 닫은 마차에서의 정사)의 모델이 된 젊은 시절의 연인 루이즈 콜레에게 1846년 8월 6일에 쓴 편지에 밤 11시에 다음과 같은 메모를 첨가했다. "나는 모든 것이 잠든 이 늦은 밤 시간이 되면, 나의 보물들이 들어 있는 서랍을 연다. 슬리퍼, 손수건, 머리카락, 사진을 보고, 편지를 다시 읽고, 그 향기를 맡는다." 전날 밤에 이와 비슷한 감정을 다음과 같이 썼다. "이것들을 쓸 때 너의 슬리퍼는 바로 내 앞에 놓여 있다…… 커피색 작은 슬리퍼의 모습, 네 발이 그 안에서 따스할 때 했던 움직임들은 나를 상상하게 만든다……"

그래도 여전히 "오르한 씨, 당신도 연인의 물건들을 바라보며 위안을 찾은 적이 있습니까? 당신이 케말인가요?"라고 묻는 호기심 많은 독자들에게 이제 고백해야 할 것 같다. 나는 케말이 아니다. 나는 무슈 플로베르이다.

56. 작가의 일상

어느 날 딸이 태어났다. 그리고 나의 삶이 송두리째 바뀌었다. 딸이 태어나기 전에 나는 늘 밤에 글을 썼다. 온 도시가 잠들었을 때. 새벽 4시까지. 나는 정확히 새벽 4시에 잠자리에 들었다. 이 습관은 16년 동안 계속되었다. 사실 나의 여러 소설에서 가장 좋은 글들은 사위가 완전히 정적에 휩싸인 한밤중에 쓴 것이다. 하지만 딸이 태어나고 그 아이가 학교를 다니게 되자 내 모든 삶이 이전과는 완전히 달라져 버렸다. 이제 나는 매일 아침 7시에 일어나 딸아이의 학교까지 딸과 함께 걸어간다. 이는 나의 가장 커다란 즐거움이다.

딸아이의 학교에서 집필실까지는 걸어서 15분 정도 걸린다. 그 길이 내게는 이스탄불에서 가장 아름다운 풍경이다. 나는 베이올루의 뒷골목을, 제노바풍과 레반트풍이 섞인 오래된 룸[113] 아파트 사이를, 아르메니아 십장들이 지은 건물 앞을 지나간다.

사람들이 그저 자기 나름의 삶을 이어 가는 동네의 골목들, 베이올루 지역……. 그 골목길에는 여전히 포아차[113] 장수가 지나다닌다. 내가 집필실로 걸어가는 동안 매일 같은 시각에 살렙[115] 장수가 내 옆을 지나간다. 나는 길에서 항상 같은 사람들과 스친다. 그 누구도 개인적으로 알지 못한다. 고등학교 교사로 보이는 사람, 아이를 학교에 데려다주는 어머니, 파루즈아아에 있는 제과점으로 빵을 사러 가는 남자……. 그들과 눈이 마주치면 나는 그들의 삶 속에 있을 무언가를 생각한다. 작가가 하는 일은 실상 자신이 본 누군가에 대해 세세한 것까지 상상하고, 이 상상을 진전시켜 자기 자신을 다른 사람의 자리에 위치시키는 것이다. 누군가는 '이 집 빵이 가장 신선해.'라고 생각하며 행복해하겠지. 나는 일찍 일어나는 스스로에게 만족하면서 아침의 고요, 도시의 첫 향기, 아직 데워지지 않은 햇살을 느끼며 걷는다. 길을 외우고 있는 나의 발은, 그 길에 익숙한 당나귀처럼 나를 집필실로 데려간다.

예전에는 밤에 글을 쓰는 데 익숙했기 때문에 도시의 어둠, 도시의 밤을 잘 알았다. 어떤 때는 글을 쓰다가 자리에서 일어나 밤늦게까지 하는 니샨타시의 샌드위치 가게에 뭔가를 사러 가곤 했다. 한밤중에 도시의 거리로 나온 창녀들, 자동차들, 무

113 고기나 치즈가 들어간 빵.
114 터키 국적을 가진 그리스인.
115 식용, 약용으로 쓰이는 난초과 식물. 이 식물의 구근 가루로 만든 음료.

슨 말인지 알아듣지 못할 소리를 고래고래 지르는 청소부를 태우고 지나가는 쓰레기차, 경찰차 그리고 깊은 밤이면 작전에 나서는 개 떼. 나는 이런 것을 잘 알았다. 이스탄불의 밤에 깃든 고요, 오로지 밤에만 알아챌 수 있는 네온 가로등의 지지직거리는 소리, 고양이가 뒤집어엎은 상자, 쓰레기를 뒤적이는, 낮에는 결코 볼 수 없는 한두 명의 가엾은 사람들……. 이들은 내 소설에 자주 등장했다. 그 시간, 새벽 4시가 되면 나는 집필실을 나와 집으로 돌아가곤 했다. 하지만 딸이 성장하자 나의 올빼미 생활은 이스탄불의 밤을 뒤로한 채 종말을 고하고 말았다. 나는 이제 일찍 자고 아침 7시에 일어난다. 그리고 나의 소설에는 아침이 지배적으로 등장하기 시작했다. "드문드문 지나가는 자동차, 낡은 버스, 포아차 장수와 함께 가는 살렙 장수가 인도에 내려놓았던 구리 주전자를 들어 올리는 모습, 돌무쉬 정거장 주차원의 호루라기 소리……." 지금도 매일 아침 집필실로 걸어갈 때면 나는 여전히 같은 소리를 듣는다. 다행히도 이스탄불의 아침 소리는 변하지 않았다.

집필실로 들어서자마자 나는 제일 먼저 커피 기계가 있는 쪽으로 뛰어간다. 아침에는 신문을 읽지 않는다. 대강 훑어볼 뿐이다. 나른한 상태로 침대에서 뒹굴며 시간을 보내는 것은 딱 질색이다. 그보다는 비상이 걸린 병사나 고양이처럼 벌떡 일어나 다른 사람까지 깨우고, 8분 만에 아침 식탁에 앉고, 16분 만에 집에서 나가는 식이다. 신문은 나의 이러한 템포를 흐트러뜨린다. 신문은 나라 문제에 관심 있는 소설가의 사기를 떨어뜨린다. 신문은 하루의 시작을 망치는 원인이다. 우리는 신문의 논설위원에게 화를 낸다. 때로는 그들이 진실을 이야기하지 않기 때문에, 때로는 사실을 이야기한다는 이유로……. 9월 12일[116] 이전까지 나는 신문 읽는 것을 자제했다. 아침에 신문을 읽는 것은 소설가에게 해롭다.

책상 앞에 앉으면 나는 마치 기계처럼 글을 쓸 준비를 한다. 일련의 작은 의식, 사소한 규칙, 몸에 밴 습관이 나를 훈련시킨다. 독자들은 항상 내게 두 가지 기본적인 질문을 한다. 질문은 서로 비슷하지만 다르다. 하나는 "좋은 소설은 어떻게 씁니까?"이고 다른 하나는 "어떻게 하면 잘 써집니까?"이다. "어떻게 하면 잘 써집니까?"라는 질문은 인생에 관한 질문이다. 작가라는 직업과 작가로서 출세를 원하는 사람의 질문이다. 실상 문학보다는 어떻게 하면 잘살지에 관한 고민의 표현이다. "좋은 소설은 어떻게 씁니까?"는 문학에 관한 질문이다. 그들은 소설이라는 예술을 알고자 하는 것이다. 이에 관한 나의 대답은 이렇다. 작가라는 직업은 엄격한 규율을 요한다. 그 규율은 수백 가

116 터키에서 1980년 9월 12일에 발생한 군사 쿠데타를 의미한다. 정치, 경제 등 사회 전반에 걸쳐 무능했던 정권을 타도하기 위해 터키군 참모 총장인 케난 에브렌을 중심으로 군부 세력이 주도한 무혈 군사 혁명. 이 혁명 세력은 군가안보회의를 구성하고 계엄령을 선포하여 헌법의 일부 조항을 잠정 폐지 시키는 동시에 국회와 정당을 해산하고 모든 정치 활동을 금지했다. 터키에서는 간략하게 9·12 혁명이라 불린다.

지다. 그것은 당신이 글을 쓸 수 있도록 떠민다. 당신은 글을 쓸 수 있는 장소로 가서 커피를 끓이고 작은 의식을 시작해야 한다. 그것은 무엇인가? 책상 위의 커피, 작은 메모지, 해야 할 일, 그 속에서 당신은 전화선을 뽑고 혼자 서성거린다. 그러다 책상에 앉는다. 당신에게 글을 쓰도록 강요할수록 당신은 행복해진다. 당신은 이런 것이 행복임을 믿어야 한다. 이러한 의미에서 작가는 규율이 필요한 직업이다. 군대에서 행하는 일련의 의식이나 규율은 외부에서 보면 난센스 같다. 하지만 사실은 의식 자체보다 그 의식을 따르는 것이 중요하다. 글을 쓸 때도 마찬가지다. 다른 사람에게는 난센스처럼 보일 수 있는 나의 의식, 습관이 사실은 하루 종일 나로 하여금 종이에 복종하고 글에 존경을 표하게 한다. 어떤 의미에서 나는 규율이란 것에 채찍질당하고 억지로 떠밀리고 길들고 훈련되면서 작가가 된 셈이다. 작가는 이렇게 탄생한다.

만약 당신이 글 쓰는 일을 남에게 보여 주기 위한 제스처나 드라마틱한 삶의 한 모습으로 생각한다면 하루라도 빨리 포기해야 한다. 하지만 작은 방에서 혼자 사소한 습관에 의지해, 바늘로 우물을 파듯 하루 종일 종이 한 장을 들여다보면서 일하는 것을 좋아하고, 상상력을 활용하며 사는 것을 감내할 수 있다면 작가라는 직업을 택하는 모험을 해도 좋을 것이다.

나는 언제나 헤밍웨이의 조언에 따라 만년필을 쥐자마자 전날 쓴 글을 다시 읽는다. 이는 내가 소설의 분위기 속으로 다시 들어가도록 도와줄 뿐 아니라 자신이 쓴 글을 다시 평가할 기회를 준다. 나는 단숨에 내 글이 좋은지 나쁜지 판단을 내린다. 일진이 좋지 않은 날에는 즉시 쫙쫙 찢어서 쓰레기통에 버린다. 그래서 나는 스프링노트에 글을 쓴다.

나의 손은 겁쟁이가 아니다. 찢는다는 것은 가장 큰 비판이다. 비평가는 우리의 책이 나왔을 때 이곳저곳 사소한 부분을 긁어 댈 뿐이다. 하지만 우리 작가는 그들이 우리를 죽이지 못하도록 처음부터 쫙 하고 찢어서 버린다. “자, 한 번 더 써.” 글쓰기에서 가장 기본적인 비밀 중 하나는 찢어서 버리는 것, 그럴 정도가 아닌 괜찮은 글이라면 고쳐서 바꾸는 것이다.

첫 문장? 바로 그것이 문제다. 첫 문장을 시작하는 것……. 기분 좋게 하루를 시작하는 것은 그날의 첫 문장을 얼마나 빨리 쓰느냐에 달렸다. 이 문제에 관해서 역시 대가인 헤밍웨이의 아주 멋진 조언이 있다. “하루가 끝나는 밤에는 아무리 좋은 문장이 떠올라도 그것을 종이 위에 옮기지 마라. 다음 날 아침으로 미뤄라. 그리하여 아침에 곧장 글을 쓰기 시작할 수 있도록.” 나는 이 조언을 따랐다. 그러니까 “아흐메트는 문을 열었다. 손에 권총이 들려 있었다. 그는 두려워하고 있었다.”라는 문장이 준비되어 있어도 나는 그것을 쓰지 않는다. 다음 날 아침으로 미룬다. 아침이 오면 나는 전날 쓴 것을 읽고 준비된 그 문장을 어딘가에 집어넣는다. 그 문장을 쓰고 나면 일반적으로 둘째, 셋째 문장도 저절로 뒤따른다. 마치 문장이 스스로 당신에게 자신을 바치는 것과 같다. 사건들은 "나도 존재하고 싶어요. 나도 존재하고 싶어요."라고 소리치고, 문장들은 "나도 나타나고 싶어요." 라고 애원한다. 당신은 그 장면들을, 그 인물들을 사실상 몇 달 혹은 몇 년 동안 생각했을 것이다. 하지만 그것이 문장으로 태어나는 순간 존재의 의미를 가지게 된다.

글을 쓰다가 막히면 어떻게 하는가? 일반적으로 나는 대여섯 문장을 쓰고 나면 막히곤 한다. 이미 많이 썼기 때문이다. 그렇게 많이 쓴 것으로 보아 분명 어딘가에서 정신이 느슨해졌을 것이다. 안 좋은 글을 썼다는 의미다. 나는 "잠깐, 다시 읽어 봐야겠군." 하고 스스로에게 말한다. 그리고 내가 쓴 글을 읽는다. 행복감과 긴장감 때문에 자리에서 일어나 걷기 시작한다. 하루 종일 내가 한 진짜 일은 바로 이것이다. 서성거리는 것. 나는 수감된 적이 없다. 하지만 터키 문학 때문에, 영화 때문에 나는 서성거리는 것이 무엇인지 안다. 많은 터키 작가가 감옥에서 작가로 성장했기 때문에 서성거리며 글을 썼다. 하루 중 내가 하는 일의 대부분은 종이에 무엇을 쓰는 것이 아니라 서성거리는 것이다. 그러니까 집 안에서 규칙적으로 한 곳에서 다른 한 곳으로 빠른 걸음으로 왔다 갔다 하며 하루를 보낸다. 나는 복도에서 서성거린다. 오랫동안. 그리고 거실에서 서성거린다. 더 짧게. 이 둘을 번갈아 반복하며 하루를 채운다. 서성거리면서 추후 나의 소설에 들어갈 인물들을 생각한다. 나는 그들 주위에서 서성거리고 있다고 생각한다. 문장을 마음속으로 느낀다. 이것을 쓰고 싶다는 커다란 욕망을 느낀다. 하지만 쓰지 못하면, 나의 영혼이 글쓰기에 착수하지 못하면 무언가 방해받은 것처럼 기분이 나빠진다. 마치 무엇인가 나를 짓누르는 듯한 느낌이다. 그럴 때 나는 몸을 움직여 걷기 시작한다…… 걷는다…… 나는 지금 문장의 주위에서 배회하고 있다고 생각한다. 무엇인가 떠오른다. 결국 그 문장이 나에게 오고 나는 그것을 쓴다. 단지 그 문장 하나로 그치지 않는다. 나무가 흔들리면 하나가 아니라 대여섯 개의 배가 한꺼번에 떨어지듯이 대여섯 개의 문장이 내게로 떨어진다. 나는 그것을 주워 모은다. 나는 만족하고 조금 피로해진다. 다시 걷든지 수학 문제를 푼 고등학생처럼 냉장고를 뒤적이고 글을 읽는다. 머리는 휴식을 취한다. 그런 후 머릿속에 있는 군대를 다시 소집하기 시작한다. 다시 나무를 흔든다. 시간은 이렇게 지나간다. 내가 글을 쓸 수 있는 시간은 한정되어 있다. 하루의 대부분은 그 시간 사이에서 군대를 소집하고 생각하며 지나간다.

하루에 몇 장이나 쓸까? 나는 이것을 계산해 보았다. 나는 20년 동안 글을 써 왔다. 그동안 쓴 글의 페이지 수를 더하고 나누고 곱해 보았다. 사실 최근에는 해외에 나갈 일을 비롯해 새로운 일이 많이 생겼다. 그렇더라도 계산에 의하면 1년에 거의 300일 정도 글을 쓰고 170~180장을 쓴다. 그러니까 나는 하루에 0.75장을 쓴다. 하루에 한 장도 채 못 쓰지만 나의 온 하루가 이 한 장도 안 되는 종이 앞에서 지나간다. 15일 동안 안간힘을 다해 열 장을 쓰고도 나중에 전부 쓰레기통에 던지는 경우도 있다.

국내외를 막론하고 글 쓰는 일에 많은 세월을 바쳐 결국 일정한 수준에 도달한 사람들에게는 공통된 고민이 있다. 그것은 "글을 쓰면서 방해받지 않고 다른 일이 끼어들지 않게 하기 위해서는 어떻게 해야 하는가?"이다. 이 문제를 이야기할 때마다 내 마음속에는 한 가지 의문이 떠오른다. 왜냐하면 작가들은 항상 이렇게 말하기 때문이다. "참 내, 모든 사람이 나를 찾는다니까. 전화도 빗발쳐. 어떻게 해야 할지 모르겠어!" 여기에는 불평과 함께 자기 자랑도 있다. 작가들은 한편으로 이러한 상황을 불평하면서도 다른 한편으로는 자신이 얼마나 중요한 사람이고 얼마나 유명한지를 말하고 싶어 한다. 그래서 나는 이런 대화가 오가면 즉시 귀를 쫑긋 세우고 관심을 기울인다. '이 사람이 불평을 하는 거야? 아니면 자기 자랑을 하는 거야?' 하는 생각에 갈피를 잡아 보려고 애쓴다.

하지만 자랑할 필요성을 느끼지 않는 작가도 그러한 고민을 한다는 것 또한 분명하다. 왜냐하면 해결책은 아주 간단한데도 아무도 그렇게 하지 않기 때문이다. 그 해결책이란 바로 한적한 곳에 가는 것이다. 그러면 아무도 당신을 찾을 수 없다. 혹은 전화선을 뽑아 버리면 해방될 수 있다. 그런데 실상 작가는 자신이 불평하고 있기를 원한다. 더 정확히 말하면 원하기도 하고 불평하기도 한다. 왜 원하느냐고? 한적한 섬에 가서 소설을 쓸 때조차 '내가 이렇게 구석에 처박혀 있지만 어느 날 여봐란듯이 등장하면 모든 사람이 놀라 쓰러질 거야. "너는 이 세상에서 가장 똑똑한 사람이야, 최고로 멋진 소설을 썼잖아."라고 사람들은 말하게 될 거야.'라는 희망이 머릿속을 맴돌기 때문이다. 결국 사랑과 존경을 받을 테고 "네가 최고야! 정말 멋진 작품이야! 너는 그야말로 문단을 평정했어!"라고 칭찬받게 되리라는 환상이 없다면 작가라는 직업은 전혀 견딜 만한 것이 못 된다. 우리 작가는 어떤 의미에서 수도승이다. 하지만 결국 사랑받길 원하는 존재다. 진짜 수도승은 천국을 기원하지만 우리는 현세에서 승리와 성공을 기다린다. 이러한 이유로 우리의 뇌리와 영혼 한 구석은 언론과 여기저기에서 "너 정말 잘 썼어."라고 전화해 줄 준비가 된 사람에게 열려 있다. 작가가 이러한 기대를 얼마나 억누르든 그 말을 기다리는 것은 사실이다. 이 두 가지 상반된 감정이 항상 우리 머리를 혼란스럽게 한다. 그래서 전화로 우리를 찾고 묻는 사람들에게 불평을 하면서도 사실은 자부심을 느끼는 것이다.

나 자신을 예로 들어 보자. 쓰기는 하지만 별로 좋은 글이 나오지 않아 스스로에게 불만족을 느낄 때가 있다. 그러면 나는 전화선을 다시 꽂는다. '어쩌면 신문 기자가 나를 찾아 좋은 말을 해 줄지도 몰라.' 하고 기대한다. 정말로 그런 사람이 있으면 기분이 좋아진다. 이러한 이유로 작가들의 불평은 진심이기도 하지만 동시에 의구심을 가지고 받아들여야 하는 것이기도 하다.

그러나 대체로 나는 전화벨이 울려도 받지 않는다. 전화선을 뽑아 버린다. 나와 대화하기를 원하는 사람은 팩스로 연락할 수 있다. 한때 나는 자동 응답기를 사용했다. 하지만 그것은 나에게 가브리엘 마르케스가 『백 년의 고독』에서 언급한 요강을 연상시킬 뿐이다. 화장실이 하나밖에 없는 수녀원이 있다. 그 수녀원 기숙사의 모든 여학생이 밤마다 화장실 앞에서 줄을 선다. 그들은 이 문제를 해결하기 위해 요강을 하나씩 나누어 갖는다. 하지만 요강도 근본적인 문제를 해결하지 못했다. “변소 앞에는 손에 요강을 든 소녀들이 요강을 비울 차례를 기다리면서 동틀 녘부터 길게 줄을 서야 했기 때문에 한밤중의 소동이 아침 소동으로 바뀌었을 뿐이었다.”

자동 응답기가 그렇다. 자동 응답기에 메시지를 남긴 사람에게 전화를 하면 대부분 단번에 통화가 되지 않는다. “미안해. 너에게 연락할 수 없어. 나와 이야기를 나누고 싶은 모양인데 나는 할 얘기가 없어.”라는 말을 하기 위해 그 사람을 쫓아다니게 된다. 이는 문제를 해결하는 것이 아니다. 단지 문제를 지연하거나 더 크게 만들 뿐이다. 그래서 자동 응답기도 사용하지 않는다.

일반적으로 작가는 영감이 찾아오기를 기다린다. 어떤 사람은 일생에 단 한 번 영감을 얻지만 어떤 사람은 평생 기다려도 얻지 못한다. 한편 간간이 영감이 찾아드는 사람도 있다.

인생의 매정함은, 영감이 존재하고 그것이 불공평하게 분배된다는 것을 받아들이는 순간에 시작된다. 영감이 불공평하게 분배되는 것을 안다는 말은, 문학 세계가 어느 정도 재능으로 돌아간다고 고백하는 것이다. 하지만 안타깝게도 이것이 규칙이다. 나는 이러한 규칙이 존재한다는 것이 한편으로는 다행스럽기도 하다. 그러지 않는다면 모든 사람이 작가가 될 수 있었을 테니까.

영감은 신비로운 것이다. 그것은 외부에서 온다. 조금이나마 이것을 인정하자. 많이 기다릴수록 오히려 오지 않을 가능성도 더 커진다. 오래 기다린 사람이 운이 더 좋을 수도 있다. 이것은 연인에게서 오는 전화와 비슷하다. 전화기 앞에서 오래 기다리면 전화가 올지도 모른다. 전화를 받으면 인생이 바뀔 수도 있다. 하지만 '내게는 오지 않을 거야.'라며 기다리지 않는다면 당신에게는 결코 전화가 오지 않을 것이다.

나는 손으로 글을 쓴다. 카트리지식 만년필을 사용한다. 빈 카트리지는 버리지 않고 모아 둔다. 마치 사냥꾼이 빈 탄약통을 모으는 것처럼. 카트리지를 교체한다는 것은 내가 그만큼 글을 많이 썼고 작업이 진척되었다는 것을 보여 주기 때문이다. 나의 글은 고치고 또 고치는 통에 실타래처럼 얽히고설켜 버린다. 나는 그 상태로 출판사에 원고를 넘긴다. 지금은 내가 조금 더 '유명한' 작가가 되었기 때문에 출판사에 있는 친구들은 그런 나를 이해해 준다. 만년필로 쓴 나의 글은 일레티심 출판사의 세계 챔피언 편집자인 휴스뉴 압바스 씨가 교열한다. 그는 도무지 알아볼 수 없는 나의 글을 읽고 아주 빠른 속도로 타자를 친다. 때로는 내가 원고를 써 주지 않아도 그 스스로 소설을 잘 써 낼 수 있지 않을까 상상하기도 한다.

소설은 하나의 생각에서 시작된다. 소설 전반에 관한 어떤 생각이 있을 수 있다. 나는 스스로에게 이렇게 말한다. “그림과 관련된, 세밀화가와 관련된 소설을 써야지.” 이것은 그야말로 소설 전반에 관한 생각이다. 하지만 이것의 싹이라고 할까, 어떤 장면과 순간, 어떤 상황, 어떤 인물, 인생에 관련된 편린 같은 것이 또 있다. 이 세부적인 사항과 소설 전반에 관한 생각이 서로 맞아떨어져야 한다. 계단을 내려가다 내가 생각한 인물을 그대로 옮겨 놓은 듯한 사람을 목격하거나, 오늘 말한 어떤 문장이 집필 중인 소설의 시대와 맞아떨어지거나, 어떤 세부 사항을 마음속으로 느끼게 되면 그 순간 비로소 소설이 시작된다. 그리고 작가는 그 세부 사항들을 쓰기 시작한다. 한편 소설을 쓸 때 자료를 수집하는 과정이 있다. 예를 들면 나는 『내 이름은 빨강』을 집필하기 위해 1990년부터 도서관에 들락거리기 시작했다. 집필 노트의 첫 장에는 이렇게 적혀 있다. “1990년 6월 1일. 이란과 터키의 세밀화에 관한 책 대여를 부탁했다. 도서관 사서가 그 책을 찾으러 서가로 갔다.” 그곳에 앉아서 기다리는 동안 나는 이 글을 썼다. 그날부터 나는 그 책을 읽기 시작했고 소설은 정확히 9년 후에 출간되었다.

물론 처음부터 바로 집필에 착수할 수는 없다. 갈 길이 얼마나 멀고 먼지……. 하지만 어느 시점을 지나면서부터 당신은 자신이 무엇을 원하는지 알게 된다. 나는 이제 책을 읽으면서 동시에 쓰기도 한다. “이 책에 있는 세부 사항은 소설의 그 부분을 쓸 때 읽을 것” 하고 메모해 둔다. 그리고 글을 쓸수록 새로운 것을 알게 된다. 이렇게 쓰는 동안 자료가 더 풍부해지기 때문에 작가는 배울수록 더 쓰게 되고 앞으로 돌아가서 소설의 세부 사항을 풍부하게 만들면서 계속 나아간다.

때로는 자신의 영혼에서 넘치는 것을 두세 명의 등장인물에게 나누어 주기도 한다. 어떤 때는 있는 그대로의 나 자신을 작품 속 인물로 등장시키기도 한다. 나 자신이 그렇게 느껴지면 가장 도둑놈 같은 인물이나 가장 저질스러운 인물에도 스스로를 동화시킨다. 어느 소설에서 그랬듯이 나 자신이 살인자로 느껴지면 살인자의 목소리로 이야기하기도 한다. 어떤 의미에서 소설가라는 직업은 자신을 다른 사람과 동화시키고, 자기 외부에서 자신을 보고, 모든 인류에게 자신을 나누어 주는 일이다.

나는 몇 년 동안 담배를 피웠다. 갈수록 더 많이 피웠다. 한 손에는 담배, 한 손에는 만년필이 쥐여 있었기에 나의 양손은 쉴 새가 없었다. 그러다 어느 순간 이 상황이 두려워지기 시작했다. 전속력으로 죽음을 향해 달려간다는 것을 알아채고 내 의지로 담배를 끊었다. 하지만 커피는 계속 마신다. 이것도 아주 작은 의식이다. 책상에서 일어나 커피를 끓인다. 『검은 책』에서 내가 묘사한 어떤 초조한 남자처럼 무의미하게 냉장고를 뒤적거리고, 누군가가 새로운 것을 넣어 놓기라도 한 듯 공허하게 냉장고 안을 들여다보고, 다시 걷고, 그러다 커피 기계 앞으로 가고 하는 것, 이 모든 것이 작가의 버릴 수 없는 습관이며 일상의 의식이다.

지난여름 나는 한적한 섬에 있었다. 하루에 열두 시간 글을 썼다. 만족 그 자체였다. 섬에 박혀 있을 때 나는 소설 외에는 아무것도 생각하지 않는다. 그리고 아무도 나를 찾을 수 없다. 나를 볼 수도 없다. 전화는 다른 사람이 받는다. 나는 세상과 떨어져 있다. 그런 상황에서 사람의 머리와 영혼은 기관차 같아진다. 빠르게 새로운 것을 생각하고, 그 생각들의 연결 고리를 이어 가며 쉬지 않고 생각한다. 내가 쓰려는 것이 내가 되고, 책이 나에게 회귀하는 것처럼 느껴진다. 나는 생각을 모은다. 아침에 일어나면 샤워를 한다. 그러나 내 몸을 따라 흘러내리는 것은 물이 아니라 소설과 관련된 생각들이다. 바다에 들어가면 등을 대고 누워서 생각한다. 마치 바다가 내 소설의 일부 같다. 그럴 때 나의 수확은 아주 커진다.

한때는 밤 9시 30분에 잠자리에 들고, 새벽 3시 30분에 일어났다. 아침 10시까지 오로지 커피만 마시며 믿기 어려울 만큼 많은 글을 썼다. 그렇게 고요한 공간에서는 온 세계가 마치 당신에게 "써, 써."라며 소리치고 "거봐, 거봐, 한때는 어렵다고 생각한 것이 얼마나 쉬우냐!"라고 말하는 것 같다. 자연도 인생도 단순하다. 모두 거짓말이다. 모두 내가 쓰기 위한 것이고 나는 계속 쓸 것이다.

1996년 이스탄불에서

5부

그림과

텍스트

57. 쉬린의 어리둥절함

나는 소설가다. 이론에 관해 꽤 많은 것을 배웠고, 때로는 스스로에게 해가 될 정도로 이론에 중독되기도 했지만 일반적으로는 이론을 기피해야 한다고 생각한다. 지금 당신의 귀를 즐겁게 해 주고자 이야기 한두 편을 하고, 여기에서 출발해 무엇인가를 감지하게 해 주고, 암시하려 한다.

높은 벽 너머 우리가 보지 못하는 정원에 무엇이 있고, 무엇이 있을 수 있는지에 관한 상상을 펼치는 가장 좋은 방법은, 보이지 않는 정원과 관련된 우리의 감각, 희망, 두려움을 언급하는 이야기들을 하는 것일 터다.

좋은 이론이 우리를 진정으로 감동시키고 우리로 하여금 그것을 믿게 하더라도, 그것을 다른 사람들에게 열정적으로 설명했을 때 우리가 설명한 것들은 우리 자신의 이론이 아니라 다른 사람의 이론이다. 우리는 다른 사람의 목소리로 이야기를 한 셈이다. 좋은 이야기는 우리를 진정으로 감동시키고 그것을 믿게 했다면, 그것을 다른 사람들에게 전할 때 우리 자신의 이야기가 된다. 나는 이야기하는 것, 쓰는 것을 바로 이러한 이유로 가장 좋아한다. 우리는 우리가 해 주는 이야기 자체가 되어 버린다. 오래된, 아주 오래된 이야기들이 그이렇다. 그 이야기들을 맨 처음 누가 했는지는 잊힌다. 맨 처음에 어떻게 언급되었는지도 기억에서 지워진다. 새로 이야기를 할 때마다 우리는 그것들을 새로운 이야기인 양 듣는다. 이러한 두 가지 이야기를 하고자 한다.

첫 번째 이야기를, 내 나름의 흥분으로 최근에 쓴 소설 『검은 책』에서 시도하려 했다. 이 소설을 읽은 사람들에게는 미안한 마음이라고 말하려 하지만, 이러한 유의 이야기는 해 줄 때마다 다른 의미와 다른 정체로 분하여 매번 다르게 유용하게 쓰인다. 이러한 이유로 다른 사람들도 '동양'이라는 나라들에서 이 이야기를 많이 했다. 가잘리[117]가 『종교학의 재흥』에서 언급했고, 엔베리[118]는 4행시로 썼으며, 니자미는 『알렉산드로스의 서』에 넣었고, 이븐 아라비[119]도 서술했고, 메블라나[120]도 『마스나비』에서……. 어느 날 어떤 통치자가(파디샤, 술탄, 샤, 뭐라고

117 1058~1111. 이슬람 사상가, 철학자, 신학자.
118 16세기 시인.
119 1165~1240. 이슬람 신비주의 철학자.
120 1207~1273. 이슬람 신비주의의 시인, 사상가.

해도 좋습니다.) 그림 경연을 열었다. 상을 받고 싶은 중국 화가들과 더 서쪽에 있는 나라의 화가들이 서로에게 도전장을 던졌다. 우리가 그림을 더 잘 그린다, 아니다, 아냐, 우리가 더 잘 그린다며……. 파디샤도(파디샤라고 합시다.) 고심하고는 이 화가들을 시험하기로 결심했다. 그림들을 서로 비교하기 위해 화가들에게 두 벽이 마주 보이는 붙어 있는 두 개의 방을 주었다. 마주하는 두 벽 사이에 커튼이 가려져 있었고, 화가들은 서로를 보지 않고 작업을 시작했다. 서양화가들은 물감과 붓을 꺼내 그리고 색을 칠하기 시작했다. 중국 화가들은 먼저 벽에 낀 먼지와 녹을 제거해야 한다며 벽을 닦고 광을 내기 시작했다. 이들의 작업은 몇 달이 걸렸다. 한쪽 벽은 형형색색의 그림들로 장식되었다. 다른 쪽은 벽이 거울 같아질 때까지 인내심을 가지고 닦고 광을 했다. 그들에게 주어진 시간이 다 되었을 때 그들 사이에 있는 커튼이 열렸다. 파디샤는 먼저 서양화가들의 그림을 보았다. 너무나 아름다운 그림이었고, 파디샤는 아주 흡족해했다. 중국 화가들의 벽을 보니 맞은편에 있는 멋진 그림이 거울 같은 벽에 반영되었고, 파디샤는 벽을 거울로 만든 중국 화가들에게 상을 내렸다.

두 번째 이야기도 첫 번째 이야기만큼 오래되었다. 이것도 첫 번째 이야기처럼 여러 버전이 있다. 『천일야화』에, 앵무새가 이야기를 해 준 『투티나메』에, 니자미가 『함세』의 다른 책에 넣었던 『휘스레브와 쉬린』 이야기에……. 여기서 나는 니자미의 버전을 요약하고자 한다.

쉬린은 천하일색의 아르메니아 공주였다. 휘스레브는 페르시아 파디샤의 왕자였고, 샤푸르는 주인인 휘스레브가 쉬린에게, 쉬린이 휘스레브에게, 즉 이들이 서로 사랑에 빠지게 하고 싶었다. 이를 위해 쉬린의 나라로 간다. 그는 쉬린이 하녀들과 들로 소풍을 나가 마시고 즐기던 어느 날 나무 사이에 숨는다. 그곳에서 즉석으로 주인이자 잘생긴 휘스레브의 그림을 그려 나무에 걸어 놓고 도망친다. 친구들과 들에서 마시고 즐기던 쉬린은, 나뭇가지에 걸린 그림을 보고는 휘스레브를 사랑하게 된다. 그런데 그 그림을 그려 그곳에 걸어 놓은 사람은 누구일까? 쉬린은 자신의 사랑을 믿지 않고, 그림과 자신의 감정을 잊으려고 애를 쓴다. 다른 날 소풍을 나갔을 때 또 같은 사건이 일어난다. 쉬린은 휘스레브의 그림에 감명을 받고 사랑에 빠졌지만 속수무책이었다. 세 번째로 들에 소풍을 나갔을 때도 쉬린은 휘스레브의 그림이 역시나 나뭇가지에 걸려 있는 것을 보고는 자신이 절망적인 사랑에 빠졌다는 사실을 알게 된다. 그녀는 자신이 사랑에 빠졌다는 것을 인정한다. 그리하여 묘사와 이미지로 본 사람을 찾기 시작한다. 샤푸르는 마찬가지로, 이번에는 그림이 아니라 단어들로, 주인인 휘스레브가 쉬린을 사랑하도록 만들었다. 자신들이 들은 이야기와 본 그림들로 서로를 사랑하게 된 두 젊은이는 서로를 찾기 시작한다. 그들은 서로의 나라를 향해 길을 나선다. 이들은 시냇가에서 우연히 만나지만 서로를 알아보지 못한다. 쉬린은 여독을 풀기 위해 옷을 벗고 물속으로 들어간다. 휘스레브는 그녀를 보자마자 한눈에 반한다. 이야기를 듣고, 단어들로 알게 된 아름다운 여자가 혹시 이 여자일까? 휘스레브가 자신을 보고 있지 않은 순간에 쉬린도 휘스레브를 본다. 그녀 역시 그로부터 아주 강한 인상을 받는다. 하지만 쉬린은 휘스레브가 그녀가 알아볼 수 있는 붉은색 옷을 입고 있지 않은 데 놀란다. 자신이 느끼는 것이 사실임을 확신하지만, 혼란스러워하며 스스로 다음과 같이 묻는다. 나뭇가지에 걸려 있던 것은 한 점의 그림이었고, 내 앞에 있는 것은 살아 있어. 나뭇가지에서 본 것은 어떤 묘사였지만, 저것은 실제 사람이야…….

니자미의 펜에서 휘스레브와 쉬린의 이야기는 우아하고 부드럽게 계속 이어진다. 우리가 오늘날 여전히 찾고 있는 우아함과 부드러움……. 내가 쉽게 느낀 것은 쉬린의 어리둥절함이다. 이미지와 실제 앞에서의 망설임. 나는 쉬린이 휘스레브의 그림을 보고 감동한 것을, 어떤 이미지를 보며 욕구를 느낀 것을 오늘날 이해될 수 있는 어떤 순진함이라고 본다. 어쩌면 순진함을, 니자미가 이 전통적인 모티프를 거듭해서 강조할 정도로 좋아한다고 생각한다. 하지만 쉬린이 잘생긴 휘스레브와 마주하게 되었을 때 느낀 망설임은 오늘날 우리의 망설임이기도 하다. 어떤 것이 더 '실제'일까? 우리도 쉬린처럼 우리 자신에게 묻는다. 실제가 더 실제인가, 아니면 이미지가 더 실제인가? 우리의 삶에서 더 도발적인 것은 어떤 것인가? 잘생긴 휘스레브의 그림인가, 아니면 실제 그 자신인가?

이러한 질문에 대해 우리에게는 항상 나름대로의 답변이 있다. 마치 순수한 이야기를 듣고 읽는 것을 좋아하는 것처럼, 이 아이 같은 질문을 우리 자신에게 하고, 일상생활 속에서 아이처럼 생각한다. 진심 어린, 연약한, 순수한 순간에도 그런다. 이러한 상황에서 우리는 빠져나올 수 없는 덫에 빠진다. 언어, 철학, 형이상학의 덫들이라고는 하지 않겠다. 나는 나 자신에게 이런 덫을 놓지 않는다. 그러니 내 생각을 미리 말하는 것이 더 적합할 듯하다.

이 딜레마는, 결론이 없는, 우리를 호도하는 것이다. 나는 자주 이 딜레마의 강박 관념에 빠지곤 했다. 이에 대해 괜히 언급하는 것도 아니다. 나는 이 질문 앞에서 답을 찾는 것이 아니라 그것에서 도망치는 태도를 취한다. 하지만 매번 이 질문과 마주할 때마다 먼저 이 주제에 대해 약간 언급을 해야지 하고 스스로에게 말한다. 어쩌면 나의 모든 소설은 이 언급이 모습을 바꾼 형태라고 하겠다.

화가들의 경연을 새로이 설명하는 전통적인 동양 이야기꾼들은 모두 책에서 파디샤가 왜 중국 화가들에게 상을 주었는지 상냥하게 설명한다. 내가 이 이야기에서 관심을 갖는 것은 서술자들이 끄집어 낸 교훈적인 부분이 아니라 이야기 자체가 보여 주는 다른 것, 이야기에 나오는 거울이 보여 주는 것이다. 거울은 증가시키고, 거울은 팽창시키며, 거울은 우리를 오해하게 만든다. 우리는 이러한 것들은 안다. 거울의 사악함 역시 전통적인 문학의 모티프이다. 가장 나쁜 것은 거울은 그것을 보는 사람에게 '진짜'가 아닌, 실제가 아닌, 순수하지 않은 어떤 것이라는 느낌을 불러일으킨다.

어떤 결핍감, 어떤 불충분함. 그러면 우리는 우리가 가진 용기를 내어 여행을 떠난다. 이것은 휘스레브와 쉬린이 사랑을 위해 떠난 여행과 비슷하다. 우리는 우리를 완성시킬 '타자'를 찾는다. 더 깊은 곳에 있는, 더 배후에 있는, 더 중심부에 있는 것을 향한 여행. 아주 먼 곳에 어떤 실제가 있다. 누군가가 이를 우리에게 말했고, 어딘가에서 들은 적이 있으며, 그것을 찾기 위해 길을 나선다. 문학이란 이 여행 이야기다. 나는 이 여행을 믿는다. 하지만 어디 먼 곳에 중심부가 있다고는 믿지 않는다.

이것을 불행이라고도, 낙관주의라고도 말할 수 있다. 어쩌면 우리처럼 외딴 곳, 중심부에서 먼 나라에 산다는 것이 가르쳐준 것일 수도 있다. 하지만 나는 그게 아니라는 것을 안다. 파디샤가 벌인 그림 경연이 환기하는 딜레마를 믿는다면, 혹은 쉬린의 어리둥절함에 나 자신을 몰입킨다면 내가 피해야 할 질문을 한다. 그러면 내 온 삶이 중심부에, '진짜' 감정에, 진정한 순수함의 심장부에 전혀 들르지 않고 지나갔다고 말해야 한다. 하지만 나의 이야기는 세계 대부분 사람들의 이야기다.

단테를 읽기 전에 『지옥편』에 영감을 준 우스운 이야기를 알게 되었다. 채플린의 「위대한 독재자」를 보기 전에 이것의 각

색본인 「질랄르 이보」[121]라고 알려진 국내 영화 시리즈를 보았다. 나는 잡지 중간 페이지에 인상주의 화가들의 그림들이 나오고, 청과물 가게와 이발소들에 걸린 복제를 거듭한 이들의 빛바랜 복제품들을 보고 좋아했다. 대부분의 책과 더불어 만화 『틴틴의 모험』의 터키어 번역본을 고 세계를 알았다. 우리와 비슷하지 않은 나라들의 역사를 보고 역사에 대해 인식하게 되었다. 내가 사는 건물, 걸었던 거리들이 어떤 곳에 있는 실제 건물과 거리의 모방이라고 믿으며 살았다. 앙카라를 거닐 때, 택시에서는 '진짜' 음악이 아니라 우리가 알던 것들의 '혼혈' 혹은 '타락'한 어떤 전환기 음악이 연주되었다. 아타튀르크를 그 자신이 아니라 그의 동상들과 외워야만 했던 그의 명언들을 통해 알게 되었다. 우리가 앉는 안락의자, 테이블, 의자가 미국 영화에 나오는 진짜의 모방이라는 것을, 아주 나중에야 그 영화를 다시 보고 알게 되었다. 많은 새로운 얼굴을 영화나 텔레비전에서 본 얼굴들과 개성들과 비교하며 알려 했고, 이것들을 서로 혼동했다. 명예, 용기, 사랑 혹은 이와 비슷한 순수한 감정들을 순수한 삶이 아니라 삶을 모방하려는 책과 외국 영화에서 배웠다. 나의 진지함 혹은 쾌활함, 제스처 혹은 포즈가 얼마만큼 나의 것인지, 얼마만큼 나도 모르게 모방한 실례들에 의거한 것인지 말할 수 없다. 그 실례들도 어떤 진짜의 모방인지 나도 모른다. 같은 것들

121 1970년대 상영된 히틀러를 패러디한 코미디 영화 제목.

은 지금 내가 하는 말에도 적용된다. 어쩌면 이러한 이유로, 가장 좋은 것은 다른 사람들의 말을 반복하는 것일 수 있다.

선망하며 좋아한 오우즈 아타이[122]는 어딘가에서 "나는 무엇인가의 모방입니다. 하지만 내가 무엇의 모방인지를 잊었습니다."라고 말했다. 젠체하는 말로 '매스 미디어'라는 대중 매체의 비밀스러운 힘이 이 말과 관련 있다고 생각한다. 어떤 곳에 어떤 진짜가 있다는 느낌은 이제 아주 먼 어떤 곳에 있다. 세상의 대부분은 어차피 이것을 안다. 안다는 것을 모르는 채 안다. 지금은 안다는 것을 알면서 알게 된다. 우리도 우리가 안다는 것을 알면서 상기한다.

순수함의 모색, 낭만주의의 지지를 받은 문학적 모더니즘은 이 상황에 느끼는 가장 최근의 반응들 중 하나다. 어차피 이 나라에는 그리 많이 들르지 않기 때문에 모더니즘의 죽음, 미완료 혹은 새로운 부활에 관하여 그다지 많은 것을 말하고 싶지 않다. 들렀더라도 별 반향을 불러일으키지 못했다. 이 상황이 나를 속상하게 했다고는 할 수 없다. 나는 세계의 대부분 사람들처럼, 그들보다 더 우리가 항상 무언가를 기다리고 있다는 느낌으로 살았다.

지금은 우리 손에 수없이 많은 파편들이 있다. 만약 현대의 통치자가 플라톤이 원한 것 같은 어떤 철학자였다면, 그림 경연

122 1934~1977. 터키 소설가.

끝에 그림을 그린 사람들 혹은 벽을 거울로 만든 사람들에게 상을 주기 위해 정당하고 논리적인 근거를 찾지 못했을 것이다. 전통적인 그림 경연 이야기에 플라톤의 유명한 동굴과 그림자 이야기의 흔적이 있다는 것을 우리는 다 안다. 이 이야기 혹은 다른 어떤 이야기 혹은 그 어떤 이미지의 진짜가 어떤 것이며, 어떤 것이 모방인지는 이 시점에서 단지 옛 스타일의 문헌학자나 역사 예술가들이 밝힐 일이다. 매스 미디어라는 것이, 사실은 우리 모두가 인식하지 못하면서 알고 있는 것을 우리의 눈과 귀에 넣어 상기시킨다. 그곳에, 커튼들과 그림자들 뒤에 있는, 먼 곳에 있는, 아주 먼 곳에 있는 진짜는 사라져 버렸다. 이 진짜는 이제 우리의 추억 사이에 자리한다. 추억에 열정적으로 매달려 있는 비관론자들의 저항에, 이것이 진정한 저항이라면 존경을 표한다. 하지만 나는 우리 손에 있는 파편들로, 서로와 과거에서 단절된 이미지들과 이야기들로 더 기발하고 더 행복한 것들을 만들 수 있으리라고 기꺼이 믿는다.

기대에 대한 말이 나왔으니 '미디어'에 대해 잠깐 언급하고자 한다. 나는 신비롭고 마법적인 미디어 이론이 과장되었다고 생각한다. 미디어는 주변부에, 구석에, 동떨어진 곳에 사는 대부분의 사람들이 아는 것을 우리에게 다시금 상기시켰다. 이는 세계의 중심부가 사라진 것이라고 할 수 있다. 미디어가 소설 예술에 가져다준 기본적인 새로움은 한 가지다, 우리의 주제와 처음에는 전혀 관련이 없는 것. 사진, 영화, 텔레비전이 널리 보급된

후에는 소설과 이야기에서 등장인물들의 얼굴을 전혀 묘사하지 못하게 되었다. 문학 서사에서 얼굴들의 특징과 특이성은 이제 없다.

19세기 소설들은 얼굴, 표정, 제스처를 세세하게 서술하면서 그보다 뒤에 있는 사실들과 관련을 짓곤 했다. 서술자 혹은 주인공은 표출된 것들 뒤에 있는 이 사실을 향해, 휘스레브와 쉬린을 연상시키는 형태로 여행을 나서곤 했다. 우리는 얼굴들과 물건들 뒤에 있는 의미를, 책을 다 읽고 덮었을 때 책 전체에서 추론하곤 했다. 책의 의미, 사실 위대한 19세기 소설의 의미는 우리가 등장인물들과 함께 발견한 세계의 의미가 되곤 했다. 이는 일종의 '사실'의 승리이기도 했다.

하지만 19세기 소설의 소멸과 함께 이 의미도 사라지고 모호해졌다. 마치 삶에서 그리된 것처럼. 이러한 이유로 역시 같은 것을 말하고자 한다. 소설이 느끼게 하려던 것, 어떤 곳에 어떤 사실이 있다는 느낌은 이제 아주 먼 곳에 있다. 소설을 쓰려는 우리 손에는 이제 파편들만 있다. 이 관점은 우리에게 모든 세계를, 상하를 구분하지 않고 모든 문화와 삶을 껴안을 낙관주의를 부여할 수 있다. 혹은 우리를 이 혼란의 끔찍함 앞에서 약간만 설명하거나 우리 이야기의 중심부를 어떤 가장자리로, 어떤 구석으로 끌고 가게 할 수도 있다. 어떤 서술 전략이나 관점으로 이끌든 사실 이 차이는 중요하지 않다. 중요한 것은 이제 등장인물들과 작가의 세계가 중심부와 의미를 향해 떠나야 하는 수

직적 여행이 수평적 여행으로 대체되었다는 점이다. 세계와 삶의 심오함이 아니라 그 광대함을 향한 여행. 파편들, 조각난 것들, 서술되지 않은 이야기로의 여행. 잊히고, 명명되지 않는 오브제들과 인물들, 이야기가 서술되지 않은 동떨어진 지역과 소리들이 형성한 새로운 대륙이 얼마나 넓고 탐험되지 않은 곳인지 '여행'이라는 단어가 정확히 맞아떨어진다.

의미와 문학의 심오함으로 가기 위해 필요한 여행은, 여느 때처럼 개인적인 노력으로 해결할 문제로서 우리 앞에 있다. 아니다, 여느 때보다 더 개인적이다. 왜냐하면 이제 우리 손에 처방전이 없고, 나침반도 없기 때문이다. 문학의 심오함은, 말할 필요조차 없이 창조성, 창조성 자체와 관련된 질문이다. 이 문제에 관한 우리의 인식을 설명하려는 노력조차 쓸데없는 일이다. 그렇다면 세 번째 이야기를 하면서 말을 마치고자 한다. 개인적인 짧은 이야기다.

나는 고전 시대 오스만 제국의 세밀화가들을 설명하는 소설을 쓰고 있었다. 휘스레브와 쉬린의 이야기에 당시 이러한 이유로 관심을 가졌다. 이 이야기가 이슬람과 중동 문화에서 얼마나 널리 알려졌는지 모든 사람이 알고 있다. 그래서 이란과 오스만 제국 궁전들은, 이 그림을 그려 달라며 화원에 몇 번이나 주문했다. 나의 관심을 가장 많이 끈 것은 쉬린이 휘스레브의 그림을 보고 사랑에 빠지는 장면이다. 이 장면을 그릴 화가들은 단지 쉬린과 주변을 그리는 것이 아니라 그림 속에 그림을 그려야만 했다. 쉬린이 보면서 사랑에 빠질 그림. 드라마틱한 사랑에 빠지는 장면도 이야기처럼 아주 널리 사랑받았기 때문에 나는 많은 책, 복제품 그리고 박물관에서 이 그림을 보게 되었다. 하지만 그림들을 볼 때마다 내 마음속에서 어떤 불안감이 일었다. 어떤 결핍감, 어떤 불충분함…….

쉬린은 다양한 옷을 입고 얼굴도 제각각이기는 해도 그림 속에 있었다. 다양한 색깔의 옷을 입고 포즈를 취하는 하녀들이 그녀 옆에 있었다. 나무들도 있고 들판의 광활함도. 그림 속의 그림도, 나뭇가지 어딘가에 항상 걸려 있었다.

내가 불안감을 느끼는 원인을 나중에야 서서히 알아챘다. 나뭇가지에 걸린 틀에 그림은 있었지만 내가 기대한 휘스레브는 없었다. 휘스레브의 얼굴, 표정, 모습을 부단히 찾았지만 어떤 세밀화에서도 찾지 못했다. 그림이게 하는 것은 삶을 작동하는 이미지 혹은 사고 자체가 아니라 삶 그 자체였다. 이것은 순진함이지 단순함은 아니다. 오늘날 파편들로 보이는 새로운 대륙의 복잡함과 탐험되지 않은 삶을 이야기할 때 이 순진함을 모색해야 한다고 생각한다.

58. 숲에서 세상만큼이나 오래된

나는 그림으로 그려져 숲에 앉아 기다리고 있었다. 내 뒤에는 내 말이 있고, 나는 무엇인가를 바라보고 있었다. 내가 바라보는 것이 무엇인지 당신에게는 보이지 않는다. 나는 호기심에 가득 차 바라본다. 당신은 내가 무엇을 보는지 모른다. 휘스레브도 쉬린이 호수에서 목욕할 때 나처럼 무릎을 꿇고 바라본다. 그 그림에서는 휘스레브도 보이고 그가 바라보던 벌거벗은 쉬린도 보인다. 1500년대에 시라즈에서 이 그림을 그린 세밀화가는 내가 본 것이 아니라 무릎 꿇고 무언가를 바라보는 모습을 그렸다. 이러한 면에서 당신도 이 그림을 좋아해 주었으면 한다. 숲 속에서 나무와 나뭇가지, 잎사귀 사이에 내가 파묻힌 모습을 정말로 잘 그렸다. 내가 기다리고 있을 때 바람이 불고, 모든 나뭇잎이 하나하나 사각거리고, 나뭇가지들이 흔들린다. 나는 궁금해진다. 세밀화가의 연필이 어떻게 모두 그려 낼 수 있었을까? 바람에 나뭇가지들이 구부러졌다 일어나고, 꽃들이 낮아졌다 높아지고, 숲은 파도치고, 모든 세상이 떨고 있다. 우리는 숲이 바스락거리는 소리, 세상의 소음을 듣는다. 세밀화가는 모든 떨림을 인내심을 가지고 잎사귀 하나하나까지 그리는 데 열중한다. 그러면 당신은 숲에서 바람을 맞으며 내가 외로움에 떤다는 것도 느낀다. 한참을 더 바라보면 숲에 혼자 있는 것은 아주 오래된, 세상만큼이나 오래된 느낌이라는 것도 알게 될 것이다.

59. 막간 혹은 아, 클레오파트라! : 이스탄불에서 극장에 가는 것

엘리자베스 테일러와 리처드 버튼이 주인공으로 나온 영화 「클레오파트라」가 1964년에 이스탄불에서 처음 상영되었을 때는 영화가 세계 시장에 나온 지 2년이 지났을 때였다. 당시 터키 수입자들이 미국 배급사들이 초기에 제시한 금액을 부담하지 못했기 때문에 할리우드 영화들은 몇 년 후에야 이스탄불에 오곤 했다. 하지만 이것이 서양 문화의 최신 작품들을 보고자 하는 관심 많은 이스탄불 사람들의 사기를 꺾지는 않았다. 정반대로 엘리자베스 테일러와 리처드 버튼의 사랑에 대한 가십들이나 「클레오파트라」의 외설적인 장면들처럼 호기심을 부추기는 뉴스와 사진들이 서양 신문에서 발췌되어 터키 언론에 소개될수록 이스탄불 사람들은 "영화가 언제 들어올지 한번 두고 보자고."라고 말했다.

미국의 많은 대작과 마찬가지로 30년 전에 본 영화 「클레오파트라」에서 오늘날 내 머릿속에 가장 기억에 남은 것은, 영화 그 자체보다 그것을 중요시하며 본 나의 모습이다. 클레오파트라보다는 우리 관객에게 자신의 스타성을 떠올리게 하는 리즈 테일러가, 수백 명의 노예가 끄는 높은 단상에 놓인 왕좌에서 의식에 참석하기 위해 서서히 다가갔던 것을 기억한다. 지중해보다는 파나비전의 푸른 바다에서 전진하는 범선을 기억한다. 내 상상 속 율리우스 카이사르와 아주 비슷한 렉스 해리슨이 아들에게 황제의 아들이 어떻게 걷고 어떻게 행동해야 하는지를 가르치던 것도 기억난다. 하지만 이 모든 장면보다도 그곳 극장 의자에 앉아 스크린의 맨 가장자리까지 메운 상상들을 바라본 것, 내가 그곳에 있다는 사실을 기억한다.

"그곳에 있다."라는 것이 무슨 의미가 있었을까? 서구화를 원하는 중산층의 나와 같은 세대의 많은 사람들처럼, 나는 '국산' 영화를 거의 보러 가지 않았다. 영화는 내게 있어 영상에 몰입하여 빠지는 것, 어둠 속에서 어떤 이야기 속으로 들어가는 것, 아름다운 얼굴들과 그림들에 매료되는 것 같은 모두가 아는 흥분 이외에, 지름길을 통해 아주 놀랄 만큼 가까운 거리에서 서양과 대면하는 매력적인 길이기도 했다. 극적인 장면에서 잘생기고 냉철한 남자가 하는 충격적인 말들을 집에서 혼잣말로 영어로 반복하곤 했다. 호주머니에 넣기 위해 손수건을 접는 모습, 위스키 병을 따는 모습, 여자에게 담뱃불을 붙여 주는 모습 혹은 아직 이스탄불에 오지 않은 서양의 새로운 발명품들(트랜지스터

라디오, 토스터)을 사용하는 모습을 나와 비슷한 사람들과 마찬가지로 아주 주의 깊게 보곤 했다. 터키인이, 모든 발칸 지역을 정복하고 빈을 포위했을 때도, 문교부 지원으로 번역된 발자크의 모든 소설을 읽었을 때도, 일상생활과 사생활에서 영화를 보는 것만큼 가까이 서양 자체와 대면한 적은 전혀 없었다.

영화를, 여행 혹은 알코올의 취기처럼 매력적으로 만드는 것이 바로 이것이었다. 우리는 영화에서 '타자'와 만나게 된다. 이 만남의 강도를 위해 모든 것이 준비되어 있다. 우리 눈은 다른 것을 보고 싶어 하지 않고, 우리 귀는 견과류가 바삭거리는 소리도 듣고 싶어 하지 않는다. 우리는 우리 자신, 고민, 과거, 미래라는 슬픈 이야기와 다급함을 잊기 위해 극장 의자로 왔던 것이다. '타자'의 모습과 이야기에 몰입하면서, 우리 자신의 정체도 잠시이기는 하지만 뒤로할 준비가 되었던 것이다. 마치 유화를 어떤 페티시로 바꾸는 프레임처럼, 극장의 어둠도 우리와 함께 영상 이외의 모든 것을 틀에 끼워 '타자'와 우리의 관계를 동일시하고 엿보는 관계로 만든다.

「클레오파트라」를 보기 7년 전 내가 다섯 살 때 아이들이 '영화인'이라고 부르는 어떤 남자가 우리가 사는 집 옆의 공터에 오곤 했다. 탁자 위에 설치하는 휴대용 극장인 이상한 기구가 있었다. 남자에게 5쿠루쉬[123]를 내면 그 기구의 뷰파인더에 눈을

123 터키 화폐 단위.

대고, '영화인'이 기구의 손잡이를 돌리는 동안 30초를 넘지 않는 스토리보드[124]를 볼 수 있었다. 낡은 영화에서 잘라 기구에 건 아주 많은 영화 장면을 본 것을 기억한다. 하지만 무엇을 보았는지는 전혀 머리에 남아 있지 않다. 내 머리에 남은 유일한 황홀함은, 줄을 서서 기다린 후 눈을 '극장'의 구멍에 맞추기 전에 빛이 통과하지 못하는 검은 천 속의 어둠에 남게 된 순간이다. 우리는 영화에서 단지 '타자'들과 대면하는 데 그치지 않는다. 영화가 보여 주는 모든 것이 한순간에 '타자'가 되어 버린다.

그리하여 이야기가 무엇이든 영화는 항상 '타자'의 존재로 선동되는 우리의 욕구와 동반한다. 우정, 일상생활의 즐거움, 행복, 권력, 돈, 섹스 그리고 물론 이 모든 것들의 결핍과 그 반대되는 모든 것. 나는 잡지, 신문에서 호기심과 선망으로 보던 클레오파트라 역의 리즈 테일러의 반라의 몸이 멋진 우유 욕조에 잠겨 있는 것을 놀라며 바라보았다. 당시 나는 열두 살이었고, 할리우드 스타의 몸은 내 앞에 새로 열린 욕구와 죄책감의 세계를 격렬하게 느끼게 해 주었다. 당시 고등학교 교사들, 대중 매체 그리고 폐결핵이 걸릴까 걱정하는 학급 친구들의 일련의 두려움과 위협들이 내 머릿속에서 뒤엉키곤 했다. 영화는, 자위를 하는 것처럼 아이들의 머리를 혼란스럽게 만들고 시력을 떨어뜨리고 절대 도달할 수 없는 상상의 세계에서 거닐며 현실과 격리

124 영화 등의 줄거리를 보여 주는 그림이나 사진.

되게 만들곤 했다.

'타자'와의 이 위험하고 매력적인 만남을 완화시키기 위해서인지 몰라도 「클레오파트라」가 상영되던 시기에 이스탄불 사람들은 극장에서 말을 하곤 했다. 어떤 사람은 등 뒤에 있는 적을 인식하지 못한 주역이자 선한 등장인물에게 경고했고, 어떤 사람은 악인의 잔인한 말에 대꾸했다. 대부분 관습과 습관의 측면에서 모든 관객이 동조하며 놀라는 표현으로 고함을 치기도 했다. "아, 저 여자애는 오렌지를 포크와 나이프로 먹네!" 브레히트가 절대 생각해 내지 못한 이 소외 효과는 때로 민족주의적인 흥분으로 변하기도 했다. 모든 최신 기계 발명과 무기 사이에서 골드핑거[125]가 최상품이라며 제임스 본드에게 터키담배를 대접하자 극장에 있던 많은 사람이 그 악인에게 박수갈채를 보냈다. 터키 검열 기관이 너무 길다며 줄이고 부도덕한 부분들을 잘라 낸 키스와 섹스 장면에서는, 관객들이 고요와 긴장에 휩싸인 순간에 누군가가 큰 소리로 농담을 해서 다들 폭소를 터트리곤 했다.

욕구들이 스크린에 있는 아름다운 상상만큼이나 가깝고 강하지만 상상으로는 만족할 수 없을 만큼 실제였던 이러한 순간에 우리가 어둠 속에서 외롭고 절망적이지 않았다는 것을, 사실 다른 사람들과 함께 극장에 앉아 있다는 것을 상기하는 또 다른

125 007 시리즈 3편 제목이자 영국 국적의 금 매매업자, 국제 보석상의 이름.

방법은, 이스탄불 사람들이 여전히 '막간'이라고 부르는 영화 중간에 제공되는 '5분 휴식'이었다. 슬픈 상인들이 아이스크림이나 팝콘을 팔고, 애연가들이 서로 흘낏거리며 담배를 피우는 이 막간이 서양에서는 이미 없어졌고, 이것이 영화 전체를 훼손하고 불필요하다 말하는 잘난 척하는 사람들에게 반대하며 개인적으로 이 '막간'에 이주 많은 빚을 지고 있다는 것을 말하고 싶다. 이 글도 포함하여.

지금으로부터 50년 전 이스탄불에서 영업을 했고, 지금도 여전히 건재한 에메크 극장에서(당시 극장명은 멜렉이었다.) 상영한 영화의 5분 휴식 시간에 친구들과 함께 의자에서 일어난 어머니와 아버지는 그곳에서 처음 만나 서로 알게 되었다. 나의 존재가 극장에서의 우연한 만남에 빚지고 있기 때문에 극장에 많은 빚을 졌다고 설명하는 작가들이 항상 옳다고 여긴다.

60. 나는 왜 건축가가 되지 않았을까?

나는 95년 된 오래된 아파트 건물 앞에 서서 존경스럽게 그것을 바라보곤 했다. 앞면은 다른 비슷한 건물들처럼 페인트칠이 되어 있지 않고, 곳곳에 회반죽이 부서져 내리고 더럽고 어둡고, 더욱이 피부병에 걸린 것처럼 끔찍해 보였다. 오래되고 방치되고 지쳐 보이는 이 한결같은 모습이 항상 내게 첫인상으로 다가왔다. 앞면에 있는 작은 부조들, 까부는 나뭇잎과 나뭇가지, 대칭을 이루는 아르데코 선들은 작은 건물의 병든 조직이 암시하는 것보다 훨씬 행복하고 좋은 삶을 위해 건축되었다는 것을 내게 상기시킨다. 낙수받이, 창틀, 부조, 처마가 많이 부서진 것을 보곤 했다. 아래에 있는 상점도 포함하여 층을 세고, 대부분 100년 전에 처음 지은 첫 네 개 층에, 최근 20년 사이에 두 개 층이 더 증축되었다는 것을 알았다. 증축한 층의 앞면에는 부조, 두꺼운 창틀, 세공이 없었다. 어떤 건물들은 창문 위치와 층 높이도 아래층과 같지 않았다. 대부분 건축 허가, 법의 허점, 뇌물 받는 시 공무원들이 눈을 감아 줘 급하게 증축한 새로운 층들은, 첫눈에는 건물의 100년 된 원래 몸체에 비해 더 깨끗하고 '현대적'으로 보이곤 했다. 하지만 증축된 층들의 내부는 벌써부터 더 낡고 오래되어 보였다.

건물들 대부분에는 이스탄불 전통 건축의 가장 두드러진 특징인 작은 퇴창들이 1미터씩 거리로 뻗어 나 있고, 퇴창에 놓인 화분 혹은 나를 바라보는 아이가 나중에 눈에 들어오곤 했다. 그러면 나의 뇌는 자동으로 이 건물은 80평방미터 정도인데 전체 가용 면적은 어느 정도일지 계산하고, 내가 원하는 용도에 적합한지 여부를 가늠한다. 주거 가능한 상태로 만들어 살기 위해서가 아니라 다른 이상한 목적으로, 그러니까 이것에 관해 글을 쓰기 위해, 이스탄불의 가장 오래된, 2000년 된 지역인 갈라타, 베이올루, 지한기르의 뒷동네에 한때, 룸과 아르메니아인, 더 옛날에는 제노바인이 살던 곳에서 오래된 건물을 찾기 시작했다.

내가 맞은편 인도에서 건물을 바라보고 있을 때 뒤에 있던 식료품 가게 주인이 문 앞에 나와 그 건물의 상태, 주인, 특별한 역사에 관하여 정보를 주었다. 그 이야기를 들으며 나는 건물 주인이 건물을 잘 지켜보라고 그를 일종의 집사처럼 고용했다는 것을 감지하곤 했다.

나는 모르는 사람의 집에, 그곳에 사는 사람들에게 허락도 받지 않고 들어가는 데 대해 우려하며 "지금 들어가도 됩니까?"

하고 묻곤 했다.

식료품 가게 주인은 달관한 듯한 태도로 "들어가시오. 걱정 말고 안으로 들어가서 보시오." 하고 말했다.

더운 여름날 아파트의 넓고 서늘한 출입구(이스탄불에서 가장 부유한 지역에 있는 아파트 건물들에조차 그렇게 마음을 사로잡는 높은 천장이 있는 출입구는 더 이상 없다.) 그리고 건물 밖 허름한 거리의 아이들 소리, 두 걸음 떨어진 맞은편에 있는 플라스틱 혹은 선반 제작소의 소음이 더 이상 들리지 않자 한때 이곳에서 아주 다른 삶이 있었다는 것이 다시 떠오르곤 했다. 2층, 3층 계단을 올라가, 내 뒤를 따라온 호기심 많은 가게 주인의 격려에 따라 앞에 보이는 열린 문으로 아무 집에나 들어가곤 했다. 서로 친척은 아닐지라도 아나톨리아의 같은 마을에서 온 사람들이 살았고, 현관문은 항상 열려 있었다. 집 안에서 내 영혼이 일종의 부끄러움으로 오그라들 때, 내 눈은 앞에 나타난 모든 것을 의욕적으로 촬영하는 무성 영화 카메라처럼 크게 뜨였다.

아파트 입구 홀을 지나서 나는 벽 가장자리에 놓인 낡은 침대에서 정오의 더위 속에서 졸고 있는 여자를 보았다. 그녀가 나를 알아채고 잠에서 깨기 전에 건너간 옆방에는(복도는 없다.) 다섯 살에서 여덟 살 사이의 아이 넷이 컬러텔레비전 앞 긴 소파에 나란히 꼭 붙어 앉아 있었다. 누구도 고개를 돌려 나를 쳐다보지 않았고, 높은 소파 가장자리로 늘어뜨린 맨발의 발가락들이, 그들이 보고 있는 모험 영화처럼 경쾌하게 꼼지락거리곤 했다.

이 많은 사람들과 정오의 더위처럼 조용한 집에서 다음 방으로 갔을 때 만난 여자는 지휘 명령권이 누구에게 있는지를 내게 상기시켰다. 어머니가 손에 찻주전자를 들고 화를 내며 "당신 누구야?" 하고 물었다. 내 뒤에 있던 식료품 가게 주인이 상황을 설명할 때 그녀가 일하는 곳이 정확히 부엌이 아님을 알았다. 이 좁은 공간을 겨우 지나가면 팬티 차림으로 고개를 내민 늙은 남자의 방과 연결되었다. 물론 애초에 건물 설계가 이렇지는 않았을 것이다. 나는 팬티 차림인 노인의 방 전체를 보면 이 집이 어떻게 생겼는지 가늠할 수 있으리라 생각하며 불쑥 들어갔다. 이제는 모두가 공유하는(식료품 가게 주인을 제외하고) 어떤 부끄러움 속에서 페인트와 회반죽이 벗겨진 방을 심히 당황스러운 마음으로 바라보았다.

내 등 뒤에서 속삭이며 하는 말들, 집사에서 브로커로 변신한 식료품 가게 주인의 열성과 진짜 중개인의 도움으로 그 지역에서, 예컨대 튠젤리 출신의 쿠르드인들이 정착한 어떤 거리에서, 모든 여자들과 아이들이 아파트 출입구 계단에 앉아 지나가는 사람들을 구경했던 집시들이 사는 갈라타에 있는 마을에서, 혹은 심심한 아주머니들이 창밖으로 소리쳤던(여기도 오라고 해, 우리 건물도 보라고 해 하던 말들) 비탈길에서 한 달 안에 많은, 아주아주 많은 수백 개의 오래된 가구들을 보았다.

반쯤 무너진 부엌들, 아무렇게나 가운데를 나눈 오래된 거실들, 오르락내리락해서 닳고 형태가 바뀐 계단들, 깨진 나무 바닥을 카펫으로 덮은 방들, 창고, 작업장으로 변한 방들, 식당 혹은 지금은 조명 기구 상점으로 사용하는 천장과 벽에 장식이 있는 부유한 사람들의 오래된 집들, 주인 없이 방치되거나 소유권 혹은 이주 문제로 지독하게 썩은 빈 건물들, 장롱에 쑤셔 넣은 물건들처럼 사방에서 어린아이들이 튀어나오는 방들, 곰팡내 나는 서늘한 1층들, 도시의 뒷골목, 나무 밑, 쓰레기통에서 꺼낸 장작과 쇳조각, 각종 잡동사니가 빽빽하게 쌓인 지하 방들, 높이가 제각각인 층계들, 물이 새는 천장들, 습기 때문에 곰팡내가 나는 벽들, 엘리베이터가 작동하지 않고 전등이 들어오지 않는 어두운 아파트 층계들과 이 층계로 통하는 문틈으로 나를 훔쳐보는 머리에 스카프를 쓴 여자들, 침대에 누워 있는 사람들, 빨래를 널어놓은 발코니들, "여기에 쓰레기를 버리지 마시오!"라고 쓴 벽들, 마당에서 노는 아이들, 모두 서로 비슷하고 모든 침실을 차지하고 있는 커다란 장롱들을 보았다.

이렇게 많은 집을 연달아 돌아다니지 않았더라면 사람들이 집에서 기본적으로 항상 두 가지 일을 한다는 것을 이렇게 확연히 느끼지 못했을 것이다. 1. 긴 소파, 안락의자, 방석, 침대 겸용 소파, 침대에 누워 잠을 자거나 조는 것. 2. 모든 집에서 하루 스물네 시간 켜져 있는 텔레비전을 보는 것. 대부분 이 두 가지 일이(더불어 이런 일을 하면서 담배와 차를 소비하는 것)이 동시에 행해지고 있었다. 도시에서 비교적 가치 있는 땅들이 불필요하게 계단으로 나뉘었다는 것도 달리 보지 못했을 것이다. 정면과 폭이

5~6미터 정도도 되지 않는 이 모든 아파트 건물에서 계단들이 얼마나 많은 자리를 차지하는지 본 후 눈을 감고 도시의 모든 건물의 앞면, 건물, 거리를 잊고 단지 수천 개의 계단, 계단통이라는 것들을 눈앞에 떠올리려 했으며, 분할된 소유권 때문에 이스탄불이 어떤 비밀의 계단 숲이라는 것을 알게 되었다.

보든 곳을 돌아다닌 결과 나의 상상력을 진정 자극한 것은, 화려하지만 사실은 작고 소박한 이 건물들이, 100년 전에 이스탄불에 살던 룸과 레반트인을 위해 아르메니아 건축가들과 건축 기술자들이 설계하고 기대했던 것과는 놀랄 만큼 다른 형태로 사용된다는 것을 보게 된 것이다. 내가 건축학을 공부할 때 배운 바에 따르면 건물들은 건축가들과 주문자들의 상상력에 의거한다. 이 건물들을 상상하고 그곳에 처음 살았던 룸, 아르메니아인, 레반트인이 근세기에 이스탄불의 이 지역을 강제로 떠날 수밖에 없게 되자 건물의 나머지 삶을 규정지은 것은 그들 다음에 온 사람들의 상상력이 되었다. 지금 건물과 거리들의 형태를 만들고 도시의 외관을 부여하는 요소인 상상력에 대해 이야기하는 것이 아니다. 나는 어차피 형태가 완성된 건물, 원래 모습을 이미 갖춘 오래된 거리에 아주 다른 곳에서, 예상치 못한 아주 먼 곳에서 와 둥지를 튼 사람들이 이 장소와 조화를 이루기 위해 발전시킨 수동적인 상상력에 대해 이야기하는 것이다.

이 상상력을, 한밤중에 어두운 방에서 잠들기 전 벽에 비치는 그림자들을 보며 상상을 펼치는 아이의 상상력에 비유할 수 있을 것이다. 아이가 생소하고 무서운 방에서 잔다면 그림자들을 익히 아는 것에 비유하며 방을 머물 수 있는 상태로 만든다. 자신이 알고 믿을 수 있는 깨끗한 방이라면 그림자들을 동화에 나오는 무시무시한 것에 비유하여 꿈의 세계를 준비한다. 이 두 가지 상황에서도 상상력이 하는 역할은 아이가 부여받은 무작위의 허름한 재료로 자신이 있는 공간과 조화를 이루는 것이다. 이때 상상력은 빈 종이 앞에서 새로운 세계를 세우는 누군가가 아니라, 이미 세워진 오래된 세계와 조화를 이루려는 사람에게 봉사한다. 이스탄불에서 이주, 산업 도시로의 전환, 터키인 뿌리를 가진 새로운 부르주아의 탄생, 서구화의 환상으로 비워지고 퇴색된 건물에 정착한 사람들의 방과 집들은 바로 두 번째 상상력의 흔적과 낙서들로 들끓는다. 벽들로 나누어 계단 밑과 창턱에 부엌을 만들고, 건물 출입구를 창고나 대기실로 바꾸고 전혀 상상도 못 한 곳에 침대와 서랍장을 놓아 새로운 작은 공간을 만들고, 문과 창문들을 벽돌로 막고, 벽에 새로운 문과 창문, 어떤 때는 구멍을 뚫고, 사방으로 연통이 뻗어 있는 난로들로 라디에이터가 있는 건물들을 덥혀 비집고 들어와 살면서, 이렇게 개조하는 것으로 그곳들을 자신들의 집으로 만든 이들은, 100년 전에 건물을 설계한 건축가들이 빈 종이에 옮긴 의도들에 완전히 생소한 사람들이었다.

내가 빈 종이에 대해 말하는 것은 우연이 아니다. 나는 이스탄불 공과 대학에서 3년 정도 건축학을 전공했다. 하지만 대학을 졸업해 건축가가 되지 않았다. 그 이유가 빈 종이 앞에서 꿈꿨던 화려한 현대주의 상상과 관련이 있다는 것을 오늘날에야 감지하게 되었다. 나 자신이 건축을 하고 싶어 하지 않는다는 것을 알았다. 나는 머리를 어질어질하게 하고, 나를 흥분시키고, 두렵게 만드는 커다랗고 빈 건축 설계 용지 앞에서 일어나 역시나 머리를 어질어질하게 하고, 나를 흥분시키고, 두렵게 만드는 빈 원고지 앞에 앉았다. 25년 동안 그 앞에 앉아 있다. 마음속에서 글을 쓰고 싶은 생각이 들 때 빈 종이의 공허, 모든 것의 시작점에 있다는 느낌, 세상이 나의 디자인과 조화를 이루리라는 환상은 마치 건축에 대해 상상하던 시기와 같았다. 같은 상상을 하며 25년간 집필할 수 있었고, 여전히 계속하고 있다.

그렇다면 25년 전 내게 자주 묻기 시작했고, 여전히 가끔씩 물어 오는 질문을 해 보자. 나는 왜 건축가가 되지 않았을까? 대답: 앞에 앉아 나의 상상을 반영할 종이들이 비어 있다고 여겼기 때문에. 하지만 25년간 작가로서의 삶을 산 후 이제 종이들이 전혀 비어 있지 않다는 것을 알게 되었다. 책상 앞에 앉을 때 전통과 규율, 역사에 전혀 굴복하지 않는 사람들, 우연적이며 불규칙적인 것, 어둡고 무섭고 더러운 것들, 과거, 유령, 공식적인 사회와 언어가 잊고 싶어 하는 것들, 두려움과 이 두려움을 키우는 상상들과 함께 앉는다는 것을 아주 잘 안다. 모든 기이한 것들을 종이에 옮기기 위해 절반은 역사, 과거, 현대 공화국과 서구화가 잊고자 하는 것들을 바라보고, 절반은 미래와 상상을 향한 소설들을 써야 했다. 이와 같은 일이 건축으로 가능하다는 것을 스무 살에 파악했더라면 건축가가 되려고 했을 것이다. 하지만 당시 나는 역사의 짐, 오물, 유령, 어둠에서 벗어나려고 애쓰는 모더니스트, 아직 모든 것의 시발점에 있다고 믿는 낙관적인 서구주의자였다. 내가 사는 도시의 순응하지 못하는 사람들, 역사, 복잡한 문화가 나의 상상의 일부가 아니라 내가 실현하고자 하는 것들 하나하나의 걸림돌처럼 보였다. 내가 원하는 건물을 짓지 못하게 할 것임을 즉시 알아차렸다. 하지만 내가 집에서 두문불출하며 글을 쓰는 것을 방해할 수는 없었다.

나의 첫 책이 출간되는 데 8년이 걸렸다. 이 기간 동안, 특히 내가 쓴 것들을 아무도 출판하지 않으리라고 믿었던 절망의 시절에 자주 꾸었던 꿈이 있다. 나는 건축 학과 학생이고, 프로젝트 수업을 위해 건물을 설계하는 중이며, 제출 기한이 거의 남지 않았다. 책상 앞에 앉아 온 힘을 다해 작업했고, 사방이 그리다 만 설계도, 종이 두루마리, 여기저기 독초처럼 핀 잉크 얼룩으로 둘러싸여 있었다. 있는 힘을 다해 일할수록 더 기발한 생각들이 떠오르고, 한편으로는 분발해서 일을 하지만 그보다 빠르게 제출 마감일, 그 끔찍한 날짜가 다가오고 있었다. 나는 이 엄청나고 멋진 프로젝트를, 현재 계속하고 있는 설계를 제때에 끝내지 못하리라는 것을 아주 잘 알고 있었다. 프로젝트를 제때에 끝마치지 못한 것은 순전히 나의 불찰이자 잘못이었다. 더욱더 열심히 상상하며 일하고 있을 때 얼마나 죄의식을 느꼈던지, 나는 견딜 수 없는 고통으로 괴로워하며 잠에서 깨어났다.

이 꿈의 저변에 있는 두려움이 작가가 되는 두려움이라는 것을 먼저 말해야겠다. 건축가가 되었더라면 괜찮은 직업을 가졌을 테고, 최소한 중산층의 삶을 살 만한 돈을 벌었을 것이다. 그런데 모호하게 작가가 되겠다며 '소설'을 쓰기 시작한 내 앞에 있는 세월 동안 금전적 곤란 때문에 몸부림칠 거라고 주위의 모든 친한 사람들이 말했다. 따라서 그 모든 죄책감과 끔찍하게 줄어드는 시간에 관한 꿈은 일종의 욕구 충족에 관한 꿈이었다. 왜냐하면 건축가가 되려고 할 때는 '정상적인' 삶에서 벗어나지 않았기 때문이다. 시간 제약 속에서 많은 분량의 작업을 하고 집중적으로 상상하던 것이, 나중에 아무 제약 없이 소설을 쓸 때도 자주 휩쓸린 나의 정신 상태가 되었다.

당시 사람들이 내게 왜 건축가가 되지 않았느냐고 물었을 때 같은 대답을 돌려서 하곤 했다. "아파트를 짓고 싶지 않아서요!" 내가 아파트라고 언급한 것은 삶의 스타일, 건축에 대한 생각이었다. 1930년대 이후 이스탄불에 있던 오래된 역사적 도시는 사라졌고, 도시의 중산층과 상류층은 2~3층의 정원 딸린 집을 허물어, 그 빈 공간들에 60년 동안 도시의 모든 오래된 뼈대와 역사적인 모습을 없애는 아파트들을 짓기 시작했다. 1950년대 말 내가 학교에 다니기 시작했을 때 우리 반 모든 학생이 아파트에서 살았다. 아파트의 앞면은 처음에 심플하고 모던한 바우하우스[126] 스타일과 퇴창이 나 있는 전통 터키 양식의 혼합이었다. 나중에는 약간 통합적인 스타일의 형편없고 영감도 없는 모방을 연상시키는 아파트들로 바뀌고, 내부가 소유권 문제와 좁은 토지 때문에 다들 거의 비슷해졌다. 중간에는 좁은 층계와 '어둠' 혹은 '밝음'이라고 불리는 통풍구, 앞에는 거실, 뒤에는 토지의 넓이와 건축가의 기술에 따라 두세 개의 방이 자리했다. 앞에 있는 방 하나와 뒤에 있는 방들을 연결하는 좁고 긴 복도, '밝음'을 향해 난 창문들, 계단 공간에 있는 창문은 이 모든 아파트를 흉물스럽고 서로 비슷하게 만들었으며, 항상 똑같은 곰팡이 냄새, 오래된 기름 냄새, 새똥 냄새가 났다. 협소한 토지, 재건 법안, 중산층의 반쯤 서구화된 감각 그리고 가장 많은 이익이라는 기준에 맞춰 세워진 이 아파트 건물 같은 것들을 앞으로 지어야 한다는 것이, 건축학 교육을 받을 때 나를 가장 두렵게 만들었다. 당시 부도덕한 건축가들에 대해 불만이 많았던 나의 많은 친척들과 지인들은 내가 건축가가 되면 아버지들로부터 받은 토지에 이러한 아파트를 짓겠다며 나에게 믿고 맡기겠다고 말하곤 했다.

건축가가 되지 않음으로써 이 아파트들을 짓는 운명에서 벗어났다. 나는 작가가 되었고, 아파트들에 관해 많은 것을 썼다. 내가 쓴 모든 것이 내게 다음과 같은 것들을 가르쳐 주었다. 어떤 건물을 집으로 만드는 것은, 그 안에 사는 사람들이 하는

126 1919년 건축가 그로피우스를 중심으로 독일 바이마르에 설립된 국립 조형 학교.

상상들이다. 상상들은 유령처럼 건물의 오래됨, 낡음, 어두움 그리고 더러운 구석에서 자양분을 얻는다. 게다가 오래될수록 건물의 외부, 내부의 벽 조직들은 신비롭고 아름다워지는 건물들처럼, 상상을 거듭해 건물이 이해할 수 없는 구조에서 어떻게 집으로 변하는지 그 흔적도 볼 수 있다. 조금 전에 이야기한 둘로 나뉜 방, 구멍 뚫린 벽, 부서진 계단들을 이러한 논리로 떠올려 보자. 건축가가 그 뚜렷한 증거와 흔적을 발견할 수 없는 것은 현대주의와 서양주의에 대한 선망으로 모든 것을 새로 시작하는 것처럼 만든 새롭고 평범한 건물에 처음 정착한 사람들이 어떤 상상들을 하며 살만 한 집으로 만들었냐는 것이다.

석 달 전에 3만 명의 목숨을 앗아 간 지진의 폐허들 사이를 걸을 때 모든 벽 조각, 깨진 유리, 슬리퍼, 스탠드 받침, 모든 곳에 끼어 있는 커튼, 카펫, 벽돌, 콘크리트 조각 사이에서, 인간이 출입하는 모든 건물을, 새롭거나 오래된 모든 거처를 하나의 집으로 바꾸는 상상력의 존재를 다시 한 번 강하게 느꼈다. 가장 절망적인 상황에서조차 상상력으로 삶에 매달리는 도스토예프스키의 등장인물들처럼, 우리도 가장 어려운 상황에서 건물들을 살 만 한 집으로 바꾸는 법을 알고 있다.

하지만 집들이 지진으로 무너지고 나면 이것들이 사실은 건물들이라는 사실을 슬프게 깨닫는다. 3만 명을 죽인 지진이 일어난 직후 아버지는 한밤중에 이스탄불 전역에 전기가 들어오지 않아 칠흑 같은 어둠을 뚫고 어떤 아파트 건물에서 200미터 떨어진 다른 아파트로 가 몸을 피했다고 항상 내게 말했다. 내가 왜 그랬는지 묻자 몸을 피한 건물에 대해 "그 건물은 아주 튼튼하거든. 내가 지었어."라고 말했다. 그곳은 내가 어린 시절을 보낸, 한때 친할머니와 삼촌들, 고모들이 각층에 살았고, 이곳에 관해 많은 것을(소설들을) 쓴 가족 아파트였다. 내 생각에 아버지는 튼튼한 건물이어서가 아니라 집이었기 때문에 그곳으로 피신했던 것 같다.

61. 벨리니와 동양

형제간의 경쟁과 예술사의 농담에 관하여 벨리니의 이름을 사용하는 것은 좋은 사례가 될 수 있다. 우리가 이름을 아는 화가 벨리니는 세 명 있다. 첫 번째는 자코포 벨리니. 이 사람은 그림이 아니라 아들들을 키운 아버지 화가 벨리니로 알려져 있다. 큰 아들 젠틸레 벨리니(1429~1507)는 그가 살았던 시기에 베네치아의 가장 중요한 화가였다. 오늘날은 그가 이스탄불(당시의 이름은 콘스탄티노플)에서 한 '동양 여행' 이후 그린 그림들과 특히 이스탄불 정복자인 술탄 메흐메트의 초상화 화가로 기억되는 인물이다. 그와 같은 어머니에게 태어났다고 때로 언급되는 한 살 어린 동생 조반니는 오늘날 서양 예술사에서 특히 색깔을 사용하는 방식으로 잘 알려진 진짜 화가 벨리니. 조반니 벨리니는 베니치아-르네상스 회화에 깊은 영향을 미쳤고, 그리하여 모든 서양 회화사의 경로를 바꾼 화가로 인정받는다. 곰브리치가 「예술과 학문」이라는 글에서 전통에 관하여 언급하면서, 벨리니와 조르조네[127]가 없었더라면 티치아노[128]는 없었을 것이라고 했을 때, 이는 동생 조반니 벨리니를 일컫는 말이었다. 하지만 「벨리니와 동양」 전시회의 화가는 그가 아니라 형 젠틸레다.

정복자 술탄 메흐메트가 스무 살이던 1453년에 이스탄불을 정복한 후, 한편으로는 오스만 제국 중앙 정부의 힘을 키우면서, 다른 한편으로는 자신을 세계의 중요한 통치자 가운데 한 명으로 만들 정복 사업을 펼쳐 나갔다. 오늘날 터키의 고등학교에서 공부하는 모든 학생이 역사와 관련하여 일일이 외우고 민족주의적인 흥분으로 알아야 하는 이 전쟁들, 승리들 그리고 이것들을 끝낼 평화 조약들로써 오늘날 서양의 보스니아, 크로아티아, 알바니아, 그리스의 대부분이 오스만 제국의 통치하에 들어갔다. 술탄 메흐메트의 새롭고 강력한 장비가 뒷받침한 이 정복은, 지중해 섬들과 항구의 성에서 오스만 제국민과 베니스인들이 20년 가까이 계속된 전쟁, 약탈, 해적질로 지친 후에 1479년 평화 조약이 체결되었다. 베니스와 이스탄불 사이에 대사들이 오간 이 평화 협상 중에, 1479년 8월 오스만 제국의 술탄이 베네치아에 '좋은 화가'를 요구하자 많은 성과 땅을 오스만 제국에 양도하

127 1477~1510. 이탈리아 화가. 16세기 베네치아 회화의 창시자로 일컬어진다.
128 1488~1576. 이탈리아 화가. 베네치아파의 회화적인 색채주의를 확립, 고전 양식에서 탈피하여 격정적인 바로크 양식의 선구자 역할을 했다.

긴 했어도 이 평화를 아주 흡족해한 베네치아 원로원은, 당시 총독의 궁전을 거대한 그림들로 장식하고 있던 젠틸레 벨리니에게 임무를 맡긴다.

일종의 '문화 대사'로 나선 젠틸레 벨리니의 '동양 여행'과 그가 이스탄불에서 보낸 1년 6개월의 결과물이, 런던 내셔널 갤러리에서 개최한 작지만 풍성한 「벨리니와 동양」 전시회에서 다뤄지고 있다. 벨리니와 그의 작업장에서 나온 다른 그림들, 메달 그리고 당시의 '동양과 서양'의 문화적 상호 영향을 보여 주는 다른 물건들을 전시한 이 전시회에서 가장 주목할 만한 작품은 물론 젠틸레 벨리니가 그린 정복자 술탄 메흐메트의 유화 초상화다. 런던에 있는 내셔널 갤러리 소장품인 이 그림의 다양한 모사품을, 그것을 보고 그린 새롭고 오래된 다른 많은 그림, 복제, 교과서와 잡지, 책표지, 신문, 포스터, 지폐, 우표, 학교 포스터, 그림 소설을 모르거나 수백, 수천 번 보지 않은 터키인은 없을 것이다. 카누니 술탄을 포함하여 오스만 제국의 황금기 술탄 중 누구의 초상화도 이렇게 실감 나고 인상적이지 않다. 사실주의, 단순한 구성, 승리자 술탄의 완벽한 원근법과 그림자 진 아치의 성스러운 분위기가 돋보이는 이 그림은, 단지 정복자 술탄의 초상화 역할만 하지는 않는다. 이 초상화는 마치 체 게바라의 사진들이 일반적으로 '혁명가의 아이콘'인 것처럼, 터키와 세계에서 일반적인 오스만 제국 술탄의 이미지 역할까지 한다. 한편 술탄의 지나치게 앞으로 튀어나온 윗입술, 처진 눈꺼풀, 여성처럼 가는 눈썹, 그리고 가장 중요한 가늘고 긴 매부리코(혈연 귀족주의 문화에서 오스만 제국 가족의 알려진, 유일하게 공통된 얼굴 특징은 이 오스만인의 코다.) 때문에 그림을 가까이에서 보면 전설적인 오스만 제국의 술탄이 사실은 오늘날 이스탄불 거리에서 마주치는 평범한 국민과 별로 다르지 않은 사람이라는 인상을 준다. 2003년 오스만 제국의 이스탄불 정복 550주년을 맞아 이 그림이 야프 크레디 은행의 주선으로 런던에서 이스탄불로 와 도시의 가장 붐비는 장소 중 하나인 베이올루에서 전시되었을 때, 버스를 타고 학교에서 오고 줄을 선 수십만 명의 사람들이 전설에 어울릴 법한 관심을 보이며 관람했다.

이슬람 세계의 회화 금지, 특히 얼굴 그림에 대한 두려움과 무지 때문에 오스만 제국의 세밀화가들은 술탄을 사실적으로 표현하는 초상화를 그리지 않았고, 그릴 수도 없었다. 사람의 개인적인 특징에 관한 소심함은 단지 그림에 국한되지 않았다. 당시의 군사적, 정치적 사건들에 관하여 많은 것을 쓴 오스만 제국 역사가들도 이 문제와 관련해 정치적 금지가 없었음에도 술탄의 개인적인 특징, 성격, 영혼의 깊이 등에 대해 추론하거나 글을 쓰지 않았다. 현대 터키 공화국의 설립, 현대 터키 민족의 서구화 운동과 함께 시작된 20세기 전반에, 이 모든 대단히 파괴적인 문학적, 문화적 문제들을 인식했고, 오랫동안 파리에서 지내며 서양 문학과 그림을 가까이 접한 민족주의 시인 야흐야 케말은 고통스럽게 "우리의 그림, 우리의 산문이 있었더라면 우리는 다른 민족이 되었을 것이다!"라고 말했다. 그가 단지 사라진 과거의 아름다움을 그림과 글로 포착하고, 파악하고, 문서화하는 것을 의미한 것은 아니었다. 그는 이 결핍이 없었던 때조차, 그러니까 벨리니가 그린 정복자 술탄 메흐메트의 '사실주의' 그림 앞에 섰을 때에도 이 그림을 그린 손과 이 그림을 그리게 만든 감성이 '민족적'이기를, 어쩌면 전통적인 표현 방법을 발전시켜 사용하기를 바랐던 것이다. 이 말에서 깊은 불만, 한 무슬림 작가가 자기 문화의 '결핍'에 대해 느끼는 못마땅함이 감지된다. 자신의 영혼을 바꾸지 않은 채 아주 다른 문화와 문명의 매력적인 예술 작품을 쉽게 받아들이고 적용하고자 하는 환상도 드러난다.

이 천진한 환상에 대한 일련의 관심을 끄는 작품들이 「벨리니와 동양」 전시회와 전시회 카탈로그에서 학자적인 태도로 다뤄지고 있다. 이스탄불 톱카프 궁전에 있는 어떤 선집에서, 오스만 제국 세밀화가인 시난 베이에게 귀속된, 아마도 벨리니가 그린 초상화에서 영감을 받아 그렸을 수채화 「메흐메트 2세 장미 향기를 맡고 있다」는 온전한 베네치아-르네상스 화풍의 초상화도 아니고 고전 오스만 제국-이란 세밀화도 아니어서 보는 사람에게 불편한 감정을 불러일으킨다. 상반된 두 회화 전통에서, 동양과 서양, 그러니까 오스만 제국-이란 세밀화 전통과 유럽 회화의 풍경화 전통에서, 예를 들어 존 버거[129]는 쿠르베[130]에게 영

129 1926~ . 영국의 비평가, 소설가, 화가.
130 1819~1877. 프랑스 화가.

향을 받은 다른 터키 화가 쉐케르 아흐메트 파샤를 이해하려고 한 글에서 이러한 불편함에 대해 언급했는데, 문제는 상이한 회화 기법을(원근법 사용과 지평선 위치 등)을 조화 속에 합치시키는 것이 아니라 상이한 세계관을 합치시키는 것이라고 썼다. 벨리니의 영향을 받은 오스만인 초상화에서 술탄에게도 전이된 것처럼 보이는 기이함, 서투름을 잊게 하는 유일한 것은 정복자 술탄 메흐메트가 손에 들고 냄새를 맡는 장미다. 우리로 하여금 이 장미의 존재와 향기를 느끼게 해 주는 것은, 색깔 자체보다는 메흐메트 2세의 독특한 오스만인 코다. 그림을 그린 시난 베이라는 오스만인 화가가 사실 오스만인 사이에 섞인 유럽인이며, 아마도 이탈리아인일 것임을 알게 된다는 것은, 이중적이며 아주 어렵고 복잡한 상호 문화적 영향의 구조를 다시 한 번 상기시킨다.

당연히 벨리니의 것인 또 다른 그림은, 학자적이거나 정치적으로 동양-서양 이야기보다는 인간적인 사실을 비범한 승리로 보여 준다. 세밀화 크기의 이 단순하고 멋진 수채화는, 책상다리를 하고 앉은 젊은 화가 혹은 서예가를 보여 준다. 귀걸이를 한 젊은 세밀화가의 펜 끝이 아주 멋지게 닿아 있는 종이가 비었기 때문에, 그가 세밀화가인지 서예가인지 우리는 알 수 없다. 다만 손에 펜을 쥔 젊은이의 얼굴에 나타난 표정에서, 시선의 깊이에서, 입술 모양에서, 더욱이 왼손을 무언가를 취하거나 보호하듯 품에 있는 빈 종이 위에 놓은 형태에서, 그가 자신이 하는 일에 진심으로 애착을 느낀다는 것을 즉시 감지할 수 있다. 빈

종이를 향한 애착, 가슴에서 우러나는 몰입 상태는 나로 하여금 젊은 화가에 대한 존경심을 불러일으킨다. 나는 그가, 자신이 하는 일을, 그리는 선 혹은 글자의 아름다움을, 완벽함을 무엇보다도 중요하게 생각하는 사람이라는 것을, 일에 몰입하는 행복에 도달한 예술가라는 것을 느낀다. 귀걸이를 한 수염이 나지 않은 시동(侍童)의 창백한 얼굴의 아름다움이, 화가가 그를 그릴 때 보인 애착에 더해져 내 마음에 와 닿았다.(반공식적인 궁정 역사가인 임브로스의 크리토불로스를 위시하여 많은 서양인, 편년사가들은 정복자 메흐메트 술탄이 아름답고 잘생긴 청년들을 소중히 여겼고, 그들을 위해 정치적 문제들을 감수했으며, 그들이 그림을 그리길 원했고, 오스만 제국 궁전에서 이후 전통이 되는 시동의 간택에서 아름다움이 중요한 기준이었다고 썼다.) 젊은 예술가의 아름다움과 그가 자신이 그리는 대상의 아름다움에 열중하는 모습이 배경이 되는 바닥(벽)의 소박함이 결합되어 나는 이 그림을 볼 때마다 그에게 신비로운 면이 있음을 느낀다. 물론 신비로운 것은 세밀화가-화가가 몰입한 종이가 완전히 텅 빈 것과 관련이 있다. 아름다운 세밀화가-화가가 자신이 그릴 대상에 그토록 몰입할 수 있었던 것으로 보건대 그 상상을 이미 이성의 눈앞에 떠올렸다는 의미다. 우리는 세밀화가가 무엇을 그릴지 알고 있다는 것을, 펜 끝이 종이에 닿을 듯 앉은 모습과 시선에서도 인식할 수 있다. 하지만 주위에 무엇을 그릴지 암시하는 어떤 물건, 글, 견본 그림, 틀, 사람 혹은 풍경이 없기 때문에, 세밀화가의 머릿속에 있는 그림이 우리에게 신비로 남는다. 잠시 후 525년 전 이 사진의 순간은 끝이 날 것이고, 젊은 예술가의 손에 있는 펜은 움직일 것이며, 아름다운 얼굴을 한 시동의 시선은 다른 사람의 펜을 바라보듯 하는 감탄과 행복으로 자기 손의 움직임에 더욱 집중할 것이다.

정확히 100년 전인 1905년 이스탄불에 있었다고 알려진 이 작고 비범하고 매혹적인 그림은 오늘날 보스턴에 있는 이사벨라 스튜어트 가드너 박물관의 소장품이다. 오래전 나는, 이 박물관에서 티치아노와 존 싱어 사전트[131]의 거대하고 풍부한 유화들 사이에서 길을 찾고 있을 때, 위층 어느 구석에서 이 작은 그림을 보게 되었다. 그림을 보기 위해, 유리 진열장 위에서 그림을 빛으로부터 보호하는 두꺼운 천을 한순간 거두고 그림을 향해 몸을 숙여야 했다. 머리를 그림에 가까이 대자 그림과 나 사이의 거리가 그림 속 세밀화가와 빈 종이 사이의 거리처럼 느껴졌다. 나는 벨리니의 이 작은 그림을, 무겁고 두꺼운 책을 손에 들고 그 책을 장식한 세밀화가를 보는 술탄처럼 몸을 숙이고 어떤 은밀함 속에서 들여다보았다! 게다가 나는 그림 속 세밀화가가 그리했던 것처럼 아래를 향해 고개를 숙이고 있었다. 이슬람 그림을 르네상스 이후 서양화와 구분 짓는 것은, 종교의 금지만큼이나 아니, 그보다 더 벨리니가 아주 잘 포착한 이 아래를 향하는 은밀한 시선이라고 생각한다. 제약이 많은 예술인 이슬람 회화

131 1856~1925. 이탈리아 출신의 화가.

는 책 내부를 장식하기 위해 작게 그린다. 절대 벽에 걸거나 벽을 장식하기 위해 그리지 않았으며, 당연히 벽에 걸지도 않았다! 그림을 그리는 세밀화가는 이 그림에서 자신의 내면을 들여다보며 책상다리를 하고 앉아 고개를 앞으로 숙인 채 그림을 볼 것이고, (아마도) 이는 술탄 혹은 왕자처럼 권력 있고 부유한 사람의 앉은 모습이나 머리의 자세와 비슷하다. 책상다리를 하고 앉은 세밀화가가, 품에 안은 빈 종이를 향해 고개를 숙인 자세를, 서양화가가 그림을 보는 시선, 예를 들면 벨라스케스의 「시녀들」과 한번 비교해 보자. 우리는 두 그림 모두에서 그림을 그리는 종이 혹은 캔버스 가장자리를 어떤 물건으로 인식하며, 화가의 펜 혹은 붓, 세밀화가-화가의 얼굴에 나타난 창조적인 몰입을 보게 된다. 벨리니의 동양인 세밀화가의 시선은 주위와 세상이 아니라 품에 있는 빈 종이를 향하고 있으며 우리는 그의 표정에서 그가 머릿속에 있는 세상을 생각한다는 것을 이해할 수 있다. 전통적인 오스만 제국-이란 세밀화가들의 기예는, 지금까지 그려진 것들을 알고, 기억하고, 그를 시적인 흥분으로 다시 그리는 것이다. 벨라스케스는 고개를 상상의 지평선을 향해 들고, 거울에 있는 세상, 모든 세상, 있는 것들의 복잡함을 바라본다. 우리는 그가 그리는 것들을 직접 볼 수 없지만(우리는 우리가 보고 있는 그림이 그림 속의 그림이라고 추측한다.) 벨라스케스의 머릿속이 커다란 그림의 무한한 구성 문제로 꽉 찬 것을 알 수 있다. 벨리니가 그린 젊은 화가는, 자신이 외운 시를 떠올리는 어떤 젊은이가 느끼는 행복으로(일종의 형이상학적 영감으로) 빈 종이를 보고 있다.

벨리니의 것인 이 작은 그림은, 내가 살고 있는 세계에서 정복자 술탄의 초상화만큼은 아닐지라도 꽤 잘 알려져 있다. 그 이유 중 하나는, 그림에서 책상다리를 하고 앉은 사람이 정복자 술탄의 슬픈 운명과 함께 수많은 이국적이고 멜로드라마 같은 소설의 소재가 되었고, 보수적인 형에 의해 잔인하게 학대당한 젬 술탄[132]으로 여겨졌기 때문이다. 내 어린 시절 열정적인 민족주의자, 서구주의자가 쓴 교과서에서 젬 술탄은 서양과 예술에 열려 있는 관용적이고 혈기왕성한 왕자로 그려졌고, 왕좌에 앉은 형 베야지트 2세는 동생에게 독을 먹이고, 서양 세계와 예술에 등을 돌린 금욕적인 술탄으로 서술되곤 했다.

벨리니가 그린 이 예술가 초상화는, 정복자 술탄이 죽고 나서 아마도 외교적인 선물로, 먼저 백양 왕조 궁전이 있는 타브리즈로, 나중에는 사파비 궁전이 있는 오늘날의 이란으로 갔을 것이다. 전리품 혹은 선물로 오스만 제국에 되돌아오기 전에, 이번에는 이란 화가들에 의해 이 비범한 그림이 수없이 복제되었다. 이것들 중 오늘날 워싱턴의 프리어 갤러리에 있는 한 작품은, 동양과 서양의 화가들이 같은 그림을 그렸다는 등의 낭만적인 환상을 믿고 싶어 하는 사람들에 의해 위대한 이슬람 세밀화가인

132 1459~1495. 술탄 메흐메트의 막내아들이자 베야지트 2세의 동생.

비흐자드[133]의 것으로 이야기되곤 했다. 이 각색된 그림을 조금 가까이에서 보면, 벨리니가 우아하게 비워 놓은 종이에 사파비 세밀화가가 초상화를 첨가한 것을 보면 이슬람 세밀화가들이 별로 알지 못하는 서양 초상화 예술과 초상화를 그리는 그들의 기량이 압도적으로 떨어진다는 것을 느낄 수 있다. 벨리니의 작은 그림이 이스탄불에서 그려지고 80년이 지나, 이란의 사파비 궁전에서 다른 초상화들이 중국 그림과 함께 어떤 화집에 나중에 붙여졌다는 것을 하버드 대학의 데이비드 록스버그 교수가 발견했다. 이 선집의 서문에 있는 어떤 표현에서, 가장 출중한 사파비 화가들조차 초상화를 그리는 자신들의 기량이 부족하다는 것을 알고 있다는 사실을 고통스럽게 드러내 보인다. "얼굴 그림은 중국과 서양 국가에서 왔다." 하지만 이란 세밀화가들은 기량 부족과 함께 초상화의 거부할 수 없는 힘도 알고 있었다. 가장 자주 그린 고전 이슬람 이야기 중 하나인 휘스레브와 쉬린 이야기에서 아름다운 쉬린은, 먼저 초상화를 보고 잘생긴 휘스레브를 사랑하게 된다. 장식이 있고 그림이 들어간 이란 필사본에서, 이 장면을 위해 필요한 그림 속 그림은, 마치 벨리니-비흐자드 그림 속 그림처럼, 초상화를 그리는 것이 아니라 단지 초상화에 대한 생각이었다.

르네상스 이후 서양은, 동양에 대한 우월성을 전쟁에서가

133 페르시아의 대표적 화가. 15세기 중엽에 태어나 1520~1530년경에 사망한 것으로 추정. 후대 화가들에게 지대한 영향을 미침.

아니라 예술에서 먼저 느꼈다. 벨리니가 동양 여행 중에 그린 그림들과 화가의 기예에 대해, 100년 후 바사리[134]가 종교적인 이유로 그림을 안 좋게 보았던 오스만 제국 술탄들조차 매료시킨 기적적인 힘이라며 과대하게 칭찬한다. 바사리는 필리포 리피[135]의 삶을 서술하면서, 이 화가가 동양인 해적들에게 포로로 잡혔지만 새 주인의 초상화를 놀랄 만큼 사실적으로 그렸기 때문에 자유의 몸이 되었다고 이야기한다. 오늘날에는 서양의 해석학자들이 어쩌면 서양의 막대한 군사적 힘의 결과에 대해 불편을 느꼈기 때문인지는 몰라도, 르네상스 회화의 저항할 수 없는 힘에 관해 언급하지 않고, 벨리니가 그린 감성적인 초상화를 보고는 동양인도 사람이라는 것을 우리에게 상기시킨다.

정복자 메흐메트 술탄이 사망한 후 왕좌에 앉은 아들 베야지트 2세는, 아버지의 초상화에 대한 열정과 삶의 방식을 공유하지 않았다. 그는 벨리니가 그린 정복자 술탄의 초상화를 이스탄불 시장에 내다 팔게 했다. 나의 어린 시절 터키에서는 그의 행동에 대해 고등학교 교과서에서 설명하길 르네상스 회화에 등을 돌린 것은 잘못이며 기회를 놓친 거라고 했다. 우리가 500년 전 그 시점에 지속시켰더라면 다른 그림을 그리고, 어쩌면 '다른 민족'이 되었을지 모른다고 암시하곤 했다. 어쩌면! 나는 벨리니가 그린 책상다리를 하고 앉은 화가의 그림을 볼 때마다 이를

134 1511~1574. 이탈리아 르네상스 시대의 화가이자 건축가.
135 1406~1469. 이탈리아 화가.

보고 세밀화가들이 가장 기뻐할 거라고 생각한다. 왜냐하면 책상에 앉으면 더 잘 그릴 수 있을 뿐 아니라 베케트 작품의 등장인물들을 고통스럽게 한 다리와 관절 통증에서 벗어날 수 있었을 것이기 때문이다.

62. 시야흐 칼렘[136]

우리가 어디에서 왔고, 누구이며, 어디로 가는지, 누가 우리를 그렸는지에 관한 소문이 많다는 것이 우리를 뒤숭숭하게 만듭니다. 우리는 사실 우리에 관해 언급하는 옳고 그른 이야기들, 수군거림 때문에 쉽게 절망에 휩싸일 사람들은 아닙니다. 우리 그림을 가까이서 본 사람은 우리가 헛된 말, 학구적인 말들에 그다지 관심이 없다는 것을 즉시 알게 됩니다. 우리 사이에 있는 당나귀처럼 우리는 이 세상에 속하며, 걸음을 조심스레 내딛어 어디로 가는지도 알고 있습니다. 문제는 우리가 어디에서 와서 어디로 가는지에 대해 그렇게나 많이 연구하는 사이 우리가 그림이라는 점을 잊는다는 겁니다. 우리는 우리가 사라진 이야기이며, 역사가 잊히고 모르는 어떤 구석의 일부이기 때문이 아니

136 '검은 펜'이라는 의미.

라 그림이라는 이유로 당신들에게 즐거움을 주고 싶습니다. 제발 우리를 그런 시선으로 보려 노력하고, 우리의 모든 존재, 겸손한 색깔, 우리가 우리끼리 나누는 대화에 열중하고 있다는 것을 마음속으로 느끼려고 애쓰시기 바랍니다. 감사합니다.

우리는 풀 먹이지 않고 광택이 없는 거친 종이 위에 있는 것, 거친 선으로 급하게 그린 것이 마음에 듭니다. 우리가 힘 있게 딛고 있는 땅, 풀, 꽃 그리고 뒤에 있는 지평선을 전혀 그리지 않아 우리의 거칠고 생기 있는 모습, 거대한 손가락이 있는 손들, 거친 천으로 된 풍성한 옷, 땅에 묶여 있는 강하고 튼튼한 제스처들이 부각됩니다. 당나귀의 눈에 가득한 호기심, 우리 눈에서 볼 수 있는 악마 같은 반짝임, 알 수 없는 무언가로부터 위협받는 듯 우리 시선에서 느껴지는 다급함에 집중하시기 바랍니다. 하지만 동시에 우리 뺨을 생기 있게 칠한 것, 당나귀의 사랑스러운 모습, 우리의 선을 아무렇게나 그린 듯 보이는 것에서 화가가 유머 감각이 있는 사람이라는 점도 알 수 있습니다. 우리 눈에서 발견되는 두려움, 성급함, 다급함, 우스꽝스러운 불안, 종이의 나머지 부분이 풍경 없이 텅 빈 것은 우리 사이에 형성된 아주 특별한 순간을 드러냅니다. 수백 년 전 어느 날 우리 셋과 당나귀가 마치 이야기에 나오는 것처럼 길을 가고 있을 때 어떤 화가를 만나고, 신께 감사하게도 기예가 출중한 화가는 우리의 사진을 찍듯이(여기서 시간을 초월한 표현을 사용하는 것을 허락해 주시기 바랍니다.) 그 순간을 즉시 종이 위에 포착한 겁니다. 그 장인이 거친 종이와 펜을 꺼내 얼마나 빠르게 그림을 그렸던지, 말이 많은 우리의 입은 벌어지고, 보기 흉한 이의 억센 모습도 그대로 드러나 있습니다. 보기 흉한 이, 털, 곰의 손아귀 같은 육중한 손, 여러분이 다른 그림에서도 본 그 더럽고 지치고 추레하고 더욱이 악의에 찬 우리의 모습을 보게 된 것을 기쁘게 생각하시기 바랍니다. 그것은 우리가 아니라 우리의 그림이니까 말입니다.

하지만 우리는 여러분이 거장에게 집착한다는 사실을 잘 압니다. 안타깝게도 여러분은 화가가 누구인지 모르고, 어떤 그림을 좋아하는 것을 이해하지 못할 사람들이 사는 시대에 살고 있습니다. 그렇다면 말하지요. 화가의 이름은 메흐메트 시야흐 칼렘입니다. 몇몇 다른 그림들의 스타일과 소재의 유사성 때문에 우리 유목민을 그린 사람이 같은 화가라는 것을 추측하기가 어쩌면 쉬울지도 모릅니다. 그런데 모든 학자들이 그림 가장자리에 있는 서명이 아주 나중에 들어가게 되었다고 말합니다. 우리도 그렇다고 생각합니다. 우리를 그린 사람은, 서명이 아니라 기예와 이야기가 중요한 시대에 살았기 때문에 우리 그림에 서명을 하지 않았습니다. 사실 우리는 이것에 대해 전혀 불평하지 않았습니다. 어차피 그림들이 이야기를 설명하던 아주 옛날에 우리 그림이 그려져 우리는 이야기를 해 주는 것으로 충분했습니다. 우리는 겸손했지요. 이 이야기가 잊히고, 우리가 그림이라는 것이 더 확연하게 드러났을 때, 어느 약삭빠른 사람이 이스탄불 톱카프 궁전에서 아흐메트 I세(1603~1617)

시기에, 우리 그림의 한구석에 아무렇게나 이 서명을 넣었던 것입니다. 사실 이 단어들은 서명이라기보다는 소유의 표현일 뿐입니다.

우리를 어떤 거장의 이름과 연결하려는 바람은 또 다른 오해의 요인이 되었답니다. 같은 화집에 이러저러한 이유로 포함된 다른 그림들에도, 스타일과 소재의 일관성을 염두에 두지 않고 같은 서명이 들어가기 시작했습니다. 오로지 우리 모두가 같은 화집에, 정복자 술탄의 화집에 있기 때문이지요. 하지만 유명한 이란인이나 오스만인 화가들에 관해 몇 마디 쓴 역사가들인 도스트 무함메드, 카드 아흐메트, 겔리볼루루 무스타파 알리는 시야흐 칼렘에 관해 전혀 언급하지 않았습니다. 그러니까 기예가 뛰어나고 능란한 손을 가진 우리 화가에 대해서는, 갖다 붙인 이름 말고는 아무것도 알려져 있지 않습니다.

위로하는 의미에서, 시야흐 칼렘에게 일종의 그림 그리는 스타일이 있다는 것을, 우리에게 어떤 이름, 어떤 서명, 장인을 갖다 붙이고자 하는 다급함에 휩싸인 사람들을 위해 말하겠습니다. 우리 화가에게 갖다 붙인 시야흐 칼렘이라는 이름은 16세기에 이란인 작가들이 그린 선이 두꺼운 흑백의 그림을 명명하기 위해 사용되곤 했습니다. 그렇다면 다음과 같은 결과가 나옵니다. 시야흐 칼렘은, 우리 셋이 길에서 이야기하며 가고 있을 때 우리를 순식간에 그린 화가의 이름이 아니라 그가 사용한 스타일의 이름이지요. 그렇다면 우리가 채색되는 데 지극히 희열을 느낀 빨간색과 푸른색은 어떻게 설명할 수 있지요?

우리에 관해 언급하는 내용 대부분이 서로 모순된다는 것이 우리를 즐겁게 합니다. 우리가 위구르인, 터키인, 몽고인 혹은 이란인이며, 12세기에서 15세기에 살았다는 것을 증명하기 위해 쓰인 그 많은 글, 그 많은 사고, 그 모든 학술 모임, 서로 모순되는 정중한 학자들이 말한 것들은, 우리를 부인할 수 없고 신빙성 있게 특정한 시대와 지역에 연계시키지 못합니다. 단지 의심만 불러일으킬 뿐이지요.

터키인들은 낭만적인 터키 민족주의의 영향으로 우리가 아시아 내륙 혹은 몽고에서 왔다고 증명하기를 좋아합니다. 또 우

리와 같은 화집에 있는 사랑스러운 악마와 정령들의 그림을 보고 우리를 샤먼과 연결 짓습니다. 우리는, 이 무시무시하고 사랑스러운 피조물들처럼 거칠게, 구불구불한 선으로, 그리고 똑같이 교활한 눈길로 그려졌다는 사실을 좋아합니다. 우리와 같은 화집에 포함된 다른 일련의 그림 그리고 비슷한 스타일로 그린 중국에서 유래한 몇몇 악마들을 보고는, 우리가 아주 먼 중국에서 왔다고 말하는 사람들도, 우리 마음속에 있는 여행과 유목민 영혼에 호소하며 우리를 기분 좋게 합니다. 다른 일련의 그림에 있는 악마들이 샤 타흐마습이 제작하게 한 유명한 『왕서』에 영향을 미쳤으며 혹은 타브리즈의 백양 왕조 궁전에서 제작된 스타일과의 유사성 때문에 일련의 학자들은 우리를 오늘날의 이란 지역과 연결 짓기도 합니다. 어차피 대부분 학자들은, 오스만 제국의 술탄인 야우즈 술탄 셀림이 1514년에 찰드란에서 사파비들과 싸워 거둔 승리에서 우리를 전리품으로 가져왔다는 견해를 가집니다. 붉은 옷을 입은 우리 친구가 머리에 쓴 것이 종 모양이라는 데 의거해 우리의 근본이 러시아인인 보야르[137] 사람들이라고 말하는 사람들조차 있습니다.

모든 추측이 불러일으키는 의심과 경탄은, 우리가 그림으로서 당신들에게 불러일으키고 싶은 경탄과 약간 유사합니다. 하나는, 우리 그림이 불러일으키는 경탄, 두려움, 의심입니다.

137 10~12세기 키예프 대공국 시기의 사람.

또 하나는 우리에 관해 나도는 소문, 글, 우리가 불러일으킨 신비스러운 경탄입니다. 학자들이 불러일으킨 두 번째 경탄은 첫 번째 것, 그러니까 우리 그림이 불러일으킨 경탄에 깊이를 더해 줍니다. 세상의 이 동떨어진 곳에서 우리에 관해 아주 많은 것들이 쓰이고, 많이 논쟁되고, 우리가 가장 신비로운 그림이라는 것에 자부심을 느낍니다. 우리에 관한 그 많은 글은 물론 우리를 불편하게 합니다. 왜냐하면 우리가 그림이라는 사실을 잊었기 때문입니다. 하지만 그 모든 글과 결론 없는 예술사에 관한 의견을 바탕으로 우리를 본다면 우리가 주위에 퍼트린 의심, 경탄, 두려움이 기묘하게도 굉장히 매혹적인 분위기에 휩싸입니다.

우리가 진정 말하고 싶은 것은 이와 비슷합니다. 터키인들처럼 우리가 중국, 인도, 아시아 내륙, 이란, 트란스옥시아나, 투르키스탄 등 어디서 와서 어디로 가는지에 관심을 갖는 것이 아니라 우리의 인성에 주목해 주시기 바랍니다. 우리가 우리에게 일어난 일에 대해 얼마나 고뇌하고 있는지 보십시오. 우리는 눈을 크게 뜨고 우리 일에 몰두하고 있으며, 우리 자신을 보호하려고 애쓰고, 다른 한편으로는 우리끼리 고민을 나누고 있습니다. 악마들이 우리를 그 말처럼 지하 세계로 데려갈지 모른다며 고민하고 있습니다. 가난, 두려움, 끝나지 않는 여행, 커다란 맨발의 남자들, 말들, 무시무시한 피조물들…… 우리를 느끼세요! 바람이 불어 우리의 옷자락이 물결칩니다. 우리는 두렵고 떨리지만 계속 길을 갑니다. 우리가 거쳐 가려 하는 시간 밖의 황량한 평야는 우리가 그려진 이 무색의, 특징 없는 거친 종이와 비슷합니다. 산도 없고, 언덕도 없고, 평평한 땅에서 마치 시간을 초월한 세계에 사는 것 같습니다.

당신들이 우리의 인성을 느낄수록, 서서히 우리 안에 있는 악마도 느끼기 시작하리라는 것을 압니다. 우리는 그 악마들을 두려워할 뿐만 아니라 그들과 같은 재료로 만들어졌다는 것도 알고 있습니다. 당신들도 보고 두려워하시기 바랍니다. 이 기이한 피조물의 뿔, 머리카락, 굴곡진 눈썹은 우리 몸에 있는 굴곡과 비슷합니다. 그들의 손, 커다란 발은 우리의 그것들처럼 우악스럽지만 얼마나 생생하게 살아 있습니까! 먼저 악마들, 거인들의 코를 본 다음에 우리의 코를 보세요. 악마들과 형제라는 생각이 들면 우리가 두려워질 겁니다. 그런데 당신들은 두려워하기는커녕 미소를 짓고 있군요.

당신들의 영혼을 공포로 떨지 않게 하는 슬픈 이유를 우리는 알고 있습니다. 한때 우리가 그 일부였던 이야기는 잊혔습니다. 우리가 누구인지, 어디에서 와서 어디로 가는지 당신들은 모를 뿐만 아니라 우리가 어떤 이야기의 어떤 부분인지도 이제는 모릅니다. 재앙, 패배, 파괴 이후 우리가 우리의 과거로부터 걷고 걸어 이렇게 이동하며 멀어지자 우리조차 우리 이야기를, 우리가 누구인지를 잊은 듯합니다.

우리는 우리가 터키인, 타브리즈인 혹은 몽고인이라는 식의 분노 섞인 이의들을 듣고 있습니다. 우리 그림이 그려진 후 수백 년이 지나 우리를 많은 부족의 이름, 많은 민족, 이야기에 관련지었습니다. 뾰족한 이빨, 날카로운 손톱, 우스운 눈길을 한 악마가 있지 않습니까? 그러니까 우리 중 한 명을 데리고 어딘가로, 어쩌면 사자들의 지하 세계로 데려가는 악마. 좋습니다, 이 그림은 예를 들면 당신들 중 아는 체 잘하는 사람들이 추측했듯이 유명한 이란 서사시 『왕서』에 나오는 것입니다. 악완이라는 거인이 자고 있는 뤼스템을 카스피해에 던지기 전의 상황을 묘사하고 있지요. 그런데 다른 그림들은 어떻지요? 그들은 어떤 이야기의, 어떤 특별한 순간을 보여 주지요? 우리 셋과 당나귀가 길을 가는 모습은, 어떤 잊힌 이야기의 어떤 순간을 재현하고 있나요? 우리는 누구인가요?

당신은 모릅니다. 그렇다면 당신에게 비밀 한 가지를 말해 주지요. 우리가 아주 먼 아시아의 어떤 곳에서 길을 나서 걸어가고 있을 때, 우리 셋과 당나귀는 화가를 만나서 그림으로 옮겨졌습니다. 이것은 당신도 알고 있지요. 그림은 바로 당나귀 뒤에서 흔들거리며 걸어온 친구의 품에 있는 작품집 안에 있습니다. 저녁이 되면 천막에 촛불이 켜질 테고, 모여 앉은 사람들에게 어떤 이야기꾼이, 어쩌면 지금 우리의 입을 통해 말하는 이 작가 같은 사람이 이야기를 할 것입니다. 이야기를 할 때 듣는 사람들이 즐거우라고, 들은 이야기가 머릿속에 남으라고 지금 우리가 보고 있는 이 그림을 꺼내 보여 줄 겁니다. 이전에도 그림들은 있었고, 우리 이후에도 다른 그림들이 존재할 겁니다. 모든 그림은 이야기를 설명하지요.

많은 세월이 흐르고, 이주, 패배, 재앙이 있은 후 이야기들은 잊혔습니다. 이야기들을 기억하기 위해 그린 그림들도 흩어지고 말았습니다. 우리 역시 우리가 어디에서 왔는지 잊고 말았습니다. 이 그림에는 이야기도 없고, 아무도 없습니다. 그래도 그려지는 것은 멋진 일입니다.

한번은 어떤 이야기꾼이, 어쩌면 터키인이고 이것 때문에 고민을 해서인지는 몰라도, 우리를 보며 이렇게 우리에 관한 이

야기를 시작했답니다. 우리가 어디에서 왔고, 누구이며, 어디로 가는지, 누가 우리를 그렸는지에 관한 소문이 많다는 것이 우리를 뒤숭숭하게 만듭니다…….

63. 의미

안녕하세요! 나를 읽어 주시니 감사합니다. 내가 여기 있는 것이 좋지만 머릿속은 혼란스럽군요. 당신의 눈이 제 위를 거니는 것은 마음에 듭니다. 왜냐하면 나는 당신들에게 봉사하기 위해 존재하니까요. 이것이 어떤 봉사인지 정확하게는 모르겠습니다. 내가 무엇인지도 이제는 안타깝지만 확실히 모르겠습니다. 나는 일련의 표시들로 만들어졌습니다. 모습을 드러내고 싶습니다. 하지만 나중에는 결정을 못 하는 것 같습니다. 희미한 어둠 속에서, 그림자들 사이에서, 사람들의 시선에서 멀어져 구석진 곳에 있는 것이 더 좋은지 알 수가 없습니다. 이상하게도, 바로 지금 이곳에서 이러한 고민들로 존재하고자 애쓰고 있습니다. 다음과 같은 것을 이해해 주었으면 합니다. 이러한 유의 설명은 나로서는 새로운 것입니다. 나는 이런 식으로 존재하는 데 익숙하지 않습니다. 옛날에는 더 가장자리에 있곤 했습니다. 주의를 끌지 않고, 당신의 주의를 끌고 싶었답니다. 어쩌면 이런 것이 나를 편하게 했던 듯합니다. 나를 당신의 뇌리 가장자리에, 의식하지 않고 간직하기 바랍니다. 당신이 의식하지 않을 때 당신에게 존재하는 편이 좋다는 것을, 과거에 내가 그랬던 것처럼 조용히 상기시키고 싶습니다. 이것이 온전하게 되고 있는지, 될 수 있는지 모르겠습니다. 왜냐하면 진짜 문제는 다음과 같습니다. 내가 글이었을 때 나 자신을 그림이라고 생각했습니다. 그림이었을 때에는 내 자신을 글이라고 여겼습니다. 이것은 내 우유부단함이 아니라 내 삶입니다. 당신들도 이것에 익숙해지시지요. 내가 생각하기에 당신의 머릿속은 다르기 때문에 우리는 서로 이해할 수 없습니다. 나는 이곳에 하나의 의미가 되기 위해 존재합니다. 그런데 당신은 나를 하나의 물건인 양 봅니다. 네, 나도 내가 몸이 있다는 것을 인식하고 있습니다. 다만 내 몸, 의미는 새처럼 날개를 펴고 날기 위해 있는 겁니다. 당신이 나를 그런 눈으로 보시니 마치 가 몸이며, 내 좌우가 색깔들, 모양들로 장식된 것 같은 느낌입니다. 기분이 좋기도 하지만 동시에 혼란스럽군요. 아주 옛날에, 내가 단지 의미였을 때, 내가 어떤 것인지를 전혀 생각하지 않았습니다. 내 이성조차 없었으니까요. 나는 두 개의 멋진 이성 사이에서 단지 겸손한 표시였을 뿐이었지요. 나 자신을 인식하지 못했지요. 이건 좋았습니다. 당신이 나를 보아도, 나는 이에 대해 고심하지 않았을 겁니다. 하지만 지금 당신의 눈이 우리 문자들 위를 지나갈수록, 사실 내가 몸이라는 것을, 게다가 오로지 하나의 몸이라는 것을 느끼고 소름이 끼칩니다. 좋습니다, 약간은 기분이 좋다는 것을 인정합니다. 하지만 조금은 부끄럽기도 하군요. 그러면서 이 상황이 마음에 들수록 더 많은 것을 원하고, 나중에는 두려워집니다. 이다음에는 어떻게 될까, 나의 몸이 나의 영혼을 감추고 의미(나의 의미)가 아주 뒤로 밀려날까 걱정됩니다. 그러면 나는 그림자들 사이에 숨고 싶습니다. 그러면 당신은 나를 이해하지 못할 것이고, 머리가 혼란스럽고, 나를 읽는지 나를 바라보고 있는지 당신도 알지 못합니다. 그러면 나 역시 내 몸이 두렵고, 이번에는 오로지 의미가 되고 싶어집니다. 하지만 이제 이미 늦었다는 것을 압니다. 지금 온전히 과거의 아름다운 시절로 돌아갈 수 없고, 당신들보다 먼저 나의 몸과 함께 미지의 의미로 달려갈 수도 없습니다. 전적으로 존재하지 않고 전적으로 사라지지도 않습니다. 의미와 물건들 사이에서, 하늘과 땅 사이에서 불안하게 꿈틀거립니다. 이것은 내게 고통을 주지만 몸이 있다는 희열로 위안을 얻고자 합니다. 사실 눈에 띄지 않고 당신의 주의를 끌고 싶었습니다. 어쩌면 그래야 내가 가장 편할 수 있을 테니까요. 내가 오브제가 되어야 할까, 아니면 의미? 문자가 된다면, 그림이 된다면? 내가 이러한 것을 말할 때, 잠깐만, 아직 가지 마세요……. 당신은 페이지를 넘기고 있군요, 안타깝게도 아직 온전히 이해하지 못한 채 나를 떠나는군요…….

6부

다른 도시들, 다른 운명들

64. 미국인들과의 첫 조우

나의 미국인들과의 첫 조우는 어린 시절의 단순함과 이후의 세월에서 발전할 복잡한 바람들과 질투의 흔적을 안고 있다.

1961년 아버지의 일 때문에 간 앙카라에서 우리 가족은 두 마리의 지친 백조들이 헤엄치는 작은 인공 호수가 있는 도시의 가장 아름다운 공원 맞은편에 위치한 비싼 아파트에 살았다. 때로 달그락거리는 소음을 내고 주차장에 푸른색 쉐보레 자동차를 주차하는, 위층에 사는 우리 이웃은 미국인들이었다. 우리는 그들에게 관심을 가졌다.

우리가 관심을 보인 것은 미국 문화 따위가 아니라 미국인들 자체였다. 우리는 매주 일요일 정오 무렵 저렴한 상영 시간에 어린이들로 꽉 찬 앙카라 극장에서 본 영화가 미국에서 제작한 것인지 프랑스에서 제작한 것인지조차 알지 못했다. 그것들이 우리에게 자막으로 말했듯 서양 문명에서 온 것이라는 사실만으로 충분했다.

당시 앙카라의 꽤 부유한 새 지역에 미국인이 많았기 때문에 관심을 가졌고, 그들이 소비하고 버린 것들 때문에 그들이 신기했다. 우리 아이들이 때로 모으고 우리 중 몇몇이 쓰레기통에서 꺼냈던, 때로 분노하며 그 위에서 방방 뛰면서 납작하게 만들었던 가장 신기한 미국 세품은 우리가 '구카'라고 부른 빈 코카콜라 캔이었다. 그중 일부는 어쩌면 맥주 캔이었을 것이고, 어쩌면 다른 상표일지도 모른다. 우리는 캔을 가지고 쿠카 숨바꼭질이라는 놀이를 하고, 잘라 붙여 금속 간판을 만들고, 따개는 돈으로 사용하기도 했다. 하지만 그때까지 한 번도 콜라 혹은 이 캔 든 무언가를 마신 적이 없었다.

정원에 있는 커다란 쓰레기통에서 '쿠카'를 발견하던 새 아파트 중 하나에는, 아름다운 외모로 모든 사람의 이목을 집중시킨 젊은 미국 여자가 살았다. 어느 날 주차장에서 자동차를 빼느라 축구하는 우리를 멈춰 세운 남편이 우리 앞을 서서히 지나갈 때 손가락 끝에 입맞춤을 하고는 영화에서만 보던 제스처로 이 입맞춤을 발코니에서 손을 흔드는 아름다운 여자에게 보내자 그곳에 있던 우리 모두는 한동안 조용히 서 있었다. 서로 무척 사랑할지라도 우리가 아는 어른들은 그들의 행복과 은밀함을 그렇게 자유롭게 다른 사람들 앞에서 절대로, 절대로 나누지 않았다.

미국인들이 소유하고, 그들과 관계 맺은 사람들이 손에 넣은 '물건들'은, 터키인들의 출입이 금지된, 우리가 'PX'라고 부르던 'Afex'라는 이름의 내가 전혀 보지 못한 커다란 상점에서 구입했다. 청바지, 껌, 올스타 상표 스포츠화, 미국에서 최근에 나온 LP 레코드, 달콤하면서도 짠 역겨운 초콜릿, 형형색색의 머리핀, 아기 이유식, 장난감들…… 어떤 경로로 PX에서 흘러나온 일련의 '밀수품들'은, 앙카라의 한 가게에서 비밀리에 아주 비싸게 팔리곤 했다. 구슬에 아주 관심이 많았던 형과 나는 돈을 모아 그런 가게에서 미국산 구슬들을 사서는, 운모나 유리로 된 터키산 구슬과 비교하며 이 하얀 도자기 구슬들을 무슨 보석이라도 되는 양 바라보곤 했다.

어느 날 이후에 미국의 삶을 보여 주는 영화에서 비슷한 것들을 보게 될 오렌지색의 커다란 스쿨버스를 타고 매일 학교를 오가는 위층에 사는 우리 이웃의 아들에게 이 도자기 구슬들이 있다는 것을 알게 되었다. 친구가 전혀 없고, 우리 나이 또래이며, 머리카락을 '미국 스타일'으로 목덜미 부분을 짧게 자른 외로운 아이였다. 아마도 정원에서 구슬을 가지고 노는 우리와 우리 친구들을 보았는지 PX에서 수백 개를 샀던 것이다. 우리에게는 서너 개의 미국산 구슬이 있는데 그 아이는 수천 개를 가진 것 같았다. 그 아이는 구슬을 자루에서 한꺼번에 쏟아 냈다. 한동안 수백 개의 구슬이 자루에서 쏟아지는 듯한 어찔한 소음이 아래층에 사는 우리 두 형제의 신경을 곤두서게 만들었다.

그 아이에게 엄청나게 많은 구슬이 있다는 소식은 얼마 지나지 않아 동네 친구들까지 매료시켰다. 우리는 뒤뜰에 두세 명씩 모여, 미국인 아이의 창문에 대고 "헤이, 보이!" 하고 소리치기 시작했다. 잠시 기다리니 갑자기 발코니에 아이가 나타났고, 아래 있는 우리에게 분노하며 구슬을 한 줌 던졌고, 내 친구들이 서로 구슬을 줍겠다고 다투는 것을 구경한 뒤 문득 사라지곤 했다. 백성들에게 황금을 던지는 분노에 찬 외로운 왕! 가끔은 하루 종일 발코니에 나오지 않을 때도 있었고, 왕이 버스로 학교에서 돌아왔다거나 부모와 함께 어딘가에 갔다는 소식들이 돌았다. 그러다 한 줌씩이 아니라 간격을 두어 구슬을 한 개씩 던지기 시작했고, 친구들은 정원에서 서로 밀치며 뛰어가곤 했다.

어느 날 오후 왕이 우리 집 발코니에 구슬을 던지기 시작했다. 세찬 비였다. 어떤 구슬은 발코니에서 튕겨 나가 정원으로 떨어졌다. 형과 나는 참지 못하고 발코니로 뛰쳐나가 구슬들을 주워 모으기 시작했다. 구슬 소나기가 세차질수록 "이건 내 거, 저건 네 거!" 하고 서로 밀치곤 했다.

발코니 문간에 나타난 어머니가 소리를 질렀다. "이게 무슨 꼴이니! 빨리 안으로 들어오지 못해!"

우리는 발코니 문을 닫고, 속도가 느려졌지만 계속해서 내리는 구슬 비를 안에서 부끄러움과 슬픔에 차 바라보았다. 이제 우리가 발코니에 나가지 않는다는 것을 안 왕은, 자루에 든 수백 개의 구슬을 자기 방에서 쏟기 시작했다. 신경을 곤두서게 하는 소리가 여전히 우리를 흥분시켰다. 주위에 아무도 없을 때 발코니에 있는 구슬들을 조용히, 죄책감에 싸여 주워 모은 형과 나는 전혀 즐겁지 않은 마음으로 그것을 나누어 가졌다.

다음 날 어머니의 지시에 따라 왕이 발코니에 나타나자 우리는 아래에서 그를 향해 소리쳤다.

"Hey boy, do you want to exchange?"

우리는 우리의 운모와 유리로 된 구슬들을 발코니에서 보여 주었다. 5분 후에 초인종이 울렸다. 우리는 그 아이에게 네다섯 개의 유리구슬을 건네주었고, 아이도 우리에게 값비싼 미국산 구슬을 한 줌 내밀었다. 우리는 아무 말 없이 교환했다. 아이가 자기 이름을 말했고, 우리도 우리 이름을 말해 주었다.

이득이 되는 교환이었기 때문이 아니라 그의 이름이 바비라는 것, 가늘게 뜬 푸른색 눈동자, 우리처럼 노느라 더러워진 바지 무릎 부분이 우리를 감동시켰다. 아이는 황급히 뛰어 위층 자신의 아파트로 올라갔다.

65. 세상 다른 수도의 풍경

뉴욕, 1986

케네디 공항으로 나를 마중 나온 친구와 함께 자동차에 탔다. 브루클린을 지날 때 우리는 고속도로에서 길을 잃었다. 가난한 마을들, 창고들, 벽돌 건물들, 오래된 주유소들, 영혼 없는 아파트들…… 이 모든 것들 사이로 맨해튼의 유명한 실루엣을 가끔 보기도 했다. 하지만 내 상상 속의 뉴욕은 아니었다. 그리하여 브루클린은 뉴욕이 아니라는 결론에 쉽게 다다랐다. 친구의 전형적인 브루클린식 브라운스톤 주택에 여행 가방을 두고, 함께 차를 한 잔씩 마시고 담배를 피웠다. 작은 아파트를 거닐 때에도 아직 뉴욕이 아니라고 생각했다. 진짜는, 우리가 갈 곳은, 꿈은 약간 너머에, 다리의 반대편에 있었다.

한 시간 후 긴 하루의 해가 막 지고 있었다. 우리는 브루클린과 맨해튼을 연결하는 유명한 브루클린 다리를 지나갔다. 진부하지만 살아 있는 도시의 실루엣이 있다면 내가 지금 바라보는 뉴욕이 그것이었다. 나는 이스탄불에서 새 소설을 탈고했고, 일이 산더미처럼 쌓였으며, 지쳤고, 마흔 시간 동안 잠을 자지 않은 터였다, 하지만 눈은 커다랗게 뜨고 있었다. 마치 단지 지표(地表)에서 일어난 모든 것만이 아니라, 오랜 세월 동안 꿈꿨던 모든 상상의 본질을 내게 줄 어떤 열쇠가, 우리가 그 안에 들어갔던 거대한 실루엣의 그림자들 속 어딘가에서 모습을 나타낼 것만 같았다. 어쩌면 모든 대도시들이 사람들에게 이러한 착각을 불러일으킬지 모르지만 뉴욕으로 들어갈 때는 과거에 있었던 것과 앞으로 있을 수 있는 가장 크고 가장 실제적인 것과 부딪치게 되리라는 것을 부득이하게 믿기 시작한다.

맨해튼의 여러 대로를 자동차를 타고 돌아다니면서, 내가 본 것들을 상상했던 것들과 비교하려 했다. 아니다, 나는 지금 우리가 탄 자동차가 그 사이와 내부를 지나온 고층 건물이 궁금하지 않았다. 5번가도, 타임스 스퀘어도, 42번가도. 나는 붐비는 거리, 사람들이 평온한 꿈속을 거니는 것처럼 침착하게 걷는 인도, 일상적이고 평범한 여름밤의 불빛 뒤에 있는 것들이 궁금했다. 도시 안을 여기저기 돌아다니며 운전하는 데 지친 친구가 어디 가서 앉자고 하여 나도 동의했다. 나의 눈은 탐색을 멈추지 않았다. 왜냐하면 모든 광경 뒤에 있는 그 비밀에, 지나치게 상상하는 사람들이 하루 만에 파악할 거라고 생각한 그 본질에 도무지 도달하지 못했기 때문이다. 나는 겸손해지기로 결심했다. 뉴욕의 비밀에, 오로지 평범한 인도, 변두리 마을에 있는 작은 상점, 평범한 햄버거 가게, 익히 아는 모퉁이 가로등의 불빛 속에서, 인내하며 순응하는 것으로만 도달할 수 있을 듯했다. 만약 내가 상상했던 거대하고 일반적인 의미가 있다면, 고층 건물 그림자들 사이의 어떤 구석이 아니라 인내심 있게 모을 작은 관찰에서 꺼낼 수 있을 것이다.

이렇게 몇 시간 동안 바라본 나의 눈은 보기 시작했다. 주유소 주유기에 있는 호스들과 눈금의 색들을 보았다. 모퉁이 신호등 앞 자동차들의 유리를 닦기 위해 거리로 뛰쳐나온 흑인들의 손에 들린 더러운 헝겊들을 보았다. 반바지를 입은 남자들의 운동화를, 공중전화 박스 속의 금속성 불빛으로 밝혀진 푸른빛이 도는 전화기를 보았다. 벽, 벽돌, 커다란 유리 조각, 소화용 호스, 바의 불빛, 횡단보도, 코카콜라와 말보로 광고, 벽보, 나무, 개, 노란 택시, 식품점……. 나는 마치 인내심을 가지고 반복되는 소화기 호스, 쓰레기통, 벽돌로 된 벽, 찌그러진 맥주 캔이 이 세상에 완성된 형태로 내려온 우아한 풍경을 보는 것 같았다. 거리, 마을, 우리가 앉아서 맥주를 마시는 식당도, 똑같은 행복한 꿈에 기꺼이 봉사하는 것처럼 느껴졌다.

나는 사람들에 대해서도 다르게 여기지 않았다. 가죽 재킷을 입고 꼭대기에 보라색 머리카락 한 움큼만 남기고 머리를 민 젊은이, 엄청나게 비대한 여자와 딸, 내 쪽으로 빠르게 걸어오는 양복 입은 저 남자, 믿기 힘들 정도로 커다란 트랜지스터라디오를 손에 들고 걷는 흑인, 이어폰을 꽂고 뛰는 다리 긴 여성과 개도 같은 목적으로 인도를 지나가는 것 같았다. 뉴욕에 대한 상상이 신빙성 있도록 꾸민 거리들을 실현하기 위해, 이들이 무대 장식 사이를 지나가야 할 것 같았다.

늦은 시간에 퇴근한 친구의 부인이 동참하자 우리는 인도까지 자리를 차지한 어느 붐비는 제과점의 테이블에 앉았다. 내게 터키에 관해 물었기 때문에 중얼거리며 대답했다. 그들은 관심이 많았고, 나는 그들이 묻는 것들을 설명해 주었다. 이렇게 해서 더운 여름 저녁에 소리와 움직임들로 가득 찬 환영 같은 각각의 상상보다는 살과 피로 된 사람들 속에서 한쪽 끝에서 다른 쪽 끝까지 스스로 살아가는 한 도시의 삶에 내가 동참하고 있다는 것을 믿고 싶었다. 나중에는 이미지들과 빛으로 모습이 달라질 거리가, 상상에서 실제의 아스팔트 거리로 변하는 것을 느꼈다. 누구도 어떤 것이 실제 뉴욕인지 말할 수 없다.

그래도 잊지 못하는 꿈 같은 몇 가지 모습이 내게 남아 있다. 우리가 앉아 있던 인도에 놓인 다리 세 개짜리 테이블의 윗면은 하얀 포마이카였다. 그 위에 초록빛 맥주병과 크림색 커피잔이 놓여 있었다. 펼쳐진 인도의 모습을, 앞쪽 테이블에 앉은 초록색 스웨터를 입은 여자의 넓은 등이 가로막고 있었다. 어둠 속에서 희미해진 벽돌집들의 앞면을 창문에서 흘러나온 창백한 오렌지색 불빛이 남색으로 바꾸어 놓았다. 거리가 좁아서 맞은편 인도의 전등 불빛이 우리 쪽 인도에 있는 나뭇잎 사이로 비쳤다. 인도를 따라 줄지어 주차한 커다랗고 조용한 자동차 위에 가끔 이 하얀 불빛이 반사되었다.

인도에 있는 테이블이 비고도 많은 시간이 흘러 늦은 시간 제과점이 문을 닫을 때 친구가 하품을 하며 내 시계를 뉴욕 시간에 맞췄는지 물었다. 15년 된 내 시계가 비행기에서 고장 났다고 말하면서 시계를 풀어 보여 주었다. 다시는 그 시계를 차지 않았다.

경찰 드라마를 시청하는 경찰들

경찰 중 한 명이 "내 새 시계 좀 봐!" 하고 말했다.

그가 손목을 뒤쪽으로 내밀었다. 자동차 뒷좌석에 나까지 세 명이 앉아 있었다. 나는 오른쪽 창문 쪽에 앉고, 옆에는 두 명의 사복 경찰관이 앉아 있었다.

내 옆에 있던 사람이 "어디서 샀어?" 하고 물었다.

앞에 앉은 경찰이 "길에서 8달러에 샀어." 하고 말했다.

다른 경찰관이 "스물네 시간이면 멈출 거야!" 하고 말했다.

시계를 새로 산 경찰관이 자랑스럽게 "이틀 지났어." 하더니 폭소를 터트렸다.

우리는 허드슨 강을 따라 맨해튼의 북쪽에서 남쪽 끝으로 내려가는 고속도로를 타고 아침에 법원으로 가는 길이었다. 한 달 전에 그다지 대단하다고 할 수 없는 불운한 사고가 있었다. 강도를 당한 것이다. 최악은, 강도질한 흑인들이 어수룩하게도 잡혔고, 내가 그들을 확인했고, 그들은 자신들이 한 다른 강도질과 함께 모든 죄를 자백했으며, 그 후 내가 법정에서 증언하도록 소환되었다는 것이다. 하루 전 전화 통화에서 내가 증언하는 것을 별로 좋아하지 않아 핑계를 대고 벗어나려 한다는 것을 알아챈 여성 검사는 아침에 경찰들이 와서 나를 자동차에 태워 법원으로 데려갈 거라고 말했다. 이탈리아 혈통인 경찰 둘과 금발인 다른 한 명의 경찰도 진술을 할 터였다. 젊고 어수룩한 강도들은, 나를 턴 후 다른 사람을 털기 위해 두 블록 아래서 기다리고 있다가 이 경찰들한테 붙잡힌 것이다.

자동차가 도시의 교통 체증 속으로 들어갈 때 경찰들은 텔레비전에서 방영하는 경찰 드라마에 대해 이야기를 나눴다. 그들이 말한 것에서 드라마 주인공들도 그들처럼 뉴욕에서 경찰 일을 하고 있으며, 우리가 아는 그 사이렌 달린 경찰차를 운전하며, 갱단이나 마약 밀매자들과 전쟁을 벌이느라 진땀을 뺀다는 것을 알게 되었다. 마치 스스로를 읽고 있는 소설의 여주인공의 입장에 두는 19세기 시골 처녀들과 불행하고 꿈에 젖은 주부들처럼, 이 경찰들도 자신들을 연속극에 나오는 경찰의 입장에 두고, 사건들에 대해 논쟁하고 있었다. 그들이 사용하는 언어는 연속극에 나오는 경찰들의 언어와 그다지 비슷하지 않았다. 나는 예전에 상상도 못 한 욕설 대부분을 처음으로 알게 되었다.

차이나타운을 지나 법원으로 들어가자 다시 긴 엘리베이터 여행을 하게 되었다. 잠시 후 그들은 나를 검사실로 데려갔다. 그녀는 검사라기보다 비밀을 나누고 싶을 만큼 사랑스러운 고등학교 친구 같았다. 나에게 빠르게 무엇인가를 말하더니 "곧 돌아올게요." 하고는 황급히 나갔다. 책상 위에 서류들이 있었다. 시간을 보내기 위해 읽어 볼 생각이었다. 나를 턴 흑인들의 진술이었다. 그들이 손에 든 권총이 진짜가 아닌 것은 어차피 나도 알고 있었다. 그래도 약간은 그들에게 화가 났다. 나에 관하여 '백인 놈'이라는 식으로 말했다. 내게서 가져간 20달러를 즉시 코카인을 구입하는 데 썼다고 했다. 서류들을 읽는 것이 적절한 행동이 아닐지 모른다는 생각이 들어 책상 위에 놓고는 가장자리에 놓인 두꺼운 책을 뒤적거리며 읽었다. 『검찰 심문 핸드북』. 살인자에게 협력하여 시체가 묻힌 곳을 경찰에 알리지 않은 변호사는 기소할 수 없다는 것을 설명하고 있었다. 여성 검사가 돌아왔다.

"증언하기를 꺼리시는 것 같군요."

그녀가 이렇게 말했다. 우리는 그녀의 방에서 나와 복도를 걷고 있었다.

나는 "가련한 아이들." 하고 말했다.

"누가요?"

"나를 턴 아이들요. 몇 년 형을 받을까요?"

"하지만 그들은 당신 돈 20달러를 훔쳤어요. 그 돈을 어디에 썼는지 아세요?"

우리는 엘리베이터를 타고 아래로 내려갔다. 법정은 길 맞은편의 고층 건물에 있다고 했다. 여성 검사는 수업 교재를 가슴에 품고 걷는 대학생처럼 서류들을 꼭 안고 다른 젊은 검사에게 인사하는 한편 나에게 자신에 대해 몇 가지를 상냥하게 말해 주었다. 그녀는 네바다 출신이며, 아칸소에서 해양 생물학을 전공했지만, 나중에 이 직업을 더 좋아하는 것을 알게 되었다고 했다.

내가 "어떤 직업요?" 하고 묻자 입술을 둥글게 말며 "법요."이라고 대답했다.

새로운 엘리베이터 여행을 한 번 더 했다. 누구도 말을 하지 않고 다들 엘리베이터 상단에 있는 숫자들을 보며 기다리고 있었다. 위층으로 올라가자 여성 검사가 복도에 있는 벤치 앞에서 나를 세웠다.

"판사가 부르면 지난번에 제게 와서 사건에 대해 말했던 것처럼 하시면 됩니다."

나는 "이번이 마지막이면 좋겠군요!" 하고 말했다.

그녀가 자리를 떴다. 나는 법정에 들어가는 것이 금지되었다고 했다. 벤치에 앉아 기다리기 시작했다. 잠시 후 나를 데려온 경찰들이 와서 법정 안으로 들어갔다. 하지만 얼마 지나지 않아 나와서는 복도에 서서 기다리기 시작했다. 나는 궁금해서 그들 곁으로 갔다.

경찰 중 한 명이 "피고인들이 건물로 왔답니다. 그런데 엘리베이터가 고장 났다는군요." 하고 말했다.

나는 "그런데 왜 모든 것을 자백했는지 궁금하군요."라고 말했다.

얼마 안 되는 콧수염을 기른 경찰이 "그들에게 잘 대해 줘서 그래요, 우리가."라고 말했다.

"그래도 다른 죄들까지 자백했다니 이해할 수가 없군요. 더 많은 형을 받지 않나요? 몇 년 형이나 받을까요?" 하고 내가 물었다.

"강도 한 건에 4년이니까 총 28년이군요."

"왜 자신들을 변호하지 않지요?"

시계를 새로 산 경찰이 약간 신경질을 내며 "이봐요, 친구, 우리는 그날 밤 그들에게 어디 한 군데도 손대지 않았소. 그날 저녁 나는 식사를 못 했는데, 그들은 저녁을 먹었소. 알겠소?" 하고 말했다.

금발의 경찰이 말했다. "모든 것을 자백하면 나도 그들이 호의적이라고 판사에게 말할 거고, 판사도 처벌을 감해 줄 거라고 생각하고들 있지요. 판사가 내 동창인 줄 알고들 있지."

그들은 웃었다.

시계를 새로 산 경찰이 금발의 경찰을 가리키며 말했다. "저 사람은 심문 전문 경찰이지요. 죄인들에게 좋게 대하면서 자백하게 만드는 방법을 알아요."

금발의 경찰관이 "난 그들의 친구야."라고 말했다.

그들은 또 웃었다. 나는 벤치로 돌아가 앉았다. 많은 시간이 흘러 벤치 가장자리에 햇빛이 비쳤고, 나는 땀을 흘렸다. 일어나서 넓고, 믿기 힘들 만큼 길고 텅 빈 복도를 거닐기 시작했다. 잠시 후 멈춰 서서 뉴욕의 실루엣을 바라보았다. 마치 내가 본 모든 것들, 모든 고층 빌딩들, 광고들이 순식간에 산산조각이 날 것 같았다. 한참 뒤에 여성 검사가 왔다.

"아직 여기 계셨네요? 엘리베이터가 고장 나서 피고인들이 계단으로 올라오고 있답니다. 우리는 기다리고 있고요."

잠시 후 경찰들이 다시 왔다. 그들은 자기들끼리 이야기를 나누었다. 어쩔 수 없이 멀리서 그들의 말을 들었다. 한 경찰 친구가 쉬는 날 집 앞에서 사건을 목격했는데, 도망가는 범인을 권총으로 쏴 버렸다고 했다. 범인이 그의 집이 어디인지 알기 때문에 협박 전화가 오기 시작했고, 그는 다른 마을로 이사를 갔다고 했다. 그들이 다른 이야기들을 하며 웃고 있다가 갑자기 내 앞을 지나 법정으로 들어갔다. 한동안 아무도 밖으로 나오지 않았다. 복도에서도 아무 소리도 들리지 않았기 때문에 나를 잊었다고 생각했다. 천장에 달린 전등들과 복도에 있는 빈 의자와 벤치들이 대리석 바닥에 비쳤다. 서서히 땀이 흐르기 시작했다. 잠시 후 다시 여성 검사가 내 곁으로 왔다.

"그들이 법정 건물로 들어왔는데 찾지 못하고 있다네요."

"계단으로 올라온다고 했잖습니까?"

“우리도 기다리고 있어요.”

그녀가 다시 갔다. 그녀가 갈 때 대리석 위로 오르내리는 하이힐을 보았다. 발가락 끝으로 걷는 누군가를 모방하는 걸음걸이 같았다. 그녀는 법정 안으로 사라졌다. 기다리면서 이제는 어쩐지 시계를 보고 싶지 않았다. 얼마나 시간이 흘렀는지 모를 만큼 한참 동안 벤치에서 꼼짝 않고 앉아 땀을 흘리며 기다렸다. 경찰의 새 시계가 이제는 고장이 났다고 생각했다. 일어나서 바라본 뉴욕의 실루엣에서 마치 김이 나는 것 같았다. 구름들의 모양에서 어떤 의미를 도출해 내고 싶었다. 내가 모든 것을 잊은 후에, 한참이 흘러 여성 검사가 왔다.

“용의자들이 건물에서 길을 잃었다고 합니다. 법정 건물에서 그들을 찾아내지 못하자 판사가 재판을 연기했어요. 그냥 가셔도 됩니다.”

긴 엘리베이터 여행을 하고 거리로 나가자 세수를 하고 싶었다. 내가 들어간 식당에서 웨이터가 말했다. “화장실은 손님들에게만 개방합니다. 자리에 앉으셔야 합니다.”

나는 앉기 전에 “햄버거 한 개요.”라고 말했다.

“보통 햄버거요?”

“네.”

나는 화장실에 들어가 세수를 했다.

풍미 없는 스위트 롤과 아름다운 경치들

내가 제과점에서 산 스위트 롤, 건포도가 들어간 케이크, 쿠키 같은 것들을 집으로 가져가 그 맛이 사라졌다고 말하자 그들은 웃었다. 우리는 비가 오는 어느 어두운 토요일 오후 차를 마시며 저녁에 컬럼비아 대학에서 개최될 교수-학생 파티에 갈지 말지에 대해 이야기를 나누고 있었다. 그들은 이렇게 설명했다. 제과점에서 향기로운 냄새가 나고, 가게에 발을 들이자마자 우리가 보는 모든 제과들을 한시라도 빨리 사서 입에 넣고 싶게 만드는 그 맛있고 부드럽고 따스하고 입맛을 돋우는 밀가루 냄새는, 특별한 기계로 가게 안에 펌프질하는 인공 냄새라고 했다. 냄새에 홀려 손가락 끝으로 만져 보고 싶은 그 스위트 롤을 파는 가게들의 대부분이 사실상 뒤편에 오븐조차 없다고 했다. 옛날 사람들의 말을 빌리면 '깨진 환상', 어쩌면 이보다 살풍경하고 불쾌한 느낌이라고 말할 수 있을 것이다.

쓴웃음을 짓게 만드는 이 불쾌한 감정에 익숙해지고 알게 될 즈음이면, 이것들이 뉴욕에서 당신의 일상생활에 이미 배어 버렸다는 것을 자주 느끼게 될 것이다. 손에 들고 있는 이 햄버거의 패티는 간 고기로 만든 것인가, 아니면 콩으로 만든 것인가, 화려한 스프링클러가 물을 주고 있는 대리석 화분에 담긴 이 카네이션은 혹시 플라스틱인가, 신문에서 어마어마하게 싸게 판다고 광고하는 이 카메라는 내가 사고 싶은 것과 같은 것인가?

콘크리트 벽을 붉은색으로 칠하고 그 위에 벽돌 그림을 그린다 해도 우리는 어쩌면 별로 개의치 않을 것이다. 우리 대부분은 진짜 벽돌 벽을 여전히 기억하고, 벽돌을 어떻게 쌓는지 알기 때문에 벽돌 벽을 모방한 콘크리트 벽 정도의 장난은 우리를 그다지 불편하게 하지 않는다. 하지만 커다란 건물이 말도 안 되는 것을 모방하기 시작했다면? 요즈음 뉴욕에서 버섯처럼 솟아오르고, 야심 차게 '포스트모던'이라고 표현하는 건축이 바로 이러한 유의 건축이다. 더욱더 놀랄 만한 것은, 건축가들이 모방했다는 것을 강조하기 위해 이 건물들을 특별히 디자인한다는 것이다. 믿을 수 없을 만큼 거대한 유리 표면에 중세를 연상시키는 굴곡과 경사로 뒤얽힌 이 건물들은 마치 그것들이 아무것도 되고 싶어 하지 않는다는 느낌을 준다. 혹은 자신들 이외의 것이 되기 위해서 그 모습들로 우리를 기만하고 싶어 하는 듯하다.

이상한 것은 광고, 라디오 슬로건, 거대한 포스터, 텔레비전에 나오는 아름다운 모델이 당신들을 기만할 때, 그들이 기만하고 있다는 것을 전혀 숨길 필요를 느끼지 않는 것 같다는 점이다. 당신은 아이스크림의 빨간색이 딸기의 빨간색이 아니라 빨간 색소라는 것을 알고, 책 뒤표지에 쓴 찬사의 글들을 작가들 자신조차 믿지 않는다는 것을 알고, 오랜 세월 동안 활동하는 유명한 배우가 젊지 않다는 것을, 그러니까 얼굴을 당겼다는 것을 알고, 로널드 레이건이 자신이 할 말을 다른 사람들에게 맡겨 쓰게 한다는 것도 알고 있다. 하지만 나는 우리 대부분이 이 작은 비밀들에 그다지 관심을 가지고 있지 않는다고 생각한다. 5번가에서 다급하게 걷는 피곤에 지친 시민은 이렇게 생각하는 듯하다. '지금 내 눈을 즐겁게 하는 이 꽃이 플라스틱인지 생화인지 왜 궁금해해야 하지? 내 눈을 즐겁게 하고, 내 마음을 상쾌하게 하는데 뭐. 난 이걸로 충분해.'

뉴욕에 처음 온 사람은, 물건들을 판매하기 위해 시도하는 이 작은 속임수에서 더 끔찍한 결과가 도출되는 것에 놀라지 말아야 한다. 스위트 롤처럼 사람들도 미소, 사소한 질문, 제스처 그리고 행동거지들로 나에게 무언가를 속이는 건 아닐까? 뉴욕 사람들에게 익숙한 긴 엘리베이터 여행을 하는 도중에 갑자기 내게 잘 지내느냐고 물은 남자는 정말로 그것이 궁금했을까? 여행사에서 일하는 여자가 일을 다 본 후 내 개인적인 유희에 관해 진심으로 궁금해서 그렇게 관심을 보였을까, 아니면 그래야 한다고 믿기 때문에 그랬을까? 터키에 대한 이해할 수 없는, 말도 안 되는 질문들을 그냥 지나가는 말로 하는 걸까, 아니면 지식을 얻기 위해 하는 걸까? 왜 나에게 미소를 지을까, 왜 그렇게 사과를 할까, 왜 그렇게 세심하게 마음을 써 줄까?

제과점에서 막 사 온 풍미 없는 스위트 롤을 먹은 비 오는 오후에 내가 이 불쾌한 느낌을 말하자 친구는 내 말에 별로 동의하지 않았다. 내가 옳은 것과 그른 것, 선과 악이 지나치고 불필요하게 맞서 있는 나라에서 왔다고 했다. 알지 못하는 기관, 불확실한 단체, 텔레비전에서 나는 소리, 거리를 에워싼 수많은 광고로부터 내가 작은 마을에 함께 사는 지인이나 친구들에게서나 기대할 법한 진심 어린 무언가를 기대한다고 했다. 사람들은 수많은 물건과 관계의 세계에서 마치 담배 상표, 항공사, 립스틱처럼 당연히 자신들을 홍보해야 한다는 것이다. 잠시 후 어떤 사람이 대화 소재가 되자 우리 모두는 잔인하게 미소 지으며 그 친구를 떠올렸다.

그는 박사 학위가 있었고, 전공 분야를 잘 알고, 책벌레였고, 말도 잘했고, 온갖 책들을 집어삼킬 듯 다 읽었고, 사회학, 심리학, 미학, 철학의 흐름 등 이것저것 온갖 분야를 게걸스럽게 먹어 치웠다. 우리 주변 대학에서 강의하는 평범한 멍청이들보다 그가 낫다는 것을 살짝 미소를 지으면서도 우리는 인정했다. 그런데 그는 도무지 직장을 구하지 못했다. 우리는 나중에 그의 부인이 슬프게 말했던 것들을 기억해 냈다. 그는 직장을 찾기 위해 여기저기 돌아다니며 자신을 소개하고 편지를 쓰는 등 움직여야 한다고 말하는 사람들에게 이렇게 말했다고 한다. "난 그들에게 가지 않아, 그들이 나한테 와야 해." 그의 집에는, 그가 이러한 생각을 바꿔야 한다고 말하는 친구들 말고 다른 사람들은 가지 않았다. 그들도 나중에는 지쳤고, 그가 좋아하는 존경 어린 침묵에 휩싸였다.

대학 파티에 가야 할지에 대한 논쟁도 이렇게 해서 불거졌다. 파티가 열리는 환히 밝힌 홀에 들어가자마자 우리 마음이 불쾌한 감정에 휩싸이리라는 것을 우리 모두 알고 있었다. 그곳에 있는 사람들을 따라 우리도 입구에 준비해 놓은 커다란 이름표에 우리 이름과 성을 써 깃에 달아야 할 것이다. 튀긴 감자 같은 노란 불빛이 홀을 밝히고 있을 것이다. 우리 눈앞에, 홀에서 술잔을 들고 서로 물끄러미 바라보는 절망적이지만 적극적인 얼굴들이 떠올랐다. 어떤 슈퍼마켓 선반에 나란히 진열된 물건들처럼 우리 자신을 소개하려 할 테고, 이를 위해 짧게 말도 해야 할 것이다. 우리의 품질, 특징, 관심 분야, 말하는 형태, 명석함, 유머 감각, 융통성, 일반 교양에 대해 서로 단순, 명쾌한 정보들을 교환해야 할 것이다. 이렇게 해서 어떤 샴페인에 달걀이 들어갔는지 산성인지 사과 맛인지를 구분하듯이, 달콤하게 미소 지으며 서로를 뉴욕 사회 피라미드의 어떤 자리에 앉히려고 애쓸 것이다. 내 친구인 그 부부도 나와 같은 것을 생각하는 듯 얼굴을 찡그렸다. 한편으로는 우리가 생각할 수 있는 온갖 종류의 메타를 전시하는 슈퍼마켓도 매력이 있다는 것을 이전에도 미소를 지으며 이야기한 적이 있다. 수만 개의 라벨, 수만 가지 색, 상자, 사진, 문자, 숫자가 그곳에서, 환하게 밝힌, 좋은 향기가 나는 넓은 공간에서 당신의 눈길을 기다린다.

당신의 눈길이 다채로운 표면 위를 지날 때, 당신이 속을 수 있다거나 속기 일보 직전이라는 것은 별로 생각하지 않을 것이다. 마치 철학 책에서 배운 모습과 본질의 차이를 잊어버린 듯, 우리 자신을 쇼핑 천국의 매력적인 풍경에 내맡기고 눈요기를 할 것이다. 시간이 흐르면 스위트 롤이 화덕에서처럼 좋은 향기가 나지 않아도 그다지 문제가 되지 않는다는 것을 알게 된다.

결국 친구의 부인이 "가자고요, 사람 구경하는 셈 치면 되지요, 뭐."라고 말했다. 이렇게 해서 우리는 가기로 결정했다.

파티와 슈퍼마켓에서 빈손으로 나올 수도 있다. 하지만 뉴욕에서는 눈이 즐겁지 않을 리가 없다.

전철에서의 조우 혹은 실종, 죽었다고 추정되는……

개찰구에서 뛰쳐나와 빠른 걸음으로 계단을 내려갔다. 하지만 승차하지 못했다. 지하철 문이 닫혀 버린 것이다. 객차들이 속력을 내며 눈앞에서 사라졌다. 오후 시간에는 지하철 운행 횟수가 적기 때문에 플랫폼에 있는 벤치들 중 한 곳에 앉아 다음 열차를 기다렸다. 밖은 무척 덥고, 환했다. 시원하고 한적한 플랫폼에 앉자 기분이 좋아졌다. 위쪽 브로드웨이 인도로 통하는 넓은 철제 환풍구를 통해 따뜻하고 먼지 섞인 빛이 아래로 쏟아졌다. 선사 시대 유적인 동굴을 밝히는 햇빛을 연상시키는 이 삼각형 안을 지나는 사람들이 마치 유령처럼 보였다. 잠시 내 옆에 앉아 있는 한 커플의 대화를 듣는 데 열중했다.

여자가 "하지만 걔들은 아직 어려요."라고 했다.

다리를 떨던 남자가 "그래도. 이제 입 가리개를 씌워야 해." 라고 대꾸했다.

여자가 연민 어린 목소리로 "새끼들이 아직 어린데." 하고 말했다.

철제 환풍구를 통해 스며든 햇빛을 지나가는 그 얼굴을 그 순간 처음 보았던 것 같다. 하지만 인지하지 못했다. 나중에 초조해진 몸과 실루엣이 레일을 따라 서성거리며 걷기 시작하자 그를 알아보았다. 그는 내 고등학교 동창이었다. 2년 동안 이스탄불에서 대학을 다녔고, 정치에 조금 연루되었고, 나중에 사라져 버린 사람이었다. 그가 미국으로 갔다는 것을 나중에 알았고, 아들이 정치에 연루된 것을 걱정한 부유한 그의 가족이 보냈다고 했다. 하지만 나는 그가 그만큼 부유하지 않다는 것을 알았다. 나중에 어디서 들었는지는 기억이 나지 않지만 그가 죽었다고 들었다. 교통사고 혹은 비행기 사고 같은 것이었다. 그다지 흥분하지 않고 그의 옆얼굴을 바라보는데, 뉴욕 출신의 지인 한 명이 이스탄불 사람에 대해 언급할 때 그의 이름을 대며 전기 회사에서 일한다고 했던 것도 떠올랐다. 이 소식을 들은 지는 얼마 되지 않았다. 당시에는 그가 죽었다고 들었던 것도 떠오르지 않았다. 어쩌면 떠올랐다고 해도 전혀 놀라지 않았을 것이다. 지금처럼, 두 가지 소문 중 하나는 틀릴 거라고 생각했을 것이다. 그가 구석으로 가 우리 위쪽의 넓은 가로수 길을 떠받치는 커다란 철 기둥 하나에 기댔을 때, 나는 자리에서 일어나 그를 향해 걸어갔다.

그의 이름을 불렀을 때 그는 별로 놀라지 않았다.

"Yes?"

그는 콧수염을 터키 스타일로 길렀는데, 뉴욕에서 보니 그것은 멕시코인의 콧수염과 비슷했다.

나는 터키어로 "날 알아보겠어?" 하고 물었지만 그의 얼굴에 나타난 공허한 표정을 보고 나를 알아보지 못했다는 것을 알았다. 공허한 시선이 그가 내 14년 전 인생에 남아 있다는 것을 말해 주었다.

내 이름을 말하자 그는 기억했다. 순간 14년 전 내 모습을 그의 눈에서 본 것 같았다. 잠시 후 서로 알고 있는 정보를 주고받았다. 왜 이곳에서, 116번가 맨해튼 지하철에서 우연히 만나게 되었는지 말해야 할 것 같았다. 그는 결혼했으며, 전기 회사가 아니라 전화 회사에서 일한다고 했다. 엔지니어이고, 부인은 미국인이라고 했다. 집은 여기서 먼 브루클린에 있지만 자기 소유라고 했다.

그가 내게 "우리가 익히 아는 그 소설을 쓴단 말이야?" 하고 물었다.

그때 여전히 나를 놀라게 하는 소음을 내며 열차가 플랫폼으로 들어오고 있었다. 객차 문이 열리고 순간 조용해지자 그가 다른 것을 물었다.

"보스포루스 다리를 정말 다 지었어?"

나는 객차 안으로 들어가 웃으며 대답했다. 객차 내부는 덥고 붐볐다. 할렘, 퀸스에서 온 흑인, 라틴 아메리카인, 운동화를 신은 젊은이, 실업자……. 우리 손은 객차 천장에서 아래로 늘어진 손잡이 하나를 나란히 잡았다. 객차가 덜커덩거릴 때마다 우리 몸도 이리저리 흔들렸고, 우리는 서로의 얼굴을 이방인처럼 바라보았다. 그를 알던 시절 그는 마늘을 먹지 않는 것이나 손톱을 아주 가끔 깎는 것 등 아주 단순한 차이 말고는 어떤 이상한 면도 없는 사람이었다. 그가 뭐라고 말했는데 객차 소음 때문에 들을 수 없었다. 전철이 109번가에 멈추자 그가 무엇을 물었는지 알았다.

"마차들도 보스포루스 다리 위로 지나가나?"

나는 이번에는 웃지 않고 무언가를 말했다. 나는 그가 물었던 질문이 아니라 내가 하는 말을 주의 깊게 듣는 것에 놀랐다. 얼마 지나지 않아 객차 소음 때문에 내 말을 듣지 못하게 되었지만 여전히 들리는 것처럼 이해하는 듯한 의미 있는 표정으로 나를 바라보았다. 103번가에서 전철이 멈추자 우리 사이에 마법 같은 정적이 흘렀다. 잠시 후 그가 급작스레 분노에 휩싸여 물었다.

"지금도 전화를 여전히 도청해?"

뒤이어 소름 끼치는 사나운 폭소를 터뜨리며 큰 소리로 외쳤다.

"멍청한 놈들!"

그러고는 흥분하여 몇 가지를 설명하기 시작했지만 전철의 가혹한 고음이 다시 시작되어 그의 말을 들을 수 없었다. 손잡이 위로 나란히 자리한 우리의 손과 손가락이 서로 닮은 것을 보는 게 이제는 별로 내키지 않았다. 그의 손목에는 뉴욕, 런던, 모스크바, 두바이, 도쿄의 시간을 동시에 보여 주는 시계가 있었다.

96번가에서 전철이 멈추자 서로 밀치고 당기는 상황이 벌어졌다. 옆 플랫폼에 급행이 있다고 했다. 그가 급하게 내 전화번호를 물었다. 그러고는 두 전철 사이에서 서로 가슴을 마주하며 다급하게 자리를 바꾸는 인파 속으로 사라졌다. 내가 탄 열차와 급행이 동시에 정거장을 출발했을 때, 서서히 지나가는 전철의 불빛 속에서 그의 호기심 많고 의심 가득하고 비꼬는 듯한 눈길을 보았다.

그가 내 전화번호를 잊었겠지 생각했다. 내게 전화를 걸지 않아 다행이라고 여기던 차에, 한 달이 지나 한밤중에 전화가 왔다. 내게 짜증 나는 질문 공세를 퍼부었다. 미국인이 되고 싶은지, 그렇지 않다면 뉴욕에 무슨 일로 왔는지, 마피아가 저지른 최근 살인 사건들의 원인에 대해 아는지, 월스트리트에서 전화와 전기 회사의 주식이 떨어지는 원인을 아는지 등등……. 그는 질문들에 대한 나의 대답을 주의 깊게 듣고는, 죄인의 진술에서 드러난 모순을 포착하려는 경찰처럼 가끔 일관성이 없다며 나를 질책했다.

열흘 후에 다시 전화를 걸었을 때는 더 늦은 시간이었고, 더 많이 취해 있었다. 내게 미국으로 망명한 KGB 스파이 아나톨리 주르린스키의 이야기를 장황하게 해 주었다. 이 사람이 CIA 스파이들과 만난 42번가 건물을 나중에 신문을 보고 알았으며, 자신이 그곳에 가 살펴보았고, 그러기 위해 이발소에 가서 이발도 했으며 스파이가 한 작은 거짓말을 포착했다고 했다. 그가 내게 그랬던 것처럼 나도 그가 한 이야기들에서 발견한 모순을 말하려 하자 화를 냈다. 그는 내가 뉴욕에서 무엇을 하는지 물었고, 보스포루스 다리에 대해 조롱하듯 말하고는 신경질적인 폭소를 터트리며 전화를 끊었다.

잠시 후 다시 전화를 했을 때 한편으로는 나와 이야기하고 다른 한편으로는 시간이 늦었다고 말하는 부인과 언쟁을 벌였다. 전화 회사에 대해, 세상의 모든 전화를 도청할 수 있다는 것에 대해, 어차피 도청당하고 있다는 것에 대해 언급했다. 그러더니 뜬금없이 대학 시절에 알던 몇몇 여자들에 대해 물었다. 누가 누구와 어떤 관계였는지 혹은 관계였을지에 대해! 내가 말해 주었다. 그는 결혼으로 끝나는 별 흥미 없는 한두 가지 이야기를 주의 깊게 듣고는 경멸스럽다는 듯이 웃었다.

"그곳에, 그 나라에 이제는 아무것도 있을 수가 없어. 아무것도!"

순간 나는 놀랐던 것 같다. 내가 아무 말도 하지 않자 그가 승리감에 도취하여 반복했다.

"알겠어 친구? 그곳에 이제는 아무것도 없어, 없을 거야!"

이 문장을 그다음 두 번의 전화에서도 내 동의를 구하며 즐겁게 반복했다. 그는 스파이, 마피아의 음모, 도청당하는 전화, 가장 현대적인 전자 제품 발명에 대해 언급했다. 가끔 그를 꾸짖는 부인의 메마른 목소리도 들렸다. 한번은 아마도 남편의 손에서 술잔 혹은 수화기를 뺏으려고 하는 것 같았다. 내 눈앞에 브루클린 뒷골목 높은 아파트에 있는 작은 집이 떠올랐다. 20년 할부금을 내면 그 집의 주인이 된다고 했다. 화장실에서 물 내리는 손잡이를 당기면 바로 옆집만이 아니라 아래층, 위층의 대칭되는 여덟 가구에서 동시에 고통스럽고 슬픈 파이프 신음과 폭포 소리가 들리고, 모든 바퀴벌레들이 밖으로 뛰쳐나온다고 한 친구가 말한 적이 있다. 이에 대해 그에게 묻지 않은 것을 나중에 후회했다. 그가 새벽 3시 무렵 내게 물었다

"터키에 콘플레이크 나왔어?"

"바삭한 옥수수라는 이름으로 나왔지만 망했어. 소비자들이 뜨거운 우유를 부어 먹었어."

그가 야만스러운 폭소를 다시 터뜨렸다.

"지금 두바이는 오전 11시야, 두바이는. 이스탄불은……."

그는 이렇게 소리치고는 행복하게 전화를 끊었다.

그가 또 전화할 거라고 생각했다. 그가 전화를 걸지 않아 무슨 이유인지 답답해졌다. 한 달이 지난 어느 정오 무렵 같은 철제 환풍구로 쏟아지는 유령 같은 삼각형 빛줄기를 보고는 그에게 전화해야겠다고 마음먹었다. 약간은 그를 혼란스럽게 하고, 마음을 불편하게 만들고 싶었으며, 조금은 그의 근황이 궁금했기 때문이다. 브루클린 전화번호부에서 그의 번호를 찾았다. 여자가 전화를 받았다. 그의 부인은 아니었다. 그녀는 다시는 이

번호로 전화하지 말라고 내게 부탁했다. 이전에 이 번호를 사용하던 사람은 교통사고로 죽었다고 했다.

담배의 공포

아마도 내가 쓰고 있던 소설의 상상들에 파묻혀 골몰할 때였던 것 같다. 방에서 뻑뻑 담배를 피우느라 보지 못했는데, 나중에 사람들이 말해 줘서 알았다. 유명한 배우인 율 브리너의 사망하기 바로 얼마 전 모습이 텔레비전 화면에 나왔다고 한다. 내가 그의 영화도, 사람도 별로 좋아하지 않던 대머리 배우는 병원 침대에서 아주 가련하게 누워 있었고, 고통 속에서 숨을 쉬며 시청자들의 눈을 바라보며 말했다고 한다.

“여러분이 이 프로그램을 볼 때면 나는 이미 죽은 후일 겁니다. 나는 폐암으로 죽기 직전입니다. 모든 잘못은 제게 있습니다. 무진 애를 썼지만 도무지 담배를 끊지 못했습니다. 후회막급입니다. 지금 고통 속에서 죽어 가고 있습니다. 나는 부자였고, 성공한 사람이었고, 더 오래 살 수 있었고, 삶을 만끽할 수 있었습니다. 하지만 담배 때문에 그러지 못했습니다. 여러분은 제발 나처럼 하지 말고 하루속히 담배를 끊으십시오. 그러지 않으면 나처럼 삶을 만끽하지 못하고 헛되이 죽어 갈 것입니다.”

녹화 영상이었지만 생생하게 시청한 장면들을 설명해 준

친구에게 나는 미소를 지으며 말보로 담뱃갑을 건넸고, 우리는 한 개비씩 피웠다. 잠시 후 서로 얼굴을 바라보았다. 하지만 더 이상 미소를 지을 수 없었다. 터키에서는 별생각 없이 피우던 담배 때문에 뉴욕에서 곤혹을 치를 거라고 예상은 했지만 이 정도는 아니었다.

사실 뉴욕에서 담배가 나의 골칫거리가 된 것은 라디오, 텔레비전, 잡지, 신문에서 보고 들은 것들 때문이 아니었다. 이것들은 전부터 익숙했다. 피치로 가득 찬 끔찍한 폐의 모습, 타르에 담갔다가 꺼낸 노란 스펀지를 연상시키는 흡연자 폐의 모형, 혈관을 메우고 심장을 멈추게 하는 니코틴 플라크의 상세한 묘사, 담배를 피워 약해진 불운한 심장의 컬러 사진을 어차피 이전에도 충분히 보았다. 나는 잡지 가장자리에서 담배를 피우는 해골, 배 속에 든 아이를 저주받을 연기로 중독시키는 임산부들, 담배 연기가 피어오르는 무덤을 담배 피우며 초월한 듯, 거의 평온한 마음으로 멍하니 바라보았다. 담배로 인한 죽음은, 마치 대로를 바라보는 오래된 아파트 옆면의 말보로와 팬암(PAN-AM) 광고들, 텔레비전 화면에서 뿜어 나오는 코카콜라와 하와이 풍경에 나타나는 행복감처럼 그다지 신경 쓸 게 아니었다. 환히 밝혀진 이 죽음과 삶의 풍경은 눈을 즐겁게 할 뿐 신경 쓰이지 않았다. 뉴욕에서 담배는 다른 것들 때문에 문제가 되었다. 맥주, 감자튀김, 멕시코 소스가 나오는 미국식 파티에 참석한 적이 있다. 내가 담배 연기를 생각 없이 내뿜자 에이즈 바이러스를 옮기기라도 하는 것처럼 도망치는 사람들을 보고 이해가 갔다.

그들은 담배 연기로 발생할 암에서 도망치는 것이 아니라 담배로부터 도망치고 있었다. 담배를 피우는 사람으로부터. 나의 담배가 그들에게 의지 없음, 교양 없음, 무분별한 생활, 자제력 부족, 무신경함, 간단히 말해 미국인들의 가장 커다란 악몽인 실패를 연상시킨다는 것을 아주 나중에야 알게 되었다. 이후 자신이 미국에 5년간 살면서 머리부터 발끝까지 변했다고 자랑스럽게 말하며, 전형적인 터키인처럼 즉시 불필요한 분류를 하면서 이론까지 제기한 어떤 지인이 내게 뉴욕에는 두 계급의 사람이 있다고 했다. 흡연자와 비흡연자. 담뱃갑과 함께 칼 혹은 권총을 가지고 다니는 첫 번째 사람들이, 거리에서 불안하게 걷는 두 번째 사람들을 어두운 구석에서 혹은 어떤 때는 벌건 대낮에 몰아세우고 강도짓을 하는 것 말고 두 부류 사이에서 심각한 계급 전쟁은 전혀 목격할 수 없다. 정반대로 언론과 텔레비전은 모든 마을에서, 모든 식료품점에서 다른 가격에 팔리는 담배들로 분류된 이 두 계급을 광고와 단체들을 통해 합치려 했다. 광고에서 담배를 피우는 모델들은 진짜 담배 중독자가 아니라 직업, 분별, 의지, 교양이 있는 비흡연자를 더 많이 닮은 듯했다. 당신은 흡연자 계급에서 담배를 끊은 계급으로 이동한 사람들의 달콤하고 행복한 이야기를 듣게 된다.

머리부터 발끝까지 변한 나의 지인이 한번은 담배를 끊기 위해 어떤 단체와 관계를 맺은 적이 있다고 했다. 금단 현상 때문에 고통으로 몸부림치던 초기에 더 이상 견디기 힘들어지자 지원을 받기 위해 단체에 전화를 했다고 한다. 전화상의 상냥하고 다정한 목소리가 그에게 담배를 끊으면 얼마나 행복해 질 것이며, 조그만 더 이를 악물어야 하고 그 고통이 얼마나 의미 있고 신성한 것임을 어떻게 설명했는지에 대해 웃음기 없는 얼굴로 말했다. 나는 그를 공포에 몰아넣고 나를 향한 그의 존경심을 경감시키는 담배에 불을 붙였다. 사람들이 매디슨가에서 담배를 구걸하는 흑인을 보고, 그가 담배를 살 돈이 없어서가 아니라 담배를 피운다는 이유 때문에 불쌍하게 여긴다는 것을 이제는 안다. 그러니까 그 흑인은 의지가 없고, 교양이 없고, 삶에서 기대하는 것도 별로 없다는 의미였다. 담배를 피우는 기질을 가진 사람인 것으로 보아 구걸하는 것도 더 이상 놀라울 게 없었다. 연민은 뉴욕에서 서서히 유행하기 시작하는 감정이었다.

중세에 사람들은 신이 지상에 죄인과 죄가 없는 사람, 죄악과 죄악을 범하지 않은 사람을 구별하기 위해 흑사병을 보냈다고 믿었다. 당신이 흑사병에 걸린 일부 사람들이 이 생각에 반기를 들 거라고 추측한다면 담배를 피우는 미국인들도 사실은 선한 시민임을 왜 그렇게 자주 증명하고 싶어 하는지 이해할 수 있을 것이다. 어떤 모임이나 직장에서 한구석에 놓은 재떨이 주위 혹은 흡연실 한구석에서 만나는 모든 저주받은 흡연 중독자는 항상 당신에게 조만간 담배를 끊을 거라고 말한다. 사실 그들도 아주 선한 시민이지만 의지 없고, 교양 없는 실패자들이 하는 그 일에 핑계가 있어 잠시 동안만 빠져 지내는 것이다. 이들 모두의 머릿속에는 죄인과 죄악을 저지른 사람들 사이에서 빠져나올 구원의 날짜들이 있다. 애인과 겪는 문제를 해결하고 나면, 도무지 끝나지 않는 박사 학위 논문을 쓰고 나면, 혹은 직장을 구하고 나면 저주받은 습관을 접고 분별 있는 미국인들 사이로 들어갈 예정인 것이다. 어떤 사람들은 재떨이 앞에서 담배를 피우는 죄악 같은 연대감에 대해 초조해하고, 자신들이 저지르는 죄는 죄가 아님을 서둘러 증명하려 한다. 사실 담배를 끊었지만 지금은 초조해서 피우는 거라고 당신에게 말한다. 자신들이 피우는 담배의 타르와 니코틴은 함량이 아주 낮으며, 하루에 세 개비를 피우고, 어차피 보는 바와 같이 성냥이나 라이터도 휴대하지 않는다고 말한다.

하지만 나쁜 일이 벌어지는 죄인들의 집에 죄악을 자랑스럽게 받아들이는 몇 명은 항상 있다. 부유하고, 교양 있고, 행복하고, 의지가 있는 사람인데도 불구하고 이제는 담배를 끊지 못할 정도로 오래전부터 피우기 시작한 노인들에게서 다가올 죽음을 받아들이는 편안함을 보았다. 이들 중 몇몇은 직장에서 흡연을 금지하는 젊고 성공한 새로운 사업가들과 흡연의 자유가 제한되었다는 이유로 전쟁을 벌인다. 어느 날 나보다 나이가 아주 많은 어떤 작가와 평범한 식당에 앉아 창밖으로 지나가는 노란 택시 위에 있는 담배 광고를 보며 담배 맛에 대해 한동안 이야기를 나눈 기억이 있다. 그도 이탈리아 사람들이 쓰는 관용구로

'터키인처럼' 엄청 담배를 피우는 사람이었다. 희귀한 포도주에 대해 언급하는 나태한 귀족들처럼 긴 카멜의 거친 포만감 혹은 짧은 켄트의 정제된 멋진 맛에 대해 언급하면서 사실은 우리 죄를 거리낌 없이 받아들이는 맛을 만끽했다. 삶에 대한 사랑과 죽음에 대한 공포로 뒤섞인 모든 사고에 존재하는 것처럼 뉴욕의 담배 이데올로기에도 종교적인 면이 있다.

42번가

비가 오기 시작하자 5번가 인도에서 무선 전화기, 시계, 라디오를 파는 흑인들이 모습을 감췄다.

그들은 42번가 모퉁이에서 만나 아무 말 없이 남쪽 방향으로 빠르게 걸어 그들 앞에 맨 처음 나타난 값싼 식당 한 곳으로 들어갔다. 식당 안에서는 음식과 기름 냄새가 났다. 계산대와 나란히 늘어선 테이블들 맞은편에 빨간색 긴 벤치가 있었다. 남자는 낡은 외투를 벗어 세심하게 접고는 자신이 앉은 자리의 벽 옆에 놓았다. 여자도 앉아서 외투를 벗었다. 계산대에 있는 등받이 없는 의자 중 하나에서 어떤 노인이 신문 스포츠 면을 보다가 졸고 있었다.

남자가 여자에게 "거기에 핸드백 걸지 마. 누군가가 낚아채 가면 아무도 저지하지 못해." 하고 말했다.

여자는 멍하니 메뉴판을 보고 있었다. 둘 다 서른에 가까운 나이였다. 남자의 손이 신경질적으로 담뱃갑을 찾기 시작하자 여자는 의자 뒤에 걸었던 핸드백을 집어 외투 위에 올려놓았다.

"상황이 안 좋아, 아직은 단추를 원하지 않는대."

여자가 말했다.

"원하지 않다니?"

"내가 만든 것들을 아직 팔지 못했대."

"돈은 받았어?"

"절반."

"귀걸이는?"

"귀걸이는 필요 없대, 단추도."

그녀가 단추라고 말하는 것은 사실 팔찌였다. 그녀는 나무로 만든 팔찌와 귀걸이에 모양을 그리고, 이것들을 주문, 판매하는 마귀 같은 여자에게 한 쌍에 2달러에 공급했다. 그는 팔찌를 왜 '단추'라고 했는지는 기억하지 못했다. 아마도 단추 모양의 귀걸이였을 것이다.

여자가 "취직할까?" 하고 물었다.

"너도 알지만 안 돼. 그러면 그림을 그리지 못할 거야."

"아무도 내 그림을 사지 않는걸."

"살 거야. 와르시한테 전화해 볼까? 네 화실을 보고 싶어 하던데."

와르시는 이스탄불의 대학에서 이들과 함께 공부한 친구로,

지금 컴퓨터 회사와 미팅이 있어 뉴욕에 왔다.

여자가 "걔가 살까?" 하고 물었다.

"둘러보고 싶다고 했어. 왜 둘러보고 싶겠어?"

"그냥 궁금해서겠지."

"마음에 들면 살 거야."

웨이터가 왔다.

남자가 "커피 두 잔." 하고 말했다. 그러고는 여자를 보면서 "커피 맞지?" 하고 물었다.

"뭐 좀 먹고 싶은데."

여자가 말했지만 웨이터는 이미 간 뒤였다. 그들은 잠시 아무 말도 하지 않았다.

"와르시가 어느 호텔에 머문다고 했지?" 남자가 물었다.

"사지 않을 거야. 그냥 보고 싶은 거지. 나한테 뭘 사라고 그에게 전화하고 싶지 않아."

"사지 않을 거라면 왜 보고 싶어 하겠어? 그가 이스탄불에서 장사하면서 신표현주의에 관심이 생겼다고는 절대 생각하지 않아."

"내가 뭘 하는지 궁금해할 뿐이야. 내가 어떤 곳에서 작업하는지 보고 싶겠지."

"어차피 벌써 잊었을 거야."

"뭘?"

"네가 말한 거…… 네 그림을 보고 싶다고 한 거……."

"내 그림들이 아니라 화실을 보고 싶다고 했어. 걔는 좋은 애야. 뉴욕에서 다른 사람들이 사지 않는 그림을 걔한테 왜 바가지 씌우겠어?"

"너한테 그림을 산 사람들이 바가지를 썼다고 믿는다면 절대 그림을 팔지 못할 거야, 넌."

"그렇게 팔 거면 팔지 않는 편이 나아."

잠시 침묵이 흘렀다.

잠시 후 남자가 말했다. "다들 그렇게 팔아. 모두들 먼저 친구들에게 팔기 시작한다고."

"옛날 친구한테 그림을 팔려고 뉴욕에서 사는 게 아냐, 난. 그것 때문에 뉴욕에 온 게 아니라고. 어차피 그가 살 거라고 생각하지도 않고."

그러자 남자가 갑자기 발끈하며 "그러면 왜 뉴욕에 왔어?" 하고 물었다.

여자가 "제발 다시 시작하지 마!" 하고 말했다.

"네가 왜 왔는지 알아. 날 위해 온 건 아냐. 그림을 그리며 살고 싶어 오지 않았다는 것도 알겠군. 화장실 벽과 반지에 문양을 그리려고 왔어, 넌."

그는 이 말이 여자의 자존심을 다치게 하리라는 것을 알았다. 그녀는 한때 화장실 문에 '여성 전용, 남성 전용'을 표시하는 회사에서 수백 개의 디자인을 그리고 색칠했다. 우산, 궐련, 하이힐, 남녀 실루엣, 중절모, 가방, 오줌 싸는 어린아이……. 처음에는 조롱의 대상이었던 이 일을 지금은 혐오하고 있었다.

여자가 말했다. "좋아, 와르시는 플라자 호텔에 머물고 있어."

남자가 말했다. "플라자 호텔에 묵는 좋은 사람이지."

"전화할 거야?"

남자가 일어나 식당 끝으로 가더니 전화번호부에서 찾은 번호를 돌린 후 멀리 여자를 바라보았다. 그는 얼굴이 창백했다. 하지만 덩치가 크고 꼿꼿한 몸은 그가 건강하다고 말해 주었다. 이런 식당을 장식하는 그리스와 지중해 포스터가 그 뒤에 걸려 있었다. "휴가를 보낼 때 로도스의 천국까지 팬 암을 타고 날아가세요!" 712호는 응답하지 않았다. 그가 자리로 돌아왔다.

"좋은 사람이 없네!"

여자가 "난 좋은 애라고 했어." 하고 주의 깊게 말했다.

"좋은 애면 왜 플라자 호텔에 머물고, 왜 그렇게 돈을 많이 벌지?"

"좋은 애야!"

여자가 고집스럽게 말했다.

"우리는 월요일까지 한 푼도 없는데, 그는 플라자 호텔에서 굴과 가재를 먹고 있고, 좋은 애야."

여자가 분개하며 "있잖아, 넌 공연히 기다리고 있어. 난 터키에 절대 돌아가지 않을 거야."라고 말했다.

"알아."

"내가 왜 돌아가지 않는지 알지? 터키 남자들을 견딜 수 없기 때문이야…….”

남자가 화를 내며 “너도 터키 여자야. 그림을 팔 능력이 없는 터키 여자. 물론 그것들을 그림이라고 할 수 있다면.” 하고 말했다.

그들은 입을 다물었다. 식당의 먼 구석에 있는 기계에 누군가 25센트를 넣자 식당 안에 듣기 좋은 달콤한 음악이 퍼졌다. 잠시 후 지치고 고뇌에 찬 흑인의 목소리가 들렸다. 그들은 음악을 들었다. 테이블 위에서 떨리던 여자의 손이 신경질적으로 외투 호주머니와 가방을 뒤지기 시작했을 때 남자는 그녀가 눈물을 닦을 손수건을 찾는다는 걸 알았다.

남자가 “난 갈 거야.” 하며 일어났다. 그리고 외투를 집어 들고 나갔다.

비가 더 세차게 내렸고, 날은 어두워져 있었다. 42번가까지 걸어가 왼쪽으로 접어들었다. 조금 전에 무선 전화기를 팔던 흑인들은 이제 빗속에서 팔과 다리에 우산들을 걸치고 팔기 시작했다. 6번가에 다다르자 거리가 밝아졌다. 흑인들이 문간에서, 강한 조명으로 밝혀 놓은 상점 앞에서 마치 형편없는 멜로디와 단조로운 곡을 다 같이 배운 것처럼 젖은 인도를 오가는 사람들에게 외쳤다. “짓궂은 여자, 환상적인 여자, 토끼 같은 여자, 여자, 여자, 여자. 손님, 와서 보세요, 와서 보세요! 특실, 훔쳐보는 거울, 라이브 쇼, 실제 가슴, 여자, 여자, 여자, 와서 보세요, 와서 보세요……” 문 앞에는 들어갈까 말까 결정하지 못하고 영화 포스터와 광고들을 보는 사람들이 있었다. 「야성녀의 꿈」, 「젖은 입술」, 「만족할 줄 모르는」……. 7번가 근처 공터 앞에서 담즙 냄새를 맡았다. 어두운 구석에서 긴 가운을 입은 파키스탄 사람들이 영어로 된 코란, 구슬이 큰 염주, 병에 넣은 향수, 종교 소책자 등을 팔고 있었다. 그는 빗속에서 한동안 멍하니 버스터미널을 바라보다가 이두운 41번가에서 5번가로 되돌아갔다. 식당 이름은 '톰의 집'이었다. 여자는 안에 없었다. 웨이터에게 물었다.

"여기에 앉았던 여자 갔습니까?"

웨이터가 말했다. "여기에 앉았던 여자 말입니까? 갔어요!"

7부

파리 리뷰 인터뷰

오르한 파묵은 1952년, 지금도 여전히 거주하고 있는 이스탄불에서 태어났다. 그의 가문은 공화국 초기에 철도 공사 사업으로 부를 축적했고, 파묵은 이스탄불 특권층이 세속주의, 서구 스타일의 교육을 받는 로버트 칼리지에서 수학했다. 어릴 때부터 청소년기까지 그림 그리기에 대한 열정을 키웠지만, 건축학을 공부하기 위해 대학에 들어간 후 작가가 되겠다고 마음먹었다. 그는 오늘날 터키에서 가장 많이 읽히는 작가다.

파묵은 첫 소설 『제브데트 씨와 아들들』을 1982년에 출간하고 뒤이어 『고요한 집』(1983), 『하얀 성』(1985), 『검은 책』(1990), 『새로운 인생』(1995)을 발표했다. 파묵은 2003년에 16세기 이스탄불을 배경으로 하는, 여러 서술자의 입을 통해 서술하는 추리 소설 『내 이름은 빨강』(1998)으로 국제 임팩 더블린 문학상을 수상했다. 이 소설은 파묵 작품의 기본 주제를 다룬다.

예컨대 동양과 서양에 에워싸인 국가에서 벌어지는 정체성 담론의 복잡함, 형제들 간의 경쟁, 쌍둥이의 존재, 아름다움과 고유함의 가치, 문화적 상호 영향으로 인한 고뇌 등이다. 종교적, 정치적 급진주의에 초점을 맞춘 『눈』(2002)은 파묵이 현대 터키에서 정치적 환상주의와 대면한 첫 소설이다. 해외에서 그의 명성이 확고해지고 있을 때 그의 나라에서 그는 그와 관련된 부정적인 견해와 공격의 중심에 서게 되었다. 파묵의 최신작인 『이스탄불: 도시 그리고 추억』(2003)은 그와 그가 태어난 곳을 동시에 다룬(어린 시절과 젊은 시절) 초상이다.

오르한 파묵과 함께한 이번 인터뷰는 런던에서 두 번의 긴 대화를 나누고 이후 메일을 주고받으면서 실현되었다. 첫 인터뷰는 『눈』이 영국에서 출간된 시기인 2004년 5월에 진행되었다. 인터뷰를 위해 방을 미리 준비했다. 그곳은 한 호텔의 지하에 있으며, 형광등으로 불을 밝히고 환풍기 돌아가는 소리가 나는, 회사 모임 등을 위해 꾸민 장소였다. 파묵은 연청색 셔츠 위에 검은 벨벳 재킷과 짙은 색의 헐렁한 바지를 입고 나타났다. 방을 보더니 이렇게 말했다. "우리가 여기서 죽으면 아무도 알아채지 못하겠네요." 우리는 그곳을 포기하고 호텔 로비의 편하고 조용한 자리로 이동했다. 차를 마시고 닭고기 샌드위치를 먹는 시간을 빼고, 세 시간 동안 이야기를 나누었다.

2005년 4월 파묵은 『이스탄불』의 출간을 계기로 다시 런던에 왔고, 이번에 우리는 두 시간 동안 이야기를 나눌 생각으로 호텔 로비의 같은 자리에서 만났다. 그는 처음에 꽤 긴장한 듯 보였는데, 그럴 만한 이유가 없는 것은 아니었다. 두 달 전 스위스 신문《타게스 안차이거》와 한 인터뷰에서 그가 터키에 대해 "이 땅에서 3만 명의 쿠르드인과 100만 명의 아르메니아인이 학살되었다. 나 말고는 누구도 이 문제에 대해 말할 용기를 내지 못한다."라고 말했던 것이다. 이 말로 터키 언론에서는 파묵에 반대하는 무자비한 운동이 시작되었다. 그럼에도 터키 정부는 1915년 터키에 있는 아르메니아인들을 인종 말살 수준으로 학살했다는 것을 부인했고, 지속되는 쿠르드 문제에 관한 논쟁을 엄중하게 제한하는 법을 적용하고 있다. 파묵은 이 문제가 곧 수면 아래로 가라앉기를 바라며 이를 언급하기를 거부했다. 하지만 파묵이 스위스 신문과 인터뷰하면서 한 발언은 8월에 터키 형법 제301조에 따라 터키의 정체성을 모독한 혐의로 3년형을 받아 기소되는 원인이 되었다. 이 소송은 국제 언론에서 분노와 경악을 불러일으키는 뉴스가 되었다. 유럽 의회, 국제 펜클럽도 터키 정부를 강하게 비난했다. 하지만 이 잡지가 인쇄되는 11월 중순 파묵은 여전히 2005년 12월 16일 법정 출석을 기다리고 있다.

앙헬 귀리아퀸타나

인터뷰할 때 어떤 느낌인가요?

긴장합니다. 왜냐하면 일련의 무의미한 질문에 내가 똑같이 무의미한 대답을 하기 때문이지요. 영어뿐 아니라 터키어로 하는 인터뷰에서도 마찬가지입니다. 나는 영어도 그렇지만 터키어도 형편없이 말하고 멍청한 문장을 구사하기도 합니다. 터키에서는 제 책보다 인터뷰 때문에 공격을 당하곤 하지요. 터키에서 정치 논객과 칼럼 작가들은 소설을 읽지 않습니다.

당신의 작품은 유럽과 미국에서 대부분 긍정적인 반응을 얻었습니다. 터키에서는 어떤 반응과 마주했습니까?

이제 초반의 좋은 시절은 지나갔습니다. 책을 처음 출간했을 때는 이전 세대 작가들이 무대에서 물러나고 있었고, 난 신예 작가이기 때문에 환영을 받았습니다.

이전 세대 작가라면 누구를 말하는지요?

사회적 책임을 느끼는 작가들, 문학이 도덕과 정치에 봉사한다고 믿는 작가들이지요. 이 작가들은 무난한 사실주의를 추구했습니다, 실험적이지 않았지요. 많은 작가들이 가난한 나라에 살기 때문에 자신들의 재능을 국가에 봉사하는 데 썼지요. 나는 그들처럼 되고 싶지 않았습니다. 왜냐하면 젊은 시절에 포크너, 버지니아 울프, 프루스트 같은 작가들을 좋아했기 때문입니다. 한 번도 스타인벡과 고리키의 사회주의 사실주의 모델을 선망하지 않았습니다. 1960년대와 1970년대에 생산된 문학 유행은 지나가고 있었지요. 그래서 나도 새로운 세대의 소설가로 환영을 받았답니다.

1990년대 중반 이후 나의 소설이 꿈에도 생각하지 않았던 판매 부수를 기록하기 시작했지만 터키 언론과 지식인들과 함께 경험한 짧은 신혼, 환영은 순식간에 사라졌습니다. 그 시점 이후의 비판적인 인식은 내 소설의 내용보다 광고, 판매 부수와 관련된 반응이었습니다. 지금은 불행하게도(대부분 내가 한 국제적인 인터뷰에서 발췌해, 터키 언론이 내가 실제보다 급진적이고 정치적인 면에서 더 아둔하다는 것을 보여 주기 위해 수치스럽게 조작하고 여기저기 교묘하게 바꾼) 정치적 해석 때문에 악명을 떨치고 있지요.

그러니까 당신의 인기에 악의적인 반응을 보인다는 말씀인가요?

나는 이것이 판매 부수와 정치적 해석에 내려진 일종의 벌이라는 생각이 큽니다. 하지만 이 이야기를 계속하고 싶지는 않습니다. 왜냐하면 내가 자기방어를 하고 있다는 느낌이 드니까요. 커다란 그림을 당신에게 잘못 제시하고 있을지도 모르고요.

집필은 어디에서 하는지요?

나는 항상 잠자는 곳 혹은 함께 지내는 사람과 생활하는 곳이 글 쓰는 장소와 구분되어야 한다고 믿는 사람입니다. 집, 침실에 속한 일상의 의식과 세부적인 것들은 어떤 식으로든 상상력을 죽이니까요. 이러한 것들은 내 마음속에 있는 악마를 죽이지요. 익숙한 일상의 질서는 상상력이 작동하는 데 필요한, 다른 세계에 대해 느끼는 그리움을 위축시킵니다. 이러한 이유로 나에겐 오랜 세월 동안 글을 쓰기 위해 집 밖에 집필실이나 작은 공간이 있었습니다. 항상 다른 집이 있었지요.

그런데 1986년 봄에 한 학기를 뉴욕에서 보내게 되었습니다. 아내와 나는 기혼 학생들에게 제공하는 집에 머물렀습니다. 나만의 장소가 없어서 같은 장소에서 자고 써야 했지요. 사방이 가족생활을 연상시키는 세부적인 것들로 가득 차 있었지요. 글을 쓰기 전에 이 상황이 먼저 나를 불안하게 했습니다. 그래서 아침마다 마치 출근하는 사람처럼 아내와 헤어지기 시작했습니다. 나는 집에서 나가 몇 블록을 거닐고, 나중에 사무실에 들어오는 것처럼 같은 집으로 돌아오곤 했지요. 1994년 지한기르 지역에 역사적 반도, 톱카프 궁전, 아야소피아 그리고 할리치 만과 보스포루스 해협이 내다보이는 집을 얻게 되었습니다. 어쩌면 이스탄불에서 가장 멋진 경치를 볼 수 있는 곳이지요. 내가 사는 곳에서 걸어서 25분 정도 걸렸습니다. 책들로 가득하고 책상 앞에 앉으면 경치가 내다보이지요. 그곳에서 매일 열 시간가량 보냅니다.

하루에 열 시간이라고요?

네, 나는 일을 많이 합니다. 좋아하거든요. 사람들은 내가 야망이 많다고 하는데, 어쩌면 부분적으로는 맞을 겁니다. 하지만 나는 내가 하는 일을 아주 좋아합니다. 책상 앞에 앉는 것을 아이가 장난감을 가지고 노는 것처럼 좋아합니다. 내가 하는 것은 기본적으로 일이지만 동시에 놀이이고 유희이지요.

당신과 이름이 같은 소설 『눈』의 서술자 오르한은 자신을 매일 같은 시간에 일하기 위해 앉는 서기라고 설명합니다. 당신도 글쓰기에 대해 같은 규율을 가지고 있습니까?

『눈』에서 나는 터키에서 평판이 높고 위대한 전통이 있는 시인들에 비해 소설가는 서기에 더 비유될 수 있다는 점을 강조하려 했습니다. 시인이 되면 인기와 존경을 얻지요. 많은 오스만 제국의 파디샤와 정치인이 시인이었습니다. 하지만 우리가 오늘날 이해하는 시인은 아닙니다. 몇백 년 동안 시인이 되는 것은 자신을 지식인으로 내세우는 방법이 되었습니다. 과거 시인들은 자신들의 시를 '디완'이라는 원고에 모았지요. 오스만 제국 당시 시의 이름이 '디완 시'이기도 합니다. 오스만 제국 정치인의 절반은 디완이 있었지요. 이는 많은 규칙과 절차를 갖춘, 수준 높고 교양 있는 문학 형태입니다. 지극히 전통적이고 매우 반복적이지요. 서양에서 기원한 사상이 터키에 들어온 이후 이 유산은, 낭만적이고 현대적인 사상인 (진실을 애타게 구하는) 시인의 생각과 결합했지요. 두 사고, 즉 한편으로 전통적이고 다른 한편으로 낭만적인 현대주의 시인의 생각이 결합하자 터키에서 시인에 대한 존경이 더욱 높아졌지요. 소설가는 기본적으로 인내로, 천천히, 개미처럼 거리를 좁혀 나가는 사람입니다. 소설가는 악마적이며 낭만적인 시점이 아니라 인내로 우리를 감동시키지요.

시를 쓰신 적이 있습니까?

열여덟 살 때 시를 쓴 적이 있고, 발표도 했습니다. 하지만 나중에 포기했습니다. 이것과 관련해 설명하자면 시인이란 신이 귀에 대고 속삭이는 사람이라고 생각하기 때문입니다. 그런 사람이 시인이지요. 시가 당신을 장악해야 합니다. 시를 쓰려고 시도했지만 얼마 지나지 않아 신이 내 귀에 아무것도 속삭이지 않는다는 것을 인지하게 되었습니다. 마음이 아팠고, 나중에는 다음과 같은 것을 상상하려 했습니다. 신이 내 귀에 대고 속삭인다면 무슨 말을 할까? 아주 면밀하게 서서히 이를 상상하려고 애쓰면서 글을 쓰기 시작했습니다. 그것은 산문이고 허구였습니다. 나는 서기처럼 일했습니다. 일부 다른 작가들은 이를 어떤 의무로 인지합니다. 하지만 나는 이것을 받아들이고 서기처럼 일합니다.

시간이 흐른 후 산문이 당신에게 더 쉽게 느껴지기 시작했다고 말할 수 있을까요?

안타깝지만 그렇지 않습니다. 때로 나의 주인공이 방으로 들어와야 한다고 느끼지만 여전히 그를 방에 어떻게 들어오게 할지 모릅니다. 어쩌면 자신감이 좀 더 생겼다고 할 수 있습니다. 하지만 지나친 자신감도 때로 해롭습니다. 왜냐하면 실험을 하지 않는다는 의미이고 연필 끝에 무엇이 오든지 그걸 쓰게 되기 때문이지요. 나는 지난 30년 동안 소설을 써 왔습니다. 그래서 조금 나아졌겠지 하고 생각합니다. 그래도 때로 전혀 생각지 않은 지점에서 막다른 길에 들어서고 맙니다. 여전히! 30년이 지났는데 말이지요.

책을 장들로 나누는 것은 제게 아주 중요합니다. 소설을 쓸 때 모든 이야기를 처음부터 알고 있다면(일반적으로 알고 있지요.) 책을 장들로 나누고, 모든 장에 있어야 하는 것들의 세부를 계획합니다. 그렇다고 꼭 첫 장부터 순서대로 쓰지는 않습니다. 막힐 때는(물론 그러면 아주 끔찍하지요.) 제 마음이 어디를 쓰고 싶어 하든 그곳에서 계속 씁니다. 1장에서 5장까지 쓴 다음 희열을 느끼지 못하면 15장으로 건너뛰어 계속 씁니다.

모든 책에 대해 처음부터 계획을 세웠다는 말인가요?

네, 모든 책입니다. 예를 들면 『내 이름은 빨강』에는 많은 등장인물이 있습니다. 모든 인물에게 정한 횟수에 따라 장에 넣을 생각으로 지면을 할애합니다. 글을 쓸 때 때로는 어떤 캐릭터가 '되고자' 하는 마음을 계속 갖는 경우가 있습니다. 그럴 때에는 셰큐레의 장 가운데 하나, 예를 들면 7장을 다 쓰면 다시 그녀의 이름으로 된 11장으로 건너갑니다. 어떤 캐릭터에서, 혹은 인물에서 다른 것으로 전환하려면 답답할 수도 있기 때문이지요.

마지막 장은 맨 마지막에 씁니다. 이것은 변치 않아요. 나는 소설의 결말이 어떻게 될지 나 스스로에게 묻기를 좋아합니다. 결말은 단 한 번에 완성합니다. 결말에 이를 즈음, 소설을 다 끝내기 전에 멈추고 처음 장들을 다시 씁니다.

집필할 때 독자가 있습니까?

나는 내가 쓴 것들을 나와 삶을 공유한 사람에게 읽힙니다. "더 많은 것을 보여 줘." "오늘 내게 네가 무엇을 했는지 보여 줘." 그 사람이 이렇게 말하면 항상 고마움을 느낍니다. 이는 단순히 내게 필요한 가벼운 압박을 주는 데 그치지 않고, 동시에 어머니나 아버지가 등을 쓰다듬으며 "브라보!"라고 말하는 것과 같습니다. 때로 그 사람은 "미안하지만 이 글은 나를 설득하지 못했어."라고 말합니다. 이것도 좋습니다. 이런 절차를 나는 좋아합니다.

이러한 맥락에서 항상 내가 모델로 삼은 작가들 중 한 명인 토마스 만이 떠오릅니다. 그는 모든 가족, 그러니까 여섯 명의 자녀와 부인을 한데 모으고, 그들에게 자신이 그날 쓴 것을 읽어 주었다고 합니다. 내가 좋아하는 거지요. 아버지가 가족에게 이야기를 해 주는 것.

젊을 때 화가가 되고 싶어 하셨는데, 그림에 대해 느끼던 사랑이 언제 글쓰기에 대한 사랑으로 변했습니까?

스물두세 살 때입니다. 나는 일곱 살 때부터 화가가 되고 싶었습니다. 가족도 이를 받아들였지요. 다들 내가 유명한 화가가 될 거라고 생각했습니다. 하지만 이후에 내 미릿속에서 어떤 일이 일어났고(나사가 느슨해졌다는 것을 인지했지요.) 그림 그리기를 그만두고 곧장 첫 소설을 쓰기 시작했습니다.

나사가 느슨해졌다고요?

그림을 그만둔 이유를 설명할 수 없습니다. 얼마 전 『이스탄불』이라는 제 책이 출간되었습니다. 이 책의 반은 그때까지 나의 인생 이야기, 나머지 반은 이스탄불에 대한 에세이 혹은 더 정확하게 말하자면, 한 아이가 이스탄불을 바라보는 관점이지요. 『이스탄불』은 풍경 그리고 한 도시의 화학적 성질에 대한 생각과 한 아이의 도시에 대한 자각, 그 아이의 자서전의 결합입니다. 책의 마지막 문장은 이렇습니다. "화가가 되지 않겠어요. 난 작가가 되겠어요." 하지만 왜 이렇게 말하는지는 밝히지 않습니다. 책을 다 읽는다면 어떤 답변을 얻을 수도 있지요.

당신의 가족은 이 결정에 만족했습니까?

어머니는 속상해하셨지요. 아버지는 더 이해심 있게 받아들였고요. 왜냐하면 당신 역시 젊을 때 시인이 되고 싶어 하셨으니까요. 발레리의 시들을 터키어로 번역했지만 당신이 속한 상류층 주변에서는 시인이 될 수 없으리라고 느끼셨답니다. 내가 어릴 때 고모와 다른 사람들은 아버지를 보들레르라고 부르며 장난을 치곤 했습니다.

그러니까 가족이 화가가 되는 것은 받아들였지만 작가가 되는 것에는 반대했다는 건가요?

네, 왜냐하면 그들은 내가 내 모든 시간을 그림 그리는 일에 할애하지 않을 거라고 생각했기 때문이지요. 우리 가족의 전통은 건축 공학이었습니다. 할아버지는 철도 건설로 많은 부를 축적한 건축 공학자였습니다. 삼촌들과 아버지는 이 돈을 허비했지요. 하지만 모두 같은 공대에, 이스탄불 공과 대학을 다녔지요. 나도 그 대학에 들어가기를 원하셨습니다. 나도 "알았어요, 가겠어요." 했고요. 가족들 가운데 나는 예술가였기 때문에 건축가가 될 생각이었지요. 이것은 모든 사람을 만족시키는 해결책이었습니다. 그래서 그 대학에 갔지요. 하지만 건축학을 공부하다가 갑자기 학교를 그만두고 소설을 쓰기 시작했습니다.

학교를 그만두기로 결정했을 때, 첫 소설이 구체화되어 있었나요? 학교를 그만둔 이유가 이것이었습니까?

기억하는 바에 의하면 무엇을 쓸지 모르는 상태에서 먼저 소설가가 되고 싶었습니다. 게다가 소설을 쓰기 시작한 뒤에 두세 번 잘못 시작하기도 했지요. 그 공책들을 여전히 가지고 있습니다. 여섯 달쯤 지나 드디어 장차 『제브데트 씨와 아들들』이라는 제목으로 출간될 장편 소설 프로젝트에 착수했습니다.

이 책은 영어로 번역되지 않았습니다.

기본적으로는 한 가족에 대한 이야기입니다. 『포사이트 가(家) 이야기』[138] 혹은 토마스 만의 『부덴브로크 가의 사람들』 같은. 소설을 탈고하고 얼마 지나지 않아 유행이 지난 것, 그러니까 19세기 소설을 쓴 데 대해 후회하기 시작했습니다. 그 책을 쓴 것을 후회했습니다. 왜냐하면 나는 스물다섯, 스물여섯 살 때

138 1932년에 노벨문학상을 받은 영국의 소설가이자 극작가인 존 골즈워디(1867~1933)의 연작 소설.

현대적인 작가가 되어야 한다는 생각을 스스로에게 주입하기 시작했기 때문입니다. 소설은 내가 서른 살이 되었을 때 출간되었고, 이 시기에 내가 쓴 것들은 더 실험적인 상태에 다다라 있었지요.

현대적, 실험적이라고 하시는데 당신 머릿속에 어떤 모델이 있었습니까?

이 시점에 제게 위대한 작가는 더 이상 톨스토이, 도스토예프스키, 스탕달 혹은 토마스 만이 아니었습니다. 나의 주인공들은 버지니아 울프 그리고 포크너였습니다. 이제는 이 리스트에 프루스트와 나보코프도 추가합니다.

『새로운 인생』의 첫 문장은 "어느 날 한 권의 책을 읽었다. 그리고 내 인생이 송두리째 바뀌었다."입니다. 당신에게 이러한 영향을 미친 책이 있었나요?

스물한 살, 스물두 살 때 『소리와 분노』는 제게 아주 중요한 책이었습니다. 펭귄 출판사에서 출판한 책을 샀지만 이해하기 어려웠지요. 특히 내 빈약한 영어로는요. 그런데 아주 멋진 터키어 번역본이 있어서, 나는 영어본과 터키어본을 나란히 책상 위에 놓고, 둘 중 하나를 반 페이지 정도 읽고, 다른 하나를 읽곤 했습니다. 이 책은 내게 인상을 남겼지요. 그 앙금을 내가 소리로 발전시켰지요. 얼마 지나지 않아 나는 1인칭 소설을 쓰기 시작했답니다. 3인칭으로 쓰느니 누군가의 정체로 분하는 것을 선호하는 편입니다.

첫 소설을 출간하기까지 몇 년이 걸렸다고 말씀하셨는데요.

20대 때 나는 문단에 친구가 전혀 없었습니다. 이스탄불에 있는 그 어떤 문학 단체의 회원도 아니었습니다. 내가 첫 책을 출간하는 유일한 길은 터키에서 아직 출간되지 않은 작품에 수여하는 소설 문학상에 응모하는 것이었습니다. 나도 그렇게 했고, 수상을 했습니다. 당시 터키는 경제가 좋지 않았습니다. 나에게 "좋소, 계약을 합시다."라고 했지만 소설 출간은 미뤘지요.

두 번째 소설에서는 일이 더 쉽게(더 빠르게) 풀렸나요?

두 번째 소설은 정치 소설이었습니다. 하지만 프로파간다는 아니었어요. 첫 소설이 출간되기를 기다리면서 쓰기 시작했습니다. 아직도 탈고하지 못한 그 책에 2년을 할애했습니다. 그런데 어느 날 밤 갑자기 군사 쿠데타가 일어났지요. 1980년. 다음 날 출판사에서 제 첫 소설 『제브데트 씨와 아들들』을 출간하지 못하겠다고 말했습니다. 계약을 했음에도. 나는 두 번째 책을, 그러니까 정치 소설을 그날 탈고하더라도 5년 내지 6년은 출간하지 못하리라는 것을, 군정이 허락하지 않으리라는 것을 알았습니다. 이렇게 해서 나는 아주 힘든 상황에 빠지게 되었습니다. 여전히 출간할 책이 없었지요. 스물두 살 때 작가가 되겠다고 밝히고, 7년 동안 터키에서 무언가를 출간하겠다는 희망으로 글을 썼습니다. 결과는 제로였지요. 당시 나는 '난 곧 서른 살인데 어떤 것도 출간할 희망이 없어.'라고 생각했습니다. 탈고하지 못한 그 정치 소설 250페이지는 여전히 제 서랍에 있습니다.

군사 쿠데타 직후 정신적 위기에 빠지지 않기 위해 세 번째 책을 쓰기 시작했습니다. 당신도 언급했던 책인 『고요한 집』이지요. 1982년에 첫 소설이 출간되었을 때 이 책을 쓰고 있었습니다. 『제브데트 씨와 아들들』은 반응이 좋았고, 이는 내가 쓴 책을 출간할 수 있다는 의미였지요. 그러니까 내가 쓴 세 번째 책은 출간된 두 번째 책이었지요.

당신의 책을 군정 시기에 출간하는 데 장애가 된 요소는 무엇이었나요?

등장인물들이 상류층의 젊은 마르크스주의자들이었지요. 부모들이 여름 휴가지로 떠나자 그들은 넓고 큰 집에 모여 마르크스주의자들이 되고, 반란을 일으키고, 분노하는 맛을 만끽했지요. 논쟁하며 서로 질투하고, 수상을 폭탄으로 저격하는 계획을 세우는 젊은이들입니다.

그러니까 부유한 혁명가 집단인가요?

급진적이지만 부유한 사람들의 습관들을 가진 상류층 젊은이들이지요. 하지만 나는 도덕적 판단을 내리지 않았습니다. 반대로 어떤 관점에서 보면 제 젊은 시절을 낭만적으로 묘사했지요. 수상에게 폭탄을 던진다는 생각은 소설 출간을 금지하기에 충분했지요.

그래서 책을 탈고하지 못했습니다. 물론 책을 쓸 때 사람은 변하지요. 같은 인성을 가진 사람으로 분할 수 없는 상태가 되니까요. 이전처럼 되지 않지요. 한 작가가 쓴 모든 책은 발전의 한 시기를 대표합니다. 한 작가의 책은 그 영혼의 발전을 나타내는 이정표로 볼 수 있습니다. 그래서 되돌아가지 못하지요. 머릿속에 있는 소설의 유연성이 죽은 다음에는 그것을 다시 작동시키기란 불가능합니다.

당신의 사고를 실험할 때 소설 형태를 어떻게 결정하시나요? 어떤 심상, 어떤 첫 문장으로 시작합니까?

정해진 공식은 없습니다. 다만 같은 형태로 된 소설을 두 편은 쓰지 않는다는 점에서는 단호합니다. 저는 모든 것을 변화시키려고 노력합니다. 그래서 많은 독자들이 제게 "이 소설이 아주 마음에 듭니다. 이런 유의 소설을 또 쓰지 못한다니 안타깝군요."라거나 "그 소설을 읽을 때까지 당신의 어떤 소설도 마음에 들지 않았답니다." 같은 말들을 하곤 합니다. 특히 『검은 책』과 관련하여 이런 말을 아주 많이 들었습니다. 사실 나는 이러한 말들을 듣는 것을 좋아하지 않습니다. 형태와 스타일, 언어, 분위기 등장인물을 통한 실험 그리고 모든 책을 다른 형태로 생각하는 것은 재미있을 뿐만 아니라 풀어야 할 정신적인 문제지요.

어떤 책의 소재는 다양한 원천에서 올 수 있습니다. 나는 『내 이름은 빨강』에서 화가가 되고 싶었던 제 바람에 대해 쓰고 싶었습니다. 그런데 시작을 잘못했습니다. 한 명의 화가에 초점을 맞춘 독백 형식으로 책을 쓰기 시작했던 거지요. 나중에 이

화가를, 같은 화원에서 함께 일하는 많은 화가로 전환시켰습니다. 처음에는 현대에 사는 한 화가에 대해 쓸 계획을 세웠습니다. 나중에는 이 화가가 간접적으로, 서양에서 지나치게 영향을 받은 화가일 수도 있다는 생각을 했고, 그래서 세밀화가들에 관한 이야기를 쓰기 위해 과거 역사로 넘어갔습니다. 책의 소재를 이렇게 찾았습니다.

어떤 소재들은 어떤 형태적인 새로움 혹은 서술 기법을 요구합니다. 예를 들면 당신이 무언가를 보았고, 영화를 관람했고, 신문에서 어떤 기사를 읽었고, 그런 다음에 '감자나 나무 또는 개가 말을 하게 만들어야지." 하고 생각하지요. 나중에는 스스로에게 "아주 멋져, 전에 누구도 시도하지 않은 거야."라고 말합니다.

어떤 것들은 오랫동안 계속 생각합니다. 어떤 생각들이 떠오르고, 이것을 친한 친구에게 말합니다. 내가 쓸 소설과 관련하여 많은 메모를 합니다. 때로 그 소설을 쓰지 않기도 합니다. 하지만 공책을 펴고 메모를 시작하면, 그건 언젠가는 내가 그 소설을 쓸 거라고 믿는다는 의미지요. 소설 한 편을 마치면 이 계획들 중 하나가 마음속에 떠오를 수 있어요. 나는 한 편의 소설을 다 쓰고 두 달이 지나면 새로운 소설을 쓰기 시작합니다.

대부분의 소설가는 아직 탈고하지 않은 소설에 대해 절대 말하지 않습니다. 당신도 쓰고 있는 소설을 비밀에 부칩니까?

소설 속 이야기를 절대 논하지 않습니다. 공식적인 자리에서 다른 사람들이 제게 무엇을 쓰고 있냐고 물으면 한 문장으로 된 준비된 답변이 있지요. "현대 터키를 배경으로 하는 소설입니다."같은……. 아주 소수의 사람에게만(그들이 내게 해를 입히지 않으리라는 것이 분명하다면) 털어놓습니다. 그러나 내가 그 작품에서 시도할 속임수는 언급합니다. 예를 들어 구름이 말을 할 거라는 데 대해 언급합니다. 나는 사람들의 반응을 보는 것을 좋아합니다. 어린아이 같지요. 『이스탄불』을 쓸 때 비슷한 일을 많이 했지요. 내 뇌리는 때로 놀이를 좋아하고 아버지에게 자신이 얼마나 똑똑한지 보여 주려 하는 어린아이처럼 작동합니다.

속임수라는 단어는 부정적 의미를 연상시키는데요.

속임수로, 발명으로 시작할 수 있지요. 하지만 이 속임수, 발명의 문학적, 도덕적 진지함을 믿는다면, 당신의 노력은 결국 진지한 문학적 새로움으로 변합니다. 문학적인 어떤 선언문이 되지요.

비평가들은 일반적으로 당신의 소설을 포스트모던 계열로 특징짓

습니다. 하지만 나는 당신이 서술적 유희를 기본적으로 전통적 원천에서 가져오는 것 같다는 생각이 듭니다. 예를 들면 『천일야화』와 동양 전통의 다른 고전 텍스트에서 인용하더군요.

전에 보르헤스와 칼비노를 읽은 적이 있지만 '포스트모던' 경향은 『검은 책』으로 시작되었습니다. 1985년 아내와 함께 미국에 갔고, 그곳에서 처음으로 미국 문화의 강렬함과 어마어마한 풍요를 마주하게 되었습니다. 작가로서 자신을 증명하고자 하는 중동에서 온 한 터키인으로서 나는 자신감이 흔들렸습니다. 그래서 뒤로 물러나 내 '뿌리'로 내려갔습니다. 제 세대가 현대적인 민족 문학을 창안해야 한다고 생각했습니다.

보르헤스와 칼비노는 나를 자유롭게 해 준 작가들입니다. 전통 이슬람 문학은 지나치게 보수적이고, 지나치게 정치적이고, 보수주의자들에 의해 아주 진부하고 어리석은 방식으로 사용되고 있어 나는 그 재료들로는 절대 아무것도 할 수 없다고 생각했습니다. 미국에 가서야 그 재료들을 칼비노와 보르헤스 스타일의 사고의 틀로 다시 다룰 수 있음을 인식하게 되었지요. 이슬람 문학의 유희, 속임수, 이야기 보고(寶庫)를 활용하기 위해서는 종교적, 문학적 연상들 사이에서 그 차이를 관찰하는 것으로 시작해야 했지요. 터키에는 세련되고 극도로 섬세한 장식적 문학 전통이 있었습니다. 하지만 사회적인 의미에서 정치적, 문화적으로 매여 있는 작가들이 우리 문학의 혁신적 내용을 일소하고 말았지요.

다양한 이야기 구전 전통에는(중국, 인도, 이란) 반복되는 알레고리가 많습니다. 이것들을 현대 이스탄불이 배경인 소설에서 사용하기로 했지요. 그것은 하나의 실험이었습니다. 모든 것을 다다이스트의 콜라주처럼 한데 모으는 것. 『검은 책』에는 이러한 특징이 있습니다. 때로 모든 원천이 합쳐지고 새로운 무언가가 나타나지요. 나는 이 모든 옛이야기들을 이스탄불을 배경으로 하면서 추리 이야기 얼개를 덧붙여 새롭게 썼고, 『검은 책』이라는 작품이 탄생하게 되었지요. 그 원천에는 포스트모던 문화의 힘과 진지한 실험 작가가 되고 싶은 바람이 있었습니다. 터키 문제에 관한 사회 비판을 담은 소설을 쓸 수 없었습니다. 이 문제들을 소설에서 다루는 것은 문학적으로 두려운 일이거든요. 그래서 다른 것을 시도해야 했습니다.

문학적인 방법으로 사회를 비판하는 데 전혀 관심이 가지 않았습니까?

아니요. 나는 이전 세대 소설가들에게 반발했습니다. 특히 1980년대 작가들에게. 그들에 대한 존경심을 유지하며 표현하면, 그들이 다룬 소재들은 극도로 제한적이었고, 접근법도 편협했습니다.

『검은 책』 이전으로 돌아가 보지요. 『하얀 성』을 쓸 때 영감의 원천은 무엇이었습니까? 당신은 다른 모든 책에서 반복되는 한 가지 주제를 이 책에서 사용합니다. 다른 사람의 정체로 분하는 것. 다른 사람으로 변하는 개념이 당신의 작품에서 왜 그렇게 자주 등장할까요?

그건 아주 개인적인 것입니다. 나보다 18개월 먼저 태어난, 나하고 매우 경쟁적인 형이 있습니다. 어떤 면에서 보면 형은 나한테 아버지였습니다, 프로이트적인 아버지라고도 말할 수 있겠네요. 그는 나의 또 다른 정체성, 일종의 권위의 표상이었습니다. 다른 한편으로는, 경쟁에 의거한, 형제 같은 동지애도 있었지요. 아주 복잡한 관계지요. 『이스탄불』에서 이에 대해 장황하게 썼습니다. 나는 전형적인 터키 남자아이였습니다. 축구를 잘하고, 온갖 놀이와 겨루기를 좋아했지요. 형은 학교에서 우등생이었어요, 나보다 공부를 잘했습니다. 나는 그를 질투했고, 그도 나를 질투했습니다. 그는 논리적이고 책임감 있는 사람이었고, 어른들은 그런 형을 상대해 주었지요. 내가 놀이에 관심을 둘 때 그는 규칙들에 관심을 가졌습니다. 우리는 계속해서 경쟁 관계였지요. 나는 그처럼 되고 싶었습니다. 뭐, 그런 거였지요. 이는 어떤 모델이 되었지요. 선망, 질투. 이러한 것들은 내가 마음 깊이 느끼던 소재들입니다. 형의 힘 혹은 뛰어남이 내게 얼마나 많은 영향을 미칠지가 항상 나를 초조하게 만들었습니다. 이것이 내 영혼의 기본을 이루는 한 부분입니다. 나는 이것을 인지했고,

이 부정적 혹은 복잡한 감정에 휩쓸리지 않고 그것들을 이해하고 싶었습니다. 나는 문명인으로서 단호하게 나쁘다고 생각되는 감정들과 싸웁니다. 내가 질투의 희생자라고 말하는 것이 아닙니다. 이는 내가 항상 극복하려고 했던 신경관의 은하계입니다. 물론 이것이 내 모든 이야기의 소재가 되기도 하지요. 예를 들면 『하얀 성』에서 두 주인공의 거의 사도마조히즘에 가까운 관계는 형과 나의 관계에 기초한 것입니다.

한편 다른 사람으로 분하는 주제는 터키가 서양 문화 앞에서 느끼는 연약함도 반영하지요. 『하얀 성』을 쓴 후 이 질투심(다른 사람으로부터 영향을 받는 두려움)이 터키가 서양을 봤을 때 처한 상황과도 비슷하다는 것을 인지했지요. 서양인이 되고자 하는 선망, 나중에는 충분히 고유하지 않다고 비난하는 것. 유럽의 영혼을 잡고자 하는 것, 나중에는 그 모방주의 충동에서 죄책감을 느끼는 것. 이 이중성이 터키인 대부분에게 존재합니다. 이 영혼 상태의 기복은, 서로 경쟁 관계인 형제 관계를 연상시킵니다.

동양과 서양 충동 사이에서 지속되는 터키의 사상적 대치 상황이 평화적으로 해결되는 지점에 다다를 수 있을까요?

나는 낙관적인 사람입니다. 터키가 두 영혼을 지니고, 두 문화에 속한 것을 우려하지 말아야 한다고 생각합니다. 분열증은 사람을 분별 있게 만듭니다. 현실과의 관계를 잃을 수도 있지요.(나는 소설가입니다. 그래서 이것이 그다지 나쁘지 않다고 생각합니다.) 하지만 분열증이 걱정의 요인이 되지 않아야 한다고 생각합니다. 만약 당신의 한 측면이 다른 한 측면을 죽일지 모른다고 지나치게 우려한다면 결국에는 하나의 영혼으로 남을 것입니다. 이것은 병 자체보다 나쁘지요. 제 생각은 이렇습니다. 나는 이 생각을, 국가가 유일하고 일관된 영혼을 지녀야 한다고, 동양 혹은 서양에 속해야 한다거나 민족주의자가 되어야 한다고 주장하는 터키 정치인들 사이에 퍼트리려고 노력 중입니다. 나는 일원론의 관점을 비판합니다.

터키에서는 그 생각이 어떻게 받아들여지나요?

터키의 사고가 자유적이고 민주적으로 정착될수록 이것이 나 혼자만의 생각이 아님을 보게 됩니다. 터키는 이러한 관점을 가져야 유럽 연합에 가입할 수 있습니다. 이것이 민족주의와 싸우고, '우리'에 맞선 '타자'의 웅변으로 투쟁하는 방법이지요.

그래도 당신은 『이스탄불』에서 도시를 낭만적으로 묘사함으로써 오스만 제국의 소멸을 애도하는 것 같던데요.

나는 오스만 제국을 애도하지 않습니다. 나는 서구주의자입니다. 서구화 과정이 실현되었다는 데 흡족해하고요. 정책 입안자들이, 그러니까 관료주의뿐만 아니라 신흥 부유층이 서구화를 이해하는 과정에서 드러내는 한계를 비판할 뿐입니다. 안타깝게도 대부분의 사람은 자신의 상징과 의식(儀式)의 풍부함 속에서 민족 문화를 창조하기 위해 필요한 자신감이 부족합니다. 동양과 서양의 유기적 조합이 될 이스탄불 문화를 창조하기 위해 애쓰지 않고, 단지 서양과 동양 문물을 나란히 놓았을 뿐이지요. 물론 강력한 오스만 제국 문화가 있습니다. 하지만 조금씩 사라져 가고 있지요. 우리가 해야 할 일은, 동양의 과거와 서양의 현재의 조합이(모방이 아닙니다.) 될 강력한 현지 문화를 창조하는 것입니다. 나는 일단의 다른 사람들처럼 이것을 책을 통해 시도하고 있습니다. 새로운 세대는 아마 성공을 거둘 것이고, 유럽연합에 들어가 터키의 정체성을 없애는 게 아니라 확산시키려고 도모할 것이며, 우리에게 새로운 문화 창조를 위한 더 많은 자유와 자부심을 안겨 줄 것입니다. 서양을 맹목적으로 모방하거나 오래되고 죽은 오스만 제국을 맹목적으로 모방하는 것은 해결책이 아닙니다. 이러한 것들로 무언가를 하거나 어느 하나에 지나치게 속하는 것을 우려하지 말아야 합니다.

당신은 『이스탄불』에서 당신의 도시를 거닌 외국인, 서양인의 시선과 동일시하는 것 같던데요?

하지만 서구화된 터키인 지식인이 왜 서양인의 시선과 동일시될 수 있는지 설명합니다. 이스탄불의 형성은 서양과 동일시하는 과정입니다. 이 이원론은 항상 있었고, 동양인의 분노와도 쉽게 동일시될 수 있습니다. 모든 사람이 때로는 서양인이고 때로는 동양인입니다. 둘의 조합이기도 하지요. 나는 에드워드 사이드의 『오리엔탈리즘』에서 드러나는 그의 사고를 좋아합니다. 단, 터키는 한 번도 식민지를 겪지 않았다는 점을 잊어서는 안 됩니다. 이러한 이유로 낭만주의 작가들이 터키를 낭만적인 환상들로 제시하는 것이 우리에게는 한 번도 중요한 문제가 되지 않았습니다. 서양인은, 터키인은 아랍인이나 인도인을 비하하듯이 비하하지 않았습니다. 이스탄불은 2년 동안만 점령하에 있었고, 적함은 왔다가 그대로 갔습니다. 이 민족의 영혼에 깊은 상흔을 남기지 않았지요. 깊은 흔적을 남긴 것은 오스만 제국의 소멸이었지요. 그렇기 때문에 나에게 그러한 초조감, 서양인이 나를 무시할 거라는 느낌은 없습니다. 다만 공화국 설립 이후에 일종의 두려움이 형성되었지요. 왜냐하면 정부와 국민들은 서구화를 원했지만 이것이 쉽지 않았거든요. 이 고충은, 우리가 고심해야 하고 나 역시 때로 느끼는 문화적 열등감을 남겼지요.

반면 이 상흔은 200년 동안 식민치하에 있던 나라들만큼 깊지는 않지요. 터키인들은 한 번도 서구 열강의 지배를 받지 않았습니다. 터키인들에게 해를 가한 억압은 자초한 것이었지요. 우리 역사를 우리가 지웠는데, 그러는 편이 좋겠다고 생각했던 거지요. 이 억압에는 취약점이 있지만, 스스로에게 강요한 서구화, 고립화를 함께 가져왔지요. 인도인은 자신들을 억압한 사람들과 얼굴을 맞대고 살았지요. 터키인의 경우 선망했던 서구 세계로부터 이상한 형태로 고립되었고요. 1950년대 그리고 1960년대에도 외국인이 와서 이스탄불 힐튼 호텔에 머물면 이것이 모든 신문에서 기사가 되었지요.

고전이라는 것을 어느 정도 믿으십니까? 서구의 정전에 대해 언급하는데, 그렇다면 서양에서 유래하지 않은 정전은 어떻습니까?

네, 다른 고전, 미국인들이 정전이라고 하는 것이 있습니다. 발견되고 발전되고 공유되고 비평되고 받아들여져야 하지요. 현재 동양 고전이라고 할 만한 것들은 폐허가 되었습니다. 그 찬란한 텍스트들이 사방에 있지만 그것들을 한데 모을 의지가 없습니다. 이란 고전에서 시작해 인도, 중국, 일본 텍스트까지, 이러한 것들은 평가를 받아야 합니다. 현재 세계 문학 고전이 무엇인지 결정하는 일은 서양 학자들의 손에 달렸지요. 유통과 소통의 중심부가 그곳이지요.

소설은 지극히 서양의 문화 형태입니다. 동양 전통에 소설의 자리가 있을까요?

서사시 형태에서 분리된 현대 소설은 기본적으로 동양의 것이 아니지요. 왜냐하면 소설가란 어떤 공동체에 속하지 않는, 공동체의 원초적 본능을 공유하지 않는, 경험한 것과 다른 문화에 대해 생각하고 판단하는 사람입니다. 그가 속한 공동체와 다른 의식을 지니는 순간 외부에 있게 되고, 혼자가 되지요. 텍스트의 풍부함은 외부에 있는 동시에 내부에 있는 관찰자의 관점에서 오지요.

일단 세계를 이러한 형태로 보고, 세계에 대해 이러한 형태로 쓰는 습관을 발전시키면 자신을 공동체에서 분리하고 싶어지지요. 『눈』에서 내가 생각한 모델이 이것이었습니다.

『눈』은 현재까지 출간된 것 중 가장 정치적인 작품입니다. 이 책을 어떻게 구상했나요?

1990년대 중반에 내가 터키에서 유명해지기 시작했을 때, 쿠르드인 게릴라에 맞선 전쟁이 격렬해지던 시기에 나는 옛 세대 좌파, 자유주의 지식인들과 같은 사상을 가지고 있었습니다. 그들은 내가 탄원서들에 사인하고 내 책들과 관계없는 정치적 행동을 하길 원했습니다.

얼마 지나지 않아 기득권층이 나의 인성을 향한 중상과 활동들로 나를 공격하자 화가 났습니다. 이후 나 자신의 정신적 딜레마를 다룬 정치 소설을 쓰면 어떨까 자문하기 시작했습니다. 나는 소설 예술을 믿었습니다. 나처럼 안락한 삶을 사는 사람조차 터키의 심각한 고민, 빈곤, 정치 문제를 소설로 설명할 수 있지요. 그래서 스스로에게 "난 정치 소설을 쓸 거야."라고 말했지요. 『내 이름은 빨강』을 탈고하자마자 이 책을 쓰기 시작했습니다.

왜 소설의 공간으로 카르스를 택했습니까?

카르스는 터키에서 가장 추운 도시 중 하나입니다. 가장 가난한 곳이기도 하고요. 1980년대 초에 《밀리예트》 신문 1면 전체가 카르스의 빈곤에 할애되었습니다. 누군가가 온 도시를 대략 100만 달러에 살 수 있을 거라고 계산한 적도 있지요. 내가 그곳에 가려고 했던 시기는 정치적으로 복잡했습니다. 도시 주변의 인구 대부분이 쿠르드인이었고, 도시 중심부는 쿠르드인, 아제르바이잔에서 온 사람들, 터키인 그리고 그 외 다양한 사람들의 혼합이었지요. 한때 러시아인과 독일인도 있었고요. 종교적 차이도 있었지요, 시아파와 순니파. 터키 정부가 쿠르드인 게릴라들과 얼마나 격렬하게 전쟁을 벌였던지 내가 관광객으로 방문하기가 불가능했습니다. 평범한 소설가로서는 갈 수 없다는 것도 알았습니다. 그래서 연락하고 지내던 한 신문사(《사바흐》) 편집장에게 그 지역을 방문할 수 있도록 신문 기자증을 발급해 달라고 부탁했지요. 《사바흐》에서 칼럼을 써 달라고 요청하던 때였습니다. 나는 카르스 탐방기를 쓰겠다고 했지요. 신문사에서 그곳 주지사와 경찰청장에게 연락해 내가 카르스에 간다는 것을 알려 주었지요.

나는 그 도시에 도착해 주지사를 방문했고, 경찰청장과 악수를 했습니다. 길에서 나를 감시하지 말라는 의미에서. 내 존재에 대해 모르는 몇몇 경찰들이 길에서 나를 끌고 갔지요. 아마도 고문할 의도였을 거예요. 내가 주지사와 경찰청장을 안다고 하자 놓아 주었습니다. 나는 수상쩍은 사람이었지요. 소설가이기 때문은 아니었어요. 외부에서 그 도시로 온 모든 이방인이 수상쩍은 사람들이었으니까요. 터키가 이론적으로는 자유 국가였지만 1999년까지 시골에서는 모든 이방인이 수상쩍은 사람이었으니까요. 오늘날은 모든 것이 더 쉬워졌을 거라고 기대해야지요.

책에 나오는 많은 사람들과 장소는 실제 삶에 기초합니다. 예를 들면 250부가 판매되는 지역 신문이 정말 있습니다. 나는 카르스에 카메라와 캠코더를 가져갔습니다. 모든 것을 담아 이스탄불로 돌아와 친구들에게 보여 주었습니다. 모두들 내가 조금 지나치게 집착한다고 생각했지요. 실제 일어난 사건이 또 있습니다. 예를 들면 작은 신문사 편집장이 카에게 카가 전날 했던 일을 설명해 주자 카는 어떻게 알았냐고 묻고 편집장이 경찰 무전을 듣는다고 말하는 장면은 실제 제게 일어난 일입니다. 경찰이 카를 계속 추적한 것이 드러나는 대화 부분이지요. 그들은 카에게 그랬던 것처럼 나를 추적했지요. 하지만 두려워할 정도는 아니었습니다.

지역 텔레비전의 뉴스 앵커가 나를 프로그램에 초대해 "우리의 유명한 작가가《사바흐》신문에 우리 도시에 대한 탐방기를 씁니다."라고 말했지요. 이건 정말 중요한 일이었습니다. 시장 선거가 다가오고 있었고, 이러한 이유로 카르스 사람들이 제게 문을 열어 주었지요. 모든 사람이 신문에 대고 무언가를 말하고 싶어 했습니다. 빈곤과 비리 이야기들을 알리고 싶어 했지요. 그들이 설명한 것들을 내가 소설로 쓸 줄은 몰랐지요. 고백하건대 나의 이러한 행동에 약간 잔인한 면이 없지 않았지요. 하지만 신문 기사화하는 것을 진지하게 고려했습니다.

4년이 지났습니다. 나는 계속 이스탄불과 그곳을 오갔지요. 그곳에서 내가 가끔 들른, 글을 쓰고 메모를 했던 작은 찻집이 있습니다. 카르스는 눈이 오면 아주 멋진 곳으로 변하기 때문에 내가 같이 가자고 초대한 사진작가 친구 마누엘 츠탁이 이 작은 찻집에서 우연히 어떤 말을 들었다고 했습니다. 내가 메모하고 있을 때 그곳에 있던 사람들이 자기들끼리 대화를 나누는 도중에 누군가가 말하더랍니다. "저 사람이 쓰는 기사가 뭐지? 3년

이 지났어. 이렇게 긴 세월이면 소설도 쓰겠어!”

책에 대한 반응은 어땠습니까?

터키에서 보수주의자들 혹은 정치적 이슬람주의자들뿐 아니라 세속주의자들도 책에 대해 불편해했지요. 그렇지만 책을 금지하거나 제게 해를 입힐 정도는 아니었습니다. 하지만 책의 복잡한 정치 세계에 화를 냈고, 일간지문에 이에 대해 쓰기도 했답니다. 세속주의자들은, 내가 터키에서 군사 쿠데타를 일으킨 급진적 세속주의자가 되려면 그 대가로 민주주의자가 되는 것은 잊어야 한다고 썼기 때문에 화가 났지요. 터키에서 세속주의자들의 힘은 안타깝지만 대부분 군대에 기인합니다. 군대가 이렇게 정치 문화 안에 있게 되자 사람들은 자신에 대한 믿음을 잃고 모든 문제의 해결책을 군대에서 찾기 시작합니다. 사람들은 보통 말합니다. “국가와 경내가 엉망이다, 군대를 부르자. 와서 청소하라고 해!” 그런데 군대가 이 청소를 하면서 상호 이해 문화도 제거했지요. 쿠데타 시절에 의심이 가는 많은 사람을 고문했고, 10만 명이 투옥되었습니다. 이는 새로운 군사 쿠데타의 원인이 되었지요. 대략 10년에 한 번씩 쿠데타가 일어났습니다. 나는 세속주의 친구들을 이러한 면에서 비판했습니다. 그들은 내가 이슬람주의자들을 인간으로 묘사한 것도 좋아하지 않았습니다.

일련의 정치적 이슬람주의 작가들은, 혼외 관계를 했다고 '믿기는' 묘사 역시 좋아하지 않았지요. 이렇게 단순한 이유들이지요. 나는 가끔 내가 니샨타시 출신이라는 것 혹은 서구화된 부르주아 문화, 이스탄불 토박이 가족 출신이라는 이유로 수상쩍게 여긴다는 것을 감지하곤 합니다. 그들은 "어떻게 우리에 대해 쓸 생각을 할 수 있지?"라고 합니다. 소설에 이 부분도 포함시켰습니다.

과장하고 싶지 않습니다. 나는 살아남았습니다. 모두 내 소설을 읽었습니다. 분노할 수 있지요. 하지만 나와 나의 책을 있는 그대로 받아들인 것은 자유주의 태도가 발전하고 있다는 하나의 신호지요. 카르스 시민들도 다양한 반응을 보였습니다. "그래, 이렇지."라는 사람들도 있었고, 어떤 사람들은, 일반적으로 터키 민족주의자들은 내가 아르메니아인에 대해 언급하는 것조차 불편해했습니다. 텔레비전 채널의 메인 뉴스 앵커는 제 책을 상징적으로 검은 비닐봉투에 담아 보내고는 기자 회견에서 내가 아르메니아 프로파간다를 행했다고 말했습니다. 물론 정말 말도 안 되는 이야기죠. 우리에게는 너무나 편협하고 국수적인 문화가 있습니다.

당신의 소설이 살만 루슈디의 경우처럼 뜨거운 논쟁거리가 되었습니까?

아니요, 전혀 그렇지 않습니다.

당신의 소설은 지극히 암울하고 비관적입니다. 책 전반에서 유일하게 모든 편에 있는 사람들의 말을 들은 카를 결국에는 모든 사람이 혐오합니다.

그동안 내가 터키에서 소설가로서 나의 위치를 극적으로 보이게 했을 수도 있겠군요. 카는 사람들이 자신을 혐오한다는 사실을 알면서도 모든 사람과 대화할 수 있다는 데 흡족해합니다. 또한 그는 생존 본능이 아주 강하지요. 사람들은 카를 혐오해요. 왜냐하면 그를 서양의 스파이라고 여기기 때문이지요, 이건 나를 두고도 여러 번 나왔던 말이지요.

암울하다는 당신의 말에 동의합니다. 하지만 유머가 이 암울함의 탈출구입니다. 사람들이 책이 암울하다고 말할 때 나는 그들에게 “전혀 웃지 않으셨습니까?”라고 물었습니다. 내 생각에는 책에 꽤 많은 유머가 있습니다. 최소한 제 의도는 그랬습니다.

당신은 문학에 대한 애착 때문에 많은 곤경에 처했습니다. 아마 앞으로도 그러겠지요. 이는 감정적 유대의 단절을 의미할 수도 있지요. 이건 당신이 치른 큰 대가입니다.

네, 하지만 문학에 대한 진심 어린 애착은 나를 구해 준 멋진 것입니다. 여행할 때나 책상 앞에 앉아 있지 않을 때면 얼마 지나지 않아 답답해집니다. 하지만 방에 홀로 있을 때나 무엇인가를 발견할 때는 행복해집니다. 다른 많은 작가들처럼요. 이것은 예술 혹은 기교에 대한 애착보다는 방에 홀로 있는 것에 느끼는 애착이지요. 나는 의식과 같아진 이런 삶을 지속하고 있습니다. 지금 쓰는 것이 언젠가 출판되고, 내가 상상한 것들을 유효하게 만들 거라고 믿으면서. 내가 종이, 만년필과 더불어 책상 앞에서 홀로 지내는 시간을 필요로 하는 것은, 다른 사람들이 건강을 위해 약을 필요로 하는 것과 같습니다. 나는 이러한 습관에 매여 있지요.

그렇다면 누구를 위해 쓰십니까?

앞으로 살날이 줄어들수록 그 질문을 우리 자신에게 점점 자주 묻지요. 나는 지금까지 일곱 편의 소설을 썼습니다. 죽기 전에 일곱 편의 소설을 더 쓰고 싶은 마음 간절합니다. 하지만 삶은 짧지요. 삶의 즐거움을 더 만끽하는 게 어떨까? 때로 있는 힘껏 분투해야 합니다. 내가 왜 이러지? 이렇게 열심히 쓰고자 애쓰는 의미는 뭘까? 첫째, 앞서 말했듯이 방에 혼자 남고 싶은 충동입니다. 둘째, 멋진 책을 한 권 더 쓰고 싶은, 어떤 남자아이에게나 있을 법한 경쟁심이 내게 있습니다. 그리고 갈수록 작가의 불멸성을 덜 믿게 되었습니다. 200년 전에 쓴 책들은 오늘날 아주 적은 사람들만 읽습니다. 모든 것이 얼마나 빨리 변하는지, 오늘날의 책은 아마 100년 후면 잊힐 겁니다. 소수만 읽히겠지요. 200년 후면 오늘날 쓴 다섯 권의 책이 읽힐 수 있을 겁니다. 내가 그 다섯 권 중 하나를 쓴 게 확실한가? 그렇다면 내가 글을 쓰는 목적이 이것인가? 나는 왜 200년 후에 읽히거나 읽히지 않는 것에 이렇게 고심하지? 더 오래 사는 것을 고심해야 하지 않을까? 미래에 내 책들이 읽힐 거라는 위로가 내게 필요한가? 나는 이 모든 것들을 생각하며 계속 쓰고 있습니다. 이유는 나도 모르겠습니다. 하지만 왠지 이러한 생각을 도저히 멈출 수가 없네요. 당신의 책이 미래에 어떤 영향력을 행사할 거라는 믿음은 이 삶에서 당신이 희열을 느낄 수 있는 유일한 위로지요.

당신은 터키에서 아주 많이 팔리는 작가입니다. 그런데 해외 판매량이 당신의 나라에서보다 높습니다. 42개 국어로 번역되었지요. 이제 책을 쓸 때 더 광범위하고 세계적인 독자를 감안하십니까? 이제 다른 독자들을 위해 쓰시나요?

이제 내 독자가 국내에 한정되지 않는다는 것을 인지하고 있습니다. 하지만 전 어쩌면 처음 글을 쓰기 시작했을 때부터 더 넓은 독자에게 이르기 위해 노력한 것 같습니다. 아버지는 일련의 터키 작가 친구들에 대해 "그들은 단지 국내 독자에게만 호소했다."라고 말씀하시곤 했지요.

국내에서든, 세계적으로든 독자층을 인식하는 문제가 있습니다. 이 문제를 감안하지 않을 수 없지요. 갈수록 증가하는 내 독자들의 존재를 부인할 수 없지요. 때로 그들의 마음에 들기 위해 필요 이상으로 많은 것을 했다는 기분에 휩싸이기도 합니다. 그리고 나의 독자들도 그것을 느낄 거라고 생각합니다. 나는 처음부터 독자들의 기대를 느끼게 되면 도망치는 것을 원칙으로 삼았습니다. 내 문장의 구조에도 이것이 적용됩니다. 나는 어떤 것에 대해 독자들을 준비시킨 다음 그들을 놀래는 것을 좋아합니다. 어쩌면 이러한 이유로 긴 문장을 좋아하는 걸 수도 있겠네요.

터키인이 아닌 많은 독자들이 보기에 당신이 쓴 글의 독창성은 터키라는 배경과 큰 관련이 있습니다. 그렇다면 터키에서는 당신의 책들을 어떻게 차별화하는지요?

해럴드 블룸[139]이 '영향에 대한 불안'이라고 명명한 문제가 되겠네요. 모든 작가들처럼 나에게도 젊을 때 이 불안이 있었습니다. 30대 초반에는 내가 톨스토이나 토마스 만에게 지나치게 영향을 받았다고 계속 생각했지요. 나는 첫 소설에서 이러한 유의 정중하고 귀족적인 산문을 겨냥했습니다. 하지만 결국 다음과 같은 것을 알게 되었습니다. 나의 기법들이 이미 쓰였던 것일지라도 세상의 이 지역에서, 유럽에서 이렇게 먼 곳에서(당시는 최소한 이렇게 느껴졌답니다.) 글을 쓰는 것은, 이렇게나 다른 문화적, 역사적 딜레마 속에서 이렇게나 다른 독자를 사로잡으려고 애쓰는 것은, 힘들이지 않고 얻었다 하더라도 내게 독창성을 가져다줄 것이다.

독창성, 고유성 공식은 내 생각에 지극히 단순합니다. 전에는 한데 있지 않던 두 개의 것을 한데 가져오는 것. 일례로 내 『이스탄불』을 들 수 있겠네요. 이 책은 서로 다른 두 개를 합치시키는 노력의 일환이었지요. 첫째로, 도시에 관하여 일련의 외국 작가들(플로베르, 네르발, 고티에)이 어떻게 보았는지와 이 관점이 일련의 터키 작가 그룹에 어떤 영향을 미쳤는지에 관한 에세이입니다. 이스탄불의 낭만적 풍경의 발견에 관한 에세이라고 할 수 있지요. 둘째로, 자서전이 있습니다. 스물두 살까지의 내 이야기입니다. 이 이야기와 역사적, 문화적 에세이를 결합했습니다. 이전에는 누구도 이를 시도하지 않았습니다. 위험을 감수하면 새로운 것을 창출할 수 있습니다. 나는 『이스탄불』에서 고

139 1930~. 미국 출생의 인문학자, 문학 비평가.

유한 책을 창조하려 했습니다. 『검은 책』도 마찬가지입니다. 나는 스스로에게 "향수를 불러일으키는 프루스트주의 세계를 이슬람의 알레고리, 이야기, 유희와 결합해! 이 모든 것을 이스탄불에서 무대에 올려! 그러면 뭐가 될지 한번 보자고!"라고 말했습니다.

『이스탄불』은 당신이 항상 외로운 사람이라는 느낌을 줍니다. 당신은 오늘날 현대 터키에서 절대적으로 외롭지요. 단절된 세계에서 성장했고, 계속 살아가고 있습니다.

나는 대가족에서 성장하고, 내가 사는 사회를 사랑하고 이 사회의 가치를 알라는 가르침을 받았음에도 이후 탈피하고자 하는 충동을 지니게 되었습니다. 스스로에게 해를 주는 면이 있지요. 화가 나면 화가 난 순간에 나를 사회의 행복한 분위기에서 떨어져 나오게 만드는 무언가를 합니다. 사회, 공동체가 상상력을 죽이는 것을 일찍 인식했습니다. 상상력을 작동하기 위해 외로움이 주는 고통이 필요했습니다. 그러면 행복해졌지요. 하지만 얼마 지나지 않아 터키인으로서 사회, 위로를 주는 공동체의 정이 필요해지지요, 이 공동체와 연결을 끊었는데도요. 『이스탄불』은 어머니와의 관계를 엉망으로 만들고 말았습니다. 이제 서로 만나지 않습니다. 물론 형도 거의 만나지 않습니다.

터키 국민들과의 관계도 최근에 내가 한 발언으로 인해 힘들어졌고요.

그렇다면 자신이 어느 정도 터키인이라고 느끼나요?

첫째, 나는 터키인으로 태어났습니다. 이에 만족합니다. 세계적으로는 나 자신이 느끼는 것보다 더 터키인으로 인식됩니다. 터키 작가로 알려졌고요. 프루스트가 사랑에 대해 쓰면 그는 보편적인 사랑에 대해 쓴 작가로 인식됩니다. 특히 초기에, 내 책들이 처음 번역되었을 때 내가 사랑에 대해 쓰자 사람들은 터키인의 사랑에 대해 썼다고 말하곤 했습니다. 내 책들이 번역되기 시작했을 때 터키인들은 자랑스럽게 여겼지요. 자신들 중 한 명으로 나를 껴안았지요. 그들에게 나는 더 터키인이었어요. 당신이 세계적으로 알려지면 터키의 정체성이 세계적으로 강조되고, 그러면 당신을 다시 껴안은 터키인들도 당신의 터키인으로서의 정체성을 강조하지요. 당신의 민족적 정체성 감각은 서서히 다른 사람들이 멀리서 조종하는 무언가로 변합니다. 다른 사람들에 의해 강요되지요. 지금 일련의 터키 독자들은 제 예술보다는 터키가 세계 무대에서 어떻게 비치는지 근심하지요. 이는 갈수록 터키에서 더 많은 문제가 되고 있습니다. 내 책을 모르는 많은 사람이 대중지에서 읽은 것을 바탕으로 내가 터키에 대해 해외에서 무슨 말을 했는지 걱정하기 시작했지요. 문학은 선과 악, 악마와 천사로 구성됩니다. 그런데 그들은 갈수록 나의 악마들에만 관심을 갖습니다.

8부

창 밖을 내다보다

1

구경거리와 들을 이야기가 없는 삶은 대부분 지루하다. 어린 시절 이러한 지루함을 잊기 위해 라디오를 듣거나 창밖, 거리, 오가는 사람들, 맞은편 아파트 내부를 바라보곤 했다. 당시 1958년에는 터키에 아직 텔레비전이 없었다. 하지만 "없다."라고 말하지 않고, 이스탄불 극장에서 상영하기까지 3년이나 5년이 걸리는 할리우드의 전설적인 영화에 대해 언급할 때 그러듯이 "아직 들어오지 않았다."라고 긍정적으로 말하곤 했다.

창밖을 내다보는 일이 익숙한 습관이 된 나머지 터키에 텔레비전이 들어왔을 때도 마치 창밖을 보듯 그것을 바라보게 되었다. 아버지, 삼촌, 할머니는 창밖을 볼 때 그랬던 것처럼 텔레비전을 보면서도 서로 얼굴은 전혀 쳐다보지 않고 이야기하고 언쟁했으며, 창밖을 보며 그랬던 것처럼 자신들이 본 것을 서로에게 설명했다.

예를 들면 고모는 창밖으로 아침부터 내리는 눈을 내다보며 말하곤 했다.

"이렇게 계속 내리면 쌓이겠는걸."

나도 다른 장문에서 전차가 지나가는 길을 보며 말했다.

"그 캬으트 헬와[140] 장수가 니샨타시 모퉁이에 또 왔어요!"

일요일이면 아래층에 사는 삼촌, 고모 그리고 우리 가족은 위층에 있는 할머니 집으로 올라가 다 같이 점심을 먹곤 했다. 창밖을 내다보며 식탁에 음식이 차려지기를 기다릴 때, 그곳에서 엄마, 숙모, 삼촌과 함께 있는 것이 얼마나 행복했던지 내가 등지고 있던 커다란 거실, 음식이 차려지던 긴 식탁 위 크리스털 샹들리에의 희미한 불빛이 눈앞에 떠오르곤 했다. 할머니 집 거실도 아파트의 다른 집들처럼 반쯤 어두웠지만 어쩐지 내게는 우리 집보다 더 어둡게 느껴졌다. 한 번도 열리지 않던 발코니 문의 가장자리에 무서운 그림자와 함께 늘어진 망사 커튼과 커튼 때문일 것이다. 어쩌면 자개로 장식한 병풍, 오래된 궤, 커다란 탁자, 작은 탁자들, 사진 액자가 가득 놓인 그랜드 피아노, 여러 가지 물건이 꽉꽉 들어찬 환기되지 않는 방들에서 항상 먼지 냄새가 났기 때문에 그렇게 느꼈을지도 모른다.

140 와플과 비슷한 터키 고유의 단 과자.

점심을 먹고 나서 삼촌은 거실로 통하는 이 어두운 방들 중 한 곳에서 담배를 피우며 말했다.

"축구 경기 표가 있는데, 난 가지 않을 거야. 네 아버지가 너희를 데려가면 되겠구나."

그러자 집 안 어딘가에 있다가 튀어나온 형이 말했다.

"아빠, 축구 경기에 데려가 주세요."

그러면 아버지는 엄마에게 말했다.

"당신이 좀 데려가."

"난 친정 엄마한테 갈 건데요."

그러자 형이 말했다.

"난 외할머니 집에 가기 싫어요."

삼촌이 "내 자동차도 내줄게." 하자 형은 "아빠, 제발." 하고 말했다.

길고 이상한 침묵이 흘렀다. 마치 거실에 앉아 있는 모든 사람이 아버지에 대해 무언가를 생각하는 것 같았고, 아버지도 그것을 느끼고 있었다.

잠시 후 아버지가 삼촌에게 말했다.

"정말 자동차를 내줄 거야?"

아래층 우리 집에서 엄마가 우리에게 체크무늬의 두꺼운 양말을 신기고 스웨터 두 개를 겹쳐 입힐 때, 아버지는 긴 복도에서 서성거리며 담배를 피웠다. 삼촌의 '우아한 크림색이 도는 초록색' 1952년 모델 다지 자동차는 테쉬비키예 사원 앞에 주차

되어 있었다. 아버지는 형과 내가 앞좌석에 앉는 것을 허락했고, 단번에 시동을 켰다.

경기장은 한산했다. 아버지가 개찰구에 있는 남자에게 말했다. "여기 두 아이 몫의 표요. 한 명은 열 살, 한 명은 여덟 살이오." 우리는 그 남자의 눈길을 무서워하며 안으로 들어갔다. 관람석에는 빈자리가 많았다. 우리는 곧장 자리에 앉았다.

새하얀 반바지를 입은 양 팀 선수들이 진흙투성이 경기장으로 나와 몸을 풀기 위해 좌우로 뛰어다니는 것을 보니 마음이 즐거워졌다.

형이 누군가를 가리키며 말했다.

"봐, 저 선수가 퀴췩 메흐메트야. 청소년 팀에서 왔어."

"나도 알아."

경기가 시작되고 우리는 한동안 말을 하지 않았다. 잠시 후 나는 경기가 아니라 다른 것들을 생각했다. 왜 축구 선수들은 유니폼이 똑같은데 이름은 다를까? 나는 운동장에서 선수들이 아니라 이름들이 뛰고 있다고 상상했다. 반바지들이 서서히 진흙으로 얼룩지기 시작했다. 이후 나는 호기심을 가지고 관람석 뒤로 보스포루스 해협을 천천히 지나가는 배의 굴뚝을 바라보았다. 전반전이 끝날 때까지 점수가 나지 않았다. 우리는 구운 병아리콩과 치즈가 들어간 피데[141]를 샀다.

141 피자와 모양이 비슷한 둥글고 넓적한 빵.

“아빠, 나 피데 다 못 먹겠어요.”

내가 손에 든 피데를 보여 주며 말했다.

“저기에 놔둬라. 아무도 안 볼 테니.”

전후반 사이 휴식 시간에 우리도 다른 사람들처럼 자리에서 일어나 몸을 움직이며 몸을 풀었다. 우리도 아버지처럼 손을 양모 바지 호주머니에 넣고 운동장을 등진 채 다른 관중을 보고 있었는데, 누군가가 아버지에게 소리쳤다. 아버지는 소음 때문에 그가 하는 말이 들리지 않는지 귀 뒤로 손을 가져갔다.

그러고는 우리를 가리키며 말했다.

“못 가네. 애들이 있어.”

관중 속에 있는 사람은 보라색 목도리를 두르고 있었다. 그는 의자 열 사이를 지나 통로를 따라 사람들을 헤치고 우리 곁으로 왔다.

그가 아버지와 껴안고 볼에 입을 맞추고는 말했다.

“자네 아들들이야? 아주 큰걸. 믿을 수가 없군.”

아버지는 아무 말도 하지 않았다.

남자가 놀란 표정으로 우리를 보며 아버지에게 물었다.

“애들은 언제 태어난 거야? 졸업하고 곧장 결혼했나?”

“응.”

아버지는 남자의 얼굴을 보지 않고 말했다. 그들은 대화를 이어 나갔다. 보라색 목도리를 두른 남자가 우리 손바닥에 껍질 땅콩을 올려놓았다. 그가 가자 아버지는 자리에 앉았고, 한동안 아무 말도 하지 않았다.

선수들이 깨끗한 반바지를 입고 다시 운동장으로 나왔을 때 아버지가 말했다.

"자, 집에 돌아가자. 너희가 추운 모양이구나."

그러자 형이 말했다.

"아니에요, 춥지 않아요."

"아니야, 추워하고 있어. 알리가 추워. 일어나렴."

앉아 있는 사람들의 무릎에 부딪치고 발을 밟아 가며 나오면서 내가 바닥에 놓아둔 피데도 밟았다. 계단에 다다랐을 때 통로 쪽에서 경기 시작을 알리는 심판의 호루라기 소리가 들렸다.

"너 추웠어? 왜 춥다고 말하지 않았어?"

형이 내게 물었다. 나는 아무 말도 하지 않았다.

"멍청이."

"후반전은 집에서 라디오로 듣자꾸나."

아버지가 말했다. 그러자 형이 대꾸했다.

"이 경기는 라디오에서 해 주지 않아요."

"조용히 해. 돌아가는 길에 탁심[142]을 거쳐서 가 주마."

우리는 아무 말도 하지 않았다. 탁심 광장을 지나자 아버지는 우리 예상대로 경마 매표구에 앞쪽에 차를 세웠다.

"아무에게도 문을 열어 주지 마라. 곧 돌아오마."

142 유럽에 면한 이스탄불의 중심가.

아버지가 밖으로 나갔다. 아버지가 밖에서 문을 잠그기 전에 우리가 안에서 버튼을 눌렀다. 그런데 아버지는 경마 매표구로 가지 않았다. 네모난 돌이 깔린 도로를 뛰어 맞은편으로 건너갔다. 그러고는 배, 커다란 플라스틱 비행기, 화창한 풍경을 그린 그림들을 진열장에 전시해 놓은, 일요일에도 문을 연 가게 안으로 들어갔다.

"아빠 어디 갔어?"

그러자 형이 말했다.

"집에 가면 '아래냐 위냐' 놀이 하자."

아버지가 돌아왔을 때 형은 기어를 만지며 장난을 치고 있었다. 우리는 니샨타시로 돌아갔다. 자동차를 다시 사원 앞에 주차했다. 알라딘의 가게 앞을 지나갈 때 아버지가 말했다.

"얘들아, 너희에게 뭘 좀 사 주마! 하지만 또 유명인 시리즈를 사 달라고 하지는 마라."

"아빠, 제발!"

우리는 신이 나서 방방 뛰기 시작했다.

아버지는 알라딘의 가게에서 유명인 시리즈가 들어 있는 껌을 열 개씩 사 주었다. 집으로 들어갔다. 나는 잔뜩 흥분해서 엘리베이터에서부터 소변이 마려웠다. 집 안은 따스했다. 엄마는 아직 돌아오기 전이었다. 포장을 뜯어 바닥에 버리고는 껌 종이를 보았다.

결과는 이랬다. 내 껌에서는 사령관 페브지 차크마크 장군

두 장, 찰리 채플린 한 장, 레슬링 선수 하미트 카플란 한 장, 간디 한 장, 모차르트 한 장, 드골 한 장, 아타튀르크 두 장, 형에게는 없는 21번 그레타 가르보가 한 장 더 나왔다. 이렇게 해서 내 수중에는 정확히 173장의 유명인 시리즈 사진이 들어왔다. 그래도 시리즈를 완성하려면 아직 스물일곱 장이 부족했다. 형에게는 사령관 페브지 차크마크 장군 네 장, 아타튀르크 다섯 장, 에디슨 한 장이 나왔다. 우리는 입에 껌을 한 개씩 넣고 사진 뒤에 있는 글을 읽기 시작했다.

사령관 페브지 차크마크

독립 전쟁 당시의 장군

(1876~1950)

맘보 제과

유명인 시리즈 100개를 다 모은 행운아에게 가죽 축구공을 선물로 드립니다.

형은 지금까지 모은 사진 165장을 뭉치로 들고 있었다.

"'아래냐 위냐' 놀이 할래?"

형이 물었다.

"싫어."

"내가 가진 페브지 차크마크 열두 장하고 네가 가진 그레타 가르보 한 장하고 바꿀래? 그러면 넌 합해서 184장의 사진을 갖게 되는 거야."

"싫어."

"하지만 넌 그레타 가르보가 두 장이잖아."

나는 아무 말도 하지 않았다.

"내일 학교에서 예방 주사를 맞으면 아플 거야. 그래도 내 옆에 오지 마, 알았지?"

"알았어."

우리는 아무 말 없이 저녁을 먹었다. 스포츠 뉴스에서 축구 경기가 2대 2로 끝났다는 소식을 들은 후 엄마가 우리를 재우기 위해 우리 방으로 왔다. 형은 책가방을 챙겼다. 나는 뛰어서 거실로 갔다. 아버지는 창밖의 거리를 내다보고 있었다.

"아빠, 나 내일 학교 가고 싶지 않아요."

"그러면 안 되지."

"내일 예방 주사 맞아요. 예방 주사 맞으면 열이 나고 숨 쉬기도 힘들어요. 엄마도 알아요."

아버지는 아무 말도 하지 않고 나를 바라보았다. 나는 뛰어가 서랍에서 종이와 펜을 가져왔다.

아버지는 항상 읽지만 절대 끝을 보지 못하는 키르케고르 책 위에 종이를 올려놓으며 말했다.

"엄마도 아니? 학교에는 가고 예방 주사는 맞지 마라. 그렇게 쓸 거야."

그런 다음에 사인을 했다. 나는 입으로 불어 잉크를 말리고는 호주머니에 집어넣었다. 그러고는 방으로 돌아와 책가방에 종이를 넣고 나서 침대 위로 올라가 팔딱팔딱 뛰기 시작했다.

"또 날뛰지 말고 이제 그만 자거라."

엄마가 말했다.

2

학교에서 점심을 먹은 직후였다. 반 아이들이 모두 두 줄로 서서 예방 주사를 맞기 위해 역겨운 냄새가 나는 교내 식당으로 다시 내려갔다. 어떤 아이들은 울고, 어떤 아이들은 두려워하며 기다렸다. 밑에서 올라오는 요오드팅크 냄새를 맡자 내 심장이 콩콩 뛰었다. 나는 줄에서 이탈해 계단 위쪽에 있는 선생님에게 갔다. 모든 반 아이들이 소란스럽게 내 옆을 지나갔다.

"응, 무슨 일이니?"

선생님이 물었다.

나는 호주머니에서 아버지가 준 종이를 꺼내 선생님에게 건넸다. 선생님은 얼굴을 찡그리며 읽었다.

"네 아빠가 의사는 아니잖아?"

선생님은 이렇게 말하고는 잠시 생각에 잠겼다.

"위로 올라가. 2학년 A반 교실에서 기다려."

2학년 A반 교실에는 나처럼 '핑계가 있는' 아이 예닐곱 명이 있었다. 한 명은 두려워하며 창밖을 내다보고 있었다. 복도에서는 울음소리와 부산스러운 소리가 끝없이 들려왔다. 안경 낀 뚱뚱한 아이는 호박씨를 먹으며 『키노와』[143]를 읽었다. 문이 열리고 교감인 멍청이 세이프 씨가 들어왔다.

"너희 중 몇 명은 어쩌면 정말 아플 수도 있다. 아픈 사람은 예방 주사를 맞지 마라. 하지만 거짓 핑계를 대는 아이들에게 말하마. 여러분은 장차 커서 이 민족을 위해 봉사하고, 민족을 위해 죽을 것이다. 오늘 예방 주사를 피하며 맞지 않는 사람들은, 만약 진짜 이유가 없다면 매국노가 될 것이다. 부끄러운 줄 알아라."

긴 정적이 흘렀다. 나는 아타튀르크의 사진을 바라보았다. 눈물이 글썽거렸다.

얼마 후 우리는 다른 사람들 모르게 교실로 돌아왔다. 예방 주사를 맞은 아이들은 소매를 걷거나 눈물을 글썽거리거나 서로 밀치고 당기면서 얼굴을 찡그리고 돌아왔다.

"집이 가까운 사람들은 가도 돼요. 데리러 올 사람이 없는 학생들은 마지막 종이 울릴 때까지 기다려요. 그렇게 남의 팔을 때리지 말아요! 내일은 학교 오지 말고."

우리는 모두 환호성을 질렀다. 교문을 나갈 때 어떤 아이들은 소매를 걷어 요오드팅크 자국을 수위인 힐미 아저씨에게 보여 주었다.

143 만화책 시리즈 이름.

나는 손에 책가방을 들고 거리로 나가자마자 뛰기 시작했다. 카라베트 정육점 앞에 마차 한 대가 길을 막고 있었다. 나는 그 사이를 지나 맞은편으로, 우리 집 쪽 인도로 뛰었다. 하이리 포목점, 살리흐 꽃집 앞을 뛰어서 지나갔다. 관리인 하즘 씨가 우리 집 문을 열어 주었다.

"이 시간에 왜 너 혼자 여기 있니?"

"예방 주사 맞았어요. 그래서 일찍 끝났어요."

"형은 어디 있니? 너 혼자 왔어?"

"전찻길을 혼자 건넜어요. 내일은 학교 안 가요."

"네 엄마 집에 안 계신다. 할머니 집으로 올라가거라."

"난 아파요. 우리 집에 가고 싶어요. 우리 집 문 좀 열어 주세요."

그가 벽에 걸린 열쇠를 집었다. 우리는 엘리베이터에 탔다. 위로 올라갈 때까지 엘리베이터 안은 매운 담배 연기로 가득했다. 그가 우리 집 문을 열었다.

"전기나 플러그는 만지지 마라."

그는 이렇게 말하고는 문을 닫았다.

집에는 아무도 없었다. 그래도 나는 소리쳤다.

"집에 누구 있어요? 누구 있어요?"

나는 가방을 던지고 형의 서랍을 열었다. 그러고는 내게 보여 주지 않았던 영화 표 컬렉션을 구경하기 시작했다. 그런 후 신문에서 축구 경기 사진들을 오려 붙인 공책을 열중해서 보던 차에 밖에서 열쇠로 현관문을 여는 소리가 들려 당황했다. 엄마의 발소리가 아니었다. 아버지였다. 형의 영화 표나 공책을 뒤졌다는 것을 눈치채지 못하도록 조심스럽게 제자리에 놓았다.

아버지는 침실로 들어가서 옷장을 열고 그 안을 들여다보고 있었다.

"너 여기 있었니?"

"아니요, 파리에 있었어요."

나는 학교에서 친구들이 장난치던 식으로 말했다.

"오늘 학교에 안 갔니?"

"오늘 예방 주사 맞는 날이에요."

"형은 없니? 알겠다. 자, 네 방에 가서 조용히 앉아 있어라."

나는 내 방으로 갔다. 이마를 유리에 대고 창밖을 내다보았다. 아버지가 복도에 있는 장롱에서 여행 가방을 꺼내는 소리가 들렸다. 아버지가 방으로 돌아갔다. 옷장에서 재킷과 바지를 꺼내기 시작했다. 옷걸이 소리로 알 수 있었다. 팬티, 셔츠, 양말을 넣는 서랍을 여닫기 시작했다. 이 모든 것을 여행 가방에 넣는 소리를 들었다. 목욕탕에 들어갔다 나왔다. 여행 가방의 자물쇠청을 누르고 잠갔다. 그러고는 내 곁으로 왔다.

"여기서 뭐 하니?"

"창밖을 보고 있어요."

"이리 와."

아버지는 나를 품에 안고 한동안 함께 창밖을 내다보았다.

맞은편 아파트 건물과 우리 집 사이에 있는 커다란 사이프러스 나무 끝이 바람에 천천히 흔들리기 시작했다. 나는 아버지 냄새가 좋았다.

"난 멀리 떠난다."

아버지는 이렇게 말하고는 내게 입을 맞추었다.

"엄마한테는 아무 말도 하지 마라. 내가 나중에 말할 테니."

"비행기 타고 가요?"

"응, 파리에. 아무한테도, 아무 말도 하지 마라."

아버지는 호주머니에서 2리라 50쿠루쉬[144]짜리를 꺼내 내게 주었다.

"이것 역시 아무에게도 말하지 마라. 나를 여기서 보았다는 것도……."

아버지는 다시 내게 입맞춤을 했다.

나는 돈을 즉시 호주머니에 넣었다.

아버지가 나를 품에서 내려놓고 여행 가방을 들자 "아빠, 가지 마."라고 말했다. 아버지는 내게 다시 한 번 입을 맞췄다.

아버지가 나간 후 창밖을 내다보았다. 아버지는 알라딘의 가게 쪽으로 걸어갔다. 그러고는 지나가는 택시를 세웠다. 택시에 타기 전에 아파트를 쳐다보고는 손을 흔들었다. 나도 손을 흔들었다. 아버지는 가 버렸다.

144 리라, 쿠루쉬는 터키 화폐 단위.

나는 텅 빈 거리를 오랫동안 바라보았다. 전차 한 대가 지나갔다. 물장수 마차도. 나는 벨을 눌러 하즘 아저씨를 불렀다.

“네가 벨을 눌렀니? 벨 갖고 장난치지 마라.”

아저씨가 우리 집에 와서 이렇게 말했다.

“이 2리라 50쿠루쉬로 알라딘의 가게에 가서 유명인 시리즈 열 개 사다 주세요. 거스름돈 50쿠루쉬도 가져다주고요.”

“돈을 아버지가 줬냐? 네 엄마가 화내면 안 될 텐데.”

나는 아무 말도 하지 않았다. 그가 나갔다. 창밖으로 그가 알라딘의 가게에 들어가는 모습을 지켜보았다. 그가 잠시 후 가게를 나왔다. 돌아오는 길에 맞은편 인도에서 마르마라 아파트의 관리인과 만나 이야기를 나누었다.

그가 내게 거스름돈을 주었다. 나는 즉시 껍질을 까 보았다. 사령관 페브지 차크마크 세 장, 아타튀르크 한 장, 린드버그,[145] 레오나르도 다빈치, 술탄 술레이만, 처칠, 프랑코 장군 각각 한 장, 형에게는 없는 21번 그레타 가르보 한 장 더. 이렇게 해서 183장의 사진을 가지게 되었다. 하지만 100장을 완성하기 위해서는 아직 스물여섯 장이 모자랐다.

처음 나온 91번, 대서양을 횡단하는 비행기 앞에서 찍은 린드버그 사진을 보고 있는데 누군가가 열쇠로 현관문을 열었다.

145 1902~1974. 미국의 비행기 조종사, 군인. 1927년 5월 최초로 대서양 횡단 무착륙 단독 비행에 성공했으며, 1931년 북태평양 횡단 비행에도 성공했다.

엄마다! 바닥에 버린 껌 종이들을 모아 즉시 쓰레기통에 던졌다.

“예방 주사를 맞아서 일찍 왔어요. 장티푸스, 발진티푸스, 파상풍.”

“형은 어디 있니?”

“형네 학년은 아직 주사 안 맞았어요. 우리는 집으로 보냈이요. 나 혼자 길을 건넜어요.”

“통증이 있니?”

나는 아무 말도 하지 않았다. 잠시 후 형이 왔다. 통증이 있다면서 오른팔을 기대고 침대에 누워 얼굴을 찡그리다가 잠이 들었다. 깨어났을 때는 날이 꽤 어두웠다.

“엄마, 아파요.”

엄마가 안에서 다림질을 하며 말했다.

“저녁에 열이 날 거다. 알리, 너도 팔이 아프니? 꼼짝 말고 누웠거라.”

우리는 뒤척이지 않고 잤다. 잠시 잠을 자고 일어난 형은 신문의 스포츠 면을 읽기 시작했다. 나 때문에 어제 경기 도중 나와야 했기 때문에 네 번의 골을 넣는 장면을 놓쳤다고 했다. 나는 이렇게 대답했다

“우리가 경기장에서 나오지 않았더라면 어쩌면 그 골도 들어가지 않았을걸.”

“뭐?”

잠시 잠을 더 자고 일어난 형은 내가 가진 그레타 가르보

사진 한 장을 자신이 가진 페브지 차크마크 여섯 장, 아타튀르크 네 장 그리고 내게도 있는 다른 세 장의 사진과 맞바꾸자고 했다. 나는 거절했다.

"'아래냐 위냐' 놀이 할래?"

형이 물었다.

"그래."

유명인 시리즈 사진 한 움큼을 손에 쥐고 "아래냐 위냐?" 하고 묻는 놀이다. "아래." 하면 가장 밑에 있는 그림을 꺼내서 본다. 그게 78번 그레타 가르보라고 하자. 그리고 맨 위에 18번 시인 단테가 있다고 치자. 그러면 아래가 이긴다. 진 사람이 자신이 가장 덜 좋아하거나 가지고 있는 사진 중에서 가장 많은 사진 중 하나를 주면 된다. 저녁때까지 사령관 페브지 차크마크 사진이 우리 사이에서 왔다 갔다 했다. 저녁 먹을 시간이 되자 엄마가 말했다.

"누가 위층으로 좀 가 봐라. 아버지가 거기 가셨을지도 모르니까."

우리 둘은 위층으로 올라갔다. 할머니와 삼촌이 담배를 피우고 있었다. 아버지는 없었다. 라디오에서 흘러나오는 뉴스를 듣고 신문의 스포츠 면을 읽었다. 할머니가 식사를 시작해서 우리는 아래층으로 내려왔다.

"어디 있었니? 거기서 뭐 먹은 거 아니지? 렌즈콩 수프를 줄 테니 아버지 올 때까지 천천히 먹어라."

"구운 빵 없어요?"

형이 물었다.

우리는 천천히 수프를 먹었고, 엄마는 우리를 바라보았다. 엄마가 손으로 머리를 괸 채 우리의 시선을 피하는 것으로 봐서 엘리베이터 소리에 귀를 기울인다는 것을 알았다. 우리가 수프를 거의 다 먹자 "더 먹을래?"라고 물으면서 냄비 바닥을 보았다.

"식기 전에 나도 좀 먹어야겠다."

하지만 식탁에서 일어나더니 니샨타시 광장이 내다보이는 창문으로 가서 한동안 말없이 아래를 바라보았다. 잠시 후 식탁으로 돌아와 수프를 먹기 시작했다. 나는 형과 어제 있었던 축구 경기에 대해 이야기했다.

"조용히 해! 이거 엘리베이터 소리 아니니?"

우리는 조용히 하고 함께 귀를 기울였다. 엘리베이터가 아니었다. 전차가 정적 속에서 테이블, 유리컵, 주전자, 주전자 안의 물을 흔들며 지나갔다. 오렌지를 먹을 때 이번에는 모두 동시에 엘리베이터 소리를 들었다. 우리 집이 있는 층으로 점점 올라왔다. 하지만 멈추지 않고 할머니가 사는 위층으로 올라갔다.

"위층으로 올라갔구나."

저녁을 먹고 나서 엄마가 말했다.

"접시를 부엌에 갖다 놔. 아버지 그릇은 그대로 두고."

우리는 식탁을 치웠다. 아버지의 빈 접시는 식탁 위에 한동안 그대로 놓여 있었다.

엄마는 경찰서 쪽으로 난 창문으로 가서 오랫동안 창밖을 바라보았다. 잠시 후 갑자기 무엇인가 떠오르기라도 한 듯 단호하게 아버지의 빈 접시, 포크, 나이프를 정리해 부엌으로 가져갔다. 설거지는 하지 않았다.

"난 위층 할머니 집에 간다. 싸우지 마라."

우리는 '아래냐 위냐' 놀이를 했다.

내가 먼저 말했다.

"위!"

형이 사진 뭉치에서 맨 위에 있는 사진을 보이며 말했다.

"온 세계에 알려져 있는 레슬링 선수 코자 유수프, 34번."

형은 맨 밑에 있는 사진을 보았다.

"아타튀르크 50번. 네가 졌어. 한 개 줘."

형이 말했다.

우리는 한동안 게임을 했고 형이 계속 이겼다. 형은 나한테 있는 21번 페브지 차크마크 열아홉 개와 아타튀르크 두 개를 단숨에 따 버렸다.

"나 그만할래. 위층에 갈 거야. 엄마한테."

내가 신경질을 내면서 말했다.

"엄마가 화낼걸."

"집에 혼자 있는 게 무서워? 겁쟁이!"

할머니네 집은 여느 때처럼 열려 있었다. 저녁 식사가 끝났고, 요리사 베키르가 설거지를 하고 있었다. 할머니와 삼촌은 마주 보며 앉아 있었다. 엄마는 니샨타시 광장이 내다보이는 창문 앞에 서 있었다.

"이리 오렴."

엄마가 창문 앞에 선 채 말했다. 나는 엄마의 몸과 창문 사이에 있는 공간으로, 마치 나를 위해 만들어진 것 같은 그곳으로 뽀르르 들어갔다. 몸을 엄마에게 기대고, 나도 엄마처럼 니샨타시 광장을 주의 깊게 바라보기 시작했다. 엄마는 손을 내 머리 위에 올려놓고 오랫동안 머리카락을 쓰다듬었다.

"아빠가 집에 왔다고 하는구나. 점심 무렵에 네가 봤다지."

엄마가 속삭이듯 말했다.

"응."

"가방을 들고 나갔다더구나. 하즘 씨가 봤대."

"응."

"어디에 간다고 네게 말했니?"

"아니, 나한테 2리라 50쿠루쉬를 줬어."

아래, 거리의 어두운 가게들, 자동차 불빛, 평소 교통경찰이 서 있는 길 한가운데의 빈자리, 네모난 돌이 깔린 젖은 인도, 나무에 걸린 광고 현수막의 글자들, 모든 것이 외롭고 슬퍼 보였다. 비가 내리기 시작했을 때도 엄마는 여전히 내 머리카락을 천천히 쓰다듬고 있었다.

할머니와 삼촌 사이에 항상 켜져 있던 라디오 소리가 들리지 않는다는 것을 그제야 알아채고 겁이 났다.

"얘야, 거기 서 있지 마라. 이리 와서 앉으렴."

잠시 후 할머니가 말했다.

형도 올라왔다.

"너희는 부엌에 가 있거라."

삼촌이 이렇게 말한 후에 소리쳤다. "베키르! 복도에서 놀게 애들한테 공을 만들어 줘요."

부엌에 있던 베키르는 설거지를 마친 상태였다.

"이리 와서 앉아라."

그가 유리로 막아 온실을 만든 할머니 방의 발코니에서 신문지를 가져오더니 돌돌 말고 꾹꾹 눌러 공처럼 만들었다. 주먹만 한 크기가 되자 "이 정도면 괜찮니?"라고 물었다.

"조금 더 말아요."

형이 말했다.

베키르가 신문지 몇 장을 더 둘둘 말고 있을 때, 열린 문 사이로 엄마가 할머니와 삼촌 맞은편에 앉은 것이 보였다. 베키르가 서랍을 열어 줄을 꺼내고 종이공을 돌아가며 꾹꾹 누르면서 동그랗게 만들어 묶었다. 날카로운 가장자리가 부드러워지도록 젖은 천으로 종이 공을 약간 적신 후에 마지막으로 한 번 더 꾹꾹 눌렀다. 형이 참지 못하고 공을 만졌다.

"이야, 돌처럼 딱딱해졌는걸."

"여기를 눌러 주렴."

베키르가 말했다.

형이 줄로 매듭지은 곳을 조심스럽게 누르자 베키르가 마지막으로 한 번 더 매듭을 짓고는 공을 완성했다. 우리는 그가 공중으로 던진 공을 발로 차기 시작했다.

"복도에서 놀아. 여기서 놀면 물건들을 깨뜨릴 테니."

베키르가 말했다.

우리는 한동안 죽을힘을 다해 공을 찼다. 내가 페네르바흐체 팀 선수 레프테르인 양 생각했고, 그처럼 경기했다. 벽으로 패스하면서 예방 주사를 맞은 형의 팔에 몇 번 부딪쳤다. 형도 내게 부딪쳤지만 아프지 않았다. 우리는 땀으로 범벅이 되었고, 공이 풀리기 시작했다. 내가 5대 3으로 이기고 있을 때 형의 주사 맞은 팔에 아주 강하게 부딪치고 말았다. 형은 바닥에 드러누워 울기 시작했다.

"내 팔이 다 나으면 죽을 줄 알아."

형은 졌기 때문에 화를 냈다. 나는 복도에서 거실로 들어갔다. 할머니와 삼촌과 엄마는 서재로 옮겨 가고 없었다. 할머니가 전화를 걸고 있었다.

"여보세요, 얘야."

할머니가 엄마에게 "얘야."라고 하던 목소리로 말했다.

"예실쾨이 공항이지? 얘야, 오늘 유럽행 비행기를 탄 사람을 한 명 찾고 있는데."

할머니가 아버지의 이름을 말했다. 그리고는 한동안 전화선을 손가락으로 둘둘 말면서 기다렸다.

“담배 좀 갖다 주렴.”

할머니가 삼촌에게 말했다. 삼촌이 나가자 할머니가 수화기를 귀에서 조금 떼고는 엄마에게 말했다.

“얘야, 어디 말해 보렴. 다른 여자가 있는 게냐?”

나는 엄마가 뭐라고 했는지 듣지 못했다. 할머니는 마치 아무 말도 하지 않은 듯 엄마의 얼굴을 쳐다보았다. 그러고는 전화기 저편에서 뭐라고 말했고 할머니는 화를 냈다.

“답변을 안 해 주는구나.”

할머니가 담배와 재떨이를 들고 온 삼촌에게 말했다.

엄마는 삼촌의 시선을 보고 내가 있는 것을 알아챘다. 엄마가 내 팔을 잡아끌면서 복도로 데려갔다. 손을 내 목덜미에서 등으로 집어넣고는 땀을 얼마나 흘렸는지 확인했지만 화를 내지 않았다.

“엄마, 팔이 아파요.”

형이 말했다.

“이제 아래층으로 내려가자. 재워 주마.”

아래층 우리 집에서 우리 셋 다 한동안 아무 말도 하지 않았다. 나는 잠자기 전에 잠옷을 입은 채 부엌에서 물을 가져와 거실로 들어갔다. 엄마는 창문 앞에서 담배를 피우고 있었다. 처음에는 내 인기척을 듣지 못하다가 나중에 알아차렸다.

“맨발로 다니면 추워. 형은 자니?”

“자요. 엄마한데 할 말이 있어요.”

나는 엄마와 창문 사이로 들어가려고 기다렸다. 엄마가 내가 원하는 그 멋진 장소를 내주자 그곳에 가서 자리를 잡았다.

"아빠는 파리에 갔어요. 어떤 가방을 갖고 갔는지 아세요?"

엄마는 아무 말도 하지 않았다. 우리는 밤의 정적 속에서 비 내리는 거리를 한동안 바라보았다.

3

어머니의 집은 쉬쉴리 사원 바로 맞은편, 전차 종점 바로 전 정거장에 있었다. 오늘날 미니버스와 버스 정거장, 사방이 간판으로 뒤덮인 고층 백화점, 점심시간에 샌드위치를 들고 인도를 개미 떼처럼 꽉 채운 사람들이 일하는 사무실이 가득한 끔찍한 고층 건물들로 둘러싸인 광장은, 당시 유럽에 면한 이스탄불의 한끝에 위치하고 있었다. 우리 집에서 15분 정도 걸어 네모난 돌이 깔린 넓고 한적한 광장에 도착했을 때, 뽕나무와 보리수나무 아래로 엄마 손을 잡고 걸어가면서 도시의 끝에 왔다는 느낌에 휩싸이곤 했다.

수직으로 세운 얇은 성냥갑 모양의 4층짜리 외할머니 집은 석조와 콘크리트 건물 한쪽 면이 이스탄불 서쪽을 향하고 있었다. 다른 면은 동쪽, 뽕나무로 뒤덮인 언덕을 바라보았다. 외할머니는 남편이 사망하고 딸 셋을 다 출가시킨 후 옷장, 테이블,

작은 탁자, 피아노 같은 물건들로 가득 찬 이 집의 방 한 칸에서 살기 시작했다. 음식은 큰 이모가 준비해 직접 가져오거나 그릇에 담아 운전사를 시켜 보내기도 했다. 외할머니는 방을 나가 두 층 아래에 있는 부엌에서 요리를 하는 것은 고사하고, 굉장한 두께로 쌓인 먼지와 비단 같은 거미줄로 덮인 다른 방에 들어가 주변을 정리하지도 않았다. 커다란 저택에서 오랜 세월 동안 혼자 살다 죽은 자신의 어머니처럼, 외할머니도 혼자 있고 싶어 하는 알 수 없는 병에 걸렸기 때문에 집에 시중드는 사람이나 파출부도 절대 받아들이지 않았다.

우리가 외할머니를 찾아갔을 때 엄마는 오랫동안 초인종을 누르고 주먹으로 철문을 쳤다. 한참 후 외할머니가 쉬쉴리 사원을 향해 나 있는 2층 창문의 철로 된 녹슨 덧문을 열고 우리를 내려다보았다. 하지만 먼 데가 보이지 않는 당신의 시력을 믿지 못했기 때문에 우리가 소리치며 손을 흔들기를 바랐다.

엄마는 우리에게 말하곤 했다.

“애들아, 할머니가 볼 수 있도록 대문턱에서 물러나렴.”

우리는 함께 인도 가운데로 가서 할머니에게 손을 흔들며 소리쳤다.

“엄마, 애들이랑 나예요. 우리 말소리 들려요?”

외할머니가 우리를 알아보았다는 것을, 우리를 알아보았다는 의미로 얼굴에 번지는 달콤한 미소 때문에 알았다. 즉시 창문에서 떨어져 방으로 가, 베개 밑에 있는 커다란 열쇠를 꺼내 신문지로 싼 후 밑에 있는 우리에게 던졌다. 형과 나는 공중에서 떨어지는 열쇠를 먼저 잡으려고 서로 밀치락달치락했다.

여전히 팔이 아픈 형이 열쇠를 쫓아갈 수 없었기 때문에 내가 인도로 뛰어가서 엄마에게 건넸다. 엄마는 낑낑거리며 자물쇠를 열었다. 우리 셋이 몸을 실어 밀자 육중한 철문이 서서히 열렸다. 어디에서도 맡아 보지 못한 오래되고 곰팡내 나고 먼지투성이에 낡고 탁한 공기 냄새가 어둠 속에서 풍겨 왔다. 현관문 바로 옆 옷걸이에는, 집에 도둑이 자주 들자 집에 남자가 있다는 표시로 외할머니가 걸어 둔 칼라에 털이 달린 외할아버지의 외투와 중절모가 있고, 옆에는 항상 내가 무서워했던 부츠가 놓여 있었다.

잠시 후 두 층을 올라가는 어두운 나무 계단 끝에서, 아주 멀리, 하얀 빛 속에서 외할머니를 보았다. 뿌연 아르데코 유리를 투과한 빛 속에서 손에 지팡이를 들고 어둠 속에 유령처럼 꼼짝 않고 서 있었다.

엄마는 삐걱거리는 계단을 오르면서 외할머니와 한마디도 하지 않았다.(어떤 때는 "잘 지냈어요, 엄마?"라고 했고, 어떤 때는 "보고 싶었어요. 엄마. 날씨가 아주 추워요!"라고 말하곤 했다.) 나는 계단 끝에서 외할머니의 손에 입을 맞추었다. 외할머니의 얼굴과 손목에 있는 커다란 사마귀를 보지 않으려고 애쓰면서. 이가 하나밖에 남지 않은 입, 긴 턱, 얼굴에 난 털이 무서웠다. 우리는 방으로 들어가 엄마의 양편에 자리를 잡고 앉았다. 외할머니는 긴

잠옷과 긴 양모 조끼를 입은 채 하루의 대부분을 보내는 커다란 침대로 들어갔다. 그러고는 우리에게 미소를 지으며 마치 자신을 즐겁게 해 달라는 듯 쳐다보았다.

"엄마, 난로가 잘 안 타는데요."

엄마가 말했다. 그러고는 쇠꼬챙이를 들어 석탄을 뒤적거렸다.

외할머니가 잠시 기다렸다가 말했다.

"난로는 그만두고 세상 돌아가는 얘기나 해 주렴."

"아무것도 없어요!"

엄마가 우리 곁에 앉으며 말했다.

"말해 줄 게 아무것도 없단 말이냐?"

"네, 엄마, 아무것도 없어요."

외할머니는 잠시 아무 말도 않더니 다시 물었다.

"아무하고도 안 만났다는 거니?"

"알잖아요, 엄마."

"정말 아무 사건도 없단 말이야?"

정적이 흘렀다.

"할머니, 우리 예방 주사 맞았어요."

내가 말했다.

"그래? 아팠니?"

외할머니가 무척 놀랐다는 듯 푸른색 눈을 커다랗게 뜨며 말했다.

"팔이 아파요."

형이 말했다.

"세상에나!"

할머니가 미소를 지으며 말했다.

한동안 또 정적이 흘렀다. 나와 형은 일어나 창밖을, 멀리 있는 언덕, 뽕나무, 뒤뜰의 오래된 텅 빈 닭장을 바라보았다.

"해 줄 만한 얘기가 하나도 없단 말이니? 위층 시어머니 집에 올라가잖니? 거기에 아무도 안 오니?"

외할머니가 애원하듯 엄마에게 말했다.

"어제 오후에 딜루바 부인이 왔어요. 애들 할머니와 베지크[146] 게임을 했어요."

외할머니가 곧장 우리가 기대했던 말을 했다.

"그 여자 궁전에서 나왔어!"

물론 이 궁전이 당시 동화책과 신문에서 많이 읽었던, 크림케이크처럼 형형색색인 서양 궁전이 아니라 돌마바흐체 궁전이라는 것을 우리는 알았다. 하지만 나는 외할머니가 무시하는 듯한 말투로 딜루바 부인이 마지막 술탄의 하렘에서 나왔다는 것, 그러니까 궁녀임을 암시하는 것이, 단지 젊은 시절을 하렘에서 보내고 어떤 상인과 결혼한 이 여자뿐 아니라 그녀와 친구 사이인 할머니까지 무시하는 의미였다는 사실을 많은 세월이 흐른

146 둘 또는 네 사람이 예순네 장의 패를 가지고 하는 카드놀이.

후에야 깨달았다. 그러고 나서 그들은 매번 이야기하는 다른 주제로 넘어갔다. 외할머니는 매주 한 번 베이올루에 나가 유명하고 값비싼 알툴라흐 에펜디 식당에서 혼자 점심을 먹고는 나중에 당신이 먹은 모든 음식에 대해 오랫동안 불평을 하곤 했다. 준비된 세 번째 주제는 갑자기 우리에게 다음과 같은 질문을 하는 것으로 시작되었다.

"얘들아, 네 할머니가 너희에게 파슬리를 먹이니?"

우리는 엄마가 미리 경고했듯이 "아니요!"라고 동시에 말했다.

여느 때처럼 외할머니는 채소밭에서 고양이가 파슬리에 오줌을 누는 광경을 어떻게 보게 되었는지, 분명 어떤 무지한 사람이 그 파슬리를 잘 씻지도 않고 뜯어 음식에 넣을 것이며, 여전히 파슬리를 파는 쉬쉴리, 니샨타시의 채소 가게 주인들과 어떻게 입씨름을 했는지를 설명했다.

"엄마, 애들이 지루해해요. 다른 방들을 보고 싶어 하는군요. 맞은편 방문을 열어 줄게요."

만약 도둑이 창문을 통해 들어오면 다른 방으로 옮겨 가지 못하도록 할머니의 모든 방은 밖에서 잠겨 있었다. 엄마가 전찻길이 내다보이는 크고 추운 방의 문을 열었다. 그러고는 잠시 우리와 함께 한순간 하얀 천으로 덮인 소파, 긴 의자, 녹슬고 먼지로 뒤덮인 전등, 작은 탁자, 함, 노랗게 변색된 신문 더미, 가장자리에 기대 놓은 낡은 여자용 자전거의 구부러진 손잡이와 슬픈 안장을 보았다. 하지만 기분이 좋을 때 했던 것처럼 함에서 무언가를 꺼내 우리에게 신이 나서 보여 주지는 않았다.("얘들아, 엄마가 어릴 때 이 샌들을 신었단다." "얘들아, 여기 이모 교복 좀 봐." "얘들아, 엄마 어린 시절 저금통 보고 싶니?")

"추우면 나오너라."

엄마는 이렇게 말하고 나갔다.

나는 형과 함께 창문으로 뛰어가 맞은편 사원과 광장에 있는 전차 정거장을 바라보았다. 그런 후 신문에서 옛날 축구 경기에 관한 기사를 읽었다.

"재미없어. '아래냐 위냐' 놀이 할까?"

내가 말했다.

"레슬링에서 진 선수는 레슬링에 질리지 않지!"

형이 신문에서 고개를 들지 않고 말했다.

"난 지금 신문 읽어."

어제저녁 그리고 오늘 아침에도 우리는 이 게임을 했고 또 형이 땄던 것이다.

"제발."

"조건이 있어. 내가 이기면 사진 두 장 줘. 네가 이기면 하나만 갖고."

"싫어."

"그러면 안 할 테야. 보다시피 난 신문을 읽고 있거든."

지난번 멜렉 극장에서 관람한 흑백 영화에 나오는 영국 탐정처럼 형은 신문을 과시하듯 잡고 있었다. 나는 잠시 창밖을 보고는 형의 조건을 받아들였다. 호주머니에서 유명인 시리즈를 꺼내 게임을 했다. 처음에는 내가 땄지만 나중에는 열일곱 장을 잃었다.

“이렇게 하면 나는 항상 잃어. 예전 규칙으로 하지 않으면 그만둘래.”

내가 말했다.

“알았어. 어차피 나도 신문을 읽을 참이었어.”

형이 그 탐정 흉내를 내면서 말했다.

나는 한동안 창밖을 내다보았다. 내가 가진 사진들을 꼼꼼히 세 보았다. 121개가 남아 있었다. 어제 아버지가 간 뒤에는 183개였는데! 나는 더 속상하고 싶지 않아 형이 내건 조건을 받아들였다.

처음에는 약간 땄다. 하지만 나중에는 형이 또 따기 시작했다.

나한테서 딴 사진들을 만족스럽게 자신의 사진 뭉치에 더할 때 내가 약 오르지 않도록 전혀 웃지 않았다.

잠시 후 내게 말했다.

“네가 원하면 다른 규칙으로 게임을 하자. 누가 이기든 한 장씩 갖기. 내가 이기면 그 한 장을 내가 고를래. 왜냐하면 어떤 사진들은 나한테 하나도 없거든. 넌 그 사진들을 절대 주지 않잖아.”

나는 내가 이길 거라 생각하고는 제의를 수락했다. 어떻게 그렇게 되었는지 모르겠지만 연달아 세 번을 졌고, 어떻게 되었는지 이해할 때까지 21번 그레타 가르보 두 장과 형에게도 한 장 있는 78번 파룩 왕을 빼기고 말았다. 나는 한 번에 모든 사진을 되찾고 싶었고 판이 커졌다. 이렇게 해서 내게 하나씩 있지만 형에게는 없는 63번 아인슈타인, 3번 메블라나, 맘보 제과 설립자인 100번 사르키스 나자르얀, 51번 클레오파트라가 두 판에 날아가고 말았다.

나는 침을 삼킬 수가 없었다. 울음이 터질까 봐 창문 쪽으로 뛰어가 밖을 내다보았다. 5분 전에는 모든 것이, 정거장으로 다가오는 전차, 나뭇잎이 떨어진 나뭇가지들 사이로 보이는 먼 곳에 있는 아파트들, 네모난 돌이 깔린 길 위에 누워 게으르게 긁고 있는 개, 이 모두가 얼마나 아름다웠던가! 시간이 멈춰 주사위로 하는 경마에서 그러듯 뒤로 다섯 칸 갈 수만 있다면. 그러면 형과는 절대로 '아래냐 위냐' 놀이를 하지 않을 것이다.

"더 할래?"

내가 유리창에서 이마를 떼지 않고 물었다.

"아니, 너 울 거잖아."

내가 흥분해서 형 곁으로 다가가며 말했다.

"맹세할게, 제와트 형, 울지 않을 거야. 처음하고 같은 조건으로 하자."

"난 신문 읽을 거야."

내가 갈수록 얇아지는 사진 뭉치를 뒤섞으며 말했다.

"좋아. 그럼 조금 전의 조건으로 하자. 자, 위야 아래야?"

"울기 없기다. 좋아, 위."

내가 이겼다. 형이 나에게 사령관 페브지 차크마크 사진 한 장을 내밀었다. 나는 받지 않았다.

"78번 파룩 왕을 돌려줄래?"

"안 돼, 그렇게 약속하지 않았잖아."

우리는 두 번 더 게임을 했고 나는 졌다. 최소한 세 번째는 하지 말았어야 했다. 손을 떨면서 49번 나폴레옹을 형에게 주었다.

"이제 그만할래."

형이 말했다.

나는 애원했다. 두 번 더 게임을 했고, 내가 지자 형이 원하는 사진을 주는 대신 손에 들고 있던 사진 뭉치를 그의 머리 위를 향해 던졌다. 두 달 반 동안 매일 하나하나 생각하면서, 정성껏 감추고 세심하게 모은 모든 사진들, 28번 메이 웨스트,[147] 82번 쥘 베른, 7번 파티흐 술탄 메흐메트, 70번 엘리자베스 여왕, 41번 신문 기자 제랄 사이크, 42번 볼테르도 공중에서 흩어졌다.

내가 아주 다른 곳에서 아주 다른 삶을 살고 있다면 얼마나 좋을까? 외할머니의 방으로 들어가기 전에, 삐걱거리는 계단을 밟고 조용히 밑으로 내려갔다. 자살한 먼 친척인 보험사 직원을 생각하며. 할머니는 자살한 사람들은 지하의 어둠 속에 머물게 되며 천국으로 가지 못한다고 했다. 계단의 꽤 아래쪽으로 가서

147 1893~1980. 섹스 심벌로 유명한 미국의 여배우.

어둠 속에 멈췄다. 뒤돌아서서 다시 위로 올라갔고, 외할머니 방 옆에 있는 마지막 계단에 앉았다.

"네 시어머니가 제공해 주는 것 같은 것은 여기에 없다. 아이들을 키우며 기다려."

외할머니가 말했다.

"그래도 부탁해요, 엄마. 아이들과 이곳으로 돌아오고 싶어요."

"이 먼지 많고, 유령이 돌아다니고, 도둑 드는 집에서 두 아이들과 살 수는 없을 거다."

"엄마, 언니가 출가한 후 돌아가신 아버지, 엄마, 나 그렇게 셋이 여기서 잘 살았잖아요."

"내 예쁜 딸 멥루레, 넌 하루 종일 아버지의 《일러스트레이션》 잡지를 보곤 했지."

"아래 있는 커다란 난로를 피울게요. 이 집이 이틀이면 따뜻해질 거예요."

"내가 그 사람과 결혼하지 말라고 했지."

"아주머니 한 명만 있으면 이 집의 모든 먼지와 때를 이틀만에 다 닦아 낼 수 있어요."

"나는 이 집에 도둑질하는 파출부를 들이지 않을 거다. 게다가 이 집의 먼지를 닦고, 거미줄을 치우는 데 여섯 달은 걸릴 거다. 그때까지 정신이 딴 데 팔려 있는 네 남편이 집으로 돌아올 거야."

"엄마, 하고 싶은 말 다 하셨죠?"

"멥루레, 내 예쁜 딸, 애들을 이리 데리고 온다 해도 우리가 어떻게 먹고 살아가겠니?"

"엄마, 베벡에 있는 우리 땅을 몰수당하기 전에 팔자고 몇 번이나 부탁했어요? 애원했잖아요?"

"난 토지 등기부에 가서 그 더러운 사람들에게 내 서명과 사진을 줄 수 없어."

"엄마, 그런 말씀 마세요. 언니랑 내가 집까지 공증인을 데려왔잖아요?"

엄마가 목소리를 높이며 말했다.

"난 그 공증인을 전혀 믿을 수 없었다, 전혀. 그 사람 얼굴에 사기꾼이라고 쓰였더구나. 어쩌면 공증인도 아니었을 거다. 그리고 나한테 그렇게 소리 지르며 말하지 마라."

"알았어요, 안 그럴게요."

그러고는 안에 있는 우리를 향해 말했다.

"얘들아, 얘들아, 자, 갈 준비해!"

"아니, 어딜 가니? 아직 몇 마디 나누지도 않았는데."

"엄마가 우릴 원하지 않잖아요."

엄마가 속삭였다.

"자, 애들에게 로쿰[148]을 줘라."

148 전분과 설탕으로 만든 아주 단 터키식 젤리.

"점심 전에 먹으면 안 돼요."

엄마가 이렇게 말하고 방에서 나오더니 내 뒤를 지나 맞은편 방으로 들어갔다.

"이 사진들 누가 던졌어? 당장 주워 모아. 너도 동생을 도와줘라."

엄마가 형에게 말했다.

우리가 조용히 사진들을 주워 모을 때 엄마는 오래된 함을 열고 어린 시절의 옷, 망사 커튼, 상자 들을 바라보았다. 페달 재봉틀의 검은 뼈대 밑에 있는 먼지가 비강(鼻腔)을 찌르고 눈물이 나게 하고 코안을 채웠다.

작은 화장실에서 손을 씻고 있을 때 외할머니의 부드러운 목소리가 들려왔다.

"멥루레, 이 찻주전자를 가져가라. 네가 아주 좋아했잖니? 네 몫이야. 아버지가 다마스쿠스 주지사였을 때 엄마 주려고 가져오신 거다. 저 멀리 중국에서 왔다더구나. 제발 가져가라."

"엄마, 난 이젠 엄마한테 아무것도 원하지 않아요. 찬장에 넣으세요, 깨지겠어요. 자, 얘들아, 할머니 손등에 입 맞춰라."

"멥루레, 내 예쁜 딸. 불쌍한 어미에게 절대 화내지 마라."

외할머니가 우리에게 입을 맞추라고 손을 내밀면서 말했다.

"제발 날 계속 찾아와 주고, 혼자 있게 두지 마라."

우리는 계단을 빠르게 내려가 셋이 커다란 철문을 당겨 열고는 밖의 멋진 햇빛을 보았다. 깨끗한 공기를 들이마셨다.

외할머니가 계단 맨 위에서 소리쳤다.

"문을 잘 닫아라. 멥루레, 이번 주에 또 오너라, 알았지?"

우리는 아무 말 없이 엄마의 손을 잡고 걸었다. 종점에 있는 전철이 출발할 때까지 다른 승객들의 기침 소리를 들으며 아무 말도 하지 않았다. 전철이 출발하자 형과 나는 전차 운전사가 보이는 의자에 앉겠다는 핑계로 맨 앞줄로 가서 '아래냐 위냐' 놀이를 하기 시작했다. 처음에는 잃었던 것을 약간 되찾았다. 그 기쁨으로 판이 커졌고, 나는 또다시 빠르게 잃기 시작했다. 오스만베이 역에 멈췄을 때, 형이 말했다. "너한테 남은 사진 전부하고 내가 가진 것 중에서 네가 원하는 열다섯 장을 바꾸자."

나는 게임을 했고 전부 잃었다. 형 몰래 사진 두 장을 빼고 나머지 모든 사진을 주었다. 뒷줄에 앉아 있는 엄마에게 갔다. 나는 울지 않았다. 엄마처럼 슬픈 마음으로 창밖을 바라보았다. 이제는 아무것도 남아 있지 않은 잡화점, 빵 굽는 집, 무할레비[149] 가게의 차양, 아라라트 산, 헤라클레스가 나오는 로마 영화를 보았던 불탄 극장의 앞쪽 벽 옆에서 중고 만화책을 파는 아이들, 내가 무서워했던 날카로운 가위를 든 이발사 그리고 그 문 앞에 항상 서 있는 반라의 마을 미치광이와 전차가 슬프게 신음하며 천천히 길을 지나가는 것을 구경했다.

우리는 하르비예 역에서 내렸다. 집으로 걸어갈 때, 형이 아

149 우유와 쌀가루로 만든 단 푸딩.

주 만족해하며 말없이 있는 것이 나를 미치게 만들었다. 나는 몰래 감췄던 린드버그 사진을 호주머니에서 꺼냈다.

형이 이 사진을 처음 보았다.

“91번 린드버그!”

형은 놀라워하며 읽었다.

“비행기를 타고 대서양을 지나간 사람! 그거 어디서 났어?”

“나 어제 예방 주사 안 맞았어. 집에 일찍 왔는데, 아빠가 가기 전에 나한테 사 줬어.”

“그럼 절반은 내 거야. 게다가 마지막 게임에서 남은 사진을 전부 주기로 했잖아.”

형이 그 사진을 내 손에서 뺏기 위해 나를 공격했다. 하지만 빼앗지 못했다. 형이 내 손목을 잡아 비틀려고 했는데, 내가 형의 다리를 찼다. 그러고는 싸움이 붙었다.

“그만두지 못해! 길에서 이게 무슨 짓이야!”

엄마가 소리쳤다.

우리는 싸움을 멈췄다. 넥타이를 맨 남자와 모자를 쓴 여자가 우리 곁을 지나갔다. 나는 길거리에서 싸웠기 때문에 아주 부끄러웠다. 형이 두 걸음 걷다가 바닥에 주저앉았다.

“너무 아파요.”

형이 다리를 만지며 말했다.

“일어서지 못해. 자 일어나, 다들 보잖아!”

엄마가 속삭이듯 말했다.

형은 일어났다. 영화에 나오는 부상당한 주인공 병사처럼 절뚝거리며 걷기 시작했다. 나는 형이 정말 아프다는 생각에 걱정이 되었다, 하지만 한편으로는 그 모습을 보니 마음이 편해졌다. 형이 아무 말 없이 잠시 걷다가 내게 말했다.

"집에 가면 가만두지 않을 거야. 엄마, 알리는 예방 주사 안 맞았대요."

"맞았어요, 엄마."

"조용히 해!"

엄마가 소리를 질렀다.

우리는 집 맞은편에 도착했다. 우리 집 쪽으로 건너가기 위해 마치카에서 오는 전차를 기다렸다. 그 뒤로 트럭, 매연을 내뿜으며 시끄럽게 지나가는 베쉭타시행 버스, 길의 다른 쪽에서 히아신스 색 데소토 자동차가 지나갔다. 나는 그제야 창밖으로 거리를 내다보는 삼촌을 보았다. 삼촌은 우리를 발견하지 못하고 지나가는 차들만 바라보고 있었다. 나는 한동안 삼촌을 쳐다보았다.

길이 한산해져 있었다. 왜 우리 손을 잡고 맞은편으로 건너가지 않는지 궁금해하며 엄마를 쳐다보았다. 엄마는 조용히 울고 있었다.

9부

아버지의 여행 가방

노벨 문학상
수상 연설문

아버지는 돌아가시기 2년 전 당신의 글들과 단상을 적은 공책들로 가득한 작은 여행 가방을 제게 주셨습니다. 평상시처럼 장난스럽고 짓궂은 말투로, 당신이 떠난 후, 그러니까 당신 사후에 이 글들을 내가 읽어 주면 좋겠다고 하셨습니다.

아버지는 약간 부끄러워하며 말씀하셨습니다. "그 가운데 쓸 만한 게 있는지 한번 보렴. 어쩌면 내가 죽은 후 골라서 출판할 수도 있을 테고 말이다."

우리는 사방이 책으로 가득한 내 집필실에 있었습니다. 아버지는 멍에를 벗어 버리고 싶은 듯 그 가방을 둘 곳을 찾아 집필실을 둘러보며 서성거렸습니다. 그러다가 마침내 들고 있던 가방을 눈에 띄지 않는 구석에 조용히 내려놓았습니다. 우리 둘 다 쑥스러워한 잊지 못할 순간이 지나자마자 우리 부자는 평소의 역할, 그러니까 삶을 보다 가볍게 여기는 장난기 가득하고 짓궂은 본래의 모습으로 돌아갔고 분위기는 곧 편안해졌습니다. 우리는 크게 슬퍼하지 않으며 늘 그랬듯 터키의 고질적인 정치 문제와 대부분 실패로 끝난 아버지의 사업으로 화제를 돌렸습니다.

아버지가 집필실을 찾고 며칠이 흘렀건만 나는 가방에 전혀 손을 대지 못하고 주위만 서성거리던 것이 기억납니다. 작고 모서리가 둥근 검은색 가죽 여행 가방 그리고 거기에 매달린 자물쇠는 아주 어릴 때부터 보아 온 것이었습니다. 아버지는 가까운 곳을 여행할 때나 가끔 회사로 물건들을 옮겨야 할 때 그 가방을 사용하곤 하셨습니다. 어릴 때 나는 이 작은 가방을 열고 여행에서 돌아온 아버지의 물건을 뒤지다가 그 안에서 나온 화장수와 이국의 냄새를 맡고 좋아했던 것이 기억납니다.

나한테 이 가방은 내 과거 그리고 어린 시절의 많은 추억을 담고 있는 익숙하고 매력적인 물건이었습니다. 그런데 그런 가방에 감히 손을 댈 수가 없었습니다. 왜였을까요? 물론 그건 가방 안에 숨겨진 물건의 신비스러운 무게 때문입니다.

지금 나는 그 무게의 의미에 대해 말하려 합니다. 방 안에 자신을 가두고 책상에 앉아 구석에 틀어박혀 종이와 펜으로 자신을 표현하는 사람이 창조해 낸 것, 즉 문학의 의미에 대해 말하려 합니다.

나는 감히 아버지의 가방을 만지거나 열어 보지 못했습니다. 하지만 안에 든 공책 몇 권은 알고 있었습니다. 종종 그 공책들에 무언가를 쓰시는 아버지를 보았기 때문입니다.

가방에 든 물건에 대해 들은 것이 그때가 처음은 아니었습니다. 아버지의 서재는 넓었습니다. 아버지는 한창때이던 1940년대 후반에 이스탄불에서 시인이 되고 싶어 하셨습니다. 발레리의 시를 터키어로 번역하기도 하셨지만, 독자가 별로 없는 가난한 나라에서 시를 쓰며 고단한 문학적 삶을 살고 싶어 하지는 않으셨지요. 아버지의 아버지, 그러니까 할아버지는 부유한 사업가였습니다. 아버지는 어린 시절과 청년 시절을 유복하게 보냈고, 문학과 글쓰기로 굳이 어려움을 자초하며 살 마음은 없으셨던 것 같습니다. 아버지는 아름다움으로 가득한 삶을 사랑했고, 나는 그런 아버지를 이해합니다.

가방을 열기가 내키지 않았던 첫 번째 이유는, 당연히 내가 그것을 읽고 좋아하지 않을지 모른다는 두려움이었습니다. 아버지도 그런 우려에서 선수를 치셨던 거지요. 가방인 겁니다. 25년 동안 작가의 삶을 살아온 나는 그런 상황에 가슴이 아팠습니다. 하지만 아버지에게 문학을 충분히 진지하게 생각하지 않으셨다며 화를 내고 싶지는 않았습니다. 내가 진짜 두려워했던 것은, 다시 말해 내가 알고 싶지도 발견하고 싶지도 않았던 중요한 사실은 바로 아버지가 훌륭한 작가일 수도 있다는 가능성이었습니다. 아버지의 가방을 열지 못한 것은 바로 이러한 두려움 때문이었습니다. 게다가 나는 이 사실을 스스로도 인정하지 못했습니다. 아버지의 여행 가방에서 진정으로 위대한 문학이 나온다면 아버지의 내면에 완전히 다른 사람이 존재했다는 것을 인정해야 했기 때문입니다. 이것은 두려운 일이었습니다. 왜냐하면 이렇게 나이가 들고도 아버지는 작가가 아니라 오로지 아버지로서만 남아 있으면 하고 바랐기 때문입니다.

작가가 된다는 것은, 인간의 내면에 숨겨진 제2의 존재와 그 존재를 만들어 낸 세상을 인내심을 가지고 오랜 세월 동안 노력하여 발견하는 것입니다. '글쓰기'라고 하면 먼저 소설, 시, 문학적 전통과 같은 것들이 아니라 방 안에 틀어박혀 책상 앞에 앉아서 홀로 자신의 내면으로 침잠하여 단어들로 새로운 세상을 만드는 이가 눈앞에 떠오릅니다. 이 남성 혹은 여성은 타자기를 사용할 수도 있고, 컴퓨터의 편리함을 이용하기도 합니다. 혹은 나처럼 30년 동안 손에 만년필을 들고 종이 위에 끼적일 수도 있습니다. 글을 쓰면서 커피나 차를 마시고 담배를 피울 수도 있습니다.

가끔씩 책상에서 일어나 창밖을 내다보며 거리에서 노는 아이들을 바라보기도 하고, 운이 좋으면 나무들이나 어떤 풍경 혹은 어두운 벽을 볼 수도 있습니다. 시나 희곡 아니면 나처럼 소설을 쓸 수도 있습니다. 이 모든 차이는 책상 앞에 앉아 인내심을 가지고 자신의 내면으로 들어가는 진정한 활동이 있은 후에 생겨납니다. 글을 쓴다는 것은 내적 관조를 단어들로 표현하는 것이며, 자신의 내면으로 들어가 인내심을 가지고, 고집스럽고 즐겁게 새로운 세계를 탐구하는 것입니다. 나는 빈 종이에 천천히, 천천히 새로운 단어를 더하면서, 책상 앞에 앉아 며칠, 몇 달, 몇 해를 보내면서 나 자신의 내면에 새로운 세계를 건설하고, 마치 차곡차곡 돌을 쌓아 다리나 돔을 짓는 사람처럼 내 내면에 있는 어떤 다른 사람을 끄집어내 보여 준다고 느끼곤 합니다. 그 돌이 우리 작가들에게는 단어입니다. 우리는 그것들을 보태고 서로의 관계를 느끼며, 때로는 멀리서 바라보고, 때로는 우리의 손가락과 펜 끝으로 그들을 어루만지고 그 무게를 재고 단어들을 배치하면서 오랜 세월 끈기 있게, 인내심과 희망을 가지고 새로운 세계를 건설합니다.

작가라는 직업의 비밀은, 어디서 오는지 전혀 알 수 없는 영감이 아니라 끈기와 인내에 있습니다. 나는 터키어에 있는 "바늘로 우물 파기"라는 멋진 표현이 마치 작가들을 염두에 둔 게 아닐까 생각합니다. 나는 옛날이야기에 나오는, 사랑을 위해 산을 뚫은 페르하트[150]의 인내심을 좋아하고, 이해합니다. 내 소설 『내 이름은 빨강』에서, 변함없는 열정으로 같은 말(馬)을 수없이 그리다 보니 아름다운 말을 눈 감고도 그리게 된 이란의 옛 세밀화가들을 묘사하면서 나는 이것이 작가라는 직업과 나 자신의 삶에 대한 묘사이기도 하다는 생각을 했습니다. 작가는 자신의 삶을 타인의 이야기로 천천히 표현할 수 있습니다. 내면에서 고양되는 이야기의 힘을 느끼려면 책상 앞에 앉아 이 예술

150 이슬람 문학의 걸작 중 하나로 남녀 간의 사랑 이야기인 『페르하트와 쉬린』에 나오는 남자 주인공 이름. 사랑하는 여인 쉬린에게 도달하기 위해 오랜 세월에 걸쳐 산을 뚫어 길을 냈다.

과 작업에 많은 세월을 끈기 있게 바치며 낙관적인 생각을 가져야 합니다.

누군가에게는 전혀 찾아오지 않고 누군가에게는 자주 찾아오는 영감이라는 천사는 자신감과 낙관주의를 좋아합니다. 영감의 천사는 작가가 가장 외롭게 느끼고 자신의 노력과 꿈, 자신이 쓴 것들의 가치에 의심을 품는 순간, 즉 그 이야기가 자신의 이야기일 뿐이라고 생각하는 순간 작가에게 그가 태어난 세계와 건설하고 싶은 세계를 통합하는 이야기, 그림, 상상을 제공합니다. 나는 평생을 바친 글쓰기를 돌아보다가 나를 가장 떨리게 했던 느낌, 나를 지극히 행복하게 했던 어떤 문장, 상상, 페이지 들은 내가 만들어 낸 것이 아니라 어떤 다른 힘이 그것들을 찾아 관대하게도 내게 선물한 것이라고 생각한 적이 있습니다.

나는 아버지의 여행 가방을 열고 그 안에 든 공책들을 읽기가 두려웠습니다. 내가 겪은 어려움을 아버지는 절대 겪으려 하지 않았다는 것, 아버지가 외로움을 피해 친구들, 사람들, 모임, 농담, 집단에 섞이기를 좋아했다는 것을 알았기 때문입니다.

하지만 잠시 후 나는 달리 생각했습니다. 시련과 인내라는 환상은 내 삶과 작가로서의 경험에서 도출된 나의 선입견일지 모른다는 것이었습니다. 많은 사람에게 둘러싸여 가정을 꾸려 나가고, 화기애애한 분위기에서 가벼운 잡담을 즐기면서도 좋은 글을 남긴 재능 있는 작가들도 많으니까요. 게다가 내가 어릴 때 아버지는 단조로운 가정생활을 지루해하다가 우리를 떠나 파리로 가서는 다른 많은 작가들처럼 호텔 방에서 글로 공책을 채웠습니다. 나는 가방에 그 공책들 가운데 일부가 있다는 것도 알았습니다. 아버지는 그 가방을 내게 주기 몇 년 전부터 그 시절 당신의 삶에 대해 이야기하셨기 때문입니다. 물론 아버지는 내가 어릴 때도 파리 시절에 대해 말씀하신 적이 있습니다. 하지만 당신이 예민하게 여기던 부분, 시인이나 작가가 되고 싶었던 바람, 호텔 방에서 정체성에 대해 고뇌한 것 등에 대해서는 언급하신 적이 없었습니다. 그 대신 파리의 거리에서 얼마나 자주 사르트르를 보았는지, 당신이 어떤 책을 읽고 어떤 영화를 보았는지 아주 중요한 뉴스라도 전하듯 열을 띠며 말씀하시곤 했습니다.

내가 작가가 된 것은 집에서 파샤나 종교 지도자보다 세계의 작가들에 대해 말씀해 주시던 아버지 덕분이라는 것을 나는 한 번도 잊지 않았습니다. 그렇기 때문에 어쩌면 이 사실을 유념하며, 그리고 내가 아버지의 넓은 서재 덕을 얼마나 많이 입었는지 생각하며 아버지의 공책들을 읽어야 했습니다. 아버지가 쓴 글들의 문학적 수준에 중요성을 부여하기보다는, 아버지가 우리와 함께 살 때 지금의 나처럼 방에 홀로 앉아 책과 사색에 빠졌다는 것을 염두에 두었어야 했습니다.

하지만 아버지가 두고 간 가방을 불안한 마음으로 바라보면서 나는 그렇게 할 수 없다는 것을 느꼈습니다. 아버지는 때로 서재 앞 긴 의자에 누워 손에 들고 있던 책이나 잡지를 내려놓고는 긴 사색과 공상에 빠지곤 했습니다. 그럴 때면 농담, 장난,

말다툼으로 일관하던 가정생활 속 아버지의 얼굴은 사라지고 평소와 전혀 다른 표정이 드러나곤 했습니다. 내면을 응시하는 시선이 나타났던 것입니다. 나는 그 모습을 보고 아버지가 평온하지 못하다는 것을 알아채고는 어린 시절과 청소년기에 걱정을 했습니다. 많은 세월이 흐른 지금 나는 이 내적 혼란이 작가를 만드는 기본적인 자극들 중 하나임을 알게 되었습니다. 작가가 되기 위해서는 인내와 시련만으로는 충분하지 않습니다. 무엇보다도 사람들, 친구들, 평범한 일상 내지 자질구레한 것들로부터 벗어나 자신을 방에 가두고자 하는 자극이 있어야 합니다. 글을 쓰며 심오한 세계를 건설하기 위해서는 인내와 희망이 필요합니다. 하지만 우리를 행동하게 하는 첫 번째 요소는 방에, 책으로 꽉 찬 방에 자신을 가두고자 하는 바람입니다.

즐거운 마음으로 책을 읽고, 자신의 양심의 소리에만 귀 기울이고, 다른 사람들의 언어로 논쟁하고, 자신의 책과 대화하면서 자유롭고 독립적으로 자신의 사고와 세계를 구축한 최초의 작가는 현대 문학의 선구자인 몽테뉴입니다. 몽테뉴는 아버지가 읽고 또 읽고, 내게도 읽기를 권한 작가이기도 합니다. 나는 동양이나 서양, 세계 어디에서든, 사회에서 떨어져 자신을 책으로 둘러싸인 방에 감금한 작가들의 전통을 잇는 한 사람으로서 나 자신을 보고 싶습니다. 제게 진정한 문학의 출발지는 책들로 둘러싸인 방에 자신을 감금하는 것입니다.

우리를 방에 가둔다고 우리가 바로 생각만큼 외로워지는

것은 아닙니다. 먼저 다른 사람들의 언어, 다른 사람들의 이야기, 다른 사람들의 책, 즉 우리가 전통이라고 부르는 것이 우리와 함께합니다. 나는 인류가 자신을 이해하기 위해 창조한 가장 소중한 산물이 바로 문학이라고 믿습니다. 인간 사회의 다양한 종족과 민족은 문학을 중시하고 작가에게 귀를 기울일 때에만 지적으로 성숙하고 부유해지고 진보합니다. 우리 모두 알고 있듯 책을 불사르고 작가들을 모욕하는 것은 어느 민족에게나 어둠과 비이성의 시대를 알리는 신호입니다. 하지만 문학은 절대 민족적인 관심사만은 아닙니다. 책들로 둘러싸인 방에 자신을 가두고 먼저 자신의 내면 여행을 나선 작가는, 그곳에서 오랜 세월을 지내면서 좋은 문학의 필수적인 규칙도 발견하게 될 것입니다. 문학은 자기 이야기를 다른 사람의 이야기처럼, 다른 사람의 이야기를 자기 이야기처럼 언급할 수 있는 기예입니다. 이것을 얻기 위해서는 먼저 다른 사람들의 이야기와 책에서 출발해야 합니다.

아버지의 서재에는 한 작가에게 충분하고도 남을 1500권에 달하는 책이 있었습니다. 스물두 살이 되었을 때 나는 서재에 있는 책을 모두 독파하지는 못했어도 무슨 책이 있는지 정도는 꿰고 있었습니다. 나는 어떤 책이 중요하고, 어떤 책이 가볍고 쉽게 읽히며, 어떤 책이 고전이고, 어떤 책이 세계의 무시할 수 없는 일부이고, 어떤 책이 잊힐지언정 재미있는 터키 역사의 증인이며, 어떤 것이 아버지가 아주 중요하게 여기던 프랑스 작가의 책인지 알았습니다. 나는 때로 멀찍이 떨어져서 서가를 바라보며, 나도 언젠가 다른 집에 이런 서재, 아니, 이보다 나은 서재를 만들어 책들로 둘러싸인 나만의 세계를 만드는 꿈을 꾸곤 했습니다.

멀찍이 떨어져 바라보면 아버지의 서가는 세상의 작은 그림처럼 느껴지곤 했습니다. 하지만 그것은 우리가 사는 곳, 이스탄불에서 본 세계였습니다. 서재 역시 그러한 증거의 하나였습니다. 아버지는 해외여행 중에 구입한 책들, 특히 파리와 미국에서 구입한 책들과 1940년대와 1950년대에 이스탄불의 외국어 서적을 파는 서점에서 구입한 책들, 나도 구석구석 아는 이스탄불의 오래되거나 새로 연 서점에서 구입한 책들로 서재를 꾸몄습니다. 내 세계는 터키라는 민족적인 세계와 서양 세계의 혼합입니다. 1970년대부터 나도 야심을 가지고 서재를 만들기 시작했습니다. 아직 작가가 되겠다는 결정을 확고히 내리기 전이었습니다. 『이스탄불』이라는 책에서 서술했듯 나는 화가가 되지 않으리라는 것은 알았지만 내 인생이 어떤 길에 들어설지는 정확히 몰랐습니다. 내 마음속 한편에는 모든 것을 향한 멈출 수 없는 호기심과 읽고 배우고자 하는 열망이 있었습니다. 한편으로는 내 삶이 어떤 식으로든 무언가 '부족한' 삶이 될 것이고, 다른 사람들처럼 살아갈 수 없으리라는 것을 예감했습니다. 이 예감의 일부분은, 아버지의 서재를 보면서 느꼈던 것처럼 중심에서 떨어져 있다는 생각 그리고 당시 이스탄불에 사는 우리 모두가 느꼈던, 변방에서 산다는 느낌과 관련 있었습니다. 뭔가 부족한 삶에 대해 우려한 또 다른 이유는, 그림을 그리든 문학을 하든 예술가에게 별로 관심을 보이지 않고 희망도 주지 않는 나라에 산다는 것을 내가 아주 잘 알았기 때문입니다. 나는 마치 삶에 결여된 이 부분들을 없애기라도 하듯, 아버지가 주신 돈으로 탐욕스럽게 이스탄불의 고서점에서 먼지를 뒤집어쓰고 있는 빛바랜 중고 서적들을 계속 구입했습니다. 중고 서적들을 구입하던 1970년대의 고서점들과 길가, 사원 마당, 허물어진 벽의 언저리에 자리 잡은 서점들의 옹색하고 보잘것없는, 사람들에게 절망을 안겨 줄 만큼 무질서한 상태가 내가 읽은 책들만큼이나 나에게 큰 영향을 미쳤습니다.

이 세계, 즉 삶에서뿐만 아니라 문학에서의 내 위치에 대해 품었던 근본적인 명제는 내가 "중심부에 있지 않다."라는 것이었습니다. 세계의 중심부에는 우리 삶보다 풍부하고 매력적인 삶이 있었습니다. 나는 이스탄불의 모든 사람들, 터키의 모든 사람들과 함께 중심부 바깥에 있었습니다. 나는 이 생각을 오늘날 세계의 대다수 사람들과 공유하고 있다고 생각합니다. 마찬가지로 세계 문학은 존재하되 그 중심은 나와 아주 멀리 떨어진 곳에 있었습니다. 실상 내가 생각했던 것은 서양 문학이지 세계 문학이 아니었습니다. 그리고 우리 터키인들은 그 경계 밖에 있었습니다. 아버지의 서재도 이를 증명했습니다. 서재의 한 귀퉁이에 작은 하나까지도 사랑할 수밖에 없는 이스탄불의 책과 문학이 있었고, 다른 한편에는 이것과 전혀 상이한, 그 상이함 때문에 우리에게 고통과 함께 희망을 주는 서양 문학이 있었습니다. 글쓰기와 독서는 한 세계에서 빠져나와 다른 세계의 생소함과 신기하고 멋진 것들에서 위안을 찾는 일입니다. 나는 아버지 역시, 후에 내가 나이 들며 그랬듯이 당신의 삶에서 탈출해 서양으로 도망치기 위해 소설을 읽었다고 느꼈습니다. 혹은 당시 나에게 책은 일종의 문화적 결핍감을 해소하기 위한 존재로 여겨졌습니다. 단지 독서뿐만 아니라 글쓰기를 통해서도 이스탄불의 삶에서 벗어나 서양으로 여행할 수 있었습니다.

아버지는 여행 가방에 있던 공책들의 대부분을 채우기 위해 파리에 갔고, 자신을 호텔 방에 가두었고, 그곳에서 쓴 것들을 터키로 가져왔습니다. 아버지의 가방을 보면서 이것이 나를 불안하게 했다는 것을 느꼈습니다. 터키에서 작가로 살아남기 위해 나 자신을 방에 가두고 글을 쓴 지 25년이 지나고야 나는 아버지가 당신의 깊은 생각을 여행 가방에 숨겨 놓았다는 것을 겨우 알게 되었습니다. 즉 작가가 마음속에서 우러나오는 바를 쓰는 것은 사회, 국가, 민족의 눈을 피해 비밀스럽게 행해야 하는 일임을 아버지의 가방을 보면서 알게 된 겁니다. 어쩌면 이러한 이유 때문에 아버지가 나만큼 글쓰기를 진지하게 여기지 않은 데 대해 화를 냈는지도 모르겠습니다.

실제로 나는 아버지가 나 같은 삶을 살지 않고, 무언가를 위해 아주 작은 충돌조차 참아내지 않고 사회의 테두리 안에서 친구들과 사랑하는 사람들과 즐거워하며 행복하게 사셨기 때문에 아버지에게 화가 났습니다. 하지만 '화가 났다'기보다 '질투했다'고 말할 수 있고, 어쩌면 그 표현이 더 적확함을 내 이성의 한 조각이 수긍했기 때문에 나는 내적으로 혼란스러웠습니다. 그럴 때면 분노에 찬 목소리로 "행복이 무엇인가?" 하고 자문했습니다. 홀로 방에서 심오한 삶을 사는 것이 행복이라고 생각하는 것인가? 아니면 이 사회와 그 속의 사람들과 같은 것을 믿거나 믿는 척하면서 편안한 삶을 사는 것이 행복인가? 모든 사람과 조화롭게 사는 척하면서, 한편으로는 아무도 모르는 곳에서 몰래 글을 쓰는 것이 사실은 행복인가, 아니면 불행인가? 하지만 이러한 것들은 지나치게 분노 섞인 질문들입니다. 도대체 나는 좋은 삶의 척도가 행복임을 어떻게 생각해 냈을까요? 사람이나 신문 모두 삶의 가장 중요한 척도가 행복인 양 떠들어 댑니다. 이것만 보더라도 그 정반대가 사실임을 연구하는 일이 가치 있지 않을까요? 가족으로부터 수없이 도망쳤던 아버지를 내가 얼마나 알고, 그분의 내적 혼란을 얼마나 감지할 수 있었겠습니까?

아버지의 가방을 처음 연 것은 바로 이러한 충동 때문이었습니다. 아버지의 삶에는 내가 몰랐던 불행, 오로지 글에 쏟아부은 비밀이 있었을까요? 가방을 열자마자 나는 가방의 냄새를 기억에 떠올렸습니다. 몇몇 공책들은 눈에 익었고, 아버지가 몇 년 전에 그리 대수롭지 않은 듯 보여 주었던 것임을 알아챘습니다. 내가 하나하나 만지며 뒤적인 공책 대부분이 아버지가 젊을 때 우리를 남겨 두고 파리로 갔을 때 쓴 것들이었습니다.

나는 내가 흠모하여 자서전까지 찾아 읽은 작가들과 마찬가지로 아버지가 지금의 내 나이 때 무엇을 쓰고 무엇을 생각했는지 알고 싶었습니다. 그러나 얼마 지나지 않아 이러한 것들을 발견하지 못하리라는 사실을 깨달았습니다. 더욱이 아버지의 공책을 읽는 동안 여기저기에서 마주친 작가의 목소리에 불편함을 느끼게 되었습니다. 그것은 아버지의 목소리가 아니었습니다. 그 목소리는 진짜가 아니었습니다. 아니, 그 목소리는 아버지라고 생각하던 인물의 목소리가 아니었습니다.

내 두려움의 근간에는 아버지가 글을 쓸 때 내 아버지가 아니었을지 모른다는 큰 불안이 놓여 있었습니다. 그 불안은 내가 진정한 작가가 아닐지 모르며 아버지의 글이 별로일지도 모른다는 데서 비롯되었고, 이러한 감정은 더욱이 아버지가 다른 작가들에게 지나치게 많은 영향을 받았음을 발견할지 모른다는 두려움을 증폭시켰습니다. 그 두려움은 특히 내가 젊을 때 느꼈던, 내 모든 존재를, 삶을, 글을 쓰고자 하는 바람을, 내가 쓴 것들을 스스로 의문시하는 정신적 위기로 바뀌었습니다. 소설을 쓰기 시작하고 10년 동안 나는 이 두려움을 더 깊이 느꼈고, 두려움을 제어하기 어려웠습니다. 그림 그리기를 포기했을 때처럼 어느 날 참담한 실패를 맛본 뒤 소설 쓰기도 이러한 두려움 때문에 그만둘지 모른다는 예감으로 두렵기도 했습니다.

앞에서 나는 가방을 닫고 자리에서 치웠을 때 그 가방이 짧은 시간 안에 불러일으킨 두 가지 중요한 감정에 대해 언급했습니다. 변방에 있다는 감정과 진정성에 대한 우려. 이 내적 혼란을 초래하는 감정들을 깊게 느낀 것이 물론 처음은 아니었습니다. 나는 여러 색깔들로 이 감정들을, 거기서 파생된 결과들을, 예민한 감정들을, 내적 갈등들을 오랜 세월 책상에 앉아 읽고 쓰면서 궁리하고 발견하고 심오하게 만들었습니다. 물론 이것들을, 젊은 시절의 희미한 고통, 기분을 망치는 예민한 감정 그리고 삶과 책에서 전염되는 혼란을 통해 많이 경험했습니다. 하지만 변방에 있다는 느낌과 진정성에 대한 고뇌를 책과 소설을 쓰면서(예를 들면 변방에 관한 것은 『눈』, 진정성에 대한 문제는 『내 이름은 빨강』 또는 『검은 책』) 총체적으로 경험하게 되었습니다. 내게 작가가 된다는 것은 우리 마음속의 많지만 극히 일부만 알던 비밀스러운 상처를 꺼내고, 이 상처와 고통들을 의도적으로 우리의 글과 정체의 일부로 만드는 것입니다.

작가는, 모든 사람이 알지만 자신이 안다는 사실을 모르고 넘어가는 것들에 대해 언급합니다. 이 지식을 발견하고 이를 발전시켜 공유하면서 독자들은 자신에게 이미 친숙하고 놀라운 이 세계를 돌아다니는 즐거움을 얻습니다. 물론 우리는 우리가 아는 것들을 있는 그대로 글로 쓰는 작가의 솜씨에서 이 즐거움을 느낍니다. 오랜 세월 방에 갇혀 기교를 발전시키고, 어떤 세계를 건설하려고 노력하는 작가는 자신의 비밀스러운 상처로부터 시작된 글쓰기를 통해 의식적으로 혹은 무의식적으로 인류에게 깊은 믿음을 보여 주는 셈입니다. 나는 다른 사람들도 작가의 것과 유사한 상처를 가지고 있으며, 그 때문에 그들은 서로 닮았고, 서로 이해하리라는 믿음이 있습니다. 모든 진정한 문학은 인간이 서로 닮았다는 이러한 순진하고 낙관적인 믿음에 근거합니다. 방에 틀어박혀 수년 동안 글을 쓴 사람은 바로 이러한 인간애 그리고 중심부가 되지 못한 세계에 호소하고 싶어 합니다.

하지만 아버지의 가방과 이스탄불에 사는 우리의 빛바랜 삶의 색조들에서 알 수 있듯이, 세계에는 중심부가 있고, 그곳은 우리와 멀리 떨어져 있었습니다. 나는 책에서 이 기본적인 사실이 불러일으킨 체호프식 지방색에 대해, 진정한 정체성에 관한 고뇌에 대해 여러 차례 언급했습니다. 세계 인구의 상당수가 이러한 감정을 느끼며 살고, 더욱이 깊은 모멸감, 자신감 부족, 무시당한다는 두려움과 싸우며 산다는 것을 스스로의 경우를 통해 잘 알고 있습니다. 그렇습니다. 여전히 인류의 가장 큰 고민은 땅도, 집도, 먹을 것도 부족하다는 것입니다. 하지만 오늘날 텔레비전과 신문은 이 같은 근본적인 고민을 문학보다 빨리 그리고 쉽게 우리에게 설명해 줍니다. 오늘날 문학이 진정으로 설파하고 연구해야 할 것은 인류가 느끼는 두려움이라고 하겠습니다. 즉 소외될지 모른다는 두려움, 자신을 하찮게 여기고 이와 연관 지어 자신을 평가 절하하는 두려움입니다. 또 한 공동체가 집단으로 경험하는 모욕, 멸시받을지 모른다는 우려, 다양한 분노, 초조, 끊임없이 무시당한다는 생각 그리고 이러한 것들과 떼려야 뗄 수 없는 민족적 자만심과 우월의식에 대한 두려움입니다. 대부분 비이성적이며 지나치게 감상적인 언어로 반영되는 환상들을 직면할 때마다 나는 이러한 것들이 내면의 어둠을 불러일으키는 것을 느낍니다. 나는 서양 이외의 세계에서 많은 사람들, 공동체, 민족이 멸시받는다는 우려와 초조로 인해 바보스러우리만큼 두려움에 휩싸이는 것을 보았고, 그들에게 공감할 수 있었습니다. 스스로 쉽게 동일시할 수 있었던 서양 세계에서도 르네상스, 계몽주의, 모더니즘을 발견했다는 것과 부유함이 안겨 주는 지나친 긍지로 여러 민족과 국가가 때로 어리석기 짝이 없는 자만심에 휩싸였다는 것을 알고 있습니다.

그러니까 단지 내 아버지뿐 아니라 우리 모두는 세상에 중심부가 있다는 생각을 지나치게 중요시하는 것 같습니다. 그런데 글을 쓰기 위해 우리를 오랜 세월 방에 가두는 것은 이와는 정반대인 어떠한 믿음입니다. 사람은 세계 어디에서나 서로 닮았기 때문에 언젠가 우리가 쓴 것들이 읽히고 이해되리라는 믿음입니다. 하지만 이것은 주변부에 있다는 분노에서 비롯한 상처와 고뇌가 뒤섞인 낙관주의입니다. 나는 이것을 나 자신과 아버지가 쓴 것들을 통해 익히 알고 있습니다. 도스토예프스키가 평생 서양에 대해 느낀 사랑과 분노의 감정을 나 역시 여러 차례 느꼈습니다. 하지만 내가 그에게서 진정으로 배운 것, 진정한 낙관주의의 원천은 이 위대한 작가가 서양과의 애증 관계에서 출발해 애증의 다른 쪽에 세운 완전히 다른 세계였습니다.

글 쓰는 일에 평생을 바친 모든 작가는 이 사실을 압니다. 책상 앞에 앉아 글을 쓰는 이유와 오랜 세월 희망을 품고 쓰고 또 쓰며 세운 세계는 결국 아주 다른 곳에 자리를 잡습니다. 우리는 슬픔 혹은 분노에 이끌려 앉은 책상에서 그 슬픔과 분노 너머에 있는 아주 다른 세계에 도달합니다. 아버지도 이러한 세계에 도달하시지 않았을까요? 오랜 여행 끝에 도착한 세계는, 마치 오랜 항해 후 안개가 서서히 걷히며 온갖 색깔들로 우리 앞에 천천히 나타나는 섬처럼 우리에게 경이로운 느낌을 선사합니다. 이는 서양 여행가들이 남쪽에서 배를 타고 다가와 아침 안개가 걷힐 때 이스탄불을 보고 받은 느낌과 비슷합니다. 희망과 호기심으로 나선 긴 여행 끝에 사원, 첨탑, 집, 골목, 언덕, 다리, 비탈길과 더불어, 모든 도시, 모든 세계를 만나게 되는 것입니다. 마치 좋은 독자가 책에 푹 빠져 자신을 잃듯이 우리는 눈앞에 나타난 새로운 세계로 곧장 들어가 자신을 잃어버리고 싶어 합니다. 우리는 주변부에서, 시골에서, 외곽에서 분노하거나 슬픔에 싸여 있기 때문에 책상 앞에 앉고야 이 감정들을 잊게 하는 아주 새로운 세상을 발견했던 것입니다.

내가 어릴 때 그리고 청년 시절에 느낀 것과는 정반대로 이제 나에게 세계의 중심부는 이스탄불입니다. 내가 거의 평생을 이곳에서 보냈기 때문만은 아닙니다. 그건 33년 동안 모든 거리, 다리, 사람, 개, 집, 사원, 분수, 이상한 주인공, 상점, 아는 얼굴들, 생소하며 두려움을 주는 그림자들, 어두운 지점들, 밤과 낮을 모두 나 자신과 동일시하며 책에서 서술했기 때문입니다. 어느 시점 이후에는, 내가 상상한 이 세계도 내 손을 벗어나고, 이 세계는 내 머릿속에 존재하는 도시들보다 사실적이 됩니다. 그럴 때면 그 모든 사람, 거리, 물건, 건물이 마치 자기들끼리 말을 하고, 마치 내가 이전에 느낄 수 없었던 관계를 맺고, 마치 내 상상이나 책에서 나와 자기들끼리 스스로 살기 시작하는 것 같습니다. 그리하여 바늘로 우물을 파듯 인내심을 가지고 상상하면서 건설한 세계가 무엇보다도 현실적으로 느껴집니다.

나는 가방을 보면서 아버지도 어쩌면 글을 쓰며 오랜 세월을 보낸 작가들처럼 이러와 비슷한 행복을 발견하셨던 거라고, 아버지에게 선입견을 갖지 말아야겠다고 생각했습니다. 또한 그분이 자식에게 무언가를 명령하거나 하지 못하게 막거나 압력을 행사하거나 벌을 주는 보통 아버지가 아니었으며, 항상 나를 자유롭게 풀어 주고 과분하게 칭찬해 주셨기 때문에 감사할 따름입니다. 나는 어린 시절 대부분의 친구들과 달리 아버지에 대한 두려움이 무엇인지 몰랐던 덕분에 자유롭게 혹은 순수하게 상상력을 펼칠 수 있었다고 이따금 생각하곤 합니다. 때로는 아버지가 젊은 시절에 작가가 되고 싶어 했기 때문에 내가 작가가 될 수 있었다고 진심으로 생각했습니다. 나는 관용으로 아버지의 글을 읽고 그분이 호텔 방에서 쓰신 것들을 이해해야 했습니다.

나는 아버지가 두고 가신 자리에 며칠 동안 그대로 놓인 가방을 이러한 긍정적인 생각으로 열었고, 모든 의지를 동원하여 몇 권의 노트와 원고들을 읽었습니다. 아버지가 무엇을 쓰셨을까요? 파리의 호텔들에서 바라본 풍경을 서술하셨던 것이 기억납니다. 몇 편의 시, 몇몇 역설적인 이야기와 추측들. 나는 지금 스스로가 교통사고를 당해 겨우 몇 가지만 기억하고, 간신히 기억하지만 더 이상의 것을 기억하고 싶어 하지 않는 사람처럼 느껴집니다. 어릴 때 아버지와 어머니의 부부 싸움이 극에 달하면, 그러니까 치명적인 침묵이 시작되면 아버지는 분위기를 바꾸기 위해 라디오를 틀곤 했습니다. 음악은 일어난 일들을 좀 더 빨리 잊게 해 주었습니다.

나도 음악과 비슷한 역할을 할, 사랑받을 몇 가지 말들로 주제를 바꾸고 싶습니다! 여러분도 아시다시피 사람들이 우리 작가들에게 가장 많이 묻고 가장 묻기 좋아하는 질문은 이것입니다. 당신은 왜 글을 씁니까? 나는 쓰고 싶어서 씁니다! 다른 사람들처럼 정상적인 일을 할 수 없었기 때문에 씁니다. 내가 쓴 것 같은 책들을 읽고 싶어 씁니다. 여러분 모두에게, 모든 사람에게 너무 화가 나기 때문에 씁니다. 하루 종일 방에 앉아 글을 쓰는 것을 좋아하기 때문에 씁니다. 오로지 현실을 바꾸었을 때에만 그것을 견뎌 낼 수 있기 때문에 씁니다. 나 자신, 다른 사람들, 우리가 이스탄불에서, 터키에서 어떤 삶을 살았고, 살고 있는지 전 세계가 알았으면 해서 씁니다. 종이, 연필, 잉크 냄새를 좋아하기 때문에 씁니다. 문학을, 소설을 무엇보다 신뢰하기 때문에 씁니다. 내 습관과 열정이기 때문에 씁니다. 잊히는 것이 두렵기 때문에 씁니다. 문학이 가져다준 명성과 관심이 좋기 때문에 씁니다. 홀로 있기 위해 씁니다. 여러분 모두에게, 모든 사람에게 그토록 화가 난 이유를 어쩌면 이해시킬 수 있으리라는 생각에서 씁니다. 내 작품이 읽히는 것이 좋아서 씁니다. 한번 시작한 이 소설을, 이 글을, 이 페이지를 이제 끝마쳐야지 하는 생각에 씁니다. 모든 사람이 내게 이것을 기대하기 때문에 씁니다. 도서관들이 영원할 것이며 내 책들이 그 서가에 꽂히리라는 것을 순진하게 믿기 때문에 씁니다. 삶, 세계, 모든 것이 믿기 어려울 정도로 아름답고 경이롭기 때문에 씁니다. 삶의 모든 아름다움과 풍부함을 단어들로 표현하는 것이 즐겁기 때문에 씁니다. 이야기를 하기 위해서가 아니라 이야기를 만들기 위해서 씁니다. 항상 갈 곳이 있는 것 같지만 꿈속에서처럼 도저히 그곳에 갈 수 없다는 느낌에서 벗어나기 위해 씁니다. 도무지 행복할 수 없었기 때문에 씁니다. 행복하기 위해 씁니다.

아버지는 가방을 놓고 가신 지 일주일 뒤에 여느 때처럼 손에 초콜릿 한 개를(아버지는 내가 마흔여덟 살임을 잊고 있었습니다.) 들고 내 집필실을 찾아왔습니다. 우린 여느 때처럼 삶과 정치에 대해 대화하고 가족들의 소소한 이야기들을 들추어내며 웃었습니다. 잠시 아버지의 눈길이 가방을 놓았던 곳에 가 닿았고, 내가 그곳에서 가방을 치웠다는 것을 눈치챘습니다. 우리의 눈이 마주쳤습니다.

잠시 어색한 침묵이 흘렀습니다. 나는 아버지께 가방을 열고 그 안에 있는 것들을 읽으려 했다는 말을 하지 않았습니다. 나는 눈길을 피했습니다. 하지만 아버지는 알아챘습니다. 나도 아버지가 알아챘다는 것을 알아챘습니다. 아버지도 아버지가 알아챘다는 것을 내가 알아챘음을 알아챘습니다. 이런 인식은 단 몇 초에 불과했지만 충분히 지속되었습니다.

아버지는 자신감 있고 태평하고 행복한 사람이었습니다. 그는 여느 때처럼 웃어넘겼습니다. 그리고 집필실을 나갈 때 항상 해 주시던 아버지로서의 따뜻한 격려의 말을 해 주었습니다.

나는 아버지의 태평하고 고민하지 않는 성품에 질투를 느끼며 아버지의 뒷모습을 바라보았습니다. 하지만 그날 나를 부끄럽게 만든 어떤 행복한 떨림이 내 마음속을 배회했던 것을 기억합니다. 어쩌면 내가 아버지만큼 태평하지도 않고, 아버지처럼 근심 걱정 없이 행복한 삶을 살지는 않지만 글쓰기는 제대로 했다는 감정 말입니다. 이러한 감정을 아버지와 비교하며 느꼈기 때문에 나는 부끄러웠습니다. 게다가 아버지는 내 삶의 고통의 근원이 아니었습니다. 아버지는 항상 나를 자유롭게 놔두었습니다. 이 모든 것은 우리에게 글쓰기와 문학은 삶의 중심부에 있는 어떤 결핍, 행복, 죄책감과 깊이 연관된다는 것을 상기시킵니다.

하지만 내 이야기에는 바로 그날 기억해 낸 다른 반쪽의 이야기가 남아 있고, 그것은 깊은 죄책감을 안겼습니다. 아버지가 내게 가방을 두고 가기 23년 전, 그러니까 스물두 살 때 나는 모든 것을 그만두고 오로지 소설가가 되기로 결정했습니다. 스스로를 방에 가둔 지 4년이 흘러 첫 소설『제브데트 씨와 아들들』을 탈고했습니다. 아직 출간되지 않은 책을 타자해 읽으시라고, 읽고 생각을 이야기해 달라고 떨리는 손으로 그 복사본을 아버지께 드렸습니다. 단지 아버지의 취향과 지적 능력을 믿었기 때문이 아니라 어머니와 달리 아버지는 내가 작가가 되는 것을 반대하지 않으셨기 때문에 그의 인정을 받는 것이 내게는 중요했습니다. 당시 아버지는 우리와 함께 살지 않았습니다. 멀리 계셨습니다. 나는 아버지가 다시 오기를 조급하게 기다렸습니다. 두 주 후에 아버지가 오시자 뛰어가 문을 열었습니다.

아버지는 아무 말도 하지 않았습니다. 하지만 나를 보자마자 얼싸안았기 때문에 아버지가 책을 마음에 들어 하신다는 것을 알 수 있었습니다. 우리는 한동안 커다란 감동의 순간에 나타나는 어색함과 침묵에 휩싸였습니다. 잠시 후 평상심을 되찾고 이야기를 시작하자 아버지는 지나치게 흥분하며 나와 내 첫 소설에 대한 신뢰를 과장되게 표현했습니다. 그러고는 그 자리에서 오늘 내가 이토록 행복하게 수락한 이 상을, 언젠가 내가 받을 거라고 말씀하시고 말았던 것입니다.

아버지는 당신이 한 이 말씀에 확신이 있었거나 이 상을 목표로 제시했다기보다 아들을 지지하고 격려하기 위해, 아들에게 "넌 언젠가 파샤가 될 거다!"라고 말하는 터키 아버지들처럼 말씀하셨을 겁니다. 그 후 오랜 세월 동안 아버지는 나를 볼 때마다 격려하기 위해 같은 말을 몇 번이고 반복했습니다.

아버지는 2002년 12월에 돌아가셨습니다.

내게 이 커다란 상, 이 영광을 주신 한림원 위원들과 귀빈 여러분, 오늘 이 자리에 아버지가 우리와 함께 계시길 내가 얼마나 바랐는지 모릅니다.

옮긴이 이난아

한국외대 터키어과를 졸업하고 터키 국립 이스탄불 대학(석사)과 앙카라 대학(박사)에서 터키 문학을 전공했다. 현재 계명대 실크로드 중앙아시아연구원 교수로 재직 중이다. 오르한 파묵의 『제브데트 씨와 아들들』, 『고요한 집』, 『순수 박물관』, 『검은 책』, 『이스탄불』, 『내 이름은 빨강』, 『눈』, 『새로운 인생』, 『하얀 성』, 『소설과 소설가』 등 다수의 터키 문학을 번역했고, 『한국 단편소설집』, 『이청준 수상 전집』, 이문열의 『시인』 등을 터키어로 번역했다. 2011년 터키 문광부 장관으로부터 터키 문학을 한국에 소개한 공로로 감사패를 받았다. 지은 책으로 『오르한 파묵 — 변방에서 중심으로』, 『터키 문학의 이해』, 『오르한 파묵과 그의 작품 세계』(터키 출간) 등이 있다.

다른 색들

1판 1쇄 펴냄 2016년 7월 8일
1판 4쇄 펴냄 2020년 11월 12일

지은이 오르한 파묵
옮긴이 이난아
발행인 박근섭, 박상준
펴낸곳 (주)민음사
출판등록 1966. 5. 19. 제16-490호
서울특별시 강남구 도산대로1길 62(신사동)
강남출판문화센터 5층 (우편번호 06027)
대표전화 02-515-2000/팩시밀리 02-515-2007
www.minumsa.com

ISBN 978-89-374-3326-9 03890